邓 贤 著

天堂之门

这是我们一代人的迷宫，我们注定走不出这片归宿之地。

WUHAN UNIVERSITY PRESS
武汉大学出版社

图书在版编目(CIP)数据

天堂之门/邓贤著.—武汉:武汉大学出版社,2012.3
红土地之歌
ISBN 978-7-307-09412-3

Ⅰ.天…　Ⅱ.邓…　Ⅲ.长篇小说—中国—当代　Ⅳ.I247.5

中国版本图书馆 CIP 数据核字(2011)第 282896 号

责任编辑:聂勇军　　责任校对:黄添生　　版式设计:马　佳

出版发行:武汉大学出版社　(430072　武昌　珞珈山)
(电子邮件:cbs22@whu.edu.cn 网址:www.wdp.com.cn)
印刷:武汉中科兴业印务有限公司
开本:880×1230　1/32　印张:13.5　字数:372 千字
版次:2012 年 3 月第 1 版　　2012 年 3 月第 1 次印刷
ISBN 978-7-307-09412-3/I·482　　定价:28.00 元

编 委 会

总　序

叶　辛

40 多年前，中国的大地上发生了一场波澜壮阔的知识青年上山下乡运动。“波澜壮阔”四个字，不是我特意选用的形容词，而是当年的习惯说法，广播里这么说，报纸的通栏大标题里这么写。知识青年上山下乡，当年还是毛泽东主席的伟大战略部署，是培养和造就千百万无产阶级革命事业接班人的百年大计，千年大计，万年大计。

这一说法，也不是我今天的特意强调，而是天天在我们耳边一再重复宣传的话，以至于老知青们今天聚在一起，讲起当年的话语，忆起当年的情形，唱起当年的歌，仍然会气氛热烈，情绪激烈，有说不完的话。

说“波澜壮阔”，还因为就是在“知识青年到农村去，接受贫下中农的再教育，很有必要”的指示和召唤之下，1600 多万大中城市毕业的知识青年，上山下乡，奔赴农村，奔赴边疆，奔赴草原、渔村、山乡、海岛，在大山深处，在戈壁荒原，在兵团、北大荒和西双版纳，开始了这一代人艰辛、平凡而又非凡的人生。

讲完这一段话，我还要作一番解释。首先，我们习惯上讲，中国上山下乡的知识青年，有 1700 万，我为什么用了 1600 万这个数字。其实，1700 万这个数字，是国务院知青办的权威统计，应该没有错。但是这个统计，是从 1955 年有知青下乡这件事开始算起的。研究中国知青史的中外专家都知道，从 1955 年到 1966 年“文革”初始，十多年的时间里，全国有 100 多万知青下乡，全国人民所熟知的一些知青先行者，都在这个阶段涌现出来，宣传开去。而发展到“文革”期间，特别是1968年12月21日夜间，毛主席的最新最高指示发表，知识青年上山下乡，掀起了一个前所未有的高潮。那个年头，毛主席的话，一句顶一万句；毛主席的指示，理解的要执行，不理解的也要执行，且落实毛主席的最新指示，要“不过夜”。于是乎全国城乡迅疾地行动起来，在随后的10年时间里，有1600万知青上山下乡。而在此之前，知识青年下乡去，习惯的说法是下乡上山。我最初到贵州山乡插队落户时，发给我们每个知青点集体户的那本小小的刊物，刊名也是《下乡上山》。在大规模的知青下乡形成波澜壮阔之势时，才逐渐规范成“上山下乡”的统一说法。

我还要说明的是，1700万知青上山下乡的数字，是国务院知青办根据大中城市上山下乡的实际数字统计的，比较准确。但是这个数字仍然是有争议的。

为什么呢？

因为国务院知青办统计的是大中城市上山下乡知青的数字，没有统计千百万回乡知青的数字。回乡知青，也被叫作本乡本土的知青，他们在县城中学读书，或者在县城下面的区、城镇、公社的中学读书，如果没有文化大革命，他们读到初中毕业，照样可以考高中；他们读到高中毕业，照样可以报考全国各地所有的大学，就像今天的情形一样，不会因为他们毕业于区级中学、县级中学不允许他们报考北大、清华、复旦、交大、武大、南大。只要成绩好，名牌大学照样录取他们。但是在上山下乡“一片红”的大形势之下，大中城市的毕业生都要汇入上山下乡的洪流，本乡本土的毕业生理所当然地也要回到自己的乡村里去。他们的回归对政府和国家来说，比较简单，就是回到自己出生的村寨上去，回到父母身边去，那里本来就是他们的家。学校和政府不需要为他们支付安置费，也不需要为他们安排交通，只要对他们说，大学停办了，你们毕业以后回到乡村，也像你们的父母一样参加农业劳动，自食其力。千千万万本乡本土的知青就这样回到了他们生于斯、长于斯的乡村里。他们的名字叫“回乡知青”，也是名副其实的知青。

而大中城市的上山下乡知青，和他们就不一样了。他们要离开从小生活的城市，迁出城市户口，注销粮油关系，而学校、政府、国家还要负责把他们送到农村这一“广阔天地”中去。离开城市去往乡村，要坐火车，要坐长途公共汽车，要坐轮船，像北京、上海、天津、广州、武汉、长沙的知青，有的往北去到“反修前哨”的黑龙江、内蒙古、新疆，有的往南到海南、西双版纳，路途相当遥远，所有知青的交通费用，都由国家和政府负担。而每一个插队到村庄、寨子里去的知青，还要为他们拨付安置费，下乡第一年的粮食和生活补贴。所有这一切必须要核对准确，做出计划和安排，国务院知青办统计离开大中城市上山下乡知青的人数，还是有其依据的。

其实我郑重其事写下的这一切，每一个回乡知青当年都是十分明白的。在我插队落户的公社里，我就经常遇到县中、区中毕业的回乡知青，他们和远方来的贵阳知青、上海知青的关系也都很好。

但是现在他们有想法了，他们说：我们也是知青呀！回乡知青怎么就不能算知青呢？不少人觉得他们的想法有道理。于是乎，关于中国知青总人数的说法，又有了新的版本，有的说是2000万，有的说是2400万，也有说3000万的。

看看，对于我们这些过来人来说，一个十分简单的统计数字，就要结合当年的时代背景、具体政策，费好多笔墨才能讲明白。而知识青年上山下乡运动中，还有多多少少类似的情形啊，诸如兵团知青、国营农场知青、插队知青、病退、顶替、老三届、工农兵大学生，等等等等，对于这些显而易见的字眼，今天的年轻一代，已经看不甚明白了。我就经常会碰到今天的中学生向我提出的种种问题：凭啥你们上山下乡一代人要称“老三届”？比你们早读书的人还多着呢，他们不是比你们更老吗？嗳，你们怎么那样笨，让你们下乡，你们完全可以不去啊，还非要争着去，那是你们活该……

有的问题我还能解答，有的问题我除了苦笑，一时间都无从答起。

从这个意义上来说，武汉大学出版社推出反映知青生活的“黄土地之歌”、“红土地之歌”和“黑土地之歌”系列作品这一大型项目，实在是一件大好事。既利于经历过那一时代的知青们回顾以往，理清脉络；又利于今天的年轻一代，懂得和理解他们的上一代人经历了一段什么样的岁月；还给历史留下了一份真切的记忆。

对于知青来说，无论你当年下放在哪个地方，无论你在乡间待过多长时间，无论你如今是取得了很大业绩还是默默无闻，从那一时期起，我们就有了一个共同的称呼：知青。这是时代给我们留下的抹不去的印记。

历史的巨轮带着我们来到了2012年，转眼间，距离那段已逝的岁月已40多年了。40多年啊，遗憾也好，感慨也罢，青春无悔也好，不堪回首也罢，我们已经无能为力了。

我们所拥有的只是我们人生的过程，40多年里的某年、某月、某一天，或将永久地铭记在我们的心中。

风雨如磐见真情，

岁月蹉跎志犹存。

正如出版者所言：1700万知青平凡而又非凡的人生，虽谈不上“感天动地”，但也是共和国同时代人的成长史。事是史之体，人是史之魂。1700万知青的成长史也是新中国历史的一部分，不可遗忘，不可断裂，亟求正确定位，给生者或者死者以安慰，给昨天、今天和明天一个交待。

是为序。

目 录

上 部

下 部

上 部

第一章

1

近年来，偏处市郊一隅的凤凰山出人意外地热闹起来。

凤凰山是一座小山，坐落在西都市西北郊的清凉河东岸，山势南北走向，长二三里，宽一二里，因形如传说的凤凰而得名。凤凰山其实也算不得山，它的相对高度只有一二百米，在真正的山区连土丘也算不上，所以只能算作一堆乱石岗。但是在沃野千里的天府盆地，凤凰山兀立于清流环绕的清凉河畔，扼盆地出入要道，平地凸起俯瞰千年古都的西都城，据说三国时候凤凰山曾为刘备刘皇叔的屯兵要地，解放军进军大西南，这里也曾发生过激战。西都人一出北门，山丘蜿蜒的身影便扑面而来，因此它也就显得很不一般，也就很是一座山了。

从前山顶上有一座外国的天主教堂，教堂的房子是那种尖顶的欧洲哥特式建筑，屋顶竖着一根高高的十字架，据说其始建于20世纪初八国联军入侵中国之后。当地老人还依稀记得，教堂里有一个穿黑衣服的高鼻子外国教士和一群修女，也有许多信教的中国教徒络绎不绝地上山来做礼拜。但是新中国成立后教堂就沉寂下来，那些外国教士都没有了踪影。再后来和平时期搞建设，凤凰山就彻底荒芜了。山上土少石多，又没有水源，旱天太阳暴晒，满山白花花的石头跟烙饼的铁铲一样嗞嗞响，因此便没有人在山上住，山上便也没有庄稼和人烟。

文化大革命时，天府盆地的武斗很著名，西都也动了枪炮，死了许多人。死者大多是造反派，又多是天不怕地不怕的红卫兵小将，因此都被送到破教堂下面的山坡上安息。开始两派路线分得很清，各埋各的人，竖起尖顶的纪念碑，用红油漆刷了很多很对立的革命口号和领袖语录，让人担心死者在地下也很不冷静很冲动。后来死人多了，形势不断发生变化，界限渐渐就变得混淆不清，不管什么路线，反正人死都一样，人死不能复生。由于活人不计较，死人自然也就安静了许多。

一九六八年当地搞大联合成立革委会，两派互相攻击的红卫兵都没有捞到好处，都被解散了组织复课闹革命，学校里也进驻解放军和工宣队。再后来所有学生殊途同归，都走与工农相结合的道路，背了背包上山下乡，接受贫下中农再教育。下乡之前，许多曾经誓不两立的学生都携了祭品来扫墓，在山上碰了面便各自绕开走路，也不吵架，也不仇人见面分外眼红，都低了头装作看不见。那时天上的云是灰的，地上的人也是灰的，这些来扫墓的年轻人给自己的战友燃炷香，然后也给对方战友烧沓纸，于是明白彼此的心是真正地和解了。地下的亡友看到这种化干戈为玉帛的团结景象，想必也会高兴，也就很放心了，总之以后这座山岗是彻底冷落下来，只留下许多高高低低的坟茔和纪念碑，尖尖的石碑与那座破教堂的十字架站在一起，好像许多凝固的手臂寂寞而无奈地指向上帝。

当地人就把这片墓地称作“红卫兵公墓”。

时光流到改革开放的二十世纪八十年代，天空晴朗明丽，到处都在搞热气腾腾的经济建设，有个据说曾经是本地人的外商来西都考察投资，独具慧眼看中了凤凰山。外商自称是个虔诚的教徒，在进行了一系列周到缜密的考察，包括从香港请来风水先生实地考证之后，认定凤凰山是块风水宝地，而破教堂则是天佑之相，“上帝保佑，蓄势发财”，遂与当地政府签订了一项修建大型游乐园的投资意向合同。当地报纸均以头版篇幅热烈欢呼凤凰山终于引来筑巢下蛋的金凤凰。但是这项合同的实际执行又被拖延了好几年，直到九十年代初期，这家取名为“东方世界游乐园”的大型游乐场终于全面建成对游人开放。游乐园紧靠凤凰山脚下的清凉河岸，依山傍水风景秀丽，占地两百亩，投资一亿元人民币，全部游乐设备均从国外引进，自然建得气势宏伟不同凡响，成为一道令本地市民自豪的现代文明风景线。

鉴于该地区具有广阔的投资前景以及当地政府制定的优惠招商政策，精明的外商又把目光瞄准整座凤凰山，计划再投资数千万元人民币进行游乐园二期开发，二期之后还有三期、四期，等等。总之据说扩建之后的东方世界游乐园规模将超过美国著名的迪斯尼乐园，它将像一颗璀璨的东方明珠一样拔地而起，在天府盆地乃至整个中国大放光彩。

外商在扩建工程投资意向谈判结束之后，曾兴致勃勃地到山上转了一圈。他首先察看了破教堂，当即决定不惜斥巨资将教堂修复，让上帝的香火继续在山顶上袅袅升起来。等他走出教堂看到下面那些七歪八倒破败不堪的红卫兵公墓时，立即用手在胸前划了一个十字，厌恶地对手下人说道：“你们给我推掉这些东西，简直是亵渎上帝……阿门！”

有学者得知此事，连夜给当地报纸去信，指出该公墓是全省乃至全国唯一仅存的红卫兵公墓，是研究红卫兵和“文革”运动的宝贵实物资料，发出“救救文物”的呼声。但是呼声无人理睬，就像一艘满载货物的大船隆隆驶来，谁也不会在意水面将被碾碎的海藻和泡沫一样。

2

邱建国怎么也没有想到，上帝之手会在一个阴郁的日子里突然像重锤一样落到他头上，并且彻底击碎了他的平庸和波澜不惊的生活。

命运转折往往是不期而至的，事先毫无预兆。早上起床，邱建国同往常一样拧开收音机，播音员正以一种刻板的公事公办的语调播送各种冗长的会议消息。他听了一阵，觉得打不起精神，不明白世界上的事，难道除了开会就不能发生一点别的？他伸个懒腰，就走到窗前去眺望灰蒙蒙的街道和城市。

这是天府盆地常见的那种阴霾沉沉和潮湿的秋天，没有下雨也没有出太阳，一眼望去，空气好像起了霉，城市上空悬浮着许多肉眼无法分辨也无法穿透的水分和尘埃。他看见一群蹬自行车的人像蟑螂一样在大街上慢吞吞地爬动，一辆洒水车呜呜地开过来，蟑螂们就惊慌失措地拐进小巷里逃走了。高楼像礁石一样四处分散，灰暗的民房像汹涌的波涛连成一片，城市像泛着泡沫的壅塞的流水，人们懒懒散散，日子波澜不惊。他认定这是一个没有新意和枯燥乏味的日子，就离开窗口去吃早饭，然后夹起那只黑色的公事皮包打算出门去上班。

西都市远大商业贸易公司经理邱建国是个勤奋和热爱工作的人，他的生命好比一台电脑，已经被岁月之手输入了天天上班的固定不变的程序内容。程序是一个人的心跳，不上班的邱建国就会变得没有心跳，没有心跳的人不就跟死人差不多吗？所以他已经习惯活着的唯一方式就是去上班。但是近两年市场经济发展不顺利，政策东摇西摆，生意很难做。很多时候邱建国在他那间匆匆装修的经理室里也是无事可做，问题是无事可做不等于不做事，所以他只要坚守在自己那张因潮湿而散发着皮革霉味的大班椅上，哪怕整天喝茶抽烟看报纸打瞌睡，没有一笔业务可谈也觉得心满意足。

幸好妻子蔺小英和女儿邱姗姗及时制止了男子汉的工作狂热。

“爸爸，你骗人！”小学五年级作文科代表邱姗姗噘起嘴唇，带着哭音愤怒地声讨父亲，“……你亲口答应带人家去东方世界游乐园的，人家作文题目都拟好了，你总是变卦！我再也不相信你的话了！”

起初邱建国并不明白宝贝女儿何以如此悲愤，就连忙蹲下身来抚摸着她的头解释道：“爸爸答应你是星期天呀？”

女儿眼睛睁得很大，指着墙上的挂历理直气壮地质问父亲："今天就是星期天，可是你为什么还是要去上班？"

邱建国一下子愣住了，他仔细看看挂历上的日子，果然是星期天。他摸摸脑袋，觉得很奇怪，自己怎么过得连日子都忘记了？

"……建国，你心里到底有没有这个家呀？"妻子蔺小英也从厨房里赶出来，唠唠叨叨地数落丈夫。蔺小英通常不干涉丈夫的工作，但是今天看来她已经忍无可忍，终于态度坚决地站在女儿一边："……你把这个家当什么？住旅馆啊？看看你这个父亲在女儿心目中成了什么样子！"

"我……有一个会，是筹备知青回顾展的。"邱建国自知理屈，小声辩解道。

"我不管你干什么，我只要你今天跟我们在一起。"女人的立场一旦确定往往不会轻易改变，她低下头小声央求丈夫说："……建国，你就不能当一回好爸爸么？别强调你开什么会，今天可是星期天啊。"

公司经理愣了几秒钟，他看看妻子怨恨的眼睛，又看看女儿委屈的眼泪，明白她们的话都是当真的。他大彻大悟地笑了笑，把夹在腋下的公事皮包扔得远远的，抱起宝贝女儿讨好地说：

"去他妈的工作，今天爸爸没有工作，让工作见鬼去吧！好姗姗，好女儿，爸爸从来说话都是算话的对不对？……走，今天爸爸一定要陪我的小姗姗去游乐园，不去的是小狗！"

两个女性终于众志成城地打败了工作狂的公司经理，坚持把他变成一个称职的和受欢迎的家庭男人。于是破涕为笑的一家人很快高高兴兴出了门，招呼了一辆出租汽车往游乐园方向开去。

游乐园果然是孩子的天堂，不光孩子，欢乐把大人也变成孩子。

邱姗姗一下车就开始欢呼雀跃，兴奋得像只陀螺。游乐园大门口人流如织，摆摊设点的小商贩撑起许多彩色阳伞，花花绿绿的广告牌竟也给色调灰暗的城市平添了一些喜气洋洋的亮色。邱建国看见一架巨大的高空观览车好像童话世界里的大风车一样缓缓转动，还有一个巨型钢梁构架，许多粗大的钢臂将两道细细的钢轨举向空中，好像弧形天线一样在天空绕来绕去。一列闪闪发亮的卡通列车正在钢轨上做快速翻滚的惊险游戏。

“爸爸爸爸，我要去玩过山车。”女儿指着在天空中绕来绕去的翻滚列车，迫不及待地下命令。

“你玩……什么车?”邱建国怀疑地扬起眉毛。他打量一下那个矗立空中的庞然大物，估计它的高度大约相当于十二层到十五层楼房。“好女儿，你上去要哭鼻子可就晚了。”

“爸爸小瞧人，”女儿噘起嘴巴反驳道，“我们班上好多女生都玩过，我也不怕。”

邱建国故意扭过头问妻子：“你陪她上去玩好不好？我在下面等你们。”

“不去不去，”蔺小英一脸惊恐，连连摆手道，“那么高，看着头晕，吓也吓死了！你陪她玩，我在下面等你们。”

“你看，女儿，关键时刻还是爸爸陪你上刀山下火海，”他将游园票塞在女儿手里，拍拍女儿的头说，“谁叫我是你爸爸呢，对不对?”

“爸爸好。”女儿撒娇地在他脸上亲了一口，让他心里漾起很大的满足感。

过山车其实是一串首尾相连的金属罐笼，双排座，像暴露的飞机座舱。父女俩坐下来，系好安全带，金属罐笼就轧轧地开动起来。开始很慢，后来就加快速度向轨道的高处移动。邱建国本想回头看看下面的妻子，跟她开句玩笑什么的，但是没等他看清楚人，就觉得身体悬了空，大地似乎在晃动，耳边起了风，心跳也立刻加快起来。

“我是不是……有高血压?”他看一眼身边的女儿。姗姗的小脸兴奋得通红，还探出身体向母亲招手。他强迫自己镇静下来，暗暗数着脉搏嘲笑自己：“你什么样的大风大浪没有见过，倒被这个小小的过山车吓倒不成?”

过山车轧轧地响着，金属尖利的摩擦声刺激着他，使他心跳不由自主地加快。恐惧和不安好像冷风一样钻进他的身体，使他的手脚渐渐变得冰凉。他紧紧抓住金属扶手，努力去回想一些不相干的事情来转移注意力。

贫民区长大的孩子邱建国小时候最害怕两件事：一件是饥饿，另一件是走夜路。

饥饿是魔鬼，如影相随地追逐着他的童年时代。小邱建国常常因为饥饿向大人哭闹，后来有一天他亲眼看见奶奶饿死在床上，手里紧攥着一把烂菜根，从此他变得懂事了，哪怕再饿也不吭一声。

贫民区没有街灯，夜晚常闹鬼，闹些莫名其妙的事。有次小邱建国站在漆黑的旷地里等候晚归的父亲，不料撞在一头白毛鬼身上，当场吓得昏死过去，后来发了一星期高烧。

中学毕业到边疆当知青，有次连队组织人员上山伐木，他仅仅因为在路边撒了一泡尿就在森林里迷了路。黑黝黝的原始老林笼罩大地，粗大的藤蔓植物像章鱼的巨手拦住去路，野兽的嚎叫声远近响应着，孤独和恐惧像鬼怪一样追逐着他，驱使他不顾一切地在树林里狂奔，直到一座刀削般的陡壁挡住去路。那时候邱建国的大脑里已经没有了任何杂念，只剩下一种求生的本能。本能是通向希望的最后动力，他一心只想摆脱大森林的羁绊，回归社会和人群，如果他不幸死去，不就跟一滴水一棵草一样消失得无影无踪么？

他像只笨拙的企鹅，攀住石缝摇摇晃晃地爬了许久，峭壁仿佛没有尽头。等他回头一看，吓得险些没掉下去。在一抹美丽的黄昏夕阳涂抹下，一头灰毛老狼很有耐心地蜷伏在峭壁下面舔自己身上的毛，老狼偶尔抬起头来龇开牙朝他笑笑，那种表情竟像是很同情很幽默的样子。那时候他的心跳一下子就增加到了一百多下，背上冷汗涔涔，像只笨重的大蜥蜴一动不动地紧贴在石壁上，直到后来连队派出的人放着枪找到他。

人也许就是这样，如果你有幸死过一回，你就不再惧怕失去什么，不恐高，不怕死，不怕丢官，不怕坐牢，当然更不怕走夜路撞上白毛鬼。人死如灯灭，连死都不怕你还怕什么呢？

可是人真的不怕死么？

……

突然哐啷一响，过山车停下来，他们来到轨道最高点。邱建国扭过头，悄悄往下边瞟了一眼，他看到地面的汽车像小虫子，人群像蚂蚁，凉风嗖嗖地从耳边掠过，眼前所有东西都在晃动，风在动，树在动，云在动，人在动。最要命的是他感觉到身子底下的钢轨似乎也在晃动，这使他神经不由得更加绷紧，背上渗出冷汗来。他伸手抓紧女儿，心脏咚咚直跳，好像要跳出喉咙。但是不等他缓过气来，钢缆发出自动脱钩的声音，过山车失去重心，立刻呼啸着向大地俯冲。

罐笼里响起一片惊叫。

这是一种现代勇敢者的游戏，所有参与者的意志和毅力都在经受考验，过山车开始做起翻滚动作，载着乘客在环状的钢轨上飞快地打着旋，一遍又一遍在高空中划出巨大的圆弧。邱建国感到大地扑面而来，感到天旋地转和失重的痛苦，风像一只会呼呼作响的口袋，巨大的摇撼和惯性力量紧紧攫住他的大脑和身体，压迫他的神经，强迫他把早上咽下的食物连同水分和思想一齐从口腔里喷出来。

"……我要吐啦，不行了。"他呻吟道，紧紧闭上眼睛。他咬住牙关，调动全部意志力量同自己身体里那只不听话的胃袋作斗争，他不想当着女儿的面出丑。耳边风声嘶鸣，风声里不时响起女儿年轻和痛快淋漓的喊叫。

过山车继续翻滚，有人在空中哇哇地呕吐，就在邱建国绷紧的神经像水坝一样濒临崩溃的时候，过山车却戛然而止，在一阵几乎觉察不到的轻微摩擦声中稳稳地停下来。有人兴奋地摇晃他。他睁开眼睛，首先看见过山车并没有从空中掉下来跌得粉碎，世界也完好无损，他依然活着，人群依然拥挤。他看见在女儿那张红扑扑充满劫后余生的快乐的脸上，一双黑眼珠在闪闪发光。

"爸爸爸爸，你干吗闭着眼睛？你害怕了？"

"想当年，你爸爸也……"他挣扎着笑笑，本想说自己也是条好汉，但是当他一张开嘴，一股黏糊糊的食物立刻像井喷一样不争气地从嘴里射出来。胃开始捉弄他，直把他吐得上气不接下气。

“……啊呀建国，是不是病了?”妻子连忙把他扶到石凳子上坐下，惊慌地说。

他摇摇头，吐完倒自觉好多了。他想起上初中那年空军来招飞行员，他在伏虎上一口气旋转了十分钟，下地仍然站得跟钉子一样稳当。真是岁月不饶人哪，才四十岁就不中用了，他悲哀地摇摇头想。

“我没事，真的，”他疲惫地点燃一支香烟，对老婆吩咐说，“我的任务完成了，剩下该你了，你们去玩吧，我想单独坐一会儿。”

“我就知道你没耐心，”蔺小英嗔怪地说，随即又关心地补充一句，“……你上茶馆呆着，中午我们在餐厅碰头。”

“算了，还是自由活动好，”他摆摆手说，“你们去玩个痛快，我到处走走，下午我们再见。”

邱建国看着妻子女儿隐没在往来的游客人群中，他抽了一会儿烟，就站起身到茶馆去喝茶。

3

假日的游乐场所简直是个欲望的大漩涡，钱币像河流一样哗啦啦流淌，每个人都像鱼儿一样在河里游来游去，花钱和赚钱的欢乐一同明白地写在人们脸上。这是一个消费的时代，与从前不同的是，消费成了社会发展的杠杆，每个人在消费别人的同时又被别人消费，社会因此进步。邱建国看到，这里到处充满嘈杂、喧闹和热气腾腾的诱惑，让游人神经无缘无故地亢奋。小贩在空地上搭起炉灶，拉开帐篷，于是煤球炉上的嗞嗞声、吆喝声连同令人垂涎的各种小吃香味就一起升腾起来，弥漫在清洁的空气中。但是更多像毒蘑菇一样张开的美丽的太阳伞下面却是一个个居心叵测的阴谋：弹子赌博，投飞镖，射击博彩，六合彩，圈套游戏，扑克牌，象棋残局等，摊主们眯缝着眼睛，用一种狡猾的懒洋洋的声调诱惑猎物：“快快来呀，我这里只花一元钱，掷中红心奖励一百元……”

邱建国走走逛逛，循着路径标牌找到茶馆。

茶馆设在僻静的游乐园后门处，一片竹林下面摆开许多木桌竹椅，尽管时值深秋季节，空气中已经透出渐渐浓厚的凉意，地上铺满枯黄的落叶，但是露天茶馆里依然有许多闲人吃茶。天府盆地向来以茶文化驰名，茶馆是西都人悠闲生活的象征。邱建国看到，茶客们三五成群地吃茶聊天，亭子里有人说书，有人搓麻将下围棋，堂倌拎着那种细长壶嘴的铜茶壶跑来跑去，吆喝着，殷勤地四处斟水。堂倌斟水带有很强的表演性：铜壶高高举过头顶，吆喝一声"来——啦"，一股细长的滚水就如抛绣球一般，越过客人肩膀或者脑袋准确无误地落到一丈开外的茶碗里，看得旁边人心惊胆战，不知该为谁捏把汗。邱建国找了一张桌子坐下来，点了一碗蒙顶花茶，二两葵花子，一包牛肉干，跷着二郎腿慢慢消磨时间。

一个穿旧西装蓄小胡子的中年男人一手摇折扇，一手拿着扑克牌，挨桌问人玩不玩压红桃老K。问到邱建国面前，他摇摇头，看见那人手里有三张牌，面上为一张很显眼的红桃老K。旁边有人问怎么玩，小胡子很轻松地解释说，压一次二十元，压中红桃老K赢五十元，总共三张牌，胜率为三分之一。就有人脸上做出跃跃欲试的表情，却迟迟不肯当真。邱建国是个好奇的人，通常对这类骗术抱有很大兴趣，他既喜欢看别人如何上当，又喜欢看骗子怎样骗人，这是一种成人游戏，因为世界上的事总是先有傻子然后才有骗子。他并不一概地痛恨或者排斥骗子，甚至对骗术高明的骗子暗暗怀有一种崇敬之情，认为那是一种很值得佩服的本领，只可惜他所见到的大多数江湖骗子技巧都很拙劣，让人生厌。事实上茶馆里人人都知道小胡子行的是骗术，但是看别人上当是一种难得的享受，所以就有人怂恿旁边的人去玩牌，而这天独自呆在茶馆里消闲的邱建国就同许多穷极无聊的茶客一样，兴趣盎然地等着看别人如何上当。

最先勇敢地站出来向小胡子挑战的是个中学生模样的男孩，他连压四次，居然中了两次，当场赢了六十元。事实胜于雄辩，说明小胡子并没有什么了不得的本事，只要你运气好也是能赢钱的。旁边有几个人终于动了心，纷纷掏出钱来压，但是奇迹立刻发生了：小胡子手里那张红桃老K仿佛有了灵性，或者简直就是神出鬼没，无论你怎么压就是压不住它。明明只有三张牌，可是运气就是与你无缘，于是那些指望捞一把的赌客只好纷纷败下阵来。有个穿西装头发抹得油亮模样像电视上港台歌星的年轻男人脸膛就开始涨红，掏出一百元大钞，大声嚷嚷神了神了，我就不信压不住你这个红桃老K！更多好事者都围上来看热闹，一脸的兴奋，唯恐天下不乱的样子。那人瞪大眼睛连压五次，居然一次也没有压中，就粗了脖子，硬说小胡子做了手脚，嚷嚷要揪小胡子上派出所。小胡子当然是见过世面的，他不慌不忙收起钱来说，老兄，我们反过来玩，你坐庄，我来压怎么样？当场开了一副新扑克牌，扔给"港台歌星"。

小胡子看也不看连压三次，果然中了两次红桃老K，众人都喝彩叫好，那个"港台歌星"当场丢丑，只好恨恨地走开去。小胡子又到处找人玩牌，至此再没有人敢与他赌。邱建国坐在一旁冷眼观看，开始竟也没有看出破绽，但是仔细想想，就觉得问题一定出在那双手上。因为无论谁玩牌，小胡子必定亲自洗牌翻牌，那是一双没有血色的皮肤苍白的手，骨节细长柔软，像软体动物的触角，十根细指像玩魔术一样把纸牌转得呼呼响，令人眼花缭乱。不管怎么说，众目睽睽之下作弊，那种功夫也算修炼得出神入化了。想到这里，他不禁对骗子有些刮目相看。但是当他再次把目光移到小胡子脸上时，觉得这张脸竟有些眼熟，好像在哪里见过，又蹙眉想了一会儿，禁不住呵呵地哑然失笑。

这时那个输钱的"港台歌星"领了两名穿制服的治安员从茶馆外面冲进来，当场从小胡子身上搜出几副新旧扑克牌和三百多元赢来的钱，人赃俱获。小胡子被左右扭住胳膊，却依然嘴硬，不肯承认聚赌行骗。治安员就亮出电警棍和铐子，威胁要当场给他退一退火，然后扭送派出所。邱建国见状连忙站起身来，走上前去拍拍治安员的肩膀说："喂，朋友，我来说句公道话，这些先生在茶馆赌牌都是自愿的，要是以赌博论处的话，这些人都有份。"

一个治安员瞪着牛眼蛮横地说："谁要你管闲事？你是干什么的？"

邱建国笑笑，也不生气，不慌不忙地说："我这人生来有个毛病，就是爱管闲事。我姓邱，你们不妨给这个辖区的公安分局杨局长打个电话，问问他我是干什么的，该不该管一管这个闲事？"

这些治安员都是从农村招来的临时工，穿那种灰不灰蓝不蓝的制服，人称"二警察"。由于不是真警察，所以关键时刻往往少了底气，露出外强中干的本色。他们见邱建国衣着口气像个人物，开口闭口杨局长，他们哪有胆量给什么杨局长打电话呢？所以立刻放软口气说："这个人有问题，我们要带回治安室审查一下，这是我们的责任。"

邱建国大度地对他们说："我看他没有什么问题，这样好不好？你们把扑克牌和钱没收就行了，也算给大家一个教育嘛。"

治安员有了一个台阶，又可以私下得些实惠，何乐而不为？就假装呵斥几句，乐呵呵地走了。小胡子一上午工夫白费了，钱也没有了，扑克牌也没收了，只好垂头丧气地出了茶馆。邱建国又坐下来喝了一会儿茶，看看小胡子没走多远，就出了茶馆不紧不慢地跟上他。

小胡子受了惩治依然不肯老实，到处东瞅瞅西逛逛，眼珠一转一转不知又在打什么主意。忽然面前有人拦住去路，抬头一看是那个自称爱管闲事的人，立刻没好气地说："你跟我干什么？我连今天的饭钱还没有着落呢。"

邱建国不动声色地说："朋友，我来跟你玩一回牌如何？你如果真有本事，饭钱就在我身上挣好了。"

小胡子以为遇上一个自作聪明的傻冒，立刻大喜过望，连声道："好好，你老哥说话算数，我们到前面那座空亭子里去玩。随你玩什么花样都行。"

来到亭子里，小胡子变戏法一般从裤腿下面又摸出一副扑克牌，得意地对邱建国说："朋友，怎么玩法？叫二十一点还是压红桃老K？三十元一次，碰碰各人运气。"

邱建国伸出手来说："行，就玩压红桃老K。但是有个条件，牌给我，你来压，我坐庄，不许你的手碰牌。"

小胡子警觉起来，眼珠一转说："朋友，牌在我手里，怎么能劳你老哥的大驾呢？还是我来洗牌。”

邱建国坚持不许他碰牌，小胡子眼神就有些紧张，觉得今天这人来者不善，连忙拱拱手道：“大哥得罪了，兄弟今天晦气，压不住牌，要不改日再来陪你玩。”

邱建国冷冷地说：“那不成，今天我就要看你怎么个玩法。”

小胡子四处张望了一下，指着不远处一个男孩说：“你我都避嫌疑，让他来翻牌好不好？免得冲了手气。”

邱建国一看，正是最先赢了钱的那个男孩，就嘿嘿一笑说：“你骗得过我么？那是你的肘子(帮手)。你们合伙设下圈套引人上钩，当我不知道?”

小胡子知道彻底露了馅，连忙掏出一盒皱巴巴的香烟，油嘴滑舌地告饶道：“大爷是哪座庙里的神仙哪个码头的舵爷，小的有眼不识泰山，还望大爷高抬贵手，放小人一马。”说着一抹腿就要开溜。

邱建国一把揪住他，放声大笑起来说：“许大毛你这个龟儿子！你真他妈的有眼不识泰山呢，你好好看看老子是谁！”

许大毛瞪大眼睛仔细看了一会儿，一拍脑袋失声叫道：“是你呀邱建国，吓得老子心都不跳了。”

两人都笑起来，彼此捶着对方的肩头，觉得很亲切。许大毛叫过那个赢钱的孩子来，说这是我儿子，许东东，快叫邱叔叔。许东东满不在乎地叫了一声，就站到一边去了。邱建国看这男孩子时，十二三岁年纪，却梳了一个中分头，头上焗了许多油，跟个小大人似的。再看父亲许大毛，衣袖上沾着油渍，脸色青灰，分明一副江河日下的潦倒模样。

许大毛跟邱建国都是兵团知青，邱建国当团支书时，他是团员，拖拉机手，还一同出席过团里的知青先代会。在邱建国过去的印象里，许大毛曾经是个聪明、快活和讨人喜欢的小伙子，那时候他们刚刚从城市下到边疆不久，朝气蓬勃对生活充满信心。可是斗转星移，什么时候兵团知青许大毛变成眼前这个长小胡子的江湖骗子呢?

他很有兴趣地问许大毛说：“听说你在一家工厂里做事，好好的怎么干起了这等营生？牌玩得还不错嘛。”

许大毛却歪着头反问道：“听说你做了老板，发财了是不是？什么时候拉兄弟一把呀？”

邱建国摆摆手说：“我这个老板徒有虚名，还不是混口饭吃。”

许大毛说：“得得，瘦死的骆驼比马大，喂，建国，有烟没有？快掏出来让弟兄过把瘾。”

邱建国看见那个男孩像只狡猾的小老鼠在一旁用眼睛偷偷窥视他，这种不怀好意的眼光叫他心里不舒服。他扔了一盒“红塔山”给许大毛，许大毛抽出一根扔给那个男孩，自己点燃贪婪地吸起来，吐出细白的烟圈。然后他们都没有说话，看着满地落叶在秋风中簌簌地动。过了好一阵许大毛才伤感地摇着头说：“说来话长，人跟人不一样。兄弟我如今是落毛的凤凰不如鸡，连乌鸦老鼠都不如啰。”

邱建国看着那个同父亲一起吞云吐雾的儿子，脑子里猛然浮起一些零零碎碎的印象。他记得在一次老知青碰头会上，有人曾经提起过许大毛的事：许大毛的老婆跟人跑了，丢给他一个儿子，他做工的那家工厂也因亏损破产，工人下岗自谋生路。有人说在大街上碰见许大毛替人算命哩。当时大家感叹几句，会上的话很快扔在脑后，现在看来许大毛生活不幸确有其事。

邱建国是个有心人，即使不论知青感情，他也有可能帮许大毛一把，何况他还暗暗欣赏许大毛的机灵和随机应变，就有心要将他收到自己公司里做事。但是他不能马上流露这种想法。他在社会上闯荡多年，当然懂得要收养一条野狗，先要打掉它的野性，使它俯首帖耳的道理。于是他突然一变脸色，声色俱厉地痛斥起这个江湖骗子来：“好你个许大毛，什么鸡巴凤凰不凤凰！你本来就是只老鼠，只配在地下打洞，还钻出地面上来干什么？……呸！你算什么老子？看你把儿子养得跟个小流氓似的，到处骗人钱财，你想过后果没有？……告诉你，你不嫌丢人，我还嫌丢人呢！你们迟早得关进监狱里去，那时候后悔就晚了！”

许大毛劈头盖脑挨了一顿痛骂，直到被骂得晕头转向，缩缩脖子，明白自己不是个人物，再不敢大口大气地同邱建国说话。他畏惧地望了昔日的老同学一眼，又低下头抽烟。邱建国骂过之后也不看他，取出一张自己的名片扔在石桌上，口气冷淡地说道："许大毛，看在咱们多年的老知青份上，你什么时候想好了，不干这路骗人的营生可以到公司找我。"

他说完就走开了。

第二章

4

一望而知，邱建国属于那种性格平和容易给人好感的成熟男人。他高个子，足有一米八〇，中学在校队打过篮球中锋，很受女同学青睐。他有一张蒙古人的脸，大脸盘上，一双细长的眼睛很和蔼，给人深思熟虑的感觉。同他那一代上山下乡的同龄人一样，他刚刚迈过不惑之年的门槛，经历丰富见多识广，接人待物态度随意谦和，举止沉稳练达有幽默感，绝不同于轻佻和张狂的一类。只是随着时光流逝，前篮球中锋的前额不争气地谢了顶，肚皮也微微凸起，脸上有了难看的眼袋，下巴也多了一层松弛的肉褶，不过这些微疵都不算什么，因为时下提前发福正是中国社会各种成功人士的共同体征。

其实邱建国算不上太大的事业成功人士，他的公司是一家小公司，还远远说不上实力强劲兴旺发达。下乡时候，他在边疆是个颇有知名度的知青典型，军队接管农场时期，他阴差阳错地被一位首长看中，于是仕途得意官场走红，从生产队长一下子当上了副团级的农场党委副书记，就是所谓“坐直升飞机”上来的年轻干部，而那一年邱建国还不满二十岁。俗话说“祸兮福所依，福兮祸所伏”，当时军地派性斗争严重，一九七四年军队撤离农场他就没有了后台，立刻显出年轻人底气不足的弱点来。于是此后一系列运动，他都没能脱了干系，无论哪派上台他都是说清问题的对象，年纪轻轻进了若干回学习班，连他自己也戏称“老运动员”。不是他邱建国真有多少说不清的问题，而是他坐“直升飞机”上来本身就是最大的问题。

仕途受挫，大返城回到西都，几经周折分在一家街道小厂当党支部书记，享受副科级待遇。不料阴沟里竟也风云变幻，厂长串通副厂长、会计一起诬陷书记，上级领导调查前兵团知青档案里挂起来的那些不明不白的历史旧账，于是邱建国被宣布撤消职务，调到另一个街道办事处看大门。好在这时历史车轮已经驶进八十年代中期，老知青邱建国再也忍受不了这种没完没了的政治暗算，一怒之下辞去公职，向朋友亲戚借了八百元人民币，开始了俗称“下海”的自谋生路的个体户历程。

个体户邱建国成了市场经济大潮里一个趺趺撞撞的弄潮儿。

起初他像个拼命叫卖的街头艺人，变戏法一样不断变换着令人眼花缭乱的招牌：照相馆、干洗店、小吃店、干杂店、美发室(后来又改发廊)、水果店、游戏室、卡拉OK厅，可是赵公元帅似乎有意遗忘了他，总之他始终不曾有过顺利发财的机会。比如夏天卖北方西瓜赚了钱，冬天贩南方柑橘却遇上公路塌方，叫天天不应，只好眼睁睁看着车上的柑橘沤成肥料。开小吃店好好的，夜里却失了一场火，险些没弄出人命官司来。他看到市场上时兴艺术人像就连忙鼓捣照相，美发厅生意兴隆又停了照相转向美发，可是等他打出招牌准备开张时，才发现市场上至少已有几百家大小美发厅好像雨后春笋一样冒出来，星罗棋布严阵以待。

直到八十年代末的一天，有个穿西装很精神的年轻人偶然来到他的小店里推销洗衣粉，认出了大名鼎鼎的邱建国。年轻人名字叫万小东，他有个哥哥叫万向东，与邱建国是同学，在兵团也是个红得发紫的人物。万小东从前见过邱建国，就试着叫了一声。邱建国一愣，竟没有认出对方，等到万小东自我介绍时，他才记起面前这个有些腼腆的青年竟是老同学万向东的弟弟。万向东没有回城，一直留在边疆工作，这些年忙于生意，大家竟疏于联系，都断了音讯。邱建国一高兴，也不做生意，关了店门拉万小东到街头的小酒馆喝酒。

小酒馆里生意冷清，木桌竹椅，街面上树影婆娑，正是聊天叙旧的好去处。邱建国坐下来就迫不及待地问："向东现在干什么？日子过得怎么样？"

小东回答说："我哥今年又回勐岗了。是在县里，不在农场。"

邱建国给小东和自己都斟满一杯酒，大发感慨道："你嫂子是当地人，叫金阿果对不对？我没见过，他们是在山上寨子里结的婚。我走时你哥当公社书记，后来就没有联系了。"

小东将酒杯端起来，恭敬地同他碰杯说："我哥在公社当了六年书记，直到一九八四年才调到地委当办公室主任。今年派回勐岗锻炼，当县委书记，还是地委常委。"

邱建国听了这话，端酒杯的手一时就僵住了，好像被风呛了一下。过了好一会儿才连连点头道："向东不错不错，都混上副厅了，来来，为你哥干一杯。"一仰头把酒干掉，神情竟有些黯然。

万小东是个聪明伶俐之人，自然明白这位前知青领导的复杂心情，就连忙替他斟满酒，安慰他道："邱大哥，其实你这条路好，自食其力，活得理直气壮，没准将来有了几百万几千万，不照样能成就一番事业么？我哥常来信说，当官最累，累心啦。"

邱建国唉声叹气道："老弟你是端铁饭碗的，哪里知道我们做个体生意的难处？"就把这市场上七颠八簸的事一五一十讲给万小东听。

万小东不眨眼地听了，他推开酒杯，表情很诚恳，一针见血地说："如果小弟说话冒昧，请邱大哥不要生气。我看大哥生意不长进，坏就坏在跟风上。"

邱建国心里咯噔一跳，觉得这个小青年是有主见的，就连忙请教他何以见得？万小东就不慌不忙说出一番话来："我大学虽然学的是文科，但是分到工厂却一直搞销售，所以对市场并不陌生。举个例来说，我们工厂是个福利小厂，生产‘双鱼’牌洗发软膏和洗衣粉，可是这两年护肤洗涤用品风起云涌，各种洗面奶、护肤霜、洗发液、护发液多如牛毛，广告铺天盖地，谁还买你五角钱一支的老式洗发膏呢？其实我们国营厂还是有自己的优势，比如我们的生产程序很正规，产品原料都从植物中提炼，不含化学成分。我曾向厂里建议，研制一种妇女专用的卫生洗洁用品，全部采用天然中草药制成，可是工厂领导不重视，所以我们销售科只好成天出来推销积压产品。

“……其实商场如战场，最讲究精密决策出奇制胜。你看‘傻子’瓜子成功了，他有什么绝招？就是因为他不跟在别人后面跑，而是闯一条自己的路子，闯出来你就成功了。生活中人各有长，有人兢兢业业，有人全力创名牌，有人利用官场或者名气，有人擅长各种人际关系，还有人则天生一颗做生意的脑袋瓜，处处领先市场一步。你邱大哥的优势在什么地方呢？”

听到这里，邱建国的心脏猛地跳了跳，好像有一些不清晰但让人兴奋的东西忽然闯进了他的大脑。万小东呷了一口酒，又往嘴里扔了一颗花生米，慢慢咀嚼着说：“邱大哥，恕我直言，你在知青中那么有名气，西都市有几万名到过边疆的兵团知青，他们都是你的战友，他们各自有一份工作，有一个单位，因此就有许多无所不在的社会关系。如果把这些关系开发出来，就是取之不尽用之不竭的财富，你为什么不在这方面动动脑筋呢？”

那一刻老知青邱建国冒着小汗的脑袋瓜突然开了窍，就像厚厚的云絮裂开一道缝，天庭之上的月亮露出脸来，于是就有一片清亮亮的光辉斜斜地照进了他的思想中。他感到自己沉睡的大脑顿时被唤醒了，那些不知藏在什么地方的灵感都生动起来，在他心里止不住地涌来涌去，迫使他产生一种要大口吸氧的愿望。于是他一拍桌子站起身来，把万小东吓了一跳。

“小东兄弟，今天大哥我遇上你是咱们的缘分，大哥我先干了这杯酒。”他满上一杯，说完一口干掉，万小东连忙站起来，跟着一仰脖子也干了杯子里的酒。

邱建国脸色微微涨红，他感到很奇怪，觉得自己从来没有像今天这样兴奋，许多大大小小的主意都像枯水期的石头露出面来。他拉着小东的手严肃地说道："兄弟，我有个主意，你也别窝在你那个小厂里浪费青春，出来跟大哥一道干吧。市场经济是广阔天地，如果你不嫌弃，大哥我正需要你这样的帮手……向东是我老同学，向东的兄弟就是我邱建国的兄弟，只要大哥有一碗饭吃就有你兄弟一半……"

万小东大学毕业没后门，分到这个半死不活的国营小厂原本也是无奈的事。他们当即讨论了一个到边疆进行边贸物资交流的计划，万小东答应回去就给万向东写信，把这个建议转告他。这顿饭他们一直吃到下午，都有相见恨晚的意思，因此分手时彼此都很兴奋，都有些恋恋不舍。

万向东果然很快回了信，欢迎老同学到边疆投资开发，还许诺给他们以足够的政策优惠和支持。当年万小东便踏上南下的旅程，并如期带回一支满载边疆白糖橡胶山货土杂的汽车队。

邱建国初尝商海成功的喜悦。对一个不甘消沉的男人来说，赚钱不仅是商场上的胜利，更重要的是增强了自我奋斗的信心。他立即申请注册了一家以边贸为主要业务的远大商贸公司，正式委任万小东做他的副经理，远大公司经过两三年发展，居然也拥有了一二十名业务骨干和近百万元资产的家底。他的公司虽然比不上外资公司财大气粗，也比不上官办公司有后台，但是因为有边疆万向东的支持，货源充足稳定，又是独家经营，在西都市商界也有了一些小小的名气。

贫民出身的老知青邱建国第一次尝到了腰缠万贯的富人滋味。他养成了穿名牌西服，系"金利来"领带，穿"鳄鱼"牌皮鞋的生活习惯，衣冠楚楚使他有了扬眉吐气做人的自在感觉。对一个造过反、下过乡、受过磨难、人生轰轰烈烈又大起大落的老知青邱建国来说，他的快乐似乎不仅仅是挣钱，他的事业目标也不能完全用物质财富来衡量，但是究竟用什么来衡量他一时还没有想好。邱建国是个豪爽之人，不管有钱没钱对朋友都很大方，这种有争议的性格注定使他在拥有许多形形色色朋友的同时，又要像背债一样背上许多额外的责任和义务。人怕出名猪怕壮，于是当了公司经理的邱建国常常就要被许多分内和分外的事情所缠绕、所忙累，忙来忙去就难免迷失方向本末倒置。

5

上帝之手往往在人毫无防备的时候落下来。

邱建国在游乐园里漫无目的地闲逛一阵，也没有了心情，他突然记起在这座叫作凤凰山的地方曾经有一处叫作“红卫兵公墓”的纪念地，当年他亲手在那里安葬过同学和战友李红军，屈指算来有二十多年了吧，不知道坟墓还在不在。虽然这是一个偶然的巧合，他因为走近凤凰山才苏醒了历史记忆，但是这个巧合对他个人来说意义重大，尽管他当时并没有意识到这一点。

上帝在高高的云端之上愉快地望着他。

他径直出了游乐园后门，沿着一条小路往山上走。山上没有人，但是乱石之间多了一些从前没有的稀稀拉拉的树木，这些高高低低的树丛使得原本简单明了的路径变得复杂起来。再往上走，便有了岔路，林木也更加茂密起来。邱建国不认得路，在他模模糊糊的记忆中，公墓应该在一片山坡上，竖起许多高高低低的尖方碑，山顶有一座破教堂，山下远远就能看见。可那已是二十多年前的事，时过境迁，山上已经完全改变了模样，弄得他要问问路也找不到人。

他高一脚低一脚不辨方向地走着，直到一片高大的杂木林完全遮挡了天空。光线顿时幽暗了许多，空气中弥散着腥湿的泥土味和落叶腐烂的气息，几只看不见的鸟儿在树叶间响亮地鸣叫，一声声拖长的鸟鸣好像细细的鞭子从湿漉漉的空气中抽过，让人头皮一炸一炸的，觉出林间埋伏的冷寂和阴森。

正走着，身后传来一阵急促的脚步和呼哧呼哧的喘息声，邱建国一惊，本能地站住脚，侧耳倾听。由于城郊社会治安不好，劫财杀人的事件时有报道，当地报纸电视吁请市民提高警惕和增强自我防卫能力。他迅速打量一下四周，拾起一根枯树棒严阵以待，一回头却见许大毛追上来了。

“这一带山上人稀，不大安全，所以我来……陪你走走。”许大毛揩着额头的细汗，有些局促地解释说。

邱建国放心了，他扔掉树棒，拍拍手上的泥说：“你来得正好，山上有座红卫兵公墓怎么不见了？我记得原先好像就在这一带的。”

许大毛想想说：“公墓是有的，不过你方向走反了，应该在南坡的林子里。”

他们折回身去，许大毛在前面领路，邱建国在后面跟着，两人在树丛中弯弯曲曲地走了一阵。邱建国边走边问：“大毛，你儿子呢，还在山下等你？”

许大毛闷声回答道：“我叫他回家了。”

邱建国说：“你爷儿俩就这样……过日子？”

许大毛低头道：“唔。”

邱建国又问：“读中学吧，你儿子？”

许大毛摇头苦笑，叹道：“退学了，不是读书的料，留两次级了。”

正说着，许大毛站住了，拨开一丛灌木指着说，到了到了。于是他们就赫然地看见了那座淹没在荒草丛中年久失修的公墓，和公墓背后高高的教堂尖顶。

“红军，我来看你了。”邱建国在心里喃喃说道。

当第一声尖锐的枪响像锥子一样刺痛了邱建国的神经，解放中学乃至整个西都市的武斗就揭开了一个历史新纪元。

战斗是从黎明前开始的。当时夜色未明，一颗红色信号弹腾空而起，弹道在黑黝黝的夜空中划出一条美丽的亮晶晶的弧线。紧接着又一颗绿色信号弹升起来，这回是在离解放中学很近的一个地方。许多同学都看见了信号弹，但是没有人在意，直到很久以后邱建国才意识到，这就是那个血腥阴谋的开始。

解放中学地处闹市区繁华地段，学校前身是一座英国教堂，校园里有一座高高的尖顶钟楼可以居高临下俯瞰市区。由于造反组织夺权加剧和武斗升级，这所早已千疮百孔的学校就不可避免要成为各派为控制市区而争夺的军事要地。

在这个公元一九六七年初夏的一个黎明，午夜刚过，月牙尚未落下，空气中依然弥漫着热烘烘的粘滞的倦意。黑暗中忽然闯进来一辆对立派的新民中学（简称新中）红卫兵宣传车，播放着震耳欲聋的语录歌，在解放中学校园里横冲直撞，大喊大叫地示威。很明显这是一种挑衅的姿态，一个蓄意制造的事端。解放中学（简称解中）红卫兵紧急行动起来，他们在司令李红军、政委万向东带领下，一大群如狼似虎的“红卫兵纠察”队员关闭大门，瓮中捉鳖地俘虏了这辆深入虎穴的宣传车。纠察们将车上几名死硬分子痛打一顿，将其中一名女播音员剪成阴阳头，脸上泼了墨汁，脖子上挂双破鞋，极尽所能地羞辱一番之后赶出校门。

于是这场震惊西都乃至全国的激烈武斗就顺理成章地爆发了。

天亮以后，数十名新中红卫兵手持木棍梭标冲进学校来，将解中许多人打得头破血流。解中红卫兵情急之中动了真枪，对天鸣枪警告并当场击伤一名最凶悍的新中男生。武斗立即升级。对方司令部调集几百名手持各式步枪冲锋枪的红卫兵，喊着“敌人不投降，就叫他灭亡”、“以牙还牙，以血还血”、“头可断，血可流，革命路线不可丢”的整齐口号，在高音喇叭鼓动下开始了对解放中学的大规模围剿。他们出动推土机推倒校门，推倒围墙，然后腰也不弯地向“敌人”阵地冲锋。这些进攻者都是尚未成年的男女学生，他们学着电影上俄国群众进攻冬宫的模样，举着枪嗷嗷直叫，把武斗当成游戏，把自己当成英雄，以为枪声一响敌人就会乖乖投降，因此只顾大吼大叫地到处乱跑去抓俘虏。

解中红卫兵也学着电影里八路军打伏击的榜样，严阵以待，把敌人放近了再开枪。随着李红军一声令下，中学生扣动步枪、冲锋枪和各种武器的扳机，把游戏场变成一个血肉横飞不逊于任何激烈战斗的战场。

这场血战持续了整整一周，双方均死伤惨重。

反对派调来更多工人、复员退伍军人和学生，动用了包括迫击炮、平射炮、炸药包和坦克在内的重武器，三面包围解放中学。炮弹轰垮了办公楼、教学楼，把最后坚守阵地的李红军等数十名学生逼进了一幢集体宿舍楼上。

形势万分危急，守卫者已近弹尽粮绝的境地。是夜，他们召开一个紧急会议，讨论革命的形势与出路。政委万向东提出天亮后与对方谈判，以争取宝贵时间等待援军，否则就全体撤离学校，以保存革命力量和火种。这个建议立即得到副政委邱建国以及兰婷、张省身、朱青天等人响应。但是这个妥协的不光彩的逃跑主义路线当即遭到以司令李红军、副司令佟大全、支队长姜解放为首的部分红卫兵坚决反对。年轻的反对派质问道，狼牙山五壮士会向敌人妥协吗？渣滓洞白公馆的先烈会和敌人谈判吗？如果我们不能坚持战斗到底，革命事业就会断送，无数革命先烈，包括这场战斗中牺牲的战友的鲜血不是白流了吗？头可断，血可流，毛主席革命路线不可丢！

双方各执一词，都引用语录激烈反驳对方，都引用语录为自己论证，但是谁也不能说服谁，最后决定按照遵义会议的方式投票表决。投票结果是一半对一半。于是撤退派就趁夜色掩护从后窗悄悄地离开阵地，翻墙出了学校，剩下的战斗派则用木床和桌椅堵死了所有楼道和窗户，以示与阵地共存亡的决心。

天亮后战斗又进行了半日，进攻一方上不去，就在楼下放起火来。一股股浓烟夹着火焰像龙卷风一样直冲天空，楼梯、楼板和桌椅被烧着了，噼噼啪啪爆响。楼上的人被烟火熏烤得终于坚持不住，许多人衣服着了火，他们高喊“毛主席万岁”的口号往窗外跳。幸好窗外是一片绿地，只有一人运气不好刚好摔在排水沟的水泥板上当场死亡，鲜血和脑浆溅得老远，其余幸存的男女都被迫做了俘虏。胜利者对失败者进行了毫不留情的屠杀和虐待，据后来“一打三反”披露的材料显示，那些杀红了眼的新中红卫兵把李红军和其他几个人绑在树干上用鞭子抽，用刺刀捅，然后拖到墙跟前乱枪打死。许多女俘虏都被剥光了衣服，遭到前所未有的侮辱。

这场著名的西都“六·一九”武斗双方都声称对方先开第一枪，事后非官方统计双方共死亡一百五十多人，伤者无数。李红军和其他死者均被各自组织冠以“革命烈士”头衔，经过抬尸游行等纪念仪式之后，统一送到凤凰山教堂下面安葬。此后大规模武斗又持续了几个月，陆续又有许多在武斗中丧生的红卫兵小将被送到凤凰山安息。这年冬天军队奉命进驻城市，学校成立军管会，各校又相继揪出一批在武斗中打砸抢的害群之马予以严惩，被枪毙的坏分子也被埋在这里，于是这些疯狂年代的年轻人在付出了生命的高昂代价之后终于殊途同归。

6

历史是条干涸的河床，当人类的生命之流远去，河道上就留下那些大大小小的凝固的生命过程。当年豪情万丈的一代天骄，气吞山河主宰人类的红色赤子，如今只剩下一个个被人们遗忘的野冢荒坟：墓碑歪了，青砖塌了，水泥也裂开口子，油漆剥落殆尽。那些高高低低的尖顶墓碑上，曾经极为豪壮的“为有牺牲多壮志，敢教日月换新天”、“国际悲歌歌一曲，狂飙为我从天落”、“生的伟大，死的光荣”之类领袖诗词和语录，经历了漫长历史风雨的浸淫，那些字迹笔画便纷纷脱落残缺，露出一块块空白和残缺不全的痕迹来。

历史的枪声仿佛还在回响。老红卫兵邱建国虔诚地跪在公墓跟前，用手指抚摸那些坑坑洼洼的历史遗迹，努力辨认同龄人即将消失殆尽的生命符号。这是他们一代人的生命历程，他们就是从这座废墟走出来，走到今天并走向未来。对这座以一代人的青春名字“红卫兵”命名的公墓，邱建国内心深处藏有一种类似圣徒朝圣的神圣感情，尽管他在商海里弄潮，在人欲的漩涡里沉浮，这并不妨碍他在精神上始终崇拜这片圣地。他至今仍然清楚地记得，这片公墓共有坟茔和纪念碑七十一座，集体安葬着平均年龄不满十六岁的男女红卫兵四百一十六人，他们中许多人都是解放中学的同学，其中包括邱建国的同班好友李红军。

邱建国吃力地弯下腰来，开始用手拔掉挡在墓碑四周的藤蔓杂草，许大毛跟在他的身后，也卖力地去拔杂草。他们分头寻找李红军的坟墓。突然许大毛惊叫一声，他回头看去，只见一条两尺多长的青花蛇扭动细长的身体急速地从空地上穿过。许大毛白了脸，连连说建国你要当心啊，坟地蛇多，是毒蛇啊。就拣了一根树棍到处拍打草丛。

邱建国抚摸着一座座冰凉的墓碑，困难地辨认字迹，他的两条腿好像灌了铅，心中哀伤无语。他觉得自己好像赤脚在干涸的河床行走，心灵感到一阵阵难以言说的刺痛。在这片滚烫的历史河床深处，李红军沉默，公墓沉默，许许多多同龄人沉默不语。他们无声地注视着他，只有风呜呜地响着，叙述一个又一个壮烈而又荒唐的人生故事。时空流转，天地苍茫，岁月将这些故事已藏进了石头的缝隙之中，故事的主人公们，有的早已长眠不起，有的却还活着，他们分别生活在两个世界。他们过去曾经是同学，是战友，是一个理想旗帜下天真烂漫的同龄人。现在他来了，向另一个世界眺望，尽管他们近在咫尺，但已不可能重聚，因为他们之间阻隔的是一段无法逾越的有如银河宇宙般遥远的永恒距离。

他肃立着，墓碑上的红漆早已脱尽，但部分字迹仍依稀可辨，那些出自革命年代的口号一经映入他的眼帘，一种无比熟悉的历史氛围和生命烙印立刻复活了，涨满他的记忆。“……万寿无疆!”、“……万岁！万万岁!”高昂的旋律，激情奔涌的热烈欢呼，历史的响箭穿越黑暗的时空隧道呼啸而来，记忆之门轰然开启，一连串惊天动地的爆炸之声立刻在老红卫兵邱建国心中引起经久不息的回响。

李红军的坟墓终于找到了。

这是一座同别的坟墓没有什么两样的坟茔，墓碑历经二十多年的岁月沧桑居然基本完好，只是砖砌的墓身到处开裂，一棵碗口粗的小树竟从坟墓的裂口处斜斜地生长起来，让人感到这个顽强的生命一定要挣脱坟墓的束缚，将华盖一样的枝叶高举着直刺青天。

邱建国在坟墓前点燃一支烟，深深地吸了一口，然后插在墓碑上。他的脸色看上去又肃穆又痛苦。二十多年风风雨雨过去了，他记得最后一次来这里扫墓是在下乡当知青前夕，他与万向东、佟大全、姜解放、兰婷、张省身等同学一道来向李红军辞行。那是一个临近过新年的初冬的下午，“知识青年到农村去，接受贫下中农的再教育，很有必要”的最高指示发表几天之后，他们已经得到通知将要奔赴几千里外的南疆生产建设兵团。一个伟大的红卫兵时代终于结束了，就像一出未经排演的大戏乱糟糟突然戛然而止，主角立即就被赶下台去。未来是什么谁也不知道，总之主角是再也唱不成了，“问苍茫大地，谁主沉浮”成了一种嘲弄，于是一种对前途和命运的担忧像阴云浓雾一样沉甸甸地压在这群红卫兵心头上。

那天天空飘洒起霏霏细雨，几丛稀疏的灌木枝叶凋零，空气潮湿、阴冷而压抑，教堂尖顶上的十字架仿佛提醒他们上帝并不遥远，墓地弥漫着一种荒凉而庄严的气息。他们个个都不说话，表情肃穆得像雕像。冷风冷雨渐渐打湿了他们的头发和棉袄，将他们年轻的脸膛冻得铁青。万向东将香烟点燃吸了一口，插在李红军墓碑前，大家纷纷效仿，给每一座同龄人的墓碑前都插上一支点燃的香烟。

“……红军，我们要走了，到很远的地方去。以后不知还能不能回来看你?”邱建国沉重地对那个地下的老同学辞行说。

“革命岂能做井蛙，雄鹰踪迹海天涯。历史的经验值得注意，革命首先从农村发动。”佟大全冷笑着大声说道，“星星之火可以燎原，我们没有理由悲观。红军，我向你宣誓，我们的目标不仅要解放自己，最终还要解放全人类!”

“注意，我们上山下乡不是去革别人的命，而是去改造思想!”万向东反驳说，“我们必须摆正自己的位置，才能同工农大众打成一片，否则知识分子注定要把革命引上歧路。”

“我不能同意!”姜解放摇摇一头朴素的短发，激烈地反对道，“广阔天地，大有作为！我们到农村去当然要向工农大众学习，但是并不等于说，我们就成为了革命的对象!”

“历史的经验值得注意，”张省身揩干净眼镜上的雨水，一脸深思熟虑的表情说，“五四以来的青年运动史证明，知识青年只有一条道路，就是与工农相结合。当然，我也不反对占领上层建筑，就是说，结合之后还是有可能重新占领上层建筑。”

争论一阵谁也说服不了谁，后来他们都沉默下来，只听见冷风呼呼地吹，谁也没有说话。邱建国心情很复杂，他觉得此时此地任何关于革命的讨论都过于苍白空洞，重要的在于行动。他说不清自己的感受，但是他却暗暗揣着一个奇妙的想法，那就是对于未来世界的莫名其妙的向往。他是城市贫民的后代，并不惧怕吃苦，在城市也没有什么可留恋的东西，既然城市已经没有他们的舞台，学生终归要走出校门，那么也许广阔天地才是他们真正的用武之地。

离开公墓时，大家相约十年后在这里相聚，每人留一句箴言写在石碑上。邱建国留言道：“……如果说人生像一棵树，那么我觉得这座公墓是我们的根，无论我们走多远，我们的血脉与这里相连。”

姜解放铿锵地写道：“我希望所有人都能记住，我们的人生是从这里开始的。”

佟大全向战友发誓：“我和红军都崇拜切·格瓦拉，我将继续像格瓦拉那样去战斗。”

一脸学究气的眼镜张省身崇拜文学大师，他将自己对人生的希望透露给战友：“我同意巴尔扎克的话，做一个历史的书记官。”

沉溺于浪漫想象的初中女生兰婷一脸诗意地憧憬未来：“上山下乡就像史诗记载的部落大迁徙，那是一种悲壮的行军，尽管前面不断有人倒下，但是我们决不停止脚步。”

只有万向东像个年轻的东方巫师，脸上挂着一种让人捉摸不透的古怪表情。他用小刀子将箴言一刀一刀地刻在石碑上：“红军，这是我们一代人的迷宫，我们注定走不出这片归宿之地。”

7

事实上兰婷说得很对，上山下乡运动的确很像一次民族大迁徙，成千上万的知青从城市来到边疆，经过十年的艰苦跋涉，他们中的大多数人终于走出人生的沼泽又返回城市。生活像流水，他们花了十年时间在人生的道路上划了一个圆，然后又回到起点。但是这群当年的老红卫兵到底没有能够实践到公墓相聚的诺言，倒不是他们有意将老同学抛于脑后或者变得过于市侩，而是因为他们的生活都发生了很大变化，实在有太多的事要做，忙得忽略了这里寂寞的老同学。

对不起，红军，我早就该来看看你的，你能听见我的话吗？邱建国满怀歉意和内疚地对那个长眠地下的同龄人说道。屈指算来，李红军们已经在这块冰凉的土地上静躺了二十多个年头，而他们的同学却活着，呼吸着自由自在的空气，享受着二十世纪末叶天空的灿烂阳光，并且过上了比当年他们发誓要消灭的资产阶级还要优裕的物质生活，倘若李红军们地下有知，他们会作何感想呢？

同毁灭和死亡相比，活着本身就是一种至高无上的幸运，你还能向生活抱怨什么呢？一阵山风刮来，树枝乱摇，树叶发出哗哗的响声。许大毛见他愣在那里，就递给他一根点燃的香烟，他们并排蹲在地上吸烟。

“建国，你是解中的？”许大毛小声问他。

“嗯。”邱建国头也不抬地回答。

许大毛说：“我是新民中学的。”

邱建国瞪大眼睛道：“妈的，你怎么是新民中学的？”

许大毛笑起来：“你又从来没有问过我，我怎么就不是新民中学的？”

邱建国叹口气道：“你参加了‘六·一九’武斗么？”

许大毛咂咂嘴巴，遗憾地说：“没有。那时我父亲有历史问题，没有哪派要我，我就当逍遥派。”

邱建国将烟头掐灭问：“你有同学被打死吗？”

许大毛做了个惋惜的手势回答：“那当然。我们学校几乎每班都有学生埋在这里，光我们班就死了三个女同学，都是根正苗红的红五类。”

他们又拨开荒草，果然又找到那座女学生的坟墓，许大毛点燃三根香烟，插在同学的墓碑跟前。他们站了一会儿，后来许大毛咂咂嘴说：“我还记得她们的模样，有个叫许红的女生长得挺漂亮的。可惜，要是她们活着，都该是做母亲的人了。”

邱建国点头道：“是啊，可是生活中没有那么多要是，不然我们都该重新活一次。”

他说这话是想到了另外几位同学。

男生佟大全到了边疆，决心以格瓦拉为榜样，一心向往解放全人类，他终于在一个雨后的下午跨过 B 国国界，从此再也没有回来。另一位女生姜解放的人生楷模是革命先烈江姐，她实践了自己的诺言，把年轻生命献给了革命理想。知青到达边疆的第六天，也就是还差一天才满一个星期，姜解放牺牲在一场突如其来的扑灭山火的战斗中，同时被烧死的还有另外九名女知青。她们都被埋葬在边疆绿色的橡胶林深处。

另一个同学万向东在边疆扎了根。扎根是一种手段，他娶了一个当地山寨姑娘做妻子，这条新闻曾经上过报纸轰动一时。邱建国认为这是一种破釜沉舟的人生姿态，后来万向东果然在政治上崭露头角。

许大毛缩缩脖子说：“建国，咱们走走，别感冒了。”

他们一同走进破教堂里。邱建国看到教堂里什么也没有，空荡荡一座大房子，墙壁上到处都是坍塌的破洞。房梁倒还坚固，砖缝里长出草来，像座没有观众的荒凉的大剧场。

邱建国感叹道：“看来上帝也只好出去流浪，变成孤魂野鬼……大毛，你记得我们农场前后死了多少知青，该有几十个吧？光我能背出名字的西都知青就有十几个：姜解放、刘秀英、李家红……我想要是能把他们的遗骨迁回家乡，迁到这里来，建一座知青公墓，与红卫兵公墓连为一个整体，也就是叶落归根，我们活着的人也算尽了一份责任。”

许大毛听了这话忙劝阻他道：“建国，快趁早打消这个念头吧，就算你钱多得花不完，这事也是笃定做不成的。告诉你一个消息，听说凤凰山已经卖给了外商，就是山下这家东方世界游乐园，他们要把这片公墓铲掉扩建二期工程呢。”

仿佛一记重锤落到头上，邱建国脸色都变了，他瞪大眼睛问：“这消息当真？你是怎么知道的？”

许大毛得意地说：“我怎么不知道？我天天都在游乐园里转，还能有我不知道的事情吗？”

正说着，教堂外面的石阶上有了脚步声，一小群人说说笑笑走进来。他们都戴着软边白色太阳帽，扛着测量仪和标尺杆，其中一个技术员模样的人手里拿着对讲机，指挥别人散开来架起仪器工作。许大毛悄悄耳语道：“就是这些人，不信你问问他们去。”

邱建国上前同他们搭讪，递给技术员一根“红塔山”，装作好奇的样子问：“听说这地方要施工搞扩建？”

技术员点燃烟，眯缝着眼睛回答：“您算说对了，东方世界游乐园，大着呢。先修复教堂，然后是扩建二期工程，没准以后还要扩建三期工程。”

邱建国咬着嘴唇说：“下面那些公墓怎么办？他们的家属同意吗？”

技术员看看邱建国的脸，同情地说：“老兄，这事我可管不了，我们是施工单位，只管按图纸要求施工。”说完就走开了。

邱建国站在原地，深深地陷入一种被激怒和绝望的心情里，他的脸色由红转青，鼻翼翕动，呼吸也粗重起来。他望着教堂下面低矮的公墓群，那些公墓好像匍匐在上帝脚下一般。青山作证，这可是他们自己的同学战友和兄弟姐妹啊，墓碑无言地掩映在荒草丛中，好像一双双期待的目光在恳求地注视他。

邱建国双手紧紧握攥起来，握成一只拳头，一种很熟悉甚至很壮丽的战斗激情渐渐从内心里升腾起来。他突然意识到，这个世界还是要靠战斗来保卫的。“与天奋斗，其乐无穷。与地奋斗，其乐无穷。与人奋斗，其乐无穷。”与上帝战斗，让那个老混蛋上帝继续在外面流浪吧，而他们的兄弟姐妹却是绝不能让出这片净土来的。这是历史的使命，如同保卫自己的家园，老红卫兵邱建国禁不住激情汹涌，就像海燕听见大海和风暴的呼唤一样。在过去那个激动人心的年代，每当高音喇叭里奏响雄壮的进行曲，城市天空掠过暴风雨般节奏铿锵的造反歌曲，他就热血沸腾不能自已，想跳跃，高声呼喊，渴望像暴风骤雨雷鸣闪电那样横扫一切，哪怕横扫的是自己。

“我们是——毛主席的——红卫兵，大风大浪——炼红心，毛泽东思想——来武装，横扫一切——害人虫！”

……

尽管岁月荏苒，这代人已经历尽坎坷人到中年，尽管社会历史已经发生和正在发生翻天覆地的变革，但是这支已经渗入他们血液的《红卫兵战歌》仍然会像幽灵一样不时出现在心灵深处，令他们激动，或者在睡梦中奏响，就像“二战”（第二次世界大战）老兵常常会在冥冥之中突然听见熟悉的机枪射击和坦克轰鸣一样。

许大毛在一旁担心地望着这位老同学兼总经理，他注意到邱建国脸绷得紧紧的，眼睛里射出一种凶狠的光来，嘴角咬肌不停地运动，好像一头公狼在磨牙床一样。他趋前小声劝道：“建国，咱们回吧。听说这事外商还在谈判。”

邱建国摇摇头说：“没定下来怎么施工了？”

许大毛解释说：“现在哪家施工单位都吃不饱，巴不得赶快开工，人人都要吃饭嘛。”

上帝之手终于落下来。

邱建国松了一口气。他明白自己必须做一件大事，这件事很重要，是他人生一个不可缺少的组成部分。他转过身对许大毛说：“大毛，我需要你替我办件事，就是设法搞清楚游乐园的扩建计划，他们怎样与乡政府谈判，还有租用土地合同的内容。”他想想又叮嘱道：“最好一两天内，越快越好。”

第三章

8

天空中淤积的云絮越来越厚，越来越低，空气又湿又冷，到了下班时候，天上果然飘起蒙蒙小雨来。《西都日报》文化版记者张省身将头探出窗外看了看，他看见天空飘洒的雨丝又绵长又细密，一阵冷风拂来，那些雨丝就在风中柔韧地翻飞，像电视上广告女郎的长发。张省身检查一下自己的提包，证实确实没有带雨具，那些漫天飞舞的长发已经淋湿了路面和街道，街上淌着雨水，行人都打着雨伞，骑车人裹在五颜六色的雨衣里，出租车像一群电脑游戏上快速移动的彩色蘑菇。他只好暗自嘟哝一声倒霉，下楼去推上自行车，缩缩脖子扑进下班族的车流中。

深秋的细雨不紧不慢地下着，雨水很快濡湿了衣服和头发，顺着人的脖颈悄悄往下淌，让人感到背脊上钻进许多冷冰冰的小蛇在游动。雨水还使这座到处都在施工的大城市变得格外泥泞，从工地上开出的运土车辆一路撒落泥土，把城市街道变得又脏又滑，骑车人稍不留神就会连人带车摔个嘴啃泥，而且还会殃及后面一连串自行车像多米诺骨牌一样乒乒乓乓地跌倒。

跌倒的人爬起来当然会不高兴，不高兴就要发火，可是先摔跤的人也不是自愿摔跤，大家都是受害者，谁该冲谁发火呢？所以大家只好盲目地骂人，骂天气骂下雨，骂水泥路柏油马路，骂公共汽车溅起的泥浆，骂天骂地骂娘骂领导，骂当官的该死，只管自己坐小车，不管老百姓死活。其实这种事也很冤枉了坐小车的官们，因为城市要发展就不能不搞建设，要搞建设就得付出代价，摔跤就是一种代价，如同过去常说“要奋斗就会有牺牲，死人的事是经常发生的”一样，骂人的人其实还是懂这个道理的，但是他们还是要骂，就像车还是要骑，跤还是要摔一样。所以人们一边骂骂咧咧，一边蹬上自行车，将各自中断了的行程在这座泥泞的城市里继续下去。

张省身就在这一片叮叮当当的自行车交响曲中随波逐流地向浣花桥方向前进。

文化记者张省身是个心存高远的文学爱好者，发表过几篇有影响的报告文学。这天上班他接到邱建国电话，要他下班后到远大公司去一趟。他问有什么要紧事？邱建国在电话那头顿了一下，回答说讨论“魂系南疆”知青回顾展，也还有别的事，来了便知。又叮嘱一句晚上有便餐。张省身就给妻子文晓红打了电话，告诉她晚上不回家吃饭。

邱建国与张省身都是解放中学的校友，学生时代张省身以笔杆子出名，任过红卫兵宣传部长。以后下乡到兵团，业余时间成立知青读书小组，邱建国万向东对政治书籍马列著作感兴趣，张省身兰婷则喜欢文学作品。后来邱建国坐火箭升上去做农场党委副书记，就提拔他离开连队做机关宣传干事，再后来又推荐他上大学中文系，圆了他的大学梦。如此交情当然已经远远超出了一般的知青和同学情谊，因此张省身对邱建国始终怀有一种知恩必报的感激心情来对待他们之间的朋友关系。

“魂系南疆”是一个展示西都知青十年人生历程的大型回顾展，展览动议最初是在一次知青聚会时被兰婷提出来的，当时就得到与会者热烈拥护。兵团知青聚在一起总是很冲动，很感情用事，邱建国当场宣布远大公司捐资五万元人民币作为启动经费，于是筹备工作立刻紧锣密鼓地进行起来。但是过了几个月，筹备工作又停滞不前，究其原因，主要还是缺少充足的办展经费。

根据兰婷精打细算的报告，办展经费最低限度需要十五万到二十万元，这笔费用还不包括大批志愿者的义务劳动在内。邱建国的捐资只解决了不到三分之一费用，剩下部分谁来承担呢？也有人提议在老知青中广泛开展募捐活动，这遭到以兰婷为首的筹备组反对。兰婷认为老知青大多数是收入不高的工薪阶层，上有老，下有小，正是人生的艰难时期，不应该再给他们增加额外负担。其实知青中也有不少发了财的主儿，住高级别墅，开奔驰轿车，人前人后一掷千金的派头，但是一旦找到他们赞助却遭到一万种理由拒绝，什么大有大的难处啦，生意不好做啦，银根紧缩啦，资金回笼困难啦，总之时下是经济社会，要人白掏钱难上又难。

也有个别例外。有个开酱油厂的知青，先前在连队做猪倌，学会了制作发酵饲料。回城后在酿造厂做发酵工，后来下海自己当老板，酿造“响当当”牌酱油也有了一点小名气。他一口答应承担展览余下的全部费用，但是作为回报，到开展时候所有参观者和西都知青必须当场购买一瓶响当当酱油。

筹备组经过慎重研究，决定让他的响当当酱油见鬼去吧。

展览已经启动，真是欲办不能，欲罢也不能。离预定开展的日子还有不到两个月，人人着急，张省身也不例外。他在展览中负责文字撰稿和宣传报道的任务，从私心讲，他希望通过这个机遇获得更多宝贵素材，以期对自身写作状态有所突破。问题是如果经费依然没有着落，展览流产是不可避免的事。今天接到邱建国的电话，虽然猜不出还有什么要紧事，但是他预感展览经费也许有指望，所以一路紧赶慢赶地来到远大公司。

邱建国的西都市远大商业贸易公司长期租用一家已经破产的街道工厂，门口挂块招牌，招牌上有个错字“商”，张省身曾经多次向邱建国指出，但是终究没有被改正过来。进了工厂铁门，经过一排低矮的平房和积着污水的院子，看见一座蒙着铁皮顶的旧仓库，这就是邱建国的公司。仓库一半被用来屯集货物，另一半被纸板隔成几间办公室，其中最大的一间就用作公司的会议室兼接待室。

“哈哈，省身淋成落汤鸡了，这副大记者模样可不潇洒。”邱建国站在门口打趣他说，“你怎么不打个的士来，大哥我给你报销就是了。”

张省身甩着头发上的雨水说：“我可不敢接受邱老板好意，这叫‘饮鸩止渴’。咱们工薪族，还是自食其力好，要是被惯坏了，岂不害了自己？”

说着进了门，看见蔺小英也来了，就连忙说：“嫂子怎么今天有空，检查大哥工作来了？”

蔺小英笑道：“省身贫嘴，嫂子怎么就不能来？我也是兵团知青么。”

屋子里已经坐了好些人，有些认识，是老熟人，也有面生不认识的。张省身同大家打过招呼，就挤进去里面同沙发上的兰婷朱青天夫妇坐在一起。朱青天是个胖子，在东井区文化局当副局长，张省身故作神秘状低声说：“老朱，你不知道一个最新消息么？听说市里对你的工作有新安排。”

朱青天果然很敏感，竖起耳朵问：“是么？到底大记者消息灵通，你听到什么了？快说来听听。”

张省身一本正经地说：“听说是到卫生系统管事，独当一面，任重道远哪。”

朱青天疑惑不解道：“怎么会到……卫生系统？”

兰婷立刻觉出有鬼，对丈夫说：“别听他的，省身狗嘴里吐不出象牙。”

张省身严肃地宣布：“气管炎(妻管严)协会缺个领导，市里决定派老朱去当主席。”

众人都轰地笑起来。兰婷在张省身背上狠狠拍了一巴掌，忍不住笑道：“省身你等着，我叫文晓红罚你跪板凳喝洗脚水，那时候就该你当主席了。”

张省身告饶道：“哎哟哟兰主任，晓红是你下级，本人是下级的下级，当领导可要宽大为怀啊。”

蔺小英给众人沏上热茶，邱建国也笑着说：“省身，你敢拿老朱开心，当心小兰不饶你——来来，我给大家介绍一下，这是胡传本，知青大返城那阵鼎鼎大名的胡司令。这是马立新，原农场基建连的。省身是我们农场的秀才，大记者，大家可能都听说过。”

张省身哎呀一声，连忙伸出手说：“胡司令，我可是久闻大名啦，知青绝食时我在大学念书，对你的事没少听说。不光我，我的许多同学对知青当时的壮举都佩服得要命。”

胡司令拱拱手，嘿嘿笑着说：“哪里哪里，大家都差不多，靠我一人哪成?”

张省身问他：“胡兄现在在哪个单位工作?”

胡司令爽朗道：“我吗？没有单位，个体户，开了一间游戏机室，混口饭吃。”

张省身又问马立新在哪个单位。马立新是个矮胖子，很憨厚的样子，掏出一张名片双手递过去，谦卑地说：“做点小生意，开餐馆，今后请张记者多关照。”

张省身看见名片上印着“傣家楼风味园餐厅经理马立新”几个烫金字，觉得这个矮胖子看不出来，还有点实力。口里就说哪里哪里，今后有公务有朋友来或者报社有招待就拉到马老板餐厅去，马老板给优惠一下。

马老板连连说没问题，打八五折，当即又向在座一人发了一张优惠卡。

邱建国指着门边角落里一个人说：“省身，你还认识他吗?”

张省身回头看时，是个小胡子男人，觉得没见过，再仔细看看，又似乎在哪里照过面，却记不起，就摇头。那人自报家门，说我可没有忘记你哩张记者。我是农场开拖拉机的许大毛哇。张省身恍然大悟，说难怪面熟，十几年没见，样子怎么长变了？又问他干什么工作，许大毛瞅瞅邱建国，讪笑着回答：也没有在单位，自食其力，自食其力。

9

正说着闲话，餐馆伙计送晚饭来了，有香气扑鼻的大盘回锅肉，大碗红烧肉，有让人食欲大开的红油烂肉炒粉条，青椒番茄鸡蛋，还有一个烧着红炭火的大汤锅，锅里翻滚着牛肉炖白菜萝卜汤，都热气腾腾地摆上会议桌。邱建国在一个碗里咕嘟咕嘟倒满酒，双手端起碗说："各位兄弟姐妹，今天在座的除万小东外都是当年的知青战友，小东也不是外人，他是万向东的弟弟，现任我公司副经理。今天请各位战友来到敝公司不是为了赴宴，按照兵团知青的习惯，四菜一汤大碗喝酒就是共产主义。我们今天要开个会，商量几件事，大家到来就是赏脸。我先干了这碗酒，以示感谢。"

说完一口气干了，碗底朝天，连眼皮都不眨一下。胡司令大声叫好，也满上一碗干了，剩下各人便不勉强，有抿一小口的，也有吞一大口的。许大毛本想一气呵成，在众人面前露一手，无奈只喝下一半就没了酒量。张省身平素滴酒不沾，他只象征性喝下一口，立刻觉得一股滚烫的热流从嗓子眼直趋空荡荡的腹中，于是赶紧盛碗饭，夹了许多肉菜狼吞虎咽来压住。

邱建国饭吃得很少。他有胃出血的老毛病，是知青时代犯下的，喝多了酒就难免发作。但是他喜欢酒，喜欢那种热辣辣的气氛，觉得喝酒是男人的优势，不喝酒的男人算什么男人？喝酒使人兴奋，雄心勃勃，豪气万丈，今天难得老知青聚会，又是共商大事，心里一高兴，连倒三碗酒，但是最后一碗没来得及喝就被蔺小英抢走。妻子狠狠瞪他一眼，塞给他一碗米饭，又夹了许多菜在碗里，这显然是一种无声的命令。做丈夫的只好笑笑，勉强从命，扒了几口饭，就把碗放下跟大家说话。

张省身埋头吃完两碗饭，又喝下一大碗萝卜汤，头顶冒出了热汗，才长长地出了一口气。当记者一个本事就是吃饭快，适应性强，吃好吃坏不在乎，吃饱为准。看看大家吃得差不多，他取一根牙签衔在嘴里说："邱大哥，言归正传吧，我们听着，你先说事，反正你的事就是大家的事，大家的事大家出力。”

邱建国让饭馆伙计把桌上的空盘碗筷撤走，茶杯里重新换了热茶，这才简要地向众人通报了几件事。第一件是郑重宣布远大公司决定全力支持举办“魂系南疆”知青回顾展，并承担全部办展费用，不附加任何回报条件。

众人静场片刻，都鼓起掌来。邱建国大公无私雪中送炭，无疑使已经陷入困境的回顾展终于柳暗花明。兰婷看一眼邱建国，担心地说：“建国，你可不要心血来潮，这笔经费可不是小数目啊。”

邱建国微微一笑，胸有成竹道：“我考虑过了。这件事总得有人来做，我不想看着展览半途而废。”

第二件事由新近出任远大公司业务帮办的许大毛向大家通报关于凤凰山红卫兵公墓将遭厄运的消息。邱建国特意说明，由于事关重大，希望听到各位高见。许大毛立刻抖擞起精神向众人讲解事件的来龙去脉。

外资企业“东方世界游乐园”计划中的二期扩建工程有修复天主教堂，新建水上世界、射击场、电子游戏馆和智力开发馆等项目，而图纸上的电子游戏馆位置正好坐落在红卫兵公墓上。据悉，工程的土地租用合同是与凤凰乡政府签订的，各项文件已经上报有关职能部门。最新情报是，土地合同目前正由国土局审批，如无特殊原因可望很快批复。另一重要消息是，施工队已经上山勘测地形，一俟合同生效，立即先将红卫兵公墓铲为平地。如果不出意外的话，估计几周后这一历史遗迹将不复存在。这是许大毛费了九牛二虎之力从游乐园搞来的内部情报。

众人听了都深感事情的严重性，一时没有人出声，屋子里静得出奇。

“各位老大哥老大姐，我听了红卫兵公墓这件事，感到有几点意见应该提出来请教。”公司副经理万小东见大家都不说话，就忍不住表示异议，“我不明白，那片荒山被开发不是必然的事么？保护公墓究竟目的何在？有什么意义？我理解你们的感情，但是阻止游乐园扩建绝不是一件容易的事。我们毕竟是一家民营公司，经济实力远远算不上强大，能否取胜另当别论，但是我们应该弄清楚，公司首先是为什么运作，为经济还是为感情？投资有没有回报？有没有可能产生相应的经济效益？……”

邱建国心里很不高兴，脸色也变得难看起来。他把大家召集起来，是为了得到支持而不是反对。本来他是很看重万小东这个小兄弟的，不仅仅因为有万向东这层关系，小东本身有能力，年轻，肯动脑筋，有市场眼光，这些是他的长处。但是同时小东又过于实际，太急功近利，这是年轻一代的通病。他怎么可能理解在座这些老三届对红卫兵公墓的感情呢？

“你应该给你哥写封信听听他的意见。”邱建国冷冷地打断万小东发言，用毋庸置疑的口吻对众人说道，“赚不赚钱先放在一边，我请大家来这里的目的，是要告诉大家我的主意已定，一定要阻止游乐园扩建工程上马！我要得到全西都知青战友的支持，红卫兵公墓里躺着我们的同学和战友，他们决不容受到侵扰！”

于是他郑重向大家通报自己的一个大胆设想，具体说来就是在红卫兵公墓旧址上扩建一座知青纪念园，立起纪念碑，把边疆知青的遗骨迁回来，让子孙后代永远记住这一段历史。

这个富有煽动性的计划像石头击水一样，立刻在老知青们心中激起反响，人们的情绪和想象力都活跃起来。胡司令眼睛开始发亮，拍案而起叫道：“邱兄，凡是知青的事我老胡决不含糊。兄弟我有一间游戏机室，每月好歹有几千元收入，我还有几个从前一起罢过工绝过食的知青弟兄，现在都做生意，我有把握人人拿出几千元万把元绝不成问题。”

傣家楼风味园餐厅马老板当场认捐一万五千元，其他人也有认一千元三千元不等。邱建国连忙摆摆手，阻止大家道：“今天并不是开募捐会，我请大家来，是要你们开动脑筋想想，这件事究竟能不能做，该怎样去做？现在我有把握地说，只要把广大知青和老三届朋友发动起来，得到他们支持拥护，我们一定能够阻止游乐园扩建，实现我们的愿望。”

张省身闷头抽烟，他的内心被这个富有想象力的计划所震撼。他敏感地意识到，作为一个记者和文学爱好者，他必须投身这个行动中，他将因此获得激动人心的生活和文学突破。

兰婷甩甩短发激动地发言道：“我完全赞成建国修建知青纪念园的设想，我也同意必须制止施工，保护红卫兵公墓。这是我们自己的事，我们不做谁还会替我们做呢？红卫兵和知青不是一群人，而是整整一代人，一代人有权利保存属于自己的历史。上帝有自己的领地，而我们应该有自己的净土。资金问题可以从长计议，但是眼前最要紧的事是怎样阻止施工，凤凰山属于东井区的管辖范围，看看老朱有没有什么办法？”

大家都拿眼光去看朱青天。朱青天不愧是文化局领导，他吸了一口烟，慢慢吐出一口烟雾才深思熟虑地说：“我认为解决老邱提出的问题可以分两步走。第一步报请有关部门出面干涉，以文物保护为由先圈定一个范围，这样至少可以延缓对红卫兵公墓的破坏。第二步，再通过种种渠道，迫使乡政府取消与游乐园签订的土地使用合同，或者使国土局不批准他们的征地文件。目前我能想出的最好办法是，让市里某位领导出面表个态，这个难题就迎刃而解了。”

张省身见朱青天滑头，立刻揭穿他的老底道：“老朱你别打官腔，什么报请有关部门出面？那个游乐园就在你们区，你们文化局出面指责他们破坏文物，不是名正言顺的事情吗？”

朱青天笑笑，却不肯马上表态，兰婷连忙替丈夫打圆场说：“老朱是副职，他还得同局长商量，我想他们出面干涉应该没问题，对不对老朱？但是最终解决问题却不能靠文化局。我认识国土局一位杨副局长，给他做做工作看能不能帮上忙。”

张省身心里一亮，忽然来了灵感，他大叫一声道：“嘿！我们为什么不可以利用报纸的影响，公开呼吁保护历史文化遗迹？把这件事捅到社会上去，如果受到公众关注，在社会上引起强烈反响，我们不就可以依靠舆论的力量来阻止游乐园扩建么？”

大家都兴奋起来，觉得这个办法不错，舆论是发动群众的最好工具。兰婷立即补充说：“省身的话让我受了启发。去年北京知青搞了一个‘魂系黑土地’回顾展，不仅在京城很轰动，而且在全国也很有影响。既然我们西都有几万名兵团知青，我们为什么不可以通过这些活动把他们广泛发动起来，连成一张网，有钱出钱，有力出力，有关系出关系。众人拾柴火焰高，团结就是力量，别说修建知青纪念园，就是做更大的事情也何愁办不成呢？”

张省身一拍巴掌叹道：“兰婷不愧是领导过知青北上告状的组织者，真是善于发动群众走群众路线。我已经越来越相信依靠群众的力量是能够创造任何奇迹的。”

邱建国很高兴，大手一挥说：“我从大家发言中受了启发。办这次回顾展决不是少数人的事，而是全体西都知青自己的大事，我们要善于发动群众，依靠群众，形成一股凝聚力。我有个想法，在展场制作一个立体模型，将保护红卫兵公墓和建设知青纪念园的设想公诸于众，以期得到知青战友的支持。”

大家又七嘴八舌地补充了一些想法。兰婷轻轻拍了拍万小东的头，鼓励他说：“小东你别光抽烟，说说你的想法。”

万小东闷了一会儿，勉强说道：“我有个学园林建筑的朋友，可以请他先搞出设计图，再制成立体模型，配上文字说明就行了。”

邱建国看看时间已晚，就暂时决定了两点。第一，朱青天尽快以区文化局的名义阻止扩建工程动工。第二，张省身择机在报纸上制造舆论，呼吁保护历史文化遗迹（红卫兵公墓）和披露即将举办的知青回顾展消息。

分手的时候，天上的小雨还在淅淅沥沥地下着，大家各自蹬了自行车回家。邱建国也骑了一辆破自行车与蔺小英一路往家走，街上几乎没有人影。蔺小英说，天真黑，让我想起从前半夜里上山割胶，那时候连手电筒也没有，有些女生怕鬼，我怎么就不知道害怕？邱建国却说怕什么？你没有见过李红军吧？突然明白自己答非所问，就仰头嘎嘎地笑起来，像野鸭子在空旷的冷风中叫。

10

过了几天，由记者张省身撰稿，呼吁保护“文革”重要遗迹红卫兵公墓和关于举办“魂系南疆”知青回顾展的几条本地文化消息陆续见报，在市民中引起很大反响。报社接到许多读者电话，关心和询问上述事件进展情况。这天上班后，张省身听见办公室一些同事也在议论知青的事，心里很得意，立即又在办公桌上摊开稿纸，着手炮制另一篇关于保护红卫兵公墓迫在眉睫的本报记者跟踪调查。九点多钟，他接到兰婷打来的电话，兰婷语气都变了，紧张地告诉他报纸登出保护红卫兵公墓的消息，那家施工单位就提前动了手，邱建国他们得知消息都赶上山去了。

这头刚放下电话，又有电话打到报社找他。朱青天在那一头很着急，呼哧呼哧地喘粗气，说东井区文化局已经正式通知游乐园及施工单位，凤凰山红卫兵公墓为本区历史文化遗迹，任何人未经批准不得以任何借口予以破坏。但是施工单位为了造成既成事实，竟然不顾禁令连夜将推土机开上山，准备强行铲平公墓。他让张省身赶快联络本市新闻单位尤其是电视台记者来现场曝光。

张省身顿时亢奋起来，心情激动，觉得盼望的事情终于闹大了。世界上的事，如果不闹大就不精彩，也不好解决，当记者作家的不就唯恐天下不乱么？他痛快地操了一声“狗杂种”，连忙拨打电视台熟人朋友的电话。此时正好是打电话的高峰时节，他守着电话机足足打了半个多小时，又叩了一连串呼机，终于找到一个扛摄像机的哥们。在得到对方肯定答复之后，他扔下电话就蹬上自行车往凤凰山方向赶去。

等他蹬得一身臭汗赶到，山上已经人声鼎沸，公墓及教堂四周空地聚集了沸沸扬扬数百人，场面蔚为壮观。张省身看到，施工队派出的推土机已经将墓碑推倒了几座，现场一片狼藉，幸好区文化局的人及时赶到进行阻止，加上邱建国得到消息，将远大公司职工悉数带来支援，兰婷则亲自通知了原兵团各师、团、农场知青，结果忽啦啦赶来两百多人。游乐园和施工队方面也不示弱，不仅将保安和工人都派上山去，还鼓动了许多当地农民围攻文化局干部。这样双方都互不相让剑拔弩张，事态一触即发。

朱青天看见他，一脸慌张地问："省身你来得正好，电视台的人到了没有？"

张省身取出随身带来的照相机，边抓拍边回答："通知过了，我想很快该到了。事情怎么闹得这么大？"

"×他妈！都是施工队和乡干部背后捣鬼。"朱青天抹着头上的汗骂道，"见钱眼开，谁给钱他就听谁的，管你什么文物保护？你不许施工他就把农民煽动起来，说是维护群众利益！如今这地方上，乡长都成了土皇帝，谁也管不了，连王法也没有了！"

"你通知派出所来制止么？"

"怎么没有？派出所两边都不好得罪，就推说这是经济纠纷，你们双方协商解决。"

张省身看见兰婷同邱建国、万小东、许大毛、马立新等人站在教堂外面，那些赶来助阵的老知青都是些形态各异的中年人，有发福的男人，精瘦的女人，还有像鸭子一样摇摇摆摆走路的臃肿大婶，总之很是参差不齐的样子。胡司令带领一群很起劲的男知青挡在推土机跟前，他只穿一件T恤衫，外衣脱了系在腰上，下面着条黑色紧身裤，手持一根碗口粗的木棒，俨然如当年勐岗农场的知青绝食队长。兰婷对邱建国附耳低语，邱建国就招招手叫过胡司令来，对他吩咐几句话，于是胡司令马上带人将一些推倒的树干都拖过来堵在推土机面前。

对方急了，一个脸上长麻子的北方大汉一边破口大骂，一边跳上推土机，指挥工人搬掉那些树，命令司机强行往前推。张省身见状，立刻举起照相机抓拍现场。麻子见有人拍照，就从推土机上跳下来，气势汹汹来抢照相机。张省身见势不妙，连忙躲进知青的人群里，有人上前把他挡在身后。双方的人群涌动了一阵，张省身听见胡司令声嘶力竭地高喊弟兄们顶住。

张省身在山上转了一圈，见电视台的人还不来，心里着急，对邱建国说："这样下去怎么行？弄不好要出大事的。"

兰婷也很着急，对朱青天说："老朱你用手机直接给市长打电话，说再没人管山上就要出人命了。"

朱青天绝望地把两手一摊，朝妻子嚷道："干吗么非叫我打？要是惹恼上面，我这副局长就算当到头了。"

正说着，电视台的车就开到了。张省身好像见救星一样迎上去，记者一看这阵势，连车都没停稳就打开机器抢拍起来。农民和施工队民工没见过世面，看见电视台的摄像机张开大嘴对准他们，明晃晃的镁光灯刺花眼睛，不少人心里就发虚，开始悄悄往后溜。麻子看见自己的人往后退，喝也喝不住，就骂骂咧咧地冲上前，伸手去抓摄像机镜头。张省身有电视台的同行撑腰，胆子壮了许多，就挺身而出用身体护住摄像机，大声呵斥那个麻子："你干什么？想要犯法啊！"

麻子蛮横地说："老子就是要犯法！你们都给我滚开，滚得远远的，不然当心老子把你们的鸟机器砸成八瓣！"

张省身心想电视台的人是他请来的，出了事不好向朋友交代，心一横道："你敢！你要是碰一碰机器，公安局的大牢你蹲定了！"

朱青天急忙来拉张省身，小声埋怨他说："等他去砸嘛！……机器横竖是国家的，总不见得比你命更值钱！等狗日的砸了电视台的机器，这事就算闹大了。事情不闹大才不好解决呢！"

张省身一听有理，就闪在一旁，也不当真玩命。等到双方开始拉拉扯扯，果然就有人把电视台的机器砸在地上，把记者的脸也抓破了，还有人趁火打劫，把电视台的采访车也掀翻在沟里。事态一扩大，这边立刻向公安局报警，防暴大队的警车呜呜地开上山来抓人，肇事者一轰而散。接着赶来了更多的记者，记者总是向着记者的，所以形势变得一边倒。后来区、市有关领导也来了，作了几点指示：施工队撤下山去，现场由派出所和文化局负责保护，双方均不得扩大事态，有关纠纷由市里协调解决，肇事者一定要严肃处理，等等。

老知青取得了初步胜利，一个个欣喜若狂，欢呼着好像过节一样下山去。张省身看见胡司令还是气宇轩昂的样子，肚子上的肥肉一颤一颤地抖动，就忍不住跟他开玩笑道："胡司令真是好汉不减当年勇啊。"

胡司令豪迈地说："哪里哪里，不是吹牛，打架还能抵三五条壮汉。"

张省身捂着嘴暗笑，心想就你老兄这身膘，上山转一圈就得累趴下，还抵三五条壮汉？邱建国与兰婷从后面赶上来，拍拍他说："省身，你别拿老胡开心。都是四十多岁的人，上有老，下有小，难得还有这种豁出去的劲头。如果不是当过红卫兵知青的人，谁能做到为别人的事拼命？"

张省身想想也是，遂不做声。兰婷说："省身，今天的形势对我们很有利，你看能在报纸上做做文章吗？"

张省身回答他正在考虑写一篇有分量的文章。下山后老知青各各分手，张省身看看时间尚早，就随了邱建国一群人去展览馆看布展。

第四章

11

许多年前，当女知青兰婷还是一个梳着小辫的年轻姑娘时，她身上就开始表现出一种不屈不挠和惊人的意志力量来。

一个美丽柔弱的女孩子，一个有着修长身材喜爱沉溺于幻想的青春少女，居然不惧怕死亡威胁，迎着呼啸而来的巨龙般的火车独自走上前去，迫使火车在她面前停下来，这就是当年轰动一时的知青北上请愿团昆明大卧轨惊心动魄的一幕。许多人不明白，关键时刻为什么挺身而出的偏偏是一个女孩子？她那看似柔弱的身躯为什么如此坚强，连狂风暴雨钢铁巨龙也不能动摇她的意志？……

后来知青成功了，兰婷成了知青心目中的偶像。

应该说兰婷是幸运的。知青返城后把失业大军带回城市，许多人无处就业，有人到处干起临时工，有人在街上摆小摊。更有一些原先已经很优越的知青干部，回城后找不到接收单位，只好窝在家待业或者进街道生产组，同那些挣生活费的老太太老大爷一道消磨光阴。兰婷却顶替母亲进了银行工作，先是做办事员，后来领导见她是个人才，就提拔她当了办公室副主任。

光阴荏苒，岁月使女知青兰婷变成一个成熟的都市白领女性，她看上去不再单薄，优越的生活和丰富的阅历使她身上多了一种稳重和优雅的气质。以通常人的眼光看，银行职员兰副主任生活平静，养尊处优，丈夫是副局长，家庭和睦美满，是那种人人羡慕的幸福女人。但是兰婷似乎并不满足，她的眉宇间常常掠过一丝不易令人察觉的忧郁神情，透露出女人内心被岁月磨蚀的厌倦和无奈。从本质上讲，兰婷依然是个爱幻想和钟情于理想的女人，她的意志品质和组织才能也很出众，只是因为天长日久缺少机遇，她像一块被人遗忘的璞玉，不，更像一只渴望暴风雨的海燕，被平庸的生活流水所湮没，内心的激情火焰和美好品质的光芒只好渐趋黯弱并终将熄灭。

问题是生活的河流中往往潜伏着许多意想不到的漩涡和波澜，由于一个偶然的动议，西都知青掀起了办回顾展的热潮，兰婷众望所归地被选进了筹备组，担起了全面筹划和组织展览的重任。

记者张省身前段时间随团沿长江采访，没有赶上布展策划，路上兰婷介绍说，最初他们并没有打算把这个名为“魂系南疆”的知青回顾展办得规模宏大，只是因为意外租到了位于市中心的红太阳展览馆之后，才决定不惜加大投入也要把展览办得轰轰烈烈一鸣惊人。

红太阳展览馆是“文革”期间修建的一座大型场馆，它的原址是当地一座著名的汉代古皇城，皇城有高大的城墙、城楼和宫殿，与北京故宫别无二致，故有“南方小故宫”之称。后来有人为了表忠心就下令将皇城拆除，城墙太厚拆不动就堆放炸药炸，夷平之后竖起十二层楼高的毛主席像，取名“红太阳展览馆”。

展览馆是本市有影响的场所，通常只举办规格较高的官方展览，但是筹备组居然通过线索找到一个曾经当过兵团知青的副馆长，那人一听举办知青回顾展，二话不说就同意将大厅租出来，并且给予优惠政策，免收部分场地租金。后来办展期间遇到难题都找知青关系去捅，果然一一灵验屡试不爽。

由于场地和经费均已落实，布展工作进展相当快，原兵团各师（农垦分局）、团（农场）知青均表现出高昂的积极性。许多人从单位下班连家也不回就直接奔到展览馆义务加班，甚至还有人请事假病假来展览馆帮忙，真正体现了兵团知青“人人参与”的团队精神。目前各展区图片和实物已经陆续进场，中央展台也已经搭好，“后记”展区的模型正在加班赶制。当他们走进展厅，果然看见许多人都在热气腾腾地工作，一个蹲在地上叮叮当当钉木框的男人抬起头同他们打招呼。

“辛苦了，老王。”邱建国递一根烟给那人，对张省身介绍说，“认识一下，王从军，西双版纳农场的，市塑料九厂木工。这是张省身，《西都日报》记者，我们勐岗农场的秀才。”

王从军连忙揩揩手，站起身来同张省身握手说：“常听人说起张记者的大名，你是我们兵团知青的骄傲。”

张省身注意到这人身体很瘦弱，大冷天还直淌虚汗，就赶忙说：“老王别这样说，都是知青，人各有长，大家都一样。我没来帮上忙很惭愧，你辛苦了。”

他们离开木工后兰婷悄悄说：“省身你留心没有？王从军的脸颊下面，就是左边脖子上有一串隆起的包块，有七八个，是淋巴肿瘤。医生已经判了死刑的，起码也是死缓。”

张省身大吃一惊，连忙回头看时，那木工仍蹲在地上专心地干活儿。他觉得这人真不可思议，就对兰婷说：“你们为什么同意他干活？这样的病人，规定是要卧床休息的。”

兰婷感叹道：“是啊，我们原本不让他来，你猜他怎么说？他说，我要是死在展览馆，那是我的光荣，人不就活这口气么？你们要是不叫我参加，我这十年知青就白当了。”

邱建国插言说：“不光他一人，他老婆也是知青，也在展览馆里加班。”

张省身受了触动，掏出采访本边记边说：“想不到知青中还有这么朴实的人。等我把这些感人的事迹都记下来，可以考虑写篇报告文学。”

邱建国表情严肃地纠正他说：“省身我看你并不了解知青，当没有当过知青的人大不一样。你看那边刷油漆的大高个，叫大老韩，是仪表厂的汽车司机。他老婆也是农场知青，身体有病，住在医院里，本来他晚上替别人开出租车，现在却跑到展览馆义务帮忙。还有站在梯子上拉电线的胖子老板，马立新，那天在公司开会你见过的。他原先是农场基建连食堂的炊事员，回城后摆个摊炸油条，后来生意做大了，去年开张了本市第一家傣家楼风味园餐厅，生意很红火。听说办知青回顾展，他连生意都放下了来给展览义务干活。他们图什么呢？不就图个‘知青’二字么？”

刷油漆的大老韩和梯子上的马胖子看见他们，都停下活同他们打招呼。张省身因为早年在兵团时发表过一些散文小说，许多知青都知道他的名字，对他很敬仰。

“张记者是我们知青的笔杆子，我常在报纸上读到你的文章。”在四展区，一个领着小女孩往纸板上按图钉的妇女爽朗地同他握手说，“我叫金红卫，原思茅农场橡胶连的，元元，过来叫叔叔。”

兰婷介绍说：“小金是王从军的爱人，现在区图书馆做工会工作。”

元元有十多岁，大大方方地叫了声叔叔。张省身问她：“你上几年级了？在什么学校读书？”

元元睁着一双又黑又大的眼睛回答：“元元读三年级啦。今天元元生病，妈妈没有时间在家里陪元元，就带元元到这里来玩。这里好玩。”

兰婷埋怨说：“小金，你也真是，别把孩子的病给耽误了。”

金红卫笑着说：“没关系，已经吃过药。这孩子生下体弱，医生说要多活动。”

邱建国在一旁插言道：“我叫人替你领到我公司，那里有床可以让孩子睡觉。”

金红卫干脆地说：“老邱什么时候变得婆婆妈妈了？等以后我们娘儿俩找不着地方吃饭，就上你公司去。”

离开四展区，张省身兴致勃勃地对兰婷说：“这个小金让我想起在边疆的时候，农村妇女都是把孩子带到地里玩泥巴，玩着玩着孩子就长大了。”

兰婷看他一眼，口气淡淡地说：“小金在农场吃了不少苦，回城后王从军又患了那样的病，别看她成天乐呵呵的，其实日子过得挺不容易。”

他们来到最后一个展区，看见万小东正指挥几个人把“青春无悔”几个泡沫大字嵌在展板上，另有一个穿皮裤络腮胡披长发的男人对着图纸比比划划，那些工人听明白就分散开去各自工作。万小东看见他们，连忙介绍道：“这是我的朋友魏艺术家，已经设计出效果图。老魏，这就是我跟你说过的邱总，这是兰姐，张记者。”

魏艺术家矜持地同大家握握手，神情像个骄傲的国王。邱建国对这个留长头发的怪物很好奇，觉得他的表情像火星人，就盯着看了一阵。当他把目光移向那张效果图，一行线条粗重的醒目红字“知青天堂乐园”设计图跳入眼中，不禁吃了一惊，心头有种敏感的东西被重重拨弄了一下。仔细想想，心情不禁豁然开朗。他抬起头，看见兰婷望着他眼睛发亮，兴奋之情溢于言表，那一瞬间他意识到他们灵犀相通，都找到那种属于他们共同的东西。再细看那图纸，墓园沿山而建，门廊高大，华表挺立，牌匾上大书“知青天堂乐园”几个大字，青松翠柏环绕，给人以庄严肃穆的印象。墓园共分三部分：第一部分保留天主教堂和红卫兵公墓，注明为历史遗迹。第二部分为知青时代，注明凡在下乡插队或者支边时期不幸死亡的男女知青均可将骨灰迁于此处并立碑纪念。第三部分面积最大，注明凡当过红卫兵、下过乡的老三届人，无论现在或者今后不幸逝世均可安葬于此。

众人都审视过了，觉得设计不错，构思独特新颖，基本上无可挑剔。这时艺术家在一旁说话了，他独自吸着烟，眼睛望着天花板说：“你们都看过了，通过了么？”

邱建国点点头，他觉得艺术家虽然古怪但是并不讨厌。艺术家又说：“小东，你的老板验收合格，你付款吧。”

万小东低声请示道：“他要四千元设计费，原先说好图纸通过就付款的。”

邱建国爽快地答应他：“你就付吧，劳有所值，不能叫别人吃亏。”

艺术家接过钱，朝皮裤小腿的拉链口袋里一塞，吹着口哨走开了。张省身望着那个怪里怪气的背影走远，冷笑着对大家说：“其实所谓艺术家有两种人，一种是疯子，另一种是假装疯子。所以我从不跟疯子打交道，不知你们感想如何?”

万小东替朋友抱屈道：“老魏是真有才华的，就是脾气古怪些，请大家多多包涵。”

邱建国笑道：“省身，我看你们是文人相轻。我倒开始喜欢上这个怪家伙，不管怎么说，至少他不是个饭桶。”

大家纷纷点头表示赞同，万小东就将图纸交给做模型的人连夜制作。

12

来到展厅休息室，万小东见四周没有闲人，就压低声音对他们说：“我得到一个重要信息，市里鲜副市长有个亲弟弟叫鲜小军，那年武斗死了，埋在红卫兵公墓里。去年清明节，有人亲眼看见鲜老太太到凤凰山给儿子上坟。鲜在本市分管统建、国土、三资项目审批，如果让他出面说句话，这事就算搞定了。”

邱建国在万小东背上猛拍一掌，大喜过望道：“小东，你这个信息真是太及时了。古人有云：天时、地利、人和。我看这三条让我们全占齐了，真是天助我也。”

兰婷也很高兴，她想想说：“我们可以大造舆论，争取社会同情，形成一种压力。舆论是铺垫，领导是关键嘛。领导批文件就那么一分钟，我们所做的全部工作就是让领导的判断力在那一分钟里完全站在我们这一边。”

万小东说：“用什么方法让他了解情况并支持我们呢?”

张省身建议道：“我看可以采取万人签名的方式，搞一份知青万人签名书，派代表递交副市长，以表明人心不可违。”

兰婷连忙摇头否定道：“万万不可以这样搞！否则一定会适得其反。省身你想想，现在当官的谁不清楚人心向背？有些事只能悄悄做，不能张扬，比如你一搞万人签名，事情就带有很敏感的运动色彩，而这种性质的问题是绝对没有领导敢支持的。所以我们只能悄悄施加影响，促使这位副市长在情感上同情我们老知青，在道义上站在我们一边，剩下的事情就好办了。”

邱建国也赞同道：“小兰说得有道理。西都市有几万兵团知青，发动一下群众，看看谁同这位副市长有瓜葛，然后通过他去做工作。”

又讨论一阵，到了吃晚饭的时候，恰好快餐馆的小工送盒饭来了，干活儿的知青都停了工，围在一起吃得津津有味。只有万小东抱怨说：“盒饭不好吃，我宁愿啃干面包。”

邱建国说：“那还不好办，以后每天扔一袋面包你啃去。”

胖子老板马立新感慨道：“这些年把人的口味抬高了，比如我，平时没几样好菜就下不了饭。可是在这里加班干活儿，饿了累了吃什么都香。”

大老韩很快把一盒饭扒拉完了，他抹抹嘴说：“我倒觉得这盒饭挺好，比当年在兵团吃盐水汤泡饭强多了。”

张省身努力听着大家对话，他在人群中寻找写报告文学的灵感，此时他心有所动，就把吃剩的半盒饭推到一边说道：“你们想过没有，为什么我们这一代人身上具有如此多的共性？只要大家聚在一起，知青的话儿总也说不完？过去年代特有的历史氛围仿佛总也挥之不去，通过大家的语言、行为、思维方式甚至笑声传达出来，正是这种氛围浓浓地聚拢来才形成前所未有的凝聚力。当然这种氛围只有当过知青的人才能感受，才能孕育出美好的情感，别人则很难理解和进入。这种情形，如同我们很难理解肯德基麦当劳在我们下一代人生活中所占的重要位置一样。随着时间推移，可以肯定这种历史氛围还会在我们这代人心里继续发酵，变成我们共同的精神财富，就像俄国诗人普希金所说：‘一切的痛苦都将过去，而过去了的，就将变成美好的回忆。’”

张省身原本不过是借题发挥，但是他诗句一般的演说却在老知青中间赢得一片喝彩。万小东放下饭盒，熟练地为自己点燃一根香烟然后反驳道：“我倒有种不同看法，仅供参考。你们当过知青的人，为什么总有种优越感，仿佛当知青是种很了不起很光荣的经历一样。如果真的很光荣，你们为什么要拼了命大返城？你们总爱跟别人讲知青这样知青那样，好像没有当过知青就少了做人的资格，就不配做这做那，那么我倒想请问老红军老八路怎么看你们？他们是不是也认为你们没有过雪山草地就一钱不值？”

邱建国停止咀嚼，脸色沉下来。但是万小东没有留心邱建国的脸色，他继续认真地发挥自己的观点：“……以你们这种逻辑，社会发展就注定一代不如一代，可是我倒觉得，这正好是你们知青的自恋情结在作怪。论资本，你们无法跟老红军老八路比，人家是打仗，流血牺牲，打下整整一座江山，你们不过到农村种了几年地，当了几年农民，怎么就劳苦功高了？那农民祖祖辈辈在地里劳作怎么办？知青是一种极端理论的牺牲品，是一种历史错误，只有纠正了错误社会才会发展，难道错误也变成了骄傲的本钱？论现代意识，你们上幼儿园见过电视机吗？上小学中学学过电脑计算机吗？四十岁以前听说过股票期货知道世界上随时都在发生什么事情吗？……”

邱建国脸色铁青，啪地摔下饭盒就站起身来喝道：“够了！你他妈的有什么资格胡说八道！你别忘了，你哥万向东现在还在边疆当知青呢！”说完就怒气冲冲地走出展厅，扔下其他人面面相觑。

兰婷连忙让大家继续工作，她指着万小东的额头小声嗔怪道：“你呀傻兄弟，说话也不看场合，对建国什么话都好说，就是不能当面批判知青，他受不了。”

兰婷追出去时，看见邱建国独自站在展览馆外那尊巨大的毛主席塑像下面。兰婷走上前与他站在一起，本想说几句宽心活，他却递给她一根香烟，于是这两个老朋友就默默地坐下来，坐在被城市霓虹灯映亮的伟人巨像脚下的石阶上吸烟。深秋天气，天高气爽，夜空中星云密布。邱建国突然指着西南方向说："小兰，你看见没有？那里有颗彗星……我在想，那该是勐岗农场的方向吧？那些农场人会想念我们吗？万向东现在正在干什么呢？"

兰婷的脸在半明半暗的阴影里抽搐了一下，没有回答。

邱建国仰脸去看那座伟人塑像，伟人高高在上，一如既往地向前挥手，表情和蔼安详。他长叹一声不胜感慨地说："都说人到中年万事休，我们这些人，还没来得及干点什么就要退出历史舞台，我不甘心……今天那个长头发怪物启发了我，他把一个庄严的主题赋予我们，你看，'知青天堂乐园'，鬼知道他那个披长发的脑袋是怎么想的，我甚至怀疑这个怪物是上帝派来的仆人。我不是唱高调，如果说我们这代人前半生是为理想主义而殉难，那么我们的后半生同样不会轻易舍弃自己的理想。在这个世纪末的潮流里，奢谈理想是可笑的，但是我们确实不能没有理想，就像人不能没有灵魂一样。"

兰婷感动地说："建国，你说得对，从前我心中常常都会翻腾起一种隐隐约约的东西，这东西让人说不清也道不明，但是它却让你的灵魂不能安稳，不能轻轻松松心安理得。现在我明白了，这个东西也许就是理想。世界上没有理想就等于没有太阳，人不能生活在黑暗中，没有理想的社会就是世界末日。不论过去我们为理想吃了多少苦头，摔了多少跟头，但是我们今天仍然没法不苦苦地寻找它，这是我们这一代人的共同使命。建国，我坚信不久的将来，'知青天堂乐园'会成为一个活生生的现实。"

邱建国默默吸完烟，将手中的烟头弹出去，看着烟头红光在黑暗中划出一道弧线，然后消失在石阶下面不见了。他扭过脸来目光直直地看着兰婷说："小兰，这段时间发生的事更加坚定了我的信念，我意识到一个不可回避的责任，也许是个历史的机遇摆在我面前。知青回顾展是个契机，红卫兵公墓是我们的根，而知青天堂乐园将是一列由我们全体知青来开动的现代经济列车……我初步有个想法：创办一个知青实体，它应该是一个跨行业的大型集团公司，融企业、餐饮、娱乐、金融、房地产开发与社会福利保障于一体。它既是今天的，又是明天的；既是社会的，更是知青的。为知青谋福利，谋利益，是我们知青的乌托邦。我想到的就是今天这个名字，它是个神圣的光芒四射的主题，将鼓舞我们所有参与其中的知青战友激情奔涌。‘知青天堂’——还有什么比亲手实现一个天堂社会更令人兴奋和鼓舞的事业和理想呢？……小兰，我需要你的参与，没有你的加盟，我会感到孤单，会信心不足。你能答应我慎重考虑一下吗？”

兰婷猝不及防，一时呆住了。

兰婷有一个令人羡慕的家庭和职业，夫妻双双出入这座城市的上流社会，正是如鱼得水相得益彰的时候，邱建国突然建议要她放弃既得利益，这使她有种要将自己打碎的感觉。她一时难以回答，就喃喃地摇头说：“这……我不知道，我想……恐怕做不到。”

邱建国突然轻轻地笑起来，他拍拍兰婷的肩膀，语重心长地说：“唉唉小兰，我是过来人，当然知道打碎铁饭碗有多难，何况你的生活已经很优越。我不会要求你马上答复，但是我预料你难以拒绝挑战的诱惑。你不是那种甘于平庸的人，你知道机遇对我们这代人是多么重要，人生难得几回搏，向东不是还留在边疆吗？相信我的判断，你不会袖手旁观的。”

邱建国两次提到万向东，使兰婷颇感不自在。她不敢看邱建国，觉得他的眼光很亮，已经看进她的心里去了。这时张省身也找出来，他们便分手各自回家。兰婷蹬上一辆自行车，觉得心乱如麻，她抬头看看夜空，那颗彗星依然还悬在西南天际，她在心里深深叹口气说：“是啊向东，你现在在干什么呢？……”

13

兰婷回到家，朱青天还没有睡觉，正躺在床上看一本杂志。朱青天还在为白天的事兴奋，见她进门就朝她招手，然后光着身子要跟她亲热。兰婷在外面忙乱一天，加上朱青天嘴里一股酒气，就推开他说去去，没见人家累了吗？朱青天被浇了一头冷水，很不高兴，勉强钻回被窝里歪着身子看杂志。

兰婷见他扫兴的样子，有些不忍心，就好言好语说："你也忒小心眼，干这种事要双方情投意合，总不能勉强吧。"

朱青天赌气道："你就是性冷淡！总有这原因那原因，天阴不行，下雨不行，工作有事不行，心情不好不行，我这个丈夫岂不等于白当了？连动物也有个发情期，你要我怎样，总不能天天守着老婆做和尚？"

兰婷讨厌他总像喂不饱的狗一样光想跟她做爱，做完爱就呼呼大睡，跟牲口差不多。但她还是耐住性子像哄孩子一样说："好好，今晚真的不成，你知道我累了就烦这种事。明晚早些上床，让我好好补偿老公总可以了吧？"

朱青天听了这话就不再生气，他开玩笑地感叹道："你得替我想想，当个中国男人也不容易，成天忙工作不说，回家还得看老婆脸色，否则让你三月不知肉味。不像别人老外，可以自由自在地上酒馆上妓院，不至于害痨病一样地性饥渴。"

兰婷正在换睡衣，听了这话却真的生气了，她最反感男人大讲妓院之类的事，好像女人天生就该让男人骑在身上泄欲。她转身换上一双拖鞋，冷冷地扔过去一句话："明天我有事，没法侍候大老爷，你自己上妓院去吧。"说完就进盥洗间洗澡去了。

她拧开热水龙头，先在浴缸里放满一缸热水，舒舒服服把身体泡进去，直到泡够了才起身擦干净，然后对着一面大梳妆镜做面部护理。

兰婷看见在镜子中的柔和灯光下，有一张女人五官端正的鹅蛋脸；挺直的鼻梁，含蓄动人的嘴唇，大而亮的眼睛，皮肤白皙，头发乌黑亮泽，算得上是个美丽妇人。只是年岁大了些，身体微微有些发胖，下颏的皮肤开始松弛，眼角和额头堆积了几道浅浅的掩不住的皱纹。她后退了几步，对着镜子欣赏自己。她看见镜子中的妇人仍然保持着高挑和匀称的身材，乳房虽不像少女般坚挺结实，但也没有松塌，基本上保持了丰满的形状和弹性，只是肩背和腰腹多了一些脂肪。当然你还算不错，你已经是四十岁的女人了，她满意地想着。要是有时间的话，你应该上健身美容中心去做做健美操，消除多余的皮下脂肪，那么你至少还可以保持十年青春。

兰婷走出盥洗间，经过小保姆曲小花的房间时，看见屋里还亮着灯，就轻轻推开门走进去。

这里原是一间堆放杂物的贮藏室，临时用纸板隔出来做了保姆居室。小保姆曲小花才来他们家不到一星期，平时做些打扫卫生、买菜做饭洗衣服之类的家务。兰婷家里只有两个大人，原本没有打算请保姆，但是这个小保姆的出现完全是个意外。

那天她下班路过农贸市场买菜，看见一个农村女孩子坐在路边哭，身边放个布皮包袱。有人围着看热闹，兰婷问怎么回事，有人就说女孩是从农村来当保姆的，没有找到工作，身上也没有钱。这时有几个不怀好意的男人凑上来同女孩子说话，要她跟他们走，女孩子摇头不去，那几个人就来拉她。兰婷看不过去，挡住那几个男人对她说，你到我家当保姆去不去？那女孩子抬头看看兰婷，一句不吭挽着包袱就跟着到了她家里。

后来兰婷开玩笑问曲小花："你怎么就乖乖跟我走？要是我是个人贩子怎么办？"

曲小花笑得很天真，回答说："兰阿姨长得那么好看，怎么会是坏人呢？"

兰婷两口子没有孩子，平时家里未免冷清，曲小花今年只有十五岁，人虽小却伶俐，念过小学，性格也活跃，于是这个农村小保姆的到来就给这个双人家庭增加了一份活泼的人气。

曲小花在床上已经睡着了，手臂露在外面，织了一半的毛线团掉在床下。兰婷看着女孩子那张熟睡的脸，皮肤白里透红，呼吸细微匀称，像一朵光洁可爱的睡莲花。真看不出这个农村女孩子，居然有这么细嫩的皮肤，兰婷微微忌妒地想道。她替小花掖好被子，把毛线团捡起来，看见床头有本书，居然还是本外国小说《简·爱》。她笑笑，关了电灯，觉得这个农村女孩子还是不错的，有上进心，就是不知道读懂了没有？她想明天找个时间跟她谈谈，鼓励她空余时间多学习一些知识，晚上也可以到夜校学习文化和一些实用技能，比方剪裁、缝纫、电脑打字什么的。

回到卧室，朱青天还没有睡，还在看那本杂志。他等着兰婷上了床，就光着身子钻进她的被窝，涎着脸皮讨好地说："今晚电视上播了红卫兵公墓的新闻报道，看来舆论界是倾向于我们的。这事很淘神，还得趁热打铁办才好哇。"

兰婷听了很高兴，也就不推他走，说："好哇，这么快就播出了，老公办事还是挺有效率的。"

朱青天做出困难重重的样子说："不过往后怎么发展还很难说，关键在于领导的态度。"

兰婷就对他讲了鲜副市长的弟弟也埋在红卫兵公墓的事，朱青天说："这个鲜副市长我见过，不大好说话的。管他的，反正一把钥匙开一把锁，钥匙对头了就能把锁打开。"边说边伸出手来，摸索着解她的睡衣扣子。

兰婷心里老搁着邱建国对她说的话。关键在于，她意识到自己并不是无动于衷，或者说她心里早就对自己有种反抗，邱建国只是给了她一个借口。她觉得心情难以平静，就装出若无其事的样子试探朱青天道："老朱，谈点别的事，我想辞了职去试试经商。"

朱青天吓了一跳，手停止了动作。他睁大眼瞪着她说："你疯了还是怎么的？有毛病是不是？放着好好的银行工作不干，别人想去都去不了，你去经什么商?！嗤！真是异想天开。"

兰婷本来心里就犹豫要不要同朱青天讨论，没想到丈夫这么不理解人，甚至连理由都不愿意听一听，态度这么蛮横，简直一棍子打死人，就很不高兴地说："朱青天，你别冲我大叫大嚷，我并没有把自己的事交给你决定。你冷静一点，我只是想跟你商量商量。"

朱青天仍然光着身子气咻咻地嚷道："别的事我都可以依着你，这样的大事，简直是拿我们这个家庭开玩笑！我好歹是个副局长，别人会怎么看我？说我老婆放着银行办公室主任不做，到外面经什么商，同一些不三不四的人混在一起！这简直是丢人嘛！”

兰婷彻底愤怒起来。这个朱青天，简直自私透顶，口口声声都是自己怎么怎么，他有没有想过别人怎么想，别人也有权利决定自己该怎么做？问题是，这个男人认为他是自己的丈夫，丈夫有权利决定妻子的事，于是她的心中漫过一片苦涩。这个与她同床共寝，成为她法律意义上丈夫的男人，她却并不用心爱他，或者说她从来没有真正爱过他，但是他们不知为什么偏偏走到一起来了，睡在一张床上，成为世界上关系最亲密的被称作“夫妻”的男人和女人。是命中注定？阴差阳错？或者是自己对爱情期待太高，太不满足？

……

她不想与他争吵，只冷冷地推开他说：“朱青天，请你不要忘记，你不是我的领导，没有权力决定我的工作。”

朱青天看见兰婷一脸冰冷，态度就软下来，换了一脸苦口婆心的表情规劝道：“婷，请你原谅，我是一心为你好，你千万别计较我的态度。像眼前这样我们的家庭多好，你是银行职员，我做文化局领导，真是要待遇有待遇，要地位有地位。我已经是处级干部，再努把力，熬几年挣它个副厅，那时西都市谁不羡慕称道？做人到这个份上也就算出头了。要说经济，我俩的收入也算得上中产阶级，还有许多明里暗里的好处，虽然比不上腰缠万贯的大款，但也从来没有缺钱花，你干吗非要起个经商的念头呢？这个社会，钱能挣完么？钱挣多了又怎么样，还不是俗人一个，生不带来，死不带走？所以人要知足，知足者常乐嘛。再说我看你也不是块经商的材料，没听现在社会上的顺口溜：‘男人有钱就要变坏，女人变坏了才有钱。’你干吗放着正道不走走歪路呢？……”

兰婷的心渐渐沉入一片沉重的冰水中。她了解这个男人的德性，如果你想跟他解释，他就会没完没了地同你叨叨上一整夜。她不想听他说教，就索性下床穿好衣服走进书房去。

这一夜，作为女人的兰婷情绪简直坏透了，本来她睡眠不好，夜里常常无缘无故地失眠，此刻她的心情更加烦乱。她点燃一根香烟猛吸两口，又觉得胸闷，就掐灭烟头推开玻璃门，走到阳台上凭栏远眺。

一股深秋潮湿的寒气袭来，她打个寒噤，觉得那寒气竟像冷水一样很快浸透衣服，浸进皮肤和身体里，体内淤积的燥热立刻消散许多。抬眼望去，都市的夜空像宁静的海洋，白日涌动的喧嚣像潮水一般退去，一幢幢高楼矗立在远近的暗夜里，黑黝黝的影子像布满海里的岛屿。远处偶尔传来电气火车牛吼一样的汽笛，表明都市的脉搏仍在有力地跳动。兰婷突然产生一种奇怪的幻觉。她感到这暗夜分明是有重量的，黑暗将天地挤压在一起，到处一片混沌，连阴间与阳界也分不出界限。你看黑夜里时间停止流动，人鬼不分，美丑不分，善恶不分，真假不分，连法律和秩序也失去作用。等到白天来临，活着的人重又立行，死人回到地下，于是世界重新复活，时间重新流动。

夜色愈浓，寒气继续扩散，阳台上落下了一层薄霜。兰婷感到手脚有些冻僵，但是她依然倚着冷冰冰的围栏，听凭思绪飞升。

黑暗像浓得化不开的墨汁，当人的思绪被融入黑夜时便会产生一种奇妙的浮力，人的精神与灵魂便不再沉重，不再像受苦受难的顽石或者冰块，而是像神话中的精灵，快乐自由地向太空无边无际地遨游。世界真大，大得每个人的灵魂都变得像一粒尘埃一样，又渺小又孤独。她想，为什么人与人的灵魂不能在遨游中相逢或者相遇？那样的话，她希望遇见李红军或者姜解放，听听老同学会对她说些什么？当然她还希望遇见万向东，那个让她又恨又爱的男人，一别十几年，他一定改变了许多，他会想念她么？他们还会留住感情么？他们见面会怎样，像从前那样激动，紧紧拥抱在一起做爱？还是彼此漠然，变得像两个陌生人……

黑夜使人轻松，使人的胆子变得大起来，变得无所顾忌，无所谓羞耻，只剩下欲望和好奇心。兰婷觉得自己开始喜欢上黑夜了，她想这一定是因为人在黑夜中离上帝最近，可以还原一切真实，可以赤裸裸，不用掩饰和伪装，也不用戴那么多假面具的缘故。如果真的发生了什么故事，上帝一定会原谅她的。上帝创造人怎么会不知道人的弱点呢?

兰婷的心情开始趋于平静。她觉得世界上没有什么大不了的事，天塌不下来，就算黑夜让人恐惧，白天总会到来。生活绝不是一成不变的，人生就像走路，迷了路或者改变方向都是可以允许的，为什么只许走这条路或者那条路呢？人生如果一条路走到老，你能领略多少人生风景，那是不是人生的悲哀呢？既然人生不是死胡同，既然条条大路通罗马，你有什么必要为某种改变或者未可知的烦恼而忧心忡忡呢？有些事，人没法与命运相抗衡，顺应自然是最好的态度。想到这里，她觉得自己大可不必与朱青天怄气，于是又抬头看了一会儿西边天际那颗拖着尾巴的彗星，然后回到屋子里关上玻璃门，哈哈冻僵的手在当天日记里写下这样一段话：

“……我承认自己其实一直在积蓄勇气，等待冲动，等待一个连自己也说不清楚的冲动的理由和机会。现在终于有了这样的机会出现在我面前，它像太阳一样升起来灼疼我的眼睛，又像磁铁一样吸引着我的生命。我预感自己的生命轨道正在倾斜，快要抗拒不了它的吸引……问题在于，我做好了准备吗？我愿意为自己的冲动付出必要的甚至是沉重的代价吗?”

第五章

14

第二天兰婷到单位上班，听见办公室同事都在议论昨晚的电视报道，舆论比较一致地倾向于保护红卫兵公墓一边。也有少数人不以为然，认为推了就推了，没有必要小题大作。九点钟行长把她叫去谈了一小时社会债券发行会议的筹备情况。她突然想到将来邱建国也可以采取这种公众集资的形式进行运作，这个念头刚一冒出来她就有些坐不住。从行长办公室出来她就抽空把这个想法通报了邱建国。那边邱建国听了也很高兴，谈了一会儿话，又嘱咐她抓紧查找同鲜副市长有关系的人事线索。

但是此后几天，兰婷找了许多人都没有结果，对方不是摇头就是回答不知道，还有人劝她别自找麻烦。人家一个副市长，哪能轻易就介入你们知青的事情里头来呢？于是她感到问题棘手起来，觉得事情并不像当初想象的那样简单。这天上午又打了几个电话，正没有头绪的时候电话铃响起来，是展览上王从军打来的，说大老韩的老婆康小闽不行了，知青们都赶到医院去帮忙。

等兰婷赶到医院，看见邱建国、蔺小英、许大毛、张省身、胡司令、王从军、金红卫、马立新等许多知青都围在走廊里，连朱青天也来了，大老韩已经抱着头，蹲在地上哭得泪人儿一般。旁边一个七八岁的小女孩，抱住他脖子，放声哭道爸爸爸爸我要妈妈，爷儿俩就哭成一团，引得在场不少人背过身去抹泪。张省身悄悄告诉兰婷，说已经问过医生，康小闽得的是晚期肺癌，抢救也就是减少痛苦，大约没有几小时好挨了。

果然话没说完，一个年轻护士从急救室门里走出来，摘掉口罩表情很淡漠地说44床家属呢？44床家属到办公室办理结账手续。有人问病人呢？护士说，已经从电梯推走了，楼下太平间。大老韩一听就瘫坐在地上，腿一蹬一蹬的，却没有声音。倒是那个女孩子，大约明白妈妈从此再也回不来了，就哇的一声锐响地哭起来，像憋足劲吹小喇叭。哭声打破了沉闷的僵持局面，人们心里暗暗松了一口气，纷纷连拉带劝，一大堆人就轰隆隆地朝太平间拥去。

太平间在医院地下室里，一条斜斜的水泥通道铺出了通往另一个世界的道路。一股很阴森伴有药水味的西北风从通道两头穿过，呜呜地响着，像鬼在叫，让人心里不由得一抖，连忙抱紧双肩，加快脚步走路。兰婷走在邱建国后面，她看见邱建国穿了一件风衣，戴着墨镜，脸绷得紧紧的，一大群人簇拥着他而不是围绕那个刚刚失去配偶的鳏夫。人们沉默地走着，在寂静的地下通道里激起一阵杂乱无章的回响。

死者刚刚挣脱了苦海，灵魂已经在天堂里翱翔，那张被遗弃的没有生气的躯壳此刻正安静地躺在一张带轮子油漆剥落的活动铁床上，身上蒙了一张半新的白床单。兰婷原本认识康小闽，她是个性格活跃的姑娘，一米七〇的个子，当过解放中学的女排队员，后来下乡到勐岗农场，曾是著名的红旗化工厂“铁姑娘班”班长，同男知青一样天天下井挥镐挖铀矿。回城后大家虽然来往少了，但是兰婷知道康小闽进了一家织布厂，成了一名纺织女工。但是现在她看见活动铁床上的死者一脸乌黑，头发几乎落光，身体因失水而萎缩，变得又小又短，乍一看会误以为是个半大孩子。只有那双眼眶深陷的眼睛一只睁一只闭，死鱼一般灰白的眸子瞪得大大的，仿佛在向活着的人诘问什么。

兰婷看了心酸，忍不住上前去将死者那只眼睛抹上，然后别过头去流了一会儿眼泪。她想小闽身体那么好，又没有不良嗜好，怎么就得了肺癌这种可怕的绝症呢？她悄悄问张省身，张省身默然一阵，回答说医生诊断可能同那个年代从事放射性劳动有关。

大家忙乱一阵，大老韩悲痛过度岔了气，坐在地上一抽一抽地干呕，大家就推选金红卫负责康小闽的治丧工作。金红卫做事泼辣干练，古道热肠，又都是死者生前的同学好友，就义不容辞地答应下来。办丧事不能没有经费，康小闽是下岗女工，生前长期住院，将个本来就不富裕的家庭弄得一贫如洗，哪里有钱大操大办？兰婷心里难过，就将身上带的六百元钱全部捐了出来，朱青天也很自觉地从身上掏出四百元钱，凑个整数。大家一看，也都纷纷解囊相助，不一会儿竟也凑了三四千块。

邱建国亲自将大老韩从地上扶起来，很动感情地对众人说：“我们兵团知青是个大家庭，一人有难，大家伸手，这样小闽也好走得放心。大老韩你想开些，既然人死不能复生，小闽的事我们一定要办得隆重。经费你不用操心，我马上让人送一万元来。今后你们父女俩生活有什么困难，我邱建国当着小闽面保证，你们的事就是我的事，我决不会看着不管。”

大老韩呆呆地立着，一脸的麻木，过了好一阵才拉过孩子，扑通跪下给大家磕头，把额头也撞破了。众人又是一阵忙乱，好不容易把父女从地上拉起来，大家就开始商议怎样布置灵堂，怎样开追悼会，怎样发治丧通知和写悼词。邱建国看看表说：“有你们在这里我就很放心了，今天的事我很难过，也很感动，咱们兵团知青就应该团结得跟一个人一样，有难同当，有福同享。这里的事拜托各位了，我得先走一步。”

金红卫突然大声嚷道：“等等建国，骨灰怎么处理好？刚才有人说，等知青天堂乐园修建好了再安葬，能成么？”

邱建国望着大家，很有信心地说：“怎么不成？凡是咱们知青的事一定要说到做到，绝不食言。”

大家纷纷说好，商议留下几个人分头办丧事，其他有事的人就先散了。兰婷正要走，邱建国却又转回来了，把她悄悄拉到一边说，“明天我要到你们银行办事，你能把信贷处长请来你办公室认识一下吗?”

兰婷心里立刻明白了七八分，她警告说：“建国你别跟我耍花招，你说说究竟想干什么？到我们银行搞歪门邪道可没门。”

邱建国嘿嘿一笑，也不否认，说：“说好明天了，明天到你办公室里再告诉你。当然同贷款有关系……对了，你有那个副市长的线索了吗?”

兰婷说有些困难，暂时还没有找到。邱建国搔搔头皮说妈的，我不信几万知青中就没有通天的关系！你再问问看，要不我们得想想其他办法。

邱建国走后，兰婷见张省身也在治丧的人群里忙碌，就问他今天怎么有空？张省身告诉她，他从最近一连串知青活动中得到灵感，眼下正处在收集素材阶段，想构思一部同知青人生历程有关的报告文学系列。兰婷听了很为他高兴，说省身加油，希望你成功。张省身又感慨说生活是创作的源泉，群众是真正的英雄，这是千真万确的道理。兰婷突然受了启发，连忙把参加治丧的知青们都叫拢来，简短地将查找有关鲜副市长线索的事及其重要性通报大家。

金红卫是个能干女人，一口答应广泛发动群众找线索，凡是到这里吊唁的每个知青她都不漏掉，保证做好调查研究。王从军突然拍拍脑袋，哎哟一声说，他有个小学同学，叫曹显刚的，从前也在一个农场，回城以后很不如意，托了许多关系才在公共汽车上做售票员。那时候他天天上班都要赶那路公共汽车，做售票员是蛮辛苦的工作。金红卫嫌他说话啰嗦，就打断他说好了好了，说那么多废话干嘛，你快说曹显刚怎么了？王从军就说你别插嘴，我总要说个过程，让别人知道来龙去脉……后来听说他姐夫当了官，后来又到市里做什么书记，就把曹调了工作，最近曹还当了什么主任，神气得很，进出都是坐小汽车的。

兰婷一听，觉得事情可能有门，就问他那个姐夫姓什么，因为只要是市领导，不管谁说说话都会起作用。王从军却说不清楚，答应去找找曹显刚。兰婷嘱咐王从军抓紧联络，又教了他一些该怎样说的话。然后她拉了张省身一道出医院去追邱建国。邱建国前脚刚回公司，兰婷两人后脚就赶到了，她把情况一说，邱建国果然很兴奋，站起来“当啷”碰翻一只茶杯。

“好哇！真是天不负我！”邱建国在屋子里来回走了两圈。兰婷看见这个雄心勃勃的男人眼睛放出光来，他双手握拳，重重往桌子上一捶嚷道：“……世上无难事，只怕有心人。老知青中有这样的关系，还愁什么事办不成么！”

15

兰婷初识邱建国是在文化大革命刚刚开始的一九六六年初夏，那时候兰婷还是个扎着小辫子的初中女生，而高中男生邱建国万向东已经是解放中学叱咤风云的红卫兵造反领袖。

如果说在高中生眼里初中生只是一群稚气未脱的孩子，那么在初中女生眼里，那些正在或者刚刚开始发育的高中男生就已经有了小大人的意味，他们肩膀变得结实起来，喉咙上长出了青果样蠕动的喉结，说话沙着嗓子像小公鸭，嘴唇上多了一圈软软的黑胡髭。高中红卫兵一个个都把单薄的胸脯挺得很直，故意学着成年人的口气骂人，在大街上骑飞车撒传单，满不在乎地抽烟和骂脏话，打起走资派来又凶又狠，军用皮带抡得呼呼响，就跟一群真正的革命党人一样。

这是一个充满火药味的躁动不安的夏天：知了在树上拼命聒噪，马路上白晃晃的阳光同满街大字报一样刺人眼目，恐惧与暴力、阴谋与陷害、革命与镇压、夺权与反夺权的狂潮席卷社会。人们的盲目和仇恨被互相煽动着，造反成了一种时髦，人类的破坏欲好像三伏天的高温一样与日俱增。解放中学初中女生兰婷与战友一道，高举红旗和领袖画像，唱着《红卫兵战歌》雄赳赳地杀上社会破四旧。

“……革命不是请客吃饭，不是做文章，不是绘画绣花，不能那样雅致，那样从容不迫、文质彬彬，那样温良恭俭让。革命是暴动，是一个阶级推翻另一个阶级的暴烈的行动。”红卫兵小将们一遍又一遍地唱着，最后几乎是吼叫着闯进了一家名叫“古月轩”的老字号文物商店。

商店负责人惊慌失措地跑出来，连连声明这是国营商店，国家财产，国家财产是受法律保护的，还拿出一张印有省市政府和国务院联合通知的文件，将文件招摇地举起来给大家过目，用以说明一切国家文物须受到革命群众保护。

红卫兵小将开始犹豫了，拿不定主意，他们毕竟没有见过多少世面，不知道这个反究竟造得还是造不得。受阻的小将革命情绪明显低落，就像放出阳世的小鬼遇上道士的黄符。有人嘀咕说另找一家吧，反正四旧到处都有。

这时候邱建国出现了。

高中红卫兵邱建国轻蔑地望着这个秃顶的脑门发红的负责人，他伸出手来，把那份红头文件要过来仔细看过，然后很威严很有力度地质问那人道：“你必须老实回答，这份压制革命小将的文件，是什么路线的产物？无产阶级革命路线还是资产阶级反动路线？你的立场是站在革命派一边，还是站在反动派一边？”

负责人脑门更红了。他惊慌地望着人群，不停地揩头上脸上的汗珠，嗫嚅着嘴唇，说出的还是那句话：文物商店是国家财产。邱建国三两下将文件撕碎，扔在秃顶脸上大喝一声：“你知道不知道，连刘少奇都被揪出来了，你还敢明目张胆地反对革命小将的革命行动么？”

于是形势立刻发生逆转，负责人被戴上一顶纸糊的高帽子，挂了黑牌子被揪出来，站在商店的台阶上示众。店员们一见负责人被打倒，立刻树倒猢狲散，也有几个站出来反戈一击，打开内部库房请红卫兵造反，将文物统统搬出来当众砸碎烧毁。最后只剩下一块悬挂在高高门楼上的“古月轩”檀木横匾，据说这块牌子已经有三百年历史，为清朝初年老字号创始人亲手所书。邱建国在众目睽睽下亲自登上梯子，抡圆斧子奋力去将招牌砸烂，但是不幸的事发生了，他因为用力过猛一失足从梯子上摔下来，当场头破血流昏迷不醒。女生都吓得尖叫起来，在场的人用手绢替他包扎了伤口，要把他送进医院去。但是邱建国一醒过来就坚决地拒绝了人们的好意，他像电影里那些钢浇铁铸的英雄一样站起来，在人们的鼓掌和欢呼声中重新登上梯子，直到将那块倒霉的招牌彻底变成一堆碎木片为止。

当时在场的初中女生兰婷感动得热泪盈眶，她望着这个形象高大的高中男生，心中充满景仰与倾慕之情，一粒种子悄悄落入心田，一切传统的、浪漫的、革命的和激情荡漾的想象力都被糅合在一个叫邱建国的高中男生身上。这天晚上，少女兰婷的梦中不知不觉闯进一个朦朦胧胧的身影，那是一个站在木头梯子上，头上缠着滴血绷带的白马王子……

二十几年岁月风雨过去了，白马王子的童话早已经逝去，变成一堆遥远和幼稚的记忆碎片。少男少女长大了，走过长长的道路，建立了各自的家庭，每个人都在各自的人生轨道上运行。虽然邱建国不再是少女心中的白马王子，兰婷也不再是从前那个爱幻想的初中少女，但是不知为什么，兰婷始终愿意在心里悄悄为这个从前的高中男生、红卫兵领袖、知青中的杰出人物保留一席之地。她愿意听从他的召唤，为他做一些事，甚至做出牺牲。她同他在一起总感到生活有信心，有力量，这种奇特的感觉在别人身上找不到。她说不清在心里究竟为他保留了一个什么样的位置：朋友、战友、兄长、榜样、情人、爱人，或许都是，或许都不是……

兰婷喝了一口热茶，搓搓被冷风刮僵的手指，然后笑着对邱建国说："现在你可以坦白了，你究竟打算搞什么阴谋？"

张省身也凑近说："是啊建国，人多力量大，我们都好替你出把力。"

邱建国看看他们，叫人把打碎的茶杯收拾出去，然后关了办公室的门，沉吟了一阵说："不是出力，而是参与，大家参与，光我一个人能干成什么事……我考虑眼前至少有两件大事要办，而且要办成，一件是买下凤凰山，红卫兵公墓事件只是我们占领凤凰山的出击借口。另一件是马上贷到一笔款子。”

兰婷吃了一惊，她没有想到邱建国一下子把胃口撑得这么大，简直有些不自量力的意思。她转过脸看看张省身，文化记者也瞪大眼睛，他们几乎同时想到一个问题：邱建国是不是……头脑发胀？

邱建国看出他们眼中的疑问，他打开保险柜，取出一张复印图纸，然后不慌不忙地对他们解释道：“这张图纸是我们的竞争对手东方世界游乐园的总体规划图，许大毛弄出来的。你们看，凤凰山除不能利用的岩石陡坡外，从山下算起连教堂公墓在内总面积二百八十七亩，游乐园出价每亩一万元人民币买下。如果我们只就事论事着眼于红卫兵公墓，那么将来我们就无从发展，知青天堂乐园完全有可能变成一座孤岛，四面被我们的对手所包围，这是任何一个有头脑的人都不愿意看到的局面，所以我决心阻止游乐园向山上进行任何扩张。”

兰婷摇摇头说：“建国，你胃口还是太大了，为什么不能学会与别人和平共处呢？”

邱建国将图纸小心收起来，回到椅子上坐下来说：“小兰，你与省身都不是商人，所以还有一半话我没有说出来。商场如战场，也是你死我活的较量，你不能发善心，给对手可乘之机，那样就等于养虎为患。兵书上的术语，用在商场上都合适……告诉你们，其实每亩一万元是个可以赚钱的地价，如果有可能我为什么不趁机把它们全都夺过来？至于将来怎么开发、怎么规划或者将闲置部分炒卖出去，主动权都在我的手上而不会受制于人。这是纯粹出于商业赚钱的考虑。”

两人此时方才如梦初醒，不由得佩服邱建国的深谋远虑。然而兰婷并未完全打消对这个男人的顾虑，她提醒道：“建国，你要我介绍贷款处长给你，就是为了得到购置地产的贷款？”

邱建国看看她，哈哈一笑说：“小兰，你先别吃惊。告诉你，占领凤凰山只是我计划中的一小部分，我对你们那位贷款处长的期望值还要高得多呢。”

兰婷紧张起来，她觉得这个邱建国简直不知深浅，就追问他道：

“你究竟打算贷多少？”

邱建国轻松地伸出两根指头回答：“不低于这个数。”

张省身说：“两百万？”

邱建国大笑，啧啧摇头道：“两百万，还不够我买地呢。两千万，我的计划要这个数目才能全盘启动。”

兰婷坚信邱建国犯了妄想症，属于一厢情愿自作多情。那个小小的信贷处长，无论如何也没有胆子贷给他两千万人民币呀。但是她知道自己没法说服邱建国相信，更没法阻止他的行动，只好无可奈何地叹道：“邱建国呀邱建国，你干吗总要像个走钢丝的特技演员，做出些惊心动魄的举动来呢？你就不能稳稳当当做你的生意吗？……两千万！我就是把银行行长介绍给你，他也不一定敢贷两千万给你。信贷处长又不是红卫兵，更不是老知青，他犯得上对你的事情有独钟么？”

邱建国毫不气馁，他从抽屉里取出一盒香烟，一人一根点上，然后才眯缝着眼睛说：“小兰，我说过你不要打听的，不然犯心脏病与我无关哟……我就是这个意思，你只须把那人介绍给我，谋事在人，成事在天，剩下就看老天的意思了。再说我如果不试一试，今后怎么知道同银行打交道呢？”

电话铃突然响起来，是王从军打来的。他很激动地告诉兰婷，原来曹显刚的姐夫就是市委蔡副书记。他没想到曹显刚竟然很看重知青的事，不仅答应帮忙，还说这件事他一定想法做他姐夫的工作，将来回顾展开幕时他还要动员他姐夫亲自来出席。

这个喜讯着实让大家兴奋了一阵。他们又七嘴八舌地把修建公墓、知青回顾展以及办知青实体的事扯了一会儿，看看时间不早，兰婷和张省身就起身告辞了。邱建国送他们出门的时候，忽然好像不经意地问兰婷道：“那天晚上我说的事你考虑了吗？”

兰婷心里“咯噔”一跳，她知道自己迟早无法回避这个问题，这个问题会给她带来震荡和苦恼，可是她又不想过早苦恼，让自己不得安宁。她只好叹口气，含含糊糊地说：“建国，任何事情都有一个过程，你给我一段时间考虑好吗？”

16

西都市商业投资银行信贷处长敖大富是个年近五十身体粗壮的中年人，曾经在南疆当过兵，立过功，官至正团级。后来在这座城市里找了老婆，就转业到城里扎下根来。敖处长以工作作风严谨著称，他把西装穿得跟军服一样标准，领带打得一丝不苟，这就使得他看上去更加不循私情铁面无私。只是随着岁月流逝，他的前额渐渐谢了顶，于是这位中年处长又在军人的硬朗作风之外多了几分掌权官员的威严。

兰婷打电话说，老敖这人原则性很强，根本谈不上跟谁私下里开什么条件。邱建国在电话那头一迭声叫道，小兰你也说服说服嘛，敖处长在南疆当兵，我们在南疆当知青，说起来也算一个战壕的战友，大家见见面能把他怎么样？就算交个朋友，叙叙旧总是可以吧？

又过了几天，邱建国终于设法跟敖处长见了一面，那位处长大约架不住知青的盛情，答应到傣家楼风味园餐厅同这些陌生的“南疆战友”见见面。当贵客那颗油光可鉴的秃顶从出租车里露出来时，邱建国就领着他的知青伙伴们大步迎上前去，脸上堆满极其仰慕和崇敬的笑容。

“敖处长大驾光临，我们真是不胜荣幸。”兰婷向大家作了介绍，邱建国就连忙握住敖处长的手说。

“你们办展览的事我刚才听小兰说了，弘扬艰苦奋斗的传统，很好嘛。”敖处长大高个，北方口音，一双眼睛小而亮，探照灯一样地扫视着知青们的脸说道：“那晚上的电视报道我也看了，保护历史文物我是赞成的，不能什么都只顾赚钱，还是要两个文明一起抓嘛。”

邱建国又将傣家楼老板马立新和其他知青伙伴向敖处长一一作了介绍，一行人便簇拥着贵客径入餐厅包厢分主次坐下。这天餐桌上的莱肴完全突出了南疆民族特色，即使见多识广的银行处长也大开眼界：四只来自印度洋孟加拉湾的软壳螃蟹，每只足有一斤重，蒸熟后像四只红透的大玛瑙石。活吃龙须对虾，虾肉蘸了米酒芥末吃，剩下虾头虾尾还在扭动。泥糊烤野山鸡，鸡翎当场献给尊贵的客人。有人进来表演舞活蛇的节目，舞了一会儿就将蛇脖子拧断，血流出来滴进酒杯里兑血酒，蛇肉做成蛇羹蛇煲。还有傣家菠萝饭竹筒香米，野牛筋老熊掌蚂蚁蛋，以及民族风味小吃数十种，令人眼花缭乱美不胜收。

表情稳重的敖处长开始尚不多言，也不肯多喝酒，只是象征性沾沾嘴唇。邱建国拿眼睛悄悄示意许大毛，后者早有准备，就不慌不忙地说："我来讲个故事，不登大雅之堂，给大家开心助兴。"一连讲了几个流传在知青中的荒唐故事，惹得大家哄堂大笑，兰婷笑得险些岔了气。

气氛活跃起来，大家都争着说话，讲的都是当年的事。客人脸色渐渐放松了，兴致高起来，大家就乘机同他碰杯。几杯酒下肚，他就对着满桌碗碟酒杯发起感慨来："不瞒大家说，我老敖是个苦孩子，穷出身，我不怕跟大家交朋友。你们下乡当知青，我父母祖辈都是农民，你们如果不下乡怎么知道农村生活有多苦？我是陕西人，小时候家乡发生饥荒，村子里饿死许多人，我父母也是在那一次饿死的。我活下来是因为一个部队农场的饲养员救了我，他偷偷将喂军马的地瓜干送给我吃，所以我长大后就参了军……还有一件事，至今不能忘记。对越自卫反击战，你们都知道，死了很多人。一次打穿插，任务是深入敌境潜伏，一连十几天，干粮吃完了，我们只好就地嚼草根，吞青苔，肠胃都饿得失去知觉。战斗打响后，穿插分队有一半人是爬上阵地的。有一个姓蒋的战友被子弹击中腹部，临咽气前对我说了一句话：我好想啃一口……干粮。他的家乡在四川青城山，后来我去过，那里出产一种烟熏的老腊肉很有名。所以我常常想，我们活着的人要珍惜今天的幸福生活，不能做对不起父母和战友的事。我对孩子就常常讲这样的话。"

邱建国望着客人那张红光满面的胖脸，心里暗暗骂道：娘希匹！要唱高调就回家喝稀饭去，干吗对着山珍海味唱？但是他却一脸真诚拥护的表情，带头鼓掌道：“敖处长说得对，对我们很有教育意义。无论环境怎样改变了，艰苦奋斗的作风不能丢。我也想起一件事，那是一九七一年前后吧，有次我们农场组织知青到山外背粮，中途一个女知青迷了路，失踪七天七夜，后来还是出动几千边防军和民兵在原始森林里找到她。这件事在当时很轰动，《解放军报》登了头版，不知道敖处长是不是也参加了当时的行动？”

大家都用期待的目光望着客人。敖处长想想摇头道：“我们是野战军，不是边防军，不在你们那一带执行任务。”

大家就啧啧地表示遗憾。邱建国站起身来说：“我们知青同解放军有着牢不可破的血肉关系，我提议，为了我们同敖处长的相识，大家一起干三杯。”

敖处长听了这番话很高兴，他这回没有推辞，一仰脖子连干三杯。但是很快主人就发现，这位贵客在饭局上显然不是等闲之辈，他酒量大得惊人，放开肚子大吃海喝也不会醉，喝高兴了酒话就多，嘴里没遮拦，一连串的粗话骂娘。席间有个电话找兰婷，兰婷出去接了电话，回来匆匆说家里有事得先走一步。于是酒桌上没有了女人，男人们就兴致勃勃地讲开荤笑话。小东说我先讲一个。他说：“从前有个人偷看了不该看的地方，就被警察抓住了审问。警察说，你看见什么了？那人答，看见女人。问还看见什么？答脸，头发，脖子。问还看见什么？答肩膀，胸脯。警察说，不许隐瞒，往下说往下说。答乳房，肚脐。说再往下说。答大腿。警察着急了，说哎过了过了，往回说往回说。”

邱建国悄悄到洗手间，用手指头探到嗓子眼里把酒吐了，回到席间用香巾纸揩揩嘴，笑着对大伙说：“我也凑个热闹。一裸体女郎钻进一辆出租车，那个司机就低了头上上下下地看，半天不开车。裸女急了，说哎你这人没见过怎么的，看不够啊？那司机方才抬起头说，我不是看你，我是琢磨你把钱藏在什么地方了？”

有人故意叫道，那裸女到底把钱藏在什么地方，讲一个出来让我们大家也开开眼界？邱建国看一眼敖处长答，我讲的是外国，你他妈的想看裸体就看你自己的吧。众人又笑一回，多喝下几杯酒。

看看饭毕，敖处长意犹未尽，大家便陪客人到对面水仙楼唱卡拉OK。水仙楼是一家夜总会，楼上早有人伺候，小姐领着一行人进了卡拉OK厅。大厅里人影绰绰，灯光若明若暗，音乐响起，摇滚节奏如海浪扑面而来，旋转灯将五彩缤纷的光斑急速地摇起来，亮闪闪的雪花凌空飞舞，猩红地毯柔软无声，让人感到一派扑朔迷离心猿意马的景象。

邱建国指着舞池边一位小姐对客人说，听说处长舞跳得很不一般，我们特请市歌舞剧院的吴小姐与处长共舞一曲如何？说罢招招手，那位吴小姐就袅袅娜娜地走过来。众人都拿眼睛去看时，只见吴小姐秀发披肩，穿一件浅粉色真丝提花旗袍，明眸皓齿，眼波荡漾，臂若莲藕，腰若杨柳，身材果然极为窈窕出众，是那种一见就让男人销魂的美人儿。敖处长本欲谢绝，到底架不住众人劝说和吴小姐邀请，边说只跳一曲只跳一曲就下了舞池。

敖处长到底是个舞场老手，一搂住女孩子就如鱼得水，连跳七八支曲子仍意犹未尽，将那位吴小姐旋得娇喘嘘嘘香汗微渗。后来换一位小姐，敖处长觉得不过瘾，还是指名要跟吴小姐跳，这样又跳了十多支曲子。邱建国在一旁观看，见敖处长酒劲已经上来了，脚步不稳却还抱住女孩子的细腰不肯放手，心中不禁窃喜，就对许大毛使个眼色，随后那些人都不出声地悄悄散去，大厅里只留下邱建国站在原地当观众。

突然大厅里灯光熄灭，有人在外面叫“停电了停电了，快拿蜡烛来”，就有小姐点亮若明若暗的鱼烛端进来。敖处长脸色涨红仍在兴头上，水仙楼经理只好连连道歉，说怎么搞的，就停电了？我已经叫人去检查线路了。

邱建国就请吴小姐陪客人暂时到包房休息。

包房是那种隐秘暧昧光线暗淡，专供客人自由活动的地方，一排宽大柔软的真皮沙发占据了三分之一的空间。敖处长一头靠在沙发上，接过小姐递来的热毛巾，边擦脸边说：“你们这里的……音响不错，效果挺好嘛。唔，舞伴也不错，我看小吴的舞就跳得挺有感觉。”

经理连忙恭敬地说：“承蒙敖处长夸奖，我们这里条件还比较简陋，以后请处长多多赏光。”

敖处长将毛巾扔在茶几上，挥挥手道：“我这个人，也没有什么不良嗜好，不抽烟不搓麻将，业余生活就喜欢跳跳舞，唱唱卡拉OK，娱乐身心也是为了好好工作嘛。”

邱建国赶紧附和道：“对对，敖处长请吃水果……跳舞唱歌都是高雅娱乐，咱们中国人素质太低，不懂得充实精神世界。”

吴小姐替客人剥了一个香蕉，娇声滴滴地送到他面前，敖处长刚说：“哎，女士优先，女士优先……”吴小姐就顺势挨着他坐下来。

这时外面有人叫邱总电话，邱建国连忙说：“哎呀，不好意思……吴小姐，你替我好好陪陪敖处长，我去去就来。”说完就同水仙楼经理一道匆匆出去，顺手把门关上。

邱建国出了门并没有去接电话，而是踱到下面大厅里吸了一根烟，然后重新走回楼上，侧身进了隔壁一个房间。刚才悄悄散开的那些人都在屋子里等他，一个个捂着嘴朝他挤眉弄眼地乐。胡司令凑近他的耳朵报告说：“狗杂种已经干上了。”

邱建国惊讶地说：“怎么这么快？跟狗撒尿一样么？”

胡司令做了一个猥亵的动作，指指纸板墙壁道：“你听听，正来劲呢。×他妈，这些龟儿子杂种，一个个正人君子的模样，其实个个心里都想着强奸女人哩。”

邱建国连忙将耳朵贴在纸壁上一听，果然听见一个男人呻吟不断，和女人含糊不清的喘息声。他摇摇头，故意一脸惋惜地说：“你们都没有说对，这次绝对不是男人强奸女人，而是女人强奸男人。”

许大毛啧啧地称羡道：“要是能被这个漂亮女人强奸，我看倒是件满不错的事。走桃花运呢。”

马立新一脸好奇地问他：“老邱，你怎么知道这个敖……一定会上钩？要是他不肯同那个妓女干怎么办？”

邱建国轻蔑地回答："我派人暗中作了调查，发现这位处长确实很廉洁，生活无懈可击，但是有件小事引起我的重视。有人证实这位处长近年来学会了跳舞，每周都要上一两次舞厅。我想他为什么单单对跳舞发生了兴趣呢？经了解，他老婆瘫痪在床上已经一两年了，事情明摆着，那么壮实一个男人，如狼似虎的年龄，老婆却在床上瘫着，他能跟和尚一样天天吃素念经？这就是他为什么喜欢上了跳舞的原因。男女这种事，就算他不肯主动，女人主动他同样没辙……告诉你们，要是他今天不上钩，不干这事我邱建国就是个天大的白痴。"

许大毛连忙应道："对对，英雄难过美人关。"

胡司令蹬了椅子一脚，鄙夷道："什么狗屁英雄？如今是美人当道，有钱就是英雄。"

正说着，万小东从屋顶的梯子上蹑手蹑脚爬下来，手里拎着一架小型摄像机。他一脸兴奋地说："一切 OK，证据在手，绝对货真价实的三级片。"

许大毛一拍巴掌道："操他奶奶！这回不怕他不肯贷款。"

约摸过了几分钟，包房门突然"砰"地一摔，接着一串很重的脚步声"咚咚"地下楼去了。大家都拿眼睛看邱建国，邱建国却坐着不动，抽他的烟。一会儿有服务员进来报告说，包房那个客人已经下楼，钻进出租车走了。邱建国这才掐灭烟头，站起身来去推开隔壁的包房门。那个刚刚经历了一番放浪形骸的吴小姐此刻独倚在沙发上抽烟，一副雨过天晴落花流水的疲惫模样，头发乱了搭拉在脸上也懒得拢一拢，旗袍衣领半敞着，露出半只大白兔样的奶子。她头也不抬地朝来人说："我完事了，拿钱来。"

邱建国将一沓人民币扔在茶几上，表情淡漠地问她："那个客人表现怎样？说给我听听。"

吴小姐一张张点过钱，把钞票放进小皮包里，拉上拉链说："这种事有什么好听的？过瘾啊？你要是想干就跟我干。对你这位老板实行优惠，八百元怎么样？"

邱建国一拍茶几，瞪着她恶狠狠说："你给我听着，是我雇的你。要是你还想保住饭碗，就回答我的问题。”

吴小姐害怕了，就把刚才的事一五一十地说了，末了边扣衣领边恨恨地骂道：“……他简直像个疯子，手指头像钢锉……差点把我给弄坏了，这头脏猪!”

邱建国突然笑起来，他觉得自己其实并不十分讨厌这个妓女，于是他又数了五百元扔在茶几上。

“这是给你的奖金。我们都没有见过今天的客人，对吗?”

吴小姐收起钱，很高兴地说：“看不出你这人还有点人性。唔，这是我的 BP 机号码，有事找我。我愿意跟你这样的老板做朋友。”

第六章

17

旧历冬至前后，西都市受到入冬以来第一次北方强冷气流袭击，下了一场小雨雪，从此气温便一天冷似一天。马路上的行人都穿上了厚毛衣或者羽绒防寒服，骑自行车的人戴了帽子手套，从乡下来打工的民工穿着从旧货市场买来的旧棉军大衣。只有那些在酒店宾馆上班的年轻小姐好像天生不怕冷，依然穿着皮裙或者超短裙，鼻子冻得红红的，抱胳膊耸肩匆匆而过。

坐落在这块以丰饶和闭塞著称的天府盆地深处的南方大都市初冬的景色是晦暗而单调的，深秋的黄叶早已落尽，路旁的树木都向空中高举着瘦削的枝杈，天空阴郁而沉闷，没有刮风，也没有飘雨，空气凝滞不动，湿漉漉的雾团好像破渔网终日壅塞着低矮的天空。由于常常十天半月不见太阳，不见晴朗的蓝天，生活在盆地里的人们都有种被关在地窖里的感觉，人人心里都长出一团湿漉漉的霉来。阴郁的气候造成飞机航班误点，造成道路交通事故不断，但是气象预报说近期没有转晴可能，元旦前后还将有一次更大的北方寒潮造成大面积降温过程。

下午四点，天色已经晦暗得像傍晚，兰婷提前离开办公室，招了一辆出租车赶到傣家楼风味园餐厅参加一个兵团知青的聚会。

由于“魂系南疆”知青回顾展紧锣密鼓的筹划和宣传，加上当地传媒推波助澜，西都市掀起了一浪高过一浪的知青活动热潮。老知青原本是些磕磕绊绊的中年人，他们回城十多年，好像错过班车的乘客，拼命追赶失去的人生岁月。蓦然回首，发现时光已逝青春不再，外面蓬蓬勃勃的世界注定不属于他们，于是这些落伍的中年人就有了很浓重的失落感。回顾展重新唤起他们的自豪感，引发他们倾诉的愿望，他们对于往事的记忆仿佛冬眠的昆虫一样纷纷苏醒过来，于是各种各样名目繁多的知青聚会就应运而生：连队聚会，营团聚会，农场聚会，纪念下乡聚会，纪念回城聚会，等等。知青们用这种大串联方式回顾自己的青春，联络旧日感情，以安慰自己和重温昔日辉煌。

某农场知青别出心裁，自费包下市内某公园义演一天，到处张贴海报，要把最拿手的红卫兵歌舞、知青节目和样板戏搬上舞台。消息一经传出，竟然引起轰动，络绎不绝的西都市民扶老携幼前来观看，将公园挤得水泄不通，花草树木踩死无数。铿锵的“文革”音乐一奏响，台上大幕徐徐拉开，一队身穿绿军装戴红袖套的老红卫兵一亮相，便赢得台下观众一片喝彩叫好。胖胖瘦瘦的老知青们很亢奋地在台上蹦蹦跳跳，如同回到青春热血的年代，很是出足了一阵风头。

在市场经济社会里，经济活动与经济利益渗透一切社会关系，老知青也不例外。社会活动好像一张关系大网，把许多不同职业不同阶层但是有着共同经历的人们重新编织在一起。知青们很快发现这种聚会不光可以重温旧梦，联络感情，还能互相提供可资利用的社会关系和赚钱机会。因此这种方式又很快扩大开来，在西都市引发一系列形形色色的社会活动：同学会，校友会，同事会，战友会，老乡会，邻居会，同仁会，麻将会，火锅会，卡拉 OK 会，所以那段时间西都的各种娱乐场所茶楼酒肆餐厅饭店度假村都生意奇好人满为患。

那次宴请敖处长，兰婷被人安排中途离席，她的任务只是引荐老敖，后面的事就与她没有关系了。但是最近她听说信贷处已经决定将知青天堂乐园立项，并对邱建国的公司给予优惠支持，心里颇感意外，想这个邱建国还是有些办法，不知怎么就做通了原则性很强的敖处长工作。昨天她接到万小东打来的电话，邀请她和朱青天一道参加知青聚会，地点在老马的傣家楼风味园餐厅。晚上她回家告诉朱青天，朱青天正在看一本港台出版的领袖传记，似乎并不在意，只问她一道去还是各自分头去。兰婷说那就各自去吧，免得站在街头等，天气怪冷的。

等她来到傣家楼已经快五点钟了，城市上空暮色四合，路灯还没有亮，汽车都开了明晃晃的大灯，照得行人像鬼影一样乱窜。远远就看见傣家楼门前灯火通明，大红灯笼高高挂，迎宾小姐披红挂绿地站在门口，一排五彩射灯将民族风味十足的傣家竹楼凸显得格外引人注目。胖子马立新和万小东，还有头发锃亮西服革履的许大毛站在门口喜气洋洋地迎接来宾。大家见面都很亲热，也不用握手，也不用说客套话，都咧开嘴笑。兰婷奇怪地问："今天是什么大喜日子，马老板搞这么大的铺张?"

马立新春风满面连连拱手道："今天不是本人的喜事，是借各位知青战友的光，老邱嘱咐一定要搞隆重气派些，今后还请各位战友多多关照小店。"

兰婷跨进餐厅，立刻有人在她胸前别了一枚纪念章，兰婷低头看时，看清纪念章上印着一枝绿油油的橡胶叶，中间嵌着"魂系南疆"四个小字。餐厅里面已经挤满一屋子人，看样子都是当年的兵团知青，有的认识，有的面生，但是大家都在热烈地说话，新来了人大家都抢着介绍打招呼，一片闹哄哄的亲热劲儿。兰婷拿眼睛四处搜寻，想看看朱青天来了没有，却见邱建国像从地下钻出来似的拦在她面前，手里端着两杯啤酒，递一杯给她，满面春风地说："小兰，今晚活动我事先没有告诉你，你能猜猜看吗?"

兰婷看见邱建国好像换了一个人：西装革履，精神抖擞，头发一丝不乱，胸前竟然别了一枚红花。不知为什么，她心里有种受冷落的感觉，就故意冷淡地回答他："我哪能猜得着呢，到时候自然就知道了。”

邱建国凑近她，快活地悄声说道：“小兰，有些事，我们在它产生后果以前是难以预料的，而也许它们早在许多年前就已经埋下了种子。”

说着同她碰碰杯，一饮而尽，又笑着去招呼别人。兰婷觉得今天的邱建国似乎故意对她藏着许多秘密，就站着发了一会儿愣。转过身却意外看见朱青天同金红卫王从军夫妇一同坐在沙发上喝饮料，朱青天一副懒懒的模样，王从军夫妇却很殷勤，围着他说话。兰婷走过去同他们打招呼道：“老王，红卫，来了很久么？你们从前同老朱认识？”

金红卫抢着回答：“小兰，朱局长是咱们知青中有地位的人物，今天来了才知道是你先生。虽说都是兵团知青，到底人跟人不一样，说来朱局长还是咱们图书馆的上级领导呢。”

王从军眼巴巴地央求兰婷说：“刚才红卫还在同朱局长讲，图书馆效益不好，能不能请朱局长给调动一下工作，到个效益好些的单位？”

兰婷看看朱青天，朱青天也没有什么表情，知道他心里不愿意，就打圆场说：“老朱是个副手，文化局还有好几个领导，由不得他一个人说了算。”

这金红卫夫妇哪里肯听解释，反正认定朱局长是兵团战友，又软缠硬磨地说了半天。幸好有人来把他们叫走，朱青天才长长出了一口气，厌烦道：“我对这种大杂烩的知青活动不感兴趣，不就是互相利用么？……遇上这种事，说没有关系吧，又都是兵团知青，可是兵团知青有几万人，谁能帮得过来？今后下岗职工更多，我岂不是要开个职业介绍所？”

兰婷本来能够体谅朱青天的难处，但是听他用这样口气说话心里就不高兴，觉得他缺少起码的同情心，便冷冷刺他一句说：“要是今天是官场活动，你会说不感兴趣么？得，别把自己当上帝，人谁没有难处？你不过运气好，当个小官，得帮人处且帮人，何况老王得了那样的病，就是不认识的人也不会无动于衷的。”

朱青天见兰婷生了气，就连忙替她倒杯饮料，拉她坐下来解释道：“好好，我收回刚才的话还不行么？……其实我不是不愿意帮人一把，而是这样的事太多，每天都有几起：亲戚，朋友，同学，知青，亲戚的亲戚，朋友的朋友，你不办还不成，不办就骂你势利，忘了本。都道当官是福气，可是有几个人知道当官的难处？”

兰婷接过饮料，顺势坐下来说：“我也不是一定要你替他办调动，只是如果方便的话，顺手帮他们一下……老王两口子都是下面的小工人，活得艰难，你稍微出把力就能办到的事，他们一辈子也许都没法自己办到。”

朱青天给自己点支烟，苦笑着说：“婷，你在银行，不知道政府机关的事。现在哪里有什么‘方便’一说，都是人情，领导也不例外。今天你帮我办了事，欠我人情，对不起，明天我请你帮忙，你就得还回来。如果今天我帮金红卫调动，那么明天我说不定就得替那家单位的什么人解决一个子女就业或者城市户口，天天陷在这样的事里，就跟陷在烂泥潭里一样不累么？”

兰婷叹息道：“你看着办吧，在位时多做点好事，权当小时候学雷峰叔叔。”

正说着，张省身文晓红夫妇走进来，朱青天高兴地朝他们招手。朱青天在知青里面朋友不多，平时同张省身最谈得来。张省身老远就调侃道：“你们说什么悄悄话呀？怎么到了大伙里还是难分难舍，就不兴跟别人说说话么？”

朱青天笑着反击道：“你俩才是公不离婆，秤不离砣，来晚了要罚酒的。来来，省身你过来，我正有话问你。”

两家人亲热地坐在一起。朱青天掏出香烟递给张省身，小声问他道：“你们记者消息灵通，市里最近要调整班子听说了么？”

张省身点燃香烟吸了一口答道：“这在市委机关已是人尽皆知的公开消息，蔡副书记当书记，鲜副市长扶正当市长。然后各部委办局班子都有调整。”

兰婷插言道："蔡副书记不就是曹显刚姐夫么？"

朱青天突然被烟呛了一口，睁大眼睛问："曹显刚是谁？"

兰婷就把那天医院里王从军提供线索，曹显刚答应帮忙的事说了一遍。朱青天很意外，张着嘴连连说道："啊，知青中竟有这样的杰出人物，呆会儿我一定要认识认识。"

张省身觉得朱青天未免势利，就眨眨眼讥讽道："老朱，恐怕不是这姓曹的杰出，而是姓蔡的更杰出吧？"

朱青天愣了愣，坦然回答道："老弟你算说对了，官场上的事就是这样，官大一级压死人。你是作家，记者，可能觉得我老朱俗气，势利眼，可是这世界上谁又能免俗呢？……人在官场，身不由己，官场的铁律就是胜者王侯败者寇，颂歌从来只为胜利者而唱，你上去了就是英雄，失败了就是狗熊，人们只看结果不管过程，所以官场上没有君子小人之分。我是个凡夫俗子，不做君子，也不想整人害人，但是我不能老当副局长，这就是我的原则。"

张省身点头称赞道："老朱这番理论倒是坦白，起码不虚伪。如今这个社会比从前进步得多，一个标志就是人人都敢坦言目的。其实人人做事都有目的，只不过有人将目的伪装起来或者隐藏起来，有人敢于坦言罢了。"

兰婷看见条形餐桌上开始摆出点心小吃，觉得肚子饿了，就对朱青天说："老朱，你能不能为女士作点贡献，取些小吃过来？……那边餐桌上有点心和啤酒。省身，你知道晓红对你的回顾展主题词怎样评价？——她说：'过去了的，就会变成美好的回忆。'其实也就是好了伤疤忘了疼的意思对不对？"

张省身回头看看年轻妻子，惊讶地大声说道："哎晓红，你什么时候也变得刻薄起来了？"

文晓红朝他举举杯，得意地大笑着说："兰姐，你评评理，他们凭什么老是有优越感，觉得当知青是一种了不得的光荣经历？还指责后来人这不是那不是，我是六十年代出生的，我就偏不崇拜他们的经历。"

朱青天刚好取了点心和饮料过来，放在大家面前说：“那你为什么非要嫁个知青？省身说了，是你追他来着。”

文晓红扬头喝一口可口可乐，又咬一口点心道：“追他又怎么样？我是嫁给他这个大记者，又不是嫁给你们知青。”

正打趣着，门口陆续又进来一些人，其中一个穿呢大衣的中年男人，一进门就被知青们众星捧月地迎上去，连邱建国也屈尊地簇拥着他。兰婷看看那人模样，心里立刻明白这就是那位贵客到了，她小声说：“喂，那位大概就是你们刚才议论的书记小舅子，真是前呼后拥啊。”

18

邱建国用目光打量一下会场，他满意地看到受邀请的知青基本上都来了，几百平方米的餐厅里挤满黑压压的人头。这些人都是知青中的精英人物，有识之士。他微微眯缝起眼睛，谦虚地接受大家注视的目光。明晃晃的聚光灯像小太阳一样悬在空中很耀眼，餐厅里开了暖气，他感到喉咙有些发干，背上微微渗出汗来。

马立新低声向他请示是不是开始了？他点点头，餐厅老板就站出来大声招呼大家安静，担任司仪的许大毛宣布说现在兵团知青的活动开始，先介绍一位贵客来宾，市公用局的曹主任，大家欢迎。大家就稀稀落落地鼓掌。曹主任倒是很识趣，连忙摆手声明我不是什么贵客，我也是兵团知青，叫曹显刚，西双版纳农场的。许大毛又带头鼓了一阵掌，等大家安静下来说，请我们勐岗农场党委副书记，著名的知青领袖，远大公司经理邱建国给我们讲话。这回大家就一齐鼓起掌来，餐厅里爆发出一阵很热烈的轰响。兰婷觉得这话不是味道，就扭头看看周围，也没有看出众人有什么不安，倒是丈夫朱青天懂得她的意思，凑近她耳朵小声说，中国再过一百年还是需要个人崇拜。

邱建国走近麦克风，摊开两手说：“各位战友，朋友们，首先我要说明，我不是什么党委副书记，那是过去的事，也从来不是什么知青领袖。我是个普通知青，跟大家一样，是个自食其力的劳动者，对不对?”

下面有人嚷嚷，说邱大哥，我们听你的，有话快讲。兰婷看见那群人里有许大毛、胡司令、王从军、金红卫、大老韩，脸上都现出很崇拜的神情。

邱建国神情很轻松，他不慌不忙地说：“……我来提个问题，谁回答我，今天是几月几日？星期几?”

有人答：“十二月十五号。星期三。”

邱建国又问：“那么一周后该是几月几日？什么日子?”

兰婷见许多人答不出来，就忍不住提醒他们道：“十二月二十二日，离毛主席生日还有四天，圣诞节还有三天。我们知青自己的节日。”

“哇——”人们如梦初醒，纷纷叫出声来：“最高指示发表，知青下乡动员日……”

邱建国大声问道：“那么一周后的这一天，我们全体兵团知青的一件什么大事在等待我们?”

大家一齐鼓掌回答：“万事俱备，只欠东风……‘魂系南疆’知青回顾展就要开幕了!”

于是邱建国挥动手臂指挥道：“大家还记得那首知青语录歌吗?我起头，一，二，三……唱!”

百十个喉咙一齐吼起来：“……知识青年到农村去，接受贫下中农的再教育，很有必要。要说服城里的干部和其他人，把自己初中、高中、大学毕业的子女，送到乡下去，来一个动员。各地农村的同志应当欢迎他们去。”

许多年前，一个伟人的声音从首都北京传来：“知识青年到农村去，接受贫下中农的再教育，很有必要……”神州大地沸腾起来，人们纷纷走出家门，连夜上街欢呼游行。那个不眠的狂欢之夜就成为后来被称作“知青”的一代人生命中一次隆重的成年庆典。

若干年后，人们再次置身于历史和激情的漩涡之中，老知青们手挽着手大声唱着，唱了一遍又一遍，直到嗓子嘶哑。渐渐有人眼睛里溢出眼泪。邱建国看见妻子蔺小英热泪盈眶，看见兰婷、张省身激动的目光，心里不由得涌出一阵感动。不管怎么说，这是属于他们自己的歌，是一代人的命运旋律、生命鼓点和战斗号角，不论他们曾经为此付出多大的代价，也不管他们曾经经历了怎样的迷惑、彷徨、曲折和艰难困苦，但是它毕竟是这群人人生历程中最醒目的生命坐标。

他忽然想到李红军，还有姜解放和佟大全，心情立刻暗淡下来。他们的人生坐标在哪里呢？

兰婷唱着唱着，身旁不见了朱青天，当她拿眼睛在人群中搜寻时，发现丈夫不知道什么时候已经站到曹显刚身边，正在同那位贵客互递名片和起劲攀谈呢。她自嘲地想今天朱青天总算没有白来，不然他回家会抱怨她给他找了许多麻烦。朱青天忽然看见她，悄悄得意地对她挤挤眼睛。

兰婷就扭过头去不看他。

“……各位战友，请静一静，下面邱经理还有重要消息宣布。”担任司仪的许大毛站上一张椅子，很夸张地挥舞着手嚷道，但是人们不理他，餐厅里依然闹哄哄的。

邱建国做了一个手势，他的脸色很平静，只用目光传达他需要的效果。人们果然安静下来，餐厅里鸦雀无声。

“……现在我要宣布另一件事，经有关方面批准．我们西都市知青联谊会正式成立了。这个联谊会是我们全体知青自己的组织，它的职责和义务是帮助知青联络关系，增进情感交流，唤起知青的责任感，并从精神和物质上帮助所有生活有困难的知青。我们有理由相信，这个组织将不会辜负我们全体知青的期待……

“我还要报告大家一个好消息，由于全体知青战友的团结一致，特别是知青战友曹显刚的作用，上级领导出面干预了红卫兵公墓纠纷。虽然还没有取得最后胜利，但是我在这里向大家保证，我们将坚决捍卫那些长眠地下的战友，使他们的灵魂免除劫难，得以继续安息。我还要说，知青是一种精神，精神是不朽的，就像太阳、月亮、星辰和风一样不会消失，精神与历史一道永存……我公司已经做出决定，自筹资金买下凤凰山，然后修建一座旨在弘扬知青精神传统的纪念地。纪念地建成之后，它将占地数百亩，规模宏大空前绝后，它将成为我们这代知青留给本世纪乃至下个世纪一座永久的纪念圣地。我们商定，将这座纪念地命名为'知——青——天——堂——乐——园'！……"

邱建国的声音立刻被知青们震耳欲聋的欢呼声淹没了。有人把帽子抛向空中，人们拥抱着，跳着，吼着，声浪震得屋顶嗡嗡响。

邱建国注视着这个动人的场面，他眼睛里闪动泪光，心潮起伏，这一刻的欢声雷动在他心里引起二十年前的隆隆回响。那一年，他们一行十三个中学红卫兵历尽千辛万苦，步行三个多月，行程数千里，终于到达北京接受毛主席大检阅。那是一个多么充满激情和忠于理想的时代，他崇拜那个时代，不管后人如何评价，那个轰轰烈烈的时代毕竟只属于他们自己，是他们留给二十世纪历史的一座永恒的纪念碑。他将一碗酒高高举过头顶说：

"兵团战友们，知青兄弟姐妹们，现在让我们大家都举起碗来，为知青回顾展的即将开幕，为知青联谊会的诞生，为知青天堂乐园的顺利创建，更为了我们共同的过去和未来，干掉这碗酒！有这碗酒垫底，我们还有什么过不去的悬崖峭壁，闯不过去的大江大河呢？在这里，我再说一句大家熟悉的话，重温这句旧话对我们今天乃至今后的奋斗是绝对有意义的，它就是——'广阔天地，大有作为'！"

"干掉这碗酒！"

"干……酒！！"

"干……酒！！！"

"干……干……！！！"

知青们全都疯狂起来，男人甩掉上衣，光着膀子，一如当年大返城大绝食大誓师那样，男男女女高举酒碗，高呼"水、水、水——"，咕嘟嘟一饮而尽。长久埋藏在人们心底的知青情结和被平庸生活压抑的激情就像冲出瓶口的酒精一样，浓浓地聚集在空气里，只需一根小小的火柴就能点燃冲天大火。

知青聚会到深夜，许多人喝得醉醺醺的，男男女女都发了一回酒疯，哭的唱的笑的骂的都有。还有一个女知青，不知从哪里弄来一件旧军装，在台上边抽风边跳起了忠字舞。曹显刚离开时，大家把他送出餐厅大门，外面依旧下着小雨，空气寒冷，这位贵客虽然没有醉，却也不大清醒，说话喷着酒气直结巴。他拉着邱建国的手，拍着胸脯说："知……知青的事就包……包在我身上，我明天就……就对我姐夫说，不就他一……一句话么?"

大家又说了许多感情冲动的话。朱青天亲自跑到大街上替曹显刚叫来一辆出租车，直到汽车暗红的尾灯消失在大街拐弯处，大家才松了一口气。后来知青们陆续离去，邱建国留下一群半醒的人，换到一间包房里继续开会。

"……邱大哥，你得站出来再做一回知青领袖。"胡司令脸红脖子粗，说话也不大连贯，身子歪在沙发上说："我们都听你的，'魂系南疆'回顾展一搞，知青这杆大旗又重新打出来了，你不做领袖谁做?"

邱建国虽然有蔺小英在身边限制，但还是喝过了头，舌头发直，他瞪着眼说："什么……知青领袖? ……扯鸡巴……淡！当初大家商量办……回顾展，图个心里痛快，没想到硬是把知青这股热劲给……掀起来了。红卫兵公墓，也没有想到……闹大，结果却……逼上梁山。都是被……推着往前走，用一句从前的话说，就是……形势喜人，形势逼人。"

说得众人都笑起来。

餐厅小姐进来给每人沏了一碗醒酒茶。邱建国眯起眼睛细看时，茶碗里有参片、红枣、枸杞子、杭菊、冰糖，再配以蒙顶山特产香片茶，端起来饮了一口，果然味道甘甜香醇，一股清凉之气直抵脑门。便大声叫好，一口气连饮三碗茶，出去解了个手，回来人竟清醒了许多。马老板从外面进来问，要不要小姐三陪助兴? 有人躲在黑影里低低吼道要，多数人不说话，拿眼睛看邱建国。邱建国笑道，哪位兄弟要三陪站出来亮个相，费用自理，别让马老板把账错记在我头上。

众人就乘着酒劲放肆说了些荤话。兰婷看看表，不耐烦地说：“都两点钟了，建国有什么事快说，我和老朱，还有省身晓红明天都要上班的。”

邱建国敲敲茶几，环顾众人厉声说道：“你们听着，谁发酒疯我就叫人拿冷水浇他的头……我请大家留下来，是想跟你们商量个事，所以请大家集中精力，别胡思乱想。”

接着他就把创办一家以兵团知青为主体的股份制集团公司的设想简要描述一番。按照邱建国的计划，这家集团公司将以原远大公司为基础，面向知青募集股份，实行股份责任制。总公司下辖若干分公司，进行商务贸易、食品加工、房地产开发、餐饮娱乐、股票期货、科技开发以及社会福利等多种经营，公司领导及主要干部都将由知青中的优秀分子组成，体现依靠知青和为知青谋福利的宗旨。

“……知青回顾展是个契机，我们由此将获得团结广大知青的机会。俗话说‘人心齐，泰山移’，众人拾柴火焰高，如果我们背后有几万名西都知青作后盾，我们能不建起一艘经济的超级大船么？知青天堂乐园(公墓)将是我们打出的第一面旗帜。回顾展之后，我将立即着手组建集团公司。”邱建国尽量用一种平静的口吻对大家说，这是他头次向众人公开自己的计划。

胡司令第一个跳起来大声嚷道：“邱大哥，我来入头一股。我把那间电子游戏室盘了来投奔你。”

大家都热烈地鼓起掌来，为这个雄心勃勃的宏伟计划而激动。许多人当场表示愿意入股或者为公司工作。邱建国拿眼睛看傣家楼餐厅老板马立新，马老板是这群人中的实力派，大家就嚷马老板快入股。马立新先前一直很积极，此时听到集资入股就变得态度暧昧，躲躲闪闪不肯表态，大家就一致批判他，帮助他站稳立场。还有人唱起语录歌来：“什么人站在革命人民方面，他就是革命派，什么人站在帝国主义封建主义官僚资本主义方面，他就是反革命派。什么人只是口头上站在革命人民方面而行动上则另是一样，他就是一个口头革命派，如果不但在口头上而且在行动上也站在革命人民方面，他就是一个完全的革命派。”逼得马老板无奈，只好宣布认股五万元。大家又为公司的命名争论了好一阵，最后一致通过将这家未来的知青公司命名为“知青天堂股份责任集团总公司”。

邱建国感到很满意。他看看手表，已经凌晨三点，但是大家睡意全无，又热烈地争相表了许多态，说了许多情绪昂扬的话，发表许多见解，引发出许多有益的思路和构想。这个会一直开到黎明，大家均感疲惫而心满意足，于是纷纷起身打着哈欠回家去睡觉。

邱建国小声对走在后面的兰婷说：“小兰，有件事我没有对别人说，但是我想瞒不过你的。”

兰婷站住问他：“是不是银行贷款已经到手？”

邱建国竖起一根指头坦言道：“只有一千万元，没有预想的多，分两批入账。没有这个大前提，我哪敢有这么大的雄心壮志？现在我是长缨在手缚苍龙，万事俱备，只欠东风。我还是那句话，没有你不行，你想过没有？”

兰婷的心又活动起来，她觉得这个邱建国简直是死磨硬缠，可是她又没法拒绝他的建议，就应付道：“我想……得找个时间具体谈一谈，我总不能凭你一句话就去单位辞职，对个人来说这种事毕竟是大事啊。”

邱建国注视着她的眼睛，很有信心地说：“小兰，一切个人的经济保障我都替你考虑好了，我打算给你百分之一的公司股份，外加月薪一万元……知青公司一旦注册启动，我要你立刻来做我的副总经理，兼董事会副董事长。你能答应吗？”

兰婷怦然心动。她不是圣人，优越的物质条件当然是一种强大诱惑，更重要的是，那是一种事业，一方可以施展身手大有作为的天地。那么她还依恋银行什么呢？她问自己道。说来说去，就是舍不得铁饭碗。邱建国的话已经像子弹一样击中了她，她无力抵抗，就低着头没有说话。这时朱青天在外面叫，兰婷你干吗磨磨蹭蹭，出租车来了你快出来。兰婷连忙走出餐厅来到外面大街上，外面曙色未明，一片寒气袭人，许大毛站在风雨中替他们拦了一辆出租车。朱青天钻进汽车里，不满地对妻子说："你在里面跟邱建国谈什么？叫你半天也不答应？"

兰婷不想对他解释，就把头靠在后座背上，看着车窗外一盏盏闪过的路灯和寂静无人的街道。朱青天突然冷笑着说："怪不得你跟我说想辞职去下海，原来就是邱建国说的这回事啊，你也想跟他一道去做梦么？"

兰婷不想跟他解释，觉得他的这种腔调很可恶，简直令人恶心，就扭过头去不理他。汽车里只有车轮碾过路面的声音和发动机平稳的转响。到家时兰婷下车就走，朱青天留在后面付车费，他一摸身上竟忘了带钱，急得大叫："兰婷你等等，我身上没带钱，你让我赖账啊？"

当一辆辆出租汽车扬起水雾开走后，邱建国突然觉得很寥落，有种曲终人尽的感觉，就站在雨中发了一会儿愣。忠心耿耿的许大毛又找来一辆出租车，他就和蔺小英一同钻进汽车里回家了。

19

被宣传媒介炒得沸沸扬扬的"魂系南疆"知青回顾展终于在一个没有风也没有雨只有薄雾像白纱的冬日的早上无声地拉开帷幕。

这是一个具有历史意义的纪念日，中国老知青的节日。二十多年前的这一天，一个伟人的声音历史性地改变了一代人的命运，所以这天早上天刚放亮，就有数以千计的人群带着他们的孩子从岁月深处走来，赶来展览馆参加开幕式。

作为展览总指挥的兰婷已经两天两夜没有合过眼，她像一架上足发条的钟摆不停地在展区与展区、展场与社会之间奔来奔去，只有一次她突然感到心脏不适，就蜷在沙发上悄悄躺了一会儿。展场工作人员都是志愿服务的老知青，他们人人都在自己岗位上尽心尽力，唯恐开幕之前发生什么差错。

上午九点，兰婷满意地看到，展览馆门前的广场上人头攒动，几十名电视台和报社记者已经将各种镜头对准了展厅大门，迫不及待的孩子们在门外挤来挤去，向里面好奇地张望。她平静了一下心情，在众目睽睽下不慌不忙地登上临时主持人位置，试过麦克风之后，面对广场大声说道："我代表展览组委会宣布：'魂系南疆'知青回顾展，现——在——开——幕。"

人群陡然静下来，好像喧闹的海面突然没有了风浪，偌大的广场上没有一丝嘈杂。人们垂手肃立，轻风在耳边呜咽，空气有了重量，人们的心开始往下沉。忽然一种抽丝裂帛的弹拨让人心头一震，广播里有一道流水般的音乐渐渐响亮起来，一首熟悉的歌曲旋律在冬日清晨的湿润空气中涟漪般扩散开来，像手指一下一下叩击老知青们的心扉。深情的歌曲像涓涓细流从岁月深处走来，终于汇成河流，流进他们心里，像浓浓的苦咖啡唤起他们记忆。一个早已逝去的遥远时代连同他们的童年记忆出现了，这是一支家喻户晓的歌曲，没有人的童年不曾被它如泣如诉的旋律和歌词感动，那是曾经滋养过不止一代人心灵的革命歌曲《听妈妈讲那过去的事情》："月亮在白莲花般的云朵里穿行/晚风吹来一阵阵快乐的歌声/我们坐在高高的谷堆旁边/听妈妈讲那过去的事情……"

雾团渐渐浓重，时空发生倒转，过去的记忆挤压人们的心扉。音乐像一座桥梁，沟通了连接历史的道路。这是一个注定只能属于历史的开幕式：没有惯常的鸣放鞭炮，没有鲜花彩旗，没有锣鼓喧天的喜庆，也没有领导或者名流剪彩，甚至没有一句开幕词。两名身穿当年建设兵团旧军服的女知青走出人群，在成千上万老知青注目下缓步登上台阶，她们用一种缓慢得近于静止的无声动作，几乎是一点一点地揭下了罩在一座巨型雕像上的白纱。人们看见，这是一座知识青年的无名雕塑，底座深深地镂刻了四个触目惊心的大红字：魂系南疆。一刹那，展览馆沉重的大门被人缓缓推开，一幅赫然醒目的大字语录跳入人们眼帘："知识青年到农村去，接受贫下中农的再教育，很有必要……"

记忆的闸门被一只大手猛然打开，往事的潮水如泻堤般涌出来。当年十几岁的风华少年，意气风发，指点江山，欲与天公试比高。如今弹指一挥间，便已入了欲说还休的中年，拖儿带女，华发早生。岁月的倏忽，人生的流失，生活的无奈似乎比任何苦难更加来得叫人触目惊心。人们鱼贯进入展览大厅，展厅里人群如织，却沉重得没有一点声响。人们都屏息静气，仿佛生怕惊动什么，或者碰碎什么。

音乐再度响起，是一支支人们熟悉的知青歌曲：《知识青年想念毛主席》、《知识青年之歌》、《望断西都》、《知青永远忠于毛主席》、《知青大返城歌》……歌曲旋律像一根奇异的魔术棒将人们情感的流水导入一个特定年代，过去的记忆便如更加沉重的大山一样压在人们心头上。每个记忆的细节都是沉甸甸的鼓槌，每一件展览的实物或者照片都如轰然而至的响箭洞穿尘封的心灵之门，生命被震撼，岁月的尘埃被抖落，历史的悲剧气氛有如黑沉沉的乌云重新弥漫在人们心头上。于是许多感情脆弱的女知青开始流泪哭泣，男知青脸色麻木地抽烟，孩子们惊恐地望着他们表情沉重的父母，老同学老战友见面心情都很复杂，点着头说是啊儿女长大了今后要保重身体。

最打动人心的场面发生在知青天堂乐园的模型前面，一位知青的老母被人搀扶着看到这里，颤巍巍叫了声“儿啊——”，就昏死在地上。原来她的独生子死在边疆一次泥石流中，迄今尸骨无存。参观的人群被堵塞了，就像激流受阻漫出堤坝，沉积在参观者心底的历史情绪被空前调动起来，人们的思绪在这里被对死者的哀悼还有对自己永不再来的青春岁月的祭奠激发到最高点，形成激动人心的观览高潮。知青的孩子们受了父母的教育，纷纷争抢着在一幅百米长布上签名留言，还有许多人热泪盈眶，当场捐钱捐款，表示坚决支持修建知青天堂乐园。

毋庸讳言，展览大获成功。

兰婷终于可以松一口气，她感到一种前所未有的疲惫，一种卸下重担后的心力交瘁和轻松。她悄悄离开展厅，推开楼上休息室的门想独自呆一会儿，没想到邱建国已经捷足先登。邱建国坐在靠近落地玻璃窗跟前的一张大沙发上抽着烟，目光俯瞰着展厅里流动的人群。他朝兰婷招招手，让她也坐下，替她点燃一支香烟。兰婷吐出一口烟，望着下面变小的人群说：“建国，你为什么不去同大家在一起?”

邱建国却意味深长地反问她道：“小兰，还记得大串联步行上北京的事吗？毛主席检阅红卫兵，那时候我们多么幸福，大哭大笑，跟疯了一样……如果换个位置呢?”他深深地吸了一口烟说：“小兰你看，我喜欢这个角度，这个角度给我一种奇妙感受。”

兰婷掐灭烟头，撇撇嘴说：“怪不得有人说过，西方男人个个想发财，东方男人个个想当皇帝。看来此言不谬啊。”

此后他们便不说话。邱建国抽烟，继续饶有兴趣地俯瞰脚下的人群。兰婷则歪倒在沙发上睡着了。

此后一周，“魂系南疆”知青回顾展在社会上引起前所未有的轰动效应，参观者如云，多达数十万人之众。曹显刚果然没有食言，他动员了那位大人物姐夫亲自莅临视察，大人物并当场留言给予很高评价。书记开了头，其他领导自然不能落后，于是各级领导纷纷紧跟照办。鲜市长开辟先例现场办公，大笔一挥同意东井区文化局请示报告，将凤凰山的建设规划列入历史文化遗产和文物保护的范畴，于是红卫兵公墓用地纠纷迎刃而解。

由于领导带了头，新闻媒介一哄而上，很快西都市的机关干部、共青团员和大、中、小学生也纷纷加入参观者的行列，许多单位的党团组织还把党团员们带到展览会上过组织生活，名曰“继承艰苦奋斗的革命传统”。孩子们看了展览后，彼此自豪地向同学夸耀，说谁谁的父亲当过老知青，谁谁的母亲也当过老知青，就跟许多年前他们父母彼此炫耀谁谁的父母是老革命，谁谁的父母是老红军老八路一样。

一段并不辉煌的历史故事被粗略地演义了一遍，就像坚硬的犁铧在泥土浅表潦草地翻耘过去，于是一代人淤积在心中已成坚冰的知青情结就被大大地触动了。截至闭幕那天，回顾展组委会收到社会各界无偿捐款十余万元，表示愿意为建立一个知青的福利和事业机构(知青天堂乐园或者相关知青企业公司)提供集资、投资和募集股份意向的金额达上百万元之多。

当展览达到高潮时，人们都犹如重归历史唏嘘叹息，心潮起伏躁动不已，只有一个人例外。他像个慈祥的老祖父，或者造福于大家族的家长，始终安静地坐在二楼巨大的玻璃墙后面抽烟，幸福地心满意足地望着楼下的众人微笑。

这个人就是邱建国。

第七章

20

邱建国梦见自己跌进一片热带沼泽。

那是一片南国丛林特有的铁锈色沼泽，暗红的锈水好像凝固的动物血迹，像夏天被搅拌的陈旧涂料。邱建国被这片暗红色铁锈包围着，眼前扬起一团粉雾。他努力抬起头来，想冲出这片令人窒息的沼泽，但是他失败了，他的身体越来越不可挽回地往下沉落。

一条大蛇慢吞吞地游过来，那条蟒蛇足足有一棵大树那么粗，只见头不见尾。蟒蛇嗅嗅他，就衔住他的身体往沼泽深处拖去。他吓坏了，不敢挣扎，也不敢动，跟死人一样连呼吸也吓没了。突然一头鳄鱼冲过来，蟒蛇就扔下他跟鳄鱼搏斗起来。血红的雾瘴再次升腾起来，浓重的血腥味四处弥漫，他的身体又开始往下沉。跟着赶来了狮子、老虎和狼群，食人兽们全都张开血盆大口，朝着猎物哈哈狞笑，这时有人在他身边说：建国你愣着干什么？你不咬死它们，它们就要吃掉你。他回头一看，竟是老同学李红军。多年不见，李红军竟还是一身红卫兵模样，英气勃勃大吼一声，果然就咬死一头老虎。他身上忽然也有了力气，也大吼一声，用力一蹬，血红的铁锈立刻消散，沼泽没有了，被子蹬开来。

天空分明挂着一轮明晃晃的太阳，太阳的光芒晃得他睁不开眼睛。

原来是个梦。

一片冬日的阳光像透明的液体很温暖地从窗外漫进来，家里很安静，蔺小英上班了，邱姗姗也上学了，时钟嗒嗒地指到中午十一点。头还有些隐隐作疼，身体懒懒的，邱建国躺在床上，望着天花板上一块渗出的陈旧水渍，脑子里一片空白。刚才的噩梦还在刺激着他，他竟有种不知自己身在何处的茫然。

新年伊始，投资银行的首笔贷款便到了位，与当地乡政府的土地转让合同也正式签了约，凤凰山知青天堂乐园（公墓）工程开始启动。工程动工自然要惊动四面八方，于是这些日子的应酬就多得跟夏天的绿头苍蝇一样：工商、地税、国税、民政、城管、国土、银行、个协、消协、卫生防疫、消防、街道办事处、派出所以及层层叠叠的主管机构和相关单位，只要有一炷香没有烧好你都别想办成事。昨晚他请公安局的几位朋友喝酒，那些人原先也是兵团知青，“魂系南疆”回顾展之后沟通了关系。邱建国很看重这些警察战友的身份，所以豁出去同他们一个个碰杯喝。警察都是些豪爽之人，个个都是海量，又因为都是兵团的知青战友，动了感情就嚷换大碗喝，因此直喝得邱建国酩酊大醉人事不省，被人送回家来。

手提电话和 BP 机都扔在公司里，现在他有种自由自在和不受约束的畅快，还有种独自在湖泊里游泳的惬意。屋子里安静得像一个透明的梦，冬日的阳光斜斜地照在床上，给人一种愉快的渴望散漫的懒洋洋感觉。都市的喧嚣和嘈杂被挡在厚厚的玻璃窗外，就像风浪被挡在防波堤外面一样。隔夜的记忆好像风化的墙泥一样变得模糊而破碎，那些乌烟瘴气的酒桌、大碗喝酒大块吃肉的生活遥远得恍若隔世，他觉得自己仿佛置身蓝天之下一座没有人迹的小岛，天宇深邃而空旷，阳光温暖而宁静，海风轻柔飘荡，椰子树弯着腰，礁石湿漉漉的，细碎的浪花像情人在金色的沙滩上久久地呢喃轻语……

他幸福地翻了一个身，重新闭上眼睛，想把这种难得的松弛和闲情逸致继续下去，可惜这种美好的意境没能展开来就像气泡一样迅速破碎了。一阵尖锐的电话铃声好像强盗一样闯进屋子，闯进他的梦境，把他吓了一跳。他在被窝里动了动，捂住耳朵不接电话。但是那个可恶的强盗仿佛长了眼睛，它坚决地不屈不挠地在他耳边一声声鸣响，他终于屈服了，拿起听筒来。

“邱总，邱总你还在家里？……”那边早已经一迭声叫开了，“火车站出大事了！不得了……人、人伤了，送了医院……还要来、来闹事的……”

邱建国听出是许大毛的声音，吓得腔调都变了，仿佛天塌下来一般。他生气地打断对方训斥道：“大毛，你给我住嘴！什么屁事把你吓成这样?!没见过你这般熊货，还当过知青呢，裤子脱下来看看尿了没有？……什么事慢慢说，天塌下来还有我邱建国顶着嘛！”

许大毛这才惊魂甫定，把事情来龙去脉在电话里说了一遍。

原来昨天晚上，万小东等人正在新建开发区的火车站综合市场筹建批发营业部，指挥工人装修办公室和门市大厅，有几个自称“李舵爷码头上的人”闯上门来收地皮费。万小东年轻气盛，根本没把这几个地痞流氓放在眼里，当场挨了一顿毒打，被打得头破血流，还砸坏了一部电话机和几个玻璃货柜。流氓们临走拍着腰间的火药枪丢下话说，火车站地皮费每年三万，限三日内交齐，否则任何人别想在李舵爷码头上做生意。

万小东当即被送进医院包扎，批发营业部乱成一团，胆小怕事的人都悄悄溜走了。许大毛到处打电话找邱建国，急得好像热锅上的蚂蚁。邱建国听完电话，大脑立刻清醒了，心中有种莫名的亢奋情绪升腾起来，就像战士听见战斗警报一般。他在心里紧张地思索了几秒钟说：“大毛，沉住气，你立刻去把胡司令、马胖子给我找到办公室等着，我马上就到。这件事保密，不要对任何人讲。”他想想又叮嘱一句，“……尤其不要在公司扩散，否则我拿你是问！”

放下电话，他把双手缩回被子里遗憾地打个哈欠，嘴里冲出一股隔夜的酒臭。如果可以的话，他真愿意在他梦中的绿岛上呆上三天三夜，自由多好啊！但是他知道世界上的大好时光和宁静悠闲注定不属于他这个重任在肩的人。“人在商场，身不由己”，“商场如战场”，从任何意义上说，他都是个斗士而不是退休的渔夫，他没有理由在挑战面前退却。一种对战斗的渴望和冲动重新占领了他，他仿佛又听到从岁月深处传来那支熟悉的《红卫兵战歌》和激动人心的鼓点：我们是——毛主席的——红卫兵，大风大浪——炼红心……与天奋斗，其乐无穷；与地奋斗，其乐无穷；与人奋斗，其乐无穷……

于是邱建国又恢复了公司经理的角色，觉得自己心脏好像一只气球被重新充满了新鲜氧气，变得年轻又强壮，战斗的激情像酒精一样燃烧着他的血液。他深深吸了一口气，伸出双臂做了两个扩胸动作，然后大喝一声坐起来，朝着看不见的敌人猛击两记勾拳，掀开被子从床上一跃而起。

21

昨晚那一刻，万小东觉得自己就站在地狱的入口处。

当那几个穿皮衣的小流氓仿佛漫不经心地朝他走来时，他根本没有想到那些坏家伙袖子里藏有暗器，他几乎什么也没有来得及看清楚，头上就被一件很坚硬很有分量的东西撞了一下。那一下打击几乎把他的头颅骨敲碎，眼镜飞起来，他觉得天空好像都被劈成两半，大地开了裂。接着那些家伙又围上来用力揍他，打他的脸，踢他肚子，把他打倒在地。他伏在地上，脑袋嗡嗡响，心里充满屈辱和恐惧。

“天啦，我要死了！……他们会杀掉我的！”他痛苦地呻吟着想。

好在那几个家伙很快走掉了，他被送进医院急诊室，头上脸上都是血迹，嘴唇肿得老高，门牙掉了一颗。令人惊讶的是医生检查之后告诉他，他的脑袋并没有开裂，也没有受到多么严重的伤害，都是些外伤，养好之后并不影响工作。这就使他奇怪人的脑袋怎么会如此坚固，居然并不会被轻易敲碎。在医院里做了缝合手术，服药打针，上了绷带，经过一夜休息之后伤痛果然有所减轻。现在他就坐在邱建国办公室沙发上默不做声地抽烟。

邱建国仔细看看万小东，他的五官因为嘴唇肿大而改变了比例，显得怪模怪样，眼镜片裂开一道缝，这就使他的面部表情看上去有些滑稽，好像在做怪相。但是他的目光却有些沮丧，低着头，有点垂头丧气的味道，邱建国担心他挨打之后垮下来，就安慰他说："小东，你去城外随便哪家度假村休息几天，养养伤，这件事我来处理好了。几只小蚂蚱，还不够炒一盘的。"

万小东摇摇头，不想牵动头上的伤口，疼得直咧嘴。他咝咝地吸着气说："伤口倒没有什么，就、就是心里觉得窝囊。"

外面有了脚步声，兰婷急急地推开门进来，她是听到火车站营业部出事的消息赶来的。看见万小东已经出院，精神状态尚好，这才松了一口气。邱建国让她坐下来，简单说说情况，然后轻轻叩击桌子问："老马为什么没有来？"

许大毛连忙答道："老马说店里事忙，我看他是害怕事情闹大了受牵连。"

邱建国皱皱眉头，没有出声，心里很不高兴。他原本不大喜欢马立新，也许是一种说不清的心理，也许嫌他商人气太重，事实证明这种人关键时刻是靠不住的。万小东在一旁说："邱大哥，这件事我倒挺有兴趣，做个旁观者不妨。君子动口不动手，我想看看这些狗杂种的下场。"

胡司令拍拍他的绷带脑袋，笑着对众人说："你们看小东兄弟倒好，看热闹的是君子，我们替他出气反倒成了小人。活该这个君子挨打！"

众人都笑起来。

许大毛紧张地问邱建国："邱总，你看这事怎么办好？要不要到公安局报个案，知青中那些警察朋友都可以帮上忙的。让他们去抓几个人，地痞流氓就不敢来滋事了。"

邱建国摇摇头说道："大毛你太胆小，这种事，我考虑再三，还得用另外的办法解决。警察的关系往后当然用得着，但是不能用在这种地方。"

兰婷担心地望着邱建国，提醒他道："建国，你恐怕得考虑一下政策界限，如果能通过公安部门解决最好。我们再让张省身通过报纸电视舆论曝光，呼吁全社会都来同这种黑社会势力作斗争，不怕这些社会渣滓有多大能量。”

邱建国轻松地笑起来说：“小兰，你一直在机关工作，没有社会经验，这种事本不该让你们女人知道……这样好不好，你向单位请两三天假，暂时代替我处理一下公司事务，有人问起就说我上外地出差了，不在家。”

兰婷说：“好在今天是星期六，我也不用请假，但是建国你们千万不能以错对错，去干违反政策的事。”

兰婷走后，邱建国站起身来，在屋子里走了几圈，然后脸色变得严峻起来。他沉着地对大家解释说：“告诉你们，我的决心已定，非砸烂这个李舵爷的码头不可！黑道上的事，从前我也知道一些，如果遇上了不能怕，更不能绕道走，不能找警察。俗话说‘明枪易躲暗箭难防’，他在暗处，你在明处，他盯上了你，你就一辈子清静不了……我为什么有信心呢？因为从前黑道火并，打架斗殴，比的是谁有能耐，谁泼皮亡命不怕死，谁讲义气朋友多，那是过去的事，现在行不通了。九十年代比什么？比经济，比实力，比谁的钱多，腰包满，谁舍得出钱，雇的打手多，下手狠，谁就准赢！只要肯出钱，什么事不能办到呢？刚才你们听见了，连老马都往后缩了，如果我熊了，以后知青公司在社会上还能站住脚么？……不是我要打，而是形势所迫，逼得我不得不打。打就要打赢，以牙还牙，打出名声，打出威风来，这也是一种威慑，一种炫耀，好比在黑道上做一回宣传广告，叫那些想打主意的人今后不敢轻举妄动。看来这座门槛迟早是一定要翻过的，如果我邱建国连这个什么李舵爷都不能摆平，我远大公司乃至今后的知青天堂公司能在西都市大干一番事业么？”

众人听了都觉得有理，连连点头称是。

胡司令眼睛放出光来，竖起拇指嚷道：“好哇邱兄，我老胡就佩服你这种人。老实说，我还从来没有服过谁，现在我听你邱兄的……我有个在边疆歃血拜把的知青兄弟，叫李忠诚，人称李闯王，你们想必听说过这个人吧？是条响当当的好汉，他现在经营一家典当公司，我可以请他过来助一臂之力。”

邱建国问他：“李闯王这人我倒是听说过，不就是当年大返城，领导绝食罢工的知青首领之一么？他经营典当公司能帮我们什么忙呢？”

“嗨，他的神通可大着呢。”胡司令见众人并无反响，就失望地咂咂厚嘴唇，连忙解释道：“这个李闯王绝非等闲之辈，他开典当公司是假，替人追债、保镖、了结各种恩怨是非钱财纠纷是真。从前干这行的叫镖局，现在政府不让开明的，他就搞暗的，凡是白道不管或者管不了的事他们都管，对付黑道最有办法。”

“那好，我愿意结交这样的人物，何况都是兵团知青。”邱建国大喜过望，连忙吩咐道：“小东，大毛，你们两人留下协助兰婷守家。老胡，你带我去拜会李闯王。现在就去。”

张省身接到兰婷电话就赶到远大公司来，正好碰上邱建国胡司令急匆匆地往外走，他们都慌慌张张地向他点点头算是打过招呼。又见一个人从里面追出来，险些撞个满怀，一看正是头上缠了绷带的万小东。张省身连忙拦住他要问个究竟。万小东只说回头说回头说，就一溜小跑着去追赶那两人。

张省身愣了几秒钟，看着他们走远，越发觉得公司气氛不大对劲。推开办公室门，却见兰婷、朱青天和许大毛坐在屋子里，就大声说：“你们原来都在呀，到底怎么回事呀？”

许大毛连忙把事情来龙去脉夸张地说了一遍。张省身听得直摇头，觉得邱建国在这种事上大可不必意气用事，干吗放着专政机关不找偏去找什么李闯王？如果向当地派出所报案，再请公安局的熟人背后管一管，抓几个人，报纸一曝光，那个小小的什么李舵爷还敢猖獗么？他敢同强大的国家机器作对么？连美国、意大利的黑手党都不敢招惹警察，西都的李舵爷又敢怎么样呢？

兰婷无奈地说：“建国那脾气，你又不是不知道，有时固执得跟牛一样，谁能说得听呀？”

张省身说："朱局长也不站出来说说话？"

朱青天眯着眼抽烟说："我说话管屁用？这就是资本主义的优越性，老板一人说了算。"

许大毛讨好地说："我劝过他们，主要是……唉唉，邱总要替万小东挽回面子，他们都怂恿邱总打，没准会闹出人命的。"

接下来就没有了话。这几人都是勐岗农场出来的，平素就不大看得起许大毛，觉得他不是个正经角色，因此都不接他的话茬。许大毛独自坐了一会儿，自觉没趣，就讪讪地出去了。朱青天对兰婷的事心里窝着火，就恨恨地说："这个人，我从前在农场就不爱理他，不知道老邱怎么会看上了这号人？还当他是个人才呢。他是办公司的材料吗？他也不撒泡尿照照自己，以为自己就成了什么人物，这公司能办好么？"

兰婷觉得朱青天未免过于刻薄，而且觉出他的火气其实是冲自己来的，就站在许大毛一边反驳说："人无完人么，干吗非苛求别人？你就没有缺点？……我倒觉得这个许大毛有不少优点，至少在做具体工作任劳任怨这一点上比你强。"

张省身自己动手沏了杯茶，搓着手说："你们别吵了，老朱说说，眼下这件事会怎么发展？"

朱青天懒懒地把头靠在沙发上，很不情愿地说："听其自然吧，反正总得有个结果。这叫看电影的比演电影的更着急，旁观者比当事人更容易上火。"

兰婷瞪他一眼说："老朱，你别尽在一旁说风凉话，建国不让人插手，也许自有他的道理。"

朱青天不肯让步，说："什么道理？走黑道就是流氓斗殴，是狗咬狗，再有理也变成没有理。"

张省身已经接连发表了几篇反映知青群体和回顾展的作品，在社会上引起较大反响，他本来准备再接再厉，酝酿创作一部反映知青公司创业事迹的中篇报告文学，但是如果这事闹大了，邱建国等人就没有了正面人物的光彩，他的报告文学也就泡了汤。他搔搔脑袋苦笑着说:“邱大哥干吗要出此下策?难道他还想当一回九十年代的黄金荣杜月笙么?要知道今天的社会毕竟不是世纪初的上海滩,靠拳头能打出一个商品社会的天下吗?”

朱青天说:“你去问他吧,没准这也是一种新感觉呢。”

三人闷闷地坐着,都没有话说。朱青天站起身来打个哈欠道:“我看我们是在杞人忧天,干吗不去想想自己的事?……我得走了,回去睡觉,昨晚突击清查歌舞厅娱乐场所,弄到好半夜的。”

有人叫兰婷接电话,兰婷匆匆去了,朱青天无精打采地出了门。张省身也打算回家,但是他得先去看看妻子文晓红。知青回顾展后,文晓红被邱建国动员停薪留职,到公司财会室做主管会计。妻子正埋头做账,张省身轻手轻脚走近她,她立刻抬起头来朝他笑笑。

“你怎么知道我来了?”丈夫诧异地说。

“凭感觉。这叫作第六感官。”妻子得意地回答。

张省身注视妻子的脸,他发现妻子瘦了,圆润的脸庞显得疲惫,眼角拉起了几丝细细的皱纹。他心疼地说:“以前从没有见过你这样拼命工作的,干吗就跟进了跑道似的?你也得劳逸结合呀。”

文晓红摸摸自己的脸颊也说:“我也奇怪,人一旦有了压力,就跟火箭点火一样,你就身不由已地往前跑。工作跟你搏斗,你一心只想打败工作,连上厕所的工夫都没有。”

张省身叹气道:“我老婆虽然没有赶上下乡接受再教育,却比我这个老知青还像工作狂。”

文晓红笑道:“那就只好委屈我的知青老公了,你也得有点压力,回家自己照顾自己。”

说了一会儿话,他问问公司情况,知道公司各项业务开展顺利,资金到位情况良好,这说明公司正处在开顺风船的大好时期。他没有告诉妻子火车站市场发生的事,只说自己是路过这里来看看,然后就告辞出来。

这是公元二十世纪九十年代古历腊月的一天,西都天空挂着一轮白纸样的太阳,街道上刮着嗖嗖的冷风,几片黄叶在地上打着旋。报社记者和未来的知青作家张省身推着自行车走上大街时，看见红灯跟前有数不清的轿车排成长龙，但是更多更汹涌澎湃的还是自行车的洪流。他看见几辆又大又笨油光锃亮的大轿车在下班族的车流中艰难穿行，他认识那是外国著名的高级轿车“奔驰”、“宝马”、“林肯”等。他想中国人真是开始富起来了，虽然最穷和最富的人都拥挤在同一块土地上生活，呼吸着同一片空气，但是不管怎么说，有人先富起来总是一件好事。世界上的事，总是从少数开始，有少数将来就会有多数。

他戴上手套，缩缩脖子，突然被这个想法激动起来，他想这段议论将来可以安排在邱建国报告文学的开头，就连忙跨上自行车回家去爬格子了。

22

李闯王的典当公司坐落在城东一处靠近老护城河的嘈杂菜市里。

据老西都人回忆，城东头护城河两岸原先叫做垃圾坝，是城里人倾倒垃圾和捡垃圾的人聚集的地方，后来捡垃圾的人多了，垃圾坝就开始盖起低矮的平房简易房，有了坑洼不平的道路，也取了诸如“福字街”、“红照壁”、“俸禄巷”之类喜庆的路名。随着日子流逝，垃圾坝变成了市区，居住在这里的人群也变得林林总总，大都是下苦力的人力车夫、搬运工人、收荒匠、小摊贩以及形形色色的城市贫民。

工人后代邱建国从小就是呼吸着这条护城河水泥腥腐臭的空气长大的。他的家同垃圾坝的低矮棚屋绝没有两样，所不同的是他生长在护城河上的另一片贫民区里。

打小邱建国记事以来的印象中，家的概念就是一座泥糊的棚屋，烧着一个暖洋洋的煤火炉子。父亲是个永远不变的沉默寡言的影子，天天早出晚归，吃晚饭时占据了一条大木凳，慢慢地不出声地啜酒。久而久之，白酒的香气就溢满小邱建国的童年记忆。父亲的工作是拉板车替别人送货，他偶然看见过一次工作的父亲，父亲的身体弯成一张弓，身后拖着一座缓缓移动的小山。母亲是个没有文化的农村妇女，平时靠替别人看孩子洗衣服缝缝补补补贴家用。不幸的是，他十岁那年水肿病接连夺去奶奶、父亲和两个妹妹的生命。邱建国至今清楚地记得，那是一种饥饿造成的可怕疾病，父亲是拖着虚肿的身体跌下护城河里淹死的。

贫穷与饥饿是生活打在贫民区里每一个孩子心灵中的永恒烙印。尽管邱建国后来下乡，再后来老母亲去世，护城河边的老屋也因市政扩建拆迁，他就不大有机会到这一带走动，但是他对这一片故土，对贫民区的简陋棚屋还是怀有一种任何高楼大厦也无法取代的刻骨铭心的感情。因为这里有他的根，有他的血脉，有他今生今世不可更换替代的童年记忆，只要他一走近老护城河，嗅到河岸散发的垃圾恶臭和扑面而来的泥腥味，他就感到无比亲切，感到一种比高楼大厦豪华车马更加令人留恋的来自岁月深处的朴素气息。

胡司令领着他们转来转去，不多时就转进菜市后面一条小巷子，推开一扇木门说："到了到了，闯王兄弟就在里面。"

邱建国看见这家所谓典当公司其实更像一个城郊的废品收购站，院子里几间矮平房，屋檐下到处堆放着破旧家具破铜烂铁，不由得皱皱眉头。李闯王从屋子里迎出来，一见面就拱拱手大声说道："邱兄久仰，那时候在勐岗农场，你邱建国的名声大得很，只不过我们是两股道上跑的车，互不相干。"

邱建国打量李闯王，见他果如别人所言"九寸半树丁"，身材矮小猥琐，穿一身黑衣黑裤，目光却很硬，在他脸上扫来扫去，有种霸道之气。他稳稳地接住对方目光，不慌不忙地说："你李闯王当年是何等惊天动地的人物？大闹勐岗县城，知青绝食罢工，敢死队抬尸游行，哪一样少了你李闯王？这叫山不转水转，转来转去兵团知青总要转到一起的。"

李闯王笑道："邱兄果然豪爽，请进请进。"

大家坐下来，泡了盖碗茶，点了烟，就开始说正事。李闯王听万小东讲完事情经过，沉吟半晌道："这个李舵爷我知道，也算得城郊一霸，过去他们只敢勒索小店铺小饮食摊，叫坐地刮钱。现在可能刮得多了，胆子也就大起来。”

邱建国点点头说：“我想知道这伙人的情况，尤其是为首的李舵爷，越详细越好。”

李闯王叫过来一个手下说：“他原先跟过李舵爷，你们问他好了。”

那人就一五一十地说起来。李舵爷真名李向阳，外号“李拐子”，有三十来岁年纪，原本是个郊区农民，好逸恶劳，十多岁就在火车站一带混，扒火车制假票坑蒙拐骗打架闹事什么都干过，进过三次劳教队。他的手下有一二十个地痞，个个都是亡命之徒，要钱不要命的恶棍，近年通过几次同别的黑社会势力火并，居然弄大了，李舵爷就开始有恃无恐，将火车站一带划为自己的势力范围，也就是建立了码头。

邱建国又仔细问明了这伙人出没的规律，比如活动地点、使用器械、械斗方式等，然后对李闯王道：“看来这件事得有劳李兄出山了。”

胡司令在一旁晃着头笑道：“不是吹牛，凭我闯王兄弟在江湖中闯荡这些年的经历，摆平这种鸟事还不是小事一桩。”

李闯王连忙说：“倒还没有那么简单。摆平李拐子是可以的，但是得费些精神……只是我觉得好笑，这个李拐子居然不自量力，敢摸到老虎头上拔毛，这不是他自讨苦吃？难道他没有事先打听打听，你邱建国何许人也？刚刚办过回顾展的兵团知青岂是些等闲之辈？”

邱建国谦虚地摆摆手说：“好汉不提当年勇。现在的年轻人，个个穷凶极恶，恨不得抢了银行往家里搬，哪管你当过什么知青不知青？”

李闯王正色道：“邱兄此话差矣。你邱建国凭什么本事闯社会？爹妈不当官，也没有有权有势的七叔叔八舅舅，一介草民，不就凭这点当过知青的本钱么？我李闯王回城后一文不名，靠的也是知青接济，说来说去也是这点本钱。再说咱们西都市，兵团知青有好几万人，各行各业都有人，这就是一张网。你邱建国是有影响的人物，凭了这张网，你就神通广大了，还愁有什么办不到的事情么？”

邱建国听了这些话，觉得李闯王果然是个人物，有勇有谋，今后是用得着的，就有些相见恨晚的意思。胡司令却不耐烦了，嚷道：“闯王兄弟，你那些大道理留着以后慢慢受用，眼前这件事你看怎么办吧？”

李闯王稳稳当当地说：“遇上这种事，按黑道办法，通常有两条路可走：一条是擅说，花钱请个龙头老大出来摆平，今后大家井水不犯河水，相安无事。另一条是擅打，胜者王侯败者寇，直打到其中一家认输为止，黑社会又叫‘打码头’、‘吃刀子肉’。”

邱建国笑道：“李兄，我是个商人，不想牵扯黑社会的事，但是我也不想让那帮地痞流氓觉得我邱建国软弱好欺。这样吧，打是一定要打的，我要给这帮家伙一点厉害看看，踩平这个李舵爷。这事仰仗李兄了。”

李闯王道：“此事何难？现在的社会，不就比谁出钱多么？”

邱建国立即接口道：“我愿意出钱，不管出多少我都不在乎。你看大约需要多少花费？”

李闯王沉吟了一会儿道：“出钱雇打手，得看雇什么人，雇多少。劳务市场的民工，说好了吃刀子肉，每人次一百元。雇打手就是另外价，一人五百元，领头的两千元。打赢了另收一份犒劳费。还有割一只耳朵五百元，废一条胳膊一千元，剜一只眼睛两千元。取人命最贵，收一万两万元不等。”

万小东倒吸一口冷气，惊叫道：“我的妈呀！这不跟开人肉铺子一样，样样都要按条件论价么？要是打手被别人打死怎么办？”

李闯王轻蔑地说：“在这条道上混饭吃的人，都把脑袋掖在裤腰带上，生死由命，富贵在天。如果自己有个闪失，那就怨不得别人，死人赔一万，这是市价。”他转过头对邱建国说：“现在的社会，两条腿蛤蟆不好找，两条腿的人到处都是。那些乡下进城的民工，有嫌干活辛苦的，有嫌钱挣得少的，男的就替人当打手，女的当娼妓，挣了钱寄回乡里盖起砖瓦房，倒也算得上劳动致富，没有怨言……建国兄，我替你初步估算一下，这笔费用大约需要十万元左右——顺便声明一下，我本人看在兵团知青份上，保证只帮忙，不收取一分中介费用。”

邱建国嘴角动了动，沉思片刻，敲着桌子下决心道：“就这样定下来，拜托你李兄了。三天之内，我送十万元给你，你找谁我不管，但是你必须替我打赢。踩平这个李舵爷，我再送你两万元感谢费。桥归桥，路归路，做朋友讲义气，做生意讲赚钱，该赚的钱是一定不能少的。另外我再找人通一通警察的关系，万一有什么事他们给包着点，别捅出娄子。”

一旦决定开战，屋子里空气便紧张起来，有了一股浓浓的火药味。众人的心都提起来，连胡司令都有些坐不住。李闯王朝外面招招手，吩咐人招呼酒饭，然后若无其事地对屋里人说道：“既来之则安之，进了我的地盘就是客人，大家吃了便饭再走——建国兄是我久仰的人，今天有幸相识，我先干三杯以谢大家。”

23

这是一个同往常没有什么区别的冬夜，天空依然没有星星，马路上几乎没有行人，街道上刮着冷风。汽车开过，风把地面的尘土和沙粒刮起来，撒在窗户玻璃上沙沙地响。

万小东坐在黑暗中抽烟，他觉得脚下的楼房似乎不大牢固，正在缓缓下沉，这种感觉很令他恐惧和窒息。他神经绷得紧紧的，眼睛望着窗外的灯光发呆。

几天来，万小东一直被这种紧张不安的心情折磨着，变得神经脆弱寝食不安。

眼看一场黑道大战爆发在即，远大公司火车站批发营业部变成一座秘密指挥所，职工都被告之放假回家。未来的战场被选在综合市场外面一条僻静的小巷子里，巷子是李舵爷的人进出火车站市场的必经之路，两面都有高墙夹峙，中间一片空地，据说将来是要建供居民休息的草坪绿化带，是包围堵截和突然袭击的理想场所。头天晚上，李闯王陪了几个穿黑皮夹克的人来悄悄看过地形，第二天半夜就有一队别火药枪的打手神不知鬼不觉地住进了营业部二楼办公室。

从外面看这家市场里漆黑一片，没有灯光也没有人声，大门闭得紧紧的，但是黑暗中这幢普通楼房里却埋伏着一个巨大而血腥的阴谋。万小东像个局外人站起身来活动一下冷僵的手脚，然后到处走动一下。他看见楼上的每间办公室都被人挤得满满的，连过道地板上都坐着人。那些陌生人互相压低嗓音说话，或卧或躺或者抽烟睡觉，楼道里到处都能听见高高低低的鼾声和不时响起的火药枪铁器的摩擦撞击声。

按照预设方案，这场大战将在中午之前打响，当李舵爷的打手上门索钱时，他们将吃到前所未有的苦头，随后李舵爷率领他的打手倾巢出动报复时，他们将在那条小巷子里遭到数倍于他们的火药枪手的伏击围堵。

此时已是下半夜，为了保密营业部实行灯火管制，只有经理室亮着灯光。他推开门走进去，看见窗户蒙了厚厚的窗帘，胡司令、李闯王，还有一个不知名的外号叫“三哥”的中年人围着桌子玩纸牌。

他们便是这个秘密指挥所里的一群临时首脑。

他们邀他一道玩牌，被他谢绝了。万小东像个局外人坐在一旁看他们玩牌，他看见这些黑道人物并没有因为即将鲜血四溅而心有不安，他们轻松地玩牌、赌钱，叼着纸烟吐痰骂脏话，仿佛明天即将发生的血腥暴力只是生活中一个微不足道的小小插曲。

“……三哥，上次货场老大叫人劈了，还有十多万票子没有下落，是不是他手下人反水干的?”他听见牌桌上李闯王小声说道。

那个叫三哥的人没有做声，警觉地拿眼睛瞟了瞟万小东，于是他又听见胡司令解释说：“小东是自己人，不碍事的。”

万小东知道他们对自己不信任，话说回来，他为什么要得到黑道人物的信任呢？他跟这些人有什么关系呢？作为公司负责人，他被卷入这个突发事件并与黑道人物为伍完全是出于一种偶然性，那天他无缘无故挨了一顿毒打，心中充满对黑社会的痛恨和惩戒恶势力的正义愿望，但是事情往下发展，这场械斗便远远超出了他的想象力，演变成一场黑吃黑的黑社会大战。

他觉得自己正在被卷入一个不该发生的事件中并且越滑越远。他疲惫地想，天啦！这幢房子已经变成不折不扣的传说中的潘多拉魔盒，盒子一旦打开，不知多少人将要成为这场黑道大战的牺牲品呢。

万小东突然感到气闷，觉得很憎恶这种事，憎恶这种偷偷摸摸的黑道方式，他本能地不喜欢这种充满暴力、粗野、让人喘不过气来的乱糟糟的游戏，也不喜欢这个叫三哥的黑社会人物。三哥有双鹰隼一样尖利和冷冰冰的眼睛，让人不寒而栗。

他觉得那天兰婷的建议是对的，应该坚决地毫不犹豫地诉诸法律，以一种光明正大和昭示天下的姿态来解决问题。当法律之绳并没有对个人失效时，他们不应该放弃法律而选择这种卑鄙的黑社会方式。但是已经晚了，他不可能阻止这辆黑社会战车继续开进，因为他个人的力量太渺小，基本上微不足道。

屋子里烟雾腾腾。万小东觉得气闷，喉咙发干，他想找口水喝，却发现暖水瓶早空了，自来水管也没有水。于是他转身走出房间，在黑暗中摸索着下楼，然后出了市场站在大街上。沉睡在冬夜之中的城市空旷而冷寂，路灯昏黄黯淡，当人面对一个空荡荡万籁无声的黑暗世界时，他就会疑心自己是不是也在梦中。万小东拖着一条长长的影子走了一段路，空气里下起了又湿又重的晨雾，道路两边的水泥石阶上凝起一层薄薄的霜花。他又冷又饿，不停地打寒战，幸好一辆通宵"的士"经过，他连忙招手停住，钻进车里对司机说："城里哪家早茶开门就去哪家。"

第二天批发营业部照常开工装修，几个民工在楼下进进出出，在外人眼睛里一切和平常没有什么两样。上午十点左右，那几个地痞果然找上门来收钱，被假扮民工的打手按翻饱揍一顿，鼻青脸肿赶出门去。胡司令在屋子里就坐不住，走来走去兴奋地说："来了来了，好戏就要开场了！"

但是一直等到下午也不见人影，万小东有些沉不住气，直拿眼睛看那个叫三哥的人。三哥玩了一个通宵的纸牌，仍然兴趣不减，嘴角叼着香烟，若无其事地发牌洗牌。李闯王坐在他对面陪他玩，桌子上堆了一摞零乱的钞票。胡司令更是坐立不安，已经慌慌张张跑了好几趟厕所。直到下午五点多钟，放哨的人才用对讲机报告，对方至少来了三十多个打手，个个腰里别着短棒、匕首和火药枪，为首的正是那个号称李舵爷的李拐子，已经快要走近他们埋伏的那条巷子。万小东急忙将窗帘掀开一条缝往外看，只看见在冬日早早降临的暮色里，远处街道上有几条影影绰绰的人影，也不知是好人坏人，便觉心跳不已，下腹小便的感觉又急又胀。

对讲机里又报告说，对方的人正在钻进口袋，请示是否动手？李闯王拿眼睛看看三哥，那人扔出一张红桃K，笑道："我手气不错，你欠我两张，以后再玩。把银子拿过来。"

李闯王从桌子下面拖出一个塑料袋，倒出十匝捆得结结实实的人民币来当面推给他，三哥也不点数，揽过来都扔在一个很脏的黑提包里，然后才朝对讲机下命令说："老幺，沉住气，等我到了再动手。"

三哥带着保镖离开营业部几分钟，外面的空地上响起一片此起彼落的爆响，空气猛烈振动着，乍一听好像哪家商店开业大放爆竹。万小东远远看见那条小巷里有人狂奔乱跑，也有人大叫大喊，许多人挥舞着刀子棍棒互相追逐，但是没过多久街面上就沉寂下来。对讲机里传来三哥毫无感情的声音："李拐子在我手里，怎么处置他，回我个话？"

李闯王扭过脸盯着万小东问："要死还是要活？"

万小东脸色大变，强作镇定道："邱大哥关照过，别弄出人命来，我看还是扭送公安局为好。"

李闯王脸一沉，觉得万小东做事太嫩，就开导他说："扭送公安局是万万不能的。白道黑道，各走各路，各有各的规矩。照黑道的规矩，取命再加一万，要活的话也不能就这么放了他，至少得打断两腿或者废条胳膊，否则今后大家在这条道上都不好做人。"

胡司令也在一旁帮腔道："对对，小东你千万别发善心，今天你不废了他，将来他会来找你算账的。”

万小东感到自己脆弱的神经难以承受如此沉重的心理压力，他无法想象人命关天的大事，就这样由着自己一句话来决定，轻易得如同折断一根草，捏死一只蚂蚁，踩死一条虫子。可是人命终归不是蚂蚁，就像坏人李舵爷到底也是人一样。他与其说坚持自己的道德原则，不如说是不肯与黑社会势力同流合污。他拿起电话筒道：“你叫他不要乱动，我来请示邱大哥。”

邱建国那边考虑一阵，同意放了那个坏人，但是李闯王不干。双方争执一会儿，邱建国做出让步，李闯王就指示三哥割掉那恶棍一只耳朵，以警告他今后不得卷土重来。万小东离开战场就去了迪云酒吧，一路上他都闷闷不乐心绪很恶劣，结果在酒吧里喝得大醉，被人扶回家后吐了一地秽物。

第八章

24

早春二月，北方大地还是一片山舞银蛇原驰蜡象的严寒风光，边疆的南国山林却已经是一派郁郁葱葱的繁荣景象：大青树枝叶茂盛，山寨炊烟袅袅，小鸟在枝头歌唱，路边野花盛开，香蕉树结出累累果实，温暖的印度洋季风把草木的香甜气息播向四面八方。

蓝天白云，阳光像金梭流光溢彩，在大地上织出一幅五彩缤纷的绚丽图案。

一辆“沃尔沃”豪华大巴在边疆的山道上盘旋。涡轮式发动机轻快地轰鸣着，发出嘶嘶的汽流喷射的尖啸，窗外树木车辆一闪而过，让人感到仿佛不是乘坐汽车而是置身在飞机座舱里。邱建国从旅行手册里知道，这种大客车装备的不是普通的汽车发动机，而是世界上最先进的航空大马力中置涡轮发动机。将航空技术应用于普通汽车，这真让人感到一种莫名的惊叹，说明人类科技越来越先进，世界正在走向航空时代。随着柏油公路不断向西延伸，峡谷越来越深不可测，山道也越来越陡险。客车飞快地在横断山脉的崇山峻岭中蜿蜒穿行，公路两旁出现的各种红白相间的路标、惊叹号和警示标志越来越频繁，让人看了难免提心吊胆。

这是一辆从省城开往勐岗县的进口豪华大巴，车厢里不仅有宽敞舒适的沙发座，有空调、电视机和录像机，而且还不可思议地备有一间精致的卫生间。巴姐不断向每个旅客微笑，向大家分发饮料和小食品，在扬声器里柔声柔气地进行“车上一家人，汽车就是您的家”之类亲情宣传。邱建国坐在车厢前排，刚好与巴姐对面，他看见这个年轻巴姐只有十八九岁的年纪，一脸水灵灵的清秀，一条大辫子盘在头顶上，穿一件紧袖窄腰的当地民族服装。巴姐皮肤比较黑，不是那种让人目光暗淡的枯萎的灰黑色，而是泛着太阳光泽的美丽自然的黑红色，就像横断山脉特产的名贵大理石一样。这是亚热带的南国女儿特有的健康肤色。

那个大理石做成的女孩子发现有人盯着她看，竟没有忸怩，大方一笑，露出白白的牙齿。邱建国试探着问她：“小姐，提个私人问题，你不是傣族对不对?”

女孩子笑笑，算是默认。邱建国又说：“你也不是昆明人，我听你普通话里有勐岗一带的口音。”

女孩子爽快地回答道：“我家在勐岗县，我从小是在农场里长大的。”

邱建国跟他乡遇故交一样，高兴地说：“我从前也是勐岗农场的知青，在新建连种橡胶。知青你知道吗?”

女孩望望他，活泼地笑起来说：“知青我怎么不知道? 我上小学一年级那会儿，有个女知青姓郑，戴眼镜，做我们的老师。郑老师走的时候我们全班同学都哭了。”

邱建国感叹道：“一晃十几年啦，农场人还是没忘记我们知青啊。”

女孩认真地纠正他说：“怎么会忘呢? 我爹妈常念叨一个知青赤脚医生，姓钟，那年我妈生小妹难产就是她给救过来的。”

聊了一会儿，邱建国问她关于知青还知道什么? 女孩子就摇头。又问她知不知道勐岗农场有座女知青公墓，就在新建连的橡胶林里? 女孩想了半天，还是茫然地摇头，回答说不知道。邱建国只好失望地想，也许她们真的被人遗忘了。她们被大火烧死那年，比眼前这个女孩子还小一两岁呢。

后来他们就沉默了。巴姐做她的事，邱建国把目光重新投向更远的车窗外。

春节刚过，邱建国就带领一群人踏上南行的旅途。自从那场黑道大火并之后，远大公司在那个被称为商家必争之地的火车站市场稳稳地站住脚跟，知青天堂公司的筹建工作也进展顺利，部分参股资金已经进入公司总股本运作。最重要的是另一位举足轻重的人物兰婷终于结束了观望犹豫，同意接手新公司的筹建工作，这就等于把邱建国从浩繁的事务性工作中解脱出来，他才有可能亲自带队前往边疆进行商贸考察。

客车飞驰，山道蜿蜒。邱建国身边坐着张省身，身后还有许大毛、万小东和未来的知青天堂乐园公墓主任王从军。连日的长途旅行使旅客均感疲劳不堪，他们都把头靠在椅背上，身体随着车行的节奏昏昏欲睡，但是邱建国一点倦意也没有。重返边疆，他有种踌躇满志衣锦还乡的感觉，这种感觉是所有事业成功人士普遍具有的良好状态。他此行的主要目的是会见那个老同学勐岗县委书记万向东，万向东在勐岗大权在握，而勐岗又是国家级边境开放口岸，他看重万向东的权力。其次是考察边境贸易口岸和商情，祭奠魂牵梦萦的女知青公墓，将姜解放等战友的骨灰迎回故乡，等等。

对老知青邱建国来说，他同边疆和农场的关系除了感情维系，已经不再具有实用性。一切的历史之果都可以像美酒一样慢慢加以品尝，历史与情感都具有某种装饰性，视人的心情和地位而定。当老知青邱建国代表了千万资产，代表财富与生产力重返边疆以寻求与历史的对话，其实他在心里已经不知不觉地模糊了过去的人生滋味，从而开始品尝成功的美酒。

随着客车西行，越接近边疆，美酒的滋味就越加浓烈，车窗外熟悉的南疆亚热带景色使他有种恍若梦游的感觉。当“沃尔沃”憋足劲呼啸着从谷底爬上一座山巅时，邱建国突然“啊”了一声，眼前不由得一亮。

这是座真正的高峰，天空突然逼近，云絮伸手可及，黛黑色山峦像滚滚波涛从远处汹涌而来。放眼望去，著名的怒江大峡谷宛如一道宇宙的裂缝亘横在人们面前，长长的怒江水如蟒蛇从天外逶迤而至，突遭大山夹击，浑黄的蛇体便绷紧了，扭曲如弓。大山巍然不动，蟒蛇被紧紧挤压在谷底，渐渐就变成一江凝固的铜汁。邱建国看到，时值正午，大团静止不动的云絮塞满天空。忽然间云絮开裂，有一束极亮极夺目的天火像利斧从云罅之间直直地劈进峡谷，于是一江铜汁就被猛烈地点燃了，触目惊心地燃烧起来。传说怒江是天母的一支铜簪，只有太阳升到竿顶的时候它才会变成一江奔腾咆哮的浊流，宣泄无穷无尽的生命力。

邱建国将头贴在车窗上，久久地注视着这支燃烧的铜簪。

这是一幅熟悉而又疼痛的画，就像童年遥远的苦难记忆，像死神飞舞的黑色翅膀，像人生注定摆脱不了的噩梦。当许多年前他们下乡到边疆的行进途中，知识青年邱建国和他的同伴在颠簸的大卡车里头次经过这座著名的大峡谷，看见大山与大蟒殊死搏斗，太阳像利斧劈开云隙，然后谷底就有了一江奔腾燃烧的熊熊烈焰，于是这个壮丽而又残酷的印象就深深地烙进了他的心灵中。后来他的生命中又有过许多次燃烧的记忆，这些美丽的像彩色蝴蝶的火焰就同上面那个印象重叠起来，以至于许多年后他还在梦中常常被烈焰的灼疼惊醒，泪流满面不能自已。他觉得眼前那燃烧的大江与其说来自神话，不如说来自心灵。心灵是神话的母亲。

"沃尔沃"还在云端盘旋，公路像一条没有尽头的丝带，在巨大的黛色山体上无穷无尽地缠绕。火焰继续在谷底燃烧。年轻巴姐起身准备分发饮料，她抬起头来惊讶地看到，那位自称老知青的中年人贪婪地注视着车窗外面的景物，一颗很大很亮的眼泪从他眼角悄悄溢出来，像珠子一样滚落在座位上摔碎了……

25

邱建国记得，那群不幸的黑蝴蝶是在一个旱季的傍晚飞起来的。

亚热带边疆的黄昏绚丽而灿烂，来自遥远海岸的印度洋季风终于停息了，夕阳红得像只洇血的大皮球。黑暗像一片潮水慢慢涌出低洼地面，先淹没了远处的山谷丛林，很快又将连队的房屋和橡胶林浸淫在灰蒙蒙的暮色中。夕阳终于好像一只吃水过重的大船倾覆着沉下地平线，溅起一片燃烧的晚霞恋恋不舍地挂在西天。这时连队学习的晚钟敲响了，钟声好像一个个生锈的铁球，在连队简陋的茅屋顶和空旷的暮色中互相撞击着，顽皮地滚来滚去。

一个女知青最先发现了那群黑蝴蝶。

在晚霞开始暗淡下来的深蓝的天庭上，在一片湖水样宁静的微微发亮的暮色中，成千上万只黑蝴蝶像阴云一样拥挤着越过山头，渐渐遮盖了连队上空。它们像无数黑色的雪花在气流中打着旋，黑色翅膀上下翻飞翩翩起舞，空气中充斥着黑蝴蝶散发出来的死尸一样的焦臭味。

正在开会的知青们跑出屋子，本来他们都在学习毛主席语录，但是他们立刻就被这种从未见过的自然景观惊呆了。人们张大嘴巴，望着天空不知所措，眼睛里闪动惊恐的光芒。胆小的女生就悄悄躲回宿舍里。虽然彻底的唯物主义者是无所畏惧的，知青大多数当然不相信迷信，不信鬼怪和奇异之说，但是他们还是想不明白，天上为什么会飞来这样多的黑蝴蝶？黑蝴蝶在天空盘旋意味着什么？是某种不祥先兆：地震，火山爆发，龙卷风？还是仅仅是一种反常的自然现象？

有人紧急取来一本《十万个为什么》，虽然书本里有十万个问号却没有回答关于黑蝴蝶的疑问。于是这些黑蝴蝶开始飘落在地上，房顶上，它们一层压一层，像雪花一样越积越多，不一会儿竟有一两寸厚。有人大着胆子去抓了一把，黑蝴蝶的尸体立刻在人的手中化开来，变成一把雾气腾腾的尘灰。

天色更加昏暗，空气中弥漫的焦臭味愈加浓厚，并伴有阵阵呼呼的风吼。人们开始眼涩流泪，感到呼吸不畅，肺腔和呼吸道都受到火辣辣的刺激，就好像附近有座硫磺矿向四周扩散难闻的气味。知青们更加惊慌，惴惴不安，他们到边疆才一周，还没有来得及取得对大自然的必要认识和人生经验，书本也没有回答他们对生活的问题，这就使得他们难免陷入一种被动，一种盲目的恐慌和对神秘事物的恐惧之中。

一个老农场人的出现解答了知青们的疑问。他像狗那样伸长鼻子嗅嗅风，抓了一把黑蝴蝶灰在手中搓了搓，指着后山对知青们说道：

“……起山火了。”

邱建国记得，那是一个灾难，同时也是一个令人激动的时刻到来了。

连队撞响当当的救火钟，钟声像蝙蝠一样在夜空中兴奋地飞来飞去，发出短促而凄厉的吼叫。紧接着哨兵报警的枪声也响起来。女生排排长姜解放第一个冲出茅草搭盖的简易宿舍。她一只手抓起水桶，另一只手中挥舞着一把铁铲，这个只有十七岁的青春少女好像一头发情的小母鹿在操场上不停地跳来跳去，头发飞扬着，一枚心形的毛主席像章别在胀鼓鼓的胸脯上，很有节奏很有弹性地上下跃动着。她大声嚷着，那张被亚热带太阳晒红的青春四溢的脸颊因为山火降临而激动得更红，于是连队里每一间草房的角落里都回响着少女尖利的叫喊声：

“革命同志们，知青战友们，忠不忠，看行动！……”

知青们纷纷拎上水桶、洗脸盆和灭火工具，跟在姜解放身后向后山奔去。山道弯弯，到处漆黑一片坑洼不平，但是枪声就是命令，火光就是战场。知青们个个都很激动，很亢奋，同时也觉得很刺激，很过瘾，因为他们刚刚从城市来到边疆就遇上山火，这说明上山下乡确实很有必要，边疆确实很需要他们。

邱建国深一脚浅一脚跟在别人后面，转过山坳便看见夜空中果然出现一抹美丽的红光，随着距离拉近，那一抹红光蜿蜒扩大，很快又有一片更明亮更耀眼的红云升腾起来，刺破了山谷和丛林的黑暗。有人停下脚步，大家就一齐伸长脖子驻足观看，觉得边疆的山火真是壮丽无比，将死气沉沉的夜空涂抹得多姿多彩。

姜解放的声音在黑暗中再次激动地响起来：

“党考验我们的时候到了！——共产党员，共青团员，跟我来啊！”

旱季的南国山林，风高物燥，野生植被丰厚，漫山遍野的山火好像熔化的岩浆一样倾泻而来，一路气势汹汹地吞食着草木和树丛。山火所到之处，金色火苗好像万千条金蛇在狂乱舞蹈，无数圆锥体的气流把燃烧的树叶和灰烬吸入张开的漏斗中，然后打着旋升上天空，向空中释放出成千上万的黑蝴蝶尸体。火借风势，风助火威，刚刚还是一条小小的火蛇，眨眼间就缠住一棵大树，大树恐惧地摇头挣扎，但是无济于事，小蛇很快变成一条呼呼发怒的巨蟒，直立起来蹿上树梢，于是大树在一阵阵痛苦绝望的哀号声中，在低垂的夜幕背景下变成一柄触目惊心的巨大火伞。

人们终于明白了，漫天飞舞的黑蝴蝶原来是绿色植物的尸体，它们是残暴的山火对绿色世界的最后警告。

大家立刻投入了灭火战斗。知青们拎着水桶脸盆到处找水，但是山上没有河流，没有可资利用的水源，更没有哗啦啦的自来水管和消防龙头。在黑黝黝的深山老林里，就是有人侥幸找到一两眼泉水，但是对肆虐的山火也犹如杯水车薪无济于事。有人折断树枝扑打火苗，大家一看都跟着学，扔了水桶找树枝树杈。这个办法果然奏效，许多火苗一经扑打就熄灭了，变成经久不散的呛人的烟雾。知青们起先还有组织有纪律，被班长排长指挥着战斗，但是打着打着就被火龙冲散了，人人各自为阵，人人都迷失了方向，谁也不知道谁在哪里。山大林密，天地一片漆黑，到处都有山火肆虐，到处都有死灰复燃，到处浓烟滚滚呛得人睁不开眼睛呼吸困难，于是火光便是战场，哪里有山火就有人扑向哪里，哪里有叫喊就表明哪里有人在战斗。

问题是到后来渐渐就只见山火不见人影，仿佛人们都被大火熔化了。邱建国头发眉毛都被火苗烤焦了，他刚刚奋力打灭一团火头，忽然看见旁边有个人影被大火包围着，就不顾一切冲进火里把那人拖出来。那人头发烧没了，衣服成了碎布条，脸上被高温烤起许多水泡，黑一块白一块认不出模样。他等那人缓过气来开口说话，才听出原来是女知青姜解放。

姜解放断断续续地说：“建国……你不要管我……救火要紧。”

邱建国说：“你受伤了，我送你下山。”

姜解放艰难地扶着石头坐起来，她口气坚决地说道：“我决不下山！……建国，你为什么不去救火呢？”

邱建国劝她道：“解放，看你已经受伤了。毛主席说，人是第一宝贵的。我还是送你下山去吧。”

姜解放习惯地伸出手来，拢拢自己的短发，却没有摸到头发。又摸摸脸，一脸黑糊糊的，尽是大大小小的水泡。她突然怪笑起来，像鹈鹕一样尖声叫道：“建国，你看我还像个人吗？头发没了，脸也没了，啊？……可是我怎么能停止战斗呢？我在争取入党，心脏还在跳动，如果我牺牲了，请转告组织……”

她话没说完就推开邱建国，摇摇晃晃站起来。邱建国借着摇曳的火光，看见姜解放满脸都是泪水。女知青姜解放咬住嘴唇，汹涌的眼泪将脸上的黑烟和灰土冲刷出一道道白色的河道来。这是男知青邱建国头一次看见女同学姜解放如此豪迈奔涌的激情和如此汹涌澎湃的痛苦，他不禁惊呆了。他想安慰她，劝阻她，说服她冷静下来，他们扑灭不了大火，她应该躺在医院里治伤，尽管那些黑疤可能会永远留在脸上。但是他什么也没有做，只是呆呆站着，脑袋嗡嗡响。他沐浴着女同学的激情和痛苦，就好像正在趟过一条河流。他本来可以有多种选择，与战友并肩作战，等战友再次昏倒之后把她背下山去，或者悄悄跟在她的身后，让女知青的悲痛得不到回响变成无源之水。但是此时的他却选择了一种最愚蠢的方式，他竟然笨拙地拦在姜解放面前，试图伸出手来替她擦干眼泪。

姜解放被温情惊醒了，狠狠地打了他一记耳光。

“胆小鬼！……滚开！”她嚷道，悲壮地擦干眼泪，像一头龇着牙的高傲的小母兽，然后倒拖着旗帜样的树杈，迈着踉跄的步伐重上火场。邱建国无言以对，只好又羞又愧，悄悄躲到一边去了。

这场大火一直延续到天亮。

天亮之后，山火烧到两座山谷之间就自动熄灭了，一条哗啦啦欢唱的溪水将大火阻隔在高地的突出部位上。一群缠头布挎腰刀的人群出现在山坡上，他们是当地山寨的生产队干部，来察看夜晚烧荒的效果。焦头烂额的知青们这才弄明白，原来他们与之搏斗了一整夜的大火既不是天荒野火，也不是阶级敌人蓄意破坏，而是当地山民正在进行的一种世代相传的原始生产劳动——烧荒。这种可怕的生产方式把森林分成若干区域，每年放火烧掉一片，山火与森林自生自灭，相沿不断。

然而兵团知青们为此付出的代价却是极其惨重和惊心动魄的。此后两天，人们在大山的沟壑乱石和森林灰烬中一寸一寸地寻找失踪者，寻找那些始终没有归队的青年男女。后来他们终于在山沟里找到一堆残肢断臂和面目全非的尸体，经过清点和辨认，确认这些被烧焦的肢体属于九名连队女知青，她们是在被大火包围后紧紧抱在一起遇难的。还有姜解放一人没有下落。于是农场动员了更多的人员上山搜寻，又过了一天，终于有个放牛孩子在一条裂开的石缝里发现一具烤扁的干尸，那尸体呈半透明状，由于受到岩石挤压和高温炙烤，以至于完全变了形，像市场上常看到的干鱼片或者腌腊制品。人们起初很惊讶，想象不出那条窄窄的石缝如何能容得一个人进去，后来终于明白这人是因为实在忍受不了大火和高温炙烤才拼命把身体挤进了石缝里。人们费了很大劲把石头凿开，才把尸体从石缝里弄出来，确认是个女性，外形已不可辨认，唯一的标志物是她胸脯上嵌有一枚心形的毛主席像章……

……

车身一颠，黑蝴蝶散去，邱建国从回忆中惊醒，他看见同伴们纷纷坐起身来张望，原来客车已经开到怒江边准备过桥。原先那座著名的铁索桥已经废弃，新建的钢骨水泥大桥好像一道巨大的弧形虹练飞架江上。脚下江水汹涌澎湃，桥头军警林立戒备森严，还有几名武警士兵牵了狼犬到处嗅气味。万小东悄悄告诉他说那是毒品检查站，这条线上毒品走私很猖獗，已经成为国际毒品通道。正说着，一名全副武装的警官登上车来，扫视车里乘客说："谁是邱建国？……请随我下车。"

26

一大片乌云遮盖了天空。

女知青下葬的时候，天空落下了一阵急雨，黄豆大的雨粒像子弹一样射向橡胶林，狂风卷起落叶刮到半空中。一只受伤的鹭鸟被大风歪歪斜斜地刮到地上来，撑着雪白美丽的翅膀不停地哀鸣。这是通常旱季很难出现的阵性暴风雨，当地人迷信，说这是老天流泪了。

远近几十里的农场知青都自发地赶来为自己的姊妹和同龄人送行，悲痛像黑云一样压得人直不起腰来。几千人把山坡挤满了，还有数不清的人站在女知青将要经过的小路上和橡胶林里，到处都有黑压压的人头攒动。当天空风雨大作时，人们依然依偎着等在山坡上不愿离去，许多知青胸前戴了小白花，还有人采摘野花扎制成鲜艳的花束和花环摆放在道旁，于是在通往基地的山道上到处都有这种触目惊心的美丽花朵怒放盛开。

死者出现了。

几十名新建橡胶连的男女知青鱼贯出现在弯弯曲曲的小路上，他们每人都采用一种相同的前进姿态，小心地用手捧着或者抬着一件东西。等到走近人们才赫然看清，那是一些大大小小的白布包袱，由于来不及做棺材，只好临时用白布包裹了死者被大火烧得七零八落的尸体残骸。因为残骸很不完整，所以人们只好将它们草草拼凑起来，使这些包袱看上去形状各异很不整齐。

邱建国走在众人前面。此刻他的姿势很像他那个老搬运工的父亲，眼睛盯着地面，背脊弯成一张弓，上面压着一个沉甸甸的布袋。他有理由相信他送的是老同学姜解放。那天晚上因为他偶然发现了姜解放的眼泪，窥见了女知青内心的软弱，因此他不可饶恕地将她重新推向火场，推进了死亡的深渊。他之所以幸运地没有成为烈士，完全是由于运气使然，因为他晕头转向地跌下了一道冰凉的溪水中。

战友长眠，自己却活着，活着的人与死者隔得是那样的近，仿佛一伸手就能彼此拉住。但是他没能拉住她们，于是她们年轻的身体变成一堆破碎的残骸，为此他感到一种无法解脱的痛苦。一想到姜解放布满水泡的年轻的脸，和脸上那些被澎湃的泪水冲刷出来的白色沟壑，他的心灵就止不住开始哭泣，痛如刀绞。他深深地弓起腰，头俯向大地，仿佛不是行走而是在地上匍匐。他以这种固定不变的受难者的姿态向死者传达自己深深的哀伤。他每走一步都努力把脚步放得很低很轻，屏住呼吸，稳住身体，生怕稍有晃动就会惊醒了背上那颗沉睡的灵魂。

他困难地移动着。

不知道过了多久，面前终于出现了一片人头攒动的山坡，和山坡上一片绿油油迎风摇曳的橡胶林地。他知道送别的最后时刻到了，胶林里事先已经挖好十个墓穴，那是姜解放们的归宿之地，是生者同死者的永恒界限。他突然感觉到手掌出汗了，汗水从掌心漫到指缝，又从指缝间湿漉漉地渗出来。这是一种奇怪的冰块样的感觉，手指由于汗水浸润而变得又粘又滑，使得他几乎抓不住东西。他拼命把身体俯得更低，俯得与大地接近平行，以免战友的遗体从背上跌落下来。但是这种湿漉漉的感觉还在扩展，冷冰冰的汗水像许多小蛇一样游动着，一直流到背脊、脖子和脸上。等他终于可以腾出一只手欲抹掉那些该死的汗水时，他的手却在眼前僵住了，浑身起了一阵战栗。

天啦！他看见自己手里哪里有什么汗水，分明都是一些……亮晶晶的油！

……人油！！

尽管已经过了几天几夜，被大火和高温烧焦的姜解放们还在继续融化，就像阳光下的冰雪雕塑，或者火炉边的蜡人像。尽管人们给女知青里外裹了几层白布，但是白布的包裹并不能隔断她们对这个活人世界的留恋。邱建国相信她们是有知觉的，她们不愿意离去，不愿意独自躺进那个冷冰冰的土穴里。她们依恋阳光，依恋生命，依恋和渴望一切与活人有关的东西，所以她们紧紧地抓住了他，无声地从包袱皮里渗透出来，渗进空气，渗进大地，渗进同龄人的脊背上，把她们对人生无法言说的依恋之情和生命的最后一抹痕迹，留在这个有恨有爱多灾多难的世界上。

邱建国终于相信自己读懂了死者的语言。他把头深深地埋在地上，抓起一把锈红色的泥土，止不住地大声呜咽起来。

人油还在汩汩地流淌。人油哪!!

……

天空响起隆隆的雷声，他抬起头来，透过朦胧的泪眼看着苍天。天空中有许多团团云絮被气流驱赶着像羊群一样欢腾奔涌，它们好像在欢呼雀跃，在迎接自己的盛大节日。邱建国不禁悲愤地大声发问道：羊儿啊，你们为什么要奔跑？你们要上哪里去？去追赶自己未可知的命运，还是迎接这些从地狱走向天国的苦难灵魂？

邱建国的心灵被悲痛的潮水淹没了，他感到风暴般窒息的痛苦。眼前的世界变得摇摇晃晃，许多的崇高信念都像泥胎涂抹的金箔一样脱落了。这段几百米长的崎岖小路对他来说漫长得好像一生一世都走不完，他仿佛不是用脚而是用一颗呜咽的心灵在丈量着脚下粗砺的红土地。他匍匐地上，同那群女知青们一道走啊走，一直走进天堂或者地狱。姜解放们的灵魂在背上沉重地压迫他，他觉得自己背负的不是同龄人遗骸而是一具沉甸甸的十字架，当他俯平身体把那个白色包袱袋放在背上之后，他就永远不可能再将包袱从身体上卸下来，这具十字架就将永远地安放在他的灵魂之上……

不知过了多久，当满山遍野的悲痛渐渐被季风吹散，邱建国困难地抬起头来，他看见羊群一样的云絮还在不知疲倦地奔跑。他又想起那群黑蝴蝶，那个狞恶死神的黑色舞蹈，它们此时已经无影无踪，就像太阳出来黑夜不见踪影一样。但是他知道它们一定没有走远，它们躲在什么地方窥视活着的人们。他最后看一眼那些并排而立的十座红泥土垒起的墓穴，女知青们在地下安静地目送他。他想从此之后，他们就像船和礁石，船儿越行越远，海天一色，礁石却永远留守在原地。

十七岁的知青，永远的知青！

当最后一批知青离开墓地的时候，天空终于放晴了。瓦蓝瓦蓝的天庭深处，有一道极亮的金色光芒穿云破雾，利剑一般劈刺下来。一刹那间，人们眼前燃起一片红色霞光，霞光笼罩人群，笼罩橡胶林，与通红的泥土和通红的坟茔融为一体。天边的黛黑色群山被红云燃烧着，宇宙一片赤红，如同那天夜里的美丽大火一样，这个惊心动魄的辉煌印象就永久地刻进了老知青邱建国的生命年轮中……

27

邱建国一走下车就感到热浪逼人，一大片炽白的阳光和炙人的空气滚滚而来，像滚烫的海水包围他，淹没他，刺得他睁不开眼。他下意识地抬起手臂挡住反射的阳光，等眼睛渐渐适应环境，他才看清楚自己正站在峡谷东岸的桥头。脚下还是那条丝带一样的盘山公路，公路下面是奔涌腾跃的黄褐色怒江，一座凌空飞架的拱形江桥将两岸公路续接起来。举头望去，峡谷刀削斧劈，天若一线，一只苍鹰像睡着一样，悬浮在透明的空气中一动不动。

这就是著名的怒江大峡谷。

滔滔怒江从西藏高原逶迤而来，一路冲决高山大壑的阻挡，劈开海拔数千公尺的横断山脉，将积雪留在山顶，四季留给山坡，谷底就变成赤日炎炎绿树常青的亚热带河谷。怒江峡谷里常年生长着一种被称为英雄树的高大绿色乔木，英雄树如巨人挺立在河岸上，将一树火炬般的英雄花迎风怒放。邱建国跟着警官走了几步路，他不知道警官为什么单单叫他下车。他看见桥头有一片翠绿的芭蕉林，芭蕉树下有一排白色的瓦房，他凭感觉知道那是边防检查站。莫非要审查我么？是手续不齐全，还是出了什么问题？他疑惑地想道。

离检查站不远处停放着两辆汽车，一辆是“桑塔纳”轿车，另一辆是面包旅行车。他看见从轿车里钻出一个穿便服的人来，由于阳光直射强烈，看不清那人模样。他看见警官向那人敬个举手礼，那人就摇摇晃晃径直朝他走过来。

“欢迎重返边疆，老同学。”那人向他伸出手说。

他愣了一下，突然大笑起来，抱住那人肩头亲热地摇晃。

“哈哈！万向东！……吓我一跳，你怎么挡在半道上？”他大声嚷道，又上下打量这位西装革履的老同学说，“你不是在勐岗县么，怎么知道我们就在这辆客车上？”

万向东笑笑说：“那还不容易，我要掌握你们几个人的行踪，就跟喝杯白开水一样简单。”

邱建国连忙把车上的人都叫下来，老朋友见面自然都很高兴，起劲地拉着手说话。万小东腼腆地叫声“哥”，就站到一边不开口。邱建国注意到当县委书记的万向东比从前有些明显变化，说话得体，但是语气都是公事化的，不特别激动，也不特别冷落谁。他那张天长日久被高原紫外线灼得黑红的脸膛上，连笑容都是很冷静的，你很难说他不亲热，可是你也明显感到一种难以亲近的距离感。于是他暗想，真是应了“士别三日，当刮目相看”的老话，如今万向东不仅是老同学，而且更是县委书记。他连忙拉过万小东说：“小东，这回你们兄弟可以在一起多聚几天。向东你干吗这么客气？又不是外人，跑出大老远来迎接，我们可担不起啊。”

万向东口气淡淡地说：“建国，你们的情况我都知道。有些事，一时半天聊不完，留到以后再聊吧。我中途拦住你们，是因为我要到省里开个会，然后去北京党校读一段短期理论学习班。公务在身，不能奉陪各位老同学，只好在这里见上一面。也是人在官场，身不由己吧。”

邱建国嘴巴张了张，如同被兜头泼了一盆冷水，顿时很失望。他此行的主要目的是冲着万向东来的，所以特意拉上万小东和张省身同来。但是万向东至少暂时没有给他机会。他愣了几秒钟，脸色变得悻悻的，只好勉强说道：“向东读党校是要提升了，真是可喜可贺的事……喂，大家都愣着干什么？咱们就在桥头找个地方陪向东喝一杯。”

邱建国的表情变化没有逃过万向东的眼睛。他佯作不知，转身朝面包车那边招招手，于是有个中年干部模样的人连忙走过来。万向东向大家介绍说这是县委办公室胡主任，胡主任向他报告说已经在边防检查站军人食堂准备好一桌酒菜，只等客人入席。万向东做个请的手势，大家就簇拥着万向东邱建国一同走进军人食堂，见里面餐桌上果然有鱼有肉，酒瓶都开了盖。大家分别坐定，万向东亲自将一瓶“五粮液”酒斟满杯子，双手端起说：“小东这些年来过好几回，不算客人了。建国，省身，还有许大毛王从军各位，你们都是老知青，曾经在这片土地上劳动生活多年，我代表县委和政府欢迎各位重返边疆。希望大家多走走看看，我这个当主人的不能亲自陪同，只好请胡主任代陪。我这里先干一杯谢罪。”说完就一口干了。

众人纷纷站起身说了些客气话，都把酒干了，又争着倒酒，气氛渐渐就热烈起来。

张省身说：“向东，我离开边疆早，没有见过嫂夫人。这些年，你们一家也不回西都看看，跟大家一起热闹热闹？”

万向东脸上没有表情，他举起酒杯说：“哦，省身，我们有十几年没有见面了吧？来，我们干了这杯酒。”

邱建国悄悄拉拉张省身衣角，张省身一下子省悟过来，也就识趣不再多问。邱建国从万小东口里知道他哥嫂关系一直不好，至于究竟为什么万小东没有多说，但是邱建国能够隐隐约约猜到一些。只是他一直想不明白，以万向东这样有头脑的精明人，当初为什么一定要选择走婚姻突围的道路？

邱建国简略介绍了知青回顾展大获成功的情况，知青天堂公司新近的发展，以及知青天堂乐园即将落成来给女知青们迁遗骨的事。万向东听了点点头说：“她们是该回去了，叶落归根嘛。她们才十七岁，过几年我们儿女都快跟她们一般大了。”

邱建国听他避而不谈问题实质，心里不大舒服，就重重叹口气说：“有时候夜里失眠睡不着，想起过去的事，总觉得心里难过得慌。如果我们活着的人不能为地下的他们做点事，良心不得安稳。”

万向东脸色变得严肃起来，郑重其事地说道：“你们城里人离得远了，情感和想象力就丰富了对不对？我很感谢你们不忘记边疆，也理解你们千里迢迢来迁骨灰，因为我也是知青，理解你们的感情……但是我要说，边疆还有更多要做的事，许多活着的人暂时还很穷，还没有解决温饱，他们的孩子因为上不起学而失学。如果你们能够想着他们并为他们做些具体的好事，我这个父母官也是老同学老知青就在这里感谢大家了。”

他说完话，将满杯酒一饮而尽，让邱建国等人无言以对。张省身毕竟是记者，见过许多场面，他连忙站起来，也将自己杯子里的酒干了说：“向东你别见外，我们都是老知青，无论为知青还是为边疆人民做些力所能及的事，都是我们应尽的责任。”

邱建国暗自思忖，这万向东在官场混迹多年，早已修炼成精了，光靠感情同学之情是打不动他的，他们唯一的共同点是利益联合，于是他索性就把考察边贸商务、寻求合作互利伙伴、希望得到政策倾斜的意向和想法统统倒出来。万向东听完没有多说，只表了一个态：“欢迎贵公司到边疆投资建设。希望大家都按政策办事，共同致富。”

很快到了上路时间，万向东又给自己满上一杯酒说：“三碗不过岗，这是最后一杯酒，我是上路的人，干了该赶路。你们在边疆的一切，我已经交代了胡主任。小东，你跟着建国好好干，等你们的事业有了规模，我一定抽空回西都去，那时候我们老同学再好好聚聚，热闹热闹。”

汽车马达响起来，万向东临上车突然又想起一件事，把邱建国拉到一边小声说道：“建国，有件事我考虑再三，觉得应该跟你讲讲。在勐岗县户撒山区的旺乡寨，有个叫苦苦妹的汉族女孩，今年十四岁，是兵团知青的私生子。她一生下来就让人送上了山，当时是兵团时期，后来军人离开农场，线索就中断了，谁也不知道她的亲生父母是谁。问题是现在孩子长大了，并且知道自己的身世是被遗弃的知青孤儿，就写信向我求助……你知道我虽然身为县委书记，但有些事我也是没法办到的，所以我想你能不能到山寨去看看她，今后设法帮助她找到亲生父母，让孩子回到她应该去的地方。”

邱建国盯着万向东的眼睛问："你的意思，是让我把她带回西都?"

万向东摇摇头说："你自己决定。"

邱建国想想道："这样吧，向东，这事交给我来办。我们知青公司当然有责任帮助这个知青后代的。"

"桑塔纳"轿车开走了，扬起一路烟尘，知青们也同胡主任上了那辆面包旅行车。邱建国回味刚才的一幕，心想看来这个大权在握的万向东也不是无懈可击的。对政治家来说，利益是驱动力，感情就是薄弱处。

第九章

28

一位延安时代的老诗人曾经唱道：“几回回梦里回延安，双手搂定宝塔山。千声万声呼唤你，母亲延安就在这里……”这是一种历史感情，历史经过岁月发酵之后就变得如同酒精一样醉人。城市来的老知青们从车上远远望见阔别多年的农场，望见边疆的熟悉景物，立刻都像回乡的游子一样激动地站起来欢呼。他们像孩子一样大叫大嚷，头探出车窗外朝路旁遇到的每一个人每一头牛招手，沿途扔下许多莫名其妙的笑声和叫喊声。

“农场母亲——我们回来了！”张省身探出身体朝着风喊。

然而这种滚烫的心情不久就冷却下来。农场当然还是老样子，该种橡胶的种橡胶，种粮食的种粮食，从前的荒山空地基本上消失了，代之以房屋和人口密度急剧增加。场部修建了许多房子，规模比从前扩大了几倍，已经初具小城镇规模，但是当年知青大返城的许多遗迹居然还在，比如组织罢工绝食的招待所还是老样子，墙上用墨汁歪歪倒倒写的标语口号竟也历历在目，如“不回城，毋宁死”之类，只是蒙了许多灰土。张省身如获至宝地到处拍照片，跑进跑出收集素材。邱建国笑道，应该赶快通知胡司令李闯王，让当年的绝食队员都来此地合影留念，这可是下个世纪进行革命传统教育的生动教材。

邱建国他们到达农场的第二天就提出要回几十里外的新建橡胶连去。张省身也是新建连出来的，当然没有意见，其余人则表示愿意跟邱建国走。农场领导先盛情挽留，留不住只好派汽车送他们上山，还专门派一位姓赵的办公室副主任陪同前往。农场领导特别介绍说，小赵是你们老乡，也是西都知青，留在边疆扎了根，是我们农场的宝贵人才哟。

小赵个子不高，脸色又黑又瘦，头发花白，一口当地话十分地道，乍一看至少有五十岁年纪，但是他的实际年龄还不到四十岁。他向大家自我介绍叫赵国庆，原先在机修连当车工，因为父母去世早，西都没有亲人，就放弃了回城机会同一个当地姑娘结了婚。他现在有三个孩子，老婆承包了一百五十株橡胶树，日子过得还凑合。大家就七嘴八舌地向他打听一些农场的情况，知道农场还有几十个由于各种原因没有回城的老知青，大多在学校当教师，也有当会计或者基层干部，少数还在生产队承包山林。老赵介绍知青情况时的语调很平淡，脸上没有表情，就像讲些与自己不相干的事。

山路崎岖，农场唯一的旧旅行车载着他们在牛车路上颠簸，邱建国不知为什么觉得心情非常压抑，就坐在车上默不做声地抽烟。过了一个多小时，汽车在问号似的土路上拐了一个弯，远远就看见连队像座小岛从绿油油的胶林中悄悄浮现出来。

仿佛没有离开过，仿佛昨天还在连队劳动，一切依然那般熟悉，那般亲切。红土坡，黑瓦屋，一排排迎风摇曳的绿色橡胶树，这些景物都曾经与他的生命融为一体，构成他生命年轮中不可缺少的重要部分。他看见在黛色远山背景下游动着一层透明的梦境般轻薄缭绕的雾岚，阳光明亮地照耀着绿树和连队，黑色的瓦屋顶像古代破旧的城堡，天空中羊群般奔跑的云絮将移动的阴影投到地上，牛群在山坡安静地吃草，鸟儿在天上飞翔歌唱，路边的野蒿草散发出浓烈的苦涩味，这一切都使他如回梦中。他嗅到空气中充满割胶时节胶林特有的如奶汁般甜丝丝的清香气息，这种气息唤起他的回忆，将他的胸腔涨得满满的，他感到记忆像风帆，快乐和悲伤像海潮一样涌起来。他无法抑制自己内心的冲动，只好把头探出车窗外面，让凉风拂在滚烫的面颊上。

“几回回梦里回延安，双手搂定宝塔山。千声万声呼唤你，母亲延安就在这里……”他忽然理解了老诗人的心情。一代人有一代人的宝塔山延河水，一代人有一代人的生命坐标。不管你走到哪里，也不管你身份地位发生多大变化，你的生命之路没法改变，你的根依旧扎在过去岁月的土壤里。

在邱建国心中，边疆曾经是他心中营造多年的绿色梦境，就像回延安或者井冈山在上代人心中是个梦一样。边疆成为他梦中的一块精神家园，他的心灵曾经无数次在梦中返回连队，像一个快乐精灵在绿色的胶林上空翱翔。

这一时刻终于来临了。

等汽车开进连队，一切预想和期待的激动人心的场面都没有出现。连队还是老样子，到处冷冷清清，草房刚刚翻过新草，空气中有种新鲜稻秆和牛粪的混合气味。从前的伙食团厨房做了仓库，牛厩的瓦房顶不知为什么变成洋铁皮顶，知青们曾经住过的老房子被一些面孔陌生的农场工人住着，听见汽车喇叭声，他们都从屋子里跑出来，好奇地张望从车上走下来的陌生人。

邱建国问一个抱孩子的年轻女人，这个连队里还有人认识从前的知青吗？年轻女人张皇地摇头，连连后退。邱建国又问另一个抽着喇叭烟卷的男人，你们都是从什么地方调来的？从前连队的老工人，董立万、秦世宝、周万福还在吗？男人喷了一口烟，用浓重的湖南土话回答说，他们都是从内地农村动员来的移民，没有听说过这几个人。赵国庆看见邱建国很失望的样子，就连忙解释说，知青大返城后，农场已成空架子，国家给了政策从云南、贵州、湖南等地农村移民，所以现在的许多人都是后来进农场的。原先连队的老工人本来就少，或年高过世，或退了休搬到条件较好的地方居住，从场部可以查到他们的住址。这时生产队长急急忙忙跑过来，把他们领到办公室倒水敬烟，通知食堂做饭炒菜，忙得不亦乐乎。

知青们七嘴八舌地关心连队现状，比如橡胶林面积啦，开割情况啦，职工承包情况，收入如何，生活好不好啦，等等。队长也是个湖南人，穿一件补丁衣服，手掌上的老茧硬得像水泥块，土音重得让人几乎听不懂。张省身到底是文化记者，开始在连队里到处转悠拍照，他身后跟了一大群好奇的孩子，孩子都光着晒得黑黑的身体，个个都像过节一样兴奋。他们尤其对客人手中的闪光照相机表现出浓厚兴趣，知道那个小小的东西能把房子、牛羊和人统统装进去，所以当张省身把镜头对准他们时，他们立刻就像麻雀一样轰地跑散了。

一个年轻孕妇，穿得破破烂烂，挺着肚子抱个吃奶的孩子闯进办公室，拉着邱建国的衣服口口声声要让领导评个理，无论大家怎样解释都没有用，因为她认定坐汽车来的就是领导。直到队长大光其火，威胁要拿绳子捆她去医院做人流结扎，才把她吓跑了。队长往地上唾了一口，无奈地骂道："这个婆娘！怀崽跟老母猪一样快，罚了生，生了罚！你拿她有么办法?"

邱建国觉得面部肌肉发硬，嘴里有种苦涩的滋味在悄悄蔓延，他的心里有种不可名状的失落感和沮丧情绪在迅速膨胀，就像刚刚燃起的火堆里突然扔进一团湿柴草一样。胶林依旧，物是人非，一眨眼二十多年光阴过去了，你除了能在这片土地上找到一些岁月的痕迹，一些早已暗淡了的青春残片，还能指望找回什么东西呢？也许万向东说得对，隔得远了，想象就美好起来，但是现实是灰色的，它不会因人想象而改变。他心里隐隐有些懊悔，有些美好的东西，与其破灭还不如让它留在梦中。

下午一行人便在队长带领下，沿着一条小径到后山去察看女知青的坟墓。

后山的胶林长得稀稀疏疏，透出一片寂寞和荒凉。小路上荒草没膝，看得出很少有人走动。队长在前面不时挥动长刀砍去拦路的藤蔓，等一行人气喘吁吁地走近坟场，他们看到那些坟丘已经凹陷坍塌，灌木荒草掩没其间，从前曾经竖起的墓碑和砖砌的墓墙荡然无存。一条银环蝮蛇被人的脚步惊动了，很不情愿地簌簌游动着逃开去。队长难为情地解释说，那些石碑和砖块……被人弄回去砌了猪圈。如今搞承包，谁弄回去是谁的。见客人不说话，队长又抓抓耳朵诉苦说，连队职工都是农民，迷信得很，说坟地闹鬼，有人亲眼看见过，还是女鬼。所以弄得连后山的橡胶林都没有人愿意承包。

邱建国很愤慨，同时又感到心头有种割裂般的咝咝的灼疼。

这就是为边疆献身的女知青姜解放们？他们曾经至亲至爱的同学、姐妹、战友？活着的人依然活着，成了受人尊敬的贵客，死去的人变成泥土，变成令人恐怖的鬼魅故事，成了橡胶林无人承包的罪魁祸首。她们要是地下有知，该作何感想呢？

这群被大火夺去生命的同龄人，一群花季般本来可以做妻子和母亲的少女，她们平均年龄只有十七岁，来自遥远的大城市，但是她们不幸死去了，灵魂沉入这片苍凉而寂寞的红土地，成为没能走完十七岁人生道路的永远的女知青。

一时间邱建国无话可说，欲哭无泪，只觉得心里沉甸甸的，有种类似失职的负疚感。他想起那片湿漉漉的人油，觉得如果女知青地下有知，那目光一定是哀怨和委屈的。于是他转身对王从军说："从军，你都看见了，她们该回家了——不能再在这里做野鬼。拜托你了。"

话语未落，爱动感情的记者张省身已经背过身去悄悄抹眼泪。

他们一起动手清除了坟墓前后的荒草，辨认标记并照了相，安排好迁移遗骨的具体事宜然后当晚就赶回场部招待所。

29

西都来人的消息在当地不胫而走，在这个偏僻闭塞的边疆农场造成很不小的轰动，接连几天都有人络绎不绝地到招待所登门拜访。

这天早上天不亮就有人拍门，拍得很用力，把一扇不结实的木板门拍得摇摇欲坠，连天花板上的灰尘也簌簌地震落下来。张省身晚上熬夜记素材，才睡下一两个小时，只好连忙揉着眼睛起床开门。一看却是个不认识的老女人，眼睛有些斜，穿得很邋遢，一张刻满木纹的脸干且硬，好像收缩了水分的干核桃一样。张省身便不高兴地说："你找谁？一大早的，敲门也不兴文明一点？"

老女人操着当地土话大声嚷道："我找知青慰问团！……你们别想哄我，我认得你就是知青慰问团的。"

邱建国也起来了，他看老女人眼珠发直，白多黑少，一张老脸又干又皱，表情恶狠狠的，心想这人莫不是有精神病？就连忙解释说："现在哪有什么知青慰问团？你弄错了，我们都是从前的农场知青，自费回来看看的。"

老女人高兴起来，拍着巴掌道："好了好了，你们就是慰问团。"说着也不管主人邀请不邀请，就径直闯进他们的房间。

张省身欲伸手挡她，被她狠狠推了一把。老女人边走边怒气冲冲地说："死人还有人去慰问，我们活着的人就没得人管了？喊！"

邱建国拦也不是，不拦也不是，弄得哭笑不得。这时隔壁许大毛万小东听见闹嚷声赶过来，那老女人见人多了，一屁股坐在床上嚎起来，鼻涕眼泪都往床单上抹。张省身真的生气了，说："喂，你到底是什么人？要不我叫农场保卫科的人来了。"

老女人停止哭泣，从喉咙里打出几个响亮的干嗝，又往地上擤了一把鼻涕，才理直气壮地说："我就是要找你们，知青慰问团的！……你们去慰问死人，当我不知道？就把我们活人忘了，没有良心。喊！"

邱建国疑惑地说："你莫非也是……西都知青？"

老女人立刻高兴起来，拍着床板说："对了对了，我就是西都知青嘛，看你记起来了！……你这个人叫邱建国，我从前认得你的。"

几个人大吃一惊，不由得面面相觑。邱建国小心翼翼地问道："你原先是哪里人？在哪个连队？叫什么名字？现在做什么工作？"

不问则已，一问便如同打开闸门，老女人竟呼天抢地地痛哭起来，泪飞顿作倾盆雨，一口气上不来，便翻着白眼昏厥过去。幸好赵国庆闻讯赶来，大家手忙脚乱围着她，掐人中捶背做人工呼吸，好一阵才看见她一张青紫的脸渐渐缓过气来。

赵国庆摇着头，给大家讲了这个老女人的故事。

老女人叫曾秀琴，解放中学初一学生，家住西都市郊区，父母都是纺织厂工人。到农场后也没有什么大波大澜，随大流出工干活，傍晚收工吃饭，平平常常一个女知青。不料一九七八年前后，同宿舍的知青丢了饭票，怀疑她偷了，就嚷起来。连队干部也很武断，拍着桌子逼她承认，她偏不承认，于是连里就把她关起来，召开大会抓阶级斗争。她一气之下就跟一个过路的山民上了山，去寨子里做那人的老婆。这件事当然很荒唐，但是等她明白过来想要纠正却已经晚了，她像下小猪崽似的一连生了五六个孩子，还须按照山寨风俗天天下地干活，伺候男人，稍不如意就遭拳打脚踢。那男人是个酒鬼，大烟鬼，弄得家里一贫如洗，还不许她下山，不许跟汉人接触，不许回城市探亲……

“她干吗不提出离婚?”张省身愤愤不平地说。

“你问她自己吧。”赵国庆苦笑着说。

老女人喝下一大杯白糖开水，出门去撒了一泡尿，回来脸上就有了血色。她神采奕奕地对众人说道：“你们回来好，回来就是记着我们……我有两个崽上初中，在县城哩。我要叫全寨子的人都看看，我的崽跟他们不一样。”她边说眼睛就边放出光来，一脸的幸福神情。

张省身轻声对她说：“你有什么困难需要我们这些老同学帮帮忙吗?”

没想到老女人毫不客气地指着他们的行李说：“你们带来多少慰问品？棉衣、脸盆、肥皂、牙膏、笔记本、文具盒我全要。”

邱建国沉默一阵，从皮包里取出五百元人民币放在她面前，说：“你拿去给孩子们买些东西吧，这是大家的一点心意。”

老女人僵直了身子，愣愣地看着钞票，手触电似的抖动。忽然说不要不要，我不要钱，你们要是给政府说说，把我的孩子办回城市，我这就给你们下跪。说着当真就弯了双膝跪在地上，慌得一群人连哄带劲地把她拉起来。折腾一阵，那老女人突然想起什么，一拍大腿说坏了坏了，我忘记喂猪呢。就连忙把钱抓过来，揣在怀里紧紧捂着，一阵风似的跑出去了。

屋子里安静片刻，老女人的气味像石头一样压在人们心头，风摇得窗户哐当响。赵国庆站起身苦笑着说："唉唉，该吃饭了，食堂的早餐快凉了。"

当天下午，他们又在一个生产队的老知青家里看到这样一个场景：几个黑得像泥鳅一样的孩子在泥地里飞跑，他们大声喊叫着，兴致勃勃地折磨一头老母猪取乐。而当父亲的老知青则眯缝着眼睛，一边坐在院子里晒太阳，一边悠然自得地喝着竹筒酒观赏这幅美妙的童趣图。孩子的母亲几乎匍匐在地上，背负一捆小山包样的柴草从门外面摇摇晃晃走进家来。在这家人身后，是一间家徒四壁的破草房。邱建国们震惊不已，离开这家人后大家都有种灰溜溜的感觉，情绪恶劣，打不起精神说话。他们怎么也想不明白，一个来自大城市的知识青年，怎么会造就这样一种贫困潦倒的愚昧生活？记者张省身突然想到一句黑色幽默的话，他环顾众人道："喂诸位，你们都看到了，我们的钢铁就是这样炼成的！"

30

邱建国夜里辗转反侧。

张省身也睡不着，两人都被沉重的现实所折磨，农场贫困和艰苦的气息包围他们，就像回到当年的生活，你想躲也躲不掉。他们索性起了床，走到招待所外面的山坡上躺着抽烟。边疆的夜晚，空气清新，天空的星星好像格外密集，也好像离得格外近，伸手就能抓下一把来。张省身突然下决心说："建国，我要写本小说。关于我们知青的。"

邱建国低着头，心不在焉地"唔"了一声，说："你就好好写吧，写好了没准能成个大作家。"

张省身苦恼地说："问题是我还没有理出头绪来。这些天我一直在想，什么才是知青文学的本质？伤痕，苦难，怀旧？还是浪漫，奋斗，英雄主义？也许都是，也许都不是，那么我该怎样反映这个本质呢？”

邱建国嘲笑他道：“这是你们文人的通病了。世上的事原本没有那么复杂，都被你们想来想去弄复杂的。如果什么都要刨根问底，没有病也要想出病来。我这个商人就没有你这多烦恼，商人只管赚钱，吃得饱睡得着。”

张省身反驳他道：“那你为什么也失眠？也为农场的现实苦恼？你不也在苦苦思考问题吗？可见得你不是个真正的商人，或者说不是个好商人。如果你只管赚钱，干吗把五百块钱白送给那个老女人？”

邱建国回答不出，他坐起身来说：“省身，看来你我都无法只为自己活着，这大约是命中注定的事。出来之前我对怎样在边疆开发项目赚钱想得多，可是现在我甚至不想赚钱，如果有什么办法让农场人明天就过上好日子，我愿意把公司卖了也成。”

张省身吓了一跳，连忙坐起身来劝阻他道：“建国，你别头脑冲动，你就是把公司卖了够全农场吃几天？边疆还有几十个这样的亏损农场，全国呢？这就好比精卫填海，你什么时候才能填满中国贫困人口的大海？所以我们只能做力所能及的事。要承认现实，承认差距。”

邱建国重重叹口气说：“道理上说是这样，可是当你跟他们在一起，就觉得命运真的很不公平，心里有种负疚感。其实仔细想想，他们的贫困并不是因为我造成的，可是我就是没法摆脱这种内疚。”

两人沉默一阵，烟头红光一闪一闪，都没有说话。过了一会儿，张省身忽然想起一件事，对邱建国说道：“对了，老赵让我向你提个醒，以后遇到生活困难的知青，不要随便给他们钱……老赵是好心，他说曾秀琴，就是那个老女人的生活根本不会得到任何改变，她一回家那个吸大烟的酒鬼丈夫立刻就会扑上去，把她的钱一分不少地抢走，然后吸得精光。”

邱建国不由瞠目结舌。

张省身觉得这个事实对邱建国打击太大，便想委婉地劝劝他，邱建国却摆摆手冷笑道："这倒让我明白了一个道理，什么是好心人，什么是好心的傻瓜。好心人做善事，傻瓜做蠢事。同是边疆老知青，为什么有人过得好些，有人却跟牲口一样活着，这个事实本身不就很说明问题吗？"

张省身同意道："这正如某位哲人所说'凡是存在的就是合理的'……建国，我倒有个主意，你不是打算在边疆筹建一个边贸分公司么？何不把农场老知青组织起来，既享受当地优惠政策，又有利于总公司的业务发展，还能达到帮助他们脱贫致富的目的？"

邱建国低头不语，吸着烟不答话。张省身被自己的思路激动起来，进一步发挥道："知青的事情，我想万向东是不会袖手旁观的，他毕竟是知青出身，思想感情同老知青有割不断的联系。老知青的事业不也是边疆人民的事业么？有利于边疆经济发展，万向东为什么不支持呢？这是其一。其二是农场老知青已经具有本地人的优势，同时又有本地人所没有的与城市的血缘联系，他们需要有个机会……"

邱建国心里有底了，他突然打断张省身的话，站起身来打了一个长长的哈欠说："算了省身，你的意思我明白。时候不早了，我们还是抓紧时间睡一会儿吧。明天事情多着呢。"

两天之后，邱建国在农场为他们举行的老知青座谈会上正式提出两点建设性方案：一是所有农场老知青，均可以个人方式集资，成为知青天堂公司的特别股东，集资有效期二十年。公司将保证支付个人百分之三十的高额年息，并视效益情况与其他股东一道参加分红。二是另将注入一百万元资金就地组建一个边贸分公司，分公司的干部和员工均从参加集资的老知青或者他们的子女中产生。

邱建国同时还宣布，为报答农场和边疆人民的养育之恩，知青天堂公司决定在未来五年中斥巨资一百万元，为勐岗县和勐岗农场各修建一所"希望学校"。

这个带有特殊感情色彩的"扶贫"计划一经宣布，立刻在农场老知青中引起强烈反响，老知青对于农场现实和贫困生活的改变早已失去了耐心，邱建国的号召无异等于天上掉下一块幸运馅饼，于是大家纷纷怀着急切的愿望，迫不及待地拥向农场招待所，唯恐错过致富的机会。他们揣着从各处借来或者点滴积攒下来的宝贵资金，或者几百元，几千元，或者由亲戚朋友凑足两万三万的，争先恐后赶来参加集资。在这些已经错过或者不得已放弃回城的老知青看来，这也许是改变他们生活或者改变子女命运的最后机会，所以集资工作进行得意想不到的顺利。短短数天，老知青个人集资就达数十万元。

搬迁女知青遗骨的工作也进行得很顺利。他们在当地将遗骨火化，由王从军带着骨灰盒先回西都，邱建国一行人便在县委办公室胡主任陪同下继续前往南畹镇考察商情。

离开农场那天，农场领导和老知青上百人为他们送行，邱建国几乎来者不拒，端着碗同所有人喝酒，谁也不知道他到底灌下多少甘蔗酒。后来他喝着喝着就站不住了，先是搂着农场办公室副主任赵国庆絮絮叨叨说酒话，后来就干脆坐在地上失声痛哭起来。他挣扎着还要跟大家喝酒，眼泪汪汪地说："不、不要你们管我，我、我不回去了，就留、留在农场当、当经理，让大、大家都过好、好日子……我要把天、天堂搬到农、农场来，人、人都当股东，实、实现共、共产主义……"

张省身许大毛怕他闹笑话，就连忙七手八脚地把他抬上汽车，汽车屁股冒出一股浓烟，就颠颠簸簸地离开了勐岗农场。

第十章

31

户撒山区旺乡寨是个古老而宁静的边疆小寨，寨子坐落在重重叠叠的大山深处，就像种子撒进厚厚的泥土，天长日久便生根发芽开花结果，于是也就有了一百多户人家和人间的欢乐气息。从前山寨里只有一条窄窄的小路穿过迷宫一样的原始森林通往山下，到了八十年代，人们终于修通一条弯弯曲曲坑洼不平的牛车道把寨子同大山外面的世界连接起来。

山寨的岁月悠长而单调。山民们年年月月重复着祖辈们内容相同的农耕生活：日出而作，日落而息，春种秋收，春华秋实。户撒的山很高，水很绿，天空很蓝，云彩很白，在很蓝的天空和很白的云彩下面有一片像波涛一样起伏的黛黑色热带雨林。如果一群飞鸟从天空经过，它们就会看见在林间空地上疏疏落落地散布着一些简陋发黑的竹楼，和一块块耕作粗放的苞谷地。到了正午，太阳热辣辣地照耀着潮湿的泥土和散发着苦艾气味的屋顶，一幢幢竹楼的烟筒里便升起袅袅炊烟，那种燃烧木柴的烟雾轻而薄，像水墨画一样淡淡地融入明净的空气中。这时男人和妇女便扛着农具，背着苞谷或者牵着耕牛归来，寨子里的狗摇着尾巴汪汪地欢叫，孩子们都挤在竹楼梯上等候大人回家。这是寨子里一天中的欢乐高潮。

只有十四岁的汉族少女苦苦妹独自坐在寨子背后一块大石头上望着那条通往山下的牛车路发呆。

最近她时常都要坐在这里想心事。苦苦妹是个瘦小的女孩，十四岁年纪还没有显出发育的迹象来：胸脯平平，头发枯黄，只有一双眼睛很大很亮，显出她是个聪明的爱想问题的孩子。寨子的人都说，苦苦妹是只落到鸡巢里的孔雀，迟早都要飞回城里去的。因为她是城里来的知青的孩子。

这个不幸的故事发生在七十年代的一个夜晚。那时天很黑，天空不停地下着大雨，旺乡寨一个叫龙老三的山民家里来了一个山外亲戚，亲戚手里抱着一个裹在襁褓中的女婴。据亲戚说，这孩子是个私生子，她一生下来就被辗转送了几个寨子，因此没人知道这个可怜孩子的亲生父母是谁，只听说是农场里的西都知青。龙老三的女人刚刚生过一个儿子，不到一个月就夭折了，女人看见这个婴儿已经饿得哭不出声音，嘴一瘪一瘪地动，不觉动了母爱，连忙把她抱在怀里，让她吃了一回奶水。女婴吃着吃着就衔着奶头睡着了，脸蛋红红的样子很可爱，很安详，让他们想起死去的孩子。于是女人就舍不得让亲戚抱走，他们收养了这个女婴，给她取了一个名字叫苦苦妹。

岁月悠悠，斗转星移，知青后代苦苦妹随着山寨古老而贫困的日子一天天长大了。她五岁上山放牛，七岁帮助父母下地干活，长到十岁才知道自己的亲生父母并不是身边的龙老三夫妇。寨里有人对她说，她的亲生父母是城里来的知青，他们扔下她，已经回到很远很远的城里去了。

这个关于自己身世的发现对于十岁小女孩的打击是如此之大，使她几乎丧失了生活的信心，她明白自己原来是个没人要的孩子，连只可怜的小狗小猫都不如。此后苦苦妹把自己关在黑屋子里整整悲伤了一周。这一周的悲痛决定性地影响了知青后代幼小的精神世界，她在黑暗中做了许多梦，梦见两个不认识的陌生夫妇来接自己，他们都穿着很漂亮的衣服，开着有篷的汽车。他们称自己就是知青，是苦苦妹的亲生父母。

于是小女孩快乐地哭醒了，醒来之后听见养母正在竹楼下面大声叱骂那头贪食的老母猪，黑屋子里蚊虫和苍蝇嗡嗡地飞动着，她睁大眼睛努力回忆刚才那个幸福的梦境，却模模糊糊什么也记不住。她天真地想：我的亲生父母长得什么样？他们住在城里，城里是什么样？他们会想念苦苦妹吗？他们知道苦苦妹也在想念他们吗？……一连串问题像生了根一样扎在脑子里无休无止地折磨着她，使她经常无端地陷入孤独、痛苦和沉思中。寨子里的老人都说苦苦妹中了邪。

后来一个偶然的机会县委书记下乡来到寨子里，她不知怎么听说这位书记伯伯也是知青，竟大胆地向书记伯伯陈述自己对亲生父母的思念之情。没想到书记伯伯动了感情，回去后托乡领导给她捎来二百元钱，嘱咐她的养父母一定要让孩子上学读书。有了书记伯伯的关照，已经十岁的知青后代苦苦妹果然进了乡办小学，成为一名念书识字的大龄学生。也许她血液里确实有着知青父母遗传的文化基因，苦苦妹很快表现出与众不同的学习能力，她的聪明悟性一经知识的点拨，就如同炉灶中的柴薪一样冒出火焰。苦苦妹像个优秀的三级跳运动员，四年时间读完小学课程，并以当地乡办小学的优异成绩被推荐到县城读中学。

但是她的养父母一直用忧郁的眼光注视着养女的成长进步。在这个贫困得几乎没有希望的与世隔绝的山寨里，人们世世代代刀耕火种以食为天，没有人读完过小学，更没有女人到县城里读中学的破天荒的事情，因此寨子里的老人都摇着头说，这回苦苦妹要远走高飞了。可怜的龙老三既不愿意养女出远门，更没有经济能力供她继续上学，但是他又不能表示出来，只好闷声不响早出晚归拼命干活。有天晚上养母走进养女的房间，直截了当地对她说，你弟弟妹妹还小，家里需要劳动力，你不能出去念书。

已经燃烧的柴薪又捂住了，文明的火焰一经点燃就注定要同黑暗搏斗，于是心灵的痛苦就既深且长。苦苦妹更加觉得自己是个弃儿，命运对她冷酷无情，因此她沉默着，常常独自守望着那条弯曲的牛车路发呆。对她来说，这是唯一与她的想象力相连接的人间通道，她向往山外的世界，思念亲生父母，山外有许多新奇的模模糊糊的东西在吸引着她。于是有一天她无法忍受内心的折磨，提起笔来悄悄给县里的书记伯伯写了封信，强烈地表达了自己对于寻找亲生父母的渴望和期盼。

"……书记伯伯，请你卷(转)告我的亲生父母好吗?"十四岁的女孩子在用过的作业本背面写道，"……都(就)说他们的女儿天天都在想念他们，她天天都要坐在在(寨)子背后的石头上等他们。她盼望他们来接(她)。她要继续念书，她很听话，爱劳动，会做很多地里的农活儿……"

信托人带走了，苦苦妹的希望好像天上的白云一样越飘越远，飘到了山外，飘到县城，甚至飘到那个叫作西都的很远的地方。她相信她的亲生父母一定能看到这封信，并且会在某一天太阳升起来的时候出其不意地走进山寨，出现在她的面前。日子像流水，太阳一天天升起来，就像小女孩的希望一天天升起来又落下去。她每天都要坐在寨子背后的大石头上在等啊等，就像等了几十年。终于她的希望开始渐渐枯竭，她在心里绝望地喊道：亲爱的爸爸、妈妈，你们就不知道你们的亲生女儿天天都在思念你们吗？她的眼泪都要流干了！啊，我的爸爸、妈妈，你们在哪里呀？……

32

南畹镇曾经是一座在国际上很具知名度的边防重镇，它位于"二战"时期一条著名的国际公路中国一侧终点，对面的国际交通枢纽可通达南亚次大陆与印度洋沿岸国家。南畹在历史上就是中国对南亚各国进行贸易活动的重要商业口岸，早在汉代前后形成的南方古丝绸之路就在这里留下了马帮驮队密密的足迹。改革开放之后，南畹镇优越的地理位置和交通条件使它理所当然地成为中国西南最大的边贸口岸。

汽车到达南畹已是当天晚上，一行人住进宾馆。邱建国醉意未消，倒头便呼呼大睡，第二天醒来居然也无酒精反应，头天在农场说的酒话也忘得干干净净，于是大家都抖擞起精神到市场去考察。

他们跟着胡主任来到国界一侧的国际街，看到到处一派人头攒动的交易景象：在招牌林立的各国商行门前，屯集的货物堆积如山，上货的与下货的人都忙忙碌碌。各种肤色的人们使用不同的语言和手势彼此交流，运货的汽车、马车和牛帮马帮都在场地上进进出出，空气中混合着汽油、牛粪和山杂干货的刺鼻气味。身着各种不同服装服饰的中国人、缅甸人、印度人、巴基斯坦人、尼泊尔人、泰国人、孟加拉国人和日本人、韩国人都在这里做生意，他们都把眼睛瞪得大大的或者眯成一条缝的，唯恐错过每一个发财机会。这里的发财机会委实太多了，中国是个刚刚启动的巨大市场，任何一个捷足先登的人都有可能在这里找到宝藏。

邱建国走进市场，他一嗅到商品涌动的气息，听到数钞票和金钱哗啦啦翻滚的响声，立刻就感到强烈的刺激和心跳加速，就像酒精能使血液循环加快一样。商人的本能像猎狗一样苏醒过来，他喜欢市场，喜欢赚钱，就如同屠夫喜欢宰割和呼吸血腥气味一般。在知青中，邱建国是一个有口碑的人物，他对待历史像个圣徒。可是圣徒只能面对历史，对市场而言，邱建国则是一个地地道道的商人。

他慢慢在市场上逡巡，对所有商品都无一例外地表现出浓厚的兴趣，还不时停下脚步，同商行的老板或者管事们交谈，互相交换抽烟。他始终面容温和态度亲切，像一头懒洋洋漫不经心的秃鹫一动不动地挂在晴朗的天空中，在它蜷缩的钢爪和巨大的羽翅下面，那是一片生机勃勃万物萌动的大草原，是它生存和寻找猎物的用武之地。他闲步着，漫游着，正是在这片欲望和金钱的猎场上；他到处都嗅出走私、诈骗、阴谋和犯罪的气息。

在一家缅甸人开的木材行，邱建国看到在木材生意背后半公开进行的各种走私交易。满脸堆笑的缅甸商人把他们带进一个小房间，让他们看一块拳头大小的黑颜色石头，老板开价一百万元人民币，把他们吓了一跳。当即有内行人告诉他们，这是一块著名的缅甸绿翡翠，称“毛玉”，即原生态玉石，开割前翡翠藏在石头心里，谁也看不见，就像挑西瓜的人只能凭经验或者碰运气一样，这就是赌博。如果开割后“毛”很薄玉很厚，那么这块绿翡翠的价值就能翻一番，再走私到香港日本，它的身价就不是一百万人民币而是一百万美元。

内行人说，赌毛玉，虽然获利极丰，但是买家胜率只占三分之一，所以港、台和日本来的珠宝商往往都在一旁观看，只买玉不买毛。真正敢下赌注的人一般都是内地来的发财心切的赌徒、罪犯和濒临破产的爆发户。

邱建国面带微笑在本子上记着，他确实很有兴趣和很喜欢这种散发着血腥气息的金钱游戏。

在一家日本人开的药材商行，日本老板通过中国翻译谨慎地向客人暗示，他们什么生意都可以做，只要客人肯出价。邱建国想想说，汽车生意怎么做？日本人笑了，眼睛放出光来，竖起拇指说：日本自动车(汽车)大大地好，多多地做。翻译连忙解释说，老板最喜欢做汽车生意，保证供货，百分之百的日本货，零配件、散件、组装车和整车都没有问题。邱建国在小本子上仔细地记下了这条有关汽车的信息，并在下面划一条横杠以示重视。

在另外一些商行，有人悄悄问做不做白粉(毒品)？做不做武器枪支？做不做进口香烟？做不做人口(妓女)生意？……真是无奇不有，仿佛世界上所有一切都没有不可以做的，连美国总统、航天飞机都可以在这里被做一做，过上一把瘾，而主宰这一切的上帝之手就是金钱。

俗话说有钱能使鬼推磨，岂止推磨，金钱能把鬼变成人，把人变成鬼。邱建国对这里看到的一切感到满意。他认为这才是真正的市场，真正的市场就是一切都可以有价格，一切都可以通过金钱来交易。作为商人，他不喜欢道德的清水，“水至清则无鱼”，他天生喜欢散发着金钱恶臭气味的市场浑水，那才是道德的沦丧之地，是可怜的中国礼教的灭顶之灾。金钱的诱惑使得所有男人和女人都蔑视道德，心里充满穷凶极恶的物欲。

入夜，他们吃过晚饭坐在傣家竹楼上喝茶，与南畹镇一河之隔的邻国洋人街灯火通明，花花绿绿的霓虹灯在夜空中闪烁变幻，向他们暗示资本主义世界夜生活的享乐和诱惑。

许大毛眼馋道："邱总，是不是给兄弟个机会，到那边去开开眼界？"

万小东也跃跃欲试地说："是啊邱大哥，批判了一辈子资本主义，是不是让我们过去见识见识什么是资本主义？"

张省身开玩笑说："我不反对享乐，只要大家同意，我随大流就是。"

邱建国不说话，拿眼睛看胡主任。胡主任把头别过去装作没听见，使劲用嘴吹茶叶。邱建国明白胡主任的态度，他敲敲桌子截住大家的话头，站起身来很坚决地宣布道："喝完茶回宾馆去，关上门看电视睡觉，任何人不许私自出门，不许单独行动，否则我将不会客气。大家记住，我们是公司代表，是正经生意人，不是享乐主义者。"

有了邱建国的禁令，这群人果然都没有越轨行动，一到晚上就把自己关在宾馆里打扑克喝啤酒，好像一群目不斜视的清教徒。

邱建国在南畹早出晚归进行市场商情调查，基本上摸清了边贸口岸的交易行情和规律，心里对未来的边贸业务和分公司人选都有了底。离开南畹的头天晚上，一向说话谨慎的胡主任忽然主动开口对他说道："邱总经理，我观察你们很久，觉得你们是一群真正干事业的人，是对边疆有责任感的老知青。作为一个老边疆人，我敬重你们，相信我会把自己的看法转告万书记。请理解万书记的苦心，边疆尚需开发建设，我衷心祝愿邱总经理与我们勐岗县共同的合作事业取得成功。"

邱建国毫不感到意外，他当然清楚胡主任是万向东安插在他们身边的一只眼睛，他们的一举一动都没能逃过万向东的监视。这就是说，他们已经经受住了考验，于是他赶快对胡主任表态说，今后知青天堂总公司一定不辜负万书记期望，希望大家互相支持，一道致力于边疆开发事业。

胡主任向他透露了一个重要信息：勐岗县尚有一笔六百万元的银

行扶贫贷款需要寻找合作开发项目，已有若干项目列入万书记选择考察之中。他暗示邱建国如果有很好的合作开发项目当然也会受到欢迎。

邱建国心中顿时喜不自禁，他明白自己已经开始接近万向东的权杖，而权力是一只更有魔力的上帝之手。但是他没有在脸上流露出任何迹象，仍然一如既往地将一脸的诚恳展示给那些朴实的边疆人。

第二天离开南畹后，他们一行人又在胡主任陪同下前往旺乡寨看望知青弃儿苦苦妹。

33

奇迹毕竟出现了。

这天午饭过后不久，崎岖山道上果然开来一辆呜呜作响的汽车，从车上下来许多人，有乡里的乡长、文书，有县里的领导，还有几位远方来客，他们脸上挂着亲切的微笑向苦苦妹走来。小女孩简直惊呆了，不敢相信自己的眼睛，因为他们正是她期盼已久如同从梦中神话里走来的亲人——城里来的知青伯伯。

古老的山寨轰动了。人们奔走相告，苦苦妹就要离开山寨，离开养育她长大的森林和大山，回到她的亲生父母居住的城市里去了。

鉴于小女孩的个人意愿，在征得其养父母和县、乡领导同意之后，邱建国决定将知青后代苦苦妹带回城里去寻找亲生父母，并当场付给养父母赡养费一万五千元，作为这对好心的善良人十几年含辛茹苦抚养知青孩子的报酬。这笔钱在贫穷山寨实在是一笔数目巨大的财富，连寨子里活得最久胡子最长的老族长也没有见过比这笔钱更多的钱，以每头牛一千元计算，龙老三一下子就拥有了十五头水牛。天啦！十五头水牛，足足可以给十五个姑娘做嫁妆，就是把全寨子所有水牛加在一起也没有这么多。因此人们都啧啧地羡慕龙老三好运气，说这真是从天上掉下来的金馍馍。

问题是得了金馍馍的龙老三夫妇并没有高兴，虽然今后他们的衣食生活和儿女上学读书是不成问题了，但是他们还是显得不开心。龙老三一直蹲在屋子的黑暗角落里咕噜噜地吸水烟筒，他几乎一分钟也不停止地吸呀吸，把竹楼里吸得烟雾腾腾跟失火一样。养母虽然也按照当地人风俗杀鸡待客，但是脸上的表情却很悲伤，眼神哀哀的，就像在做丧事。

知青离开山寨时发生了一件始料不及的事故，把他们返回西都的行期向后推迟了几小时。

当快乐的苦苦妹被不期而至的巨大幸福淹没时，人们也就忽略了那对可怜的养父母心中流淌的哀伤和痛苦。后来山寨所有人倾巢出动为汉族养女送行，他们把客人和苦苦妹一直送到寨子外面，这时送行的人和被送的都已经说了许多话，也流了许多快乐和留恋的眼泪。只是当汽车刚刚发动时，那个一直不说话的养父龙老三却奔上前来抓住车门，只悲痛地嚎出一声："……苦苦妹，我的儿啊！……"就一头撞在车门上，当场昏死过去。

这个惊心动魄的场面一下子将离别的时间挽留了几小时。人们并没有料到一万五千元人民币或者十五头水牛并不能完全抵偿山民龙老三一家的感情损失，他居然把自己撞得头破血流。为了防止夜长梦多和再次发生预料不到的悲剧事故，县里来的领导胡主任指示乡长负责做好当事人的思想工作，然后汽车一溜烟离开了山寨，把一个汉族少女的童年和梦想从此留在了另一个梦中。

第十一章

34

兰婷下决心向银行递交了停薪留职的申请报告。领导不准，给她两条路选择：要么继续上班，要么自动辞职。兰婷在无法两全的情况下打了辞职报告，然后在办公室上完当天的班以后回到家中，把自己的决定告诉了朱青天。

朱青天一听就跳起来，他几乎无法控制自己的愤怒和绝望，如丧考妣地对兰婷嚷道："你、你干吗？……他妈的不跟我打个招呼？我好歹是你老公，你辞职这样的大事竟然不跟我商量？你知道别人会怎样看我，说我老婆在外面做生意，跟不三不四的人在一起鬼混？"

兰婷最反感他用这样的口气说话，动不动就是别人怎么说怎么看，但是她不想跟他吵架，只是冷静地劝他："老朱，又不是你辞职，干吗那么激动？再说别人爱怎么说你能挡住他？何况谁人人前无人说，谁人人后不说人呢？"

朱青天只管唉声叹气，在屋子里走来走去，他哭丧着脸道："你别不愿意听，我这是关心你，爱护你，为你的前途着想，也替我们这个家庭着想。好端端一个家，要经济有经济，要地位有地位，你干吗一定要走自动辞职这条路？嫌钱少啊？……钱这种东西，多有多的花法，少有少的用处，你能挣完么？别人是下了岗活不下去，才摆个小摊糊口，你放着银行的金饭碗不端，偏要去走下海这条路，今后后悔都来不及的。”

他看看兰婷脸色，发现妻子并没有要跟他吵架的意思，口气也就强硬了许多，教训妻子道：“再说你也不年轻了，四十岁的人，干吗那么冲动？又不是那些大学刚毕业的年轻人，闯海南下深圳，像苍蝇一样撞来撞去，到处碰运气找机会。他们年轻，尚情有可原，你怎么也跟他们一样？你有家庭，有地位，有好好的工作，别人羡慕都来不及，你倒好，辞职不干了，你知不知道这是个多大的错误？……婷，听我一句话，赶快去单位认个错，收回辞职申请，我找李区长跟你们行长说说，现在纠正还来得及。”

兰婷本来心里有些七上八下，其实她交了辞职报告就有些后悔，毕竟这是人生一步很重要的改变，但是朱青天的一番话反而促使她的意志和决心坚定起来。世上本来可以有很多路可走，她为什么不可以改变一下自己？条条大路通罗马，谁能说哪条路好哪条路不好？人人都有选择生活的权利，银行就是个金饭碗，但是也得允许有人不喜欢这个金饭碗呀！何况她决心已下，箭已射出，便断无回头的道理。这样一想，她发现自己内心其实正是渴望一种新奇和冒险的生活，而银行这个金饭碗只能使人平庸。

她看见朱青天紧张地望着她，希望她心转意回，便诚心诚意地说服丈夫道：“老朱，请你理解我一回行不行？如果只是为了挣钱，我不会选择辞职，我同意你的看法，钱是挣不完的。银行是个好工作，许多人想进都进不去，但是那也只是一个工作，不是我的事业。工作同事业不是一回事。你可以天天上班，有好待遇，好名声，人人都羡慕，但是你就是没有属于自己的东西，你天天都被工作给淹没了……我选择到公司决不是一时心血来潮，正因为我们已不再年轻，岁月和机会同时都在丧失，我们就不能再对自己的人生和愿望熟视无睹，不能得过且过。哪怕你过得比别人有优越感，也不能代替你同样是一个庸庸碌碌的人。”

朱青天见兰婷意志坚定，明白劝说是没有用的，他既没法说服兰婷，也没法说服自己，因此只好苦着脸，坐在沙发上懊丧万分地一支接一支吸烟。兰婷虽然坚持自己的主见，但她还是觉得心里有些歉然，因为她的举动不是使自己而是使丈夫受到伤害。她走到丈夫身边坐下来，轻轻摩挲着丈夫的肩头，希望借此减轻丈夫的苦恼，传达自己的内疚和不安。他们一时都没有说话，屋子里静悄悄的，但是妻子明显感到丈夫粗重的呼吸渐渐平稳下来，身体也不再那样僵硬，她把脸靠在丈夫肩上，手开始往下移动，在丈夫背上和胸前温柔地抚摸起来……

但是有个神秘的第三者妨碍了这对夫妻交流。

兰婷突然感到有一双眼睛在暗中注视他们，这目光是躲闪的，好奇的，又是大胆的和不掩饰的。她一惊，立刻省悟过来是小保姆在门缝里偷窥。她坐直身体，生气地拧着眉头喝道：“小花，你干什么？……把门关上，大人的事，不许你偷看！”

朱青天心中淤积的不幸的危机感开始得到证实。

兰婷自从到公司“干自己的事业”后，这个家里实际上就只剩下他一个人，还有那个不能算作家庭成员的农村小保姆曲小花。每天下班回来，他独自吃饭，独自看电视，然后独自睡觉。兰婷有时半夜回家，累得话也不想说，倒上床就睡觉，有时干脆一连几天在外面出差不回家，打个电话说一声，有时甚至忙得连电话也不打。没有节假日，没有星期天，就跟这个家里没有她这个老婆一样。偶尔逮着一回早回家，两口子就跟过节一样赶紧慌慌忙忙地做爱，兰婷却没有心思，任着男人在身上爬上爬下地忙，不主动也没有激情，就跟完成任务一样。

对此朱青天心里很窝火，却又无可奈何，就跟狗啃月亮一样委屈，连发火也没有对象。这种窘境他是有预感的。朱青天是个国家干部，大小是个领导，他不赞成人人都要挣大钱的说法，认为这种思想是不切合实际的和有害的。他每天准时上下班，三点一线，回家喝啤酒，跟老婆上床亲热，加上看看新闻和电视剧，日子平淡而满足。在工作上也就是官场上他也没有太大的欲望，只希望平平稳稳升上去，按部就班当到正局长或者到宣传部当个副部长也就差不多了。工作就是工作，是给别人当差，家庭和老婆才是自己的，所以他更看重有个温馨体贴的家庭，有个可靠的后方基地。对过去的日子，他的自我评价基本上是满意的，按他的说法能打九十分，但是现在情况突变，九十分的日子转眼成为过去，老婆不再等在家中迎接他，同他厮守在一起，给他无限的温柔、体贴和快乐，这就使他有种失去老婆或者老婆被人强占的感觉。事实上当老婆的时间和精力已经被别人而不是他的意志所左右的时候，老婆就不再属于他，就名存实亡，只是一个名义，一个深夜回家睡觉的陌生人。他怎么能不对这种江河日下的生活状态感到忧心忡忡，感到日渐加重的苦恼和怨恨呢？

这天兰婷照例给家里打来招呼，说要临时去北海出差，电话是曲小花接的。朱青天下班回来知道了，心情闷闷不乐，吃饭时开了一瓶“西都大曲”连灌几杯，不觉就有些醉眼朦胧，早早爬上床睡觉了。一觉醒来，也不知道几点几分，觉得尿急，就趿双拖鞋上卫生间解手。推开门猛然看见曲小花光了身子在洗澡，那白白的丰满的女人身体和黑黑的私处顿时像强盗一样闯入他的眼帘，炮弹一般击中他的心脏。他呻吟了一声，跟中了魔法一样动弹不得，满眼睛里都燃烧着女人白晃晃的肉体。小保姆也吓住了，呆呆地站着，过一会儿才惊醒过来，尖叫一声夺路而逃，丢下男主人愣在卫生间里发呆。

这天晚上朱青天再也无法入睡，他翻来覆地去折磨自己，宽大的双人床在身子底下发出嘎吱嘎吱的呻吟。那个平时从不留意的农村小保姆一下子闯进他的心里，准确说是一个陌生女人的身体占据了他的大脑，怎么驱赶也赶不走。他惊骇地意识到自己心中燃烧着跟这个陌生女人做爱，占有她和强奸她的卑鄙愿望，这个愿望在黑暗中像毒蛇一样缠绕他，啃啮他，使他痛不欲生。当然朱局长还没有走到丧失理智的地步，他知道小保姆只有十五岁，还是个孩子，与未成年人做爱是犯法的事，与强奸同罪。可是朱青天明明看见了小保姆的身体，她的乳房长得那样丰满，臀部发达，私处的黑色丝绒像路标一样醒目，充满了成年人的性感和魅力，她怎么才是个孩子呢？在床上折腾一夜，天亮时迷迷糊糊睡着一会儿，醒来被子里遗了一大片冷湿的精液。

接连几天，朱青天都板着面孔进出，无缘无故地发脾气，发火摔东西，好像什么都不顺心，什么都让人心烦。曲小花低着头，身体瑟瑟发抖，好像老鼠见了猫一样，什么话也不敢说，尽量躲着男主人。这样的僵局延续几天。朱青天感到厌倦了，夜晚睡不好，做梦老是那个白晃晃的女人身体，白天上班精神就不好，魂不守舍，工作出差错，让人觉得朱局长出了思想问题。他暗暗希望小保姆自己主动提出辞职，人一走茶就凉，这样他就不再受罪，难题迎刃而解。可是小保姆始终不吭一声，反而逆来顺受地把男主人的生活服侍得更周到。

这样朱青天就为难了。你要辞退人总得有借口吧，你看见人家的身体并不是人家的过错，是你自己无意中闯进去，何况人家并没有做错事情，你却要平白无故地撵人家走。人家才十五岁，是个出来打工的农村女孩，你这样做是不是太过分，太狠心，太不近情理？问题是男人同这个丰满的女孩子天天生活在同一个屋顶下面，低头不见抬头见，彼此声息相闻，对方的任何一个细小动静都会留在他的心上。白天还好，反正去上班，分散了精力。到了晚上，漫漫长夜，这就等于是一种漫长的刑罚，一种文火炙烤的煎熬，虽然没有断肢裂臂的剧痛，没有痛不欲生的割裂肢解，但是你无法逃避，无时无刻都在忍受这种折磨。欲望就是这样一头怪兽，它与生俱来藏在你的心里，它不能长大，不能让它受到诱惑，否则你就会感到恐惧，感到自己心中那头怪兽随时都会冲破理智的栅栏闯出来。

身为领导干部的朱青天决心不让自己的欲望得逞。这天晚上他接连吸了几支烟，决定同小保姆认真谈一谈，让她明天走人，不然有了后果就后悔晚矣。基于对后果严重性的认识，朱青天果断地摁熄烟头，敲敲茶几对着小保姆的房间厉声说道："小花，你出来，我有话跟你说。"

小保姆低着头走出来，像头任人宰割的小动物，可怜巴巴地站在朱青天跟前。

朱青天看看她的样子，头发有些散乱，眼眶红肿，不觉有些心软，就说："小花，你不要，唉唉……坐下来，你坐下来谈嘛。"

小保姆不动，依然站着，身子有些微微发抖。

朱青天狠了狠心，也不看她，望着茶几上的烟灰缸说道："你明天就走吧，回家去，我会给足你路费和工资。以后再出来打工，我和兰阿姨都会帮助你的。"

曲小花一下子就哭出声来，她摇着头绝望地嚷道："我没有做错事，我不走，不回家……求求你朱叔叔，让我留下来吧。"

朱青天反倒坚决起来，他用一种不容商量的口气说道："小花，你一定要走，朱叔叔是为你好。听话回家去，啊？"

曲小花泪如泉涌，她还是固执地摇着头说："我不走不走，是兰阿姨带我来的，我要等兰阿姨回来。"

朱青天火了，一拍桌子道："这是谁的家，啊？我还不能当这个家么？你明天一定要走。"

曲小花见朱青天一定要赶她走，只好苦苦哀求道："朱叔叔，请你发发善心，求求你，救救我吧……我不能回家，我回去就没命了。"

朱青天感到奇怪，就问她："你不是出来打工么，怎么回去就没命了？"

于是曲小花就抽泣着，断断续续地把身世讲出来。原来她父母做主把她嫁给乡里一个恶人的儿子，那儿子是个先天性傻子，见人就乱抓乱咬，她实在受不了这个罪才悄悄逃出来。那恶人派人到处找她，并扬言捉回去要按家法族法治她。

朱青天听呆了，他虽然下过乡，但是不知道如今农村居然还有如此野蛮和愚昧的事情，他愤愤地说："你为什么不去告他？你们那里的妇联是干什么的，还是不是共产党领导？你不用怕，这事我替你打官司，打到哪里也得有个公道。"

小花垂泪道："朱叔叔可怜我，让我留下来吧，小花这辈子当牛做马也要报答你的大恩大德。"

朱青天心里叹口气，良心和道义占了上风。他到底是个文化人，是国家干部，有起码的做人道德和正义感，一个正直人怎么能够见危不帮见死不救呢？他怎么忍心把这个年轻女孩子重新推回火坑里去呢？他思忖半晌，终于站起身来拍拍泪眼婆娑的小保姆肩头，做出大度的口气说："好了别哭了，你就暂时留下来吧。不过将来还是要回去的，躲着也不是长事，要依靠政府嘛……"

话未说完，曲小花已经"扑通"一声跪在地上，给他响响地磕了一个头。朱青天慌忙伸手去拉她，一迭声说你起来起来，这是干嘛呢？不兴这样不兴这样。曲小花身体站不稳，软绵绵地靠在他手臂上，女孩身体像一团火，更像一张网，把他套得牢牢的动弹不得。他觉得自己心底干柴样的欲望"轰"地被点燃了，一下子窜上脑门，而那头嗷嗷叫着的怪兽就要把理智的栅栏撞得粉碎。

小花把脸倚着他的胸脯，颤声说道："朱叔叔，你是好人，好人……小花愿意……你不嫌弃，把小花要去吧。"

朱青天想极力挣扎，但脚下却动弹不了，相反他把小花柔软的身体搂得更紧。他喘着粗气说："不，不能，你还是个孩子，朱叔叔不能……做的。"

曲小花仰起头来，脸上细细的绒毛被泪水沾湿了，有种神圣的表情，美丽动人极了。她紧紧抱住朱青天，热烈地替自己辩解道："不对！我不是孩子，我是个不幸的女人……小花已经十八岁了。"

朱青天吃惊地说："怎么……十八岁？你不是十五岁吗？"

曲小花就把自己为了找工作隐瞒岁数的秘密说了出来。朱青天突然有种如释重负的轻松感觉，既然障碍已经不复存在，面前就只剩下一条必然的坦途。理智的栅栏顷刻间化为灰烬，嗷嗷叫着的怪兽终于挣脱压抑和束缚扑向欲望的美餐。一切人为的因素都已消失殆尽，差别只有男人与女人。如果说上帝制造的一半生命（男人）一定要扑向他的另外一半生命（女人），那是任何力量也阻挡不住的。

朱青天觉得自己融化了，一切都不复存在，连世界也变成一片灼热的空白，宇宙间只剩下他自己和怀里这个美好的女人。他抱起小花，疯狂地吻着她的头、脸和身体，喃喃地语无伦次地说道："哦是的，叔叔要你，我的小宝贝，小肉肉，小青蛙……叔叔马上就要你……"

35

夜幕好像一张大网罩上头顶，天地渐渐就暗淡下来，车窗外面的群山变成一片晃动的模糊不清的影子。奔驰的列车宛如一条闪亮的光带在崇山峻岭中缓慢爬行，隧道和山洞一个接一个扑来，车轮发出的巨大轰响像潮水一样持续不断地撞击着车窗玻璃，使人感到列车开行在一条充满喧哗与躁动的金属河流上。

邱建国躺在卧铺上睡不着，就爬起身来到处走动。

他在边疆接到兰婷从北海打来的长途电话，告之那里将成为继海南开放之后的新一轮投资热点，于是就将万小东紧急派往北海，接替兰婷筹划有关地产投资开发项目，其余人途经昆明打道回府。在昆明他与南疆农垦总局签订了几项数额巨大的橡胶、白糖、咖啡和木材的供货合同，可以称得上满载而归。

硬卧车厢里到处是人，由于门窗紧闭，原本不大流通的空气里到处充斥着人体散发出来的汗味、烟味和各种异味。本来车厢定员一铺一人，但是列车长为了创收赚钱，把过道上的座位都卖给临时上车的旅客，这就使得本来应该宽松的车厢变得拥挤不堪。

张省身牢牢占据自己的中铺，他表情严肃地往一个本子上画着符号，就跟批改天书一样，让邱建国看得莫名其妙。许大毛则盘着腿，坐在下铺很耐心地教苦苦妹玩扑克牌，邱建国无事可做，就站在地板上看了一会儿他们玩牌，然后慢吞吞走到车厢连接处吸烟。刚点燃吸了几口，张省身却急急地走过来，进了一趟厕所。等他缩着脖子出了厕所，连声说风大，看见邱建国站在过道吸烟，也凑过来对着烟头点燃一支烟吸起来。

他们面对面地吸烟。车厢连接处灯光昏暗，噪声更大，云贵高原很坚硬的山风被列车撞碎了，变成气流碎片从车厢缝里钻进来，像粗铁片一样刮在人脸上。张省身更加缩起脖子，邱建国竖起大衣领子，把背对着车门。

“省身，你在想什么问题，能跟我谈谈吗?”邱建国把嘴巴凑近张省身耳朵大声说道。

张省身耳朵里面灌满金属的风暴声。在他的艺术思维里，这种铿锵无序的节奏、呼啸、撞击和摩擦在一定环境条件下就是和谐，有可能交汇成一组美妙的音乐。他侧着耳朵，为抵抗风暴干扰不得不提高嗓音大声回答：“建国，我一直在观察和思考你，我是指你这个人物。我想我应该向你表示祝贺。”

“……祝贺什么?”

“你的巧妙构思和创造成功的机会。”张省身胸有成竹地说，“你已经创造和把握住了一个历史机遇。红卫兵公墓事件，人们最多把它看作保护文物和维护自己历史感情的行动，只有你把它当作一个切入市场的角度，一个历史契机。我认为你成功了。如果不出意外，此次边疆之行标志你和你的知青集团将步入一个全面发展的崭新阶段。”

邱建国很高兴，被别人分析是种享受，就像为别人提供服务一样。他饶有兴趣地说：“我喜欢你的理论分析。请进一步阐释好吗?”

张省身的听觉被金属风暴包围着，他像古希腊哲学家那样把眼睛藏在黑暗里，嘴巴像洞穴一样发出声音：“……第一，你在知青群体中已经获得一种特殊认同的地位，这种认同的作用相当于一张通行于社会的特别通行证，而且目前这种优势已经扩展到边疆各农场。第二，社会认同的市场号召力。无论‘魂系南疆’回顾展还是知青天堂乐园(公墓)，你的每一个步骤都牵动许多人的神经，这正是你所需要的宣传效果，于是往后你所需要的社会资金便如同渠水源源而来。第三，此次边疆之行极具可操作性。十位女知青骨灰和知青弃儿苦苦妹返回城市都是有轰动效应的新闻题材，它将在西都引发新一轮关于知青话题的舆论热潮，而这个话题无疑将为你和你的知青集团推出一种富有人情味和道德感召力的公众形象，而这种企业形象的商业价值远胜过用金钱做出来的商业广告。”

邱建国的身体突然有些不大自在，有种无处藏身的感觉。幸好车上灯光暗淡，张省身那双近视眼藏在镜片后面，宽厚而空洞，完全没有咄咄逼人的锋芒。他又点燃一支烟，接着问道：“你是否认为我……在利用知青的感情？”

张省身肯定地回答：“我想是的，是利用。”

邱建国冷静地说：“你觉得很卑鄙吗？”

张省身摇摇头解释道：“建国，利用不等于欺骗，这是两个不同的概念。我首先要说明的是，知青感情本身并不完全是一种个人感情，它是一种集体投资，是一种宝贵的社会资源。如果没有市场经济，它便只能被闲置和白白浪费，充其量只是我们这代人茶余饭后感叹人生的谈资。我常常想，我们这些当过知青和红卫兵的人为什么往往乐于发牢骚发感慨而不付诸行动？这是不是这代人已经开始老化的重要症状？……是你带头开掘了这种资源，粉碎了那些矫情和顾影自怜的有害情绪，并把这种资源直接投入了市场。你成功了。我可以预言，你的行为将直接或间接改写这一代人的生存内容。”

这时列车冲出山洞，喧闹的海啸立刻退去，留下一条虚线样的单调急促的钢轨撞击声。邱建国长长出了一口气，觉得很感动，至少是被一种理解所打动。他沉默了一会儿，拍拍张省身肩头说：“谢谢你，省身，谢谢你的关注和理解。有许多东西，我并不是有意识去抓住，或者没有完全弄明白，只是隐隐约约地感觉到，就像那种漂浮在黑暗中的磷火。你替我整理了思路，我觉得现在一下子敞亮多了，就像火车出了隧洞，我从来没有像现在这样信心十足。”

张省身谦虚地笑笑说：“不用谢我，建国，其实我们是互补。我正在着手收集知青运动的材料，你的行动为我创造了机会。我原想以知青公司怎样艰苦创业为背景，写一部关于九十年代老知青经商的报告文学，但是尚感材料分散，主线不明。是写作促使我思考了许多问题，这也是我为什么格外关注你和你的知青集团的原因。”

邱建国笑道："那就好好写吧，可惜我帮不上你什么忙。"

张省身盯着他看了几秒钟，突然大叫一声，眼睛放出光来说："等等，建国，我为什么没有想到用人物为主线来贯穿全书呢？……对了，今天我们的谈话具有历史意义，它使我产生了真正的灵感。这不是一部中篇，而是一部长篇。你说帮不上我的忙，错了同志哥，只有你帮得上——我得借用你这个人物为灵魂来完成我的创作。"

正手舞足蹈地激动着，车厢过道走过来几个穿西装的青年，眼睛鬼鬼祟祟地东张西望。邱建国停止交谈，吸着烟不说话。张省身不解其意，也跟着沉默下来。不一会儿列车喇叭宣布开始售晚餐，有列车员推着盒饭在车厢里来回吆喝，邱建国亲热地搂着张省身说："我们到餐车喝啤酒去，我请客，为灵感干杯。"

张省身同意道："好哇！我去叫上他们一道，喝了啤酒好睡觉。"等一行人穿过许多车厢挤进餐车，餐车里已经塞了许多人，都不讲秩序，只管往里面挤。邱建国一眼就看见那几个穿西装的青年也在人群中挤，他小声对张省身提醒道："看见那几个人了吧？当心你的钱包。"

张省身恍然大悟，又问："你是怎么看出来的呢？"

邱建国很有把握地说："这种事，得凭直觉。正人君子不怀恶意，目光自然坦荡，歹徒贼人目光躲闪，不敢与人对视，但是余光却始终在窥视，就像那些伏在阴暗处专门搞偷袭的爬行类动物，让你觉得恶心。"

张省身担忧地说："万一这些人结伙打劫怎么办？要不要我去报告乘警？"

邱建国摇摇头道："证据呢？你有什么证据证明他们是坏人？不能只凭他们的眼光，因为眼光不是证据。如果这列火车上有乘警巡逻，并且这些乘警对社会治安负责的话，他们的职业眼光不是应该比我们乘客更敏锐么？"

等了许久还是没有空位，大家没有了在餐车就餐的兴致，就买了啤酒盒饭回卧铺车厢慢慢吃。不一会儿餐车那边就传来有人丢钱包的消息。女列车员似乎见惯不惊，依旧打着哈欠懒洋洋地开车门关车门，整整一天懒得打扫一次车厢卫生，与乘客说话瞪着眼，好像谁都欠了她许多债不还似的。邱建国边喝啤酒边说：“我来讲个笑话。一个台湾老板和一个国营厂长较劲，台湾老板财大气粗，大把花钱请人吃饭，叫来许多三陪小姐陪客人玩乐，还当众将美元点燃炫耀。国营厂长说，你玩的都是小把戏，你敢跟我换种法子玩么？国营厂长当即命令全厂停工，工人天天跳舞唱歌打扫卫生搞社会活动体育运动，开大会小会座谈会。台湾老板一看傻了眼，说我再有钱也不敢让工人不干活啊。遂告认输。”

张省身笑道：“我也来讲一个。一个小偷和一个警察捉迷藏。小偷先躲进女厕所，门口竖块牌子‘男士止步’，警察是执行公务，就理直气壮地闯进去。小偷只好逃出来，又躲进一家私人保险柜里。没想到警察的钥匙能打开所有保险柜，小偷只好另找地方藏身。他看见一间会议厅里有许多人在开会，小偷就硬着头皮混进去，心想这次准定逃不掉了。没想到旁边有人捅捅他说：‘喂，该你介绍经验了。’”

旁边一个睡上铺的旅客插嘴说：“你们讲的太文明，我来讲个不文明的。这个小孩子你到一边玩去，我们大人讲的故事少儿不宜——我讲的是有个老头嫖妓，讲好放一炮一百元，不放炮不给钱。妓女想在老娘手里没有打不响的炮，就同意了。没想到老头果然搞了一夜也没有搞成，妓女被白白折腾了一夜，却遇上一门哑炮，不由得恼羞成怒，骂道：你这个老不成器的东西，老乌龟，老棉花，没有炮弹你来找老娘做什么呀？那老头恍然大悟，拍拍脑袋说道：怪不得出门来总是一杆空炮，原来炮弹都被老婆子锁在家里了。”

大家都笑了一回，于是要睡下铺的人也讲一个。那人推辞不过，就说：“好好，我在民政局工作，就讲个扶贫攻坚的事。某贫困县到了一批城里捐助的献爱心衣物，层层分配，到村子里还剩下两件东西，一件是棉袄，一件是女人用的胸罩。村长自己把棉袄留起来，把另一件东西分配给村子里最穷的五保户王大爷。王大爷是个孤老头，一辈子没有结过婚，所以当他分到这个城里人无偿捐献的爱心当然很激动，回到家里就在炕上摆弄起来。问题是无论王大爷怎样从头到脚地折腾，却总是摆不对位置。王大爷很沮丧，不知道问题出在哪里，又不好意思向别人请教。第二天赶了骡子去磨房推磨，突然灵机一动，拿这玩艺儿往骡子眼睛上一罩，正好不大不小，罩得很圆满。于是王大爷满意起来，说啧啧，城里人真他妈的，连骡子眼罩都想得这么周到。”

一群人笑倒了，都连声说好，邱建国说看不出机关干部还有这样的幽默感，真是时代不同了。说话间不觉又喝光了几瓶青岛啤酒，大家都有了酒意，脸开始涨红，纷纷头重脚轻地爬回各自铺位上去睡觉。只有邱建国不想睡觉，他去看看苦苦妹，小女孩吃了盒饭就自己躺下睡着了，眼睫毛上还挂着泪珠。邱建国站了一会儿，替她盖好毛毯，回到自己铺位躺下，睁着眼睛抽烟。后来他又上了一回厕所，回来掐灭烟头，闭上眼睛躺下，却还是睡不着。

看来又得失眠啦！他倾听车轮在身体下面轰隆轰隆地转动，钢轨在列车重压下发出尖利的摩擦和呻吟声，脑子里跟放电影一样地活动着。

36

张省身也睡不着，他为自己苦心构思的作品而焦虑，为灵感之光突然降临而激动。天将降大任于斯人也，成功之前必有先兆，黎明之前必有曙光。张省身一直企盼成功，但是成功需要机遇，他凭着文化人的直觉意识到，知青之船就是他的机遇，现在这条大船正载着机遇向他开来了。

他在脑子里继续思索。

当知青重新把自己融入城市，变成城市的血肉之后，他们还苦苦地眷恋着边疆的什么？……是那种平静的被原始道德汁水浸泡的农耕生活？还是文明人高高在上的优越感？是他们随同汗水一道渗进红土地里腐烂变质的青春岁月？还是他们开始厌倦都市生活，对残酷的资本积累和商业文明的迫近缺少心理准备、缺少信心？张省身脑子里有个声音尖锐地诘问。

精神还乡是一种光荣的梦想，当知青返回城市以后，边疆就变成他们梦中的绿色家园。邱建国把边疆当成他个人心目中的圣地，那里保留了他的青春、汗水、奋斗和理想主义旗帜，他甚至认为重返边疆不仅意味着凭吊历史，更意味着一种责任。但是兰婷不这样看，她认为老将军回延安是一种光荣的回顾，右派回老家不是自讨没趣么？事实上许多知青旧地重游就跟旅游一样，没有那么多复杂的内涵。她尖刻地嘲弄说：老前辈有梦可寻是因为他们打下了一整座江山，知青有什么？……噩梦吗？

邱建国不同意兰婷的看法。他的心中始终有个解不开的知青情结，那就是一代人用双手甚至用生命开创了边疆的建设事业，这个业绩是谁也抹杀不了的。这不正是一代人的辉煌成就么？至于知青所受的苦难，那并没有什么了不起，"天将降大任于斯人也，必先苦其心志，劳其筋骨，饿其体肤，空乏其身"……老祖宗两千年前就说过这样精辟的话，我们为什么不能多一点自豪感，少一点耿耿于怀呢？

张省身以一个文化人的理性考察知青的争论。他把知青群体划分为三类：一类是理想派，执著于理想主义和英雄主义，不甘平庸，乐意充当救世主的角色，"青春无悔"是他们的旗帜和口号。这一类人大多是知青时代的既得利益者，当干部或者入党入团，邱建国是其中的一个典型代表。

第二类是噩梦派，对知青运动乃至自我都持彻底的否定态度，他们大多是知青运动的受害者和受虐者，或因家庭出身不好而付出代价，或因入党入团上大学无望而空怀壮志。这类人是知青运动的激烈的批判者，他们将上山下乡视为一种灾难，一种对人性的阉割和对青春的摧残。

第三类人则比较地无所谓。他们是知青中的大多数，目光短浅，得过且过，就跟我们在日常生活中看到那些不动脑筋容易满足的大多数老百姓一样。这些人在边疆也不觉得特别痛苦，当然也不会幸福。他们觉得在哪里都要干活，都要吃饭睡觉，在边疆干活同在城里干活有多大不同呢？他们把知青生活仅仅当作一种经历，一段可以向别人炫耀的谈资。如果说当知青是一种英雄主义他们不反对，因为英雄主义凭空地给他们增加了一份光荣；说灾难他们也不反对，毕竟做一个城里人比当农民有许多实惠和优越感。这些人在边疆是默默无闻的农民，进了城同样是默默无闻的市民。

有人评价说，总的来说知青群体不代表社会前进的潮流，他们是本世纪中国社会剥离封建躯壳过程中留给人类历史的最后一个畸形标本。他们不代表秩序，不代表经济活动，更不代表现代工业和科技生产力。他们是瘫痪的、畸形的、残废的一代，他们是留在过去的一群人。

张省身站在老知青一边反驳道：可是知青天堂公司不是办起来了吗？这一代人不是正在努力介入现代社会的经济活动并以自己的行为影响整个社会吗？老知青不是正以坚韧不拔和吃苦耐劳的精神进行第二次创业，进行着精神和灵魂的第二次蜕变吗？“凤凰涅槃”，他们不就是再生的凤凰吗？他们不是肩负着历史使命坚定地走向下个世纪中国的政治和历史舞台吗？未来难道不属于他们，中国社会能够跨越知青这代人而不出现历史断层吗？……

争论还将继续下去，最后结束争论的必将是历史的结论。记者张省身追踪着邱建国的精神历程和思路，好像一个苦行的朝圣者那样顽强地向着自己心中的文学圣殿迈进。他其实并不执著于精神和观念，但是他需要通过讴歌知青精神获得写作成功，知青是他通往成功的载体。他决定一回西都就开始动笔写作这部具有精神震撼力的长篇报告文学，作品名称就叫作《光荣与梦想——一个知青大亨的人生历程》。

成功意味着出人头地，意味着成为名人，名作家的头衔神圣而炫目。那时候他的名字就将像一颗冉冉升起在夜空里的耀眼新星，鲜花和掌声潮水般涌来，崇拜者如云，谁还敢说他张省身只是一个才华平平的小记者呢？

带着对成功的巨大憧憬和满足，未来的名作家张省身翻了一个身，在列车的轻微摇晃和震荡声中渐渐沉入梦乡，沉入一个幸福和快乐的梦境中……

37

不知道过了多久，邱建国在火车有节奏的轰响中迷迷糊糊睡了一会儿，睡得不大踏实。火车走走停停，他从女列车员睡意朦胧的广播里知道火车已经到了贵州地面，车厢里轰隆隆下了一些旅客，又轰隆隆地上了一些旅客，人们大声说话抽烟，把床铺和行李架碰得叮当响。后来火车又哐当哐当开动起来，车厢渐渐恢复安静，闷浊的空气中弥漫着胶汁一般粘稠的倦怠和睡意。

邱建国似睡非睡地打了一会儿盹，忽然被什么响动弄醒了。他勉强把枯涩的眼皮撑开一条缝，看见面前有条黑影在鬼鬼祟祟地晃动。他心里一惊，睡意顿时消去，定眼一看，果然有个人正在他的旅行箱上轻轻撬锁。

这是个小偷，趁着夜深人静在车上作案。邱建国没有惊动他，依然一动不动地躺着，暗中注视小偷动作。旅行箱是密码加锁的，睡前特意用一根链条反锁在铺位下面，那个小偷拨弄一阵，没有弄开，显得很失望，嘴里轻轻嘀咕了一句什么，就蹑手蹑脚地转向别的旅客。

邱建国悄悄翻身下床，赤着脚跟在小偷后面。他倒并没有一定要见义勇为，做个反扒英雄的意思，只是觉得很有兴趣，想看看小偷怎样把人家的钱财偷到手。他暂时还没有拿定主意，是不是在小偷作案时把他抓住，人赃俱获，或者把他赶跑算了？车厢里旅客都在熟睡，乘务室门也虚掩着，值班的女乘务员伏在桌子上打盹。小偷如入无人之境，东翻翻，西找找，他就跟到了另一节硬卧车厢里。

小偷没有机会得手，很有些狗急跳墙的意思，公然伸手从一个旅客的内衣口袋里掏走一个皮包。那个旅客不知是否醒了，身体动了动，小偷得手后就迅疾溜进过道隐没在车厢尽头。

邱建国连忙上前去推推那个旅客，想告诉他小偷已经偷走他的钱包，但是借着过道昏暗的灯光，他分明看见那个旅客睁着一只眼睛。旅客是个秃顶的中年男人，他看见有人趋上前来，又连忙闭上眼睛假装睡觉。邱建国很生气，觉得这个男人像具尸体，像具会走路的僵尸，让人恶心。他想，怪不得当今盗贼横行，不就是这样的人太多的缘故么？如果人人都变得这般胆小怕事，连自己钱包丢了都不敢吭声，这个社会还有何道义可言？

如果说刚才老知青邱建国还没有拿定主意，他只是兴趣所致跟踪小偷，那么现在他心里有了主意，那就是一定要抓住小偷，让小偷知道并不是人人都怕他。既然小偷做坏事偷偷摸摸，说明他还是心虚胆怯的，理直气壮的人为什么反倒要怕心虚胆怯的人呢？

如果小偷是一伙人他也不怕，他不信一车旅客就斗不过几个小偷。

他转过身大步朝着小偷逃走的方向追去。奇怪的是，小偷仿佛地遁一般消失了，邱建国在卧铺车厢挨个找了一个来回也没有找到踪影。他想莫非那人已经跳车逃走了不成？想到跳车，他脑子里猛然透进一道亮光，因为他曾经注意到有一扇车门似乎没有关紧。

他轻轻将车门拉开一条缝，把头向外探出去，果然看见那个小偷像只壁虎一样四肢紧贴在车门外，强烈的气流把他干瘦的身体刮得几乎快要飞起来。小偷绝望地四下看看，又回过头恐惧地望着邱建国，身体向前晃了晃。他已经无路可逃，在时速高达一百公里的列车上表演跳车，无疑等于自找死路。所以当邱建国伸出手用力捉住小偷胳膊，他一点儿也没有挣扎就被乖乖地拽进了车门。

邱建国揪住小偷的衣领，心里松了一口气。小偷一点也没有反抗的意思，把头低着，做出一副准备挨揍的可怜巴巴的样子。但是当邱建国要把他扭送乘警室时，他却用手抓住车门，昂起头来不肯挪动脚步。邱建国这才看清了，或者说看见了小偷的面孔，不由得吃了一惊。他看见面前是张很年轻和苍白的脸，甚至可以说是张很稚气的少年人的脸，年纪决不会超过十四五岁。他的上唇刚刚长出一层浅浅的茸毛，脸上的五官都被惊悸和绝望扭歪了，如同一头垂死的小兽。邱建国对小偷喝道："你乖乖跟我到乘警那里去。"

小偷还是不肯动，脚下好像生了根一样。邱建国正要用力拽他，没想到小偷扑通一声跪在地上，连连磕头告饶道："叔叔做做好事，我家就在下一站，你要是把我交给乘警，学校就会开除我的。"

邱建国很惊讶，松了手说："你在……上学？为什么到火车上偷窃？"

少年人抬头看看他，抹着眼泪啜泣道："我家里穷，爹生病，下不了地……交不起学费。看见外面人有钱，就跟别人扒火车。"

邱建国看见那孩子大冬天还打着赤脚，脸上冻得青紫，手背上尽是裂口，不觉动了恻隐之心，口气缓和下来说："你说实话，这是第几次偷窃？"

少年人哀求道："叔叔，我是第一次，求你行行好放了我吧。"

邱建国不信，威胁说："你跟我撒谎，我就把你交给乘警处理。"

少年想了想，发誓说："只有两次，头次是上个月。你就是把我交给乘警也没有犯过别的事。"

邱建国感到一种做人的悲哀。他想到世界上的事天差地别，自己的女儿姗姗和城市孩子都过着幸福生活，衣食不愁，享受文明社会的温暖阳光，可是眼前这个衣衫褴褛的农村少年却不得不冒着生命危险在火车上行窃，就跟苦苦妹被命运抛到山寨里一样，这不也是生活的一种不公平么？他不觉原谅了眼前这个少年，口气温和地说："那么你把偷别人的钱包送回去，我就放了你。"

少年人不肯，他说："我要是把东西送回去，那些人准会打死我的。"

邱建国说："怎么会呢？你悄悄放回去，怎么偷的怎么放，我跟着你。"。

少年人把头摇得跟拨浪鼓一样道："他们打人可狠了，我村里有个堂兄就是让他们逮着给活活打死的。"

邱建国还是企图说服他改邪归正。他心里渐渐产生个主意，等少年把钱包放回去以后给他一笔钱，让他今后好好念书别毁了前途。但是这话他没有说出来。

少年人还是不肯，他赖在地上两脚蹬住铁门栓，磨磨蹭蹭不走。

这时车头拉响汽笛，列车开始放慢速度，前方就要到站了。车厢过道开始有了人声，列车员也醒了，打着哈欠抖着钥匙串走过来开门。

邱建国着急地催促他：“你去不去？呆会儿乘警过来我可就不管了。”

少年人听见汽笛声，就像士兵听见期待已久的战斗信号。他霍地站起来，像一头小狼两眼放射出恶狠狠的凶光，龇出黄黄的牙齿威胁道：“喂，你别管我的事，不然没你好事。”

邱建国反倒平静了，他将身体挡在车门口问他：“你骗了我对不对？你刚才说的都是假话？”

小偷不答话，伸手去开车门，邱建国一把扭住他的胳膊，愤怒地骂道：“告诉你，今天没有人能从我这里下车！我要把你这个坏蛋交给乘警。”

小偷挣脱一只手臂，从衣袋里掏出一把自制匕首，毫不犹豫就朝他下腹部连捅两刀。然后灵巧地向下一跃，就像只黑色的蝙蝠消失在茫茫夜色中不见了。

邱建国根本没有提防暗器袭击，他看见小偷胳膊扬了扬，仿佛要递给他一件什么东西，然后觉得腹部被人狠狠踹了两脚，五腑六肺好像都被踹着了火。他并没有看见凶器，也没有看见那把寒光闪闪的自制匕首，只是很奇怪这个瘦弱的少年人怎么会有如此之大的力气，把他踹得好疼，踹得透不过气来？他眼睁睁地看着那个小偷拉开车门，在旋转的气流中像纸片一样飞走了，他却怎么也没法伸出手来阻拦他，甚至连大声喊叫的力气都没有。他觉得自己开始变得很单薄，很脆弱，像喝多了酒一样头重脚轻，有种轻飘飘腾云驾雾的感觉。门外扑进来的风好大，好冷，好像要把他刮到天上去。列车进站时刹车减速，他听见钢刹片抱住车轮发出刺耳的尖叫，汽刹往外喷汽的声音听上去好像一声声沉重的叹息。他站立不稳，终于一脚踩了空，像只笨重的布袋那样晃了晃，咚地栽倒在车门边……

第十二章

38

知青天堂集团总公司挂牌成立的期限日渐临近，兰婷从北海一回来就被各种各样的事情和商务应酬活动淹没了。

早上五点她就起了床，赶在六点半前到机场接一位重要客户，八点准时陪一位离休的前市委老领导喝早茶，九点拜会市长助理。九点半到十一点参加城管委一个联席会议，会开了一半公司大楼装修工程出了事故，砸伤路人，新闻单位赶来曝光，她又像救火队员一样匆匆赶回去扑火。十二点半陪同地方税务官员共进午餐，下午两点与客户谈合同，三点半赶往铁路分局与货运室主任见面，商谈帮助该主任子女联系到国外进修事宜，作为回报，铁路局今后将保证供应知青公司所需货车车皮。六点以前她又马不停蹄地赶回公司，幸好办公室小姐告诉她，预约的某报记者采访临时取消，她才得以如释重负地靠在沙发上喘出一口气来。

记不清哪位学者说过，当今社会任何关系都是人际关系，这话说得真是精妙极了，兰婷闭上眼睛疲惫地想。此时办公室很静，职员们都下班了，喧闹了一天的公司像池水那样平静下来，没有人声嘈杂，整天叫个不停的电话机、传呼机、大哥大都关上了，只有自动传真机亮着值班红灯，像个忠于职守的收发员，不一会儿绿灯一闪一闪，一张传真纸悄无声息地被机器吐出来。兰婷睁开眼睛，麻木地看着这架勤奋工作的机器，她懒得伸手去取近在咫尺的传真纸，又懒洋洋地合上眼睛。

没有应酬就没有市场，因为市场是靠人气来维持的。“水至清则无鱼，人至察则无徒”，兰婷如今对这句古训体会最深。清官好不好？当然好，令人叹服，可是清官自己不想发财，也不许别人发财，都过道德的穷日子，这就很不好。从前她最敬佩清官，现在身份一变，看问题的角度也就变了：清官大都头脑僵化谨小慎微，很难与之打交道，相反贪官似乎更有人情味，他们自己想过好日子，因此也就容易理解别人的欲望。如果这两者能够统一多好，既道德完美又富有人情味，问题是世界上的事往往很难两全，至少在目前的中国社会很难。作为一个商人，兰婷惊讶地发现自己开始怀疑从前奉行的人生准则：崇高不一定合理，肮脏不一定不合理，浑水养大鱼，浑水比清水更合理。鲜花插在牛粪上是众所周知的贬意，事实上那是一种误解，对鲜花们来说，难道牛粪不比花瓶更有营养么？

桌上的电子闹钟发出悦耳的音乐声，她再次睁开眼睛，六点半钟。她很不情愿地伸手取过那张传真，看见上面印着一行黑体字：“邱建国张省身今晚九点××次火车，请接站。”她“呀”了一声，想起还有一份重要文件忘在家里，应该尽快给邱建国过目，就连忙跳起来匆匆赶回家去。

兰婷有晕汽车的毛病，心脏也不好，一般情况下更乐意骑自行车，她觉得骑车既能锻炼身体，也比坐车多了自由自在的乐趣。路过较场路农贸市场，看见一群人在涨红了脸吵架，四周围了许多看热闹的闲人。此时正值下班高峰，来往行人自行车汽车把原本窄小的街道堵得水泄不通，她听见前面有人气愤地嚷嚷：“……揍他！狗日的，挣黑心钱！”

兰婷被夹在中间，进退不得，心里很着急，就对身边一个胖女人说：“他们干吗非要堵塞交通？不能找市场管理部门解决吗？”

胖女人伸长脖子，下颚的筋一抽一抽地动，像一头发怒的肥鹅。她头也不回地说：“谁解决？官商一家，那些人是勾结在一起坑害老百姓的。”

兰婷问：“到底出了什么事？”

胖女人道：“啥子事你不晓得么？取了胆红素的猪肉他们都敢卖，黑心烂肺！”

兰婷头次听说“胆红素”这个新名词，就来了兴趣，她问：“什么是取了胆红素的猪肉？”

胖女人终于忿忿地扭过头来，一副很不屑的样子，眼珠一错一错的，仿佛教育蒙昧无知的乡下人。她像个义务宣传员一样大声对四周人说道：“啷个搞起的嘛，连胆红素都不晓得？……就是给猪儿打一种叫什么催红素的针药，取催下的胆汁，听说卖几万元一斤呢。猪打过针药就有毒，猪肉吃了要死人的！”

旁边立即有人补充道：“还有注水肉，把活猪儿捆起往肚子里灌水，一条猪要灌几十斤水进去的！”

又有人接嘴道：“本来物价就涨得高，我们下岗工人一月只有几十元生活费，这些奸商还要赚黑心钱。那边挂的鸡、鸭、兔都要往肉里注水的。”

兰婷像听天方夜谭，不由得目瞪口呆。

她听过许多人埋怨现在的肉类越来越不好吃，动物全都长得跟滚雪球一样快，什么“三月肥”、“百日肥”、“天天肥”，电视上赛着做广告，养出的牲畜个大皮厚肉稀松，瘦肉嚼着像木头渣。她原以为猪长得快是科学养猪，其实不然，猪饲料里面掺生长激素，猪吃激素长得快，人再食用吃了激素的猪肉就等于人吃激素。激素进入人的食物结构，所以现今儿童都提前发育，小学女生来月经，肥胖儿童成为社会问题。如今社会公害还得加一条，就是猪肉还被奸商注过水，打过有毒的针药。兰婷不明白，这些人怎么可以这样不择手段地赚钱，这不是跟谋财害命一样吗？

人们的争吵很快发展到了动手打架。许多围观的人像潮水一样涌来涌去，兴奋地嗷嗷叫，有好事者趁机掀翻那些肉摊子，把注过水和没有注过水的猪肉都像抛橄榄球一样扔来扔去。还有人巴不得乱起来好浑水摸鱼，一哄而上哄抢市场，把农民的禽、肉、蛋、水果以及商贩的钱包、钱柜大肆洗劫一空。反正只要打破秩序没有约束，自由就变成为所欲为，谁爱拿什么就拿什么，谁想怎么干就怎么干，动物界弱肉强食的法则得到充分体现，谁力气大谁就是强者。

总之一瞬间井井有条的农贸市场就变成无政府主义的天下，民众骚动起来，小生产者的怨气和自私自利破坏性发作，人人都在保卫一己私利的同时变成社会的破坏者。兰婷被吓坏了，连忙扔了自行车逃离这个是非之地。她觉得不可思议的是，刚刚还在好好地说理，怎么一下子就变成了骚乱？

她跳上一辆出租车，绕过几条街回到自家门口，在楼下看见朱青天那辆绿色的男式自行车，知道他已经回来了。兰婷这才定下神，感到心口还在咚咚直跳。她觉得自己表情一定很可笑，跟受惊的兔子一样，不由得暗暗嘲笑自己：红卫兵大串联大武斗，知青大罢工大卧轨，什么样的大风大浪没有见过？你这副惊慌失措的模样，就跟个没见过世面的老太太差不多。

她拢拢散乱的头发，敲了几下门，居然没有动静，一摸口袋没带开门钥匙。只好耐下性子又敲了一阵门，才见小保姆曲小花慌慌张张出来开门。兰婷心里有事，便没有责怪她，把提包往沙发上一扔，问她："你朱叔叔回来了？"

曲小花不自然地说："回来了，在卧室睡觉呢。"

兰婷奇怪地说："怎么回事？这么早就睡觉了？"

曲小花道："说是有些感冒，不舒服。"

兰婷进了卧室，果然看见朱青天在床上蒙头大睡，就连忙上前摇醒他，把刚才发生的事对他说了。朱青天本来是在装睡，听说发生了大事就赶忙下床，说是要向部长汇报。他刚刚穿好衣服，却瞥见枕头边露出一个女人的浅粉色胸罩，不由得吓了一跳，那是曲小花听见敲门声慌慌张张遗落在床上的。幸好兰婷背对着他没有看见，他迅速把胸罩塞进衣兜里，然后装作若无其事的样子到客厅打电话。

那边部长正在开常委会，听了他的报告很重视，表扬他几句，说是马上向常委们通报。朱青天放下电话显得很得意，在客厅里来回走了两圈，摇头晃脑地说："做意识形态工作的人就要有政治敏感性，保持稳定是当前压倒一切的政治任务，我还要写篇论文发表在市里党建杂志上。"

兰婷觉得朱青天态度积极得几近邀功，就取笑他道："看来你比从前进步多了。"

朱青天毫不在意地说："你说对了，谁不想进步？不进则退嘛。"

兰婷想起曲小花说他感冒的话，就关心地问他："你的病怎么样？发烧不？"

朱青天怔了一下，有些不自然地回答："哦对对，是有些头疼，不过睡了一会儿好多了。"

夫妻俩坐在沙发上，一时竟无话可说，只有曲小花在厨房忙乱的锅瓢响动。兰婷觉得她从北海回来后，朱青天的态度转变不少，人似乎也豁达起来，对她辞职办公司的事也没有从前反感，甚至有时还很支持。她把这种变化归咎于世界上的事都会变，丈夫也会变，思想通了就是好事。她忽然想起公司递交申办娱乐业报告的事，就问他说："老朱，知青梦娱乐城的申请你们批了没有？"

朱青天打开电视机，看着图像不清晰，就蹲着边调台边回答道："最近宣传部有文件，所有娱乐项目审批一律从严，重点是搞精神文明建设。不过你们公司的事另当别论对不对？但是得有点耐心。"

兰婷开玩笑道："老实说你们这种文化官僚机构，除了打打官腔，人为地制造障碍外，还能做什么好事？我看如果让你们这些人失业，中国可能就真有希望了。"

朱青天仰倒在沙发上懒洋洋地说："我的老婆进步真快，刚刚当了几天经理就要让老公失业。不过失业我倒不怕，社会主义嘛，就得人人有饭吃，有工作做。要是文化局撤销，我也申请办公司去。"

兰婷噗嗤地笑出声来："喂，你当你自已有多大本事？现在许多吃官饭的人，动不动就说出来办公司，好像办公司是世界上最省心的事，其实办垮了还不是糟踏国家的钱财，真是祸国殃民啊。”

朱青天也不生气，继续跟她抬杠道：“你倒是抬高了我，我哪有那么大的本事祸国殃民？我要是办公司的话，第一图个自在，干点实事，别活得战战兢兢。第二嘛，当然也得给自己弄点好处，人不为己，天诛地灭么。”

兰婷叹口气道：“如今这些人真没治了，连你们干文化局长的都这样为自己打算盘，可见人人都希望变坏，变得穷凶极恶。是不是变坏了才没有负担，才好黑着良心坑国家，坑别人？我想象不出，原先那些精神气节、助人为乐、忘我工作、艰苦奋斗的优良传统都到哪里去了？”

朱青天一副幸灾乐祸的坏水模样嘲笑她说：“啊呀我的老婆，你快别忧国忧民了。‘君不君，臣不臣，父不父，子不子’，国将不国，家何有之？你倒是艰苦奋斗，可是谁把你当回事，谁来照顾你的利益？我看眼下这个社会才是前所未有的大好形势，人人都懂得为自己谋利益，创造自己的幸福生活，这就应了《国际歌》里那句话：‘从来就没有什么救世主，也不靠神仙皇帝！要创造人类的幸福，全靠我们自己！’”

兰婷惊讶地扬扬眉毛道：“咦，真看不出，你什么时候变得深刻起来了？”

朱青天得意地笑笑说：“请你不要忘记，你老公是学哲学专业的，虽然是工农兵大学生，到底还是读过几本哲学书。”

兰婷撇撇嘴说：“算了吧，你这人有几斤几两我还不知道，除了关心自己，还懂得关心谁？”

朱青天惬意地呷了一口茉莉花茶，他觉得调戏老婆也是一种乐趣，就趁机大肆发挥道：“自私有什么不对？一个连自己都不会关心的人就没有资格活在这个世界上。譬如自然界，就得靠优胜劣汰的规律，马儿一生下来就得奔跑，一辈子都不能停，否则就会被狮子吃掉。”

兰婷反驳道："朱青天你是人，不是马。"

朱青天嬉皮笑脸地说："也没有那么绝对，跟人在一起是人，跟马在一起就是马，跟老婆在一起就是老公嘛。"

兰婷同朱青天是大返城以后结婚的，虽然他们早在红卫兵时代就是同学，并且朱青天毫不掩饰他对兰婷的好感，知青时代他们又同在勐岗农场，然而美丽高傲的女知青兰婷似乎从来没有注意过这个其貌不扬的崇拜者，是命运之手阴差阳错地把他们撮拢在一起。兰婷婚后一直没有生孩子，朱青天觉得他们的夫妻关系总有些不大讲得清楚的隔膜和磕磕绊绊，但是凭心而论，作为丈夫的朱青天还是很宠爱妻子的。他在内心深处对冷美人的妻子始终怀有一种隐隐的崇拜和敬畏，一方面不满意她的任性，一方面又害怕失去她，这种冷热不匀的心理就导致他在妻子面前常常变得性格乖张失态：要么暴躁冲动，要么软弱无能。

曲小花从厨房里探出头来请示："兰阿姨，要不要开饭了？"

兰婷看看表说："我一会儿还要到火车站接邱建国张省身——小花快开饭，我真有些饿了。"

吃饭时候朱青天在饭桌上看中央电视台新闻，女播音员预告有重要消息，朱青天立刻放下筷子，脸上现出做领导干部特有的严肃和神经过敏的表情，盯着电视屏幕一动不动。兰婷想起曲小花的业余学习，就问她说："小花，你夜校功课怎么样？有天我在街上碰见你们林老师，她说你的成绩下降了是怎么回事？"

曲小花低着头回答："前段时间我有些不舒服，耽误了几节课。"

兰婷盯着她警告说："送你上夜校是为你将来的前途着想，你若要偷懒怕苦不好好学习，将来后悔的是你自己知不知道？"

曲小花小声说："兰阿姨，我知道了。"

电视上播出邓小平视察南方，在深圳、珠海等地考察，发表重要讲话的大型新闻节目。朱青天看得呆了，连连对兰婷说新精神新精神，看来改革又要有大动作了。兰婷虽然一时不能明白这条重要新闻对市场的具体意义，但是她凭直觉还是意识到，下一个市场经济的大潮可能就要到来。

接着地方电视台播出一则市政府紧急通告。通告说：由于一小撮坏人挑动不明真相的群众闹事，捣毁市场，砸坏公共财物，肆意行凶抢劫，威胁人民群众生命安全……现已抓获部分闹事者，正追查少数坏人……严正警告……投案自首，宽大处理。云云。

朱青天显得很失望，唉声叹气说："我向部长建议了，要大讲政治思想工作，大讲基本路线和四项基本原则，怎么一句都没有提到呢？"

兰婷也觉得通告内容欠妥，本来市场骚乱事出有因：物价涨幅过快，经济秩序混乱，奸商官倒兴风作浪，劣质商品充斥市场，这是导致群众不满的直接原因。如果仅仅把责任归咎于一小撮坏人挑动，这就显得政府不够理直气壮。但是不管怎么说社会秩序不能乱，动乱对谁都没有好处，这是兰婷支持政府通告的基本观点。

"算了吧，你又不是市长，就是你在台上也未必高明。"兰婷不想附和朱青天的政治工作，就转身对曲小花吩咐道："我得去接火车了。小花，明天买菜不要买猪肉，买点牛肉、鱼什么的都成——什么催红素胆红素的，听着叫人恶心！"

朱青天很有涵养地笑笑，埋头吃饭。等兰婷一出门，楼道里的脚步声渐渐走远，两个人立刻迫不及待地搂在一起。曲小花飞快地扑入朱叔叔的怀中，朱青天一边吻她，一边气喘吁吁地叫道："小花，快来呀，小心肝，我的甜点心，小拖鞋……叔叔马上就要你！"

39

邱建国站在赤红色的荒原深处，他看见一轮辉煌的夕阳终于暗淡下来，像一个巨大的火球拖着长长的倒影向着西方天际坠落。

仿佛受到猛烈撞击，天地间立刻溅起大片金色的火焰，灿烂的红光、流云和晚霞就热烈地沸腾起来，如同火山汹涌而澎湃地喷发出来。沉重的霞光短暂地抚慰黛色的森林和荒原，一抹凝重而冷峭的暗色调被涂抹在画板底部，它的阴影渐渐扩展开来，宣告不可抗拒的暗夜的来临。棕色的山体膨胀起来，河流和山谷上空开始蒙上一层淡淡的氤氲，在亚热带丛林的边缘地带，即将沉没的夕阳好像一艘被击中的航空母舰那样露出桅杆，漂浮在遥远的地平线上静静燃烧，它仿佛还在挣扎，等待对手给予最后致命的一击。于是暗夜的潮水像强盗一样蜂拥而出，它们在山谷的阴影中偷偷爬起身来，从长满荒草的低洼地和树丛里溢出来，然后随着不断倾斜的树影向着荒原大地漫开去。

而亚热带黄昏的宇宙就在这种光明与幽暗交替中更加显出不动声色的庄严和永恒。

航空母舰终于被最后一枚致命的鱼雷击中了，倾覆沉没，一瞬间天空再次受到撞击，溅起万道霞光，抖动的地平线弯曲了，仿佛为这种惊心动魄的死亡洗礼而震颤。太阳沉没，万物无声，一切都好像凝固下来，荒原与森林肃穆无语，天空残留的光明好像烧红的碎钢片渐渐冷却。在一派宗教般神秘的圆寂中，世界仿佛都在等待什么，荒原大地万籁无声。

钢蓝色的夜空，星星一个个睁开眼睛，像一群睡醒的孩子好奇地注视着这个幽暗的世界。一头剪影般的怪鸟在墨汁般的空气中慢慢遨游，像那个传说中骑扫帚的老妖婆。突然间，草丛中有个怯生生的歌手打破沉寂，那是一头年轻的冒冒失失的黑斑石蛙，它鼓足勇气唱出半个音符就戛然而止，那音符好像一只折断的箭矢，在空气中飞出不远就栽了一个跟头跌落下来。暗夜的潮水起了一圈涟漪，夜色依然磐石般凝固。几秒钟后，在整个低洼的沼泽地带，一阵参差不齐的空气振动预示一支规模庞大的乐队准备登场，乐手把劲憋足，让咝咝的气流在弯弯曲曲的铜管中运动蓄积。仿佛有个看不见的指挥登场了，他猛地把手臂往上一扬，一群黑斑石蛙终于将一串高亢和响亮的歌声送出黑暗的水面，那些自由的音符好像冲破桎梏的美丽精灵一样在潮水之上快乐地飞翔，它们奔向星光闪烁的夜空，奔向星星，追逐和风、流云和已经消失的晚霞，追逐宇宙间无数古老而动人的神话故事，直到很久很久以后，它们才像精疲力尽的小鸟一样纷纷跌回潮湿的地面。

一片巨大的共鸣升起，如同最伟大的造陆运动一样，海水消退，一片低沉而宏伟的合唱从地面上升起来托住了疲惫的小鸟。这片音乐之声如丝、如雾、如草地、如绒毯，庄严而生动地浮出暗夜的潮水。它们悠长而热烈地歌唱着，仿佛在一座最古老的教堂里，无数管风琴和着唱诗班的歌声赞美上帝。这是沼泽地带的大家族：青蛙、癞蛤蟆、牛蛙、石蛙、昆虫、候鸟、水蛭、鱼儿、蝌蚪以及成千上万的兽类发自内心赞美生命的大合唱，它们生生不息地颂唱着，生命之歌响彻荒原、丛林、沼泽和大地。

邱建国独自驻足倾听这支来自荒原的生命之歌，他的心灵被歌声感动着，仿佛冥冥之中上帝用歌声召唤着他。生命，多好啊，上帝老人对他说：生命是热烈的，是迸发，是歌唱，是一切春之蓓蕾和秋之果实，是耀眼的闪电和震耳的惊雷，是汹涌的激流和轰然倒塌的冰山。当生命被制造着继续着的时候，有什么比生命本身更美好更值得歌唱赞美的事物呢？

上帝老人继续歌唱。邱建国的心灵里充满婴儿一般的宁静和喜悦，他的思想已经挣脱世俗的泥沼，和着歌声在荒原之上飞翔。

但是黑蝴蝶的阴影还是悄悄降临了。黑蝴蝶的阴影像浓云渐渐遮没了星光，很快沼泽地里散发出爬行动物令人厌恶的阴谋气息，成群结队的水蛇追踪空气中香甜的食物腥味，发出像敲竹板一样“呱——呱——”的亢奋的伴奏，蛙类合唱出现不和谐的杂音。丛林里的巨蜥、大蟒、食蛙兽也一路寻着歌声而来，它们在草丛里呲呲地游动着，用吞食弱小动物的喘息和牺牲者垂死的挣扎抗议为生命礼赞增添一段急速或者疯狂的复调变奏乐章。

星光终于从天庭深处消失，黑蝴蝶的阴影还在天空游荡。一轮弯弯的新月从树丛里升起来，把清亮的月光洒落在荒原上。于是狼群在灌木丛中嚎叫起来，丛林里有了鹿群、野猪、麂子急雨般扣人心弦的奔跑，有了杀戮者血腥的咆哮和受害者凄厉的哀鸣，于是蛙声趋弱，崇高的生命主题被悲怆和暴力变调段落所覆盖，荒原的空气里律动着肉食者们饥饿的颤音。

邱建国倾听这哀鸣之音。思想的翅膀继续飞行，但是他的精神在这个弱肉强食的荒原上空战栗。

制造生命是为了毁灭生命。上帝老人说：孩子，罪恶也是力量，魔鬼与天使并存。历史有两个车轮，一个被正义推动，另一个被罪恶驱使。黑暗背面是光明，战争背面是和平，淘汰意味着进步，屠杀意味着平衡。

因此我们就有理由……残酷么？他争辩道：动物被本能驱使，人类被贪欲淹没，但是世界的终极目的正是为了消除罪恶，达到善的和谐与繁荣。

理想总是美好的。老人微笑着说：人类心中永远有两种声音，一种是兽类的，一种是人类的。人类没法阉割自己，所以人类永远是有罪的。

一缕淡淡的曙色划破东方天际的夜空，长尾锦雉高亢的啼鸣引来了结束部的高潮，万物赞颂光明。随着白昼的车轮碾碎黑夜，荒原的歌声渐弱渐远，人与自然归于新一轮和谐统一。

40

一缕淡淡的石竹兰清香伴着酒精和药水的气味送进他的鼻孔里，邱建国呻吟一声苏醒过来。

一个声音急急忙忙地说："好了好了，醒过来了……"

另一个熟悉的声音说："谢天谢地，总算醒了，已经昏迷了两天两夜。"

他很奇怪，他们在说谁，谁昏迷了两天两夜？那个熟悉的声音近在咫尺，他却一下子想不起是谁。

又有几个人影俯下身来，他努力张大眼睛，头扭动着，等瞳孔逐渐适应了光亮，终于认出离他脑袋最近的那张脸是妻子蔺小英，四周围着张省身、万小东、许大毛、苦苦妹等人，屋里还站着几个穿白大褂的医生护士。

"我……这是在哪里？"他吃力地问道。

“你已经动过手术，别乱动。”蔺小英连忙制止他道。她眼圈红红的，仿佛一下子老了好几岁，眼角和额头上爬满许多细密的皱纹。她小声说：“这是铁路医院，多亏医生及时做了手术，省身、大毛都来为你输血，不然你早没命了。”

“我……动手术？”他记不起发生过什么，只觉得好像爬过许多高高的山，走过许多长长的路，身体疲软得像一堆棉花。

张省身俯下身说：“建国，别人都说你命大，要是那把刀子再偏几公分，你就变成革命烈士了。”

许大毛也趋上前说：“邱总，当时你干吗不叫醒我们？不然你也不会独自遭坏人暗算。”

好像记忆之门突然开启，邱建国这才完完整整地想起火车上发生的一切。哦，那个火车上的飞车少年，失学者的动人故事……小偷，贼。他当时怎么啦？想挽救他？捐助他，拯救一个失足少年的灵魂？伸出一双友爱、同情、怜悯、恻隐之手？真是农夫与蛇的故事。

哦，这个愚蠢的自作自受的农夫哟！

他望着头顶上的天花板，心里突然有种很荒唐、很难过、很想放声大笑的愿望，但是他的面部肌肉不听指挥，只是样子很难看地扯了扯嘴巴。不料这个动作竟使他咳起来，咳嗽牵动伤口，疼得他直抽冷气。医生见状连忙给他打了止痛针，然后把探视的人群都赶出病房。

门关上，屋子里很安静，医生只允许妻子蔺小英陪伴在他身边。此刻他与妻子独处，四目对视，千言万语尽在不言中。他们结婚十几年了，当时在边疆当知青，结婚是一种有勇气的革命行动，表明他们准备扎根边疆一辈子，而革命行动是没有浪漫可言的。结婚之后接踵而来的是大返城，为生计奔波，生孩子，为人父母，倏忽间他们都变成了中年人。邱建国躺在病床上，望着妻子那张因操劳显得苍老憔悴的脸，和头上夹杂的几根白发，心中涌动着一种难以言说的感动。妻子充满爱意和深情的目光始终好像一泓温水，或者说像冬日的阳光一样温暖着他疲惫的心，这使他很内疚。他是躺在医院里，生命奄奄一息，突然之间意识到随时有可能离开这个世界时才想到，他究竟给了这个相依为命的女人什么回报？青春？幸福？安宁？满足？也许什么都说不上。但是这个女人却把一切都给了他。每当他像艘伤痕累累的破船驶回家庭的港湾时，这个女人在任何时候都将一如既往地支撑着他的信心，为他抚平和治愈创伤。

这是爱情？或者无所谓爱情，这已经是一种生命与生命的组合方式，就像大自然里的水和鱼儿，花草树木与阳光、雨露和四季更替，以及高山、大地、河流和生生不息的自然繁衍一样互为因果。但是他的慈悲和善良同什么互为因果呢？同那个捅了他一刀的坏孩子吗？

他觉得很累，脑子里乱糟糟的，像一团理不开的乱麻纠缠着他。蔺小英看出他的烦躁，以为他还在想着火车上的事，就贴着他的脸安慰他说："公安机关已经在沿线追查凶手。公司的事兰婷已经作了安排，你只管安心养伤……"

邱建国摇摇头，指指心口说："我这里……很乱。"

蔺小英再也忍不住悲伤，她的眼泪一下子涌出来。伏在他身上抽泣道："你这个人，怎么就不替自己想想，怎么能一个人去抓坏人呢？你要是有个三长两短，我们怎么办？姗姗怎么办？"

他轻轻抚摸着妻子的头发，痛苦地感叹道："小英，其实那人还是个孩子，比我们姗姗，大不了多少啊。"

蔺小英哽咽着说："毒蛇……不管大小，都是有毒的呀。"

邱建国一愣，终于默然。不知道为什么，他觉得心里很难受，有种被撕裂的疼痛向全身蔓延。在我们生活的世界上，如果人人都变成咬人的毒蛇，人类还有什么希望可言？如果善良的农夫从我们生活中消失，我们这个社会除了蛇蝎当道，还有什么美好的东西可留恋？

可是在毒蛇与农夫的选择中，谁愿意做受害的农夫呢？

他转过头去紧闭眼睛，两颗泪珠终于抑制不住悄悄地从眼角溢出来，滴落在雪白的枕巾上……

第十三章

41

春天来了。

春天的脚步跨越赤道，跨越海洋，匆匆来到群山环绕的天府盆地深处。冰雪消融，河水叮咚，田野像一幅赏心悦目的水墨画。立春未到，那些毛茸茸的嫩芽好像许多晃动在阳光和空气中的绿色微粒，一夜之间就给光秃秃的树木蒙上一层浅浅的绿丝绒。随着白日的影子悄悄拉长，天空中有了雁阵欢乐的鸣叫。大地绿了，城市绿了，性急的年轻姑娘不顾料峭的春寒早早换上了时髦的短裙和春装。

这是一个万物复苏和生机勃勃的时代，没有人愿意辜负市场经济的大好春光，连回家过年的民工都不待过完大年就汹涌地踏上进城打工的旅途。

邱建国不顾医生坚决反对，拖着拆线不久的伤口回到西都。出车站他第一个迫不及待的愿望，就是让司机直奔新近落成的公司大楼。当他被众人搀扶着走进刚刚竣工的知青天堂集团总公司大楼时，一种自豪感，一种如太阳照耀般敞亮的心情油然而生。这就是他的公司，他的事业，或者说他的王国，他倾尽心血终于将它建设起来，眼看它就要像一轮喷薄欲出的太阳在都市的地平线上升起来。太阳，多好啊！他喜欢太阳，更喜欢像太阳那样光芒四射。他到处走走看看，这里拍拍，那里摸摸，老部下们都恭敬地向总经理问好，新来的员工则赶快站起来，毕恭毕敬地回答老板的每一个提问。他每一层楼都要亲自察看，每一间办公室都要走进去转转，连楼梯扶手都不肯放过，就像船长视察他即将接手的新船一样。

兰婷开玩笑说："看建国的表情，神气得跟个非洲国王一样，视察他的帝国大厦。"

邱建国不在乎兰婷调侃，他搓搓手笑道："做帝王倒也不是坏事，不过要做个好皇帝，别做让老百姓骂娘的坏皇帝。"

许大毛接口道："相书上说做皇帝的人双手过膝，两耳垂肩，大富大贵之相。我看邱总面相是个发达之人。"

邱建国停住脚步，不满地说："怎么富贵之相？双手过膝明明是猿猴，是没有进化好的缘故。两耳垂肩，不成了大肥猪么？我倒宁愿正常些，不做怪物，免得回家吓着老婆孩子。"

众人都笑，弄得许大毛下不了台，只好跟着干笑。

来到董事长兼总经理办公室，邱建国感到累了，靠在沙发上休息，陪同的人都知趣散开去。兰婷关上办公室的门说："总算到家了，建国，你可把大家都给吓坏了。"

他没有说话，只用眼睛激动地打量新办公室。这是他未来的阵地，工作间，也是公司的心脏和指挥部，他的领地和王国。办公室足有一间会议室大，整堵南墙是一面蓝色落地玻璃窗，兰婷拉开窗帘，春天温暖的阳光立刻就像瀑布一样泻进屋里来。地板上铺了羊毛手织地毯，一排书柜当墙而立，两盆绿色龟背竹郁郁葱葱，一圈真皮沙发为主人提供了休息与会客的空间。邱建国曾经有幸进过一次市长办公室，那时他在心里暗暗希望将来拥有比市长更气派的办公室，现在他做到了。他想也许将来有一天他的办公室会超过美国总统呢。

他在经理桌后面的转椅上坐下来，看见宽大的办公桌上摆了一束鲜花，缎带上写着"欢迎归来，早日康复"几个小字。他知道这是兰婷的心意，不由得一阵感动。许久以来，他对兰婷始终有种特殊的好感，这种好感既不同于对妻子那种绵绵无期的信赖，也不是一个成熟男人通常对女人那种一触即发的性欲和激情，甚至也不是情人间有距离的爱慕。它属于一种很慎重的埋藏很深的东西，好像什么都是，什么也不全是。邱建国绝不是个道德君子，他知道自己喜欢兰婷，但是这种喜欢不同于占有，他更愿意信任她，仰慕她，同她交流，一起工作，这就很有一点形而上的味道。他绝不愿意轻易碰一碰她，因为那样做就会亵渎自己内心的真情实感和精神原则。如果一个男人连精神信仰都没有了，还有什么能支撑起他对世界的信心和对生活的热爱呢？

他看见桌子上摆了两份刚刚送来的传真，就取过来看了看。传真一份发自边疆，告之万向东不日将专程前往西都考察商情。另一份是北海传来的，通报房地产行情，称近期内银滩地产将急剧升温。他沉吟半晌，轻轻敲击着桌子说："邓小平视察南方讲话发表后，市里政策有什么变化？"

兰婷在他对面坐下来，边看传真边回答道："政府对市场经济的态度有了明显转变。市长在电视讲话中宣布了一系列政策，给我总体印象就是对私营经济的政策限制明显放宽，鼓励私人投资，开放一些从前由国家控制垄断的行业如电信、公交运输、文化市场、生资生产等。放宽审批公司的条件，简化手续，提高效率。据悉企业股份制改造又提上议事日程，不久本市将正式向社会公开发行股票。"

邱建国很高兴，一拍桌子说："好哇，真是天助我也！天旱正逢及时雨，行船又遇顺帆风。原先总说万事俱备，只欠东风，现在东风也有了，南风也有了，还愁什么事情做不起来吗？"

兰婷看完传真，突然变得有些不自在，呼吸急促，脸色微微涨红。邱建国注意到她的激动，只拿眼睛不动声色地望着她。兰婷掩饰地笑笑，尽量用一种轻描淡写的口吻说道："万向东回来考察商情做什么？莫非他当腻县委书记，也想下海经商么？"

邱建国点燃一支烟，冷笑一声回答道："向东哪能改行当商人，他是想更上一层楼。政治家与商人目的不同，但是可以互相利用。"

兰婷又将传真反复看过，然后对邱建国说：“我认为，这两份传真的出现都与当前改革开放的大背景有关。这是个机遇。如果向东愿意合作，这将是权力与经济的结合，于双方都有好处：向东积累政治资本，我们扩大经济实力和市场。北海方面，我们的困难就在于资金不足。”

邱建国心里早就在酝酿一个计划，他考虑有些话怎样对兰婷讲好。权衡再三，他决定还是不隐瞒兰婷，因为要让万向东就范，他需要兰婷做助手。

“小兰，你知道，万向东此次不是空着手，而是带了六百万投资款来考察我们公司，算个大股东吧。”他不顾兰婷的惊讶，直截了当地告诉她：“这里没有私人感情问题，是公司利益，生意关系。我希望你排除一切干扰说服他，老同学是过去，现在我们需要打败一切竞争对手，使万向东只能与我们而不是别人合作。六百万不是小数目，公司太需要这笔资金了，我们把它投入北海，也许用不了一两年，我们就能够翻上几番，十几番。对万向东来说，这不也是他所需要的改革家的资本么？”

兰婷没有想到万向东此行竟有如此背景，一时有些发愣。当然她不愿意把私人感情掺到生意里，那样会亵渎了情感的神圣和纯洁，可是她又不愿意看到万向东成为商业对手，那么最理想的结果就是双方结为合作伙伴，利益一致，最终达到各取所需的目的。她看看邱建国的眼睛，那双锐利的眼睛似乎洞察一切，一直看到了她的心里。

“好吧，我尽力而为吧。”她勉强说道，“老同学与公司利益并不矛盾，也许正好相辅相成呢。”

这时电话铃响起来，是张省身从报社打来的，张记者在电话那一头很高兴，连声问他们看到没有？建国登出来了很轰动，今天的报纸一下子全卖光了。

邱建国摸不着头脑，忙问什么登出来了？张省身这才恍然大悟，失望地说：“你没有看《西都日报》么？关于你的人物通讯呀，整整一大版，保护红卫兵公墓，创办知青集团公司，在火车上见义勇为和赎回知青后代苦苦妹的事迹都有。是我从正在撰写的那本书里缩写下来的。”

邱建国答应马上去找报纸看，这头刚挂断电话，那头电话铃又响起来，是餐厅老板马胖子打来慰问邱建国的。紧接着又有一连串电话，有老知青老熟人老朋友看了报纸打来的慰问电话，也有其他报纸记者电台电视台打来要求进一步采访的。邱建国招架不住，兰婷连忙吩咐办公室凡找邱总的电话问明情况一律挡驾，记下姓名内容即可。邱建国抹着头上的汗说：“这个张省身，害得我一点准备也没有。人怕出名猪怕壮嘛。”

兰婷笑道：“看来当名人滋味也不好过的。你就受受罪吧，不过这样对公司发展倒是大有好处。”

邱建国从衣袋里取出一份名单，郑重其事地说：“这是我考虑了很久，最后决定的董事会名单和公司人事安排。小兰，这不是征求意见，是让你知道你在公司的重要地位。相信你不会辜负我的信任。”

兰婷接过名单一看，名单上的董事会由七人组成，有邱建国、兰婷、万小东、马立新、许大毛、胡司令、王从军，另有两位名誉董事万向东和张省身。邱建国自任董事长，兰婷和万小东任副董事长。集团公司的人事安排为：邱建国任总经理，副总经理为兰婷和万小东。总公司下辖八大子公司，它们的负责人依次是：商贸公司经理邱建国(兼)，房地产开发公司经理万小东(兼)，食品饮料公司经理许大毛，知青梦娱乐城经理胡司令，老知青大酒楼经理金红卫，知青天堂乐园(公墓)主任王从军。还有文化事业公司经理张省身，科技开发公司经理暂缺，集团公司总部设办公室和人事公关部，由副总经理兰婷领导，财会部经理兼总会计师为文晓红，保安部经理李闯王(兼)。

兰婷放下名单，一时没有更好的主意，加上自己没有管理公司的经验，就不好说什么，只是提醒邱建国道：“张省身在报社恐怕比来公司作用更大．他同意当文化公司经理么?”

邱建国轻轻转动椅子解释道：“文化公司只是注册的空头公司，并没有实际业务，我们通过张省身把全市各新闻媒体社会名流都网罗起来，让舆论为我所用，扩大公司影响，这还不划算么？”

兰婷摇摇头说：“省身要知道你这样利用他，他会伤心的。”

邱建国不以为然道：“我支付他经理工资，这不是很实惠的事么？省身写出书来，提高知名度，成为名作家名记者，文化公司替他出版，包装他，替他出钱宣传，他难道不愿意？算了吧，现在的文人谁还清高？清高能当饭吃？再说这不是谁单方面利用谁，而是各取所需，互利互惠。”

兰婷无话可说，总觉得人与人的关系不如从前单纯自然，有些变味，变得过于实用，夹杂着利害关系，有些让人说不出口的浑浊滋味。当然邱建国的话也不无道理，也许这就是未来人类应该通行的社会原则：各尽所能，各取所需。

邱建国又决断地说：“公司执照为什么还拖着？我看挂牌仪式不能再拖延，不等审批手续，就定在下周怎么样？……”

话音未落，办公室的门一下子被人撞开了，一个欢乐的声音像皮球一样滚进来：“爸爸爸爸！你好了没有？你想死人家了……”

邱姗姗一脸红彤彤的兴奋和激动，一头扑进邱建国怀里，父女俩紧紧拥抱在一起。兰婷吃惊地看到，在这个被人称作硬汉和铁腕人物的邱建国脸上，一颗豆大的泪珠悄悄滚落下来。在女儿身后，闪动幸福泪光的母亲蔺小英喜悦而深情地望着伤愈归来的丈夫。兰婷看着这动人的一幕，她不忍打扰这团聚的一家子，就悄悄带上门离开了办公室。

42

一头大白鲨正在冷冰冰的海水中游弋，毫无疑问它在搜寻猎物。兰婷清楚地看见它像船桨一样坚硬有力的鳍，金属活塞一样一关一闭的鱼鳃，还有两排龇开的锯齿般锋利的牙齿。这是一头水中的食人猛兽，它身体庞大无比，性情凶残，能把十个人吞进肚子里去。它在兰婷身边游弋，越来越近，兰婷已经能听到它的呼吸声像火车一样隆隆响，看见它的两只小眼睛像探照灯一样在海水中闪闪发亮。突然附近有什么响动引起大白鲨的注意，它迅疾转过身扑向猎物，兰婷看见那是个人，一个并不强壮但是勇敢的男人，他好像是万向东，细看却又像邱建国。兰婷急了，大声高喊喂，你快回来，你不能……那人回过头来笑笑，她看清楚了，确实是万向东。

你干吗要这样冒险？她生气了，眼泪涌出来。那人回答，我天生是个冒险家你不知道？人生是个赌局，你不敢下赌注能当赢家么？那人说完就游开了。兰婷绝望地看见，大白鲨嘴巴一合拢，一股猩红的血水像消防队员的高压水龙一样从那排锯齿间喷射出来……

兰婷惊醒过来，一摸额头上出了许多冷汗，心脏还在突突直跳。她记不清楚最近有几次梦见万向东，反正总是那种乱糟糟的噩梦，醒来让人很沮丧。她看看窗外，天色隐隐有些发亮，时间已经是早上六点钟，就连忙起床，匆匆修饰一番，吃了早饭，同朱青天一道打“的士”赶往北郊凤凰山知青天堂乐园。

由于邱建国不容推迟，坚持公司必须立即挂牌，于是公司上下如同拉响警报紧急行动起来，不到一周就将成立仪式所需筹备工作准备就绪。

兰婷夫妇来到凤凰山会场时，工作人员都已到场各就各位，各项准备工作业已就绪。会场被别出心裁地安排在天主教堂里，教堂的大房子被布置一新，从前神父布道的讲台正好做了主席台。兰婷作为公司副总和大会主席，一进教堂立即被各种请示汇报招呼接待的漩涡淹没了。朱青天眼看妻子风头正劲，心中不禁有些闷闷不乐，他是公司特邀嘉宾，就无所事事优哉游哉地到处找人说话叙旧去了。

这是阳春三月一个风和日丽的星期天，在新近落成的知青天堂乐园公墓前，十串一万响的爆竹已经挂在裹了红布的竹竿梢上，炮手耐心地抽着烟，只等一声令下就点燃导火索，届时西都市知青天堂股份责任(企业)集团总公司就将在震耳欲聋的爆竹声中宣告成立。

毫无疑问，这是一个别出心裁的社会行动，知青天堂集团的成立仪式完全有别于人们司空见惯的商业庆典开张庆祝活动，他们摈弃那种竞相比富一掷千金的庸俗场面，用庄严的精神洗尽铜臭味，也不请军乐队吹吹打打，弄出虚假的热闹景象。他们选定教堂和公墓这样的庄严肃穆之地，用神圣的朝拜仪式来宣告一个新的社会群落和一个历史性的老知青经济时代的诞生。

上午九点五十分，离预定时间还有十分钟，广播里反复播放革命样板戏《红灯记》、《智取威虎山》、《沙家浜》片段，李玉和、杨子荣、沙奶奶、阿庆嫂们如同一群久违的熟人，在荡漾春风中款款而出，使所有从那个年代过来的人们有种久别重逢的亲切感。特邀的领导和嘉宾陆续到场，报社电台电视台记者们蜂拥而至。更多是当年的兵团战友——各师、团、营、连和各农场的老知青们或派出代表，他们如同办自己的喜事一样，熙熙攘攘络绎不绝地从城里或外地赶来，把教堂内外的空地挤得满满的，人声鼎沸如同过节一般。

时间一分一分过去，成立仪式的主角，公司核心人物邱建国始终没有露面。

兰婷头上渗出细密的汗珠，她不停地悄悄看表，心急如焚地伸长脖子张望，等待邱建国突然出现在教堂门口。兰婷为了今天的大会昨晚特意上了美容院，眼和唇都细心描过，看上去若有若无，与她白皙的皮肤和落落大方的气质融为一体。她穿一套蛋青色西装和短裙，肉色玻璃丝长袜，浅棕色羊皮中跟皮鞋，头发烫了几道浅浅的波丘，突出一种树欲静而风不止的含蓄、高贵和典雅的气质。她像一阵温馨的和风一样拂来拂去，同光临会场的领导嘉宾握手寒暄，向各方朋友客人问好致意，还要跟数不清的老朋友老同学老战友打招呼说话，她开始感到胸部闷胀，呼吸有压迫感，她想如果邱建国再不出现，她就要晕倒了。

正在兰婷苦熬苦等的时候，她看见蔺小英牵着两个小女孩走进会场，其中一个是邱姗姗，另一个是苦苦妹。她像见了救星一样奔过去，顾不得回答孩子的齐声问好，就急急地问蔺小英建国到了没有？谁知蔺小英一脸不解地回答她，他还没有来么？一早就出了门怎么回事？她说自己是带两个孩子来会会老知青的。

兰婷急得几乎要哭出声来。老天爷！这是什么时候，他好像存心要跟她开个玩笑似的。兰婷百思不得其解，莫非还有什么事情比今天的会场更重要么？昨晚最后一次碰头是在公司里，可是直到出门他什么话也没有讲啊！她只好吩咐助手文晓红不歇气地打邱建国的手机和BP机。可是这个邱建国如从地球上消失一样，百呼不应，手机也关了，真把人给急死了。

“当当当——”远处海关大钟敲响了十下，金属质地的钟声像脚步蹒跚的老人，沉重而迟缓地在教堂上空徘徊了一会儿就消失在晴朗的天空里。人们安静下来，仰着头等待宣布开会。

兰婷逼上梁山了。

她同另外几个公司干部商量一下，决定不等邱建国。于是广播里的样板戏停止，兰婷登上主席台，对着麦克风亲切地说道：“……请各位领导、嘉宾上台来就座……现在我宣布，知青天堂股份责任(企业)集团总公司成立仪式现在开始。”

在一阵阵热烈的掌声中，人们的视线都集中在到会的重要人物和来宾身上。兰婷看上去步履轻盈，边微笑着边从容不迫地介绍到会领导和贵宾，但是她的目光却不断往会场外面瞟。她暗暗提醒自己一定要挺住，心里却一阵阵发紧。就在这时，一辆红色“的士”悄悄滑到教堂外面的空地上，她看见有两个人下了车，一个是邱建国，另一个是个戴鸭舌帽的陌生男人。兰婷看见他们一同走进会场，于是一颗悬着的心才咚地一声放回原处。邱建国的到场使她感到一种前所未有的轻松和激动，声音也不由得提高了，变得情绪兴奋声情并茂。

趁领导讲话的间隙，兰婷悄悄挤到邱建国身边，恨恨地讨伐他道：“你这家伙，开的什么玩笑！你再不来我可要撒手不管了……真不像话，吓得大家都快犯心脏病了！”

邱建国笑着说：“我知道你要骂我的。小兰，等我给你看个人，你就没气了。”

说着将刚才同他一起下车的那个男人拉过来，客人微笑着，很有克制地对兰婷伸出手来说：“老同学，很久没有见面了，我很高兴你还是那么……热情洋溢。”

兰婷本来对那个男人很生气，虽然她不认识他，但是邱建国是因为这人才姗姗来迟的，闹出一场虚惊，所以她认为应该算那个男人的过错。可是当她的目光与客人四目相对，那人把鸭舌帽朝上抬起来，于是兰婷一下子呆住了。

哦，上帝！兰婷喉咙里轻轻发出一声呻吟，怎么会是他？这个让人又爱又恨的男人?！那熟悉的额头，坚定的嘴唇，亲切的眼神，目光深处那种倔强和高傲的诗人气质，以及只有兰婷用心灵才能感受到的如秋水般淡淡的伤感和温情。虽然她知道他将会来西都，但是这一切来得那么突然，那么猝不及防，她连一点心理准备也没有。

过去的岁月虽然已成旧梦，但是一个人的生命链条始终连接着过去，人没法割断生命，也就没法完全消除内心的创伤。她没有想到上帝会安排在这样的时间、这样的地点和这样的场合同这个男人见面，对一个已近中年的女人来说，同旧日的情人相遇是一件残酷的事，如同已经愈合的伤口被重新撕裂，掩埋在岁月尘埃中的记忆之门被轰然炸开，创痛和往事的潮水立刻汹涌而出几乎将她吞没。她身体晃了晃，感到一阵来自内心深处的痛苦眩晕。但是一个成熟女人的理性和意志力还在支撑着她，她努力控制住自己的情绪，用一种近于冷漠和无动于衷的态度同来人握握手。

“欢迎你回家乡，向东……”她说完这句话就赶快掉转身去，遮掩地用手绢擦去已经溢出眼角的泪水。

43

“各位领导，各位来宾，各位知青朋友们，”邱建国目光炯炯，凑近麦克风大声说道，“我谨代表集团公司全体员工和我本人，感谢所有出席仪式的领导和朋友，感谢大家的关心、支持和厚爱。知青的事业在于知青的参与，我们集团公司之所以以‘知青天堂’命名，是因为它寄托了我们一代人的理想，是因为我们在过去年代曾经苦苦为之奋斗过，尽管这个梦尔后一度失落。我要说，天堂的事业是我们一代人的事业，知青天堂就是所有老知青的幸福家园。而今天大家来到这里团聚，也是我们知青大家庭的一个盛大节日。”

邱建国今天穿了一套笔挺的深色西装，结了一条橘红色领带，从头到脚都被装饰得闪闪发亮。紧挨着他的有他的知青老战友，作为今天会场贵客的勐岗县委书记万向东。他俩身后并排站着集团公司董事会成员以及主要干部兰婷、万小东、马立新、文晓红、许大毛、胡司令、张省身、李闯王、王从军、金红卫等人，他们个个无不精神焕发信心百倍。知青后代苦苦妹也作为一个特殊客人出席了成立仪式，她同邱姗姗一道跟着蔺小英妈妈站在道贺的人群中。

“……请允许我向大家介绍一位客人，他是专程从边疆来到西都参加我们知青盛会的。他也是一个知青，而且现在还是知青，他没有随大返城的潮流回城，而是真正在边疆沃土中扎下根来，二十几年如一日，风风雨雨到如今。他就是我们知青中大名鼎鼎的人物，现任边疆地区党委常委、勐岗县委第一书记——万向东同志!”

人群中开始纷纷交头接耳，紧接着有人鼓掌，会场上立刻响起潮水般的热烈掌声。在过去年代，兵团知青对于万向东这个名字几乎无人不知，那时候的报纸、电台和各种简报都对他的事迹进行过铺天盖地的宣传报道。他是知青学习的榜样，是扎根边疆的先进典型。时过境迁，历史结束了过去的一页，大返城后的知青们纷纷开始了第二次人生，万向东的名字也就留在过去，留在历史岁月的书页里，没有人再关注这个先进典型的命运，于是他随着一个时代的结束沉入同龄人尘封的记忆深处。斗转星移，现在这个名字如同一颗早已淡去的星辰突然再度闪耀在天空中，并且作为这个盛大仪式的头号贵宾出现在人们面前，作为一个事业有成的县委书记和扎根边疆二十几年的同龄人，这个事实就不能不引起到场人们极大的兴趣和敬佩。

许多老知青拥上前来请万向东签名留念，几位在场的领导同志也纷纷起身来同万向东握手，善于捕捉新闻的记者们也不失时机地进行抓拍采访。

等会场平静下来，邱建国望着台下黑压压的人头大声说道：

“知青战友们，你们的目光都能看到，教堂下面的山坡上是一片著名的公墓群，那里有成片的断石残碑，也有刚刚修葺一新的墓地，它是历史留给我们这代人的特殊纪念。红卫兵公墓，知青公墓，将来还会有老三届公墓，同龄人公墓，等等，就是说，它将是我们这代人的归宿之地……有不少同龄人已经先我们而去，已经长眠地下许多年，至今每当我一想起他们年轻和熟悉的面容，心中就无法克制自己的悲痛和自责。

“……李红军，解放中学初六七级男生，你们中间不少人是解放中学的校友，我想你们应该还记得他。他和四百多个同他年龄差不多的男女中学生就躺在你们左边那片树林里，他们已经在那里长眠了四分之一个世纪，比他们曾经活在这个世界上的岁月还要长得多。

“姜解放，勐岗农场橡胶十四连知青，她同我，还有今天在场的许多知青都是一个连队的战友。她高高的个子，剪一头短发，是个严肃、认真、有信仰和不肯轻易向命运低头的女孩子。她本来可以同今天到场的所有妇女一样，做一个好母亲、好妻子或者一个优秀企业家女经理女干部。但是不幸的是，她刚到边疆不到一星期就遇上森林大火，她和其他九名女知青为扑灭山火而牺牲，献出年轻的生命。她们遇难时平均年龄还不到十七岁！……”

黑蝴蝶又飞起来，渐渐弥漫了天空。人群屏住呼吸，偌大的教堂里鸦雀无声。邱建国用力擦去溢出眼眶的泪水，他仿佛看见在洁白的云彩之上，在开满鲜花的天国里，许多熟悉的眼睛注视着他。教堂墙壁上的小天使在飞翔，小精灵在歌唱，天国之路似乎并不遥远。他抬起头来深深地吸了一口气，阴影像泡沫一样散去，教堂外面阳光依旧照耀天空，春天的绿树和空气像海波荡漾。活着，多好啊！他想。

“……我还要讲一个人，她就站在我身边。”邱建国拉过苦苦妹，让她同自己站在一起，动情地说道，“你们看，她还是个孩子，同你们所有人钟爱的独生子女一样，她也是独生子女，也经过母亲十月怀胎，像一切纯洁无瑕的小生命一样呱呱坠地来到我们这个世界上。她的名字叫苦苦妹。所不同的是，苦苦妹不知道谁是她的亲生父亲和母亲，她甚至没有见过他们，因为她是一个知青的私生子，是那个时代不道德和非法的产物，是不该出生的人。所以她一生下来就被送上了山，送给当地山寨的老乡，直到十几年后的今天。

“这就是苦苦妹！我们的后代，知青的孩子。还有多少像她这样的孩子需要我们伸出手来帮助？还有多少个苦苦妹还在边疆的不知名山寨里苦苦期盼等待？我们该怎么办，让孩子们继续失望吗？

“……想想李红军、姜解放、苦苦妹们，我们应该为他们做些什么，或者说我们应该努力多为自己做点什么良心才能平静？这些年，我常常会想起这些情同手足的兄弟姐妹们，他们年轻、活泼的脸庞和音容笑貌时常浮现在我的脑海里，许多事就像昨天发生的一样。我们已经走过青年时代的风风雨雨，那是一段留下了我们青春印迹、激情、理想主义、劳动汗水和心灵苦难的生命历程，我们毕竟走过来了，走进了今天这个充满机遇、挑战和改革开放的时代。但是我们决不要忘记，我们许多兄弟姐妹还留在过去，留在过去那个充满迷茫和苦难气息的年代里，他们就躺在我们身后注视着我们。

“就为了这个，我们不该想想怎样生活才能对得起‘知青’这个特殊称号么？前段日子，我同几位知青朋友一道重返边疆，去了勐岗农场，当我站在十位女知青的坟前时，一大片荒草和灌木丛已经把她们吞没了。我想她们一定在冰冷的地下责备我们，那目光该是怎样的凄怨、寂寞和绝望！

“我哭了，泪如泉涌。我想我们活着的人纵有一千条理由，一万条困难，比起这些长眠地下的姐妹也是天大的幸福。我们有什么理由自怨自艾？我们难道不应该随时想想她们，想想自己的责任吗？列宁说过，忘记过去就意味着背叛。我们怎样才能不背叛自己的历史，牢记自己应尽的责任呢？

“记得许多年前，我们一群同学来这里向李红军辞行，记得当时万向东说我们注定走不出这片归宿之地。今天我同意他的话。因为这里是知青天堂乐园，它象征着一个共同的事业目标，那就是为每一个老知青谋利益，建设一代人的幸福天堂。知青天堂集团成立所做的第一件事就是将十位女知青骨灰从边疆迁回西都，今天我们就要举行骨灰安放仪式。我还要宣布，所有不幸在过去、现在或者将来去世的老三届同学、老红卫兵、老知青都有权利在这里找到自己的归宿之地，我希望这座公墓如同它的名字一样成为我们这代人的天堂乐园。当然，我们还要花一大笔钱把这个教堂也修好，让上帝也有一个安身之处。毫无疑问，许多年后我们都要走完自己的生命历程，然后到天堂与他们相会，所以我希望活着的人们经常来这里看望自己的兄弟姐妹，给他们送一束鲜花，或者烧一炷香，借以安慰他们的灵魂并牢记自己的责任和义务！”

邱建国讲话完毕，全场默哀，哀乐低沉地回响起来。人们排成长队缓缓走出教堂，将十个骨灰盒依次传送到墓地。许多人捧着战友沉甸甸的遗骨，忆起往事来泣不成声。一个女知青突然惊叫一声昏厥过去，人们七手八脚地把她救醒，原来这只骨灰盒里盛的正好是她妹妹的骨灰。

时光仿佛倒流许多年，沉睡的记忆再次复活，苦难是一种烙印，也是一根纽带，把老知青们共同的精神和情感牢牢地焊接在一起。逝者去已矣，来者不可追。活着的人一想起他们就心里难过，那么还有什么个人利益不能丢掉，还有什么困难不能战胜呢？《红卫兵战歌》又隐隐奏响起来，它潜藏在人们血脉中，蛰伏在人们心灵里，它被这代人的历史精神和历史情绪滋养着，好像父亲李玉和留给女儿铁梅的那盏红灯一样永不熄灭。它又是号角，一遇时机就吹响起来，传达这代人前仆后继的愿望，让人们止不住地热血沸腾和重温为理想献身的誓言。

上午十一点，骨灰安放完毕，邱建国面对黑压压的人群大声说道：“现在我宣布，西都市知青天堂股份责任（企业）集团总公司成立！”

数千知青按照边疆民族节日的习惯齐声欢呼：水——水——水！……

十万响爆竹点燃了，惊天动地的爆竹声和掌声像飓风一样掠过树林上空，惊飞一群栖息在树梢上的白鹭和雀鸟。

第十四章

44

“……向东你看，我们这代人历经坎坷，一次次试图改变社会，又一次次遭到无情嘲弄。红卫兵造反，上山下乡接受再教育，大返城一无所有，就像一首歌词里唱的那样：几度风雨几度春秋，风霜雪雨搏激流，历经苦难痴情不改，少年壮志不言愁。这里只改动一个字，中年壮志不言愁。”在万向东下榻的宾馆房间里，邱建国踌躇满志地对万向东说道。

电视里正在播放记者采访知青天堂集团成立仪式的画面。万向东刚刚洗完澡，他显得有些心事重重的样子，边揩着水淋淋的头发边看电视。电视上的邱建国似乎苍老了许多，四十出头的人，脸上皱纹一经镜头扫描竟有些像丝瓜布。

“当然，知青天堂集团公司成立是一个好的开端，我的感觉是大家都变得成熟起来了。”县委书记叉开五根指头在头发上梳了几把，扔掉毛巾回答道，“我希望大家继续努力，在政治上、经济上、文化上大有作为，因为历史发展不可能跨过一代人。从理论上讲，今天四十多岁的人，再过一二十年必定要接班，那时候我们国家领导人的履历表上就将出现‘红卫兵’、‘知青’的字样。这是自然规律，无法抗拒。”

邱建国将登有张省身文章的那份报纸递给万向东说：“你看看这个。我还是赞成孟子那句话：‘天将降大任于斯人也，必先苦其心志，劳其筋骨，饿其体肤，空乏其身……’事实证明老知青是肩负历史大任的一代，改天换地的一代。历史不可能空缺了我们这代人。我们不仅成功地经历了炼狱之火的考验，而且以自己的方式登上历史舞台，谁说往后我们不能改变这座城市乃至这个国家的命运呢？”

万向东将文章浏览了一遍。他没有马上接邱建国的话，而是放下报纸口气淡淡地说道：“建国，你的身体好像没有完全康复对不对？我看你脸色不大正常。”他点燃一支烟，扔一支给邱建国说：“我总觉得身体比什么都重要，物质是基础嘛，这是唯物论的基本观点。如果没有好的体魄，什么雄心壮志都是空话对不对？”

邱建国一时愣住了，竟无言以对。他并不完全了解万向东，“士别三日，当刮目相看”，他其实在投石问路，寻找他们谈话的契合点，但是他又不得不承认万向东很有城府。在他从前的印象中，万向东是个思想偏激的人，功利性很强，但是经过这些年官场磨炼跟变了个人似的。他提醒自己不要说话过了头，以免引起万向东反感，因为他的目的是要抓牢万向东，将他六百万贷款挤出来，这需要有耐心。于是他就噤了声转过头看电视。

记者采访完邱建国，又转过镜头采访县委书记万向东。邱建国看见电视上那个叫万向东的中年人皮肤晒得很黑，表情严肃，话语简短深思熟虑。

记者：“作为一个老知青，请问你扎根边疆二十多年，想没有想过要回城市？”

万向东：“我已经习惯了边疆的生活，我热爱那里的山山水水，我更愿意把自己看作一个新时代的边疆移民。”

记者：“你后悔过吗？”

万向东摇头：“不。”

记者：“你对西都还有感情吗？”

万向东："当然有感情，那是一种对亲人、对故乡和童年所保持的记忆和热爱，这种感情就像孩子对母亲的感情一样永远不会消失。"

记者："你觉得西都的变化大吗？"

万向东："西都发展很快，许多街道我已经不认识了，从经济发展来看，边疆同内地有很大差距，这也是我这次回家来学习取经的一个目的。"

记者："你能对家乡的亲戚朋友、父老乡亲说句话吗？"

万向东："……祝愿西都的父老乡亲、知青同学、亲朋好友们事业蒸蒸日上，祝愿西都人民再接再厉，把城市建设得更加繁荣。谢谢。"

这时电视画面上突然摇到一个兰婷的镜头，这是记者无意中捕捉到的。当时兰婷正同别人说话，眼睛分明却注意着正在接受采访的万向东一举一动，那目光显得很复杂，又很深情。邱建国悄悄瞟了万向东一眼。他惊讶地看见县委书记的脸色大变，先是变得很难看，嘴角都扭歪了，继而浮现出一种很残酷的表情，这种表情像在跟谁搏斗。他不由得心里"咯噔"一跳。

这家伙显然对兰婷旧情未断，他心里酸溜溜地想。他知道他俩曾经好过一段，后来突然分了手。兰婷回城，万向东选择留在边疆扎根。有种种说法，其中最盛行的一种当然是万向东为了捞取政治资本，一鸣惊人地与山寨姑娘结了婚。但是兰婷对此守口如瓶，别人也就无法窥见内中隐秘。

人性的弱点是什么？当然是感情。万向东的弱点在哪里？他爱他的妻子吗？不爱他为什么要跟她结婚？他们夫妻关系为什么一直不好？他心中开始悟出一点什么，突然觉得有了底。有了这个发现他心情变得很愉快。这时电视上插入一段广告，他起身去沏了两杯茶，放了几片西都香茗，递给万向东一杯，自己端了一杯吹着浮面的茶叶慢慢地喝。

虽然他也喜欢兰婷，但是他清楚自己的弱点决不在兰婷身上，他瞄准的是六百万投资，他的目的明确，毫不动摇。从这一点讲，他比万向东高明。万向东在明处，他在暗处，因此他更具优势。

广告结束，电视继续采访知青后代苦苦妹。这是电视节目的最后一个高潮，年轻女记者的声音也因此变得低沉而充满感情。

女记者："苦苦妹，你能告诉阿姨，你今年多大了吗？"

苦苦妹："十四岁，阿爹说我过了年就该十四岁。"

女记者："你上过学吗？读几年级？"

苦苦妹："书记叔叔让我念了小学。中学很远很远，在县城里，苦苦妹上不了学。"

女记者："你怎么知道你的亲生父母是知青呢？"

苦苦妹："寨子里的人都这么说，阿爹也这样告诉我。"

女记者："你想念亲生父母吗？"

苦苦妹点头，眼睛里溢出亮晶晶的泪光："苦苦妹天天都在想……"

女记者："你终于回到亲生父母的家乡，他们知道你回来了吗？……会来主动认你这个女儿吗？"

苦苦妹的眼泪终于流出来，低头哽咽不语。

女记者："孩子，你勇敢地抬头来，通过我们的摄像机，通过电视画面对你从未见过面的亲生父母说几句话吧，他们也许就在电视机跟前看着你呢！"

苦苦妹抬起头来，她泪流满面凄切地喊道："爸爸，妈妈，我好想你们……想得好苦好苦啊！阿爹说，我生下来裹在一件雨衣里，没有吃过亲妈妈一口奶，也没有被爸爸亲过一下，手脚冻得冰凉，被人偷偷送了几个山寨。阿爹说，女儿好命苦，生来没有爹妈疼，没有爹妈爱，所以叫我苦苦妹……爸爸妈妈，你们的女儿现在长大了，能干很多农活儿，不会给你们增添累赘……我只想见见你们，听听你们说话，叫你们一声'爸、妈'……我的爸爸妈妈，你们在哪里呀，苦苦妹是你们的女儿，你们能听见女儿在呼喊你们吗？……"

女记者抱着苦苦妹的头，也动了真情泪流满面地说："亲爱的观众朋友们，这个十四岁的瘦弱的女孩子，这个一生下来就被命运遗弃的知青后代，她向我们呼唤的、索要的只是回到父母身边的权利。这是个小小的权利啊，哪个孩子生下来不该拥有呢？但是苦苦妹没有，至今没有……我无法说清那对知青当时遗弃孩子的确切原因，我们通过许多文学作品知道，那时候的每个人都有自己难言的苦衷和遭遇。那是历史的原因，孩子和她的知青父母都是受害者。但是现在时代不同了，孩子被找回来了，被一群侠义、富有同情心和正义感的老知青，也就是大家所熟悉的这家知青天堂集团的总经理邱建国和他的同伴亲自上山把苦苦妹找回了我们这座城市，也就是找回到孩子亲生父母的身边。孩子的父母，你们如今在哪里？你们会有勇气站出来同你们的女儿相认吗？苦苦妹的巨大期待会成为现实吗？……过去的就让它过去吧，噩梦醒来是早晨，我们同广大电视观众一道期待着这一时刻的出现。我们西都电视台专题栏目将对此作跟踪报道……”

邱建国端着茶杯，眼睛不知不觉地模糊了，他低头抹了一把，才发现自己已经流了泪。万向东默默递给他一张纸巾，拍拍他的肩头，他连忙掩饰地起身上了一趟洗手间。

回来电视频道已经换了另外的歌舞节目，邱建国关小了电视机声音，又把门掩上，然后直截了当地对万向东说：“向东，我公司的情况你虽然不完全了解，但也耳闻目睹了一些。你知道我办公司不完全为了赚钱，但是我首先必须赚钱，有钱才能办大事。你从政，我经商，从根本意义上讲我们彼此目标一致，都是殊途同归。我想跟你谈谈，你能同我们合作吗？”

万向东一点也不意外，他稳稳地坐在沙发上说：“你说说，我为什么要同你合作？”

邱建国胸有成竹地回答道：“因为你要做个有作为的改革者，你要实现的政治抱负需要经济业绩作为资本。改革者不能光有口号和观点，更要有行动。邓小平南方讲话是个突出信号，表明中国改革的力度将加大，这是个大好时机，我们合作将对双方都有利可图。从具体操作上讲，你可以以投资的形式入股，作为公司的股东参与分红；或者将资金转贷给我，我每年按百分之二十支付利息，五年连本带息还你一千二百万。”

万向东微微一笑，说：“我为什么一定要选择你而不是同别人合作?”

邱建国扔给他一支香烟，自己点燃一支深深吸了一口，推心置腹地说道：“算了向东，你别跟我绕圈子。你跟我合作至少有三个别人没有的有利条件：第一，作为老同学老知青，我们彼此有长期的共同经历、信任和感情作为基础。第二，知青天堂集团背后有数以万计的老知青作为后盾，这你已经看到了，没有哪一家以赚钱为目的的商业公司有如此巨大的社会号召力与凝聚力。这是一种财富，也是一种资本，这种资本将带来巨大的商业效益。第三，我需要你的支持，而你也需要我的帮助，这是一种互利的事业，就像人的两只手，各有各的用处，但是只有配合起来才能发挥最大的作用。我们有共同的利益和出发点，需要彼此支持，一荣俱荣，反之则一损俱损。”

万向东不说话，表情始终是平淡的，邱建国有些失望，他没有从他的眼睛里看到他所期待的积极反应。

“向东，我知道你不是个贪官，你是个有政治报负的人。”邱建国像个谈判桌上的老手，继续用一种有说服力的诚恳语气讲下去，“……对付贪官，问题就简单得多，我只消对他说，你贷我三年，我给你个人一百万报酬，没有人能抵挡一百万现金的诱惑。你是政治家，我是商人，排除个人关系，你要改变边疆面貌，修公路搞建设引进项目扶贫，你需要钱。我的工作就是赚钱，抓住时机大赚，抓不住时机小赚，我们的合作不正是天作之合么?我作为你的老同学老朋友，希望三年五年后你做地委书记，再过几年做省委书记，而我的集团公司也要发展壮大，跨省跨地区乃至跨国界的规模，那时候我们不是可以携起手做更多更大的事业吗?

“有个问题我思考很久，在现代社会，政治与经济是不能分家的。经济发展到一定规模没有政治作为后盾便难以支撑，而同样政治家的舞台也离不开经济的坚实土壤，政治经济应是相辅相成的两条腿，离开其中任何一条人都没法正常走路。我们不妨把眼光放远一点，再过几年十几年，到下个世纪，政治家的概念恐怕也会悄悄发生变化，那时候你的选民对你的要求就不仅仅是你个人操守如何，生活如何廉洁，而是你得用你的政绩说话。政绩是什么？首先当然是经济，经济建设如何，经济效益怎样，搞了多少基础设施建设，人民生活提高多少，等等，那时候你能够忽略你同大企业家大金融家各种投资集团说到底就是市场的关系吗？”

他顿了顿，察看县委书记的反应。后者依然微笑着鼓励他说下去。邱建国喝了一口茶，脑子里迅速思忖一下，他明白要说服万向东不是马上能办到的事，欲速则不达。但是他已经将信息传达出去，在万向东脑子里占据了一个先入为主的印象，这也很不错，因此就放缓口气说：“当然我公司刚成立，万事开头难，但是我们很有信心，相信你已经看到这一点。”

万向东不紧不慢地说：“我怎么才能信任你的业绩而不受个人情感干扰呢？”

邱建国吐着烟圈回答：“这需要你经过全面考察，然后做出判断以及准备为此承担风险。”

万向东平静地说：“建国，我也开诚布公告诉你，你是有计划有准备的，这不要紧。我准备在西都停留一周，我们之间无论做出任何决定都将是利益和理智的选择。我们必须绕过情感的泥潭，那将是你和我事业的灭顶之灾。”

邱建国站起身来同意道：“那好，一周时间不算短，我将使你全面了解我公司以及公司的运作项目。”

45

正说着话，有人按响电铃，万小东急匆匆走进来，手里拿着一份当天的《西都日报》。他高兴地对两人扬扬报纸说：“你们快看，这里又登了整整一版，关于我知青集团成立的前后详细情况。许多人都上了报，有我哥，邱大哥，苦苦妹，兰婷姐，提到知青回顾展，知青重返边疆的事。其中特别感人的是知青深入山寨赎回苦苦妹和邱大哥在火车上与歹徒搏斗的事迹，你们都成了西都的新闻人物啦！加上电视一播出，连公共汽车上都在议论苦苦妹的事，公司不用打广告，知名度简直家喻户晓。这就是新闻效应，不做广告的广告！”

邱建国粗粗浏览一下报纸，觉得这个署名宗天的记者用了许多夸张和浮华的描写，比如写苦苦妹，“……像一朵柔嫩的小花，在边疆的红土地上苦苦地挣扎，任凭愚昧和蛮荒的风雨吹打”，写他见义勇为，“……面对歹徒闪动寒光的匕首，他如泰山一般的身躯稳稳站立着，那是一个钢铁意志铸就的长城。歹徒吓破了胆，终于狗急跳墙，颤抖着举起罪恶的刀子”，等等，通篇如此。但是他们谁知道，那一对善良淳厚的养父母是怎样哭昏了过去？那个举起罪恶刀子的歹徒却是一个本该坐在教室里学习的失学少年？

邱建国把报纸扔在一边，不屑地说：“这帮烂记者酸文人！个个都跟搞发酵饲料一样，好好的东西到他们手里就变了味。我看不出这样宣传对社会有什么好处。”

万小东说：“邱大哥，你也太认真，管他发不发酵的，只要这种宣传对我们公司有好处就行。”

邱建国不同他争辩，看看表说：“你们哥俩聊聊，我先走一步。”

邱建国出了门，万小东一屁股坐在沙发上说：“妈的，这些天累坏了，公司一出名，树大招风，事情多得跟打仗一样。说来也怪，知青的事一火，公司招牌一吃香，生意多得就跟撵骨头的狗一样进了门，你赶都赶不走。这就是所谓‘马太效应’，进入良性循环圈。”

万向东怜爱地注视着这个比自己小十几岁的弟弟。小东长大了，长成大人了，嘴上长出一圈黑黑的胡髭，脸上的棱角也变得分明起来。他已经不是从前那个爱淘气的男孩子，而是一家大公司的副总，担负着很大的责任。父母去世后，小东就一直寄养在亲戚家，他这个哥哥在边疆当知青，一去二十年，没有尽过多少责任。其实有时他内心里很想疼爱弟弟，想表现至爱亲情，但是没有机会，并且县委书记已经不习惯公开表露自己的情感，因此他只是亲切地笑笑说：“小东，今晚我们一道吃餐饭。明天咱们抽空到父母坟上烧炷香。”

万小东点点头道：“好的，明天我来接你。哥，邱总是不是在游说你投资和贷款的事?”

万向东心里很惊讶，表面却不动声色地问：“你有什么看法吗?我正想找你聊聊这事呢。”

小东兴奋地说道：“集团公司目前势头正旺，人气充足，社会影响日益扩大，加上邓公南方讲话发表，正可谓百年不遇的历史机遇。古人有云：‘天时、地利、人和，得一可行路，得二可行事，得三者可行天下也。’我公司占尽三全齐美的优势，正是大干一番的好时机。哥，你如果能投资到公司里，或者说依托知青集团这条船，就等于给勐岗县开辟了一个前景广阔的投资市场。”

万向东沉下脸说：“小东，是不是邱建国让你来做说客的？他给你多少好处?”

小东毫不退缩，理直气壮地争辩说：“哥，现在什么时代了，谁给谁做说客？这实际上是利益分配原则。你手上有六百万扶贫贷款我们清清楚楚，你得找有利可图的合作项目，找可靠的合作伙伴，这是商业，不是政治。知青集团显然最符合你的条件，我是你兄弟，是公司副总，难道我会骗我哥不成?”

万向东拧着眉毛道：“你还没有回答我，邱建国给你什么许诺?”

小东觉得这位当书记的兄长未免太死板，也太挑剔，就嘟哝着回答说：“我个人能有什么好处？不过为本公司，也为哥你的事业前途着想。邱大哥说如果能谈成，这笔资金将由我监管，换句话说就是你的代理人。哥，你贷不贷款给公司是你的事，我只是通报实情供你参考，希望你在政策许可的范围内来做。”

万向东无话可说，他有种不舒服的感觉，觉得自己一回西都就被一张看不见的网实实在在地罩住了。他不高兴地挥挥手，教训弟弟道：“别跟我说什么屁政策！政策是什么？还不是我万向东一句话——好了，不说这些，你给我谈谈你的个人问题。你为什么还不成家？想打一辈子光棍么？我可不想有个和尚兄弟……对了，咱家那些亲戚，大伯二伯舅舅，得抽个时间去看看他们。”

46

夜色渐渐笼罩城市，华灯初上时分，兰婷打了一辆“的士”来到位于临江路的西都宾馆。下车前她对着车里的后视镜理了理头发，审视一下自己上了淡妆的面容，甚至露出牙齿笑了笑，自我感觉不错，确实是个风度优雅的都市职业女性。但是她一回头，看见那个歪着头的小胡子出租汽车司机脸上挂着坏笑，立刻明白别人竟把她当成那种夜间出来工作的女人，心里很生气，扔下二十块钱就扭头下车了。

今晚她确实来赴一个约会。

邱建国跟她通了一个电话，直截了当地告诉她万向东确实很挂记她，希望她晚上到宾馆见见面。这个间接邀请在兰婷心中引起一阵如石击水的震动。其实没有邀请她也许还是会主动去同过去的情人见面，但是万向东毕竟没有忘记她，因此激动慌乱之余她忽略了一个最简单的问题，就是为什么不是万向东本人而由邱建国转达这个邀请？

他们曾经有过一段生生死死的感情纠葛，有过属于他们共同的人生和情感秘密，因此这算怎样一种性质的约会，见面之后会发生什么，她心里一概没有数，就像初涉爱河的青春少女那样没法把握自己。但是有一点她无法欺骗自己，那就是她心里确实渴盼见到那个让她无法说清楚的男人。

进了宾馆大门，穿过大堂上了电梯，她越来越感到一种没来由的紧张和心跳。当她按照地址找到8011房间时，她镇静一下自己，然后按响电铃。她听见电子门铃在门里发出好听的叮咚响声，这时她感到喉咙一阵阵发干，浑身都在燥热，好像她真的在做一件见不得人的丑事。

门开了，一个熟悉的身影站在面前。万向东一瞬间似乎很意外，但是立刻就浮现出高兴的表情。她听见那个悦耳的魂牵梦萦的男低音说：“是你么？兰……婷，请进吧。”

锥圆形落地灯在铺了地毯的房间里映出一圈柔和的光晕，巨大的落地式玻璃窗被丝绒窗帘遮挡起来，中央空调悄悄向房间输送着春天凉爽的气息，电视机里正在播放中央电视台的特别专题节目。兰婷注意到，那个被称为打不倒的小个子老人正在兴致勃勃地视察南方某地，一大群官员簇拥着他。万向东做了一个请坐的手势，然后替她倒了一杯饮料。

万向东望着电视机说："最近改革呼声很高，传说中央将有大动作，步子可能比从前任何时候都要大。"

兰婷"唔"了一声，没有答话，万向东看看她，然后两人都沉默下来。他们彼此故意回避不看对方，眼睛都盯着电视机看，听电视上那个世纪老人用一口四川乡音侃侃而谈，但是他们又似乎无时无刻不在注视对方。兰婷越来越感到心烦意乱，她其实什么也没有看进去，老人的话她一句也没有听清楚，她觉得脑子里似乎装得满满的，又似乎什么东西也没有，接近一片空白，于是她就起身脱了外衣挂在衣架上。

万向东"啪"地关掉电视机。他抬起头来直视兰婷眼睛说："婷，我们不用互相躲避了，今天你来了，我将因此感激你。我知道你恨我，我伤害过你，过去的事，我没法向你道歉，道歉也没有用，那是一种生存选择，我只能那样做。现在毕竟过去十几年了，我们都不年轻，人到中年，我想时间会消除许多怨恨。我们都按自己的方式活着，我们都付出了许多代价，正由于这一点，我希望重新得到你的谅解。"

兰婷的眼泪悄悄溢满眼眶。她努力控制自己的感情说："向东，现在谈谅解有什么用处呢？我们总不能重新生活一次吧？"

万向东轻轻叹道："我想过，想过不知多少次。我想我们总会见面，人会变老，年轻时候的事，该说的总要在一起说说，别让过去的怨恨总挡在我们中间，把我们变成两个永远彼此恨着的陌生人。我想人总有一死，如果有一天我们将要离开这个世界，面对死神降临，我们会平静如初吗？我们愿意把怨恨带到另一个世界吗？……不！那样我们都会为此后悔不已的。"

兰婷的眼泪终于忍不住夺眶而出，她哆嗦着大声嚷道：“瞧你说得多轻松！说一说就行了，良心就平静了么？……你知道我生孩子的事吗？你知道我差点没有发疯，差点没有去自杀吗？”

万向东好像挨了当头一棒，瞪大眼睛，半天才结结巴巴地问：“谁？你说……生谁的孩子？”

兰婷抬起头来恨恨地说：“谁，还有谁？你的孩子，我生的是你万向东的孩子！”

万向东突然捉住兰婷的手臂，使劲摇晃着她叫道：“你生孩子？我们的孩子？什么时候……哦老天，我怎么一点也不知道？”

兰婷终于支持不住，瘫软在男人怀里大放悲声，直哭得天昏地暗，仿佛要把十几年埋藏在心底的委屈和悲痛全部发泄出来。万向东紧紧抱住她，他感觉到她的手指冰凉，身体像风中的树叶一样不停颤抖。

时间一秒一秒过去，空气凝滞了，荒野的气息悄悄从四面八方渗出来。

“婷，你慢慢告诉我，”等兰婷抽泣渐低，万向东替她擦去眼泪，捧着她的脸问道，“……你什么时候生的孩子？你当时为什么不告诉我？”

兰婷如乱箭穿心。这心底埋藏的隐痛创伤实在太深太深，如同一场噩梦，十几年来她眼泪只好往肚子里咽。这苦果是谁酿成的呢？她自己？万向东？或者那个混蛋男人？事实上她现在也没法跟万向东完全讲清楚。男人是什么？有诗人说女人是土地，男人是播种机。她肚子里的种子究竟是谁播下的，万向东还是那个混蛋？至今连她也弄不清楚，因为那已经成为一个永远也无法揭开的谜。岁月之手抹去了一切痕迹，如果让她自己决定，她倒宁愿相信是万向东。

因为万向东播种爱情，那个混蛋宣泄性欲。

“……小兰同志，我一直很喜欢你，你从我的眼睛能看出来对不对？”

“报告指……指导员同志，我已经……对、对不起。”

“什么对不起，你难道不听党的话?”

“……”

直到许多年后她仍然记得清清楚楚，那是个雨后天晴的很明亮的日子，阳光像一条条夺目的金蛇在茂密的胶林中乱窜，空气中闪动着碧绿的光芒。黛黑色的群山好像刚刚涂抹过的新鲜油彩画，远近橡胶林像海洋一样绵延起伏无边无际，被人踏倒的草丛里散发着植物苦涩的清香和落叶腐败的气息，就在这幅亮丽的油彩背景下，女知青兰婷在山上劳动的工棚里被她最信任的指导员同志强奸了。

开始她害怕极了，不住地哭泣，下身也湿漉漉的，流了不少殷红的鲜血。可是那个混蛋竟比她更害怕，浑身发抖，跪在地上不住地哄她，诅咒自己一时冲动，犯下大错，求她保密，请求她的宽恕。对善良少女兰婷来说，她虽然受到肉体和心灵的伤害，但是当她听到那个混蛋可能因为强奸罪被开除党籍判刑坐牢直至枪毙时，她的心软下来。那人毕竟不是坏人，是她敬重的连队领导，那人曾经立过功受过奖，是师、团的先进连干部，她不愿意看到因为自己的原因导致另一个活生生的人被毁灭。她红肿着眼睛答应不告发他。

当天晚上她敲开万向东的茅草屋，把少女的初恋和受伤的肉体一起献给了心上人。后来兰婷忍不住向心上人哭诉那个混蛋的暴行时，万向东却表现出惊人的克制和冷静，他并没有暴跳如雷地随便抄起什么刀子或者锄头扁担去找那个仇敌拼命，也没有灌下许多烈酒麻醉自己揪心的痛苦，他只是不停地在屋子里走来走去，抽了许多呛人的烟卷。后半夜他出去了，直到天亮才回来。他告诉兰婷，他已经彻底制服了那个混蛋，那人保证今后绝不敢再碰兰婷和任何女知青一根指头，他许诺将以照顾知青的前途作为补偿。此后他们幸福地悄悄同居了半个月。

那人果然没有食言。不久万向东得到一个机会到省城党校学习，学习期满到学大寨工作组锻炼，这期间他做出了一个惊人的举动，公开与传统观念决裂，宣布同当地山寨的一位姑娘结婚。婚礼完全按照当地民族风俗进行，因此万向东一下子出了名，被报纸誉为“山寨里飞来的金孔雀”，并出席了在北京召开的扎根边疆农村先进人物座谈会。

万向东走后第二个月，女知青兰婷发现自己不来月经，又过了几个月她才惊骇地知道自己已经怀了孕。女知青简直吓坏了，整天哭哭啼啼，躲在屋子里不敢见人。还是那人在关键时刻保护了她，他悄悄把她送到一家很远的山区公社卫生院去躲起来直到生产。不料生孩子时难产，大出血，她昏迷了几天几夜。还是那人在她生命垂危时救了她，他连夜奔跑了一百多里路到县城医院取回当时不多见的特效止血药。兰婷醒来后第一个念头就是要看看孩子，看看这个险些要了她的命的孽种，这个从她身体里分裂出去的小动物，小生命，但是孩子已经不见了，被人送上了山……

女知青一度万念俱灰，正是这种对生活的悲观绝望促使她义无反顾地投身到知青大返城的洪流中去。但是她并不恨万向东，也不恨任何人，她甚至原谅了那个……混蛋。她宿命地把自己的灾难看成一种命运的劫难。只是有时她会在空闲之中突然想到自己曾经生下的那个孩子，他什么样？长得像自己吗？他现在还活着吗？他在哪里，干什么？他知道他有个叫兰婷的母亲在想念他吗？……哦，岁月无敌，只有时间的魔手才能渐渐抚平创伤，泯灭人们心中的种种是非恩怨，因为现代生活总是变幻着令人眼花缭乱的色彩和节奏，拽着人的脚步往前走，它由不得你频频回首。

47

“……当时我发现怀了孕，就不敢给你写信，害怕影响你的前途。”兰婷从卫生间出来时已经重新整理过头脸，只是眼睛还有些红肿。她坐下来喝了一口茶，疲惫地对万向东说道：“后来生下孩子，死里逃生，却收到你做出结婚决定的那封信。我还有必要再对你说什么呢？”

“那么，现在你总可以把一切都告诉我了吧？”万向东很快从震惊中恢复了自制，他小心翼翼地问道，“你确信，他是我们……的孩子?”

兰婷看了他一眼，怨恨地说：“难道你愿意他是别人的孩子？你不相信曾经失去过一个孩子？……是啊，如果做个血清试验一切都清楚了，可惜这一切都不再重要，因为孩子生下来就送了人。是那人亲自送走的，只知道是个男孩。如果孩子还活着，应该有十五岁了。”

万向东愣了几秒钟，然后急切地追问：“送到什么地方？能找到吗？你找过他吗?”

兰婷冷笑一声，尖声叫道：“难道你还嫌我忍受的痛苦不够吗?我有什么脸面去寻找孩子，告诉他是他的亲生母亲抛弃了他吗?”

万向东脸上终于现出了痛苦的表情，他摇摇头断然说道：“我去找，我一定要找到他！……你告诉我那人现在在什么地方？只有通过他才能找到线索。”

兰婷讥讽地说：“如果他还在，我想没准我也会去找他的。可惜已经晚了。”

万向东睁大眼睛问：“为什么?”

兰婷叹口气道：“兵团改农场他就回部队了，后来战死在中越战场上……听说很勇敢，是个战斗英雄。”

两人一时都沉默不语。

房间里很安静，能听见人的心跳。兰婷当着万向东的面把压抑多年的感情宣泄一通，宣泄虽然不解决问题，也不能改变现状，但是她因此感到轻松，就像卸下了包袱一样。兰婷绝不是个自私的和没有理性的女人，她不需要复仇，不需要用别人的痛苦来补偿自己的损失，宣泄的目的仅仅是宣泄，宣泄之后就变得心平气和胸怀宽广，因此女人又转过来安慰男人说：“你别记挂孩子，我已经死心了，就当没有生过他吧。”

万向东嗯了一声，没有说话，兰婷将身体朝前移了移，伸出手轻轻抚摸男人粗砺的头发，和那颗像岩石一样坚硬倔强的头颅。男人没有反应，她感觉出他的身体僵硬，肩头在微微颤动。他已经不是当年那个有诗人气质的男人，他也许并不想真心寻找他的儿子，她这样想道，心里不由得略感几分失望。男人总是自私的，尤其是像万向东这样仕途得意野心勃勃的政治家，他绝不会为过去的感情纠葛损害眼前的利益。他是个有前途的领导干部，已经有家室有儿女，他要顾及影响，不像兰婷，自从那次难产大出血之后就不能再生育。假如说找到了那个被抛弃的男孩子，万向东会将自己置于怎样一种尴尬的境地呢？你难道要让一个未来的地委书记甚至省委书记——他已经为此付出半生努力，包括牺牲婚姻家庭——为了一笔过去的旧账而声名狼藉，断送政治前程吗？

兰婷轻轻叹了一口气，她不忍心再折磨这个曾经伤害她让她又恨又爱的男人。她仔细端详过去的情人，看见万向东两鬓已经悄悄夹杂了许多白发，眼角堆起几条松弛的皱纹，这些皱纹又深又长，像那些刻在岩石上的地质符号一样。是的，今天他们都已经不年轻，正因为不年轻他们才没有多余时间纠缠过去。人生中有些事是永远没法说清的，有些债是永远没法还完的，有些账是永远结不了的，“剪不断，理还乱”，“抽刀断水水更流”，谁能把乱麻一堆的过去解开来说个清楚呢？哦，恐怕只有等他们将来都去了天国再来细细地算这笔账。

她闭上眼睛，把头靠在万向东肩头上，女人的心被一种温暖抚慰着，渐渐开始充满柔情。她已经完全原谅了这个男人曾经有过的对她的伤害和背叛。万向东身体终于动了动，张开臂膀用力拥抱女人，用嘴唇轻轻触摸她。不管怎么说，他曾经爱过这个女人，尽管他为了自己的前途毫不犹豫地抛弃了她。他从不为自己的行为后悔，生活本身是残酷的，生存法则容不得道德君子。人生如战场，战场上只有输赢，没有好坏，“胜者王侯败者寇”，不就是千古长存的真理么？

但是人毕竟是感情动物，政治家也是人，无法阉割七情六欲。当万向东走近这个炽烈如火温柔似水的女人，他内心冰封的感情世界就开始苏醒和崩塌。

“人在官场，身不由己。”万向东不由得喃喃自语道，“婷，不然我会发誓娶了你。”

兰婷没有听清，睁开眼睛吃惊地问他：“你说什么？”

他把女人抱得更紧，吻着她说："我说，婷，我的心里一直为你保留着一片天地。它永远是属于你的。"

兰婷深情地问他："向东，这些年你想过我吗?"

万向东望着她的眼睛，毫不迟疑地回答她："是的。很多很多次，夜深人静的时候。"

兰婷把脸埋进男人怀里，幸福地耳语道："向东，我是你的……哪怕你再骗我一百次，我也宁愿上当。"

万向东抱紧女人柔软的身体，频频亲吻她散发出香甜体味的头发和脖子，一时禁不住欲望勃起，就伸手去解开她的衣服。多好啊，冲动与迷狂，性爱与乱伦，那种燃烧自己的感觉一瞬间又占据男人心头。女人真是个好东西，男人如果没有女人，就像夜空没有月亮，陆地没有水，海洋里没有鱼类一样寂寞。兰婷是个聪明、善良又不乏柔情的好女人，可惜他没法娶她，他不能离婚，离婚等于自毁前途。兰婷没有他需要的最重要的东西，那就是通往权力道路上的通行证。好女人是生活的一种点缀，一道精美的夜宵，一个理智的男人是不能沉溺在夜宵里不能自拔的。

他开始跟她做爱。女人仍然像从前一样，柔顺地听任男人摆布。可是问题很快暴露出来，他似乎只会摆弄而无所作为，就像一个肠胃病患者无法消受一道精美夜宵一样。尽管他也像头雄牛一样憋足劲，像火车头一样呼哧呼哧喘粗气，但是无奈身不由己，女人像座城堡，开了大门久久也迎不来占领者，不免深感失望和愤慨。女人翻身坐起来，她看见面前这个一丝不挂的情人身上全没有从前的雄风，他已经人到中年，被酒肉灌得脑满肠肥，肚子上箍出一圈松松垮垮的脂肪。他那条本该坚韧不拔的男根此刻也不争气地搭拉着脑袋，像根被火烤软了的银样蜡枪头。

"……你跟老婆做爱也这样吗?"兰婷冷笑着问他。

"也许我……不该这样。"万向东沮丧地解释道，"可能因为我太紧张，太冲动的缘故。"

"我还以为你从不跟女人做爱呢。"兰婷顾自穿好衣服下了床，边整理头发边尖刻地说，“也许是我太老，没有魅力，引不起你的性欲是不是?”

万向东呆了几秒钟，突然捂住脸“呜呜”地哭出声来，倒把兰婷吓了一跳。

“婷，你别走，都怪我，我是个不中用的家伙!”万向东呜咽着说道，“我得了那种病。”

兰婷吃惊地问他：“得了……什么病?”

万向东不敢看她，低着头小声回答：“性冷淡，功能性……阳痿。我已经好几年没有碰过女人了。”

兰婷松了一口气，开导他说：“我当是什么性病艾滋病呢！……阳痿就是你自己没有信心。难道你老婆也不跟你做爱么?”

万向东不语，好一会儿才低声回答道：“我们长期分居，好几年了。”

兰婷本来想要出门，却站在原地愣了一会儿。

她没有想到万向东外面看上去威风八面、大权在握无所不能的样子，内心里却有说不出口的苦处。一个大男人，几年没有女人，这不是连普通老百姓都不如么？她很同情万向东，觉得他真是可怜，好端端一个人，怎么就变得外强中干，连跟女人做爱都不会了？她本来打算离开宾馆，他们这份旧情到此结束，今后永不见面，可是她没法说服自己不牵挂眼前这个男人，不为他担惊受怕，谁叫她曾经陷得那么深，那么无法自拔呢？这大约就是命，她今生今世注定要受这份苦，还这笔债。于是她重新脱下外衣，走上前去深情地摩挲着男人的头发，然后把他的头紧紧地揽在怀里。

“我不走，今晚留在这里，跟你在一起。”她热烈地吻着他说，“……向东，挺起来，来呀，像从前那样……我要把你变成一个顶天立地的男子汉！”

第十五章

48

一连几天，万向东一行在邱建国等人陪同下开始全面和谨慎地考察这家将要同他的政治前途发生密切关系的股份制民营集团公司。

县委书记在心里暗暗告诫自己：你得警惕，这不是私人投资，绝不能因为感情原因影响你的正确决策。要避免任何失误，这是你代表的一方政府对你的上级和你治下几十万百姓所承担的重大经济和政治责任。

从个人原因讲，他的老上级地委书记再有两年就要届满退休，他作为最具竞争力的接班人之一，如果错过这趟班车，老书记一退，政治上没有靠山，再往上提拔就会阻力重重。邓小平视察南方讲话发表使他敏锐觉察到机会来临，他必须拿出政绩来，证明自己的改革者的开明形象。年前他在党校学习，党校组织学员到沿海地区考察，他看到那里的经济搞活了，老百姓富起来，县县村村修公路盖楼房，一派直逼现代化欣欣向荣的景象。相比之下，他那个地方确实太穷了，落后到跟五十年代没有多大区别。“人穷志短”，人穷怎么能不志短呢？如果人穷不感到志短那才是件可怕的事。所以当中央的改革之风再度吹起，他决心一马当先学沿海，亲自抓经济工作，他想带头搞出一些政绩来，作为新时期条件下继续从政的资本。

“……建国啊，你们这些老同学，个个都成了经济大潮中的弄潮儿喽。”经过几天马不停蹄的参观考察，万向东心中已经有了数，在回集团公司大楼途中，万向东望着车窗外的高楼，对坐在后排的邱建国和兰婷说道：“我看你们照此势头发展下去，用不了几年工夫，就有望成为西都市乃至天府盆地民营经济的领头羊。”

邱建国知道，这几日印象将决定万向东六百万资金的投资去向，他谦虚地笑笑回答说：“现在刚刚是个开头，我们当然希望积极发展，跟下围棋一样，在西都布好局，然后一步步向整个西南地区扩展。”

汽车遇上红灯，停下来等待交通信号，自行车和行人像潮水一样淹没道路。中国人口真多啊，城市里就跟要爆炸一样，万向东注视着汹涌的人流车流感慨地想。

几天来，他们全面细致地考察了集团下属的知青天堂乐园（公墓）、知青梦娱乐城，知青部落度假村，老知青大酒楼，广阔天地民族风味餐厅，以及商贸公司、房地产开发公司、科技开发公司、文化广告公司、食品饮料公司和筹建中的金融债券经营部、太空水饮料厂等。他不无惊讶地看到，由于市场经济的出现，造成对人的想象力和创造力的极大开发，曾经不懂赚钱的中国人很快变得聪明起来。以知青天堂乐园（公墓）为例，这个公墓区初期投资仅两百多万元，为社会公益事业，享受政府优惠政策。以现在地价上涨的速度预测，十年后这片地产将增值十倍以上，超过两千万元。

知青天堂总公司以公墓区为龙头，沿凤凰山修建一系列知青部落度假村、知青梦娱乐城以及餐厅酒家等众多饮食娱乐场所，全方位推出具有浓郁怀旧情绪的老知青消费娱乐和商业节目。比如知青部落度假村，从衣、食、住、行一律模拟知青下乡的情景，度假村经理、管理服务人员都穿兵团时期的绿军装。又如老知青大酒楼，服务员一律红卫兵装束，店堂里一片红海洋，门前大书毛主席语录“为人民服务”五个金光闪闪的大字。

邱建国在这里安排老知青们同万向东一道吃了一顿别开生面的“文革餐”。

一位年轻小姐胸前佩戴领袖像章，手捧毛主席语录从服务台里走出来，她严肃地将菜单递在客人手里说：“毛主席教导我们：‘千万不要忘记阶级斗争。’请您点菜。”

万向东诚惶诚恐地站起来应答：“毛主席教导我们：‘下定决心，不怕牺牲，排除万难，去争取胜利。’我不会点菜。”

小姐依然绷紧脸说：“一切反动派都是纸老虎。请您一定赏光点个菜。”

万向东只好草草浏览一下菜单说：“大海航行靠舵手。我点个忆苦饭。”

不料那位小姐还是不肯放过他，小姐纠正他说：“您错了，毛主席他老人家没有讲过大海航行靠舵手的话，那是林彪说的。”

万向东逼急了，又背了一条语录说：“忙时吃干，闲时吃稀，杂以土豆红薯，总可以了吧。”

这回轮到小姐傻眼了，她连忙摇着头争辩道：“不对不对，语录本上没有的。我天天早晚都背，背了一个多月呢。”

万向东得意地说：“你是本本主义，我还有好多语录是你那个小本本里没有的。你办事，我放心。照既定方针办。呆会儿罚你喝酒。”

众人全都笑弯了腰，兰婷捧着肚子哎哟哎哟叫个不停。随后每个人都站起来背一段语录，点一个菜。

热气腾腾的忆苦饭端上餐桌，看上去很像他们在兵团时每逢重大节日都要吃的忆苦饭：主食糠渣窝窝，外加芭蕉根煮野菜玉米粥。但是等万向东一下筷子，才发现糠渣窝窝竟是油炸精米鱼肉团子，芭蕉根煮野菜玉米粥是鸡汁清汤煮白玉兰卷菜心玉米羹，还有几粒鲜红的枸杞子浮在汤面上。而那些知青名菜“丰收舞”（即偷农民瓜菜）是什锦蔬菜肉汁大拼盘，“叫化鸡”是正宗麻辣泥糊烤鸡，“翻身鱼”是豆腐炖鱼头，“小爬虫”是椒盐螃蟹，“玻璃汤”是一道价格昂贵的葱花蛇汤，“大返城”则是一只大龙虾。

最后一道大菜叫作“全国山河一片红”。

小姐将一只酒精炉摆上桌，点燃火后又架上一口大号砂锅，汤汁一开，砂锅里立即泛起一片鲜亮的红光，于是众人就连忙将海鲜鱿鱼肉片肉丸子新鲜菜肴置于汤中，那些东西很快就染成红颜色，在滚汤起伏翻腾中活蹦乱跳。万向东夹起一只丸子尝了一口，啧啧称赞道：“好个一片红！果然让人印象深刻。”

知青天堂集团总公司以知青文化开路搭台取得空前成功，加上新闻界推波助澜的炒作，于是在西都造成意想不到的轰动效应。一时间全城劲刮知青风，街头巷尾人人争说知青，知青部落度假村、娱乐城、风味餐厅等生意火爆应接不暇，报纸上电视上天天都讲知青的故事。老知青们身价猛涨，仿佛那段不如意的仓皇经历倒成了革命本钱，让老知青尝到革命功臣的光荣滋味。

万向东也成了西都的新闻人物。

记者追踪报道他的行踪，报纸刊出他扎根边疆二十年的优秀事迹，团市委邀请他去给大中学校的师生作革命传统报告。“边疆人民的父母官，西都人民的儿子”，当地报纸这样亲切地称呼他。这一切都使万向东感到满意，感到舒畅，有种功成名就衣锦还乡的飘然感。但是他也许不知道，这一切都是邱建国有意安排的。

绿灯亮了，汽车又开动起来，万向东突然问邱建国和兰婷：“在毛主席诗词里，你们最喜欢哪一首？”

邱建国想想回答道：“从前我喜欢《沁园春·长沙》，但是以我现在的心情，当更能理解那首《沁园春·雪》。”

兰婷完全同意道：“我也是。”

万向东思绪飞升，他说：“真是奇怪，我们为什么答案一致？”

邱建国笑笑道：“说明我们有共同的精神营养么。”

万向东深有感触，他说：“我想，这恐怕就是我们这代人的精神症结所在。我们大约永远也没法走出伟人的情怀。”

他们一同低声浅吟地背诵起来，伟人的激情像一泓春水在车厢内荡漾开来：

独立寒秋，湘江北去，橘子洲头。看万山红遍，层林尽染；漫江碧透，百舸争流。鹰击长空，鱼翔浅底，万类霜天竞自由。怅寥廓，问苍茫大地，谁主沉浮？

……

江山如此多娇，引无数英雄竞折腰。惜秦皇汉武，略输文采；唐宗宋祖，稍逊风骚。一代天骄，成吉思汗，只识弯弓射大雕。俱往矣，数风流人物，还看今朝。

49

司机连连按响喇叭，公司总部到了。万向东从车窗里望出去，公司大楼前人头攒动，连大门口都堵满了人。

“这是公司面向社会公开招聘人才，有企业管理、市场营销、金融债券、人事公关、电脑操作、文秘财会等，第一批共计一百人。先通过面试、笔试以及短期试用，然后择优正式录用。”下车后邱建国对万向东解释说。

“走，我们看看去，我对人才招聘很感兴趣。”万向东兴致勃勃地说道。

“小东负责招聘工作，”兰婷特意说明道，“连晚上都有人缠着他，比报考国家公务员还抢手。”

他们走进公司一楼大厅，看见负责招聘工作的万小东被应聘者包围着，忙得不可开交。万小东看见他们，连忙挤出人群把他们领进招聘办公室，他兴奋地告诉他们，光今天上午前来报名的应聘者就多达七百人，大多数是毕业不久或者在国营单位工作的大中专毕业生，其中还有几名有硕士学位的研究生。

邱建国颇感意外，他不大相信地说：“研究生？研究生来我这做什么？小东你告诉他们，我是做生意的，不做学问。我这辈子什么都不怵，就怵这些戴厚眼镜的知识分子。”

兰婷忍不住反驳道：“建国，你干吗公开排斥知识分子？你当年下乡插队，农民不也把你当作城里来的知识分子么？”

邱建国连连摇头道：“那实在是一种误会。说来惭愧，下乡那会儿我连高中课程都没有学完，按现在的要求得补习文化，算哪门知识分子？”

万小东笑道：“邱大哥，你先别戴有色眼镜看人，研究生又不是老虎，我给你叫一个来谈谈。”

不一会儿他就领进来一个穿牛仔服的年轻女孩。女孩长得很白净，束着马尾巴，没有戴眼镜，浑身上下洋溢着一种年轻人特有的青春气息。她往这群灰色的中年人面前一站，立刻让人感到一种扑面而来的逼人的勃勃生机。

邱建国惊讶地问：“你叫什么名字？……研究生？为什么来求职，难道国家不分配工作？”

女孩子毫不怯场，她那双黑亮的大眼睛里透出一种自信和稳重。“我叫华璐，去年毕业于西都财经大学商业经济系，MBA（工商管理硕士），主攻方向为物业智能化管理。”女孩子声音很好听，像没有杂音的录音磁带，“我目前的工作单位是市妇联机关档案室，但是我不想混日子，我希望贵公司给我一个机会增加自己的社会阅历。”

邱建国很有兴趣地问道：“西都有很多大公司，包括中外合资和经济待遇很好的外资公司，你有很好的自身条件，有高学历，为什么偏偏选择我们这家刚刚起步的知青公司？”

华璐不慌不忙地回答：“经济待遇当然是个很重要的选择条件，但是我还年轻，我最需要的仍是社会体验，就像你们这代人曾经经历过红卫兵运动和上山下乡一样。从这方面讲，我觉得贵公司的社会宗旨与我的人生理想有很多相似之处。”

万向东在一旁插言道：“请你详细谈谈好吗？”

华璐略略思忖了一下，她看看万小东，后者微笑着鼓励她说下去。

“也许我刚出校门，对人生对社会都有些……理想化。我觉得你们这代人对我很有吸引力。”华璐眼睛里闪动着期待和热烈的光芒，她几乎是不假思索地一口气说下去，“具体说就是你们身上有许多宝贵的东西是我们这代人所没有的，或者说稀少的、淡漠的，比如理想主义，集体主义，献身精神，友爱精神，等等。你们公司总经理会在罪犯逞凶时挺身而出，同罪犯搏斗身负重伤，这对每一个普通人来说都是难以做到的。这里面有个传统道德和价值体系的问题。你们为了公益事业不惜斥巨资修建知青天堂乐园，以图将一代人的人文精神凝聚起来，激励自己，留传后人。你们还把知青弃儿从边疆找回城市，以知青的名义创办公司，以及发扬知青群体的共同奋斗精神，等等。毋庸讳言，这些东西都对我充满了强大的人格魅力。我相信你们的理想主义一定能成功，我愿意跟随你们，从你们身上汲取精神营养，学到一些书本上学不到的真实的东西。”

大家都被研究生的话感动了，他们虽然表面不动声色，内心里却是满足的，热呼呼的。邱建国从女孩子坦诚的眼光里可以断定她是真诚的，她的话发自内心，这是一个年轻女孩子独立思考的结果，是两代人之间的交流。待华璐离开办公室后，他吩咐万小东说：“她可以免试录用，如果可能，让她明天就来我的办公室报到。”

万小东看看总经理的脸色，试探地央求道：“还是分给我，到我的房地产公司吧……我那里缺人手，特别是学过物业管理的人才。”

邱建国笑笑说：“小东你先别打她的主意，到总经理办公室报到再说。”

一行人登上公司总部大楼的屋顶凭栏远眺。

春风骤起，一团团灰蒙蒙的气流在天空中撞来撞去，刮得屋顶电视天线呜呜响。一群灰色的鸽群在天上奋力飞翔，风中飘来一串串断线珠子一样的鸽哨声。置身高楼，便见西都的房屋像潮水一样争先恐后地向脚下涌来，远处许多正在修建中的高层建筑像岛屿一样突兀而出，它们鳞次栉比地成长着，用这个变化向世人昭示这座古老城市的更新发展。万向东深有感触地说道："西都越变越年轻，可是我们却开始老喽。"

邱建国意味深长地回答老同学说："是啊，'一万年太久，只争朝夕'，所以我们不能再等待下去。我们都得做点事，否则今后这个社会将没有我们的位置。"

兰婷用手捂住被风刮乱的头发，在一旁默默地注视着万向东。万向东避开兰婷炽热的目光，回头对邱建国说："明天我要回边疆了，今晚我做东，请老同学赏光一聚如何？"

邱建国连忙说："还是我替你饯行吧。这里我是主人，你是客人，这个东还是让我来做。"

他们边说着话就往楼下走去，不料迎面碰见一个怒气冲冲的男人，那人瞪着眼珠，脸涨得通红，骂骂咧咧地奔上楼来。兰婷一看，原来是傣家楼风味园餐厅老板兼公司董事马立新。马老板看见邱建国就指着鼻子大骂起来："你这个无情无义的家伙！人做事要对得起天地良心，对得起朋友，我们都是兵团知青，我老马哪一点对不起你邱建国？你为什么在背后搞我小动作？"

邱建国面无表情地说："老马，请你别冲动，有话咱们以后再谈好不好？"

马立新直着脖子嚷道："不行！我要你当着知青战友的面说清楚，你派人来借我的餐厅厨师，我不肯借，你就背着我把厨师都挖到你的餐厅去了？"

邱建国看了万向东一眼，轻描淡写地回答道："老马，你这人怎么连生意场上的事也不懂？你的厨师要来我这里，我总不能拒绝人家。水往低处流，人往高处走么！这是必然的规律。你是我公司的股东，公司发展也有你的份，我对你讲过把傣家楼合并到公司来，人多力量大嘛，你就是不肯听。你看现在问题出来了，该怪谁呢？所以我还是劝你重新考虑考虑我的话。"

马立新根本听不进去，依然愤愤地声讨道："邱建国，你这个小人！白眼狼！你拍着胸口想想，当初我老马是怎么支持你的？你口口声声知青战友，转眼就翻脸不认人？我要退出你的公司，你把我的钱退给我！你想打我傣家楼的主意，告诉你，没门！”

办公室出来许多人把马立新拉开了，邱建国做出一脸无可奈何的表情，苦笑着对万向东说道：“你看看，现在许多人就是素质低，小生产的惰性，宁愿一分一分攒钱，就是不愿意参与社会性生产，不肯接受新事物。让他进来合股他不干，现在感到有竞争了又不能面对现实。商场如战场，人人都得接受优胜劣汰的考验，这是件很残酷的事，你别无选择。”

万向东默然了一会儿道：“建国，你放手干吧……并不是人人都能进入天堂的，我们也许应该重新适应某些社会原则。”

50

万向东离开西都之后一个多月，一个晚霞似火的暮春的傍晚，一群身着衬衣雄心勃勃的年轻人鱼贯登上南行的列车。万小东走在这群人前面，他精神饱满意气风发，那些年轻人都是他的助手和工作人员，其中包括那位青春洋溢的女研究生华璐。这是知青天堂集团总公司成立之后派出的第一支实力强大的远征军团，万小东将携巨资参与北海日益升温的房地产市场开发竞争。由于知青天堂集团总公司的社会影响不断扩大，西都投资银行再次扶持商业贷款一千万元，勐岗县政府的六百万元投资款也一次到位，邱建国立即将眼睛盯住北海房地产市场，决心投入全部主力资金以期一搏。于是这家总部设在西都异地注册的北海知青实业开发公司宣告成立，由万小东兼任总经理。

邱建国兰婷到车站为出征将士送行。邱建国像检阅三军一样同大家一一握手话别。他的身体不错，伤口彻底痊愈，人看上去也胖了些。他一手拉着万小东，一手拉着华璐的手说：“送你们两条，务必牢记。一条是孟子语录：‘天将降大任于斯人也……’另一条是毛主席语录：‘下定决心，不怕牺牲，排除万难，去争取胜利。’总公司全体员工等待你们的好消息，勐岗县几十万老百姓和万向东书记都期待你们的成功。”

兰婷千叮咛万嘱咐：“房地产市场风云变幻大起大落，前几年海南已经有过经验教训。你们一定要谨慎从事，切不可头脑发热。”

火车开动了，人们挥手作别，钢铁列车负载着一个巨大而现实的梦想轧轧地奔向远方，像离弦之箭消失在黑夜沉沉的地平线上。邱建国久久站在原地不动，他觉得火车将他的一部分重量带走了，因此心里有种空荡荡的失落感，有种想追上去的愿望。人群渐渐散去，站台上只剩下几个人，兰婷碰碰他说：“回吧建国，公司还有一大堆事情等着呢。”

邱建国听见远处有火车汽笛鸣响，就像山谷里的回音，他突然觉得自己有些老态，就跟下岗离休的老干部一样。他朝兰婷挤挤眼睛，自嘲地说：“天要下雨，娘要嫁人，随他们去吧。妈的，今年天气怎么热得这么早……我们顺路到知青梦娱乐城看看老胡怎么样？”

偌大的站台和天桥下，几个人影就不紧不慢地走着，走出检票口，走进车站广场里，很快融入五光十色的灯火和熙熙攘攘的人流中不见了。

下　部

第十六章

51

公元一九九四年夏季的一天，一架“波音-757”客机在巨大的轰鸣声中降落在被灯光照亮的地面跑道上。几分钟后，舱门打开，乘客的队伍像牵了线的木偶一样鱼贯而出。

兰婷一出机舱口，立刻被一股扑面而来的热浪逼得后退两步，虽然时间已经是晚上九点钟，但是白天的酷暑丝毫没有减退的意思。刚才空中小姐报告西都地面气温为摄氏三十三度，可是兰婷觉得这里的暑气好像比北海还要炙人，机场光溜溜的水泥地面简直就是个热气腾腾的大蒸笼，蒸得人喘不过气来。

她只好拖着旅行箱落荒而逃。好容易出了机场，远远看见司机小杜站在出口处张望，她就像遇见救星一样连忙朝他招手。小杜一眨眼工夫就把公司那辆银灰色的德国“奔驰”轿车开过来。等兰婷钻进车里，关上车门，车外的酷暑嘈杂立刻就像潮水一样退开去，被隔在一层淡蓝色的玻璃窗帘外面。车内开着空调，凉风习习，立体音响里轻松地播放着斯特劳斯的《蓝色多瑙河》。兰婷用纸巾抹去额上的汗水说：“还是你这车好，坐出租车都热得受不了。”

小杜立刻委屈得叫起来："兰总，您怎么好拿出租车跟我这车相提并论？出租车算什么车？充其量能在街上跑动。这是德国奔驰轿车，最先进的发动机技术，顶呱呱的世界名车，值一百多万人民币哪。"

兰婷笑道："得得，我是夸奖你这辆车嘛，谁拿你跟出租车比了？"

小杜是公司出名的车痴，有人给他取个外号叫"杜轱辘"，意思是没有人比他更爱车轱辘了。小杜大学里是学机械制造专业的，毕业后分到一家机关坐办公室，两年前他在大街上偶然看见一辆银灰色"奔驰-600SEL"高级轿车开过，竟然着魔似的骑着自行车追了好几条街。后来他到底打听到这辆奔驰轿车是知青天堂集团总公司新近从沿海购进的，就主动找到公司毛遂自荐，说服了总经理邱建国，经过试用成了这辆高级轿车的专职司机。有人对此颇不以为然，觉得一个大学生怎么这样没出息，放着好好的机关工作不干，却甘愿来给老板当车夫？小杜笑笑，也不争辩，只是一心一意地开车，闲下来就钻研车辆维护技术，把轿车打扮得跟个新娘一样簇新锃亮一尘不染。

汽车开出机场大门，向左拐弯上了高等级公路。兰婷看见迎面开来的汽车都开着明晃晃的大灯，跟炮弹一样呼啸而过，就连忙吩咐小杜说："你别开太快，安全第一，千万不要开英雄车。"

小杜沉着地回答："兰总，别人不了解我您还不了解？甭说您在车上，就是我自己也心疼这辆好车哪。"

兰婷想想也是，小杜是个无可挑剔的司机，无论工作态度和驾驶技术都堪称一流。她问："你出来邱总留什么话没有？"

小杜边开车边答："邱总让我直接送你回公司。兰总，我多句嘴，邱总最近火气大得很哩。"

兰婷知道这是因为最近银行紧缩银根，经济形势骤然紧张的缘故。这次她到北海，看到不止他们一家公司，几乎所有跑马圈地的房地产商都陷入地价跌落的沼泽泥潭。但是她不愿去想这些烦人的事，就换个轻松的话题道："小杜，你为什么不结婚？有女朋友没有？"

小杜目不斜视地说："现在没有，以后总会有的。"

兰婷跟他开玩笑："你把汽车当恋人了吧？"

没想到小杜居然很严肃地回答道："兰总，我觉得不妨也可以这样说吧。你既然爱上一件东西，不管它是什么，哪怕是条狗，是只老鼠也好，只要你对它有了感情，就跟爱上一个人差不多。如果你不能得到它，你将为此终身遗憾。"

兰婷觉得这小伙子挺有趣，就反问他道："你把爱车爱老鼠与爱人相提并论，不觉得过分吗？"

前面有个人影横穿公路，小杜反应很灵敏，一打方向盘让过行人。之后他又沉默地开了一段路才说："我认为也可以这样说吧。其实爱车与爱人并不冲突，我爱汽车，因为它是人类智慧和劳动的结晶，是人类最杰出的劳动成果。比如这辆'奔驰'吧，我不在乎谁拥有它的财产权，谁能卖掉它或者买下它，但是我无法抗拒它对我的强大诱惑。汽车是有生命的物体，它跟骏马一样，有灵气，与人相通，有品质血统的区别。其实它真正的主人不是乘客而是司机，因为你只有在驾驶它时才能真正进入它的世界，理解它，这时你的全部感觉、全部器官和思维都与它融为一体，与它合成一个不可分割的整体……兰总您听，这像流水声音的轮胎转动，这发动机歌唱般流畅的轻微震颤，这方向盘轻柔滑顺的转动手感，还有车体如水波轻摇如海浪托起般的平稳，以及超越一切障碍无所不能的强劲动力和磅礴气势，这是一个梦，一个理应属于全人类的梦。我拥有这个梦，我感到很幸运，即使这个梦的所有权是属于别人的，我仍然为此满足，别无所求。在这个世界上，有多少人真正能与你所钟情的事物融为一体呢？有人仅仅把汽车当身份标志，当财富象征，当代步工具，这当然都不错，但这并不是真正拥有，真正拥有是你用心灵对它的全部热爱和理解。哦真的，汽车跟人一样，也需要爱，需要理解。至于什么时候我的梦醒了，那时候我就去干点别的，比方说结婚，生孩子，建立家庭，或者去开一家汽车修理厂谋生什么的，总之我这一生与汽车结下不解之缘……兰总，您觉得好笑吧？"

兰婷被眼前这个年轻人的内心自白感动了。她从前同别人一样，以为小杜有点怪癖，爱车爱到走火入魔的地步，现在她才明白这个言语不多的年轻人内心世界竟然蕴藏有如此丰富的情感和超然的灵性.相比之下，倒是她的生活充满了身不由己的世俗和浮躁，她到底真正热爱过什么呢？她沉吟了一会儿说："小杜，有梦是件好事，人生无梦至少是个悲哀。所以请不要为自己的选择后悔。"

年轻人高兴地笑了，他眼睛亮闪闪地说："兰总，我不后悔。"

汽车下了机场公路，经过一座立交桥就进入了灯火通明的市区。路过人民路时，兰婷看见公司下属的老知青大酒楼已经早早关门打烊，昔日人人争说知青的盛况已成隔日风景，而仅一街之隔的傣家楼风味园餐厅却还在夜间营业，隔着玻璃门能看见餐厅老板马立新站在柜台里算账。兰婷这才感觉肚子饿了，记起自己还没有吃晚饭，就让小杜停车下去吃夜宵。马老板看见兰婷进来就连忙同她打招呼，叫厨师给他们各烫了一大碗又香又辣内容丰富的云南过桥米线。马老板还是老样子，肥鹅一样的身体，脸上挂着一层油光光的汗珠，只是头顶新近秃了许多，有种抹不去人到中年的辛劳和憔悴。兰婷关心地问老马最近生意如何？马立新将钱钞和票据收进抽屉里去，连声说马马虎虎，很有信心的样子。

兰婷对老马印象一直不错，觉得他还算诚实，勤勤恳恳做生意，不似有些生意人奸猾，老算计着坑人。上次他同邱建国闹翻后餐厅经营曾一度陷入困境，还是兰婷背后做了许多扶持工作，想办法帮他渡过难关，而他则看在兰婷面子上才勉强同意继续留任公司董事，不抽回个人投资。相比之下金红卫管理的老知青大酒楼情况就相当不妙，两年前人人争说知青的热闹场景一去不复返，一成不变的"文革菜肴"已不再让人耳目一新，而金红卫又拿不出更具竞争力的菜品吸引顾客，所以除老知青大酒楼勉强维持外，另一家广阔天地民族风味餐厅已因亏损严重倒闭关门。

马立新拉过一把椅子在他们身边坐下来说："小兰，我有个想法，如果不合适就当我没有说过，免得引起误会。"

兰婷吃了半碗米线，觉得饱了，就把碗推到一边说："老马你只管说吧，不用那么客气。"

马立新又用袖子抹抹额头的油汗，吞吞吐吐地说：“我知道，嗯，金红卫那边……生意不大好，同在一条街上嘛，早不见晚见，又都是边疆回来的知青。我想如果你们同意，我打算把酒楼合并过来，开成我的傣家楼分号。价钱嘛，由你们开……不然我来承包也行。我负责经营管理，利润同公司分成。”

兰婷觉得这个主意不坏。她对餐饮管理是外行，金红卫也是半路出家的人，既然老知青大酒楼不能创造效益，公司总不能一直当个包袱背着。她想想说：“这事我看可以谈的，等我同邱总商量一下再说，好不好？”

出了餐厅，汽车径直把她送到总公司楼前，兰婷下了车对小杜扬扬手说：“你不用等我，不定到什么时间呢……我自己打个出租车回家。”

52

总经理办公室还亮着灯，壁挂空调机像个任劳任怨的勤务员，静悄悄地几乎不为人察觉地向屋子里输送着习习凉风。兰婷推开门，屋里弥漫的烟味呛得她差点咳起来，邱建国坐在椅子上，见到她劈头就问：“银滩的地价能稳住止跌么？”

兰婷见邱建国一脸焦躁，眼圈发黑，嘴角起干泡，知道这是操劳过度休息不好的缘故，就安慰他道：“建国，你得注意身体才是，要是你累垮了谁来当这个家……银滩也不止我们一家陷进去，大家都硬挺着的。”

邱建国烦躁地说：“万小东怎么搞的？他那边一点风声也没有听见么？没有听见风声还看不见别人跳水？”

兰婷觉得邱建国的话很不冷静，就替万小东辩解说：“这事也不能全怪小东。大家都没有经验，想不到政策说来就来……那些有背景的公司一有风吹草动就开溜，等大家知道已经晚了，结果也没有跑脱几家。”

邱建国又点燃一支香烟说：“依你看，短期内形势有希望好转么?”

兰婷坐下来，摇摇头说：“我和小东的意见都倾向于跳水。到目前为止，公司投入四千万现在尚可保住四百万。虽然亏损面达百分之九十，但是公司至少可以把这笔资金抽出来再谋发展，另找出路，不至于眼睁睁看着银滩全部化成一滩水。”

邱建国抽着烟没有答话，直到一支烟抽完，他用手指在桌上摁灭烟头才说：“兰婷，公司的情况你是知道的，银行催还贷款催得紧，万向东那边也来电话要收回投资。我就是同意将银滩的八百亩地产跳水，收回十分之一资金，银行能同意我新开项目而不还贷么？这是一方面。从投资的角度讲，既然目前银滩地价已经跌入谷底，跳水不如死守，我们好歹还有一片不动产扔在那里，它的市价是四千万人民币。银行也好，万向东也好，都同我们的利益拴在一起，这是没有办法的事，风险共担么？所以我想，对外我们还是要大讲北海的市场前景依然是光明的。我的依据是，国务院日前公布，南昆铁路将于一九九七年也就是三年后通车，作为中国西部地区的出海大通道，北海地产市场能不重新热起来么？市场投资的规律就是，如果第一个浪潮你没有来得及赶上，那么你就得有耐心等待第二个浪潮对不对？……小兰，看来咱们都要有信心，挺过这道难关，坚持下来就是胜利。”

兰婷忧心忡忡地说：“我担心公司背了这么大包袱，能挺得过来么?”

邱建国搔搔头发，苦笑着对兰婷说：“跟你这一说，我倒想通了。背包袱本是件无奈的事，一旦无奈你也就没有了包袱，这不就是坏事变好事，辩证法么？……我这人有个本事，就是最不怕别人逼债。借钱怎么是坏事呢？借钱也是一种能力，有办法借钱是一种人人羡慕的本事，借不到钱才该发愁呢。借鸡生蛋，鸡是人家的，蛋是自己的，如果母鸡不幸生了病害了瘟，并不能说明被我们吃掉了，那是天灾人祸呀对不对？银行贷款是低息，万向东是投资者，这对我们很有利。我有个理论，叫作‘拆东墙补西墙，墙墙都稳’，‘举新债还旧债，债债不愁”，债主怕你还不起钱，就会不断满足你的条件，给你更多支持，时代不同了，杨白劳骑在黄世仁脖子上，这是市场经济的规律。何况集团公司本身还有很大潜力，我们拿出当年下乡当知青的劲头，权当白手起家艰苦创业，事在人为，有什么闯不过去的险山恶水大风大浪呢?”

兰婷还是担心地说：“向东在那边会不会受影响?”

邱建国看看兰婷的脸，心里不大高兴，但是他没有表露出来，只是口气平淡地说：“他会有什么影响呢? 官场上的人，只要个人没揣腰包，没搞贪污腐败，工作上受些损失，出发点动机总是好的，就当交学费嘛。何况我们公司也给边疆人民作了不少贡献，这些事实都是大家有目共睹的。”

兰婷终于被说服了。下飞机前她觉得压力很大，四千万借贷投资，是公司现有运转资金的好几倍，那是一个天文数字，一座人民币的大山。现在她反倒轻松下来，觉得邱建国的话确实有些见地，债多不愁，虱子多了不咬，也许正是物极必反的道理。更重要的是邱建国的信心感染了她，使她感到有理由藐视困难。她又问了一些公司最近的情况，想起刚才马立新同她的谈话，就把老马的建议告诉了邱建国。没想到邱建国大为光火，大骂马立新想挖公司墙角，弄得兰婷替马立新解释了半天也没有用。

“……他这个人，报复心很强，一直对从前他厨师跳槽的事耿耿于怀。”邱建国冷冷地警告说，“让他死掉这条心，我宁可关掉老知青酒楼也决不让他占便宜。”

兰婷无奈，只好苦笑不语。她觉得要协调人与人之间的关系真是一件困难的事，有时人为的鸿沟居然是那么的深，那么不可沟通。其实老马并不坏，公司成立之前他也帮过不少忙，何况他们都是战友，都是兵团知青啊。她突然发现地上散落有一些表格，拾起来一看，是财务部送给总经理的公司月报、财务分析和产品成本核算表。她正奇怪这些财务报表怎么都扔在地上，忽然听见邱建国说：“小兰你别捡了，是我扔的，明天让清洁工打扫掉。”

兰婷问他：“你都看过了?”

邱建国顺手把桌上另外一些表格扔到垃圾桶里，毫不在意地说：“这些东西有什么用处？我从来不看的……读起来费脑筋。”

财务部是兰婷分管的部门，因此兰婷就生气地质问他：“你又不看，干吗叫财务部天天做报表？不是浪费人力物力么？”

邱建国却振振有辞地反驳道：“我是总经理，董事长，我爱不爱看是我的事，做报表是财务部的工作，他们不做报表又干什么？我总不能把他们白养着啊。”

兰婷赌气地说：“这不跟白养着差不多么？我看干脆关门算了。”

邱建国看看兰婷的脸，笑起来说：“小兰，这就是你不对了，作为公司，财务报表总是少不了的。我看不看不要紧，我只要随时知道一个数字就行，那就是公司账上还有多少钱。但是外面来的人，工商、税务、银行、客户等，他们看见这些报表，就会觉得公司管理很正规，就有个好印象。这也是公司形象嘛。”

兰婷无话可说，她心里很为文晓红抱屈，财务部的人天天埋头工作，殊不知他们的劳动成果只是装点门面，邱建国连看都不看就扔掉了。兰婷此时才意识到，邱建国也许真的读不懂财务报表，谁说董事长总经理一定能读懂报表呢？

兰婷看看墙上的挂钟，已经十二点过了，她听见邱建国忽然又说：“哦对了，还有件事你去过问一下。华璐干得好好的，怎么提出要辞职？她跟万小东谈恋爱，会不会万小东对她有什么影响？”

兰婷感到很突然。华璐是两年前第一批招聘来公司的研究生，原先派到北海外驻，后来召回公司做她的助手，担任办公室主任。按说华璐已经在公司担当重任，以兰婷对她的了解，她不是那种贪图享乐计较眼前利益的女孩子，可是她为什么要提出辞职呢？

“……好吧，我抽空同她谈谈。”兰婷起身说道，“建国，你也回家休息吧，身体是革命的本钱，大家都得爱惜身体才是。”

兰婷回到家里已经过了夜里一点，因为提前从北海回来，事先没有通知朱青天，所以也没有打电话让他们等。她掏钥匙开门时发现里面反锁了，并且上了安全保险，不得已她只好按了半天电铃。朱青天终于出来开了门，还怪她回来不告诉一声，深更半夜地吵了人家睡觉。兰婷觉得这两年朱青天好像整个变了一个人似的，愈发自私、计较，说话刻薄。他在年前终于如愿以偿当上文化局长，从此官瘾也越发的大，一心只想升官。她不想跟他多解释，只问他："曲小花哪里去了，她怎么不出来开门?"

朱青天发火道："她也是个人，怎么就该半夜起床给你开门?"

曲小花却从小房间里面答腔道："兰阿姨，我病了，感冒，睡得死。"

兰婷独自洗漱一番，上床前把台历画掉一张。她看见在当天的台历上有"过生日"几个小字，忽然想起今天是自己四十二岁生日，怎么就忘了？发了一会儿愣，心里不由得生出一阵伤感来。不过此时已经过了午夜，生日已经成为昨天的事，这几年她记不清自己什么时候过了生日，四十二岁这么一晃就过来了。人生苦短，岁月无情，对一个中年女人来说，四十二岁是个令人灰心的年龄，可是她整天在外面忙忙碌碌是为了什么呢？谁又来关心她呢？她愣愣地坐着，满腹委屈，恨不得对谁大哭一场才好。可是有谁听她哭诉呢？她的满腹心事谁来过问？朱青天在床上早已经鼾声如雷，磨着牙齿说梦话，她对自己叹口气，只好快快地上床睡觉。自从她辞职去了公司，他们夫妻关系就一直这样不冷不热地维持着，几个月不做一回爱也习以为常。兰婷躺在床上睡不着，听着身边的鼾声，立刻有种怨恨的情绪涌上心头。她想这个胖男人为什么一定要睡在她身边？他是谁，为什么拥有跟她做爱和不做爱的权利？她越想越气，就狠狠地掐他，把他推醒。

朱青天吓了一跳，迷迷糊糊挪个地方，一侧身却掉下床去，哎哟哎哟地叫个不停。兰婷捂着嘴偷偷乐了，觉得出了口气，于是翻过身很快就睡着了。这天晚上她没有睡好，昏昏沉沉做了几个云遮雾罩的梦，都是北海的事。没有梦见万向东。

53

第二天兰婷一上班就遇上饮料食品厂出事了。

市工商局、技术监督局和卫生防疫站联合执法队突击检查了公司下属的老知青饮料食品工厂，当场查出质量不合格“三叶牌”太空水一千多件，伪造假冒的“仙山雪”矿泉水五百余件，还有正在加工灌装的假冒名牌大曲酒数百件。执法队当场扣下工厂的食品生产许可证和营业执照，并查封全部未及运出的产品。

邱建国暴跳如雷，把饮料食品分公司经理许大毛骂个狗血淋头。许大毛也不敢争辩，只是垂头丧气地缩在沙发上，听凭邱建国大发雷霆。兰婷在走廊上看见公司职员个个屏息敛气小心走路的模样，华璐指指总经理办公室，悄悄告诉她皇帝正在发怒。她顾不得跟华璐开玩笑，连忙走进邱建国办公室，用眼睛向邱建国探询原因。

邱建国铁青着脸，点燃一支烟猛抽，也不说话。许大毛看看邱建国脸色，才怯怯地说出了事情原由。原来有人举报了饮料食品厂用自来水冒充太空水和生产制造假冒名牌饮料，才招来了执法队突击检查。

兰婷平时对许大毛印象不大好，加上饮料食品分公司的业务都是许大毛直接向邱建国汇报，她甚至弄不清楚工厂厂址在什么地方，有多大生产规模等。然而现在不是追究责任的时候，她对邱建国建议说：“既然事情已经发生了，有什么该检讨和追究的以后再说，我看还是一起去工厂看看，有什么办法把事情摆平。”

邱建国朝许大毛呵斥道：“你快去想办法，你捅的娄子去给我堵上。”

兰婷同许大毛一道匆匆出了公司大楼，小杜开车送他们到生产现场去。许大毛一脸获释的表情，一路上他不停地对兰婷诉苦道：“邱总只管逼我要产量，要销售额营业额要利润，我那个破厂能生产多少太空水？一天二十四小时加班充其量也不过一百件，每件二十瓶，每瓶净利润八分，一天一百六十元，一个月才四千八百元。这些情况邱总不是不知道，可是公司规定饮料厂每月必须完成五万元利润，我有什么办法？总不能去偷去抢呀。可是话说回来，如今的社会，撑死胆大的，饿死胆小的，那些发大财的人有几个是老老实实做生意的？谁不制假做假偷税漏税？你如果老实就等于甘愿吃亏赔本，俗话说人无横财不富，马无夜草不肥，就是这个道理。”

兰婷听出些门道，她疑惑地说：“这么说，邱总是知道你们做假饮料的？”

许大毛狡黠地笑笑，没有说话，掏出香烟顾自吸起来。兰婷联想到最近公司发生的一些事，比如她到北海出差期间，邱建国没有征求她的意见就将最后一笔信用贷款四百五十万元全部投入股市炒作，这是文晓红在电话里告诉她的，而从前公司的重大决策她都要参与意见的。还有一些人事变动她这个分管人事和财务的副总经理居然也被蒙在鼓里。她感到邱建国悄悄在变，变得让人有些捉摸不透。

汽车出了城，开到郊外一座小镇上。饮料食品厂租用一家破产的乡镇企业的旧厂房，厂子里静悄悄的，车间已经停工，工人们无事可干，都聚在一起吆三喝四地甩扑克。兰婷听见身后有人叫她兰总，一回头看见有个端大号搪瓷茶缸的瘦高男人从屋子里出来朝她点头，那个男人又老又黑，一脸胡须，邋里邋遢的样子。她觉得眼熟，一时又想不起在哪里见过。那人忙说我是大老韩呀，办知青回顾展那会儿，我爱人康小闽……兰婷猛然想起这人就是大老韩，同时也想起了那个在痛苦中去世的女知青。她说大老韩你怎么变化这么大，我一下子都认不出来了？大老韩就捧着大茶缸嘿嘿地笑，露出一嘴被烟熏黑的牙齿。许大毛介绍说大老韩现在是厂里的送货司机，小闽去世后还没有成家，独自拖着女儿过日子。兰婷没有看见货车，就问大老韩怎么没见你的车？大老韩愁眉苦脸地诉苦说我那车早该当爷爷了，老解放，趴在厂里大修哩。兰婷看见那些工人里有几个面熟，但是叫不出名字，知道他们都是从工厂里下岗的兵团知青。邱建国把一条坚定不移的原则写进公司招工条文里，那就是优先录用生活有困难的知青。

车间门上已经被打上封条，许大毛叫人打开侧门钻进去。兰婷吃惊地看见，这座被称作太空水车间的大房子根本不具备起码的卫生条件，墙壁上挂着尘垢，水槽里积着污水，空瓶子像垃圾袋堆在泥地上，看着就叫人恶心。她不能想象，如果消费者知道他们花钱买下然后喝进肚子的所谓饮料就是从这间肮脏的作坊里制作出来时，会产生什么样的生理反应？

"……这是我们制造太空水的蒸馏机，设备嘛，稍微简陋一点。"许大毛指着一台粗糙的老式蒸馏机介绍说，"生产过程其实并不复杂，也可以说很简单，就是将自来水变成水蒸气，经过冷却处理从管子里流出来，再灌瓶就成了太空水。"

兰婷讥讽道："蒸馏水就是蒸馏水，干吗叫太空水？还二十一世纪饮料。二十一世纪的人都像你这样做饮料么？"

许大毛立刻反驳道："我的兰总，你干吗对咱老许这么刻薄？不都是社会主义初级阶段么？如果你不在商标广告上做文章，别人照样做，钱就被别人挣去了。现在社会的人赶时髦，你说蒸馏水，他以为是医院里抢救病人的那种玩艺儿，叫蒸馏水多难听，所以都叫太空水，也有叫纯净水的。其实谁知道二十一世纪饮料是什么样？说穿了太空水不也是水，跟自来水差不多么？"

兰婷瞪他一眼道："你还强词夺理？食品卫生法你懂不懂？你这是蓄意坑害顾客，非法牟取暴利，告你一个谋财害命我看也不为过。"

许大毛立刻叫起屈来："兰总，你可不能随便冤枉好人啦！我哪里要坑害顾客，不就想多赚几个利润么？……操他娘！自来水龙头一拧，哗哗地一天能灌一万瓶，看着都叫人眼红！你不知道，外面的人都这样干，批发市场那些所谓太空水矿泉水纯净水有几个是真的？操，灌自来水算是有良心的，还有人灌井水河水呢，我们为什么偏要当傻瓜，让别人把钱赚了去？"他又压低声音说："……告诉你，你得替我保密，这其实不全是我的主意，邱总也知道的。"

兰婷心里完全明白了，她冷静地问："那假酒呢，你们制造假酒邱总也知道么？"

许大毛避开兰婷的目光，振振有辞地辩解道："其实也算不上什么假酒，不过就是换换商标而已，酒还是上好的西都大曲酒，不信你闻闻，味道香得很呢。不像有些奸商，用工业酒精勾兑白酒害人。你知道，酒的利润比太空水大几十倍，如今小酒厂遍地开花多如牛毛，乡镇企业有几家不制假卖假？他们有本事生产名牌产品么？连国营商店柜台里都摆着假酒，为什么偏拿我们开刀？妈的，执法队有几个好东西，个个都是贪得无厌的大嘴老鸦，不就是嫌红包塞小了吗？”

兰婷扭头出了车间，边走边厌恶地说：“你要是嘴硬，我就走了，你闯的祸自己去收拾。”

许大毛连忙追出来涎着脸告饶道：“好兰总，你老人家大慈大悲，不看僧面看佛面，总不能见死不救嘛。老许我这次犯了错误，下次吸取教训就是了，工厂的营业执照还扣在人家手里呢。”

这时一个打扮得十分妖艳的胖女人从简陋的工厂办公室走出来，拉长声音说话：“哟，这不是兰总吗，干吗站在外面？许经理，请兰总进办公室里坐呀。”

兰婷认得这个胖女人是饮料食品分公司的会计，叫赵玉兰，听说离过几次婚，现在又同许大毛打得十分火热。她对这个女人没有什么好感，所以没有理睬她，只转身警告许大毛说：“你别跟我耍贫嘴。不论这事怎样解决你都得负全部责任，我将建议总公司处分你……小杜，我们马上回公司去。”

接下来的一周兰婷成了穿梭外交家，她八方奔走到处找关系背后斡旋。但是这回市里是动了真格的，对方拿了证据在手里，口气很硬，非拿老知青饮料食品厂做典型开刀不可，不仅要吊销营业执照，还要上电视报纸曝光，罚款二十万元。最后兰婷还是搬动市里一位离了休的老领导出来说情，别人看在老领导的面子上勉强做了让步，同意不上报纸电视曝光，但是罚款二十万元一分不减，营业执照一定要吊销。执法队的人放了话出来，说对制假贩假处罚就是要从严，起到杀一儆百的作用，如果以后谁还敢知法犯法，就要罚得他家破人亡。

第十七章

54

饮料工厂关闭后，饮料食品分公司就名存实亡。一连许多天，兰婷都在为重新安排工人的事忙碌。邱建国定了原则，除下岗知青必须照顾外，其余人一律解雇。下岗老知青确实无路可走，四十大几五十靠边的人，要技术没技术，要文凭没文凭，年龄倒有一大把，不是邱总兜着谁要？可是话说回来，这几十个人不光要工作，还得发工资发奖金，公司本身已经陷入资金周转不灵的困境，哪来许多空位子办慈善机构养闲人？

兰婷同邱建国商量，如果要安排工厂的老知青，公司就得全面裁员。邱建国低头不语，好一会儿才下决心说：“那就裁吧，反正有人也不安心，往后公司迟早要走到这一步的。”

裁员名额分发到各分公司，公司总部也要裁几人。一时间人心浮动，许多人都在悄悄打听，不知道这种倒霉事会落到谁的头上。等到裁员名单宣布时，出乎所有人意料，被裁员的竟有两名办公室职员，一个是办公室主任华璐，另一个是司机小杜。

华璐显得满不在乎，甚至可以说比较满意，邱建国对此解释说，华璐早就向公司提出辞职，现在只不过是公司给予的正式答复而已。司机小杜则不一样。小杜与汽车分不开，他本是为那辆华丽而高贵的“奔驰”轿车而来的，应该说他的工作态度和敬业精神均无可挑剔。兰婷坚决不同意辞退小杜，她认为这样会伤害全体员工对公司的感情，挫伤他们的积极性。小杜的工作有目共睹，辞退他有什么理由呢？但是邱建国自有他的道理。他说大老韩怎么办？都是司机么，小杜年轻，又是大学生，还愁找不到工作？大老韩开了一辈子车，现在年龄大了，你能让他失业去拣破烂么？

小杜哭了，临行前将那辆心爱的“奔驰”轿车擦得锃亮，还流了几滴眼泪。但是没过多久，年轻人就从自己的悲伤中调整了情绪。他来到办公室向兰婷辞行说，感谢公司推他一把，使他从长期的恋物情结中清醒过来。兰婷问他打算干什么？他说他决定不回去坐办公室，他要争取办一家汽车修理厂。

面对公司的现状，兰婷感到心情沉重，但是她又拿不出更好的办法。这就好比航海，邱建国是船长，船的命运只能掌握在船长而不是其他人手里。这天，她在公司走廊里碰见正要离去的前办公室主任华璐，华璐还是一身朴素打扮，她是来移交最后一些工作手续的。兰婷早就想跟她好好谈谈，就请她到自己办公室来坐一下。

兰婷对华璐的离去颇感不安，华璐是万小东的女朋友，她提出辞职是否也暗示万小东的某种态度？而邱建国辞退华璐是不是意味着对万小东的不信任？那么对万向东呢？……还有对自己呢？她简直不敢深想下去。她并不在乎自己在公司的利益和这个副总职位，但是知青天堂集团公司是许多人心血的结晶，是全体老知青的事业，她怎么能眼看着公司出现裂痕走下坡路而无动于衷呢？

华璐推门进来叫了声兰姐，就大大咧咧地在沙发上坐下来。华璐虽然比兰婷小十几岁，但是她们平时在一起很随便，这不仅因为她同万小东的恋爱关系，还因为她们彼此做女人的感觉比较相近。华璐看上去比从前略显丰满，少了一些学生气，多了职业女性的稳重与成熟。她给自己倒了一杯开水，兰婷用手指指冰箱里，示意有饮料你自己拿。华璐连忙摆手道：“还是白开水好，朴实无华，但是起码是烧开了的。”说得两人都笑起来。

华璐用小手绢往脸上扇着风说：“兰姐，这些天早就想跟你谈谈，但是你忙得没影，就不好打扰你。”

兰婷看她脸上挂着汗珠，就把空调打开，让习习的凉风对着她吹。她挨着她坐下来说：“我从北海回来就知道你要走。小华，你对大姐讲实话，这是为什么？”

华璐看看兰婷，低下头摆弄小手绢，过一会儿她摇摇头说：“其实说到底也不为什么。邱总待我很好，工资也高，但是就想换换地方。一个公司呆久了觉得气闷。”

兰婷责怪地说：“小华，你没有跟大姐说心里话，这不是你辞职的原因。”

华璐又沉默了一会儿，然后抬起头直视兰婷的眼睛，下决心地说：“好吧，兰姐，你别生气，我辞职是因为我对公司感到失望，准确说是对你们这些当过老知青的人感到失望。”

兰婷并不吃惊，她当然知道华璐对公司有看法，她自己何尝没有看法？她用一种亲切和诚恳的眼光鼓励华璐继续说下去。

华璐捋捋头发，脸微微涨红，但是她又改变主意说：“算了吧，多说也没有用。我原先很崇拜你们的，这你知道，问题是现在我不再这样认为，我相信你们知青公司一定没有前途。”

兰婷心里不大高兴，她觉得年轻人有独立看法是好的，但是过于偏激狂妄就不好，就有挟私愤之嫌。她摇摇头说：“小华，我不同你讨论公司前途，我只想关心你，希望你不要因此背包袱。”

华璐看出兰婷的不快，她站起身来说：“兰姐，不，兰总，谢谢你的关心，这两年我在公司并没有白干。我经历了许多事情，增长了见识，这得归功于公司的培养信任。请将我的谢意转告邱总。”

兰婷送华璐出公司，在走廊和电梯里两人均无话可说。兰婷想说点什么缓和一下气氛，可是又说不出来，觉得心里堵得慌。华璐则干脆吹起口哨，一副天高地远无所谓的样子。那一声声歪歪扭扭的口哨声竟像猫爪子挠得人心里发慌。人与人，一旦隔膜起来，竟比陌生人还别扭。兰婷心里很难过，她真心地爱小东和华璐，不希望他们都这么无所谓地离开公司。

送到门口，兰婷下决心挽留华璐说："小华，我希望你没有对我说真话，一切都是可以改变的。如果你现在愿意改变主意，我代表公司欢迎你留下来。"

华璐抬起头来直视兰婷的眼睛，她感受到老大姐满心的诚意，和眸子里透出的善良与伤感。于是她就感动地说："兰姐，我并不是跟谁过不去，其实我早有去意。我已经在一家外资公司找到工作，那里也许更适合我。"

兰婷失望地说："小华，跟兰姐说句真心话，你对公司就那么没有信心吗？"

华璐笑起来，她笑的样子很好看，两只小酒窝，露出一排小贝壳一样的白牙。她抱住兰婷的脸亲了亲叫道："哎我的兰姐，怪不得大家都喜欢你，你真是个好人……可是你为什么不能允许别人保留不同意见呢？如果你一定要我说什么，我就说一句话，'知青天堂，天堂知青。成也知青，败也知青'……我得走了，祝你好运。"

兰婷看着华璐走远，站在门口发了一会儿愣。她琢磨华璐留下的类似绕口令的话，觉得似懂非懂。大街上汽车和行人来来往往，公司里进进出出的人同她打招呼，她理不出头绪，就怅然地转过身，打算回楼上办公室去，却听见背后有人叫她，原来是张省身。

张省身比从前胖了，黑边框眼镜换了金丝眼镜，显得风度翩翩的样子。兰婷问他："大作家，又有什么新作问世吧？"

张省身自从那篇关于邱建国的长篇报告文学《光荣与梦想——一个知青大亨的人生经历》发表后，在社会上引起很大轰动，被评论家认为是知青文学的一个重大收获。张省身从此声誉鹊起，一发不可收，接连又写出好几部有分量的知青文学作品。他喜滋滋地对兰婷说道："我写建国的那篇文在全国评了报告文学奖。这个全国奖很权威，是从一千多部作品中筛选出来的，很不容易呀。"

兰婷高兴地说："祝贺你，省身。你来找晓红么？"

张省身说：“是建国打电话找我，你知道什么事么？”

兰婷想起最近邱建国常找人关了办公室门说话，也不知谈些什么，就摇摇头。他们上楼后就分了手。不料到下午又在楼梯上碰见张省身，问他什么事谈到现在？张省身只管苦笑，悄悄说你道找我有什么要紧事？兰婷说不知道。张省身一脸的无奈，说原来老邱闷得慌，找人陪他喝酒聊天天南海北吹牛，然后他困了，咱就出来了。嘁……难道别人就没有比他更重要的事么？

55

公司董事会开了一整天。

鉴于公司目前面临的严峻形势，邱建国决定将本次董事会规模和人员扩大到分公司经理一级。为会议保密和避免干扰起见，他将会址选在市郊的知青部落度假村召开，董事经理们的私车一律不许动，大哥大手机 BP 机一律关掉。邱建国当场宣布纪律：不许带秘书入会场，不许外出，不许打电话，不许接电话。外面哪怕天塌地陷发洪水燃大火任何人不许离开会场一步。

有人开玩笑道：“肚子疼拉稀怎么办？”

邱建国拧着眉头斩钉截铁地回答：“就拉在裤子里。”

会议由兰婷主持，董事长兼总经理邱建国作工作总结。

“……去年总公司的业绩各位都已经知道了，本年度上半年的经营情况总的来说还是好的，用一句话概括就是‘稳步发展，势头良好’。尽管国家实行宏观经济调控政策，但是各主要分公司仍然能做到稳妥经营，资金运行平稳，利润回报稳步增长，比如知青梦娱乐城，比去年同期利润额增长两成多，经理胡传本有很大功劳。为了奖励胡经理的成绩，集团公司决定发给他奖金五万元，折成娱乐城股份五万股，从本月起开始计息分红。”邱建国手指头用力敲敲会议桌，严厉地环顾他的部下说道：“但是，对于那些工作不努力和经营亏损的人，我要宣布扣发他们的奖金和工资，还要给予严厉处分。”

出席会议的公司董事除少数人如马立新外，大都是本公司的高层干部，和部分分公司的部门经理，所以这个名义上的董事会其实还是公司的内部会议。与会者除万小东文晓红外几乎无一例外都是当年的兵团知青，他们个个衣冠楚楚西装革履：高级西装，进口皮鞋，名牌手表，表明他们的身份地位均已今非昔比，但是他们吊儿郎当的知青作风却表明他们依旧还是过去那群人。马立新眯着眼睛蹲在椅子上，许大毛坐得东倒西歪，一支接一支抽烟。胡司令将脚架到桌子上，捧着大茶缸响亮地喝茶，赵国庆不停地拿手指搓脚丫子，其他人凑在一起就说荤话，开荤玩笑，大家抽烟喝茶，热热闹闹跟街头茶馆一样。但是邱建国似乎并不在意部下的自由散漫，他自己也很不文明地跷着二郎腿，随地吐痰擤鼻涕，只有在他讲话时才敲敲桌子让大家停止窃窃私语和小动作，集中注意力听他训话。

"……饮料工厂出了事故，致使公司蒙受很大损失，这件事的责任，在于保密工作没有做好。经理许大毛工作疏忽，导致出现严重后果。保安部，你们要给我查一查是谁告的密，我一定要叫这个小子明白告密者的下场！"邱建国生气地扫视会场，仿佛要从会场中抓出这个可恨的告密者来。"……由于经理许大毛负有不可推卸的责任，我决定扣发他全年奖金，并责成其努力工作，挽回公司的经济损失。"

马立新原本蹲在椅子上闭目养神。这个习惯是在下乡时跟老乡学的，农村老乡不爱坐，爱蹲，蹲在墙根下晒太阳，蹲着吃饭，学会以后常常就改不过来。这时他的身体突然动了动，睁开眼睛插言说："我听说公司在北海的地产生意出了问题，董事长能给我们解释一下吗？"

邱建国鄙夷地看了餐馆老板一眼。当初马立新在公司筹备之初只投下五万元股份，却占据一个董事的位置，有时邱建国真想把五万元摔给他叫他滚蛋。但是股东毕竟是股东，股东不是下级，所以他只好忍下火气，用一种严肃开导的口吻回答道："北海地价回落是正常现象，公司目前对北海的地产投资仍然进行着有效管理。公司对北海投资的信心依据在于，国家'八五'、'九五'重点工程南昆铁路计划于一九九七年通车，国家经济预测资料显示，届时中国西部每年将有两千万吨物资经由广西防城、北海港口进出。毫无疑问，这条黄金通道将为我们带来滚滚财源。所以北海地产市场何时重新启动只是一个时间问题，关键在于我们自己要有远见，树立信心，不能因为暂时的经济波动就对今后的光明前景产生惊慌失措和动摇。”

马立新本来也是道听途说风闻一些鸡毛蒜皮的消息，他是个埋头做生意的小业主，不关心国家大事，对外地经济信息也一无所知，所以就缩缩脖子无话可说。接下来邱建国出人意料地宣布一项人事变动：许大毛调商贸分公司任经理，万小东任金融证券部经理，原饮料食品公司会计赵玉兰调公司财务部任会计。

邱建国这一决定不仅使所有与会者感到惊讶，连主持会议的兰婷也颇感突然。因为商贸分公司是邱建国起家的原远大公司老班底，在总公司里有着特殊地位，有人戏称中央军，他从前一直不肯交给别人，现在却主动让位给吊销了营业执照的许大毛。本来人事上的变动邱建国应该同兰婷打个招呼，她是管人事的副总，许大毛调任商贸分公司经理也无不可，但是邱建国的独断专行令她气愤。她想，整个公司几百号人，奖惩分明应是关系全公司士气和安定人心的基本原则，许大毛搞垮了饮料公司却升官总不见得是件好事，往后下去邱建国这个老总怎么能服人呢?

许大毛先是一愣，接着脸上泛出得意洋洋的潮红色。他没有想到自己不仅未受惩罚反而当上商贸分公司的经理，这简直是飞来的福气。他看看邱建国的脸色，总经理表情很威严，很决断，不容反对，这就使他大大地感到放心，并且生出一种恨不得当众趴在地上磕几个头的感激之情。

会议冷了一会儿场。大家脸上都装出漠然和不在意的样子，许多人心里有意见就沉默着抽烟，把个会议室里抽得烟雾腾腾跟失火一样，呛得兰婷们不得不大声抗议，然后去打开窗户透气。

财务部经理文晓红通报上半年公司财政经费收支情况。按照一连串数字报表反映的情况，公司经济形势较为乐观，财务运行平稳，亏损略有增加，各分公司虽然业绩普遍不如去年，但是并未出现明显负增长势头。

兰婷感到不大对劲，她趁上厕所方便时悄悄问文晓红："你们这些报表好像有问题呀，比如老知青大酒楼上半年就亏损几十万，怎么不见反映出来？再说到处都是大好形势，亏损哪去了呢？"

文晓红附耳低语道："哪是我算出来的账啊，是邱总定下数字叫我们算，一切行动听指挥嘛。"

兰婷摇摇头坚决地说："这样不成，我得跟他谈谈，如果大家都蒙在鼓里，往后怎么对付困难局面？"

接下来开会时，通报公司亏损大户知青天堂乐园(公墓)上半年建设维修费用净支出达七十万元时，公墓主任王从军委屈地叫起来："公墓本来就是福利项目，只有投资没有收入，怎么能列入亏损大户呢？"

有人插嘴说那就干脆实行公墓收费制度，搞等级公墓，多出钱住好房。还有人开玩笑说对死人也得搞市场经济，不能搞一大二公。

邱建国表情严肃地制止大家道："你们听着，谁开玩笑我就撵他出去！知青天堂乐园是我们对战友承担的责任，是我们知青天堂公司的立身之本。我们有困难也不能把经济负担转嫁给地下的战友，我再不希望听到有人说这样不负责任的话。"

兰婷宣布最后一个议题是讨论向社会广泛筹措资金。

"公司有必要再次向社会集资么？"广告策划部兼职经理张省身提出质疑道，"姑且不论有关部门是否会批准我们集资，仅从公司本身能力出发，集资越多包袱越重，是否可以考虑收缩战线，压缩项目，以内部整顿提高经济效益为主，解决公司目前的暂时资金困难？"

张省身的观点得到多数人赞同。连董事马立新也表示，债务越多往后麻烦越大。兰婷没有吭声，她看见邱建国的脸色难看起来，就不好贸然表态。

"我要慎重说明的是，集资这种方式是总公司目前应付国家宏观经济调整的有效选择。我希望大家改变观念，把眼光放长远一些。"邱建国很恼火，不得不亲自出面说服他的部下，"……请大家注意，至少有如下四条理由促使公司决定必须采取这个措施：第一，公司经济状况良好，我们有信心借贷和还贷。第二，公司在社会上有良好声誉，有数以万计知青战友的支持和信任，这是我们发展事业和社会集资的基础。第三，在现代商业和经济活动中，借贷和集资恰恰是一种有能力的表现，你弄不到钱就没法发展，能弄到钱你就能抓住机会，去做别人想做又做不到的事。第四，公司准备采用高息集资的办法，年息百分之三十，面向广大知青战友个人集资。不论上面批不批准，我们向个人借钱总是可以的吧？难道向个人借钱还要谁来批准吗？大家不要忘记，我们是知青天堂公司，我们要时刻牢记广大知青的利益，百分之三十的利息已经接近社会上的高利贷，我们与其把它看作向知青集资不如看作一种福利，为广大生活贫困和工薪阶层的知青战友谋福利。”

他做了一个决断的手势，提高声音大声说道：“公司谋发展，知青战友谋福利，这不正好是知青天堂公司一贯的宗旨吗？公司发展离不了广大知青支持，而公司发展又必然给知青战友带来福利，因此我可以肯定地说，公司的集资行动必将受到广大知青的欢迎，那时我们面临的问题将不是怎样完成集资任务而是怎样控制集资规模……所以这次面向社会集资的范围，我的意见暂时控制在兵团知青以内，如果别的下乡知青或者外省知青愿意参加集资，或者愿意以投资方式入股我们也不能拒绝。集资目标一千万元，利息每年结算一次，三年还本。这项工作不宣传，不做广告，具体事务由许大毛负责。”

会议做出具体安排后就宣布散会。

兰婷在门外追上万小东。万小东从北海回来显得很萎靡，走路竟也有些驼背，兰婷以为是房地产的事给他压力太大，就劝他说：“小东，你得振作起来，地价跌落也不是哪一家的事，你不必背上太大的包袱。”

万小东苦笑道：“兰姐，不是我背太大的包袱，是我哥背了太大的包袱。你想想，银行贷款可以拖，谁欠款谁是大爷，他得供着你，生怕你破产收不回贷款。可我哥那是六百万扶贫贷款哪，当初指望找个项目发展经济，给老百姓做点好事，殊不知都押在北海，不仅没有赚钱连本金也抽不回来，我这个兄弟该怎样向他交代?”

兰婷安慰他说：“目前确实是困难时期，建国的话也有道理，我们不必太悲观。只要我们能挺过来，北海房地产市场总会复苏的。”

万小东悲观地说：“道理都是对的，我只怕公司挺不过这三年……我哥那笔贷款，也是挺不过三年的。如果上面追查起来少说也是个渎职罪。”

兰婷吓了一跳，说：“能有这么严重?”

万小东摇头道：“只怕这是最轻的哩。兰姐，你能不能再跟邱大哥说说，如果这次集资成功的话，先还我哥一部分。”

兰婷心情很沉重，万向东的事当然跟她有关系。她毅然决然道：“行，你告诉向东，这事我无论如何也要帮他渡过难关。”

56

八月末的西都，阳光愈加肆虐，连空气仿佛也在熊熊燃烧，只有草木预先感知秋天的逼近，枝叶悄悄地现出疲惫和枯萎的迹象。

这天上班邱建国兴致很好，集资工作意想不到的顺利，仅仅一个多月就达到预定的集资目标，这就好比给一个垂危病人输了血，邱建国顿时感到精神焕发信心十足，连天气也好得如同向人频送媚眼。他在办公室里坐不住，就悄悄带上许大毛出了公司大楼。邱建国戴一副墨镜，许大毛便也戴一副墨镜，司机大老韩看见邱总要出门就连忙把“奔驰”车开过来，邱建国却摆摆手说你留在家里，呆会儿兰总要出门办事。然后吩咐许大毛拦了一辆“面的”，两人钻进去车就开走了。

面的没有空调，噪音又大，颠颠簸簸像只大汽油桶。许大毛边揩汗边讨好说：“邱总真是艰苦朴素，把奔驰让给别人，自己坐面的。”

邱建国心情好，脾气也就好，他将西装脱下来扔在车里，解开领带，吹着窗外的热风说：“什么艰苦朴素？我压根儿就不喜欢坐汽车，什么汽车不都一样！如果这城里有老牛车的话，我倒宁愿坐牛车，跟从前在边疆那样，嘎吱嘎吱多自在。”

正说着话，面的哐啷哐啷摇了一阵，就在路上熄火抛锚了。两人只好下车步行。走不多远，迎面看见一辆人力三轮车，邱建国喜欢道：“这车最好！你跟他说说，我来蹬车，车钱照样给他。”

许大毛立刻叫屈道：“邱总，你什么身份？他坐车消受得起么？”

邱建国大笑起来，呵斥他说：“龟儿子！什么消受得起消受不起？我老子就是人力车夫，比他还不如呢。我这个人力车夫的儿子蹬一回三轮车有什么了不起？”

两人只好坐上去，邱建国便扶了把手蹬车。车夫乐得偷闲，当了一回客人，就跷着二郎腿优哉游哉地开心，许大毛瞪大眼睛抱着衣服，由着邱建国慢悠悠到处蹬着走。邱建国光着膀子蹬车，肚子上的脂肪一颤一颤地抖动，蹬了一会儿就感到力气不济，气喘吁吁汗如雨下。他看看自己一身肥白的皮肉想，这人真是变化大啦，生活一好就不干活儿，吃喝拉撒养得跟猪一样。从前当知青，天天上山砍树，喝盐水汤吃苞米，一两百斤的木头扛着下山，那日子是怎么熬过来的？

好在老知青大酒楼不算太远，蹬着蹬着也就到了。幸好没有记者看见公司总经理赤膊蹬三轮车的惊人之举，否则西都的小报上又要出现一条学雷锋树新风的社会花边新闻。许大毛赶紧付了车钱，将车夫打发走，又替邱建国穿上衣服，系好领带，然后两人一道冠冕堂皇地出现在酒楼女经理金红卫面前。

老知青金红卫是个责任感很强的女人，为了酒楼的兴盛殚精竭虑耗尽心血，以至于原先一头黑发也枯萎了，脱落许多，不得不在头顶上罩一个假发套。她看见邱总亲自光临很高兴，就赶紧吩咐人沏茶倒水拿热毛巾，然后领着他们在酒楼里到处视察，絮絮叨叨叫苦不迭。

老知青大酒楼近年来生意不好，原先以公费消费为主，政府大刹吃喝风，酒楼立刻濒临关门。眼看一月月支出增加而营业额却在止不住下跌，尽管经理金红卫想了许多办法，使尽浑身解数仍不能摆脱困境。邱建国因为社会集资进行得顺利，手中有钱，心里不慌，底气足了许多，前些时那股焦躁之火自然也就消退许多。他坚信世界上的事，只有想不到的，没有做不到的，这就是事在人为的道理。

“小金，我首先要端正你的态度，不能一根绳子吊死，更不能盲目悲观嘛。”当金红卫向总经理提出增加投入改变经营方针，将老知青大酒楼改为火锅城的方案后，邱建国语重心长地教导她道：“第一，老知青就是老知青，这是公司注过册的金字招牌，是我们面向社会的一个窗口。知青菜和文革餐是我们独有的特色，绝不能轻易放弃。同志，要坚持自己的特色，今天你去追火锅，明天火锅过时你又追什么呢？所以我不同意改。第二，店内风格不能动，必须保持原貌，西都就此一家，这就是特点。但是经营上必须考虑增加品种，顾客对象既要抓团体，又不能放了散客，这才是两手抓的方针。第三，资金自筹，开放搞活。公司可以暂不提取酒楼利润，用于你们增加设备和进行必要改造。”

金红卫还不死心，磨着老总给一部分资金，提出厨师和领班普遍抱怨工资太低，酒楼又发不出奖金，因此人心浮动留不住人才。邱建国听了笑道：“大家想挣钱倒也不是坏事嘛，这样好不好，我来替你做这个工作？”

在一处楼梯拐角的贮藏室，邱建国看到有个小工正操着一个大木勺往泔水桶里打捞什么，几只泔水桶高高低低地排列着，向闷热的空气中散发出一股股难闻的馊臭味。金红卫脸上立刻有了慌张的神情，她大声训斥那个小工：“你在这里干什么？还不快把这些东西都给我弄走。”

邱建国一眼就看出其中另有隐情，他不慌不忙地对金红卫说：“我来看看他到底干什么，也好让我开开眼界。”

他挤进贮藏室里，蹲下身子，看清那小工原来在打捞泔水面上厚厚的一层油汤，捞出来用一只大盆盛了，满了再倒入另外一口铁锅里。邱建国和颜悦色地问小工：“这些油是怎么回事？是不是拿去煎制了再用？”

小工畏惧地看看金红卫，战战兢兢地说：“是、是……过滤了，煎制……就成了五香油。”

邱建国站起身对金红卫说：“别鬼鬼祟祟的，干吗瞒自己人？告诉你们，从前我就吃过这种泔水油。我妈从餐馆的泔水里捞回来，滤过了在铁锅里煎，我们兄妹争着吃。一九六〇年的时候，这种油是好东西啊。我看这样做并没有什么不好，不浪费，废物利用，还比菜油味道好是不是?”

金红卫松了一口气，红着脸说：“只要邱总赞成就好。其实我们这样做也是逼出来的，主要可以节省一大笔开支。厨师反映说，回锅油炒菜效果不错，有独特香味。”

到中午开饭时间，邱建国看到酒楼里生意果然极为冷清，就让金红卫在大堂中央摆上桌子。金红卫点了几样大虾、鱿鱼、海鲜和烤山鸡、麂子肉，都被邱建国摆手制止了。

“……都是老知青，讲什么排场?”邱建国对金红卫说，“你知道我在公司里每天吃什么？盒饭，工作餐，你问许大毛，他最清楚。你知道我生平最爱吃什么？不是山珍海味，是油炸花生米，卤猪头肉，炒回锅肉，再来二两西都大曲，就是神仙过的日子。海鲜我不爱吃，不是嫌贵，是吃不惯那股水腥味。这样吧，照我刚才说的，另加几样炒菜烧菜，除了值班的人，所有员工都来吃饭。饭菜管饱，酒管喝，我请客。我喜欢人多，人少了冷清。”

结果这顿大锅饭吃得跟过年一样皆大欢喜。员工们见老板亲切和蔼没有架子，还请大家吃饭喝酒，拿大家当弟兄姐妹看，都纷纷站起来敬酒，说了许多感动话。邱建国乘机进行了一番鼓动，许诺只要酒楼的经济效益搞上去，公司拿出利润的百分之若干发奖金。一个厨师大声问道：“总经理的话算数不算数?”

邱建国把一个玻璃酒杯在手里捏碎了，毫不犹豫地回答道：“你们记住我的话，不讲信用的人就跟这个酒杯一样。”

席间还发生一件事，有人喝了服务员上的西都大曲，连声说味道太差，还有人嚷是假酒。许大毛心虚，就连连对金红卫使眼色，金红卫就要让人到外面买几瓶货真价实的酒回来。邱建国制止了她。他一仰头干了满满一杯酒，连声对大家赞叹道：“我看这酒味道不错，比我们从前当知青喝的甘蔗酒强多了。我再干三杯，就算先干为敬。”

说完又连干三杯。众人见总经理都不挑剔，果然没有人再说什么。

饭后邱建国有些醉意，歪坐在办公室椅子上，从玻璃窗里看着街对面马立新的傣家楼顾客盈门，就气恼地对许大毛说："我不信老知青酒楼比不过他。你们还有什么新招都拿出来？"

金红卫说："如今有的地方盛行一种叫'冷啖杯'的吃法，就是中式自助餐加小吃，我想引进试试。"

邱建国点点头说："可以试试，不过还不能从根本上解决吸引顾客的问题。"

许大毛眼珠转了转说："我在沿海见过，餐馆里搞服装表演，都是年轻漂亮小姐，穿三点式。再凭餐券抽奖，当场开奖兑现。这叫吃喝玩乐加碰运气，顾客何乐而不为？"

邱建国一拍桌子，大加赞赏地对金红卫说："对对，这是个好点子，你来带头干，就是要大胆刺激顾客的消费欲望。反正羊毛出在羊身上，你稳赚不输。"

不觉时间到了下午，公司来电话催邱建国，说有重要客户等他。许大毛生怕邱建国再出去蹬三轮车出丑，就打电话叫大老韩来接总经理。一会儿"奔驰"就到了酒楼门前，他们告辞金红卫上了车。邱建国坐在车上，木木地瞪着往来穿梭的车流人流发愣，好半天才突然问许大毛："你说当今利润最大的生意是什么？"

许大毛一时猜不透邱建国的用意，就随口回答道："听说是军火，毒品，还有人口贩子。"

邱建国生气地训斥他道："胡扯淡！这些生意你敢做么？我说的是我们公司。"

许大毛一下子省悟过来。他猜出邱建国是在考虑那一千万集资款的投向，他不知道邱建国心里是否已有决策，或者正在比较选择，但是他可以判断邱建国尚未找到最满意的项目。因此他谨慎地对总经理说："听说进口汽车能赚大钱。边境上走私进口轿车三大件，底价三四万元，到了西都一装配，转手就变成三四十万一辆。利润率基本上是几倍到十几倍。”

邱建国眯缝着眼睛讥讽道：“这样的好事，人人不都可以发大财么?”

许大毛赶紧声明：“不是我编造的，赵国庆那里有报价单，南畹那边许多日本商社都想跟内地公司做呢。”

邱建国蹙起眉头问：“难点在哪里呢?”

许大毛看看司机，凑过去压低声音回答：“难在过海关。国家有明文规定，不许私自进口汽车三大件。但是只要海关放行，或者当地有权势的人出面保驾，海关睁一只眼闭一只眼，运出边境地区这事就算成了。”

邱建国突然笑起来，伸手给了许大毛一巴掌，骂道：“你这个龟儿子！狗日的耗子精，钻到老子肚皮里来了！”

许大毛先是挨懵了，不知所措，后来见邱建国望着他笑，也跟着嘿嘿地傻笑起来。开车的大老韩听见他们笑，也莫名其妙地笑起来，笑得像一车活宝。

第十八章

57

立秋一过，虽然天上依然烈日当空，柏油马路上依然蒸腾着颤动的水汽，但是树荫下和空气中淤积的那种将人淹没的闷热却在渐渐地不知不觉地消退，代之以一股悠悠的清爽凉风。城市街头巷尾原先到处都能看到成堆贱卖的西瓜摊不见了，水果小贩们换了一种敞亮的嗓子向行人叫卖："新上市的葡萄、香蕉、哈密瓜，吃了清凉、解渴、败火气——啦！"

这天下午兰婷坐了大老韩的"奔驰"车急匆匆赶往凤凰山知青天堂乐园。

虽然车内开着空调，放着她喜爱的钢琴王子理查德·克莱德曼的CD音乐，但是兰婷还是闷闷不乐。公司董事会之后，忙于缩减公司机构，她竟找不到时间跟邱建国好好谈谈，而邱建国也似乎有意躲着她，常常不打照面。她觉得他们之间的关系有些躲躲闪闪，远不像从前那样信任，好像有堵无形的墙妨碍他们交流。但是她想不出这是为什么。她转过脸望望窗外，看见路边的梧桐树叶又开始黄了，天空中一年一度南来北往的雁阵又排成行，真是满眼秋色关不住了。她从车镜里看见自己眼角的皱纹又细又密，想到人生一世草木一秋，倏忽间鲜活的生命就成过眼云烟，心中不由得又多出几许惆怅和感叹。汽车到了凤凰山下，上山的水泥路只修了一段，再往上的土路经过一个雨季车辆碾压已经坑坑洼洼，汽车开上去就像在跳抽筋舞一样。大老韩不住地拿眼睛看她，兰婷知道大老韩心疼这辆价值昂贵的汽车，就理解地对大老韩说反正没有几步路，我走上去好了，你晚上不用来接我。我自己打个“的士”回去。

公墓主任王从军在办公室里等着她。一见面王从军就诉苦道：“兰总，我这里住户已经超过一千户了，光是今年夏天就新迁入几百人。政策是公司定的，可是公司不肯拿一分钱投资，我这个主任该怎么当你给我拿拿主意?”

王从军是公司经理中出名的实在人，他按照丧葬行业的忌讳，不称“死人”而称“住户”。因为公司规定，凡是当过红卫兵和知青的老三届人，不论从前、现在还是将来去世，均有资格免费在公墓占有一席之地。由于城市其他公墓区都采取营业性经营的方式，向墓主收取费用，所以知青天堂乐园这块不收费的风水宝地自然成为人们进入另一个世界的首选目标。问题是公司财政有困难，后续资金不到位，公墓又不能拒收符合条件的住户，王从军自然成了热锅上的蚂蚁。

“我提过采取收费的办法，以公墓养公墓，增加造血功能，这样慢慢滚动发展，公司也就少了一个负担。”王从军一脸委屈地埋怨道，“可是邱总就是不听。你看看，我这里要整修教堂，公墓要开墓穴，修围墙，铺水泥路面，要红砖、水泥、石条、大理石墓碑，要绿化，要劳动力，付工资，给工钱，还得发奖金，你替我想想看，哪一样不要花钱呀?”

兰婷自己也无法解决，只好安慰他说：“老王，你别着急，办法总会有的。你先领我到公墓园区到处走走看看好不好?”

王从军从抽屉里掏出一大把药片来，和着开水吞了。兰婷关心地问他道：“老王，你的病怎么样？身体能吃得消么?”

王从军边走边答：“自己觉得倒比从前好些，连医生也说是个奇迹。谁知道呢？人活着总得干点事，总不能坐着等死呀。”

公墓里很安静，连风都是静悄悄的，教堂的尖顶和十字架在下午的阳光下闪烁，仿佛是个梦境。兰婷很长一段时间没有上这里来了，公墓园区很大，围墙像长城那样沿山逶迤起伏。站在山上往下看，城市像一只巨型的积木盘堆积在脚下，一直蔓延到地平线上。工厂的烟囱冒着浓烟，公路像平直的带子纵横交错，河流泛着粼粼波光绕山而过。紧邻山下的东方世界游乐园里依然游人如织，所有大大小小的游乐机器都在开动。兰婷看见那个挂着许多小匣子好像童话世界里的大风车一样的高空观览车不紧不慢地转动，一列过山车在“S”形的高空钢架上飞速地盘旋运动。

“……我这里是天堂乐园，是冥界胜境，山下是俗人的世界，是尘世风光。”王从军自嘲地说，“我呢，天天都要往来于两个世界之间，有时候我真搞不清楚自己究竟是在哪一边。”

兰婷鼓励他道：“老王，干吗这么悲观？既然人生都有一死，那就等我们到你这里来报到之前，先把山下的事情做好。”

说着他们就来到红卫兵公墓区。

同几年前相比，公墓的状况已有很大改善，墓区之间用水泥小径分隔，竖起一座类似牌坊的门楼，匾额上大书毛体“红卫兵运动万岁”几个镏金大字。园区内蔓延的杂草已被清除，部分毁坏严重的公墓和纪念碑得到修葺。

“我计划在这里建一座文革纪念馆，先布置几间展室，展出文革时代的实物，以后再逐步扩大。”王从军指着围墙边一片空地说，“我同张省身谈过，作家很赞成，说这是件很有意义的事情。这样我们的知青天堂乐园就不仅具有殡葬意义，而且可以作为全国独一无二的历史文化纪念地对我们的后代进行教育。”

兰婷觉得这个想法很好，就问他：“你们找邱总谈过没有？”

王从军悲观地摇头回答：“邱总说公司目前抽不出资金，还是要我们自己想办法自筹资金。可是我们是无偿公益性质的服务，上哪里去自筹资金呢？兰总，公司不是刚刚向社会集过资吗？我只要二三十万就能把事情办起来。”

兰婷确实很同情这位实干家的公墓主任，换了别人也许很难在这个清苦的地方呆下去，何况他还身患绝症。她真心实意地安慰他说：“公司目前确实有许多困难。这样吧，等情况好转我来帮你筹措这笔资金，我向你保证，一定支持你把这件事办起来。”

他们走进与红卫兵公墓紧邻的天主教堂，教堂修葺一半就停了工，兰婷不用问也清楚是因为经费原因。她惊讶地看到教堂中央的神坛居然已经被布置起来，地面打扫干净，几间临时搭起的忏悔室表明这里终于有了活人的气息。王从军连声叫道“皮神父”，一个穿黑衣服的年轻男人从里面走出来，经介绍兰婷才知道，原来这个神父已经独自住进了这座几乎与世隔绝的破教堂，而且是个刚刚从神学院毕业的年轻大学生。据说他是志愿上山来为上帝献身的。

他们交谈了一会儿，兰婷觉得这个年轻神父心情平静，说话谦虚有礼貌，不觉很有好感。她想宗教是不是教人变得宽厚善良，心平气和与世无争？她倒不信上帝，可是她对上帝教人做好人是没有意见的，何况这个勇于献身精神的年轻神职人员的行为本身就是一种很好的道德教化。她甚至觉得这个年轻人的勇气同他们当年有某种相似之处，不同的是他们狂热盲目，而神父则很清醒自觉。

兰婷看看教堂的破败景象，感到有些内疚，仿佛是她没有尽到责任，就很想为这个年轻人做点什么。她问皮神父：“你独自住在山上很不方便，我能帮你什么忙吗？”

皮神父回答说：“不不，我个人这样已经很好了，只是教堂里还缺些用具，如果兰总能帮助解决就感激不尽了。”

兰婷思忖一下说：“这样吧，我替你解决一件最重要的事情好不好？”

神父在胸前划了一个十字道：“那就请为教堂安一口大钟吧。教堂里离不开钟声，就是尖楼顶上那口钟，‘大炼钢铁’那阵被人弄去化废铁水了。我要敲钟召唤大家为上帝作祈祷。阿门！”

兰婷同意了，说一定由公司出资为教堂定做一口大钟。他们又谈了一会儿就告辞神父走出教堂，太阳就渐渐歪下西边。王从军看看兰婷，似乎有话想说，又把脸别过去，欲言又止的样子。兰婷看出来，就说：“老王，有什么事就直说吧，你难道信不过我？”

王从军迟迟疑疑地说：“我听人说，只是听说……许大毛经常在外面赌博，还伙同赵玉兰做了许多假账呢。”

兰婷吃了一惊，说：“你怎么知道的？有证据吗？”

王从军连连摇头道：“这事我可不敢保证，你不信就调查吧，反正下面好多人都在说这事。”

这时兰婷的手机响了，是邱建国打来的，说已经派大老韩的汽车过来接她，要她马上去机场接一位客户。兰婷看看天色将晚，就嘱咐王从军道：“许大毛的事，你要是还听到什么就告诉我，我得抽个时间向邱总汇报一下……教堂那口钟的事你抓紧办，钱由我来批。你跟我一道回城里去吧？”

王从军看看表，说工地上还有事，今晚住在山上不回去了，一路就把兰婷送下山。他们在路边足足等了将近一个小时才看见“奔驰”轿车飞快地从远处开来，兰婷上了车，也来不及埋怨，只唯恐错过了去飞机场接人，就吩咐大老韩快开。于是汽车掉了头就往机场方向箭一般射去。

夜色朦胧，华灯初上，过往汽车都开了大灯飞跑，公路上扬起一股股浓烟般的灰尘。大老韩平时开车很小心，从不抢道超车，可是今天因为在路上塞车误了时间，心里着急，几次超车都险些与对面来车相撞。兰婷吓白了脸，提醒他说：“大老韩你还是别抢道超车，安全第一啊。”

远远能看见机场上空的灯光，夜空中传来飞机马达旋风般的尖锐嘶鸣，大老韩见兰婷又在看表，就猛踩一脚油门。不料在公路弯道内侧突然歪歪斜斜地窜出一辆自行车来，骑车人好像是个男人，戴着草帽，后座上还坐了个抱孩子的女人。等司机发现已经晚了，刹车不及，只好猛地向左边打了一把方向盘。恰好公路对面有辆满载货物的“东风”载重大卡车亮着大灯迎面驶来，兰婷尖叫一声，满眼都晃动着高温炼钢炉喷溅的刺目白光。她只来得及抬了抬手臂，试图挡住炫目的强光，但是晚了，她只觉得脑袋嗡地一炸，仿佛一座大山坍塌下来，或者一列高速行驶的火车隆隆地从头顶碾压过来。

“轰——”地一声，地球爆炸了。

58

邱建国后半夜才知道兰婷出了车祸。

他安排兰婷去接人之后就关了手机和BP机，独自叫辆出租车悄悄来到知青梦娱乐城。下了车他没有惊动经理胡司令，自己优哉游哉地来到游戏机房，买了五百元筹码对着机器玩起来。

邱建国最近才迷上了玩电子游戏机。

他是个兴趣单调的男人，不跳舞，不唱歌，准确说吃喝嫖赌打麻将全没有兴趣。九十年代新民谣称：十亿人民八亿赌（打麻将），还有一亿在跳舞，剩下都是二百五。新民谣没有说明玩游戏机属于哪一类，总之他很有自知之明，主动将自己归入二百五一类。

他先玩扑克牌下注。屏幕上有甲乙丙丁四组随你押，一局十块，点大为赢。他连押十多局都亮红灯，不一会儿就输掉一百多元筹码。他心里很不服气，想呆会儿把胡司令叫来问问，这机器肯定被人做了手脚，你押哪组它就变成小点，这玩法还有公平没有？可是他又转念一想，要是你盘盘赌赢娱乐城还不关门算了？

他又换一种玩法，玩麻将。同机器玩麻将也是件困难的事，你拿什么牌它好像都清清楚楚，好像它多长一双眼睛。于是不一会儿他又输掉一百块。他想等筹码输光就算了，反正你玩不过机器，其实也就是玩不过造机器的人。输钱也有乐趣，有钱人输钱是一种快乐，就跟蹲厕所一个道理，适当排泄使人气血通畅神清气爽。他想再换种玩法，可是其他玩法他不会，试了几次都找不着门，这时身旁有个满不在乎的年轻声音说：“你干吗不再试试麻将？别的你都玩不过它，我敢打赌，只有玩麻将才能赢。”

他回头一看，是个打扮很新潮的年轻女孩子站在他身边，嘴里不停嚼着口香糖。他开始以为是娱乐城的“三陪”小姐，可是马上又自己否定了，因为他知道胡司令管得紧，这里的“三陪”小姐不许自己拉客，得由着客人点。他打量了一下那个女孩，女孩有十八九岁年纪，理着男孩子的短发，染成金黄色，T恤衫，牛仔短裤。他心里并不觉得反感，甚至还暗暗赞赏女孩身上那种逼人的青春气息，就随口应道：“你来打一局我看看，输了算我，赢了归你。”

女孩说：“我一人打不行，得两人同时打才能赢它。”

于是两人一起跟机器玩“三家和”。玩的办法是机器做庄家，下面两人各下各的注，原本这种玩法是一家赢两家，可是两人联手出牌就成了两家对一家。机器到底架不住人的花样多，打完五局庄家竟输了三局，这已经是很不错的成绩。邱建国很高兴，将剩下的筹码统统推给女孩子说：“这些都归你。你怎么知道这样能赢的？”

女孩子晃着脑袋说：“这个道理很简单。所有节目都是电脑程序事先设计好的，越是简单的节目越是精确，也就是说你越没法赢它。但是进入复杂游戏，每一个步骤所展开的可能性越多，电脑程序选择就越困难。你一个人对机器，无论你怎么出牌都在它的运算之中，可是我们两人出牌情况就不一样，因为机器是人设计的，所以它也有漏洞，也有招架不住的时候。”

邱建国问她：“你是高中生？大学生？”

她一甩头道：“什么学生都无所谓，读过几天书罢了。”

接下来她又教他玩了几种新游戏。邱建国玩得很开心，像孩子一样大喊大叫，把机器拍得嘭嘭响，全不像个有身份地位的中年人。等筹码全都玩光，他才恋恋不舍地关上机器，然后对女孩子说：“你天天晚上都陪人玩游戏机吗？”

女孩子吐出口香糖，恶作剧地用手塞在机器筹码孔上，然后对他一笑道：“有时来玩玩，不每天来。喂，大叔，你愿意让我陪你上舞厅跳跳舞吗？”

邱建国咧嘴笑了笑，觉得很开心。她居然叫他“大叔”！不过他一点也不生气，因为他的年纪至少比她大一倍以上，当然很有资格做她的“大叔”。问题在于这种场合她不称呼他“先生”而叫“大叔”，这就使他感到一种亲热和顽皮的意味。他觉得同年轻女孩子在一起真是件很愉快的事，不仅可以忘掉生意场上的烦恼，而且人也轻松许多，似乎年轻好多岁。他甚至暗暗觉得自己有些喜欢这个快活的女孩子。中年人原本处在事业的高涨期，欲望强烈而情感萎缩，这个时期的男人往往最耐不住寂寞，最害怕孤独，他们所受的正统教育使他们不得不拼命压抑自己，做出谦谦君子和人生导师的模样。但是他们越是做出一本正经郁郁寡欢的样子，其实内心越是渴望抚慰，渴望同年轻异性亲热。

他们一同进了卡拉OK厅，在角落的沙发里坐下来。

"大叔，你点首歌吧，我们一起唱。"女孩子大大咧咧地点了一桌子饮料，然后把歌单递给他说。

邱建国难为情地摇摇头，连忙把歌单推回去。他从来自嘲是个没有艺术细胞的人，从小在贫民区长大，父母一生为生计操劳，因此他从懂事那天起一直认为世界上最重要的事是吃饭。直到做生意发了财，他给女儿姗姗买了一架钢琴，但是他依然对艺术一窍不通：不会唱歌，不会跳舞，对影视不感兴趣，只会拼命工作。现在他突然对自己很不满意，觉得自己活得很没趣，是个索然寡味很单调的人。

女孩翻着歌单说："你总不会一首歌也不唱吧，这支《红卫兵战士想念毛主席》怎么样？"

她不由分说，把麦克风塞在他手里就唱起来：

"远飞的大雁，
请你快快地飞，
捎个信儿到北京，
红卫兵战士想念亲人毛主席……"

他跟着哼起来，这支歌的旋律他当然很熟悉，从那个年代过来的人没有不会唱的。他突然想起步行大串联途中，翻越秦岭时大雪纷飞，他们个个冻得发抖，是兰婷领头唱起这支著名的红卫兵之歌。兰婷站在队伍外面挥动手臂，她的脸蛋冻得红彤彤的像苹果一样，又甜又脆的歌声在旷野里飘荡，让人想起电影《英雄儿女》中那个好看的志愿军女战士。于是他们边走边唱，唱了一遍又一遍，直唱到车站的解放军同志举着马灯出来迎接他们。

老红卫兵邱建国就是从那天起在心里暗暗崇拜女同学兰婷的。

一曲歌了，邱建国很兴奋，觉得唱歌真是件愉快的事，不管你唱得如何，只要开口唱了，你就能体会到欢乐。于是他们又合唱了一首《毛主席的光辉》，邱建国还独唱了一首跑调的《知青回城歌》："站在高高的山上，望断家乡的云和烟，亲爱的妈妈呀，何时才能见到您慈祥的面孔？您的儿女呀，正在边疆接受再教育……"

女孩子拍着巴掌道："大叔，你骗人，你怎么不会唱？唱得很好呀！"

唱了一会儿歌，女孩子又牵着他的手下舞池跳舞。当他笨拙地在舞池里完全不知所措、不合节拍地扭来扭去时，连他自己都禁不住快乐地哈哈大笑。

就这样时间一晃过了十二点，娱乐城生意方兴未艾。女孩子打个哈欠，站起来有礼貌地说："我得走了，明早还有课。大叔，很高兴跟您在一起。"

邱建国心里很想挽留她，但是他不愿表露出来，他怕别人误会自己。就取出一张百元钞票说："谢谢你给我带来的快乐时光，这是一点表示。你不想知道我是谁，做什么工作吗？"

女孩子用两根指头夹过钞票塞进牛仔短裤口袋里，朝大叔嫣然一笑说："我只要知道您是个中国人，并且是个男人就足够了。这样不是于我们彼此都简单吗？"

他默然，承认她说得对。但他还是说："你想不想有个好工作？我可以给你帮忙？"

女孩子笑着摇头，从衣袋里掏出一张纸片放在桌子上说："大叔，您以后有兴趣约我玩游戏机，呼我。"

他望着女孩子的背影在门口消失，心里竟有种怅然若失的感觉，仿佛女孩子把美好的感觉都带走了。他又恢复了从前那个没情趣的中年人。他拿起纸片来看了看，纸片上只印着“晓芸”两个字，然后是一串呼机号码。他问自己：你究竟喜欢她什么呢？青春、欢笑、及时行乐、无忧无虑？跟她在一起仅仅是心情快乐吗？反正你有钱，有钱还愁买不到年轻女人？……想跟她上床做爱吗？

他摇摇头，觉得自己有些一团糟，为避免失态就站起身准备回家去。不料刚走到门口，有一个穿红西装戴贝雷帽的男领班拦住他恭恭敬敬地说：“邱总，胡经理说在楼上办公室等您。”

邱建国知道悄悄走不了，他原本不想惊动胡司令，知青梦娱乐城的生意历久不衰，是公司的摇钱树，他对这里的一切都很满意。既然人家已经发觉了，你总不好不打招呼就走，他只好上楼去坐坐。他跟在领班身后上了楼梯，从办公室门外看见胡司令独自跷着二郎腿坐在沙发上看电视，茶几上摆着他最喜爱吃的卤猪耳、卤猪蹄、牛肉干、油炸花生米，还有一瓶西都大曲酒。胡司令看见他就连忙站起身哈哈笑道：“你邱总大驾光临也不打个招呼，我准备了几样小菜等你喝酒。”

邱建国笑着说：“你怎么知道我来的？”

胡司令做出惊讶的样子说：“刚刚 OK 厅里小姐报告我，说有个客人很像邱总，我下去一看，才知道果真是你来了。”

邱建国心里立刻明白了，他说：“那个女孩子，是你安排来陪我的么？”

胡司令佯作不知，道：“什么女孩子？你为什么不让她上来一起喝酒？”

邱建国在胡司令的光头上拍了一巴掌，假装嗔怒道：“妈的！你这龟儿子，跟老子装傻！……喝酒喝酒，今晚你我兄弟对饮，一醉方休。”

两盅酒下肚，胡司令话多起来，他乜着眼睛说：“邱大哥，说句心里话，兄弟看你一天到晚熬得辛苦，只知工作，不知享受，也替你抱屈得慌。人生一世，不就‘财’、‘色’二字么？……那小妞怎么样？

告诉你，还是个大学生呢。只要邱大哥高兴，喜欢常来玩玩，我就叫她专门侍候你一人。”

邱建国听了连连摇头道：“使不得兄弟，你知道我这人，生意归生意，女色是从来不贪的。去年在北海宾馆，一个女人敲门，我并不认识她，也不知道找我有什么事，谁知她进了门就脱裤子，对我说要干那事。当时弄得我很难堪，觉得一个陌生人，你连她名字都不知道，怎好就脱裤子干事呢？所以我赶快给她一百元让她走了……兄弟，不是老哥思想不开放，色胆不大，这也是各人的秉性决定的。有人喜欢这样，有人喜欢那样，譬如我，平时喜欢喝两盅，有卤猪耳朵、牛肉干、花生米下酒也就很知足，不是我这个总经理上不起高档饭店，吃不起生猛海鲜，而是我没有这个爱好。就是说萝卜白菜，各有所爱，讲享受也得因人而异，不好强求一致的。”

正说着，那男领班又进门来在胡司令耳边说了几句悄悄话，胡司令站起身来说：“邱大哥，你慢慢喝着，我去去就来。”

这一等就等了将近半个小时，邱建国独自喝了半瓶酒，往嘴里扔花生米，嚼牛肉干，感到脑袋有些晕晕糊糊。胡司令进来连忙向他解释道：“让你久等了大哥，来了几个重要客人，已经安排好了。”

邱建国抬起有些发沉的眼皮，吃力地问：“什么……重要客人？”

胡司令附耳小声低语：“文化局朱局长亲自陪来的，我看他那副小心恭敬的模样，肯定都不是一般的人物。”

邱建国听说朱青天就有些生气。自从兰婷到了公司，朱青天似乎对邱建国很有意见，不仅疏远了知青活动，还借故几次拒绝了为公司帮忙的事。他一拍茶几叫道：“什么鸟……人物！妈的，朱青天从来就是这副德性。”

胡司令连忙叫苦不迭地劝道：“大哥，你行行好，小声点行不行？……这朱青天可是专管我这行的父母官，他大笔一挥我这里就得关门停业。”

邱建国自知失言，缓和下来说：“来来，我们喝酒……你怎么安排他们的，说来我听听？”

胡司令得意地说："一人一间包房，两个小姐伺候。都是有经验的婊子，专干灭火队员的事……火气再大的男人昂头进去，也得耷拉着脑袋出来。"

邱建国想到兰婷，就问："那朱青天怎样？也嫖妓么？"

胡司令笑道："他哪里敢，不怕留下把柄？"

邱建国没有说什么，胡司令又往他酒杯里倒酒，两人干了杯，胡司令突然小心地说："大哥，有件事，是兄弟我听来的，不知是真是假？"就把下面有人议论许大毛勾结赵玉兰做假账，贪污公司财款的事说了。

邱建国听了不做声，好半天才说："这许大毛，狗日的！要真有这事，我得扒了他的皮……不过有没有这事还很难说，兴许别人忌妒他。"

胡司令不高兴了，讪讪地说："大哥，咱可是清白人，对你的话从来说一不二……咱也不管公司的事，免得让别人说咱忌妒那龟儿子。"

邱建国在公司里最器重的下属莫过于许大毛和胡司令：许大毛听话，服帖，是个真正的奴才。胡司令对人忠心，讲义气，两肋插刀。他平时将这二人视为左右手，可是有时左右手也会打架闹矛盾。他暗想，古训常说奴才可使之，不可使知之，这话简直对极了。于是他端起酒杯安慰胡司令说："老胡你别多心，你是公司有功之臣，我能说你忌妒大毛么？……来来，喝酒喝酒，我敬你一杯。"

直到两人把一瓶酒全喝光了，邱建国站起来跟上船一样摇摇晃晃，胡司令叫了一辆出租车把他送回家。他刚一进门就"哇"地吐了一地，气得蔺小英把胡司令骂了好半天。

下半夜一阵急促的电话铃声把蔺小英吵醒，她接了电话就着急了，连忙爬起身来摇醒邱建国。邱建国大脑像一盆浆糊，懵懵懂懂地望着妻子着急的表情，他看着她瞪大的眼睛，嘴巴像金鱼一样一张一合，过了好半天才算听明白从那张嘴里吐出来的单词。

她一字一顿地说：兰、婷、出、车、祸、了！……

59

一周以后兰婷伤口就拆了线，医生允许她下床走动。

她在医院里昏迷了五个小时，脸颊和脖子都被碎玻璃划伤了，缝了十多针。后来别人告诉她，尽管车祸很严重，那辆光彩照人价值一百多万元的“奔驰”轿车完全报废，但是她却很走运，没有受到太大伤害。这叫作“大难不死必有后福”。医生说昏迷是由于脑震荡造成的，将来会有后遗症，有时会头疼头晕。脸上的伤口有好几条，虽然都不危及生命，但是对一个天生爱美的女人来说无疑却是致命的，因为这使她的容貌几乎完全破了相。医生安慰兰婷说，现在美容技术很先进，修整之后也许能达到基本复原的效果。

兰婷从镜子里看见自己整个头部被纱布包住只露出一双眼睛，跟科幻电影里的天外来客或者怪物一样。等到护士换药时，她悄悄睁开眼睛，恐惧地看见自己脸颊和额头上爬满蜈蚣一样难看的伤口，这些长长短短的伤口互相纠扯着，致使她原本端庄好看的五官扭曲变形，像个丑陋的老太婆。兰婷心中漫过一片悲凉的苦涩，为此她暗自垂了一夜眼泪。不过她安慰自己说，你已经不是小姑娘了，你有丈夫有家庭，有自己的事业，修修补补过吧。女人总不能靠脸蛋过一辈子的。

司机大老韩就没有那么走运．他的身体被变形的车厢夹住，齐齐地压断双腿。他被人救醒后大声嚎哭痛不欲生，不是哭自己失去的双腿，而是为那辆报废的昂贵汽车悔恨不已。

“……我真该死呀！我为什么不开慢一点呢?”他捶着胸口悲痛地哭泣道，“我对不起公司，对不起邱总的大恩大德呀！我就是去死也赔不起一百多万哪……”

兰婷很同情大老韩，尽管车祸出在他身上，但是当时自己心急也是有责任的。她竭力安慰他说：“反正车祸已经出了，你就安心养伤吧，今后开车是不行了，公司会考虑给你换个工作的。”

大老韩的姐姐从前也是下乡知青，她怨恨地对兰婷说：“兰总，你不知道，他这人是个犟脾气。我劝他不要开车，他从小患有夜盲症，晚上看不清楚东西，可是他就是不听。”

兰婷惊讶地问他：“你既然有夜盲症，为什么不向公司提出来?”

大老韩揩了揩眼泪，才畏畏缩缩地回答道：“从前在农场开拖拉机，晚上也常开夜车的，小心一点就是了……我除了开车还能干什么呢?”

兰婷心里直发冷，深深地叹了一口气。她想起那个年轻司机小杜，又想到公司目前的经济状况不景气，觉得真是祸不单行雪上加霜。邱建国来医院看望她时，她隐瞒了大老韩有夜盲症的事，只问了保险公司能赔偿多少保险金。

邱建国苦着脸说：“哪有什么保险金？这辆‘奔驰’车是沿海走私进来的，手续不全，一直还在扯皮，所以没有上保险。”

兰婷说：“大老韩那里你去对他说几句话，宽宽他的心，车就算报废了，人心总不能冷的。”

邱建国叹口气道：“人没报销就算走运啦，我还能责怪他什么呢？逃脱不是祸，是祸逃不脱，这是命中注定的事，咱就当蚀财免灾……你的伤不要紧么？听说现在有种先进技术，能使伤口长好后不留痕迹，跟从前一模一样。”

兰婷不想跟他讨论伤口的事，她早就想找个机会同邱建国谈谈公司的现状，正好病房里只有他们两人，她就直截了当地说道：“建国，公司今年受市场大气候影响业绩滑坡，房地产受困，资金周转不灵，我看这些都是暂时的困难。别的公司不是一样受影响么？关键问题是我们怎么去改进自己的工作，渡过眼前的困难局面。”

邱建国掏出一支烟，也不问病房能否吸烟就点燃自顾吸起来。正好这时一个小护士走进来，指着墙上“禁止吸烟”的广告牌嚷道：“你这个同志，明明有制度你怎么看不见？真是一点不讲文明，明知故犯啊!”

邱建国尴尬地掐灭烟头。兰婷劝他道：“建国，少吸烟好，吸烟导致肺癌。我们如今人到中年，得注意保重身体才是。”

邱建国不说话，木木的样子。兰婷也不管他的情绪好坏，直截了当说了饮料工厂制假的事，责怪他为什么事先明明知道却不制止？这不是有意违法和砸自己的招牌么？邱建国低着头，好一会儿才说："小兰，从前我不让你插手生意上的事，就是因为商场太险恶，许多规则你接受不了的。比如饮料厂这件事，我愿意这样干么？谁不想出名牌，出货真价实的产品，可是市场上到处都是假货冒牌货，你生产一瓶太空水成本一块钱，他装一瓶自来水只要几分钱，我在市场上怎么同他竞争？如今商家一个个良心赛着黑，只要有利可图他就替你拼命推销伪劣商品，到处都在制假贩假，在这样的市场秩序下，我能不保护自己的利益么？我记得马克思说过，资本的原始积累是极其残酷的，资本家的每一个毛孔里都滴着剩余价值的鲜血……所以小兰请你理解，这是逼出来的事，不得已而为之，并不是我的初衷。"

兰婷反驳道："市场迟早总要走向有序的呀，你为什么不能站稳原则立场呢？"

邱建国苦笑道："小兰，你太学究气。商场如战场，别人怎么对付你，你就得怎么对付别人。以其人之道，还治其人之身。大家都赚黑心钱，你不赚就是傻子，反之大家都做规矩生意，你不规矩就是害群之马。就像现在美国那些大银行家大实业家当初哪个不是恶棍，现在哪个不是衣冠楚楚到处慷慨捐赠的慈善家？此一时彼一时，重结果不重过程，胜者为王败者为寇，这是万世不变的真理。"

兰婷见说不过他，就赌气不说话。邱建国像兄长那样宽厚地拍拍她的肩头，真诚地说道："小兰，咱们是老同学，说句心里话，我这人你知道，请理解我的难处好吗……我常常想，人生一世，活着究竟为什么？不就为了做些自己想做的事吗？我是个不安分的人，总想出人头地，救国救民，干一番轰轰烈烈的事业，可是闯荡半生，有时反倒不明白自己究竟该干什么？干伤天害理的事？挣钱，钱挣多了再做好事？可是商场是个漩涡，常常身不由己……有时矛盾得很，独自一人很灰心，很累，觉得个人很渺小，渺小极了，像粒沙子，放到宇宙，放到太空里不就跟一粒灰尘一样吗？我简直怀疑我们这些人能不能救得了自己。"

兰婷用心听着，心里很不是个滋味。在她的印象里，红卫兵领袖邱建国从不知什么叫困难，那是一个乐观、进取、生机勃勃和敢为天下先的年轻邱建国。可是岁月无敌，现在坐在她面前的是一个已经遭到岁月重创的中年人，疲惫，消瘦，头发斑白，心力交瘁。她突然意识到什么是衰老，人是怎么一天天老下去的。挫折不算什么，人摔倒可以爬起来，只有衰老不可挽回。衰老是人生的悲哀。

"建国，你别灰心，我们还有许多机会。"兰婷觉得公司远没有到绝望的地步，就抬起头鼓励他说，"我们不是已经做了许多事情和还有许多事情可做么？我们至少创办了一家知青天堂公司，为许多人提供了就业机会，影响他们的生活，并直接或间接地影响我们生活的这座城市和这个社会，我以为这就是了不起的成就。困难是暂时的，许多世界著名的大公司不也是这样一步步发展起来的吗？"

邱建国心情沉重地说："小兰，你不了解我，办公司并不是我的理想。你记得我们创立红卫兵公社是怎么宣誓的？'打碎旧世界，建设新世界，让共产主义红遍全球。'打碎旧中国的当然不是红卫兵，是那些过雪山草地吃草根树皮的老前辈，他们打下了整整一座江山，实现改朝换代的梦想，这对于任何个人的生存价值来讲都是一种业绩，一种了不起的丰功伟绩，他们理所当然被载入史册。而我们做了什么呢？我们自以为共产主义在我们手里一定会实现，可是时至今日，我才恍然发现，我们不过是一群商人，一群同别的庸俗的唯利是图的商人没有区别的商人。如果我们是真正的商人倒也罢了，也心安理得，问题是我们的精神又不安于仅仅做个商人，我的悲观正在于此。这是一种悖论，如同上下两扇反向转动的石磨，而我们的精神就注定要被置于石磨之中啮咬，终生不得安宁。这大概就是我们这代人为什么总有许多痛苦的原因吧？"

兰婷对老同学的悲观深表同情。他们毕竟是一代人，经历相同，她认同邱建国的精神痛苦，理解老同学身上这种以拯救社会为己任的价值观和历史烙印。但是她又觉得精神可以改变，或者说必须改变，对当今贫困的中国社会来说，做一个优秀商人的意义远远大于一百个野心勃勃的口头政治家。

“建国，我们也许正在进行一场脱胎换骨的战争，这是同社会也是同自己的战争。张省身曾经对我说过一个观点，我们正在消灭自己，消灭红卫兵，消灭知青，创造成千上万的商人。他还说最成功的例子就是你。”兰婷委婉地说道，“我们个人都无法全知全能，不能避免失败、挫折和走弯路。我的理解是，只有做一个成功的商人才能区别于那些庸俗的唯利是图的商人，虽然都是以赚钱为最终目的。建国你可不能泄气，公司目前的处境只能靠你来支撑呢。”

邱建国发泄一通后心情舒畅多了，他其实并没有丧失信心，而是需要对人倾诉。他望望兰婷因受伤而变得难看的脸，突然想到朱青天领人嫖妓的事，犹豫一下又把话吞回去了。他习惯地刚刚取出一支烟要点，忽然意识到不对劲，就收起来说：“妈的，差点又违反制度了，那个小护士真厉害。小兰，你好好休息，朱青天没来么？下午我还有点事，你要是住得闷就告诉一声，我会派车接你出去走走。”

兰婷见他要走，连忙说建国你别急着走，还有重要事情没有谈呢。然后她一口气讲了红卫兵公墓办展览馆的设想，公司用人环节上存在的问题，公司经营方针的调整，社会集资款的使用方向，以及万向东催收投资款等问题。

邱建国站起身来小心地关上门，点燃香烟吸起来说道：“小兰，有些事情我不想多解释，我是公司法人，我有我的想法和做法，还是那句话，你要理解我的难处。公司现在面临很多困难，甚至有很大风险，解决这些困难是我的职责。现在我给你透露一个机密，此次社会集资款我已经做出一个决定，全部投到一笔大生意上去。如果这笔生意做成，公司目前的状况就会得到彻底改善。”

兰婷心不跳了，她问：“是什么……大生意，要对我保密吗？”

邱建国沉默地吸完了一支烟，摁灭烟头才说：“具体说，我与南畹一家日本公司做一笔汽车生意。对方负责供货，一共三百辆日本轿车，一次性投资一千万元人民币。”

兰婷惊叫起来：“什么？走私……汽车？一千万元？”

邱建国看看她的表情，沉着地回答道：“你别吃惊，只有走别人不敢走的路才能发财。风险与利润成正比，风险越大，利润也越大，这是经营常识。”

兰婷仍不敢相信这个事实，她问：“如此大批量走私汽车是犯法的事，从南畹入境有海关、工商、税务、边检层层关卡，你难道能从天上飞进来不成？”

邱建国冷静地说：“我已经与别人达成默契，没有把握的事我是不会去做的。”

兰婷立刻明白那个别人指的是谁，她怨恨地指责道：“你为什么一次两次地利用万向东，把他拉下水呢？你要他为你走私提供保护，而他急于收回投资，就不得不就范对不对？”

邱建国面不改色地点点头说：“不错，这也是没有办法的办法，刚才说过了，谁叫我们是商人呢？商人有商人的原则，你知道在中国没有权力是办不成事情的，万向东要收回贷款，就得在关键时候把他的权力拿出来为公司做点事，这是交换条件。”

兰婷陷入绝望之中，她挣扎着从喉咙里挤出一丝细小的声音问：“你派谁去做……这笔生意？万小东还是……别人？”她不等邱建国回答，心里已经有了预感。

邱建国又点燃一支烟吸着回答：“你们对许大毛都有成见，其实这个人还是很忠实的，也精明有办法，也敢冒风险。”

兰婷想到那天在知青天堂乐园里王从军的话，就把下面有人反映许大毛赌博和伙同赵玉兰做假账的事告诉邱建国，谁知邱建国冷冷地说：“饮料工厂的财务情况我心里很清楚，对个人私生活我们不干涉，水至清则无鱼嘛。这些谣言我看是出于忌妒，用人不疑，疑人不用，这是我的一贯原则。”

兰婷终于被绝望的潮水淹没了。她闭上眼睛不再说什么，感到身心都很劳累，好像刚刚走过很长很长的山路。邱建国见状就告辞出去了。兰婷心里充满了愤慨，她想这个邱建国怎么敢这样，不征求董事会和大家意见，独断专行拿一千万去下赌注。一千万，这可是笔天文数字的巨资呀？如果走私被揭露，生意翻了船他怎么向股东交代？公司往后怎么办？万向东怎么办？

她简直不敢想下去，眼泪就顺着脸颊悄悄流下来。

第十九章

60

许大毛悄悄带着助手、儿子和一千万银行汇票星夜兼程赶往南畹。

他的两个助手都是临时从汽车工厂请来的工程师，一个叫朗峻严，另一个叫钟彬彬，都是汽车总装和质量检验方面的专家。许大毛受命于危难之际，明白这趟差事关系到公司命运，所以不敢懈怠，一路谨言慎行，唯恐途中出什么差错影响公司生意。

许大毛的儿子许东东，自小没有母亲，跟着父亲在社会上厮混，小小年纪已经学会吃喝嫖赌，社会上的事无师自通。学自然是不好好上的，原先为了混一口饭吃跟着父亲东游西荡，父子俩联手唱双簧骗人钱财，后来许大毛进了公司，吃穿不再发愁，可是再要儿子回学校老老实实读书却是比登天还难了。少年人一颗心早就浪野了，哪里收得回来？于是这个许东东就成了学校出名的害群之马：课堂上跟老师作对，调戏女同学，欺负小同学，校外打群架，校内勒索同学钱财，总之惹是生非劣迹斑斑。终于有一天校方正式通知家长，许东东被学校除名，在罗列的一大串劣迹中又赫然增加一条“偷看女厕所女浴室”。派出所鉴于许东东多次在社会上聚众斗殴，系未成年人不能自负法律责任，就警告家长说如果不加强教育管束，该少年将被送往少管所强制性进行劳动教养。

许大毛并不在乎儿子能够读多少书，中个状元给老子脸上增光添彩，他并不认为书读多了就有本事，那些大学教授不也在菜市场灰头灰脸地跟农民讨价还价吗？他没有读几天书就下乡当知青，回了城做工，工厂倒闭就上社会闯荡，现在不也吃香的喝辣的混得人模人样吗？可见得三百六十行，并不只有读书才能出状元。问题是儿子如果进了少管所那就是另外一回事。许大毛尽管并不指望儿子做大官出人头地，但是不学好成了罪犯，那却是每个做父亲的人都不愿意看到的事情，那样他许家列祖列宗脸上决不会感到光荣。他私下里也关了门发狠地死揍儿子，把那个不成器的小杂种手脚捆起来倒吊在房梁上，两天两夜不给喝水吃饭，连同他在一起姘居的赵玉兰都看不过去，悄悄替许东东说情。可是无论打骂均收效甚微，后来儿子逼急了威胁他，如果他再敢动手打他，他就离家出走永远不回来。

不知是儿子的威胁还是姘妇的劝告起了作用，再后来两人就君子动口不动手了，许大毛常常有意在儿子身上花一些感情投资：买名牌服装，零用钱一给就是三五百元，儿子似乎也因此规矩了许多，至少很长一段时间派出所干警没有上门来找麻烦。

这次出差因放心不下儿子单独在家，赵玉兰给他出个主意让他带儿子一道去，一则儿子大了，跟着出门开开眼界，二则让他看看老子怎么做生意赚钱，以后也好学学做生意的本事。许大毛觉得有理，就瞒着公司带儿子上了开往南疆的特快火车。许东东一路上倒也安分，不惹是生非，只是东张西望地到处好奇。

下了火车换汽车，一路风尘仆仆赶到南畹，南畹分公司经理赵国庆亲自来接了，将一行人安顿住进当地一家宾馆。赵国庆警告他们说：当地性病和毒品交易泛滥，平时无事不要随便外出。当晚生意各方见了面，在一起共进晚餐，喝了白酒。席间赵国庆出去打了一个电话，回来悄悄告诉许大毛，说当地海关已经做了工作，同意对他们这笔生意开绿灯放行。

再晚些时候，酒足饭饱的许大毛回到下榻的宾馆，一边站在阳台上剔着牙缝，一边望着界河对岸花花绿绿的霓虹灯出神。那个世界充满了神秘的诱惑，让他的欲望和想象力都按捺不住地在夜空里飞扬。这时电话铃响了，是那家日本商号的老板把电话打到房间来，很富暗示意味地发出邀请，要亲自陪同许先生到河对岸洋人街观光考察。许大毛不禁大喜过望，他想这些日本鬼子怎么偏偏就知道我的心思？真是怪得很！生意归生意，交情归交情，既然日本人愿意出钱招待，他岂有摇头拒绝之理？

于是许大毛一人悄悄溜出宾馆，上了日本老板的汽车，趁着夜幕过了河，来到了界碑一侧的异国洋人街。许大毛一下车就被各种五颜六色的妓院广告、赌场广告和招摇过市的皮条客和妓女包围了，陷入肉欲泛滥的海洋。起初他只是看得发呆，心想妓女大街上拉客也没有警察出来管一管，这地方真他妈的开放，怪不得人人都说洋人街是男人的天堂。可是日本老板似乎并不给他机会，只是领着他一个劲地在街上逛，看妓女怎样拉客嫖客如何嫖妓，看赌场人流如潮大哭大笑，直看得他欲火中烧如同受刑罚一样难受。

后来日本老板把他领进一家酒吧喝洋酒，搂着半裸的三陪小姐看人妖表演和脱衣舞，醉眼朦胧以后被告之去泰国浴室洗“泡泡澡”。以许大毛的经验，洗澡就是洗澡，大不了像沿海的所谓桑拿浴，有三点式的小姐伺候，可以摸摸搞搞过回手瘾。谁知等他进了浴室才大吃一惊，透过白蒙蒙的袅袅水雾，竟然有两个(不是一个!)一丝不挂的女人泡在浴池里向他挤眉弄眼。许大毛原本也不是个吃素的角色，在西都也免不了常常干些鸡零狗碎的勾当，可是这样明晃晃的公开阵势却是没有见过的，不禁有些眼光发直手足无措。那两个女人哪里容得他磨蹭，雌老虎一般扑上前来，只一支烟工夫就彻底瓦解了他的斗志，把他变成泡在热汽腾腾的浴池里的一摊稀泥……

回到宾馆，他躺在松软宽大的席梦思床上睡不着觉，细细回味刚才那些白晃晃的肉体和销魂摄魄的一幕，神经兴奋辗转反侧。他望着黑暗中的天花板愤愤地想道：这世道真不公平，老子辛苦一辈子却枉为男人，活到四十多岁才知道人生还有这般滋味？真是他妈的大傻×！中国男人都是傻×！可是转念一想，享受也好，白吃白喝也好，日本老板为什么这样殷勤地款待我呢？说穿了还不是因为我手中握着合同和汇票？操他妈！手中有权别人就会来巴结你，权力真是个好东西。当然没有权有钱也行……

一连几天，夜幕降临许大毛都由日本老板陪同悄悄过河，到那个资本主义的花花世界里充分享受快乐时光，将吃喝嫖赌的腐朽生活一遍又一遍地加以咀嚼体会。直到第八天早上，日本老板换了一副面孔告诉他，说集装箱运到了，要他们马上办理交割手续。许大毛这才叫上助手和赵国庆一道去仓库里开箱验货。

仓库里弥漫着浓重的霉灰味，到处堆着厚厚的灰尘，表明集装箱并不是刚刚运到的。当他们打开箱盖，拆开包装一看，众人都惊呆了。那些轿车“三大件”都被油布包裹着，上了厚厚的黄油，但是它们根本不是什么新车，不仅发动机锈迹斑斑，而且各部件都有程度不同的磨损痕迹。

许大毛连忙把日本老板叫到一边，询问这是怎么回事？日本老板很生硬地回答说，你们出的价钱难道是新车的价钱么？请许先生不必大惊小怪，等你们运回工厂重新组装，喷一道油漆就跟新车一样的，比你们国产汽车还受欢迎。

许大毛觉得事关重大，踌躇再三不愿在验货单上签字。日本老板就露出了很狰狞的面目，将许大毛在洋人街消费的账单拿出来威胁说，许先生一共花费了敝商社接待费共计人民币十一万一千九百元，按我们的规矩，如果生意不成这笔钱就要由许先生自己负担。

许大毛只觉得头皮一阵发麻，心里暗暗叫苦不迭，心想世界上的事白吃白喝是没有的，别人一笔一笔给你记着账，你他妈的还真以为占了便宜！吃人嘴软，拿人手软，许大毛只好同助手紧急商量对策。朗工程师搔搔头发道，便宜无好货，这倒也是事实。旧车倒不打紧，工厂一翻新，外表就跟新车一样，不是内行根本看不出来。许大毛说要是让人知道，这不是糊弄自己同胞么？钟彬彬大学毕业没有几年，他笑着说看不出许经理这样爱国，你看沿海跑的进口汽车有几辆是真正的新车？还不都是别人淘汰了的翻新车。只是许经理今后别太狠心卖得太贵，价钱便宜一些还是很符合中国国情的。

许大毛别无选择，只好咬咬牙认账签了字，不一会儿就办清了汇票交割手续，他心想，操！这些狗日的日本人做生意跟打仗一样，做好圈套让你往里钻，所以今后还是要提高革命警惕，不能上了糖衣炮弹的当。不过生意不能怨我，旧车就旧车吧，反正价格便宜，只要能赚钱，谁叫咱们自己的国产汽车不争气呢？

往后他们就离开南畹押车往回运。几十辆大型集装箱汽车组成浩浩荡荡的车队逶迤而行，如同一支机械化大军行进，倒也气势磅礴蔚为壮观。许大毛坐在领头的汽车驾驶室里，眼看车队顺利出了南畹镇，过了南畹大桥和海关检查站，心里不由得松了一口气。他想，上帝保佑，只要别出纰漏，安全把货运回西都我就谢天谢地啦！

因为一路有人打过招呼，各处关卡都顺利放行。傍晚时分车队来到一处边防缉毒检查站，因为缉毒检查是例行公事，所有驾乘人员都要下车配合检查。不料清点人数时发现竟少了一个许东东，许大毛很着急，领人挨车寻找。这孩子最近玩得邪乎，常常独自外出神出鬼没，许大毛因为被糖衣炮弹弄昏了头脑才忽略了儿子的行踪。

结果还是一头边防缉毒犬在一辆汽车集装箱里找到了许东东。这个少年人公然毫不隐讳地躺在油布上吞云吐雾，警察还在他身上搜出了几十克毒品。于是车队被当场扣留，警察在检查毒品的同时，发现这支车队运载的货物是国家三令五申明令不许进口的国外废旧汽车组装件。

走私事件当天被汇报到省里，很快又被反映到北京。有关方面指示将集装箱就地封存，责成省里成立专门小组进行追查。

61

兰婷住院治疗期间朱青天一共来看望过两次，每次都显得很匆忙，夫妻俩见面也很平淡，没有什么亲热的话好说。朱青天不痛不痒地问了几句病情，说需要什么东西好叫人送来，兰婷想想说，就让曲小花来病房里照料些日子吧，将换洗衣物睡衣拖鞋盥洗用具等一并送来。

曲小花就在医院里住了几日。

兰婷原先在家里不大留意曲小花的穿着言行。在她的印象里，曲小花就是刚来的那个乡下小保姆，身上土气未脱，眼光怯生生的，一口山区土话，每每把“吃饭”说成“恰饭”，“日子”说成“儿子”，引得他们大笑不止。女主人对小保姆的关心体现在严格管理上，她要求小花做好家务之余夜晚到夜校上课，多学习一点有用的东西对她的将来有好处。因为女孩子总不能一辈子替人家做保姆吧。

但是兰婷很快发现这个女孩子根本不是读书的料。她天天晚上出去上课回来却一问三不知，但是她屋子里的明星照、廉价时装和化妆品却多起来，而且常常还会有一些外面的电话找她。最让兰婷生气的是有一次她在夜市上偶然碰见曲小花同一个打工仔模样的男青年亲热地搂在一起逛商店，她才恍然大悟小保姆一直在说谎，她压根儿就没有去上夜校。

那天晚上兰婷狠狠教训了小保姆，并让她第二天收拾东西回乡下去。曲小花自知铸下大错，整整痛哭了一夜，第二天红肿了眼睛来向兰婷认错。兰婷是个软心肠的人，她当然也不是一定要把她撵走，对女孩子还是以教育为主，加上朱青天也在一旁说情，考虑到这是初犯，给她一个改过的机会，就同意让她继续留下来。

一晃过了两年多。

这两年社会生活发生了很大变化，兰婷的家庭生活当然也不例外。自从下海经商，加盟集团公司以后，兰婷天天在外面忙乎，经常都要出差，回到家不是深夜就是累得上床两眼一闭，她根本没有多余闲暇留心小保姆的变化。因此直到她因车祸住进医院，她的生活中突然有了许多空闲的时间来梳理自己，这时候她才发现那个小保姆已经不是从前的小保姆了。

曲小花显然长大了。小保姆虽然没有长高，但是她富有弹性的身体却像一株发育饱满的豆类植物或者甜果子那样迅速成熟起来。胸脯胀鼓鼓的，臀部线条丰满诱人，说话嗓音湿漉漉的，又润泽又甜美，眼睛里也多了一种来自女人而不是女孩的顾盼风情。兰婷像打量陌生人一样注视着曲小花进进出出精力充沛的身影，她的心头袭过一种女人本能的不安和忧虑。她想，小保姆长大了，长大了就有诸多不便，是不是应该考虑让她从这个家庭里退出去呢？

一天饭后兰婷让曲小花扶着上卫生间，曲小花突然呕吐起来，脸色很难看。兰婷关切地询问她怎么了？她过了一会儿回答说这是老毛病，胃不好，从前在农村吃粗粮落下的。兰婷让她去看医生，她连连摇头说没有关系，吐过就好了，难得犯一回。后来兰婷果然没见她再犯，也就信以为真。

过几天兰婷自己不用人搀扶，朱青天也打电话来说他要到外地出差，让曲小花回去守屋子，兰婷就让她走了。兰婷想，回去跟朱青天商量一下，另外找个小保姆，她想法给曲小花在城里找份工作。

又过了一周，兰婷的头伤已无大碍，脸上的伤口也恢复很快，医院做了几次整容理疗，竟也没留下什么疤痕。她在医院里呆不住，决定回家休息。谁知出院那天家里没人，公司也找不到人，电话打过去没人接，好像突然间人们都走散了一样。她把电话打到张省身家里，结果张省身文晓红夫妇找了一辆报社的车来接她出院。

张省身见面劈头就说："兰婷，你知不知道，公司最近出大事了？"

兰婷正在收拾洗漱用具，听见这话就愣住了，直起身来问他："出什么事？是不是……南畹边境出事了？"

文晓红惊讶地说："原来兰姐知道公司用集资款走私进口汽车的事呀？"

兰婷着急地追问道："究竟走私汽车怎么了？你们快说呀。"

张省身就简要地把集装箱车队经过缉毒站被扣的事说了一遍。兰婷听了，如同头顶挨了一个炸雷，颓然坐在床上，脑子里乱成一锅粥。

论理说商场如战场，胜败乃兵家之常事，这几年兰婷已经见过太多的商海沉浮大喜大悲。曾几何时，昨天还是挥金如土流金耀银的富翁，一夜之间就成了赤条条不名一文的乞丐。问题是邱建国这一回失利不是通常意义的个人失误，公司怎么向广大老知青集资人交代？公司下一步怎么办？万向东怎么办？

她突然有种大祸临头的恐惧感觉。“覆巢之下，岂有完卵？”莫非公司这条大船终于要倾覆了，像电影《泰坦尼克号》里那艘庞然大物的泰坦尼克号一样，轰然翻倒，船头高高翘起，然后像个惊叹号消失在黑黝黝的深海中？这个富有警示意味的画面不由得让她感到心惊肉跳。她枯坐无语，唯有心灵深处发出一声经久不息的哀叹。

张省身见状连忙安慰她道：“其实你也不必太难过，身体要紧……事情还没有结果，邱建国已经赶去南边了，也许能有什么办法化解。”

文晓红挨着兰婷身边坐下来道：“兰姐，我不明白，公司这么大的事为什么不通过董事会？公司怎么向集资人交代？听说邱大哥要将公司财产抵押贷款和集资款，然后宣布破产，总之公司里谣言四起人心惶惶。”

兰婷默然良久，下决心甩甩头发站起来。她对两人说：“省身，晓红，既然事已至此，现在已经不是追究谁的责任的时候，我们都得伸出一只胳膊帮助公司撑住才对。”

文晓红愤愤不平地说：“兰姐，你可真是忠臣良相，对公司一片忠心。实话对你说吧，我已经不打算在公司干了，我这个徒有虚名的财务部经理，其实根本没有权力对公司财务进行管理，甚至公司根本无财务管理可言。邱总对我的唯一要求就是按他的指示做假账，他要三万，你就按他的要求做出三万的账单来，别的什么都别过问，当聋子的耳朵。至于公司财务纪律财务条例，就是邱总一句话，这样的财务能不乱套么？怪不得下面分公司都做假账，上梁不正下梁歪呗。”

张省身帮兰婷拎着网兜用具边往外走边说：“我倒奇怪，怎么许多民营公司反倒比国营单位更像国营单位？混日子，吃大锅饭，弄虚作假。不同的是，国营老板用的是公家的钱，你们用的是集资人的钱。这也是中国特色么？”

兰婷不语，她的心情委实太沉重了，没有心思说话。三人上了车，张省身驾车，汽车徐徐驶出医院。此时正值秋高气爽季节，道路两旁的银杏树呈现出美丽的金黄色，犹如凡高笔下的油彩画。兰婷无心观赏秋景，她呆呆地望着窗外的自行车和行人，突然改变主意说：“你们直接送我去公司吧，我想去公司里看看。”

张省身劝她道：“兰婷，你别玩命好不好？公司又不是你一个人的，说到底你不过是个副总。”

兰婷哀叹一声说：“正因为公司不止我一个人，我才觉得心疼，不能眼看它垮下去。要是我个人的公司，我早扔了这个烂摊子随便去什么地方上班。”

文晓红问她：“朱大哥干什么去了？他为什么不来接你？真是不像话。”

兰婷语气淡漠地回答：“他也许又出差去了，不过我也不大清楚。我倒宁愿跟你们在一起。”

张省身拿眼神暗示文晓红，让她别提朱青天。这个动作被兰婷看在眼里。她说：“省身，你别怪晓红，你们俩不是外人，我跟朱青天不是一条道上跑的车，分手只是迟早的事。人恐怕只有重新活一次才不会犯那么多错误。”

汽车到了公司门口，兰婷同张省身夫妇分了手，独自拖着疲惫的脚步上楼去。在楼道和走廊里，几个公司的男女职员迎面错过，他们看见她时都神色惊慌地同她匆匆打招呼。她想，天啦！公司当真一副大厦将倾的模样了。

三楼办公室都没有人，她意外地发现一间会议室的门虚掩着，推开一看，原来是万小东和华璐在屋子里说话。看见她进来，华璐连忙站起身来朝她点头说：“兰姐，你出院了，很抱歉我们没能来看你。”

兰婷在他们身边坐下来，她惊讶地发现万小东一下子憔悴了许多，不到三十岁的年轻人，嘴角竟拉出了几道细细的皱纹。她急切地问道："小东，事情究竟怎样？有没有希望挽回来？"

万小东将他知道的情况告诉了兰婷。邱建国已经紧急赶赴边疆省会，到处托关系疏通，走上层路线活动，但不知是不是亡羊补牢。目前货物依然扣着，警方口气没有任何松动的迹象。末了万小东看看华璐说："……据我们估计，最坏的结果至少有两个：其一是没收全部走私集装箱，公司损失将达到一千万元。其二是这事肯定会影响我哥的前途——前天我打了电话，他那边只说知道了，就挂断了电话——最好的结果当然是大事化小，小事化了，象征性罚些款然后将集装箱弄回来。"

兰婷觉得有些胸闷，她绝望地说："你们认为，争取后一种可能有希望吗？"

万小东悲观地摇头道："我看希望不大。"

兰婷心里替万向东担心，叹口气道："向东一生为此奋斗，如果受牵连，真是不应该的事。"

谁知华璐在一旁却忍不住，她毫不客气地开导兰婷说："兰姐，其实人想开了也没有什么，不就丢官么？那么从没有戴过乌纱帽的百姓是不是就不该活了？当今社会，机会还是多得很，条条大路通罗马么！向东哥喜欢权力，其实邱建国也喜欢权力，因为经济也是一种极大的权力。所以我觉得向东哥大可不必为丢官灰心，如果换一种活法，他的得意人生也许根本不亚于官场。"

兰婷很惊讶，她不得不承认华璐的话确实一针见血，但是人与人毕竟不一样。有的人一旦确定理想，就要通过毕生努力去追求而决不允许半途而废。她摇摇头说："小华，你不了解向东，他是个执著的人。一个人如果为了自己的政治理想已经付出巨大的代价，他就决不能轻易放弃或者改变自己的信仰。"

华璐语气更加激烈，她尖锐地反驳道："这不正是你们这些老知青的悲剧性所在么？你们为什么如此看重权力，将自己置于芸芸众生之上？难道做一个普通人就没有理想么？你们总想做救世主，解放全世界，即使跌了斤斗摔得头破血流也再所不惜。其实谁要你们解放？

说到底那不过是你们的自大狂妄，边疆少了万向东未必就会陷入水深火热之中，西都没有邱建国的公司，人们的日子照样过，兴许少了集资的损失大家还会过得好些。”

万小东见华璐的话过于尖刻，就连忙拿眼睛责怪地制止她。兰婷觉得华璐的观点太偏激，就不想与她继续讨论。但是她并不怪她，年轻人谁没有偏激的时候呢？一时间屋子里没有声音，大家都有些不自在。兰婷心里很乱，很灰心，如果万向东下台，公司垮台，这对所有奋斗的人来说都是一个无法言说的沉重打击，谁在奋斗之初也不是为了争取一个失败的结果呀！其实遭到重创的与其说是个人不如说是信念。

兰婷不敢想下去，她觉得脑子里有两个人的声音在打架，一时心乱如麻。她站起身来说：“小东，小华，不管怎样说，目前最重要的是信心。公司不能垮，向东也要挺住，很多问题以后我们再来讨论。这些天公司要有人值班，邱总有消息马上通知我。”

她在公司外面拦了一辆出租车回家。

出来开门的是小保姆曲小花。她意外地看见朱青天已经坐在客厅里，朱青天看见她就放下手中的报纸说出差刚回来，不知道她要出院。兰婷感到他说话言不由衷，并没有多少热情，跟敷衍外人一样。倒是曲小花表现得非常殷勤，连忙接了她手中的行李网兜，倒水倒茶，整理床铺请她休息，又进厨房里下了一碗热气腾腾的鸡蛋挂面。但是不知为什么，兰婷总感觉曲小花的举动像个主妇，而她却像个客人。

晚上她在床上同朱青天谈了打发曲小花回去的想法，朱青天嗯嗯了几声不置可否。后来公司事情一多，她就把这件事暂时放下了。

62

秋天真是一个美好的季节。

对农民来说，秋天意味着收获：水稻收割，新粮上市，蔬菜淡季也结束了，各种时鲜的瓜果蔬菜源源不断地涌进城来。但是时代变了，农民只管种地不问市场的日子一去不复返，农田里的丰收不等于真正的收获，激烈的市场竞争好像一只无形的大手控制着市场价格，也决定他们一年的收入。所以，他们只有等到把丰收的农产品卖一个好价钱才能松一口大气，把一颗悬着的心放下来。

对所有经营季节性小吃的餐饮业业主来说，炎炎夏日的结束意味着他们终于可以熬过一个惨淡经营的商业淡季，从而迎来一个生意兴隆的黄金季节。所以，当一阵阵透出凉意的秋风从天边刮来，笼罩在他们心头的阴霾立刻被一扫而光，他们的精神不由得为之一振。

傣家楼风味园餐厅老板马立新却并没有为新一轮商战开始而欢欣鼓舞。他一早起来就心事重重地坐在一张靠窗的餐桌旁喝茶，手里捧着从知青时代起就整天不离身的茶缸。喝茶是他生活中的一个重要内容，他不能想象如果人不喝茶生活将是多么的乏味。但是马老板从不喝西湖龙井君山银针之类温软细茶，认为那些茶是女人喝的，薄得没劲，淡得没味。他专爱喝高山上生长的滋味浓郁的粗茶，这种茶也不炒制，连叶带梗地用手揉碎了，苦涩中透出一种不经修饰的天然清香。他手中捧的是一只从前专为知青到农村去生产的大号搪瓷茶缸，茶缸直径达半尺，可盛一斤半米饭，亦可喝水漱口多用，茶缸外沿印有“广阔天地，大有作为”的领袖语录和图案，都已经被岁月磨蚀得看不大清楚，里面泡着大半缸发黑的浓茶，缸壁上结着厚厚的茶垢。

这只旧茶缸伴随老知青马立新度过了二十多年人生岁月，现在他就捧着这只旧茶缸慢慢呷着茶，忧郁的目光始终没有离开大街对面的那家老知青大酒楼。

马老板完全没有料到，这家本是同根生的知青餐厅从开张之日起就成了他生意上的对头，并且竞争之残酷，对他威胁之大，完全不亚于一场你死我活的战斗。

其实老知青马立新并不完全是那种利欲熏心贪得无厌的商人，他早先在农场插队时也入过团，当过先进，立功受奖，在连队食堂里勤勤恳恳起早贪黑地干了五年炊事员。后来提干做了五年司务长——城里人叫作伙食团长的那种芝麻小官儿——直到大返城回到城市。

在兵团知青中马立新人缘还过得去，属于那种不占便宜也决不肯主动吃亏的精明人，不厚道也不尖刻，对领导唯唯诺诺，对朋友谨小慎微。毫无疑问，他这种小人物的卑微性格起源于他城里的小市民家庭。父亲马老三是个老实巴交的厨师，准确说连厨师都算不上，只是个街道办事处的伙夫头，给来往办事的革命群众煮煮饭炒炒大锅菜什么的。而他母亲连上班的机会都没有，所以更多时间就出去给别人带孩子做保姆，从而常常忽略了自己孩子的生活保障。如果说过去的命运总是青睐有权势的人们，把“将门虎子”、“子承父业”之类桂冠戴在那些自以为血统高贵的年轻人头上，那么老伙夫头马老三的儿子命中注定就该做个小伙夫头，最大出息也许就是轮到评个职称，有资格晋升到上级机关为领导炒炒小锅菜。但是时代毕竟发生了变化，如今令老伙夫头深感自豪的是：儿子不仅做了一名真正有级别的厨师，而且当上了老板，开了一家财产权完全属于自己的个体餐馆。

应该说马立新还是称得上个守法和守信的好公民。他像一只勤劳的工蜂，起早贪黑兢兢业业地经营着自己的产业。他按时纳税，注重食品卫生饮食质量，遵守公约民法，决不欺诈顾客，不宰客，不短斤少两，本来该用十只鸡熬的汤决不用五只鸡熬，本来二两一份的米线决不会从顾客碗里扒掉一钱。但是他也决不肯吃亏。做生意就是做生意，马老板像所有刚刚把家搬出贫民窟的暴发户和守财奴一样把收支抠得很紧，决不浪费，不奢侈。他每天都要亲自到市场上同小贩讨价还价，所有买回来的肉菜水果他都要加以复秤检验，哪个厨子或者服务员偷懒或者偷工减料都逃不过他的眼睛，老板心里有本账，到了月底他都要毫不手软地将损失从他们工资奖金中一一扣除。

就是这样一个平庸和胸无大志的小市民，既无多少文化又无高深的现代商业管理知识，只是凭了他的精明和勤奋居然赚了不少钱，成为一个腰缠万贯的餐馆老板。当然这种成功只是比较他过去的生活而言。如果不是后来发生了同知青战友邱建国的矛盾冲突，他的日子也许就这样平平静静地过下去，对一个伙夫的儿子来说，经营餐馆和过上殷实富足的生活足以使他感到身心满足。

但是邱建国阴险地企图搞垮他的餐馆。也许不只邱建国，还有他手下的所有人，只除了兰婷在外。俗话说同行是冤家，帮了一个同行就是帮了一个敌人，他怎么没有想到这个简单道理呢？原先以为都是知青战友，大家可以彼此关照，所以积极支持邱建国办公司，办老知青大酒楼，现在他意识到这是自酿苦果，古时候有农人和蛇的故事，邱建国就是一条蛇，他支持了邱建国，他们却恩将仇报，挖走他的厨师，挤垮他的生意，险些使他遭到灭顶之灾。

马老板永远忘不了自己餐馆那段最暗淡心酸的日子。厨师走了，带走了技术和顾客，新厨师只会炒酱肉丝，一度生意兴隆的傣家楼门前顾客稀少门可罗雀，有一天甚至创造了只有一名顾客就餐的历史纪录。然而街对门新开张的老知青大酒楼却人头攒动生意一片红火。两相对照，他像个孤儿那样眼看就要被上帝抛弃了。

但是马立新毕竟撑过来了。

他是个到过边疆的老知青，知青生活教给他的最大本领就是忍耐，决不轻言失败。他靠了顽强意志、吃苦耐劳精神和对财产决不放手的信念一天天支撑过来。马老板重新系起白围裙，亲自下厨重操旧业，把各种风味小吃和过桥米线精心烹制得比从前厨师做的还要出色。这样熬过那个惨淡经营的夏季之后，顾客渐渐又回到他的店里，傣家楼的生意终于一天天又兴隆起来。问题是当上帝重新跨过街来以后，他对面那家餐馆却迅速衰落下去，因此他常常都要怀着一份冷酷的心情，一种报复的快意坐在窗前，亲眼看着凄风苦雨是怎样降临到街对面那家餐馆头上的。

自从经历了那个黑色的夏季事变之后，马老板开始有了变化，他似乎变得多了几个心眼，不再相信知青友谊，凡事更加小心谨慎。但是作为他对邱建国采取的第一个不光彩的报复行动，就是派人悄悄举报许大毛饮料工厂制假卖假、扰乱市场和牟取暴利的违法行径。他因此得到两万元的举报奖励。这个成功事实使他信心大增，原来邱建国也是可以打垮的，而且他并不认为告密有什么不好，因为邱建国先做小人，因此他也不想做君子。接下来他日夜构思的第二个重大行动，就是要想法将街对面那家濒临倒闭的老知青大酒楼接管过来，完成他事业的扩充和对商业对手的完全占领。

但是最近事态起了意想不到的变化。老知青大酒楼仿佛得了什么灵丹妙药，一夜之间起死回生，生意一下子又红火起来。不论白天晚上，一度门庭冷落的停车场又泊满各种轿车，顾客盈门一派繁荣景象。相比之下，傣家楼就显得人气涣散，客人一天少似一天，他们仿佛都跟赶热闹似的被吸引到街对面去了。马老板想不明白，上帝又有了什么新的爱好，却让他蒙在鼓里莫名其妙？

他坐在窗口看了一会儿。

老知青大酒楼跟平常一样正在准备开门，八点半钟，女经理金红卫准时骑着一辆自行车来上班。他的目光一直跟着女经理进了门。他对金红卫评价不错，认为她是个有事业心的女人，兢兢业业工作，他脑子里突然冒出个念头，将来把她挖过来为自己工作不是正合适么？

中午是餐馆的营业高峰，他的店里已经有了将近一半的上座率，这使他基本上感到满意。但是当他将眼光投向街对面时，心绪立刻就大大地恶劣起来。原来他看到一长溜“桑塔纳”、“奥迪”、“红旗”轿车开进了对面停车场，这是被老板们戏称为上帝中的上帝，无论哪家餐馆都最受欢迎的公款吃喝队伍来了。这种情景对生意不佳的马老板无疑是一个极大的刺激，促使他下决心亲自到街对面去看个究竟。

马老板换了一身皱巴巴的新西装，结了领带，为了不被人认出来，又在脸上加了一副墨镜，十足像个口袋里揣足了银子的乡镇企业家。他大摇大摆地过了街，走进老知青大酒楼。他看到酒楼里果然人满为患，许多地方重新搞了装修，到处热气腾腾熙熙攘攘，如此火爆的场面真是今非昔比，好比一池死水突然变活起来，到处都有鱼虾蹦蹦跳跳一样。最让人费解的是餐厅中央平地搭起一座舞台，马老板奇怪地想这是怎么回事？莫非邱建国要在这里演戏不成？于是他在一处不显眼的角落里找到一个座位，点了几个菜，要了一瓶西都大曲，独斟细酌地冷眼旁观。

十二点半钟，一个只穿了胸衣的半裸小姐从幕后走出来，宣布歌舞节目开始，有全国闻名的当红歌星到场助兴。然后就有一个花花绿绿的女人站出来，对着麦克风边摇边唱，唱得很暧昧很绵软，还朝台下搔首弄姿。台下有人嚷不行不行，屋里太热，要歌星脱衣服。歌星倒也不怕起哄，当真就脱起来，脱到露了胸衣就再不肯脱。小姐又站出来说，请先生点歌，一首歌一百元，送一枝玫瑰花也是一百元。有个穿T恤的先生点了一首《纤夫的爱》，上台跟歌星一道唱，哥呀妹呀地摇得死去活来。立刻又有先生点两首，也上台拉着歌星的手唱，还送了一枝玫瑰花。于是就有更多的先生都争着点，争着争着就吵起来，还砸了几个酒瓶。

唱完歌又跳舞，舞蹈小姐展示人体风采，个个都穿三点式，又薄又露，看得台下一片叫好。然后小姐们走下台来，每人手里端个盘子，逐桌请先生摸彩票。中彩的幸运者不仅有奖品，还能请小姐喝酒，得到小姐一个又长又甜的香吻。

马老板看得目瞪口呆。

他没有想到邱建国竟然想出用这些卑鄙下流的方法拉拢顾客。顾客是上帝，上帝应该是公平的，难道上帝也离不开女人么？他愤愤地想这样竞争是不道德的，起码对饮食界同行来讲不公平，吃饭就吃饭，干嘛要搞歪门邪道？

可是话说回来，商战无规则，胜者为王败者寇，谁在乎你用什么手段？你要想当赢家你也拿出手段来！马立新感到一阵接近失败的悲痛。他既没有本事也没有胆子搞这种色情勾当，他只是一个厨师，以厨师的本事经营餐馆，因此他只好认输，永远承认自己是失败者。

表演还在花样翻新地进行。马老板已经没有了观赏的兴致，他已经快要被自己的伤心击倒。他挟了一筷子鱼香肉丝放进嘴里慢慢咀嚼，凭良心说，对手火候不错，肉丝很嫩，色香味俱全，几乎无可挑剔。但是他不肯死心，又细细品尝了另外几样菜。一种厨师的职业敏感提醒他，这些菜里的香气不大纯正，有种可疑之处，不是香味本身有什么不好，而是香得过于浓厚，仿佛急于迎合人的胃口，这就不得不让人起疑心。这是一种感觉，一种隐隐的暗示，如同对女人的判断：女人性感是正常的，但是性感得像妓女就不正常了。

他一时没法解释自己的怀疑，就低头喝了一口酒。这回舌头却直截了当地告诉他酒的味道不对头。他是饮食专家，别方面不行，味觉却出奇灵敏，什么冒牌货都别想逃过他的舌头和鼻子。他放在鼻子底下用力嗅了嗅，酒味寡淡，酒水经过舌头之后留下微苦的辣味，这不是真正的西都大曲，西都大曲是滋味浓烈的酱香型酒，所以不消说他喝的是假冒酒。他们公开出售假冒酒水欺骗顾客是违法行为，这一发现使他暗暗受到鼓舞。他向服务小姐要了另外一种酒，结果还是假酒。他装作不经意地样子询问服务小姐，哪里能买到这两种牌子的大曲酒？小姐告诉他，酒楼仓库里多得很，可以批发给顾客。

他趁起身上洗手间的机会悄悄溜进后堂转了转，厨房里面烟雾腾腾，倒也没有看出什么明显破绽来。只是在后院一处角落里他看见支着一口大锅，锅底还剩有少许没有来得及舀完的五香红油。他蹲下身来，用手指头蘸出一点放在嘴里吮了吮，立刻恍然大悟，那可疑的像妓女的香气正是从这锅里制造出来的。

原来他的对手在这里偷偷煎制泔水油。

这一重大发现使他如获至宝。他心里暗暗叫道：邱建国呀邱建国，这回你算是栽定了，栽在我老马手里。老马要让你知道什么是明枪易躲暗箭难防，什么是量小非君子无毒不丈夫。他努力抑制住满心的快乐，用小瓶子悄悄舀了一点泔水油藏在西装口袋里，又把那两瓶假酒揣了，向小姐结了账，然后若无其事地出了酒楼，回到自己的店里。

当天晚上，马立新亲自起草了一封匿名举报信，详细列举老知青大酒楼三条重大罪状：长期制造销售假冒名酒牟取暴利，偷偷制造泔水油损害顾客健康，以色情和黄色娱乐节目招徕顾客。他呼吁政府有关部门出面治理，以保护消费者合法权益和人民大众身心健康。举报信复印若干份，连同罪证一起，连夜派人分送市打假办、工商、税务、消费者协会、卫生防疫站、市场督察大队以及市委、市政府各举报点。

第二十章

63

兰婷得知老知青大酒楼出事的消息是在酒楼被查封几小时以后。当时她正在外面同客户谈业务，谈得很顺利，然后准备陪客户一道吃晚饭，这时她的手机响起来。王从军在那一头腔调都变了，惊慌失措地告诉她，说金红卫出事了。

等她赶到老知青大酒楼时，门前围着许多看热闹的闲人，路旁停着几辆联合执法队的汽车和摩托车，还有一辆派出所的警车。她努力镇定一下自己走进去，突然脉搏都不跳了。

原来执法队已经将泔水油、假冒名酒和色情演出人员人赃俱获。

酒楼被当场勒令停业，经理金红卫被警察带走说清问题，酒楼员工见势不妙都纷纷离去，有的还趁机偷走酒楼值钱的东西。最可恨的是周围一些对酒楼心怀不满的市井无赖，他们觉得有了充足的理由起哄，就公然扔石头将橱窗和门窗玻璃砸得粉碎。

兰婷觉得这回天塌下来了。

尽管老知青大酒楼不归她分管，经营方面的情况她也不大清楚，但是出了事她却不能不管。在铺天盖地的灾难中，兰婷想到一个首要问题是先把金红卫从派出所里保释出来。

金红卫无疑是个正派女人，这次不幸做了一回犯罪嫌疑人，因此见到兰婷哭得眼睛通红。好在派出所指导员从前也是兵团知青，一说情就爽快地答应放人，他说本来这种事可抓人也可以不抓，因为上面叫去配合，为表示重视就抓了人。兰婷连取保手续也没有要就把人领走了。

此后几天，老知青大酒楼以色情手段招徕顾客，制售假冒酒水，以泔水油坑害顾客的丑闻在新闻界大曝其光，在社会上引起强烈反响，公众的舆论谴责如同火山一般爆发出来。走私汽车事件未了，邱建国又不在，老知青大酒楼陷入瘫痪，兰婷是公司主管，她不管谁管？这才是屋漏偏遇连天雨，船破正遭迎头风。无奈之中她不得不鼓起勇气，充当一个力挽狂澜的末路英雄角色。

兰婷使尽浑身解数同那些职能部门的官员们周旋。她张开联络网到处找人拉关系，甚至亲自到市里熟悉的领导家求人说情，但是事以至此，联合执法队已经证据确凿人赃俱获，她哪怕上窜下跳有通天的关系网也回天乏术了。

更重要的是，她对这种消防队员一样到处救火堵漏的使命既无激情更无信心，只是穷于应付而已。她觉得自己更像个令人讨厌的小丑，哪里有丑闻就出来表演一番。这个想法使她很沮丧，心灰意冷。联合执法队的人警告说，事件已经惊动市政府，市长亲自指示一定要查清楚，抓个典型。兰婷觉得背心里直淌冷汗。她想如果真要抓典型，牵出公司的其他问题，那么知青天堂公司的末日就算是来临了。

最令人讨厌的还是那些小报记者。他们听到消息立刻就像苍蝇一样嗡嗡地赶来，个个都像发情的公狗一样兴奋，目光闪闪居心叵测的样子。兰婷当然很明白他们的险恶用心。记者感兴趣的绝不仅仅是一家坑客的普通饭馆新闻，而是曾经轰动一时的老知青大酒楼，老知青回顾人生历程和对后代进行传统说教的地方，如何就变成坑害顾客的触目惊心的陷阱，以及制造泔水油、假冒名酒和色情泛滥的窝点？还有知青天堂公司，这个被誉为老知青高举创业大旗和张扬理想主义风帆的大本营，如何就孕育出了这些令人不齿的社会公害和丑闻？

被搅在这个烂摊子里的公司副总兰婷简直成了舆论指责的罪人，饱尝被舆论包围和当过街老鼠的苦果，这是兰婷生平第一次体验到做人如此没有尊严，简直就是惶惶不可终日的悲惨境遇，可见得当人民公敌或者历史罪人都不会有什么好下场。

一连数日，兰婷的神经险些处于崩溃的边缘，她亲自出面对付记者的刨根问底，应付电视台的跟踪曝光，向蜂拥而来的消费者道歉，摆下酒席请记者吃饭，席间以各种好话取悦他们，还悄悄把张省身叫来，如此这般地让他在记者同行里做瓦解工作，真是绞尽脑汁机关算尽，企图把丑闻风波平息下来。对付执法队，她的办法是让金红卫老老实实低头认罚，“错误不在大小，关键在于态度”，态度一端正，又认错又认罚，她就占据了主动。联合执法队对商家的主动态度基本满意，加上背后有人说情，已经到手的成绩也十分巨大可观，足够对上面交差，也就顺水推舟把事件作了一个结论。

兰婷的努力没有白费，有关部门宣布一个低调处理结果：经理写出书面检查，酒楼停业整顿一个月，罚款五万元以观后效。

送走最后一批记者和官员，兰婷一下子瘫软在沙发上，她向王从军要了一支香烟，点燃猛吸一口，恨恨地对萎靡不振的金红卫道：“你们怎么搞的？到处被人抓住把柄……妈的！真成了奸商了。”

金红卫眼圈还是红红的，她委屈地说：“我有什么办法好想？职工要吃饭，要发奖金，公司要利润，酒楼生意怎么做？……往后只好去当强盗抢人。”

张省身是旁观者，比较冷静，他劝兰婷道：“我看不能全怪小金，公司也有责任……我有一种预感，知青公司这条船就跟开进了百慕大一样，尽遇怪事，如果再不从根子上找原因，我看迟早要崩溃的。”

兰婷问他：“你说说什么原因？”

张省身摇摇头，叹一口气。兰婷一下子伤心起来，想到许多人的心血，眼前却是这样一番模样，眼泪不禁哗哗地淌下来。王从军是个老实人，只会干着急说不出话来。金红卫心灰意冷地检讨道："兰总，你别难过，这事主要怪我，我也是逼得没办法。往后这差事是没法干了，我还是回区图书馆做我的工作去。"

兰婷终于强迫自己止住眼泪，她掏出手绢擦擦眼睛，长叹一声道："你们都走，走光才好，但是公司还有一百多号人怎么办？我们都是当干部的人，就是船要沉我们也该最后逃生呀。"

金红卫还是坚决地说："我想好了，我不是当酒楼经理这块料。这不是逃避责任，公司得换个有本事的人来干。"

王从军吭哧吭哧地说："唉唉红卫，有话好好说，不要感情用事嘛。"

金红卫瞪了丈夫一眼说："什么感情用事？我是块什么料自己还不清楚么？……兰总，跟你说句真心话，我金红卫天天早上班晚下班，节假日从不休息，从没多拿多占酒楼一分钱，一心全扑在工作上，从良心上讲我是对得起公司了。但是酒楼出了这种事，我很难过，我确实尽了心，无能为力了。"

兰婷着急地说："红卫，眼前你不能撒手，不然酒楼怎么办？"

金红卫解释道："兰总，你不知道，餐馆最忌出这种事，出事就像女人破相，破相酒楼就算是臭了，臭名远扬，无论谁来都白搭。"

兰婷问她："你说说怎么办？"

金红卫干脆地回答："只有关门一条路。或者改做别的生意，或许还有希望。"

兰婷沉吟不响，好一会儿才咬咬牙说："如果将酒楼招租或者卖掉，估计能回收多少资金来？"

金红卫从抽屉里翻出一沓账本来说道："兰总，我算给你听听……酒楼固定资产折旧最多能算一百万吧？现在咱们这个事情刚出，谁接手还不得拦腰砍一刀？就算五十万，可是我们拖欠的水电房租货款员工工资还有罚款一共不下五十万，卖掉也就扯平。如果招租，谁肯接手这个烂摊子？"

兰婷苦笑道："妈的！这是怎么回事？难道咱们白送人也没人

要了?”

张省身在一旁说:“前几天我招待几位外地作家,请他们到对面老马的傣家楼吃饭。我看老马生意不错,跟他谈谈,请他来做这个生意怎么样?”

其实兰婷心里正在考虑马立新曾经提出要收购或者承包老知青大酒楼的事,她看看窗外天色已晚,就站起身来对大家说道:“时间不早了,你们都回吧,店里要安排人值夜班。我去老马店里坐坐去。”

64

不料兰婷刚一开口,马立新立刻就回绝了她的提议。这个过去的知青伙食团长像害了牙痛病一样咝咝地倒吸着冷气说:“啊呀小兰,咱们都是老同学老战友,你可别打我的主意。这是什么时候,你那里出了这么大的事,顾客谁敢上你那里吃饭?这不明摆着让我往火坑里跳么?”

兰婷耐着性子说服他道:“老马,你也别把事情说得一团糟,天下事不都是事在人为么?凭你的经验和能力,怎么不可以把餐馆重新盘活呢?”

马立新还是摇头,仿佛街对面果真是个大火坑,人跳下去立刻就会粉身碎骨一样。兰婷跟他磨了半天牙齿,马老板就是不肯松口,好像有天大的难处。兰婷终于失去耐心,她觉得马立新的表情有些夸张,而夸张本身就不大诚实,有一种令人生疑的地方隐藏在里面。她冷冷地站起身来对马立新说:“老马,既然你有难处当然就算了,何必让你太为难呢?但是你得想好了,我们是在做生意,做生意不用讲交情,只管讨价还价。今天我第一个想到征求你的意见,因为我看在咱们都是兵团知青的份上,看在你也是公司董事的份上。当然你如果真的不肯干就算了,我不用多说你也知道,这一带都是甲级商业口岸,错过机会以后可别后悔。”

马立新见兰婷真要走,立刻堆出笑脸来拦住她说:“啊呀呀小兰,你干吗生气呀,坐坐,坐下来,我总不能眼看着老同学有难处不管对不对？这几天你一定没有好好吃过饭，今晚我要办招待，请老同学赏光吃顿饭好不好？”

兰婷盯着他的眼睛说：“你先回答我，我谈的事你究竟打不打算考虑？”

马立新又开始牙疼似的呻吟道：“哦哦……当然还是要，要考虑的。只是你们出个什么价，有什么条件？”

兰婷重新坐下来，她已经看穿这个狡猾的生意人的心机，他不过打算乘人之危多捞一把。当然这也没有什么不对，生意人就是生意人，不赚钱干吗做生意？所以不能拿君子风范要求马老板，何况君子绝不会是好生意人。其实老马还是自有他的可爱之处，他最大的可爱就是狡猾得不够到家。她心中有了底，就坦然道：“这样吧，咱们一言为定，如果你有意买下老知青大酒楼，其他条件我们改天再谈。总之我保证不会让你吃亏好不好？”

兴奋得满脸通红的马老板殷勤有加地款待兰婷，他亲自下厨为老同学做了一碗蛇肉汤煲莲米，又烫了一大碗过桥米线外加油淋野味鸡，兰婷因为初步落实了酒楼去向，也就好像暂时去掉一块心病，精神一下了轻松许多因此胃口大开。她同马老板边吃边谈，竟也十分投机。马老板告诉她，旧社会做餐馆生意有三条要诀：第一条是“诚”，就是讲诚实，顾客付多少钱，他就有权利吃多少东西，短一钱都不行。第二条是“信”，就是守信用。你做的东西不好就不能收钱，更不能以次充好，更忌坑客宰客。顾客有口皆碑，你宰一个客就等于失去十个顾客。第三条是“义”，就是讲仁义。古时候有“无商不奸”的说法，其实是很大的偏见。商人靠诚信取义，有诚信便能立义。仁义是金字招牌。那些百年老店，如“陈麻婆豆腐”、“姑姑宴”、“钟水饺”、“龙抄手”、“全聚德烤鸭”、“东来顺涮羊肉”等，就是靠仁义传家，莫不如此。

兰婷惊讶地问他：“你还真有一套开餐馆的理论，谁告诉你的？”

马立新摇头晃脑，自豪地说：“我父亲。别看我父亲是个没有文化的炊事员，他的父亲也就是我老爷可是民国时代西都的名厨，伺候过军阀，开过饭馆，后来到他那一代人就败了。但是做人的道理没有变。我的傣家楼就决不干对不住顾客的事，不然的话我老爷在地下要跟我算账的。”

兰婷心中顿生感慨。她觉得这个外表不起眼的马老板，看上去又蠢又笨，肚子里居然还有些真货。两相对照，同是餐饮生意，就不难理解为什么傣家楼在激烈的市场竞争中能站住脚，而老知青大酒楼终于昙花一现，一败涂地了。

正吃着饭，她的手机响了，一个听上去嗓音嘶哑的陌生男人对她说：“我住在城南一家单位招待所里，请你马上来一趟，不要告诉别人。”

她一下子没有反应过来，就问对方：“请问你是谁?”

手机里的电流声嗡嗡响。那人沉默了几秒钟，简短回答三个字：“……万向东。”

65

秋月如水，一轮银盘样的月亮好像一个硕大的果实斜斜地挂在树梢上，把皎洁的月光洒在城市街道和屋顶上。兰婷怀着一种忐忑不安的心情找到万向东告诉她的那家单位招待所。

很显然，万向东在西都的突然出现与公司生意失利有关，但是走私汽车事件对万向东牵连究竟有多大，或者说万向东个人的灾难究竟大到什么程度兰婷并不清楚，所以当她走进这家不起眼的单位招待所时，心里七上八下，有种神经绷得很紧很心惊肉跳的感觉。

招待所坐落在市内锦水河边一条僻静的小巷里，属于那种条件较差客人不多的内部招待所，兰婷在服务台进行了会客登记，然后才被允许进入客房部。她上了三楼，很快找到万向东下榻的房间门号，定了定神，轻轻敲了两下。

开门的正是万向东本人。

屋子里弥漫着浓重的烟味和刺鼻的酒味，茶几上横躺着半瓶没有喝完的白酒，万向东嘴里喷出一股难闻的酒气，眼睛通红，表情有些像头狼。他把兰婷让进屋子，仔细关上房门，这种戒备的行为使两人都感到生疏和不自在。他们互相打量对方，没有人开口说话，于是窄小的客房里就笼罩着令人窒息的沉寂。

兰婷注视着这个曾经她深爱过的男人。屋子被烟雾笼罩，灯光昏暗，她突然觉得眼前的一切好像都不真实，有种如梦如幻的感觉。两年不见，万向东变化多大呀，这位曾经仕途得意的县委书记一下子不可挽回地衰老下去：面容松弛，胡须未刮，脸颊被边疆的烈日和干风摧得褪皮，额头起了很深的皱折。更重要的是他的精神状态显然被击垮了，再没有了过去那种胸有成竹的微笑与信心。真是人生如梦，来也匆匆，去也匆匆，一个朝气蓬勃的年轻的万向东就这样如烟如梦地消失在黑夜中不见了。

她感到一阵悲从中来，为使自己摆脱这种梦魇般的沉重压迫，兰婷移动身体，紧挨着万向东坐下来。万向东像尊枯萎的泥塑，失神的眼睛久久地盯着地板，仿佛在研究地板上那几条年深日久的裂缝。但是一切该发生和已经发生的事件以及结局都已经很明白地写在他的脸上。兰婷注意到万向东的旅行箱乱糟糟敞开着，里面露出一支黑黝黝的手枪和皮枪套。

兰婷关切地说："向东，你喝多了，干吗折磨自己？"

万向东脸上肌肉动了动，嗓音嘶哑地说："婷，我完了，彻底完了。这回没人救得了我。"

兰婷听着心头一酸，眼泪差点涌出来。她爱面前这个男人，这个曾经走进过她生命中的不可一世的男人，他从前多么刚强和自负，站得那么挺直，不与世俗同流合污，即使独自一人也敢独立卓然，留在边疆向命运宣战。现在同样是这个人，一旦官场失意竟像被水冲垮的稀泥，那样的沮丧、颓废和窝囊，这是她绝不能容忍的。从人格上讲，她希望自己心中的爱人是棵树，是座山，是块礁石，但绝不是稀泥。大树倒下也铿然有声，稀泥算什么呢？她强忍住自己想安慰他的愿望，用一种平淡得连自己都吃惊的声调鼓励他说："向东，别那么悲观。你说说，事情究竟糟到了哪一步？"

万向东抬起头说：“我已经被停职了。”

兰婷思忖再三，终于下决心问他：“如果现在筹集六百万资金，对你的处境能有改善么？”

万向东摇摇头，一脸绝望地说：“晚了，婷，一切都晚了。六百万不是贪污，最多是个工作失误，如果事情只停留在北海投资上，那并不构成严重错误。官场上不是时兴一句话‘交学费’吗？要工作就得交学费，交学费就意味着你在努力工作，而努力工作就不能不付出一些必要代价……问题出在我太想收回投资，太急于求成，太想干出成绩终致招来灭顶之灾。现在我才明白，仕途得意并不在乎你做出多大成绩，而在于你不要出差错，所以我注定要成为权力之争的牺牲品。”

兰婷默然。她深深理解官场斗争的残酷性，其实商场又何尝不是如此呢？

万向东继续怨恨地发泄道：“婷，你知道，我默许汽车走私是为了收回投资款，不得已而为之，也是为了最大限度减少本县财政损失。我个人一清二白，从不收受任何贿赂，可是现在谁信我的话？官场上的人，说变脸就变脸，落井下石，写诬告信，告黑状，这些我都不意外，可是最让我痛苦和无法理解的，是邱建国他们这些老同学老知青老战友，包括你，我曾经爱过的女人，为什么明知道商场是一个个陷阱火坑，却偏要瞒着我哄我往下跳？让我粉身碎骨?！……完了，一切都完了！我一生为之奋斗的前途，竟毁在我最信任的人手中。”

兰婷心头波涛翻滚，嘴里像打翻了调味瓶一样，各种滋味都涌上来。是啊，如果当初不把万向东牵涉进来，公司也不要到北海投资，事情也不是今天的模样。或者根本不要创办公司，那样也许更不会有风险和损失。问题是谁又能先知先觉呢？未卜先知是天才，可是他们都是凡人，凡人没法不犯错误，这就是“塞翁失马，焉知非福”的道理。她觉得万向东在关键时刻表现得很令人失望，自私自利，患得患失，怨天尤人，没有泰然处之的胸怀和态度。或者说不是个真正的唯物主义者，真正的唯物主义者就应该坦然面对现实。但是她没有刺激他，只是平静地对他说道："向东，可别把自己看轻了，只要没丢命，钱财官帽都是身外之物。人生的路还多，你得看开些。"

万向东不说话，点燃一支烟抽起来，屋子里又升腾起袅袅的烟雾。兰婷觉得胸闷，刚要起身去开窗户，这时有人轻轻敲房门。他们还没有来得及搭理，房门就咔嗒一声自动开了，原来是服务员进来，一手攥着钥匙，边说对不起要换开水瓶，眼睛却不住往床上和两人身上瞟。等门重又关上，兰婷气恼地问他："你干吗住这么个鬼地方？单位招待所，还是阶级斗争那一套，你看看多可怕。"

万向东头也不抬地说："我不想让别人知道我回来过。"

兰婷问他道："向东，你回来究竟有什么事？想见邱建国吗？他眼下还在南边，也许还要等几天才会回来。"

万向东表情古怪地笑笑，喷了一口烟说："兰婷兰副总，你可真是个好女人呀，我现在才明白，你们早就是一伙。你说说，你跟他上过床么？……邱建国这个混蛋已经回来了，你还想骗我吗？"

兰婷脑袋嗡的一响，几乎不敢相信自己的耳朵。她结结巴巴地问："你说……什么？邱建国……回来了？"

万向东恶毒地说："你干吗总向着他？他给你多少好处？你恐怕也捞了好几百万吧？恭喜你呀，你们真是天造地设的一对骗子！"

兰婷气极，"啪"的打了他一记耳光。

"你真下流，卑鄙！"她的眼泪汹涌而出，"你以为别人都是骗子，只有你清白，世人皆浊你独清吗？你是个行为高尚的人吗？你错了！别以为你受了天大的冤枉，其实这不过是一种报应，你想升官，官迷心窍，你就得随时准备付出代价！"

万向东好像兜头挨了一盆冷水，愣愣地看着女人没有说话。

兰婷痛快淋漓地发泄胸中积怨，她大声嚷道："……二十多年来，你爱过谁？你想没有想过，别人也有痛苦，做女人的痛苦，做妻子的痛苦，做母亲的痛苦！可是你只爱你自己，爱你梦寐以求的权力！权力，这就是你的灵魂，你的一切！为了权力，你什么都可以出卖，可以交换！你不是个人，只是个权力动物！……你身上还有多少人性，多少人的感情？你难道不该好好想想么?!”

万向东像块木头一样僵硬着，过了好一会儿才突然蹲下来，捂住头呜呜地哭出声来。

“婷，你打得对，我是个没有感情的人，卑鄙小人……我对不起李红军。我忌妒他，他比我有号召力……还有姜解放，那天晚上我看见她被烧死，但是我害怕了，不敢上去救她。”他大口喘息着，断断续续地诉说道，“我害怕负责任，害怕承担后果……你受了污辱，我却跟指导员做成了交易。我不爱我老婆，但是我还是要……跟她结婚……呜呜，如果我再失去了前途，这一辈子还剩下什么东西呢?”

兰婷听着一个男人发自内心的忏悔，不由得心如刀绞。这恐怕是面前这个视权力为生命的铁腕男人第一次对人袒露心扉。他其实是那么软弱，那么可怜无助，那么外强中干，但是他又把自己藏得那么深，包裹得那么紧，戴了那么多年的假面具，她想他是活得多么累啊。她没法恨他，只是在心里深深地怜悯他。

“……向东，请告诉我，你这次悄悄来西都究竟为什么?”等男人恢复平静之后，兰婷直截了当地问他。

“我要打死邱建国这个混蛋。”万向东直言不讳地坦白道，“他毁了我，我也不能让他好好活着。我已经来了两天，我知道他一直躲着我，如果我下决心他也躲不过我。可是我总是觉得自己少了一点勇气，心里七上八下，有几个声音在打架……婷，你告诉我，如果我不再从政，我能干点什么呢?”

兰婷觉得心里很乱，犹如开锅之水，蒸汽嗞嗞响。两个男人，这两个她都曾经崇拜和爱过的男人却已到了你死我活的地步，这真是令人万般痛苦的事实。可是生活就是这样捉弄人，让你心里流血又万般无奈。她勉强抑制住自己的哀伤对万向东说道：“向东，你回去吧，回去做个平常人。哪怕做个工人，做个体户，小商人，虽然没有权力撑腰，但是心情轻松自由，没有虚伪面具，只有一颗真实的平常心，这不是也很好吗？有什么必要为失去权力而感到天崩地裂呢？世界并没有毁灭，除非你自己选择毁灭……我们总得珍惜自己，青年时代做了一场梦，中年和老年不该永远生活在梦中。替自己想想吧，我们都失去得太多，生活原本不该是这个样子，是我们自己而不是生活出了错。”

万向东茫然地点点头，目光中有种孩子般的顺从。兰婷拉过他的手，轻轻摩挲着说：“向东，别再喝酒了，别再麻醉自己。现在咱们都需要勇气而不是酒精去面对这个残酷的现实。”

他们久久依偎在一起，时间不知不觉到了十二点。万向东突然捉住兰婷拼命亲吻，兰婷挣扎着说：“不行向东，我得走了，你知道这里随时要抓阶级斗争的。”

兰婷出门前替他把旅行箱收拾好，手枪插回枪套里，万向东感激地对她说：“你放心，我明天就启程回去。现在我有种梦醒的感觉，谢谢你。”

当兰婷走到楼梯口时，万向东突然想起一件事，急急地在她身后说道：“婷，真对不起，你别难过……那个孩子，我派人调查过了，没有线索。也许已经不在了。”

兰婷心里猛地一抖，她怕控制不住自己，就别过脸，急急地沿着楼梯走了。

第二十一章

66

邱建国果然已经回了西都。

如同一个惨败而归的将军，他有种无颜见江东父老的恼怒和沮丧，他并不知道万向东已经追到了西都，也许知道了也不会惊慌，因为他的全部怒气都集中在一个人身上，这个坏蛋像粒老鼠屎一样搅坏了一锅精美的肉汤。

这人就是许大毛。

邱建国飞到南边活动几乎一事无成，唯一收获就是将被公安机关扣留的许大毛诸人保释出来，许东东被送往少年戒毒所强制性戒毒。那批走私汽车被查封起来，省里立了专案调查，邱建国找了许多老关系老熟人，包括那些从前得过他好处的人，但是别人都像躲避瘟疫一样回避他，所以他在宾馆里一筹莫展地呆足了半个多月，只好带了许大毛悄悄上火车打道回府。

许大毛一直像条狗一样伴随左右察颜观色，他当然知道自己闯下大祸，可是这并不完全是他个人的责任。他的辩解理由也很充分：既然是走私，当然得有风险，出了问题只能怪运气不好，他一个人怎么可以扭转乾坤呢？可是邱建国脸色铁青根本不听他说话，因此他一直没有机会替自己辩白一番。

一回到西都，下火车就有胡司令带了人和面包车来接邱建国，他本想问问可不可以让他回家，可是胡司令根本不由分说，眼睛一瞪，立刻就有两个打手上前把他扭住，眼睛一蒙塞进车厢后座，面包车嘟的一声就开走了。

汽车开了好一阵才停下来，他坐得晕晕糊糊完全不辨方向，有人把他拖下车，推着他走了一段碎石子路，又上了几级石头台阶，然后被推进一间屋子里。他情知不妙，两条腿直打哆嗦，不知道邱建国会怎样处置他。他对胡司令手下那帮打手的心狠手辣是早有耳闻的，只要邱建国动动口，他们就会毫不犹豫地废了他，像废掉一头没用的牲口，把他扔到大街上，让他后半辈子变成一个缺胳膊少腿的无依无靠的讨饭乞丐。

有人走过来拿掉他眼睛上的黑布。他想看看周围动静，却发现根本睁不开眼睛，一片迎面射来的白光几乎把他的眼睛刺瞎。他只好赶紧闭上眼睛，结结巴巴地讨饶道：“哥们，能……不能把灯，拿掉?”

屋里有个人笑道：“你别着急，如果这盏探照灯一直这样射着你，你的眼睛不出一天准会瞎掉。如果你不信的话可以试试。”

他听出说话的人是胡司令，心想邱建国肯定也在屋子里，这阵势大约是要拿自己开刀了。但是有一点他还没有把握，不知是因为走私汽车闯的祸，还是贪污公司款子露了马脚？或者是伙同赵玉兰做的假账被发现了？他的脑袋瓜子飞快地转动着，一时没有出声。

胡司令又说话了：“许经理，今天咱们把丑话说在前面，都是当年的兵团知青，邱总待你不薄，做人要知道好歹，你是如何恩将仇报的？如果你不把你做的事统统交代出来，休要怪我手下的弟兄们不客气。”

许大毛急了，他既不想老老实实招供，也不想受皮肉之苦，问题是他摸不清底细，于是就直着脖子嚷道：“老胡，咱们好歹都是知青战友，多少有些情分，不看僧面看佛面，你怎么可以对老战友下毒手呢？我不跟你们讲，我要见邱总，我只对邱总讲。”

话音未落，他就觉得胳膊一阵剧疼，然后脚离开地面，像打秋千一样头朝下晃悠悠地被吊在了空中。他觉得全身的血液一下子涌到头上，胸口好像压了块大石磨，胳膊跟拧断一样疼痛难忍。胡司令笑道："许经理，别敬酒不吃吃罚酒哟，这才刚刚开个头，我要是你就痛痛快快交代得了，干吗自讨苦吃？"

许大毛张大嘴巴跟拉风箱一样呼哧呼哧出粗气，心里却暗暗骂道，他妈的胡司令，敢对老子动真格的。管他的，好汉不吃眼前亏，先免了这顿皮肉之苦再说。就连连点头答应招供。

问题是许大毛这人平时做惯了人精，肚子里养了一肚子浑水，他并不是不想交代问题而是不习惯说老实话，所以刚刚放下来又开始东扯西拉，跟人磨开了嘴皮子。于是有个人走过来，接着有根硬邦邦的棍子往他两腿间一捅，许大毛嚎叫一声，立刻就跟触电一样跳起来。他觉得好像有条火龙从大腿根窜起，一下子把他那玩艺儿给点燃了，于是全身从头到脚都起了火，血管里咕嘟咕嘟往外冒气泡，一颗活蹦乱跳的心脏如同被刹车钳住的铁轮火星四溅。许大毛哪里受过这般酷刑，他只觉得活生生的血肉之躯立刻被高温烤化了，皮毛像冰雪那样融化开来，只剩下一堆光秃秃的枯骨。他痛苦不堪，就跌倒在地上杀猪一样嚎叫起来。

但是过了一会儿，火烙的感觉又像潮水一样消退，四肢渐渐又恢复知觉。他摸摸胳膊和大腿，摸摸自己那玩艺儿，惊讶地发现它们竟还健在，并没有变成一段焦枯的树枝。有人用脚踢踢他，鄙夷地说道："快起来，你这个没用的家伙。告诉你，这是电警棍，才试了那么一下你就叫成这样，你要不老实后面还有真家伙。"

许大毛被人拎着胳膊软绵绵地从地上站起来。他突然想起小时候看过的渣滓洞白公馆展览，心想这革命烈士岂是人人都能做得的？他想干脆说实话吧，反正迟早过不了皮肉之苦这一关的。可是他转念又想，说了实话岂不等于自找死路？几十万的贪污，一两百万的假账，就让他们活活打死也死有余辜的。这样一想，又咬紧牙关不肯开口。

胡司令大怒，叫人端进来一盆红彤彤的炭火，上面插着一块很狰狞的三角铁。那烙铁已经烧了许久，憋足劲的亮得十分耀眼。胡司令将嗞嗞响着的烙铁举到他眼前警告说："许大毛，实话对你说，你要不老实就别想逃过这一关。你的事我们都知道，话说清了兴许邱总发慈悲饶了你，给你个将功补过的机会，要是你不说，今天轻则让你尝尝烙铁烤肉电警棍捅屁眼的滋味，重则挖了你的眼珠，抽了你的腿筋，劁了你的卵蛋，让你这辈子变成个地上爬的太监公公。"

许大毛再也支撑不住了，他一下子瘫软在地，屎尿流了一裤裆。

他如丧考妣地痛哭起来，一边咒骂自己一边开始把几年来贪污公款、做假账、报假发票、赌博、嫖娼、姘居的事断断续续地交代出来。他真的很痛心，很后悔，事到如今才发觉自己很愚蠢，很糊涂，把事情搞得一团糟，搞到不可收拾的地步。要是他装得很好，那些贪污的公款不是谁也发现不了么？于是他在痛哭流涕的时候又不失时机地隐瞒了几笔贪污账，把自己堕落的责任归咎到那个叫赵玉兰的女人和吸毒的儿子身上。

他坐在地上唠唠叨叨地检讨了几小时，既像坦白，又像诉苦，就跟打持久战一样富有耐心，搞得他的对手都很疲乏，很厌倦。后来当他还要继续无休无止地坦白下去时，眼前那盏像太阳一样刺眼的审讯灯终于熄灭了，胡司令在黑暗中不耐烦地吼道："闭上你的臭嘴……你们去请邱总进来。"

等他的眼睛终于适应了屋子里的光线，他看清原来胡司令就坐在离他不到几公尺远的桌子后面。胡司令看上去很悠闲，手里拿一根牙签慢慢剔牙齿，他的身边站着两个打手。这个场景使许大毛感到怨毒，感到一种报复的愿望悄悄升起来。他想起从前当知青时，有一次偷了人家老职工的鸡，被抓到营部毒打一顿，他看到那些打他的人也是这样一副悠闲的模样。

胡司令吐掉牙签，幸灾乐祸地说："许大毛，邱总待你不薄，你是个人吧，该懂得知恩必报的道理。就是一条狗，也该对主人摇摇尾巴，舔舔主人脚后跟以示忠心。可是你是条狼，中山狼，忘恩负义披着人皮的狼。邱总把你从算命骗人的把戏中救出来，给你工作，让你当经理，你是怎么报答邱总的？嗯，就像你刚才自己说的那样吗？我替你一笔笔记着，你贪污挥霍了五十万元公款，也许还不止，但是这个数目送你进监狱判死刑也绰绰有余了。你自己说说该怎么办？”

许大毛吓得魂飞魄散，不顾廉耻地趴在地上放声痛哭起来。他边打自己耳光边嚎道：“胡兄，您行行好，救小弟一命呀。邱总，您老人家开开恩吧，大人不记小人过，呜呜，小人以后再也不敢了……这次跑生意，我许大毛真是尽心尽力，不敢三心二意呀！都是我那个千刀万剐的儿子，我也不知道他偷钱是去吸毒，才惹发了那场祸事的……呜呜，这究竟是哪般天意，老天要惩罚我，天意要灭我，我上辈子不知道做了怎样的坏事，才落到这般下场，当牛做马为孽子还债……我对不起您呀，邱总，我就是来生变牛变马变牲口变小鸡也没法报答您的恩情。请您高抬贵手吧，我许大毛永远是您的忠实仆人。”

邱建国从门外走进来，听见许大毛的自白突然愣住了，心头猛地跳了两跳。

许大毛的哭诉好像铅弹一样重重地击中了他，使他原本恼怒的心情一下子被风吹散了许多。他觉得许大毛所指“天意”实际上人人有份，他从前不信命，相信事在人为，相信“有志者，事竟成”的道理。但是最近几个月生意特别不顺，好像冥冥中有种命运在故意与他作对，这绝不是惩罚一个许大毛所能改变的。他从前喜欢读《三国演义》，奸雄曹操命不该绝，捉放曹华容道都被他闯过来了，这叫作天不灭曹。如今他也在华容道上，用算命的话说就是命中注定有场大劫数，能不能过得去就看天意了。这叫作谋事在人，成事在天，天意不可违。可是他什么时候该时来运转呢？

善于察颜观色的许大毛看见邱建国不说话，明白自己的话起了效果，立刻滚到他脚下哀求道：“邱总，救我一次吧，您就是我许大毛的再生父母。我再不敢赌博搞女人，我发誓后半辈子当牛做马，来报答您的再造之恩。”

胡司令踢了他一脚，邱建国制止胡司令，摆摆手说：“许大毛，你把贪污公司财产的经过都详详细细写出来，再打一张欠条，把贪污公司的数目写上。我要你今后老老实实干活来赔偿。”

许大毛如蒙大赦，感激不尽，磕头如捣蒜。

邱建国站起身来往外走，又吩咐说：“老胡，打他二十板子，重重地打！看他今后还有几个胆子敢做胆大妄为的事。”

两个彪形大汉立刻按住瘦鸡一样的许大毛狠打起来，打得一片鬼哭狼嚎。胡司令追出来请示道：“关起来还是放了他？”

邱建国边上面包车边说：“老胡，别把他打坏了，我不是要废物。放了他回家去，公司正是用人之际，叫他懂得将功赎罪就好。”

67

兰婷怀了一肚子怨气与怒火闯到邱建国家里去找他。

但是当她推开门，一下子却愣在门口，她看见那个把公司和事业搞得一团糟的男人正趴在客厅地上同孩子打闹嬉戏。邱姗姗骑在父亲脖子上，像骑高头大马一样威风凛凛，大声吆喝父亲快走。苦苦妹坐在一旁笑弯了腰，捂着肚子哎哟哎哟直叫唤。邱建国装出一副受尽折磨的老马的样子，边在地上爬边愁眉苦脸地呻吟道：“哎呀我的小公主，你老爸今后就这样驮着你出嫁好不好？”

邱姗姗捶着他的背快乐地大叫：“你这匹坏马！快走快走！”

苦苦妹最先看见兰婷，她大叫一声兰妈妈，站起来飞快地投入兰婷的怀抱。这个边疆回来的知青弃儿现在已经上了初中，长成一个含苞待放的亭亭玉立的少女。尽管新闻媒体和公众舆论千呼万唤，尽管许多热心人通过许多关系寻找，但是她的亲生父母始终没有露面，因此她就一直在邱叔叔家里住下来，与姗姗妹妹同居一室。蔺小英妈妈待她视同己出，关心照顾她，凡是买给邱姗姗的东西她都有一份。应该说苦苦妹已经过上了向往已久的幸福生活，甚至比从前做梦和期待的还要幸福，但是女孩子还是常常感到不开心，闷闷不乐，把自己关在屋子里独自发呆。因为她心里有块无法填补的空缺，而这块空缺是别的任何东西都无法替代的，这就是她没有找到亲生父母。

唯一的例外是她对兰婷特别亲，就像女儿对母亲那样有种说不出的天然依恋。每当兰婷来看她，她都要小脸涨红，依偎着兰妈妈久久不愿让她离去，因而兰婷也常常生出一种奇怪的念头，痴痴地想这苦苦妹该不是我的亲生女儿吧？

蔺小英围着围裙从厨房里走出来，她亲热地同兰婷打招呼说："小兰来了，快请坐。姗姗快别缠着你爸，都快成大姑娘了，还没个样子。"

邱建国连忙从地上爬起来，拍打身上的灰尘说："跟孩子们闹闹，心里就没事了。小兰快坐，坐。"

兰婷在沙发上坐下来，苦苦妹紧挨着她，一脸的眷恋表情，生怕一松手兰妈妈就会走掉一样。邱姗姗被打断了兴致，很不高兴地瞪了苦苦妹一眼，转身回屋子里去了。蔺小英一边给兰婷沏茶拿瓜子，一边兴致勃勃地唠叨着："小兰，这苦苦妹就跟你亲，她常跟我念叨兰妈妈长兰妈妈短的。我看要不是公司事忙，我就让她过去跟你一起住。有个孩子家里不寂寞。我说小兰啦，不是大姐说你，你跟朱青天也都四十多岁的人了，没有孩子将来怎么过？总不能老两口天天守在一起吧？"

兰婷说："小英姐，将来的事将来再说吧，谁知道能不能守在一起呢？苦苦妹是个好孩子，可惜我没法像你这样天天照顾她，我没法当个尽职尽责的好妈妈，不然我一定把她接回去跟我一起生活。"

邱建国也坐下来说："小兰，你好久没有到我家里来了，今天就不要走了。小英，多弄两个菜，我跟小兰喝两杯。"

兰婷看看邱建国的表情，心里奇怪这种时候邱建国居然跟没事一样，还能喝得下酒。蔺小英答应一声就急急忙忙进厨房做菜去了。兰婷亲亲苦苦妹的脸，对她说："小妹，兰妈妈有事要跟你邱叔叔谈，你先进屋里去好不好？"

苦苦妹不情愿地离开了。兰婷从挎包里取出一叠财务报表和合同书对邱建国说道："建国，你过过目，公司财务已经到了山穷水尽的地步。老知青大酒楼发生的事件成了整个西都的商业丑闻，我已经自作主张把它盘给了马立新。老马愿意接手酒楼产权并承担所有债务及罚款，这是产权交易合同书，如果你同意请在上面签个字。”

没想到邱建国很爽快地掏出笔来签了字。他唉了一声说：“让老马去干吧。现在我想通了，从前的教训就是贪大求快，好像共产主义明天就会实现。其实经商跟搞建设一样，得脚踏实地打基础，一步步发展，不能太贪心，一口吃个大胖子的事是没有的。”

兰婷问他：“公司目前的困境你打算怎么办？”

邱建国点燃一支香烟，深深吸了一口，望着烟圈在平静的空气里打着旋慢慢散开去。他坦白地承认道：“小兰，我知道你为公司的处境焦心，其实我又何尝睡得着觉呢？过去两年确实值得我们好好总结，经验教训很多，代价也很大，尤其我个人要好好总结。公司目前困难很大：北海房地产开发受挫，汽车走私被扣，年底将面临银行还贷，明年还有个人集资付息，等等。但是无论这些困难有多大都是暂时性的，就公司的再生能力来讲，我还是有绝对信心的。”

兰婷觉得他把问题看得过于简单，就讥讽地说：“能让我详细听听你的信心吗？”

邱建国看了兰婷一眼，依旧不紧不慢地吸着烟，过了一会儿才说：“商场如战场，胜败乃兵家常事。小兰，没有人愿意吃败仗，更没有人愿意一败涂地，所以我们都得冷静面对现实。我有几个考虑，第一，收缩战线，扔掉包袱，把所有运转困难负债经营的实体如老知青大酒楼都砍掉。第二，精简人员，压缩开支，集团公司从现在的三层大楼收缩到一层楼，各分公司业务开支依次压缩三分之二。仅此一项将节约年开支一百多万元。第三，加强公司盈利的骨干实体管理，如知青梦娱乐城，证券经营部，促使其继续增大盈利幅度。调整商贸分公司的经营战略，将主要资金和人力投入火车站批发市场做垄断性商品批发。银行方面，采取边还边贷的方针，我们有凤凰山知青天堂乐园的不动产作抵押，可想法再贷一千万资金为公司输血。总之，我估计这个困难期最短也有两到三年时间，所以需要我们大家同心同德共渡难关。”

兰婷见他只字不提万向东的事，就忍不住质问道："勐岗县的扶贫贷款六百万你打算怎么办？万向东因为汽车走私受了牵连，你就没有一点内疚吗？"

邱建国没有马上接她的话，过了一会儿他才眼睛看着别处，用一种低低的声音说："小兰，你可以责怪我，向东因为生意的事受了连累我也很难过。但这是你我都无能为力的事。我何尝不想帮他一把？他顺顺利利当上中央委员当上地委省委书记有什么不好？我为什么不愿意帮助边疆人民做些好事？可是要做到这一切的前提是赚钱。公司资金被陷在北海是始料不及的事，谁也无法预料也不希望看到这种局面的出现。跟日本人做走私汽车生意，我明知风险很大，但是我不能不冒险一试。这是背水一战，只有赚钱勐岗县的扶贫贷款才有着落，万向东才能有政绩，而公司和我个人的日子才好过。可是不幸我们还是失败了……光内疚有什么用？这也许是一种命运，是注定不能逃脱的命运磨难，我们目前最要紧的就是挺住，不能趴下，不能垮掉。要挺起腰杆战斗。万向东要是撤了职就请他来知青天堂公司，我们一道重新卧薪尝胆东山再起。无论商场战场，都不以愿望而是以成败论英雄，我们只有赚了钱，赚了几千万几个亿，才能真正对朋友们知青们说一声：我们没有让你们失望。"

兰婷无话可说。从道理上讲邱建国当然是对的，但是她觉得事情也许不仅于此，公司无论成功还是失败，那都是人为努力的结果。邱建国为什么避而不谈责任？不谈吸取教训？

邱建国把兰婷的沉默当成了认同，他继续滔滔不绝地说道："……你还记得马克思在《资本论》里说过一段关于资本积累的很精彩的话么？大意是资本主义社会里，利润驱使一切人铤而走险，利润越大冒险的人越疯狂。当初我答应每年回报万向东投资额的百分之二十，五年连本带利回报一千二百万，这么高的回报率，仅仅靠饮食娱乐之类遵纪守法的生意能产生如此丰厚的利润么？兰婷，不是我不努力，我明显感觉这些年生意越来越难做了，过去常用的方法都不大灵，市场也变得越来越不可捉摸。我不承认我们这代人思维老化，跟不上形势发展，但是我感到生活中好像有只无形的手，就像上帝之手处处跟我们作对……”

兰婷不客气地打断他的话说：“建国，你干吗把话扯那么远？我觉得你最大失误是把知青天堂公司当作你个人的公司，而不是全体公司股东和员工的公司。你只是法人，不是上帝。”

邱建国被刺了一下，不高兴地皱起眉头反驳说：“小兰，请你记住，我的公司不搞民主那一套，也不允许有造反派。我就是公司的上帝，我说了算。要是个个都要搞民主，还要我邱建国来干什么?”

两人弄得很僵，都不说话。兰婷脑袋里乱哄哄的，她知道自己没法说服邱建国，男人一过了四十岁往往就变得很自负，很固执，并且很愚蠢，仿佛连蠢人都会因为年长而英明起来，世界都在他们的洞察把握之中。只有一点使兰婷稍稍感到欣慰，那就是邱建国已经意识到社会在发展变化，但愿他不再像从前那样蛮干下去了。

蔺小英端了热菜出来，他们就不再争论，兰婷草草吃了饭，告辞出门去同傣家楼老板马立新办理最后的移交手续。

68

近来苦苦妹常常梦见自己又回到那个遥远而宁静的边疆山寨。

山是青的，水是绿的，森林好像一张巨网柔软地罩住林间小路，而空气却像绿色的溪水一样从树杈和枝叶间淙淙地流淌出来。走进森林，林子里是一座音乐的天堂，无数的鸟儿虫子都在放开美妙的歌喉大声歌唱，你不能不为森林的歌声陶醉。密林深处有她的家乡，她看见在蓝蓝的天空和白白的云彩之下，大地盛开着美丽的野山茶花、野罂粟花和杜鹃花，红的、蓝的、白的好像天上的彩虹撒落人间。羊群咩咩地叫着，黄牛和水牛都撑着圆滚滚的肚皮慢吞吞地往家走，于是寨子的每座竹楼尖顶上都升起袅袅炊烟。寨子路口的大青树仍然低垂着胡须，撑开巨伞一样的枝叶。从前她每天放牛都要从大树跟前走过，寨子里的老人说这棵大树至少活了一千岁，它该是寨子里所有白胡子老爷爷的爷爷。

她又看见了自己那头水牛“老黑”。老黑是个孤儿，当老黑还是小黑的时候，它的妈妈在山坡上跌断了腿，寨子里的人就把它杀死剥了牛皮。她看见小黑眼睛里溢满泪水，像两只小小的泉眼，她就忍不住同它一道哭起来。他们杀死的是它的妈妈呀。从此她每天都来照顾它，喂草，饮水，牵它到寨子外面的山坡上去散步，嬉水。后来小黑长大了，长得比它的妈妈还要高大健壮，犁田拉车都是家里的好帮手。再后来小黑有了自己的孩子，它就成了老黑。老黑只同苦苦妹一个人亲近，只要它一听见她的声音，它就会从老远的地方跑过来，哞哞地叫着，头抵着她的胸口，身子高兴得不停摇晃，粗糙的舌头舔着她的脸和衣服，弄得她痒痒的老想笑。现在她走了，老黑孤单了，它会想念她吗？

她突然觉得从前的那个世界可真遥远啊，遥远得好像天上飘动的白云。有一次兰婷妈妈笑着对她说，女儿，你跟我一道回边疆去好吗？她连连点头，高兴得喘不过气来，胸口咚咚直跳。她们果然登上了一架很大很大的飞机，飞机轰隆隆起飞了，飞上蓝天，飞过白云，高山像个土包，河流都像细带子一样在她们脚下绕来绕去。后来她就看见了熟悉的森林，熟悉的山寨。寨子里的人都仰着头看她，她看见了自家那座灰色的竹楼，看见了养父、养母还有弟妹们，老黑也从牛圈里伸出头来对她哞哞直叫。她急忙对他们招手，可是飞机还在天上飞，她怎么下去呢？有人对她直嚷嚷往下跳，往下跳，可是天那么高，跳下去会摔成肉酱呀！她一着急，大叫一声惊醒过来，原来是个梦。

为了这个夭折的梦，她伤心地大哭一场，泪水把枕头都打湿了。

可是同卧室的小公主姗姗妹妹却很不以为然。邱姗姗比她小两岁，却跟她同班念初中二年级，因此平时就不大看得起这个学习平平笨头笨脑的农村姐姐，嫌她名字土，样子土，说话也土，连音乐课、艺术课和体育课都不及格，所以常常当着同学面挖苦她。这段时间姗姗厌倦了弹钢琴，她又有了一个新的爱好就是悄悄照镜子。她一边照着镜子，往嘴唇上反复抹口红，擦掉又抹，一边很不屑地教训这个不可救药的农村姐姐说："你真是满脑子农民思想，城里多好，你不喜欢城里吗，干吗还想回农村去？你们农村有什么？有刘德华、林志颖、林忆莲么？有国外进口大片足球比赛么？有肯德基麦当劳么？……嘁！我要是你，就好好读书，将来到国外留学……竟想着回去放牛，真是可笑极了！"

苦苦妹觉得自己简直没法跟她解释，就像两种不通的语言没法交流一样。她跟姗姗妹妹之间隔着一座大山，或者横着一道深沟，如果你不跨过这道深沟，你怎么知道沟对面的人也有属于自己的爱憎方式和感情世界呢？

但是苦苦妹很懂事，她从不跟妹妹争吵，妹妹比她小，没有吃过苦，她怎么知道一个农村女孩子、一个没有亲生父母的被遗弃的知青后代是怎样珍惜上学读书的幸福生活？这个机会是邱叔叔还有许多知青叔叔阿姨带给她的，他们是她的恩人，所以她不能跟姗姗妹妹吵架。但是不吵架并不等于她同意姗姗妹妹的看法，进城并不是她生活的全部，她还有许多东西留在过去，留在梦里。幸福不等于她不爱或者不想念过去的生活，尽管那里面有许多令人忧伤的记忆，但是那毕竟是她的过去，是她生命中的一部分，不论你喜欢与否它都不会从你的感情和记忆中被抹去……

苦苦妹心中有个秘密，不知道为什么，她暗暗希望兰婷是她的亲生母亲，那样她就会很满足，很快乐。她知道兰婷妈妈没有孩子，那么是不是兰婷妈妈生下她就把她独自扔在边疆呢？她心里揣着这个小小的自私的念头，希望有一天兰婷妈妈突然对她说，孩子，你就是我的孩子！于是她就成了天底下最幸福的人，因为她终于也有一个天底下最好的亲生母亲。

所以每次兰婷到邱家来看她，都会令她心情激动好久不能平静，兰婷走了以后她会无端地惆怅，若有所失，有时甚至偷偷地哭一场，引得蔺小英妈妈叹息说，要是兰婷有这个孩子多好。兰婷妈妈有很重要的工作，所以有时几个月不来，她就会很想念她，暗暗猜想兰婷妈妈是不是生病了，是不是又出了车祸。有一回她实在忍不住悄悄给兰婷妈妈的家里拨了一个电话，接电话的是个女孩子，很粗气地问她有什么事？吓得她赶紧把电话挂掉了。她害怕兰婷妈妈知道她给她打电话会生气，兰婷妈妈一生气就会不来看她，这样她就永远失去了妈妈……

这天午睡起床姗姗妹妹突然尖声嚎哭起来，捂着肚子不肯去学校。这时候蔺小英妈妈已经上班了，家里没有大人，姗姗妹妹光是哭，又不肯说生了什么病，急得苦苦妹团团转，连忙给蔺小英妈妈的单位和邱叔叔打电话，然后留在家里陪着她。

好不容易蔺小英妈妈赶回来，姗姗妹妹停止哭泣，她才弄明白原来邱姗姗来了第一次月经。她看见蔺小英妈妈好像发生了什么大事一样又是忙着给她清洗，换床被垫单，又是垫消毒纸卫生巾。晚上邱叔叔还带回来一个精制的奶油大蛋糕，邱姗姗则像个光荣的伤员一样，心安理得地享受父母的慰问。她简直被这一切弄得啼笑皆非。在农村，女孩子来月经是再小不过的事，她记得她第一次“来红”是在水田里。当时她正挽着裤腿弯腰拔秧，不料一股殷红的血水顺着大腿一下子流出来，嘀嘀嗒嗒地滴到水田里。她吓了一跳，以为腿被什么东西划破了，直起腰来才觉得肚子有点疼，下身也湿漉漉的难受，于是她知道自己来了那个了。但是母亲在那边嚷她：“快干啦妹子，别站着，人家都等着你的秧苗呢。”

她咬咬牙，又弯下腰一个劲地拔起来。血水滴到秧田里，蚂蝗嗅到血腥味就成群结队地赶来，结果那天等她拔完秧，那块水田里的水被染红了一半。晚上她悄悄将“来红”的事告诉了母亲，母亲抓了一把火塘里的炭灰，教她用布裹住包上，然后毫不在意地说：“你是女人了，以后要多学学女人的事。”

做一个城里人和农村人有多大的不同啊。农村人没有那么多学问，也没有那么多烦恼，就像日出，日落，月缺，月圆，像高山、流水、绿树一样平静自然。城里人有钢琴，有电话，有汽车，有高楼和大飞机，但是他们对来月经都要大惊小怪，她真不知道该同情谁羡慕谁。

晚上睡觉，邱姗姗在床上小声问苦苦妹："你知道女人为什么要来月经吗？"

苦苦妹一下子被问住了。她知道女人来月经就跟天上要下雨河里要涨水一样天经地义，但是她却从来没有想过女人为什么要来月经？

邱姗姗得意地说："我猜你就不知道。哼，告诉你，因为女人要生孩子，所以就要来月经。"

苦苦妹觉得很惊讶，她知道女人要生孩子，当妈妈，也知道女人要来月经，但是来月经同生孩子是怎样联系在一起的她却从来没有想过。她结结巴巴地问："你、你怎么……知道这些？"

邱姗姗撇撇嘴说："这有什么稀奇？我读小学六年级，班上有人来月经，大家就都知道了。女人生孩子就是要来月经的。"

苦苦妹突然觉得很不服气，就反问她说："你知道女人要来月经，为什么还要大喊大叫地吓唬人？"

邱姗姗又哼了一声，拉上被子翻过身去说："不跟你说！你真笨……流那么多血，吓都吓死了，难道你不害怕？"

苦苦妹觉得心情很黯然，也翻过身去睡觉。她咬住被子角，突然更加强烈地思念那个梦中的旺乡寨。那是个绿色的世界，人人都很贫穷，但是没有她和姗姗妹妹这样大的差别。是城里不好吗？不是，城里是她梦寐以求的地方。是谁对她不好吗？也不是，这里人人都对她很好，邱叔叔、蔺小英妈妈都像对亲生孩子一样关心爱护她。回去重新过那种放牛插秧带孩子的生活她愿意吗？不，她肯定不愿意，她不能再过那样的生活。那么到底是哪里出了问题，折磨得这个十六岁的女孩子苦苦妹辗转反侧夜不能寐呢？

她脑子里乱哄哄的，一下子又想起了兰婷妈妈，于是满腹委屈有了倾诉的对象，眼泪像涌泉一样汩汩地流淌到枕头上……

第二十二章

69

秋天好像一个步履匆匆的中年人，从城市上空不驻足地带走夏日的余热。转眼工夫就到了立冬，天气迅速冷下来，遍地枯叶飘零，虽然空中也时有一轮白白的太阳高挂，却远没有了往日灼人的热力。天气预报说近日有一股西伯利亚冷空气南下，形成今年入冬以来的第一次大面积寒潮降温过程。

早上七点过十分，兰婷吃过早饭准时去公司上班。她见朱青天还没有起床，就低声嘱咐曲小花把屋子卫生做一做，窗帘取下来洗干净，晚饭做好饭菜等她。她想想又说，再做个白油豆腐，做条清蒸鱼吧。

兰婷戴了一个白色口罩，推着一辆红色轻便跑车出了宿舍大门，然后灵巧地汇入大街上班族的自行车洪流中。公司为了压缩开支和节省经费，规定除特殊情况外所有员工一律不得报销出租车费，为了给大家身体力行做出榜样，邱建国和兰婷带头骑自行车上班。邱建国骑一辆又旧又破的老“永久”，嘎吱嘎吱像个粮食仓库保管员。兰婷好久没有骑自行车了，她去商店给自己选了一辆式样好看的轻便女车，头几天下来腰腿疼得不行，一周之后也就习惯了，倒觉得是种不错的身体锻炼方式。

知青天堂集团公司经过一系列紧缩开支和压缩人员的整顿调整，机构规模比从前缩小一半，人员减少三分之一，加上公司领导带头厉行节约，倡导艰苦奋斗精神，于是公司上下渐渐又呈现一派团结一心、共渡难关的良好气氛。

天府盆地的秋冬时节，空气中有层薄薄的湿雾，远远看上去如同一袭若有若无的轻纱。但是进入闹市区，这层薄纱便被人流急匆匆的脚步和滚动的车轮扯破了，街道扬起的灰尘把空气搅成一池浑水。兰婷开始觉得气闷，胸口有些不舒服，她心脏一直有毛病，那是当知青时患心肌炎落下的后遗症。但是她没有停止蹬车。作为一个西都人，她亲眼目睹这座千年古都发生的历史性变化：一座座高楼拔地而起，道路拓宽，河岸治理，旧房拆除，新居住区新建筑物每天都在扩张，压迫城市急剧膨胀。无数大商场大酒店商住楼写字楼如雨后春笋般冒出来，几乎每半年就有新的高层建筑打破城市高度纪录矗立在都市地平线上。据专家估计，按照世界发达国家的经验，这种大规模的城市建设时期大约需要持续二十到三十年，也就是说在兰婷们在六十岁以前，他们的城市只能是一个机器喧闹和尘土飞扬的大工地。兰婷悲观地摇摇头，前人栽树后人乘凉，他们这代人注定只能栽树而不是乘凉。当然栽树比毁树好。

过了红绿灯街口，经过东厦证券公司交易大厅门口，她看见一男一女从后面急匆匆超过她，在路边停了自行车就往证券公司里走。兰婷觉得这两人有些眼熟，认出竟是万小东和华璐，就摘下口罩叫了他们一声。

万小东走过来问她："兰婷姐去公司？"

兰婷用一条腿支在人行道上稳住自行车，朝华璐点点头说："好久不见了，你怎么也做证券了？据我所知离股市开盘还有一个多小时呢。"

华璐说："我没做证券，是他硬拉我来的。让他说吧，人家在部署一个大战役呢。"

万小东看了华璐一眼，低声对兰婷说："最近股市行情持续走低，已经跌破历史最低点。但是有内部消息说，中央近日有调整政策出台，取消银行保值补贴，调低存款利率，放宽金融机构对国有大中型企业的贷款。这个利好消息出台无疑会刺激疲软的股市，使股民信心大增，我打算抓住机会做它一下。"

兰婷提醒他说："你打算怎么做？公司的情况你知道，眼前能周转的流动资金不多，弄不好过年还得把你的资金抽出来应付年关的。"

万小东很有信心地回答："兰婷姐，你放心，昨天晚上我已经跟邱总谈过了。这是个机会，谁抓住机会准赚钱。光我们那点入市资金能干什么事？我们私下同证券公司商定，准备透支一笔资金大干一场。"

兰婷吃了一惊，她已经被这种大进大出的赌博勾当吓怕了，生怕再出什么差错，那对公司目前的处境就可谓是雪上加霜了。她就结结巴巴地问："你们……透支多少？"

万小东说："看情形办吧，三四百万到一千万不等。邱总意思最少也得一千万。"

兰婷警告说："透支是犯法的事，你们不怕出问题？"

万小乐小声说："兰婷姐，你不知道，股市里透支的事多着呢！只要有关系，证券公司就睁一只眼闭一只眼，不管做多做空，你入市其乐得多赚手续费。你要是赚了钱就赶快平仓，事情就掩盖过去了。最多是个善意透支。"

华璐嗔怪地说："兰姐，这事得怪我，我跟他提起我表哥在东厦证券公司当老总，他就缠上了，死活要我帮他一次忙。"

兰婷还是觉得有些心惊肉跳，她说："小东，你有多大把握不做亏？"

万小东说："股市无专家，谁也不敢说保证能赢，抓住机会也就五五开吧。"

兰婷说："要是被套牢会有什么后果？"

万小东答道："最坏的结果，大不了割肉，就是低于买价抛盘。"

兰婷追问道："要是没有人接盘怎么办？"

万小东很有把握地说："这就要看你怎么抛，什么时候抛，什么价位抛。像我这样做机构大户的，一般说来不管赚钱还是逃命，都比那些成千上万的散户消息灵通，你没听报纸上常常说屠杀散户，他们才是真正的替死鬼哪。"

兰婷看看表，恐怕误了他们的事，就连忙同他们分手往公司去。一路上她慢慢蹬着自行车，心里很不踏实，好像有种不祥之兆使她眼皮直跳。

应该说兰婷对金融活动并不陌生，她从前在银行工作多年，也参与过债券上市发行工作，到知青天堂公司后又主管财务部门，但是由于她没有真正进入过股市炒作，因此对于炒股、期货、炒汇等诸如此类全新概念的金融活动便感到陌生。岂止陌生，简直就是一窍不通，兰婷心里对这些跟赌博差不多的冒险游戏有种本能的抵触和反感，她认为一个真正的好商人是不应该有任何投机心理的，老老实实做生意，如同老老实实做人，流一滴汗有一份收获。挣一分钱不容易，生意是靠积累起家的，任何投机取巧都是危险的念头，输一万和输一百万都是一回事，只是打个盹的工夫。

人为什么一定要投机取巧呢？

在她心目中，邱建国原本是个循规蹈矩的男人，服从领导，埋头苦干，一步一个脚印。他与万向东不同。万向东有诗人的狂放，有政治家的野心，热衷于权力游戏。邱建国是那种有事业心、重友情、讲信义的男人，他的理想主义常常与农民式的温情混同在一起。可是现在社会变化快，人变化更快，存在决定意识，环境改造人，这两个她曾经爱过，而且爱得很深的男人都变得面目全非，变得她几乎不认识一样。万向东把个人前途作为赌本押在官场上，他本想借老朋友之力领先潮流，再展一番宏图，结果被商人邱建国牵着鼻子搞得一塌糊涂，现在还不知结果。知青天堂公司明明有个极良好的开端，资金充足，公众信任，却被邱建国搞得负债累累举步维艰。邱建国为什么不肯老老实实做生意，偏要像个赌徒一样热衷于投机，不顾后果和铤而走险呢？他对老知青和广大集资者的责任感到哪里去了呢？

兰婷越想越生气，到了公司，她径直闯进邱建国办公室大声质问他："公司财务到了山穷水尽地步你是知道的，你同意万小东向证券公司透支，这是犯法的事你知不知道？万一有个闪失公司怎么办？谁负得起这个责任？"

邱建国惊讶地抬起头来看看兰婷。他自从走私汽车事件之后身上悄悄起了一些变化，变得多了些涵养和不大容易发火。他把兰婷让到沙发上坐下来，亲自为她沏了一杯香片茶，然后把房门关上心平气和地说："小兰，我们来算一笔账。年底公司财务往来，支付工商、税务、房租以及公司开支，向各商家、客户支付货款，支付银行贷款利息，支付投资者分红和集资者百分之三十利息，这笔资金大约需要多少？"

兰婷心里大致估算了一下说："大约需要四百四十万。"

邱建国又说："到明年四、五月份，公司应付的社会集资款，首批到期付息是多少？"

兰婷对这件事本来就有怨气，所以想也不想就回答道："反正一千万的社会集资，年息百分之三十，三百万是一个子也少不了的。"

邱建国点点头，深有感慨地说："是啊小兰，这笔账谁都能算出来，可是半年之内，谁有本事净赚七百四十万利润还债？有本事的人还得有机会，没有机会再有本事的人也一事无成，这就叫'谋事在人，成事在天'。你知道，如今公司已成这般模样，任何事情一旦烂开了头，谁也没法不让它烂到底。我不是说让它垮到底，而是说已经进入一种恶性循环的轨道，要制止这种状况不能只靠正常运作而要采取非常手段，否则谁也没法在短期内制止这种恶性循环加剧。"

兰婷默然，现在已经不是追究责任的时候，而是必须挽救公司，谁在这种压力下都不可能按部就班，不铤而走险就是死亡。但是她还是不能接受孤注一掷的赌注，她无力地反驳道："透支不是又举新债么？要是这次在股市上失利怎么办？"

邱建国宽宏大量地安慰她说："小兰啊，你天生不是做生意的材料，还是老思想旧观念。透支有什么不好？这不正是你有本事的体现么？我还是那句老话：拆东墙补西墙，墙墙都稳；举新债还旧债，债债不愁嘛。眼下报纸上时髦的语言都是一个道理，什么'借船出海'，'借鸡下蛋'，我们为什么不能借一借鸡、船之类，把公司这条破船彻底修补好呢？再说眼前公司已经是这种状况，如果再不抓住机会一搏，出路又在哪里呢？任何机会都有风险，风险与利润成正比，如果一味怕担风险瞻前顾后畏首畏尾，那就什么事情也做不成了。"

兰婷依然固执地追问："你能保证不失败么？"

邱建国无奈又苍凉地笑笑说："那就是天意。如果老天要灭我，那就只能怪我们自己运气不好。"

兰婷终于无话可说。

这一天她的情绪很低落，仿佛又笼罩在厄运的阴影中。晚上回到家也没有胃口，曲小花兴致勃勃地端上她平时最爱吃的白油烧豆腐和清蒸鱼，她没动几筷子就放下碗上床休息了。曲小花费力做了半天菜没落个好，朱青天望着兰婷背影很扫兴，恨恨地道了句"吃饱撑的！"就顾自喝酒吃起来。

70

下周股市开盘果然止跌回升，沪深两市全线飘红，股民惊喜过望欢欣鼓舞，于是交易大厅里呈现一派交易繁忙和牛气冲天的兴旺景象。

接下来一周里沪深股市涨势强劲，代表大盘走势的红线一路向上攀升，股指很快突破当月最高指数。不仅几只老龙头股如深发展、万科、长虹、陆家嘴等一如既往地带领大盘攀升外，一些二、三线股也都表现得很活跃。

邱建国和兰婷都坐在大户室里紧张地注视着万小东和助手操作屏幕上的行情。

早市开盘，万小东瞄准一只早就看好的代号为 0317 的股票，一下子抛出六百万元收购资金，于是这只头几天表现平平的股票立刻就像充足气的氢气球一样在大盘上直线上升。散户股民一看 0317 开盘即牛气十足，便纷纷抛出资金追涨，于是 0317 立刻变成当天交易的一匹黑马在大盘上横冲直撞，十分引人注目。

邱建国看见离万小东不远处有个戴眼镜的中年男人，老是有意无意地偷看万小东操作，万小东怎么做，他就跟着怎么做。兰婷指着他悄声问邱建国："那人怎么跟着我们做？"

邱建国回答道："听说股市里有许多人，自己做不了，又想赚钱，就专瞄着大户做。别人怎么做他也怎么做，反正跟着走，这叫'搭顺风船'。那人大概就是搭万小东的顺风船。"

等到中午离停盘还有不到半小时，万小东看看行情已经涨了七个百分点，立刻吩咐助手将股票全部抛出。一时间黑马如同受惊一般暴跳起来，发疯一样乱踢乱咬。没等散户反应过来，万小东手上的票已经全部抛光，刚刚追涨的散户股民立刻变成惊弓之鸟纷纷跟着抛票逃命，于是 0317 又一下子跌破早上的开盘价，竟然跌落十个百分点。

这场股票大战真是大起大落惊心动魄。到中午停盘，万小东已经一来一回顺顺当当净赚四十万元。那个搭顺风船的男人居然也跟着赚了几万元。

虽然外面天气已经急剧降温，寒潮夹带着冷雨击打着窗玻璃，但是东厦证券公司大厅里仍然热气腾腾一片人头攒动，人气、烟味、疯狂的欲望和激烈搏杀的刺激将股民们个个变得喜怒无常大哭大笑。万小东替他们各要了一份工作快餐。邱建国慢慢吃着，望着外面交易大厅里沸沸扬扬的热烈场面，突然扔出一句没头没脑的话："股票这玩艺儿究竟是怎么回事？怎么这么神？……我想不通。工厂里生产一个饭盒，多少道工序之后才出成品，一件产品不过几角钱利润。农民种地，一年到头风里来雨里去，三百六十天辛辛苦苦，一斤粮食才值几个钱？可是你们坐在这里什么也没有干，怎么半天就赚了四十万？"

万小东企图向他解释，股票不是一种货币行为而是投资行为，国家以开设股市的方式吸引社会资金参与投资和建设。但是邱建国怎么也听不进，他依然固执地认为股市就是一种公开赌博，只不过国家做东罢了。万小东没法说服他，就说好好，呆会儿领你们去看看另一个市场。

吃过饭万小东果真就领他们到隔壁期货市场，交易大厅里同样拥挤了成百上千的人，个个伸长脖子瞪大眼珠，个个的表情都好像准备去自杀一样。邱建国更加被弄糊涂了。如果说股市是一种公众赌博的话，那么他看到的期货市场就与皇帝的新衣一般离奇。

“1999 年的黄豆，2000 年的玉米，2001 年的棉花。”邱建国指着屏幕上的报价牌锐声笑起来，几乎笑岔了气：“真是他妈的！他妈的……有趣！这可真是墙壁上的交易。可是这些所谓的黄豆、玉米和棉花在哪里呢？是不是还没有下种，或者连种子都还没有生长出来呢？……拿这些根本不存在的货物做交易，就像拿空气和光线做交易一样，是不是一种很荒唐的，嗯，欺诈行为呢？”

万小东只好耐心向他解释：“其实商品提前进入市场也没有什么不可以。我们要改变商品经济观念，即商品可以提前存在，或者说这也可以看作一种计划中的经济活动，商家可以提前买下计划中的商品所有权，然后投入期货市场进行交易。这当然不同于皮包公司的欺诈。”

邱建国固执地摇头道：“怎么不同于欺诈？拿不存在的商品作交易还不是欺诈行为么？”

万小东说：“欺诈是个人行为，期货交易是社会行为，而且有国家经济法律和契约进行约束。”

邱建国还是摇头，他质问万小东说：“那么你说说，期货交易对社会有什么实际意义呢？”

万小东说：“当然是有积极意义的。一方面作为生产方的厂家或者农业生产单位，这就等于收到订货单，提前筹集到生产资金。对商家来说，手里有了货单当然有权利把它投入市场炒作，至于是否能赚钱，那就要看商家对未来市场的预测是否准确。这里面有个市场供需规律和周期性经济规律在起作用。比如石油，由于能源资源有限和人类需求不断扩大，未来市场的油价肯定看涨，这是人人都能看到的。问题是预测具体什么时候涨，涨到多少就很难说准。比如到1999年涨到多少？2001年呢？这里面就有很大的市场外因素和风险。”

邱建国觉得现在的事情真是越来越搞不懂，就像听天方夜谭。在他看来，无论走私汽车炒房地产制造假冒伪劣饮料偷税漏税甚至贩毒卖淫都可以理解，因为那都是看得见摸得着的行为，是人的欲望所致。商人没有不做些违法事的，“马无夜草不肥，人无横财不富”、“无商不奸”之类传统成语的依据便由此而来。如果说股票已经远远超出一般传统意义的经济行为，那么期货就更玄了，简直是一种不可思议的举动，就跟比赛吹牛皮一样。商人连货物都没有看到就把钱赚进了兜里，这成了什么世道？他甚至感到有些悲哀，觉得这个世道越来越离谱，不知道下个世纪的商人会把生意做成什么模样。

回到股市，下午一点股市开盘，大势继续走好。万小东又出手了，这次他做的是一只代号为“0155”的上海股，那个搭顺风船的男人也立即跟着做。“0155”是只基金股，一周来一直无人搭理，仿佛睡着了一般，但是这天下午它却突然被万小东唤醒过来，像头真正的雄牛一样昂起头来牛气十足。

万小东谨慎下注。他先吃下两千手试探动静，看到盘面平稳上升接着又吃下三千手。可是两点钟左右，一个意外情况突然出现了，空方大举入市，带动跳水盘割肉盘逃命盘获利盘大量涌出，屏幕上打出的“0155”现手多达两万手。万小东皱起眉头，他刚吩咐助手停止收购，这匹雄牛立刻就像被皮绳套住一样瘫软下来，这说明除万小东外没有别的大户购买。

万小东头上出汗了。他不清楚空方意图何在，也不知道是否有什么流言影响股市，由于盘面形势复杂，他深感责任重大，心里拿不定主意。如果就此收手，他只是把上午赚的钱赔进去，主力资金不至于受损。邱建国此时也看出局面的复杂性，他问万小东：“你看取胜有几成把握？”

万小东答：“五五开。”

邱建国对股市上的事不大懂，万小东向他解释说，股市战斗往往风云变幻，谁也无法预测这场多空搏杀的结果究竟鹿死谁手。如果确有流言入市，他倒并不担心，因为股市上的流言跟肥皂泡一样多，大多数散户股民因为心中无底，所以一听“狼来了”就连忙割肉逃命。一旦流言消散，便会重现多头获胜和散户追涨的局面，因此他们便可能在收市前最后一分钟成为这场赌博的最大赢家。

邱建国觉得这种情形很像一场战争，统帅在关键时刻需要正确的决心和坚定的信念，可是什么是正确的决心他却很茫然，难以做出判断。摆在他面前的无非有两种选择：进或者退，胜败都是五五开。他见万小东求援地望着他，就摆摆手说道：“你自己决定吧，怎么做都有风险的。”

万小东咬咬牙，把所有资金全部打进去。这时空方开始退却，现价终于止跌回升，拉出一根波幅小阳线。万小东感到有了希望，吩咐再打进一万手买单，不料这次电脑却不予理会，现出“透支警告”的红字和惊叹号。万小东急得大叫一声，如果此时证券公司不予合作，他的全部努力都将前功尽弃。

他吩咐助手不停地打入买单，然后自己急匆匆去找证券公司经理。但是这回他真正碰壁了。证券公司经理告诉他，说上面有可靠消息，中央马上要清理证券市场，所有违规资金都必须立即归还。

万小东不禁呆若木鸡。如果上午得到这个消息他还是赢家，可是现在已经是下午两点五十分，也就是还有十分钟股市就要收盘，他是无论如何也来不及挽回败局了。

等他发疯一样冲回大户室，吩咐助手赶快全部抛盘时，整个大盘指数已经像雪崩一样垮塌下来，交易大厅里一片风声鹤唳人心惶惶，只有卖盘没有买盘。刚才还牛气十足的股市立刻变成一片鬼哭狼嚎阴风惨惨的熊市鬼市。

万小东脸色惨白一声不吭，那个搭顺风船的男人却像个孩子一样蹲在地上大声嚎哭起来。邱建国和兰婷亲眼目睹这幕刀光剑影的血腥搏杀，不由得灰心丧气胆战心惊。不是万小东没有努力，也不是谁的主观指导思想战略决策有误，而实在是股市凶险祸福难测呀！

邱建国走出交易大厅时不觉腰背又驼了许多，步履蹒跚像个老人。

71

当天晚上电视台新闻联播果然公布了一条消息，称上海一家赫赫有名的证券公司不仅在背后操纵证券市场，而且违规操作资金达若干亿元。中国证监会已经决定从即日起大力整肃证券市场，严肃金融纪律，云云。

第二天当地报纸均报道一则新闻，有个举债炒股的副教授由于承受不住失败压力跳楼自杀，遗下孤儿寡母以及几十万元债务。又过了几天邱建国才得知，那天与他们搏杀的对手正是那家大公司，如果不是证券公司得到消息制止继续透支，后果将更加不堪设想。

即使这样，证券公司采取强行平仓的措施也使知青天堂公司的前途变得更加暗淡。除没收本金外还有多达两百万元的巨额亏空。邱建国不得已只好将北海的地产全部低价抵出，同时也将一九九七年南昆铁路建成之后的全部信心和希望填进债务的无底洞里。

一周后，万小东不辞而别。

他在电话里对兰婷说，由于接踵而来的一连串失败已经动摇了他的信心，他决定到海南去一段时间。他需要走出西都去重新认识这个世界和学习做生意，尽管知青天堂公司曾经使他学到了不少东西。最后他告诉兰婷，万向东的情况相当糟糕，已经宣布隔离审查，连他妻子也起来揭发他。

最后一句话使得兰婷几乎一夜没能合眼。

第二天兰婷将万小东离去的消息告诉邱建国，邱建国大为震怒，当即做出一个决定：任命许大毛和胡司令为知青天堂集团公司副总经理，同时宣布撤消证券经营部，将万小东从公司除名。

第二十三章

72

眼看就要过新年了。

天府盆地下了今年入冬以来的第一场小雪，灰面似的雪花只飘飘扬扬地下了半天就停了，远近田野蒙上一层薄薄的白粉。城市街道的积雪被行人和车轮一碾，就变成黑糊糊的泥浆。天空依然堆集着厚厚的阴云，北风还在劲吹，行人都穿上了大衣或者羽绒服防寒服，缩着脖子匆匆而过。

同中国所有城市一样，西都闹市区的高楼大厦、各大宾馆、商家店铺以及机关单位也早早装点起门面，张灯结彩，竞相渲染起过年的喜庆气氛。这年与以往不同的是，伴随着过年气氛愈加浓烈，市场开始呈现经济落潮的种种迹象：商家打出不惜血本的广告，各商场商店竞相减价推销商品，股市、房地产市场陷入低谷，街头上到处可见“买一赠二”、“忍痛割爱”、“大出血”、“大甩卖”、“大跳楼”之类触目惊心的横幅和广告牌，让人感觉不大像过年，而像世界末日临近了一样。

年末市场抛售风潮席卷整座城市。

据说旧社会农民最难过的日子就是年关，因为财主要登门讨清一年的旧债，因为讨债就有了许多不文明的举动，所以才有了家喻户晓的革命电影《白毛女》。到了改革开放年代，同样的故事又重复出现，所不同的是这些故事大多发生在城市而不在农村。一到年末岁尾，债主就纷纷出动，从全国各地乘飞机火车汽车轮船赶上门来清债，数不清的三角债连环债新债旧债陈债烂债都缠绕在一起，你欠我，我欠他，黄世仁同时又是杨白劳，或者一个黄世仁同时要对付十个杨白劳，一个杨白劳随时准备打败十个黄世仁。不管怎么说，欠债总是理亏的事，还不出钱来就更加理直气壮不起来，所以年关一到，欠债人就像受惊的老鼠一样纷纷出门躲债，弄得债主个个都像大侦探福尔摩斯，满世界同老鼠捉迷藏。

就是追上了也不一定能讨上债。现今是法制社会，欠债的眼睛一瞪，说要钱没有，要命有一条，你拉我去坐牢好了。问题在于，他坐了牢你的债就被法律一笔抵消，他坐在牢里改造，你的钱自然也收不回来，因此还不能让他把钱坐没了。于是这个讨债问题就成了当今中国经济生活中第一大难事，有人在小报上画了一幅漫画，画上喝卤水自杀的不是欠债人杨白劳而是债主黄世仁。许多债主逼急无奈，花钱请出黑社会的人，以剁臂、砍腿、割耳朵、剜眼睛甚至绑架家人相威胁，于是新一轮讨债又增加了许多不人道和血腥残暴的意味。

邱建国就是受到人身威胁之后悄悄离家出走的。威胁他的不是别人，正是从前的知青战友，典当公司老板兼黑社会头目李闯王。

李闯王从前在公司保安部兼经理，公司精简机构把保安部精简了。他派人传话说：有债主出钱雇他讨债，欠债还钱，这是自古以来天经地义的事。念在同是兵团知青的份上，给邱建国通个信，如果今后让他手下人在西都撞见，要么还债，要么剁双手，抽足筋。

邱建国只给家里打个电话说要出差，就匆匆登上一列火车离开西都。

列车哐啷哐啷地响着，像一个摇晃的梦，把城市渐渐甩在身后。邱建国望着车窗外面呼啸的风雨，脑子里一片迷茫。他不知道这趟列车开往何处，也不知道自己何去何从，甚至有些很奇怪，自己怎么啦？堂堂知青天堂公司总经理，干吗跟惊弓之鸟似的到处东躲西藏？

半夜里，这趟短线列车慢吞吞到达终点站天府煤矿，他只好随着到站的旅客下了车。

检票口的铁路大嫂打着哈欠不耐烦地验着票，天上下着蒙蒙细雨，站台外面的雨地里漆黑一片。一群当地旅店雇用的拉客女拥上来缠着他，胆大的甚至拖住他的胳膊不放，他好不容易挣脱包围，想想这座偏僻煤矿人生地不熟，也无处可去，索性就回到候车室等待天明。

候车室里只有几个稀稀拉拉的旅客躺在长条木椅上睡觉，他找个避风的座位坐下来，点燃一支烟吸着。刚才冷风一激，他跟睡醒一样头脑立刻清楚许多，数不清的问题也跟冰块一样浮出水面。

商海险恶，人心难测啊！他好比一个船长，眼睁睁看着船舱到处漏水船体下沉却无力回天。问题是知青天堂公司这条大船为什么会走到这一步，这难道不是他的失职或者说他的失败吗？

试想仅仅几年前，这条大船下水时还是一片红红火火万众欢呼的火热景象，数以万计的老知青把通向未来幸福生活的希望寄托在知青天堂公司，准确说寄托在他邱建国身上。他像一面旗帜，一面大鼓，再次张扬起一代人理想主义的风帆，擂响人生的雄壮鼓点，雄心勃勃地驶向二十一世纪新生活的彼岸。鼓舞他们劈波斩浪驶向天堂的精神动力，既有融入他们血液中的《红卫兵战歌》、《我们是共产主义接班人》，还有边疆沼泽地里那一片涌动不息的生命之歌……

……如果李红军、姜解放、佟大全们在地下看到眼前一幕，他们会对他说什么呢？难道一代人的道路，注定都要由悲剧来做里程碑么？

他深深地叹了口气，觉得嘴里又苦又辣，嗓子眼被尼古丁熏得如同要起火一样，肚子也饿得咕咕叫，他才记起已经整整一天没有吃饭。他站起身到处看了看，车站外面车去人空，店铺都关了门，雨地里漆黑一片，连个人影也没有，他只好又回到候车室坐下来。

当然现在不是检讨责任的时候，光检讨和痛心疾首是没有用的，八十年代有部外国电影叫《莫斯科不相信眼泪》，现在他突然懂得了不相信眼泪的意思。重要的是怎样挽救大船倾覆的命运，使公司免于破产和渡过信任危机，可是几千万债务如同泰山压顶，他怎样才能从这个巨大的经济危机里解脱出来呢？

问题是如果无力回天他也就死了心，做历史罪人也好社会唾弃千刀万剐也好他都只好认账，做个死老虎落水狗任人痛打。可是公司毕竟还没有垮，他手下毕竟还有几家有经营能力的实体在运转，有价值千万的不动产如知青梦娱乐城、凤凰山知青天堂乐园还支撑着他的信心。留得青山在，不愁没柴烧，红军长征几度陷入绝境，要是悲观失望就没有今天革命的胜利。革命前辈身陷逆境靠的是什么，不就是顽强意志么？他为什么不可以东山再起呢？

于是他又点燃一支烟吸起来，试图整理一下纷乱的思路，这时有人伸过手来怯生生地碰碰他。他吃了一惊，回头看时却是个要钱的老乞丐。

乞丐一张皱脸又黑又瘦，头发白了多半，看上去足有六七十岁。他胸前挂着一只旧书包，趿着一双破棉鞋，伸出一双瘦骨嶙峋的脏手，嘴唇嗫嚅着却没有声音。邱建国觉得有些厌恶，就随手掏出一张一元的钞票给他。他不大明白，乞丐为什么半夜里出来行乞？难道夜里要钱比白天机会更多些？

他还没有来得及抽完一支烟，老乞丐又站在他面前，向他伸出一双脏手。他生气地呵斥道："你怎么没完没了？去去，我刚才已经给过你了。"

老乞丐还是赖在他面前不肯走，一双白眼乞求地望着他。邱建国赶他不走，就想想说："那么你告诉我，为什么夜里出来要钱？难道你白天睡觉吗？"

老乞丐嗫嚅半天才从喉咙里挤出一丝声音来："是……是老三他们的，白、白天不许来、来……"

邱建国突然明白了，原来乞丐里面也有等级之分要划分各自势力范围弱肉强食，年轻力气大凶狠的就占据了好口岸好地盘，年老体弱者就只好沿街乞讨。这就如同当年他们为争夺火车站市场同李舵爷大打出手，胜者为王败者为寇，只是他想象不出来，要是当初被打败的是他们那又会是怎样一番景象呢？

可是如今他不是也被追债人追得鸡飞狗跳么？他想要是今后他也不得不出来讨一口饭吃，还不知道能不能遇上善心人呢。这真是人生风景不一样，几度欢乐几度愁啊！可是转念一想，大丈夫宁愿站着死，不愿跪着生，他就是重新去当搬运工，像他爹那样把背脊弯成一张弓也决不苟且偷生。人活着就得有个人样，哪能不劳而获伸手向别人讨饭呢？他又从衣袋里取出一张十元钞票，放在乞丐手上让他快走。

不料这一幕却被人看在眼里。

下半夜的时候，他开始有了睡意，朦胧中有人靠近他身边小声问道："叔叔要住店吗？我可以带你去的。"

他睁开眼睛一看，是个年轻的农村女子，皮肤被阳光晒得很红，约有二十多岁年纪，眼睛里闪动着一种怯生生的乞求的目光。他的第一直觉反应为她是个妓女，来车站拉客或者做些坑人害人的皮肉生意。因为时下报纸上类似的花边新闻很多，简直到了泛滥成灾的地步，给人造成的印象好像城市已经被妓女淹没了：一个或者几个女人来勾引你，你跟她去到一个什么地方进了门，上床或者没有上床，这时就有一伙自称是她什么人的男人出来把你痛打一顿洗劫一空。问题是这种拙劣的事件居然天天都在发生，而犯这种愚蠢错误的傻男人源源不断。西都人管这种勾引嫖客的女人叫"野鸡媒子"。

年轻女子显然看出邱建国的警觉，她连忙表白道："我只是领叔叔去住旅馆，就在离车站不远的地方，住贵住贱随你便。"

邱建国身子不动，回答说："你离我远点好不好？我不去的。"

女子坐着不肯走，央求他道："叔叔我是好人，我有身份证的。煤矿招待所是这里最大的旅馆，矿上办的。我只是替他们领客人去住。"

邱建国听说是公家招待所，才稍稍放了心。他打量一下面前这个农村女子，觉得她目光还算善良，似乎有种令人放心的诚意，就问她道："那么你能得到什么好处？"

女子回答道："领去一个客人，他们付我一元钱。"

邱建国惊讶地说："一元钱？你居然就在候车室里守一夜？"

女子坦白地说："我们是山区人，有点收入总比饿肚子强。"

邱建国立刻想到城里的那些大款，一顿夜宵就能挥霍几千上万元，心中不禁对这个艰难谋生的农村女子生出一种同情。他点燃一支香烟，打起精神来说："要是我不住旅馆，你这一夜不是白坐了？"

女子不在意地甩甩头说："我在木椅子上睡一睡也就行了，哪能白坐呢。"

邱建国喷出一口烟雾来问她："你这样辛苦拉客，一天能挣多少钱？"

女子道："那要看情况，有时一晚上能拉到一二十个客人呢。"

邱建国说："你如果连饭钱都挣不够怎么办？"

女子悄悄地掩口笑笑说："叔叔不要见笑，我还能干些别的活儿。趁我还年轻，有力气，也不怕吃苦，总能挣到些钱的。"

邱建国看她一眼问："你成了家么？你男人为什么不出来干活，让你一个女人家在外面挣钱？"

女子腼腆地回答道："男人家没本事，在家种地，女人家总归要好挣钱些。"

邱建国觉得这个农村女人很质朴，不像城里女人满口假话地骗人，心里便不再对她反感。等到抽完一支烟，邱建国见她还没有走的意思，就说："你走吧，我要等天亮再去住店的。"

女子连忙说："叔叔不碍事的。我反正还要等早班车的旅客，就让我就在这里陪你说说话解闷吧。"

邱建国当然没有权利不允许别人坐在公家的候车室里，只好不说话了。他想这个农村女子其实是很体贴人的，想必在家里也是个好妻子好母亲，只是因为穷不得不出来打工挣钱。两人又有一句没一句地说了一会儿闲话，不觉外面的天空就有了亮色，宁静的空气里传来鸡犬之声和汽车发动机的喧闹。女子说："叔叔，我领你去矿上招待所住吧，那里又干净又没有人来打扰，是我们这里最高级的旅馆。”

邱建国就同意让她带路到了煤矿招待所。招待所果然是个干净和清静的住处，临近过年几乎没有旅客，他登记完住房就给了女子十元钱。女子千恩万谢地说：“叔叔如果还要我做什么事只管吩咐，招待所门前有个烟摊，你对卖烟的女人说找紫花，我马上就会来的。”

73

邱建国不觉就在这个国营煤矿招待所里住了十多天。

这个百年老矿是个不景气的生产单位，由于开采历史长，机械化程度不高，采不上煤，三分之二的矿井都停了产，工人便五湖四海地闯生活去了。当地却有一些小煤窑，窑主雇几个十几个民工，采用都是最原始的方式下窑采煤。邱建国看到那些民工嘴里衔着电石灯，拖着煤筐在低矮潮湿的煤洞子里爬进爬出，一张脸黑得怕人，简直跟小时候看的阶级教育电影《燎原》里没有什么两样。

矿部所在地乌镇是个山区小镇，一条马路，几排木板房，街上铺着厚厚的煤灰，十分钟就逛完了。邱建国每天无所事事，吃饭睡觉看电视，日子清闲得像个外星人。街上有几家录像馆，什么武侠片枪战片功夫片言情片从早放到晚，他坚持看了一周后就产生了恶劣的生理反应，一想到看录像就肠胃痉挛要拉肚子。取消看录像可是日子照样还得混下去，镇上有家小书店，卖的都是不知道何年何月从废纸站回收来的旧杂志旧书旧报纸，他从旧书堆里居然翻出几本名人传记来，如获至宝地买回招待所里躺在床上慢慢消磨时光。

很快他发现读书绝不是件轻松事。久不读书，视网膜对方块汉字就生疏排斥起来，大脑里垒起一道敌意的城墙。再用力读着眼皮就开始打架，那些成排成行的汉字就跟蚂蚁一样在城墙外面胡乱晃动，于是大脑很快腾云驾雾地恍忽起来，人常常还没扔下书就睡着了。

日子过得单调寂寞，没有熟人，没有朋友，没有地方可走动，也没有人可以说说话，他想蹲监狱也不过如此吧。问题是他邱建国并不是一个没由来的闲人，他在西都有家庭，有事业，还有一大堆必须由总经理亲自处理的公司业务和工作，他应该忙得团团转没有喘息之机才对，可是住在招待所里的他却像个无所事事的流浪汉一样，天天发愁怎样打发多余的时间。

他想到给公司打电话，听听西都的风声如何，又怕暴露行踪惹来杀身之祸。他能想象此刻他的债主一定把公司门槛都踏破了。一想到到处追踪他的刀客杀手，他心里不由得暗自庆幸。不管怎么说，一切起死回生的办法、措施、决策等，只有等躲过这阵风头之后才能从长计议。

可是在这个几乎与世隔绝的小煤矿里，每一天的日子都漫长得可怕，发霉和无聊的日子包围着他，折磨他的神经。于是他开始酗酒，天天用酒精把自己灌醉，腾云驾雾乐不思蜀。但是不久他就受到一个戴红袖标的招待所治安员的严重警告。治安员用一种对犯人的严厉口吻警告说，如果他继续在房间里酗酒闹事就要将他送交派出所处理。

又熬过几个漫长的白天和黑夜，他终于再也无法忍受空虚和绝望的折磨，他必须要做一点什么事，哪怕是干件坏事来振作一下自己也行，否则他相信自己会发疯自杀的。于是这天下午他走出招待所大门，对烟摊上那个低头卖香烟的女人说："喂……我要找紫花。"

紫花果然很快站在他面前，脸膛还是红扑扑的，她朴实地微笑着，仿佛向客人报到一样说："叔叔，我来了……去我家吗？"

邱建国很高兴，他惊讶自己就像渴望见到老朋友一样，心里竟有种很轻松很迫切的期待，究竟期待什么他并没有想清楚，也不想想清楚。他点点头，毫不犹豫地同意道："好吧，就到你家里去。"

紫花的家就在镇边上一条铺了石板的小巷里，租用当地居民一间旧木板屋。由于屋子矮小，又没有窗户，就跟洞穴一样只能靠屋顶亮瓦透进几许光线来，所以屋里即使白天也晦暗如黄昏。邱建国进了门，过了好一会儿眼睛才逐渐适应，他看清原来屋子里除了一张睡觉的大木床，一张梳头的桌子，屋角堆着几个盆盆罐罐煤球炉之类，其他几乎一无所有。

紫花手脚麻利地把一床干净床单铺在床上，对邱建国抱歉地说：

“叔叔见笑了，就坐在床上吧。”

邱建国嗅出屋子里有股泥土潮湿的霉味，就问她：“你一个人在这里住?”

紫花回答道：“也可以这么说吧，反正差不多。”

邱建国在床上坐下来。他的手触到床单也是冷冰冰的，床上有种令人生疑的陌生气味，突然觉得不大自在，背上跟长了小刺一样坐立不安。他问紫花：“你为什么不生个火炉？屋子里很潮湿的。”

紫花回答说：“叔叔要是冷的话，我马上就去烧火炉。”

邱建国连忙说：“算了，我只是说说，你别当真。”

他左顾右盼地看看，找不到话说，就有些尴尬，觉得毫无理由地来到一个陌生女子家里并不是件明智的事。如果你只想同她说说话，为什么不去条件很好烧着暖气的招待所里说呢?

邱建国说：“紫花，你的电灯开关在哪里，为什么不开灯呢?”

紫花不答，却转身把门关了，上了门闩，然后摸索着开始解衣服纽扣。邱建国惊恐地站起来，声音也变了，触电一般结结巴巴地说：“不不……我不是那个意思……我要走了。”

紫花哪里肯放他走，她扑通一声跪下来，抱住他的腿大声恳求道：“叔叔可怜我，紫花要养家糊口，你就行行好吧!”

邱建国从衣袋里掏出五十元人民币扔在地上，紫花还是不肯放他走，邱建国以为她嫌少，又加了五十元。紫花松了手，坐在地上抽泣道：“叔叔，让我伺候你一回吧，紫花会一辈子记住你的恩情。”

邱建国走到门口站住了，他叹口气说：“紫花，我只想同你说说话的……你为什么干这个行当呢?”

紫花过一会儿才小声说：“叔叔嫌我脏是吧？紫花没有做过亏心事，叔叔是有钱人，不知道紫花做女人的难处。”

邱建国一时竟无言以对。他是个搬运工的后代，在贫民区长大，何尝不知道受穷的滋味？古人有“笑贫不笑娼”的格言，贫者懒也，娼者堕也，如果命运强迫一个弱女子在两者间选择，难道守贫一定比卖娼更好么？换种方式说，难道贫困就不是一种更加可怕的堕落么?

甚至是没有希望的堕落。他喃喃地说道："我不是那个意思……我是说……唉唉，做点别的事。"

紫花见客人还是要走，就仰起脸坚决地说道："叔叔，你把钱拿走吧……紫花不要别人白扔的钱。"

邱建国心脏被什么东西一撞，仿佛有股电流从身上通过，心里猛然起了一阵感动。他觉得紫花倒是个有情有义的女子，"同是天涯沦落人，相逢何必曾相识"，他不是正在败走麦城么？难道他自己就比这个烟花女子文明高尚么？他有什么权利指责或者鄙视别人呢？他唯一的优越感不就是比这个女子多了一些钱么？再看看紫花的脸，在这张布满泪痕的年轻脸上，竟也不乏女人妩媚和动人的表情。于是他犹豫起来，脚下仿佛有什么重物坠住，挪不开步子。

紫花见客人不再言语，就兀自悄悄地宽衣解带，然后默默地躺在床上等着他。邱建国脖子上好像套了一根无形的绳索，呼吸困难，眼睛里装满年轻女人白花花的身体。他是个功能健全的男人，功能健全的男人是没法抵抗女人侵略的，女人一旦发动进攻总是无往不胜，她们的武器好比章鱼的触角，这些触角长在男人的眼睛里，因此他们注定要成为在劫难逃的俘虏和失败者。邱建国只好乖乖地回转身，他艰难地咽下口水，挪到大床边上，一时间下面那座火山就恶性喷发起来。

应该说紫花果然是个好女子，伺候客人极尽温柔周到，几番纵情云雨天崩地裂之后，邱建国不觉大汗淋漓，许多天来的烦恼和焦躁都随云雨雷声远去，只感到雨过天晴的疲软和舒畅。他躺在床上边吸烟边想，女人真是个好东西，怎么就把男人治得这样服帖？有道是英雄难过美人关，那么凡人普通人就更没法过关斩将了。紫花缩着身体，把脸贴在他胸口上轻轻问道："叔叔……结婚没有？"

邱建国心头一颤，点头答道："嗯。"

紫花仰起脸说："叔叔带我走吧，我会好好伺候叔叔的。"

邱建国连忙摇头道："我怎么能带你走呢？我自己的麻烦事还多着哩。"

紫花凄凉地说："我知道叔叔看不上紫花，镇里人都说叔叔是个有钱人，惹了麻烦出来躲避的，不然为什么一个人在招待所住着？"

邱建国心绪立刻恶劣起来。

他又想到知青天堂公司，想到自己那个温暖的家，妻子女儿此刻正在干什么呢？还有苦苦妹，她们也许正围着桌子吃晚饭，也许蔺小英在做饭，孩子们在做作业。他有个幸福美好舒适的家庭，家里样样圆满，什么东西也不缺少，现在那张长条形的饭桌上缺少的只是丈夫和父亲。蔺小英无疑是个称职的好妻子，她为他生儿育女，洗衣做饭，十几年来对他的坎坎坷坷大起大落从无怨言。妻子虽然不再年轻，做爱没有身边这个女人情欲似火，但是这个女人是那么陌生，那么让人戒备，他跟她睡在一起的唯一理由就是做爱。还有宝贝女儿邱姗姗，她是他的心头肉，他舍得为她牺牲一切。要是她们知道此刻他正跟另一个陌生女人睡在一起，她们还会像从前那样爱他吗？

紫花见他态度冷淡下来，就垂下眼睛轻声道："叔叔是个好人，好人是会有好报的。"

他坐起身来掐灭烟头，摸索着下床穿好衣服，然后像个初次作案的罪犯一样慌慌张张地逃离现场。他没有忘记出门时在桌子上放了两百元钱。

74

此后邱建国就像鬼使神差一样，一再身不由己地偷偷到那间旧木屋里寻欢作乐，虽然每次纵情云雨都使他神魂颠倒短暂地忘却烦恼，但是交欢之后甚至刚刚从女人身上下来他就要感到后悔，被一种无法摆脱的苦恼和堕落感所淹没。然而自责并不能阻止空虚和绝望泛滥，放纵的快感和逃避现实的渴望无时无刻不在诱惑他，因此他渐渐就陷入一种明知故犯和无力自拔的恶性循环之中。

一晃又过了二十多天，看看要过春节，邱建国随身带来的几千元钱也花得所剩无几，心中着实挂记公司和家人，就不顾危险给兰婷打了一个长途电话。得知家人一切都好，公司还在勉力维持，他就松了一口气，心里安稳许多。他让兰婷悄悄来一趟，给他带些生活费来，共商渡过眼前难关的办法。

“快来吧……不然我会发疯的!”他流着眼泪，在电话里再三说道。

第二天下午兰婷果然只身赶到乌镇。当她在这座偏僻荒凉的煤矿小镇上看见失魂落魄的公司老总时，不禁心头涌出一阵酸楚来。邱建国消瘦许多，眼眶也凹下去，头发胡须老长，一副马瘦毛长的落魄模样。她好言劝慰邱建国一番，然后态度坚决地告诉他说：“你再耐心等几天，路上我已经想好了，靠躲债度日总归不是办法。我去同李闯王接触一下，向他借五十万高利贷还债。”

邱建国吃惊地说：“借高利贷？月息多少？”

兰婷回答：“五分。”

邱建国仰天长叹：“小兰，如今我是死猪不怕开水烫，你得当心，公司还有这许多人怎么办？”

兰婷鼓励他说：“咬咬牙坚持吧，雪已经堆到脖子上，加一点霜也没有什么了不起。五十万加利息一共五十五万，给我们赢得两个月时间。这一点很重要，四月份以前还清这笔账应该没有问题。四月以后是社会个人集资款到期付息，这是一道难关，公司不能没有当家人，所以你不能老躲在这里逃债。”

邱建国苦笑道：“小兰，你有什么想法没有？我是指今后公司的前途？”

兰婷原本对邱建国有气，想撒手不管他的事，公司弄成这样一副烂摊子，都是眼前这个男人的责任。但是她实在狠不下心来，毕竟公司是大家的心血之物，就跟自家的孩子一样，家长再错，罪不在孩子，所以不是到了无路可走的绝境，谁也不会狠心抛弃自已孩子的。

如果邱建国肯听大家的话，振作精神不再刚愎自用，事情也许还没有糟到完全不可救药的地步。如果有可能把老知青再度团结起来，重新获得他们的信任和支持，她愿意为此付出努力，哪怕做出最大限度的个人牺牲也在所不辞。

“……当前要紧的是，公司怎样才能渡过危机生存下来?”兰婷边说边用指头压住太阳穴轻轻按摩着，她一路坐硬座赶来，旅途疲劳，觉得头有些隐隐作疼。“……我们许多从前的优势已经不复存在。公司还有两三处产业，最大的一处是凤凰山公墓区，当初是利用文物保护政策低价买进，现在大约可值一千万。公司目前的经营活动就指望知青梦娱乐城和商贸分公司了。此前我已经分别同胡司令和许大毛交过底，胡司令有信心在两个月内完成三十万经营利润，许大毛讲他最近看好一笔生意，就是收购从西部牧区运来的松茸，年关前后外贸市场松茸很抢手。如果不出意外，公司守住这两个最后的阵地，先填亏空，再图发展，最快也要三五年时间才能恢复元气。”

邱建国试探地问：“你看还有投资小见效快的项目吗?”

兰婷断然否定道：“建国，我劝你千万别动那样的念头，别老想做一本万利的买卖。八十年代或许还有这样的机会，现在是九十年代中期，市场经济已经粗具规模，暴利和无序的时代基本结束，往后的激烈竞争在于经营效益和规模，而不仅仅在于投机。”

邱建国不做声，他觉得兰婷未免太拘谨，胆小注定做不成大事。但是他觉得不该跟兰婷争论，兰婷拖着病体来送钱，他不想惹她生气。不管怎么说，邱建国本来已经乱了方寸，跟兰婷讨论一番，又觉得恢复了自信心。他大度地说：“小兰，真感谢你，你要不要在这里休息一两天再走？小地方清静，没有人打扰。”

兰婷看看表摇头说：“我得坐晚上的火车回去。还有两个小时。”

他们又喝了一会儿茶。邱建国想对兰婷的生活有所关心，但是又想不出说什么好，他平时没有习惯跟人叨家常。他知道兰婷从前爱着万向东，可是万向东与他这笔账一时算不清楚，六百万扶贫贷款，走私汽车，他断送了一个青年政治家未来的前途。他只好没话找话地说：“小兰，朱青天还在局长位置上呆着，是不是该高升了?”

兰婷冷淡地说：“他么，做梦都想着往上爬。”

邱建国劝道：“你也别那么说，老朱好歹也是兵团知青中的一个知名人物嘛。”

兰婷不说话，过一会儿突然背过身子流起泪来。邱建国慌了，以为自己说错了什么话，连连抱歉说：“都怪我不好，不提他，不提他行不行?”

兰婷擦去眼泪，勉强笑笑说：“不怪你，是我自己心情不好，有时会突然难过……我跟他是没什么话说，同床异梦呗。可是想想自己，四十多岁的人了，活了大半辈子还没有正经八百地爱过一个男人，想想觉得窝囊。”

邱建国踌躇片刻说：“你跟万向东呢？我看你俩干脆离婚，再重组家庭算了。”

兰婷长长出了口气，将目光移往别处，神情凄凉地说道：“我曾经爱过两个男人，爱得那么深，简直都要发疯了一样。但是我始终没能得到他们。不过现在我倒也坦然了，因为不论你怎么去爱，他们也许都会让你失望的。”

邱建国惊讶道：“你说……两个男人?”

兰婷怨恨地说：“是的，一个你知道，是万向东。”

邱建国心突然跳了跳，身体僵硬了，他结结巴巴问：“那……那，另外一个呢?”

兰婷不答。邱建国摸摸脑袋瓜，疑惑地说：“不会……是我吧?”

兰婷抬起眼睛望着他，平静地说：“是的，就是你。”

一场冬雪悄无声息地飘落下来，渐渐覆盖了山区，覆盖了山坳里的煤矿小镇，世界一片银白。

兰婷望着窗外白茫茫的大雪，屋子里很安静，他们两人很久都没有说话。

邱建国低头抽烟，抽得很凶，屋子里弥漫着呛人的烟雾。兰婷觉得气闷，就起身将窗户推开一道缝。一股凛冽的雪风钻进来，使她不由得打个寒战。

邱建国突然小声说道：“小兰，你可从没对我说过，这事不怪我。”

兰婷平静地回答："建国，你别过敏，你跟小英结婚时我偷偷哭过，但是我敢保证，我绝没有起过把你从小英手中抢走的念头。"

邱建国看看兰婷的脸色，不无遗憾地开玩笑道："你怎么不来竞争？那样我会很欢迎的。"

兰婷淡淡一笑说："退回去二十年也许会的，可是现在我早已经没有了那样的冲动。"

邱建国盯着她的眼睛问道："因为什么？我……让你失望了？"

兰婷看见窗外稠密的雪花变小了，一群裹得厚厚的孩子欢呼着冲向白茫茫的雪地，像一群跌跌撞撞的小狗熊。她头也不回地说道："也可以这样说吧。红卫兵和知青时代的你俩一直是我心中的精神偶像，你们同样雄心勃勃，不屈不挠，像两面不倒的旗帜。万向东意志坚定，胸怀大志，富有牺牲精神，注意，不是为他人而是为自己献身。你更富理想色彩，善良，宽厚，忠于信仰，同情他人。我曾经设想，把你们两人合二为一该有多完美。事实上你们两人已经有过一段时间合作，而你们两人在一起的时候比任何单个的人存在都更加糟糕……"

兰婷仰头喝了一口茶，她看着窗户外面的孩子快乐地打雪仗，叫喊声欢笑声在宁静的空气中传得很远。她不看邱建国继续说下去："……万向东已经倒下了，他对他的地位和权力爱得那样深，对仕途看得那样重，重于爱情、家庭和生命，所以不难想象，一旦官场失意之后，他怎么能够重新回归一个普通人呢？而你为了经济利益却又不择手段，以理想主义的名义胡作非为，就像过去年代的老红卫兵造反派一样。你们有幸做到了殊途同归，这也许不是一种巧合，就像孩子摔跤不能老怪路不平一样。

"……偶像倒塌了。偶像的光芒终于黯弱乃至于熄灭，这对我们大家也许都不是一件坏事。我现在能够平静地对你说话，检讨你的工作失误和失职，就因为你是个有许多缺点的平常人，而不再是少年时代那个光芒四射的偶像。我不知道你和万向东是否意识到，老红卫兵和老知青的时代早已经结束，我想如果没有知青天堂公司的大起大落，我一定还停留在过去的时代浑然不觉，甚至沾沾自喜自我欣赏，以老红卫兵情结老知青情结自豪……正是这种残酷的现实促使我猛省。我想至少从现在起我可以告别知青而真正走进新时代，建国，你和万向东呢？你们把自己封闭在过去时代里，你们能走出来么？”

邱建国面色越来越冷淡，他几乎没有任何表情地倾听兰婷的激烈批评。兰婷的话语还是极大地震撼了他的思想，尽管他的脸上没有表现出来。

这是一种可以称得上残酷的毫不留情的精神摧毁，对信心，对生存价值，对一个人赖以存在的精神支柱，因此他在内心里拼命抵抗。他从未怀疑过自己的精神信仰，这是他信心百倍面对人生挑战的坚实基础。一个人，一个不甘平庸的男人，他靠什么在世界上生存，他有什么理由区别一条狗，一只蚂蚁，不就是靠这种精神信仰么？一旦这种自信被摧毁，他就什么也不是，甚至不如一只狗！

一个人，怎么可以随便抛弃信仰，信仰是一个人的灵魂，何况他已经靠这种信仰在世界上奋斗了四十多年。他能够抛弃自己前四十年的生命，生命可以割断重来一次么？

他的心中开始弥漫起一种悲壮的毁灭感。

邱建国深深叹了口气。他觉得此刻心情太复杂，脑袋里塞满鸡毛，他不想让兰婷看出自己的沮丧，就尽量语气轻松地站起身来说：“时间不早了，你得上车了，我送送你……那些深奥的东西，留到以后再探讨吧。”

兰婷把提包简单整理了一下对他说：“路不远，我自己去，你不用送了。如果情况顺利，再过几天你就能回西都了。”

她走到邱建国跟前，踮起脚尖轻轻吻了吻他的额头，充满感情地说：“建国，这是我第一次，也是最后一次对你请求，希望你站直喽，别趴下。公司不能垮，你应该重新赢得大家的尊重。”

说完她就走出屋子去，门在她身后无声地关上。

第二十四章

75

春节前后是年货旺销季节，火车站市场里人头攒动，各地拥来买货和卖货的客商都很踊跃。许大毛戴顶黑毡帽，围条厚围巾，像个很有耐心的买主在市场里到处逡巡，仔细察看样货，蹲在地上不厌其烦地同别人讨价还价。自从邱建国大权旁落，宣布他为集团公司副总经理兼商贸分公司经理之后，他就很有一种扬眉吐气和挺起腰杆来做人的感觉，脸上的谄媚表情消失了，说话口气不觉粗了许多。这真是山不转水转，现在他许大毛在公司里是说一不二的角色啦，是顶梁柱，是受命于危难之际的人物，连邱建国玩不转了也得看他许大毛的本事，所以他很想找机会马上露一手。当兰婷在电话里要他尽快筹措一笔急用资金时，他几乎想也不想就拍着胸口答应下来。问题是邱建国几乎没有给商贸分公司一分钱的流动资金，做无本生意就跟玩空手道一样，并不是人人都能玩得转的，不过这回许大毛一定要玩一回空手道，这不正是他许大毛出人头地的机会么？

他的目光终于瞄上了几个外地做长途贩运松茸的个体客商。

年前的一天，天空阴冷而晦暗，一辆运输松茸的东风大货车轰隆隆地开进市郊的清江旅馆，他得到报告就连忙带领一群打手直奔那家小旅馆，在房间里堵住了那几个外地客人。

“你们听说过我黑老大的名字吗?”他嘿嘿一笑，眼珠骨碌碌打着转，脸上表情竟有了几分让人齿寒的狰狞，“……你们胆子不小啊?竟敢不通过我就跟人做生意，这是什么地方你们知道吗?这是我黑老大的码头！踩着我的地皮抢我的饭碗，这不是有意欺负我黑老大吗?常言道‘进门看脸色，打狗看主人’，你们他妈的什么东西，进了我黑老大的码头连招呼都不打?是想跟我露一手么!”

他手下七八个打手，个个跟螃蟹一样横眉竖目，人人穿一件长风衣，此刻都敞开怀来，露出腰里别着的菜刀火药枪。那几个外地客商知道有了麻烦，毕竟人生地不熟，又不知虚实，更有胆小者，以为招惹了黑社会，吓得簌簌发抖。其中一个年长者，看来也是走南闯北见过些世面的，连忙说着好话，掏出“红塔山”香烟请大家抽。许大毛接过香烟，点燃火吸了一口，然后劈脸就是一个耳光，打得那人趔趄几步，跌坐在地上。

“妈的！你们别想跟老子耍花招。老子要的不是烟，是松茸!”许大毛咧开嘴，露出一口被烟熏黑的蛀牙骂道。那副蛮横模样，活活的一个黑社会老大。

一个小伙子急忙站出来扶起年长者，愤愤地抗议道：“你们是什么人?我们并没有招惹你们，干吧打人?”

许大毛打量着面前这个身体壮实的小伙子，就像狼打量一头羊一样。他想起那回被人蒙上眼睛毒打的情形，仿佛浑身的骨头还在嘎吱作痛，心里不由得像被毒蛇啮咬一样，一时间充满了歹毒的愿望。他恶狠狠地吩咐打手说：“看住这几个人，谁要是敢嚷嚷就做了他！你们把他给我弄出去，找个僻静地方，先割了他的舌头，再抽掉足筋，看谁还敢在老子面前冒充硬汉子?”

外地人魂飞魄散，明白果然遇上了黑社会地头蛇，躲又躲不过，逃也逃不掉，只好自认晦气，按这个叫黑大爷的人开出的低价等于白白送掉大半车松茸。许大毛得了便宜还不满足，他出门时教训那几个人说："出门闯江湖就得懂规矩，老子不是强盗，不抢你们的东西。老子的规矩是你们的货只准卖给我！要是你们敢报官，敢在老子的码头上坏了规矩，那你们就死定了听懂没有？……"

后来许大毛出了一身冷汗，暗自庆幸唬住了那几个外地人，他慷慨地付给打手一笔佣金，然后转手把松茸卖出去，顺顺当当净赚三十万元。他悄悄将其中十万元藏匿起来揣进自己腰包，然后将剩下的二十万元胜利果实交回公司请功。

76

公司经济危机的压力同样也落到胡司令头上。

知青梦娱乐城是块人人垂涎的风水宝地，自从娱乐城开张胡司令就在这里坐镇，成为公司里最有实力的一方诸侯。也不知是他运气好还是经营有方，反正娱乐城生意一直红火，是公司的一棵摇钱树，而胡司令也因此深得邱建国倚重。有段时间邱建国试图给胡司令换换座，谁知换了别的人到娱乐城就是玩不转，营业额经济效益直线下降，后来娱乐城的大权就非胡司令莫属了。

其实胡司令并没有什么赚钱的高深学问，他是个粗人，靠运气经商，但是他又知道运气不会从天上掉下来。从前开电子游戏室，七八年也没见发了财，是他运气不好么？后来他终于明白一个道理，用他自己的话说，就是如今做生意，饿死胆小的，撑死胆大的。他很乐意做那种注定要被撑死的胆大人。娱乐城的娱乐项目从外面看跟别人没有什么两样，什么电子游戏啦，卡拉OK啦，舞厅茶楼棋牌电视录像等，但是来到这里的客人全都心照不宣，他们都是冲着两件不大光明正大的事情来的：一是赌，二是"三陪"。

其实并非别人不懂这个赚钱的秘密，而是"非不能为，不敢为也"。胡司令与众不同的地方就在于"敢为"，胆大是他赚钱的灵丹妙药。

这天师爷鞠二进来报告胡司令，说新招来的"三陪"小姐已经来到娱乐城，请示老板是否亲自看看货色训训话？当时胡司令正独自坐在经理室里玩扑克牌，听说小姐到了，眼睛不由得亮起来，连忙扔了牌到大厅里。

这批新招来的小姐，粉头亮色的有，丰胸肥臀的有，土头土脑刚刚从乡下进城来的也有，鸡雏儿似的一堆堆站着蹲着。鞠二是娱乐城的师爷，对外职务称"总经理助理"，他叫了声"胡总经理来了，都站好站好"，那些女孩子就乱哄哄地高高低低站成一排。

胡司令背着手一个个瞅过来，冷着眼就跟瞅牲口一样。他虽然是个粗人，却也懂得挂羊头卖狗肉的道理，羊头是招牌，是方向，是上得台面的硬道理，他这里不开妓院，不开窑子，是西都有名的文明单位知青梦娱乐城。他招的是"三陪"小姐，三陪同妓女的区别在于一切行动听指挥，老板说了算，所以他得把话说明白，免得有人坏了这里的规矩。

"你们听着，我这里是个正经地方，有工商局核发的营业执照和派出所办理的治安许可证。"他威严地环视部下们说道。新来的小姐们都很年轻，最大的也不过二十多岁，她们一个个都很好奇，很害怕，东张西望茫然无措地听着这个胖子老板训话。

"……客人来了，到我这里来干什么呢？当然是来花钱，花钞票，吃喝玩乐，找痛快事情。唱唱卡拉 OK，跳跳舞，玩玩游戏机，再不然打打麻将，钓钓鱼，看看录像，光这样客人就满意了么？……你说说，满意么？"他指着一个小姐说。那个小姐赶快点点头，看看老板的脸色不高兴，又赶快摇摇头。

"当然还不满意。为什么不满意呢？是因为他们没有人陪，没有人陪他们玩，陪他们花钱……你们的任务就要陪客人玩，想法让他们高兴，让他们多花钱，多掏腰包，除了不许陪上床睡觉，其他的都在你们的服务范围以内。干得好的话，你们每个月都能拿几千元，我这里有个小姐，最多一个月挣了两万元。大家都发财嘛对不对？谁要是不想挣钱就开口，免得挡了别人的财道……坐台由着客人点，客人点了不许不去。多劳多得，少劳少得。客人给的小费交回服务台，不许隐瞒不交，查出来的话，嗯，你们以后就会知道，我这个人脾气爆，不大讲理，丑话说在前面，不然我手下的人会叫她的日子很不好过的！……”

小姐们听说不许陪上床，紧张的心情有所松动，“三陪”当然是不情愿的，但是如果没有别的挣钱门路，“三陪”总是条出路，总比饿肚子讨饭好。又听说一月能挣几千元，挣钱多当然就有积极性，所以个个脸上都有喜色，巴不得立马就上班挣钱。胡司令望着这群光彩照人的青春女孩，心里居然莫名其妙地起了一些感慨。他想妈的，真是少年不识愁滋味啊！想当年老子们到边疆当知青不也是这种美妙年华么？那时他们的青春不属于自己，都献给了边疆。可是话说回来，小姐的青春不是同样也不属于自己么？她们把青春交给谁了呢，不就交给你胡司令么？任你胡司令捏拿摆弄，只要你能让她们赚钱就行。想到这里，他的心里竟漾起一种满足感，说话的语气也亲切温和得多。

训话毕，小姐被领去各自的住处准备上班，一个打手悄悄对鞠二说了几句话，鞠二就报告胡司令，那个跟客人跑掉的小姐自己回来了。胡司令居然没有发火，只是挥挥手说道：“叫她去上班。第一次就算了，下次要照老规矩办。原先的保证金没收，罚一个月的收入全部重缴保证金，看她还敢不敢乱跑?!”

一般说来，胡司令对小姐还是有情义的，他从不轻易惩罚她们，对农村来的女孩子也时有关照。胡老板这样做绝不是假仁假义，他当过知青，吃过苦，真心觉得如今讨生活不容易，女孩子就更难，要不是太穷，谁肯拿自己的青春赌明天呢？

回到办公室，他已经没有兴趣继续玩牌，这时桌子上电话铃响起来，是兰婷打来的。兰婷向他催问缴款的事，并告诉他许大毛的商贸公司已经做成一笔生意，向总公司交回了二十万现款。

胡司令心里很明白，此刻邱建国或者说知青天堂公司的生死存亡很大程度取决于娱乐城的经营状况。许大毛算什么东西？娱乐城才是公司的盈利大户，几年来是他胡传本一直为公司提供源源不断的资金。

胡司令的心情陡然变得坏起来。公司的有功之臣应该是他，任何一个不带偏见的人都决不会看不到这一点。但是邱建国似乎并不特别重视他的贡献，而对那个到处捅娄子和贪得无厌的小人许大毛格外赏识。对这一点，哪怕他胡司令是个大度的人也不会服气，所以那次许大毛走私翻船他心里暗暗高兴，巴不得把他废了，叫他永世不得翻身。

谁知道后来许大毛重新得宠，当上副总经理，与他平起平坐，胡司令对此一直很纳闷。他始终想不通许大毛究竟凭什么得势，又为什么逃避了惩罚？但是胡司令自认为自己是个江湖义士，绝非乘人之危的小人，他对邱建国忠心不变，赴汤蹈火在所不辞。即使现在邱建国被逼得走投无路，逃到不知什么地方去躲债，他还是决不叛变，决不落井下石。

他粗声粗气回答道，一周之内保证送十万现款到总公司，一分不少。那边兰婷很高兴，说了些鼓励的话，然后挂断电话。

他呆坐了一会儿，心里觉得很窝火，又无处发泄，就砸碎几个玻璃杯子上床睡觉去了。

77

作为同学和妻子的蔺小英对丈夫邱建国从没有半句怨言。他们从小是贫民区一个大杂院的邻居，邱建国父亲是搬运工人，蔺家大人是国营菜店售货员，两人可谓青梅竹马门当户对。他们中学在一个班读书，蔺小英成绩平平，邱建国也成绩平平，蔺小英是生活委员，邱建国什么也不是，是体育积极分子。后来一起到边疆当知青，又分在同一个连队劳动，天天一同下地干活一同学习生活，彼此的情形就悄悄地发生了变化。

初次远离父母和城市的男女知青生活在一个个几乎与世隔绝的生产连队中，随时都会发生许多需要彼此帮助照顾的困难和事情：比如女知青干不了的重活儿，便会有男知青主动代替干，有人生了病男知青便自告奋勇翻山越岭去请医生。男知青衣裤破了，女知青便抽空给补一补，男知青不会缝被子，女知青便主动伸出友爱之手。男知青饭量大，定量的饭票不够吃，女知青就纷纷匀些出来支援。这些生活中的小事先是群体行为，没有固定对象，谁有困难大家帮助，好比一个共产主义大家庭。后来情形就渐渐起了变化，比如某个男知青开始比较主动和专门地帮助某个女知青，而某个女知青又比较有意无意地关心某个男知青，成双成对的意思就比较明显起来。大家庭受到分化瓦解从而演变为一堂男女性爱的社会教学课。再后来就有了更多悲欢离合的人生喜剧或者悲剧的故事：同居，怀孕，恋爱与失恋，结婚或非婚生子，私生子，弃儿，以及回城和离婚，等等。

女知青蔺小英就是在一个闷热的夏夜走进男同学邱建国蜗居的那间草房的。

那天晚上月亮还没有升起来，星星很亮，像大把大把撒在天穹上的银钉。青蛙和蛇都在沼泽地里起劲地聒噪，蛐蛐和知了像小乐队在草房四周小心地伴奏，凤尾竹像老人那样垂着头，风情万种的美人蕉向夜空里展示着自己美丽的剪影。草丛不知被什么小动物蹭动了，发出一阵哗啦啦的响声，这是一个生机勃勃万物躁动的夏夜，新提升的年轻党支部书记邱建国独自坐在一盏自制的煤油灯下攻读《毛选》，他读得很认真，也很吃力，凝神聚思的样子，一支圆珠笔在笔记本上画着，就像小学生做老师布置的家庭作业。

蔺小英在他的床边坐下来，只在一旁看着他，也不说话。他们本来就是同学，是邻居，两人往来自然比别人多，关系也比别人好。可是这天晚上男知青读了很久《毛选》也没有听见蔺小英的声音，就奇怪地抬起头来，却看见这位女同学女邻居伤心地捂着脸，丰满的肩头无声地抽搐着，亮晶晶的泪水汩汩地从手指缝里滴落在床铺上。

男知青吓了一跳，以为女知青出了什么事，或者有人欺负了她，慌忙站起身来追问。蔺小英过了好一会儿才止住哭泣，她抬起头来，怨声载道地吐出几个字：“……都是你……害的。”

男知青摸不着头脑，他想来想去，怎么也想不出自己什么时候害了这位老同学，只好结结巴巴请教道：“我……怎么啦?”

女知青叹口气，满脸都是恨铁不成钢的表情。她伤心地说："你有没有想过，咱俩的关系，就不能……像别人那样么？"

男知青觉得女邻居的要求很突然，他心里发慌，一时很有点晕头转向也就是迷失方向的意思。他思考了好一会儿才找到一个坚实的理由反对道："我们这样的同志关系不是很好吗？我是领导，你是群众，我们都是革命战友。像……马克思和恩格斯那样，革命一辈子。"

女知青理直气壮地反驳道："马克思是男人，恩格斯也是男人。马克思有老婆燕妮，你有谁呢？"

男知青脸红了，一时语塞。他想不到女邻居居然这么直截了当，把一个人人都藏在心里的隐秘公开摆在他面前，就像厨子把饭菜端上桌子一样。可是他还没有来得及把这个问题想清楚，他是不是应该谈恋爱，怎样谈恋爱，跟谁来谈恋爱，诸如此类。女知青显然已经先于他把这个问题考虑好了，她也红着脸，语气却是不容置疑地开导他说："建国，你和我，以后总归要解决，嗯，对不对，个人问题的？人人都要建立家庭，结婚生孩子。我来给你当……老婆，嗯，有什么不好呢？小时候，我们也常在一起，玩'过家家'，你当新郎，我当新娘，院子里大人都夸我们是多好的一对，现在你怎么反倒不干了呢？"

男知青低声争辩道："那是小孩子玩的游戏，不当真。"

女知青眼圈又红了，恨恨地声讨道："人家心里一直想着你，怎么不当真？你不了解别人，还不了解我？嫌我长得不漂亮？配不上你？你说说，人家哪点配不上你？别以为你当了领导就可以看不起群众，我才不怕你，我就是要跟你头脑里的资产阶级思想作斗争。"

事后男知青不得不承认，是女邻居的勇敢精神打败了他。女知青的批判很尖锐，像根棍子一直捅到心里，把那层黑糊糊的窗户纸一下子给捅破了，于是心底豁然开朗。看一个人是不是革命的，拿什么做标准呢，拿什么去辨别他呢？同样的道理在于，美不美不能只看外表，更重要的是要看心灵。看外表是资产阶级世界观，看心灵才是无产阶级世界观。蔺小英是劳动人民出身，勤劳善良，品行端正，又是共青团员，连队的生产劳动标兵，他们从小一起长大，他能说不了解她吗？既然蔺小英是个好同志，他有什么理由要嫌弃她呢？他又有什么理由拒不承认革命爱情已经降临这个事实呢？

从另一个方面讲，男知青对爱情的内容确实不大清楚，就像我们今天某些闭塞的地方人们对法律的观念很模糊一样。如果，一个男人同一个女人，一个男同志同一个女同志，他们因为一个共同的革命目标走到一起来了，天天见面，一起劳动，那么他们有什么理由不产生革命爱情呢？或者说革命爱情有什么理由不产生呢？如果革命爱情已经降临而他却要加以拒绝，就说明他的思想深处隐藏有一些不纯洁不高尚的东西，与革命爱情不相容的东西，就是有私心杂念，这是对革命事业有害的。对男知青来说，为革命而爱，这当然是很神圣的，而且还有那么一点点说不出口的浪漫和期待。但是当这种期待和浪漫变成一个确定的对象，一个具体而明确的女人时，便不免使人稍稍感到失望和犹豫。好在男知青邱建国以革命的名义战胜了自已的小资产阶级思想，他同意把他们之间的同志关系再发展“进一步”。

后来半个月亮爬上天空，星星便躲进幽蓝的天幕深处，好像许多好奇的眼睛在悄悄注视他们。这一对刚刚明确了爱情任务的青年男女热烈地交谈了一整夜，他们彼此都把对方当成自已未来的革命伴侣而郑重地说了许多互相勉励的话。他们毫不怀疑，这就是神圣的革命爱情，或者说革命爱情就应该是这样，尽管他们面对面坐着，手也没有拉过一下，间隔距离始终保持在一公尺以上。

到天亮时，他们对这种“进一步”的关系都很满意，彼此深信不疑，他与她就是未来的同志加爱人，如果今后这种承诺受到破坏，那就一定是哪一方思想或者道德品质出了问题。

此后多年，邱建国果然像个真正的男子汉那样一诺千金，尽管他的地位一再发生变化，而蔺小英就像所有中国的贤妻良母或者忠贞不渝的未婚妻那样守候着情人的诺言，直到大返城之后他们才结了婚，成为法律意义上的夫妻。

蔺小英是那种乐于助人不贪虚荣的传统妇女，关心他人比关心自己为重，确切地说是关心丈夫女儿比关心自己为重。自从生了孩子她的体重猛增一倍，她也不大在乎，一个中年女人还老想打扮漂亮干什么呢？又不谈恋爱，不重新嫁人，何况她年轻时也没有漂亮过。她对于自己的家庭很满意：丈夫在外面受人尊敬，女儿聪明健康，她虽然是个商店售货员，但是她从不嫌弃自己的工作，相反对工作兢兢业业，在单位她是个好职工，下班回家是个好妻子好母亲，整天乐呵呵忙得不亦乐乎。她觉得这样很好，很充实，她喜欢忙忙碌碌的生活，就像机器停下来就会生锈一样。她的父母曾经卖了一辈子菜，都是售货员，因此她觉得当个售货员并没有什么不好，这不是谁伺候谁挣钱多不多的问题，因为邱建国挣的钱足够她们母女俩吃一辈子。如果让她不工作，离开单位，呆在家里享福，她会感到心里空落落的，跟害病一样提不起精神来，所以她常常自嘲是“牛马命”、“劳苦命”和“保姆命”。

作为一个普通人的妻子和母亲，她还能奢望得到什么更多的东西呢？名利与她无缘，钱是身外之物，买不来许多东西，只有丈夫、女儿和这个家才是她生活的全部核心内容和生命寄托。如果钱没有了，她会想法把日子过得紧一些，抠一些，她是穷人的女儿，当过十年知青，不在乎过苦日子，她会再省一些，克己一些，咬咬牙也就挺过去了。但是她决不能容忍这个家庭和家中成员出问题，那样就等于砸碎了她的希望，把她的生活变成一个黑暗的深渊。

邱建国躲债回来后变得一反常态，他精神萎靡，连目光也萎萎缩缩，似乎有什么事瞒着她。他要么出去上班半夜不回家，要么回来就坐在客厅里看电视打瞌睡，不到电视屏幕起了雪花斑点决不肯上床。她起先以为公司的事对丈夫打击太大，就好言好语安慰他，无微不至地照顾他，给他做好吃的饭菜，但是邱建国还是一蹶不振，尤其夜晚找借口躲开她，拒绝跟妻子行房事。

多少年来蔺小英养成一个习惯，对丈夫的公事从不过问，不论他生意做得好坏，从无怨言百依百顺。她认为女人的本分是管好家，而不是去管男人的工作。但是作为贤妻良母的她和这个世界上大多数女人一样，如果需要，她们什么都可以付出，什么都可以牺牲，然而有个禁区是万万碰不得的。禁区就是权利，是她们作为妻子对丈夫和作为母亲对子女的绝对不容侵犯的权利。不容侵犯，哪怕一点点也不行。

蔺小英对丈夫的变化有种敏感和不祥的疑虑。

这天半夜，邱建国照例看完了所有的电视频道，估计蔺小英已经睡熟了才轻手轻脚地摸上床来，没想到正好被妻子逮个正着。妻子早已光溜溜一丝不挂地在床上严阵以待。邱建国叫苦不迭，要逃跑已经迟了，只好连连告饶，谎称自己身心俱伤，无意房事，已患阳痿症多月，云云。蔺小英哪里肯信，当即拉亮电灯来验明正身。她不看则已，一看竟不敢相信自己的眼睛：丈夫那男根哪里还有她从前喜爱的雄风，它跟一头害瘟的老公羊一样，耷拉着脑袋，软绵绵长满癞疮。

天啦！他竟然在外面染上了……性病！

……

蔺小英惊叫一声，捂住脸失声痛哭起来，直哭得天昏地暗日月无光。邱建国在一旁理亏气短，只好守着老婆结结巴巴地解释了许久，但是蔺小英一句也没有听进去。妻子的心里只有一个令她肝肠寸断的痛苦念头，那就是她的丈夫背叛了她，背着她在外面同别的女人鬼混。

爱情是女人的致命伤。女人可以上刀山，下火海，舍得殉情，化蝶，孔雀东南飞，但是决不能容忍感情被叛变。一个普通女人，除了爱情她还能指望别的什么呢？还有什么比一个女人失去丈夫的忠诚更令人悲伤和绝望的事情呢？

信任的堤坝崩溃了，爱情、婚姻、家庭以及由此建立的一切幸福、满足、陶醉的梦想统统破碎了，变成一个被一厢情愿吹大的肥皂泡。原先的所谓幸福家庭不过是一个幻影，她一直生活在这个幻影中，转瞬间幻影破灭，家庭坍塌，剩下一堆不堪一击的瓦砾碎片。

女人痛哭着，一个个绝望的念头如乱箭穿心，如毒蛇缠身，绝望和悲痛撕心裂肺，令她痛不欲生。孩子们被惊动了，邱姗姗和苦苦妹都赤着脚从房间里跑出来，她们开始不知道发生了什么事，只是惊慌失措地看着哭成泪人的母亲和站在一旁尴尬难堪的父亲。邱建国看看已经长大的女孩子们，就像被判刑的囚徒一样长叹一声，悄悄走到客厅里，把自己埋在沙发里狠命吸烟。

邱姗姗很快就明白发生了什么事，她飞快地扑进母亲的怀抱，跟着母亲一道大哭起来。苦苦妹虽然不大明白，心里也有种朦朦胧胧的感觉，就懂事地站在一旁垂泪。两个孩子的加盟客观上缓解了女人的悲痛，使她在昏暗和恍惚中记起母亲的责任。如果说妻子已经不可避免地受到伤害和重创的话，那么她只剩下一个母亲的本能，那就是保护孩子，决不允许她的孩子再受到任何形式的侵犯，哪怕是她们的父亲也不行。

第二天中午，眼眶红肿的蔺小英走出房间，对蜷缩在沙发上打盹的邱建国平静地宣布了一个决定：

"……你出去，我要跟你离婚。从今以后，不许你再跨进这个家门一步！"

第二十五章

78

邱姗姗从小是个骄傲而任性的公主。

也许她原先跟别的孩子没有两样：都是独生子女，都是父母的掌上明珠，都是家里的唯一中心和小太阳。不同的是，后来邱建国当了知青天堂公司总经理，出了名，上了报纸电视，成了家喻户晓的大实业家，邱姗姗在学校里和同学中的地位就发生了很大变化。学校请老知青邱建国到校讲传统，讲艰苦奋斗，讲完之后校长和老师就不失时机地向学生家长暗示，一切社会贤达有识之士都应该无条件为振兴教育作贡献。邱姗姗的爸爸当然没有让宝贝女儿失望，父亲当着全校师生的面向学校慷慨捐款十万元。捐款结果自然使得女儿在学校地位显著上升，她的老师同学都羡慕她有一个又有钱又有名的好爸爸。

爸爸一直是邱姗姗心目中的英雄和偶像。

如果说母亲是女儿的靠山和守护神，那么父亲就是女儿心中浪漫主义情愫滋生和成长的温床。一切情窦未开的女孩子最初都天然地依恋父亲，将心灵深处对异性的向往和崇拜移植到那个朝夕相处的叫作父亲的男人身上，就像男孩子最初都把对异性的朦胧爱慕本能地移植到那个叫母亲的女人身上一样。她们可以任意对父亲撒娇，忸怩作态，亲吻拥抱，这一切都能得到做父亲的热烈响应回报，这一过程将一直延续到她们长大成人移情别恋为止。

不幸的是，初中女生邱姗姗尚未长大，她心目中的英雄偶像就轰然倒塌了。

父亲竟然不光彩地有了别的……女人，还是个妓女！……性病！哦，这是一件多么肮脏和可怕的事情！邱姗姗为此感到恐惧和厌恶。她想到父母将要离婚，父亲将离开她们，去同那个妓女生活在一起，而从此以后她将要成为一个没有父亲的女孩子，一个像苦苦妹那样的……孤儿！

悲观和绝望的情绪像冰凉的虫子一样啃啮着初中女生幼嫩的心，邱姗姗感到天塌下来了，面前一片漆黑，自己无依无靠，就像所有无家可归的弃儿一样。她把自己关在房间里淌眼泪，不吃饭，也不跟人说话，她觉得自己真是可怜，受到这样大的打击，又没有人来关怀她，真是天底下最不幸的人了。一想到这件可怕的事情将使她(她首先想到的是自己)蒙受羞辱，面子扫地，使她在同学和老师面前抬不起头来，别人会耻笑她，那些平时忌妒她的女生会因此幸灾乐祸，她暗暗喜欢的那个长得像港台歌星的高年级男生也会不理睬她，她就感到活不下去，悲痛欲绝。

蔺小英做好饭菜不见她来吃，以为她在为父母吵架赌气，就很不耐烦地拍着门吼了她几句。邱姗姗正在委屈之中，越发觉得自己被这个家抛弃了，趴在床上哭得更加伤心泪如泉涌。

苦苦妹虽然也很难过，但她是为蔺妈妈和邱叔叔痛苦。他们都是好人，是她的救命恩人，他们救了她，所以他们的悲痛就是她的悲痛。她想，如果能够有什么办法让他们不痛苦，那么就是让她去死也心甘情愿。

她见邱姗姗惹蔺妈妈生气，就懂事地进房间去拉她吃饭。她见姗姗妹妹趴在床上不肯起来，就俯下身小声劝她，为她抹去眼泪，拉她起来吃饭。不料她的举动却大大惹恼了邱姗姗。邱姗姗满腔怒火都爆发出来，她猛地坐起身来，用比母亲更大的声音尖叫道：

“你滚开！滚出去！这不是你的家，你倒来幸灾乐祸！……我不要看见你，你这个小耗子！小丑！讨厌鬼！你这个没有爹妈的私生子！”

苦苦妹惊呆了，姗姗妹妹的话像利剑一样刺穿了她的心，令她疼痛难忍。她跌坐在地上，随即捂住脸哭出声来，泪水像一连串晶莹的珠子滚落下来。蔺小英本来一肚子怨气没处发泄，邱姗姗又来火上浇油，更是气得脸色铁青，便在这个从来没有碰过的宝贝女儿脸上狠狠扇了两巴掌。盛怒之下，这两巴掌的分量是如此之重，打得邱姗姗一个趔趄跌倒在地板上，额角被桌子腿撞破了，流出殷红的鲜血来。

尽管她们七手八脚为她做了包扎，伤口也算不上什么，擦破一点皮，血也很快止住了。但是对任性惯了的独生女邱姗姗来说，这个打击还是实在太大了，如同天崩地裂一般。她为此震惊不已，内心里充满种种绝望和反抗的念头。

在邱姗姗十四岁的人生经历中，家庭的概念就是温暖如春，父母的同义词就是爱和幸福，人生就如同蜜糖一样甜美，跟美丽的童话故事一样要什么有什么。但是这一切都在一个灰蒙蒙的早上突然消失了，温暖的家变得冷酷无情，爸爸弃她而去，令她蒙受羞辱，妈妈也不再爱她，还动手打她。往后的日子还有什么可留恋的呢？学校的同学会嘲笑她，老师也不再喜欢她，于是她什么都没有了，没有荣耀，没有父母，没有家庭温暖，最后她只有像安徒生童话里那个卖火柴的小女孩一样到处流浪，然后在一个过年的冬夜悲惨地冻死在铺满晶莹雪花的街头。

当邱姗姗在内心里为自己描绘出一幅幅美丽而凄惨的命运图画时，她的任性和骄傲就更加夸大了这种猝然降临的家庭灾难。报复不幸命运的办法只有一个，那就是自杀，选择毁灭，把自己年轻而美好的生命当众撕碎，让青春和鲜血洒满整个世界，用以惩罚不爱自己的父母，惩罚学校的同学和老师，让他们去内疚，去悔恨，一辈子灵魂不得安宁，用以证明他们是错的，而自己才是清白、纯洁和无辜的。

邱姗姗一旦做出自杀决定之后心情立刻变得平静下来。她不再哭泣，也不再大喊大叫，不理睬任何人，做出冷若冰霜的样子来。但是她的心里暗暗高兴，想像别人听到她自杀消息那种目瞪口呆和悔恨的样子，觉得已经报复了每一个对她不公平的人。到了下午，她瞅见屋里没人，就悄悄将一封写好的遗书压在枕头下面，然后对着镜子把自己着实打扮一番，嘴唇也抹了口红(学校规定中学生不许化妆)，穿上父亲送她过生日的名牌呢大衣，系好腰带。出门的时候她犹豫了一下，为带挎包还是背书包的选择犹豫了一分钟。她想自己是要去自杀的人，就不再是中学生，因此可以像那些漂亮小姐一样背挎包而不是背书包。一想到这个家里的人都不爱她，还打她，伤她的心，她就决定不再留恋他们。

她将母亲的真皮挎包挎在肩上，出了大门就径直朝锦河大桥走去。

邱姗姗独自在锦河大桥上徘徊了许久。

冬日的寒风夹带细雨扑面而来，空旷的河道里冷风格外凛冽，行人都耸肩缩头匆匆而过，只有邱姗姗如同一只骄傲的小天鹅独自凭栏远眺，仿佛对呼啸的冷风冷雨没有知觉一样。

纵身往下一跳当然万事皆休，下面是泛着青粼粼波光的河水，这个过程很短促，也没有太大痛苦。邱姗姗往下面一看，不禁打个寒战。这桥确实很高，河水也很深，水里面当然还会有鱼呀鳖呀什么的，人要是没有摔死当然也会被淹死。但是使邱姗姗感到犹豫的是，这样的死法让人害怕，一点不好看，不美丽，这倒不是说她自杀的决心受到动摇，而是少女对死亡抱有的美感和信心遭到了破坏。

邱姗姗站在大桥上听凭自己想象的翅膀飞翔，但是寒风还是毫不留情地冻僵了她的脸和手脚，渐渐又侵入她的身体。于是她瑟缩着离开大桥，去寻找能俯瞰全城的高楼。问题是并不是所有高楼都敞开大门欢迎她，一个门卫拦住她，请她出示证件，她觉得不能告诉别人自己准备自杀，就悻悻地走开了。后来她终于登上一幢约有十几层高的楼顶。楼上风更大，刮得她几乎站不住，她战战兢兢伏在楼栏的边缘往下一看，不由得感到心跳气短，头晕目眩手脚发软。那是怎样一种感觉啊，地上的汽车像小甲虫，行人像蚂蚁，她要是从这里跳下去，还不砸得脑浆迸裂血肉模糊才怪呢。一想到那种脑浆四溅的恶心场面，她的勇气立刻烟消云散，打消从高楼上跳下去的念头。

此后她再没有了主意，漫无目的地在大街上走着。不知不觉天色就晚下来，她觉得肚子咕咕叫，腿也走酸了，好在母亲挎包里还有些钱，她进了一家快餐店，饱餐一顿之后又在电子游戏厅玩了许久游戏机，觉得很开心，暂时忘记了自己的烦恼。可是出了电子游戏厅再往哪里去呢？她站在大街上望着黑黝黝的天空，心里没有了主意，对自杀的念头也失去兴趣。她漫无目的地在大街上走着，心中一片茫然。她想回家，可是一想到家中发生的事情她就不能原谅他们，不原谅他们她就不能回去，因此她就一直不辨方向地走呀走，无意中发现自己竟走到火车站来了。火车站人来人往，有上车的下车的，人们都匆匆忙忙。她望着车站的人流突然有了主意，就连忙掏出挎包里所有的钱，买了一张到北京的火车票，然后高高兴兴进了人声嘈杂的候车室，隐没在熙熙攘攘的人群中不见了……

79

苦苦妹先是躲在门外的阳台上哭了很久，后来蔺妈妈出门了，她想起晚饭家里还没有菜，就悄悄擦干眼泪上街买了菜回来做饭。

她的心被邱姗姗最后一句话深深地刺伤了。

没有爹妈并不是她的错，她是个孩子，怎么知道爹妈不要她？她不正是为了寻找父母才到西都来的么？问题是她到西都已经两年多了，她的父母在哪里呢？他们为什么躲起来始终不肯来认她呢？

苦苦妹是个懂事的孩子，她不怪邱姗姗，妹妹比她小，任性惯了，没有受过苦。但是她还是感到委屈。要是她真是边疆人的女儿，那倒也罢了，可是她的父母确实是知青，就生活在这座城市里。他们也许就住在附近，也许天天见面，可是城里茫茫人海，他们就是迎面走过也形同路人，还是相逢不相识啊。苦苦妹感到一种从未有过的苦恼和绝望。早知道在城市里也找不到父母的话，又为什么一定要离开旺乡寨，离开阿爹阿妈到这座陌生城市里来呢？

……

她将两个土豆削去皮，在水槽里洗去泥土，又从冰箱里取出酱肉丝、鸡蛋和番茄来，然后准备炒菜做晚饭。从前蔺小英妈妈回家晚了，都是她来照顾邱姗姗，苦苦妹是个能干的女孩子，她喜欢帮蔺妈妈干家务活儿。

抽油烟机嗡嗡地转动着，精炼食用油在不锈钢锅里发出嗞嗞的响声。

饭做好了，蔺妈妈还没有回来，邱姗姗也不在家，她只好把一桌子热气腾腾的饭菜重新端回厨房。尽管她的肚子饿得咕咕叫，但是她决不让自己先吃，她必须等到大家都回来了一起吃饭，这才是她的责任和义务。

直到天黑以后，蔺小英才拖着疲惫的步子走进门来，她对苦苦妹吩咐道：“你先吃饭吧，我不饿。邱姗姗呢，上哪里野去了？”

苦苦妹回答不知道，蔺小英便没有再问。蔺妈妈不吃饭，她也不吃，一道等着姗姗妹妹。但是直到晚上九点多钟，邱姗姗依然不见影子，蔺小英开始着急了，这才问苦苦妹邱姗姗什么时候出门的？是不是到学校去了？苦苦妹也有些着急，但是她确实不知道邱姗姗的行踪，邱姗姗出门并没有跟谁打招呼，就如实回答不知道。蔺小英就有些责怪苦苦妹没有看好姗姗妹妹的意思。苦苦妹又委屈又着急，红着眼睛要出门去找，被蔺小英拦住了。蔺小英呵斥道：“你到什么地方去找？你能找到她吗？……别把你自己再弄丢了。”

到十一点钟，邱姗姗还是没有踪影，蔺小英就到处打电话，向学校和同学以及熟人朋友询问，均无消息。她沉不住气了，意识到可能要出事，连忙向报警台打求救电话。不到半小时，警察就赶上门来，经过询问，确认邱姗姗是在下午出门的，可能离家出走，也可能没有走。在房间里查找的结果是，书包课本都在，蔺小英的一只女式挎包不见了，里面有几百元现金，这就说明邱姗姗离家出走的可能性增大。后来一个警察翻开女孩床上的枕头，找到一封短信，打开来一看，竟是一封自杀遗书，时间是当天下午四时许。

蔺小英当即脸色惨白，跌坐在地上，半天说不出话来。警察连忙向局里值班台打电话汇报案情，请求夜间巡警在大桥、河岸、铁路、立交桥等一切可能的地方帮助搜寻。问题是这封遗书是下午写的，时间已经过去七八个小时，邱姗姗如果自杀很可能已经成为事实，何况如果夜间到河里打捞尸体也是件很困难的事，所以警察也就没有信心，泛泛地安慰家属几句就撤退了。

当屋子里重新安静下来，只剩下无依无靠的两个女人时，蔺小英才觉得这个天是真正地塌下来了，禁不住大放悲声。左右邻居早被警察的到来惊动了，这时有人纷纷赶过来问长问短地帮忙，又是打电话又是出主意，单位的同事领导也赶来了，于是一屋子人乱哄哄的，就跟办丧事一样。

当苦苦妹知道邱姗姗是去自杀时，心里对妹妹的怨气一下子就消散了，只剩下对自己的自责和悲痛。她边哭边想，如果不是自己，蔺妈妈就不会生气，不生气就不会打妹妹，妹妹也就不会去自杀。妹妹年纪那么小，自杀多可怕呀，因此她觉得妹妹的死实际上是自己造成的，是自己的责任。这样一想，眼泪更加止不住地往下淌，心里又急又恨，恨自己逼死了妹妹，往后的日子怎么办呀？失去妹妹蔺妈妈一定会发疯的。

蔺妈妈凄厉的哭声不断刺激着女孩子的神经。苦苦妹绝望地想，现在只有一个办法，就是马上出去找妹妹，万一她还没有死，就把她找回来还给蔺妈妈。只有这样她才不会内疚，良心不受责备，否则她将一辈子不会原谅自己，无脸再见蔺妈妈和邱叔叔。打定主意，她谁也没有告诉就悄悄溜出门，到了大街上才觉出外面的天空正在下着小雨。城市的夜空并不黑，或者说像个灯光布置的大花园，无论大街小巷都有许多房屋路灯放射出柔和的光线，还有无数彩灯射灯霓虹灯广告灯令人眼花缭乱。细蒙蒙的雨丝从天空中旋转着洒落下来，像河边柔软的飞絮轻轻抽打在脸上，不一会儿就淋湿了头发和脸颊，然后汇聚成一股股冰凉的水滴往脖子里钻。苦苦妹头脑里乱哄哄的，她像发疯一样在寂静而空旷的大街上奔跑，此时少女心里只反复回响着一个声音，那就是求求你姗姗妹妹，你千万不能死，你要等着我，姐姐一定要找到你。

她沿着迷宫一样的城市街道边走边喊，女孩子单薄的嗓音在寒冷的夜空中随风飘荡，渐渐散开去。不知道过了多久，也不知道走了多远，直到浑身上下被雨水湿透，苦苦妹才猛然停住脚步茫然四顾。夜色茫茫，一条大河在堤岸下面的黑暗中哗哗流淌，她已经走迷了路，不知道自己来到什么地方。这座城市真大呀，比一座山还大，她看见马路两旁的路灯越来越稀少，树木、电线杆和建筑物都拖着长长的阴影，偶尔有辆汽车开着明晃晃的大灯飞驰而过，但是她并不害怕，因为她心里只有一个念头，那就是快快找到姗姗妹妹。

可是姗姗妹妹你在哪里呢？你怎么不回答？苦苦妹的眼泪又流出来，她该到哪里去找妹妹呢？天这样黑，城市这样大，她觉得城市的街道似乎都一个样，林立的高楼都像巨人一样令人生畏，何况她本身对城市并不熟悉，记路的本领也很差。她扶住一棵树站下来，感到又冷又饿，胃里痉挛着好像伸出手来，这才想起自己一整天没有吃过东西。

她抹抹脸上的泪水和雨水，心里充满焦急和绝望。她抬起头来，看见这是棵粗大的法国梧桐，树叶已落尽，枝杈也被绿化工人锯得光秃秃的，像个饱经沧桑的老爷爷。她把脸靠在冰冷的树干上，心里默默同老树说话：树爷爷树爷爷，求求你告诉我，如果姗姗妹妹还活着，你就摇摇头好吗？

她紧张地等待着。一阵风刮来，那老树果然动了动，苦苦妹清晰地感觉到了树身的摇晃。她不禁大喜过望，抱着老树再次恳求道：树爷爷树爷爷，告诉我姗姗妹妹在什么地方好吗？如果沿河堤走，我数十下，你就再摇摇头；如果沿马路走，你就一动不动。

她屏住呼吸，开始在心里数数：一、二、三、四……数到第九下时，那树干居然又动了动。苦苦妹呻吟一声，心头涨满快乐的潮水。

她毫不怀疑这是冥冥中有好人在保佑她。从前在旺乡寨，寨子里的人每年春天都要祭祀山神和树神，大家载歌载舞，杀鸡宰牛，把鸡血涂在老树身上。寨子里的老人说，树是有神明的，它能分清好人和坏人，谁做了坏事都逃不过它的眼睛。好人有灾难就会得到它的帮助……

苦苦妹虔诚地跪在地上，恭恭敬敬给老树磕了三个头，然后站起身来，毫不犹豫地沿着寒风刺骨的河堤继续往前寻去。她坚信那是树神指引的方向。于是空旷的河岸上，少女那一声声尚未完全发育成熟的嘶哑的叫喊声在夜空中顽强地扩散开来，像一片片树叶，很快被风撕碎，撒落在无边无际的寒夜中……

80

兰婷头天到郊区谈一笔合作贷款，当晚没有及时赶回市里，次日回家就听说邱家发生不幸，于是连衣服也没顾得上换一换就急忙赶了过来。

还没进门她就感到了一股很浓烈的悲剧气氛像呛人的烟雾一样向外扩散。屋子里乱糟糟的，到处都是人，不停有人进出，邱蔺两家的亲戚朋友都来了，公司的人也来了，还有不少勐岗农场的老知青。人们脸色都跟要下雨一样，屋子里阴云密布。邱建国坐在沙发上不停抽烟，人仿佛一下子老了十几岁，看上去又憔悴又沮丧。兰婷看见张省身等人都在屋子里，就悄悄问了情况，得知邱姗姗留了遗书出去自杀，至今没有找到尸体。而苦苦妹昨晚出去寻找邱姗姗，也不知去向。目前警方正在全力寻找两个孩子。

兰婷的心一下子缩紧起来。

两个孩子的失踪像根无形的绳子一样牵动了她的神经，尤其是苦苦妹，时至今日她才突然发现自己其实很爱这个身世坎坷的女孩子，尽管她并不是自己遗弃在边疆的那个小男孩，但是她已经在心里悄悄认可了她，把她当成自己的孩子。

女眷都挤在里屋陪着女主人。蔺小英躺在床上闭着眼睛形如枯槁，有人给兰婷做手势，示意她不要做声，以免惊动悲痛过度的女主人。但是蔺小英还是感觉到什么，她将眼睛睁开一道缝，看见兰婷，喉咙蠕动几下，眼泪又成串地滚落下来。兰婷一阵心酸，抱住蔺小英，贴着耳朵说了许多安慰的话。人生的灾祸，最大莫过于丧子之痛，蔺小英失去了邱姗姗，但是她自己在许多年前不是也失去过一个连面也没有见过的男孩子吗？

女人们又一道流了许多眼泪。后来进来一个穿白大褂的医生，后面跟着一个女护士，护士给蔺小英打了镇定剂，她才暂时摆脱悲伤安静地睡过去。

到中午时候，从邱姗姗学校里传来一个令人振奋的消息，昨晚上九点钟左右，有个同学偶然在火车站候车室看见邱姗姗同两个大人在一起。那两个人是一男一女，后来就不知道他们上哪里去了。人们情绪一下子活跃起来，毫无疑问这是个好消息，这个消息至少说明邱姗姗并没有去自杀，到昨晚九点钟以前还好好活着，只要人活着就有希望。但是接下来一分析，一连串可怕的疑问就出现了：邱姗姗到火车站干什么呢？不消说是准备乘车外出，也许是投靠外地亲戚家，也许是到外地自杀。但是那两个大人是什么人呢？熟人？旅客？骗子？人贩子？她跟他们是偶然同行，还是被……骗走了？

不祥的阴云再次笼罩在屋子里。

邱建国呆若木鸡，他完全没有了从前那种关键时刻的镇定和决断，夹着纸烟的手指抖个不停。这个可怕的消息对父亲的打击不亚于听到女儿自杀。但是不管怎么说，如果就算邱姗姗被人贩子骗走了，至少她暂时不会自杀，大家只好纷纷从好的方面去安慰痛苦的父亲，都说只要人活着就有办法，现在不是到处都有“打拐办”么？那就一定能被警察重新找回来。

兰婷心里重重叹口气。“天有不测风云，人有旦夕祸福。”她觉得这件事好像不是人为，而是命运安排的一样，冥冥中有种宿命的东西在支配人的命运。这种想法使她感到悲观。后来她有事离开邱家回公司，整个下午都心绪不宁，跟掉了魂一样。快下班时办公室电话响起来，对方是个陌生男人，自称是邻县派出所的，要找兰婷说话。

兰婷很奇怪，她记忆中从没有跟邻县打过交道，更不用说什么派出所警察，于是她的心中有了某种预感，觉得很可能跟邱家的事有关。

对方简短通知她，一个名字叫苦苦妹的女孩被村民在河岸边发现，该女孩摔下河堤受了轻伤，并且正在发烧，现在已被送到派出所。问家庭住址及家长，她只回答了知青天堂公司和兰婷，请她尽快来领取该女孩。

兰婷放下听筒，眼泪突然快乐地涌出来，她明白自己一直放心不下一直在等待着的不就是这个消息吗？她的潜意识里已经认定苦苦妹会同她联系，因为苦苦妹把她当成妈妈，而她从前没有这个精神准备，但是自从出了这个事故，她才发现自己已经不能再失去一个等待已久的孩子了。

孩子，你等着，妈妈马上来接你。她在心里叫道。

她叫了一辆出租车飞快地赶到邻县派出所。苦苦妹已经得到干警照料，换了干衣服，服了退烧药躺在沙发上休息。她一看见兰婷就跳起来，扑进兰婷妈妈怀里，泪水夺眶而出。兰婷也非常激动，她反复抚摸着孩子的头发，口中喃喃说道：

“跟我回家去，回家去孩子，哦，妈妈再也不能让你走丢了……”

第二十六章

81

幸运之神终于在仕途平淡的东井区文化局长朱青天面前露出一线曙光。

随着上级抓“两个文明”建设的口号越来越响，区委成立“扫黄打非”办公室，书记亲自挂帅，宣传部长主持工作。但是很快部长因工作调动缺任，区委决定由文化局长替任“扫黄打非”办副主任。一般说来，虽然这类机构大多是临时性的，并且又是兼职，但是因为书记直接抓，有事随时汇报，就比别人多了同书记接近的机会。更重要的是由于宣传部长位置空缺，所以朱青天敏感地意识到，一个向上攀升的机会来了。

“扫黄打非”办公室全称是扫除黄色淫秽色情活动，打击非法出版盗版及地下出版物办公室。由于是不搞运动的运动，所以这个临时机构的权力很大，大到可调动公、检、法去扫除一切障碍的地步。上级对一座城市一个地区精神文明建设搞得好不好的重要评判标准，具体说就是考核主要领导工作好坏的指标之一，就是看该城市该地区“扫黄打非”做出了多少成绩。书记挂帅，挂帅只是名义，表明领导重视而已，实际上“扫黄打非”办的工作全靠副主任来做。朱青天对这个工作的重要性严肃性完全心领神会，因为如果他朱青天工作平平，书记也就没有成绩，如果他成绩显著，那么书记就会因他的工作而得到上级表扬，如果书记因此受益便不会不记得他的努力，他对领导的贡献，只要领导把他放在心里，那么他朱青天的光明前途不就指日可待了么？

一想到他与书记同呼吸共命运，他们的利益被绑在同一辆大车上，他的呼吸就急促起来，心跳也情不自禁地加快。他有一种格外想为书记努力工作的迫切愿望。

于是机关里许多同事很快发现新上任的朱副主任好像换了一个人：生气勃勃，精力充沛，埋头苦干，不知疲倦，步履匆匆，日理万机。朱副主任一扫文化局懒散拖沓的工作作风，办事干脆果断雷厉风行，他不仅自己节假日从不休息，还要求下级都跟自己一样，把行李搬到办公室里轮流值班，通宵达旦地工作。

东井区“扫黄打非”办在朱青天指挥下像一架开足马力的机器一样高速运转起来。通过一段时间实践，朱青天痛心地认识到，过去由于工作松懈，“黄”、“非”们十分猖獗，这就好比扫帚不到，灰尘照例不会自己跑掉一样。现在扫帚到了，而且是真扫帚、铁扫帚，垃圾自然被扫成了堆，于是“扫黄打非”办的成绩报告就像自来水一样源源不断地涌出来，涌向区委市委，摆上书记们的办公桌案头上。东井区的工作成绩得到上级表扬，朱青天的名字也经常出现在各种领导会议的报告上和精神文明建设的简报里。

春天终于到来了。

经过一个漫长的冬季，步履姗姗的春天说来就来，简直就像从天上掉下来的一样降临到天府盆地。头几天西都还阴雨绵绵寒气袭人，老人戴着厚毡帽，行人缩着头裹着围巾，但是天空云层一旦散开，热辣辣的太阳就如同炼钢炉一样憋足了劲炙烤大地，空气迅速回暖。一连数天，温度表上的水银柱一天一个刻度，发高烧一样往上跳，于是人人都跟进了服装店一样忙着换衣服。季节变换的脚步来得那样匆忙，简直让所有的生命都猝不及防，花草树木都忙不迭地发芽开花，鸟禽们睁着迷惑的眼睛准备往北迁，冬眠在地下的小虫子小动物像被惊醒一样钻出地面，总之大地在一夜之间就呈现出万物躁动莺歌燕舞的热闹景象。有经验的西都老人摇着头说，如今天气怎么变得怪怪的，从前的春天哪里是这个样子？

四月，上级下达了“春季攻势”的任务，要求大造声势，务将社会上各种丑恶现象一举歼灭。这种情形很像农村过年的情景，人们一年忙碌，直到年末那一天才进行大扫除，于是男女老幼人人动手，准备将蟑螂害虫垃圾们一网打尽。可是经过“扫黄打非”的考验，“害虫”们毕竟有了经验，他们想出许多办法对付扫荡，同执法人员周旋，打游击战，反围剿反歼灭，而且“害虫”还极有可能钻进“铁扇公主”的肚子里，“扫黄办”有什么行动计划尚未实施，他们已经闻风而动坚壁清野，让执法人员的汽车到处扑空。

于是朱青天的进步变得慢起来，成绩眼看也一天不如一天。这种情形有些跟渔船打鱼相似，大家都争相捕鱼，鱼儿自然就少起来，有人打到，有人便打不到。有时多，有时便少。但是这段时间别的区、县工作却成绩突出，市委就表扬了别的区县，东井区没有得到表扬就等于受到批评。书记对朱青天的工作当然就不大满意，岂止不满意，在区委扩大会议上还点名批评了“扫黄办”的工作。朱青天有了很沉重的思想包袱，整天皱着眉头忧心忡忡，他当然懂得不进则退的道理，知道这是一个严重的信任危机的信号，渔夫扭转危机的办法只有一个，那就是想方设法也要打上几网大鱼来证明自己的工作成绩。

朱青天开始挖空心思茶饭不香，回到家里也心事重重愁眉不展。兰婷照例早出晚归。自从邱姗姗失踪以后，邱家变得一团糟，邱建国心灰意冷精神不振，蔺小英大病一场自顾不暇，兰婷就把苦苦妹领回自己家里暂住。朱青天虽然不乐意兰婷的举动，但是他毕竟当过兵团知青，对此不好多说什么。倒是小保姆曲小花对苦苦妹的到来很不高兴。她名义上虽然是小保姆，因与男主人发展了那样一层关系，就常常暗中以女主人自居。苦苦妹的闯入无疑使她在这个家中的地位受到威胁，她为此感到一种妒恨和气恼。苦苦妹是客人，她的身份却是保姆，她为什么要伺候一个比她还不如的乡下小女孩呢？更可气的是，苦苦妹的到来就像在她身边安插了一个小间谍，随时都有可能使他们的私情露出马脚来。因此平时只要女主人不在家，她就开始放肆地折磨苦苦妹，小女孩放学回来，她就对她指手画脚，指挥她去做这做那，去做许多本来该由她做的家务劳动，这样小保姆就初步体会到为人上人的快乐和折磨别人的幸福滋味。

朱青天工作受挫，心情不好，回到家里就格外脾气暴躁容易发火，看什么都不顺眼，动不动就要摔东西骂人。察颜观色的曲小花当然最能揣摸到情人兼男主人的心思。在农村，男人不顺心回家拿女人撒气是天经地义的事，不然家里养女人干什么？女人除了做饭生孩子，讨男人高兴是本职工作，但是她又不想白白做撒气筒，因为有人正好替补这个角色。

“朱叔叔，苦苦妹又不想上学校，又嫌回家来做事受累，人家要到知青梦娱乐城挣大钱呢。今天早上我听见她亲口对兰阿姨说的。”曲小花做出极富正义感的样子，义愤填膺地挑拨说，“……小小年纪就不想读书，娱乐城是个什么地方？当妓女啦？这不明摆着要学坏么？你得管一管她啊。”

朱青天便瞪着眼睛问苦苦妹：“有这样的事吗？”

苦苦妹只管低着头，吓得浑身发抖。朱叔叔本来就对兰婷不征求他的意见，自作主张把苦苦妹领回家很有意见，听了曲小花的话更是火上添油，就暴躁起来，不分青红皂白把苦苦妹臭骂一顿，还罚她不许吃饭，站在黑漆漆的过道里罚站。苦苦妹原本并不是不想上学，而是觉得自己给蔺妈妈兰妈妈增添了许多负担，心里内疚，女孩子渐渐到了懂事的年龄，总想体谅父母自觉作些牺牲，不料却被当成一条罪状，惹得朱叔叔大发雷霆，只好站在过道里暗自垂泪。直到夜里兰婷回家，在漆黑一团的过道里撞倒个人，伸手一摸是个孩子，连忙打开灯才看清原来是苦苦妹。

兰婷很惊讶，把她拉到沙发上坐下来，问清事情缘由后不禁勃然大怒。她阴沉着脸把曲小花从床上叫起来，让她把衣服穿好，然后让她去过道里刚才苦苦妹站过的地方站好。

“你给我听好，就这样站着。”兰婷咬着牙一字一句地说，“如果你中途什么时候不愿意罚站了，随时可以离开这里另寻高就。如果你还想在这个家里做保姆的话，你就给我老老实实站五个小时，到明天早上四点钟。”

曲小花嘤嘤泣泣地哭起来，哭得委屈而伤心，仿佛受了天大的冤枉。朱青天怒气冲冲地从里屋奔出来，一把拉过曲小花，朝兰婷大叫大嚷道：“你他妈的在家里逞什么威风！……是我叫她罚站的，不是小保姆！你有本事冲我来呀？来呀！老子早就受够了，你要是不满意就搬出这个家去！”

兰婷顿时愣住了。这个朱青天吃了豹子胆，居然敢冲她大叫大嚷，而且护着那个小保姆！这个家里，许多年来都是她说了算，朱青天有过什么贡献？他只不过是个不交房费的房客。她一时觉得难以置信，过了一会儿才问道：“你说……要我搬走？”

朱青天额头上现出青筋来，他呼哧呼哧地说：“你别吓唬人！你搬走又怎么样？离婚又怎么样？告诉你老子不怕，随你便好了。”

兰婷反倒平静下来，她看看这个熟悉的家，冷静地对那个被称作丈夫的男人说：“好吧，我带苦苦妹走，现在就走……你想好，我建议协议离婚为好，免得大家上法庭都没面子。”

82

兰婷带走苦苦妹，刚刚吵过架的夜晚的屋子里立刻显出一种很深远的安静，一种类似地震之后的没有生气的死寂。朱青天苦着脸，跌坐在沙发上不停地抽烟，曲小花却有种盼来自由解放离当家做主人不远的欢欣鼓舞和扬眉吐气，她觉得朱叔叔是为了她才把兰阿姨赶出了门去，因此朱叔叔是站在她一边的。等朱叔叔离了婚，她就可以名正言顺地嫁给他，转城市户口，做一个名副其实的城市人，做人人羡慕的局长夫人而不是寄人篱下的小保姆，做这套房间和这个家庭里的真正的女主人. 那时她可以公开挽着朱叔叔的胳膊到大街上大摇大摆地散步，而不必偷偷摸摸贼一样躲在屋子里偷情。

但是朱叔叔一个耳光打碎了曲小花尚未实现的美梦。

“妈的×！”朱叔叔粗野地骂道，“……都是你这个小婊子挑拨离间！老子好好一个家，倒被你搅得乱七八糟！你就盼望老子离婚是不是？没门！告诉你，老子不离婚，决不离婚！”

曲小花被打懵了，她不明白朱叔叔怎么又冲她发起火来，听到最后一句话她才如丧考妣地嚎哭起来。原来朱叔叔后悔了，他刚才只是说气话，他不想跟兰阿姨离婚。他也不想跟她结婚。朱叔叔不离婚，她就永远只能是个受人指使的小保姆，是个没有城市户口的东躲西藏的农村女孩，是个只能靠跟男人通奸过日子的女人，所以她的幸福生活以及对人生的期待都取决于他们家庭的彻底破裂，取决于朱叔叔是否娶她。

于是挨了耳光的小保姆曲小花就凄凄惨惨很有耐心很温柔地哭起来。

哭泣是女人最拿手的武器，她们躲在暗处，用眼泪和温情悄悄地编织成一张无形的大网。男人们先是怒火万丈地在网里暴跳，自以为很有力量，很横扫一切的样子，但是过不了多久那股怒火就慢慢被眼泪浇灭了。没有了怒火的男人也就等于雄牛没有角，士兵没有武器一样。于是女人暗中的网就开始一点点收拢，一点点缚紧，最后男人只好像只蚕蛹一样乖乖束手就擒。

朱叔叔发了一阵脾气，也不见对抗，也没有人来火上浇油，跟女人战斗就好比拳头砸在棉花上，所以过了一阵也就觉得没有趣味，自己先泄了气。这朱青天本是个外强中干的人，兰婷在银行做主任时他是绝对没有胆量冲老婆大喊大叫的，后来兰婷辞职下海，这件事他一直极力反对，知青天堂公司的衰落也大大降低了老婆在家庭中的地位。但是离婚还是万万不能的，那是他一时冲动脱口而出的话，话一出口他马上就后悔了。因为对走官场仕途的人来说，保持道德形象好比一个人的脸面，离婚终归是脸面上的一个污点，有污点的人当然是要受到非议的，所以哪怕再不和睦的婚姻你也得维持下去。

从另一方面讲，他对兰婷并不是没有感情，而是兰婷嫌弃他，总跟他格格不入。兰婷性情高傲，冰清玉洁，是小资产阶级家庭的情调，可是出身卑微的朱青天内心偏偏喜欢小资产阶级的东西。可是兰婷嫁给了他却并不钟情于他，这就使得朱青天常常为此苦恼。

最好老婆是老婆，情人是情人，井水不犯河水，家庭实行双轨制。可惜曲小花并不懂得朱叔叔的心思，她以为朱叔叔不愿意离婚是嫌弃自己是个小保姆，就暗暗打定主意要叫朱叔叔对兰阿姨死心，然后把他夺过来。

朱青天见曲小花还在哭，不由得心软下来。又见她云鬓纷乱，一脸娇啼，无比楚楚动人的哀怨模样，不觉动了情欲。朱青天原本就是个性欲旺盛的男人，又正当如狼似虎年纪，哪里禁得住勾引，就一把把她揽过来亲嘴，哄她道："小东西，小拖鞋，叔叔怎么能舍得你呢？来来，叔叔给你擦干眼泪。"

曲小花不肯依他，推开他说："你骗人！……人家是真心对你，你倒把好心当驴肝肺！"

朱青天急起来，动手边解她衣服，嘴里边嚷道："我的小宝贝，做事得一步步来，等我当了宣传部长，还不有得你的好处！"

曲小花想想同朱青天闹僵也不好，就半推半就地依从了他，两人相拥上床，颠鸾倒凤云雨一番。事毕两人都没有睡意，睁着眼睛各想各的心事，朱青天就把自己近来工作不顺心的事讲给小女人听。曲小花听了，瞪大眼睛说："上次我托你介绍一个老乡到知青梦娱乐城做招待小姐，后来她对我说那里的女孩子全都做'三陪'，有时一晚上要挣一千多元呢。这不是你们要管的那种事么？"朱青天一拍脑瓜子，突然大彻大悟起来。

他从前也曾悄悄陪上面来的官员到知青梦娱乐城过夜生活，满足他们既要享乐又不为人所知的欲望，那里面的勾当他怎么会不清楚呢？只是碍于兰婷和老知青的关系，他连想都没有想过要拿那里开刀。如今情况不同了，知青天堂公司一落千丈，兰婷离家分居，他还有什么可顾虑的呢？何况知青梦娱乐城是个全市有影响的大型娱乐场所，如果从这种地方"扫黄打非"有所突破抓出成绩，其意义非同一般。再说别人都知道我也是兵团知青，这就有种划清界限和大义灭亲的意味在里面，同时还能以此压一压兰婷，断她退路，逼她重新回到家里来，真是一举几得的好主意啊！想到这里，他突然觉得很兴奋，下面有种重新勃起的愿望，就抱住小女人连连亲吻道："我的小乖乖！想不到你还真有两下子，叔叔做成事情给你发奖金。"

曲小花任男人在身体上抚爱着，她心里暗暗高兴，想像朱青天怎样报复兰婷。她想要是朱叔叔把那家知青天堂公司搞垮了才好，兰婷不跟他离婚才怪呢。

83

邱建国还没有从家庭分裂的阴影中走出来，另一个更大的打击又降临头上。

公安干警经过多方调查，证实邱姗姗确没有如遗书所言去自杀，而是跟着两个身份不明的人上了火车。据推测，也许是那两个不明身份的人劝阻了邱姗姗自杀，然后把她带上火车。那两人是干什么的？为什么不把她送回家？上火车到哪里去？去干什么呢？这些便都是一串云遮雾罩的谜。公安干警自然见识过很多类似的案子，所以出言谨慎，只说人活着就有找回的可能，他们正在努力寻找线索破案，等等，决不肯妄加猜测。但是有个公安局的熟人私下告诉他们说，这事更麻烦了，那两人极有可能是人贩子，将女孩子骗到北方农村卖掉。

中国之大，人海茫茫，北方是一个具有广阔意义的地域概念，那里被划分成许多省份，有许多山区、戈壁、沙漠和草原，有许多城镇、农村和牧区，你到哪里去寻找一个小女孩的踪影呢？这不是跟大海里捞针一样困难吗？何况这里面还有许多不敢深究也不堪想象的问题。人贩子将邱姗姗卖掉自然是为了牟取暴利，而买主买下邱姗姗做什么呢？当然不是做小姐公主，而是做女人做的事情。可是天啊，邱姗姗才十四岁呀，她还是个孩子，她会受到野兽一样的强暴吗？会挨打吗？受虐待吗？听说还有被像牲口一样辗转卖掉好多次的，邱建国简直不敢想下去。

这真是一种报应啊，邱建国欲哭无泪五内俱焚。要不是他的公司出了那么多麻烦，他就不会去躲债，不躲债就不会嫖妓，就不会染上性病，妻子就不会把他赶出家门，女儿也不会负气出走。因此这一切灾难的起源和罪魁祸首就是自己。可是自己为什么会走到这一步呢?他无从解释，只好承认是命运的安排。

一切只有听天由命，从前那种“天不怕，地不怕，鬼神不怕，地主资产阶级不怕”的少年豪气已经荡然无存，命运露出了狰狞面目。他为使自己振作起来，就搬到公司办公室住，以一种赎罪般的心态拼命工作来抵御沉重的心理压力。

兰婷同朱青天吵架后也带着苦苦妹搬到办公室暂住，邱建国知道兰婷与朱青天从来关系不大好，所以懒得去过问他们的私事。自己家里麻烦多得快淹死人，哪里还有心思管别家的闲事?

这天晚上又关上门想念女儿，边流眼泪边灌酒，不觉就晕晕糊糊起来。刚刚躺下不久就被一阵急促的电话铃声吵醒。电话是知青梦娱乐城一个小姐打来的，小姐说话直哆嗦，结结巴巴报告他来了许多公安、武警和执法人员，将娱乐城全部查抄了，现场抓获几十名正在“三陪”的小姐，还有赌场也封了，赌客和赌具都被看管起来。邱建国一听酒就醒了，连声追问怎么回事?派出所不是都搞定了吗?胡司令为什么不来电话?小姐说是胡老板叫我偷偷跑到外面打的电话，他被公安带走了。说完就啪地挂断电话。

邱建国头大如斗，脑袋嗡嗡响。呆立半晌，竟忘了穿衣服就去重重地捶敲兰婷的门。兰婷见他穿条短裤，语无伦次的样子，问了好一会儿才弄明白发生的事。情况紧急，她马上打电话叫来一辆夜间出租车，载了她同邱建国一道直奔娱乐城。到那里已经是下半夜，警察和执法人员已经走了，娱乐城内外到处都被打上了封条，胡司令与手下的人以及三陪小姐、嫖客赌客统统都被带到派出所审查，只剩下几个临时雇来的看门人蹲在院子里烤火取暖。见他们进来，脸上表情都有些幸灾乐祸的样子。他们到处看了看，问了当时情况，有个小工告诉他们，便衣警察是化装成嫖客赌客混进来的，到处布置好了，一声暗号即开始抓人。邱建国的心直往下沉。往常例行公事检查都有人事先通风报信，而这一次显然是预谋好了有目的有计划的突然袭击。

他们赶到当地派出所去说明情况，指望能做些疏通工作，先把人放出来。不料原先很熟悉的派出所长一脸冷若冰霜公事公办的样子，说话也打起官腔来。他们被挡在外面连人也没有见到。邱建国心里很气恼，恨恨地想你别他妈的人模狗样假正经，老子要是栽了就把你受贿的事全都端出来，但是脸上却一点也没有流露出来，还赔着笑脸说了许多遵纪守法之类官样文章的话。

天亮以后，他们才从区公安分局熟人那里打听到准确消息：原来是“扫黄打非”办公室制订了周密计划，朱青天为主要负责人，公安与执法队联合行动，此前已经多次派人到娱乐城摸底，所以做到行动准确一网打尽。

邱建国跌坐在椅子上，半天做声不得。他想不到朱青天也在背后插上一刀，这个狗娘养的吃里扒外的东西！他斜眼觑见兰婷也阴着脸不做声，就恨恨地咬牙说道：“妈的，我们什么时候亏待过他，怎么就翻脸不认人？……小兰，从前我没敢告诉你，朱青天常常带了客人来娱乐城白吃白玩，点名要小姐‘三陪’，我手里有证据的。”

兰婷冷冷地说：“你们愿意款待他，狼狈为奸也好，互相勾结也好，那是你们男人之间的事，与我无关。至于他为什么拿娱乐城开刀，我想事情明摆着，那是他在官场上的利益需要。”

邱建国问她：“他不会为了报复你吗？”

兰婷眼睛里有了泪水，但是她咬着嘴唇努力不让它流下来。邱建国看着兰婷，愣了一会儿叹道：“人啊人，怎么就这样寡情？他不想想，他好歹曾经也是勐岗农场的知青？今后他有什么脸再见我们这些老知青老战友？”

兰婷的眼泪终于止不住流下来，她发泄地尖声嚷道：“你邱建国就是好人么？你怎么不想想，你是怎么算计万向东的？他不也是知青战友么？他为你丢了官，断送前程，还有那么多老知青，他们是怎样支持公司的，把自己的积蓄存款都拿出来，你当初怎样对他们许诺，但是现在的事实怎样？今后你有脸面再见他们么？”

邱建国泄气地垂下头，喃喃地争辩道：“小兰，请你别把我跟朱青天那种小人相提并论，我们是有本质区别的。”

兰婷尖刻地讥讽道：“邱建国，你别再自欺欺人了，什么本质区别？难道坏人坑害人与好人坑害人有什么本质区别吗？不都是害人吗？我看至少在法律上是没有区别的，恐怕只剩了一些空洞的道德良心的意义。”

邱建国无言以对，长叹一声道：“我恐怕只有做个千古罪人了，否则对同龄人无以谢罪。”

他们都沉默了一会儿。兰婷克制住自己的情绪，她觉得现在不是检讨的时候，重要的是先解决问题。她转过脸对邱建国说：“该怎么结论以后再说吧，是不是再找找市里的关系，当前最重要的是保住娱乐城，公司再也输不起了。”

邱建国一脸沮丧，抬起头来对兰婷苦笑道：“小兰，我看这事还得难为你，恐怕只有你出面才有一线希望。朱青天不管怎么说还是你老公，你去求求他，他对你的事总不能一点不买账吧。再说我们手里还有他的证据。”

兰婷当然不会不想到这一步，她是万般不想去求朱青天的，可是事情明摆着，与其到处找关系找熟人，不如直接去找朱青天。解铃还需系铃人，她心里再清楚不过，朱青天敢于做出这般惊人举动除了利益动机，当然同一种报复心理有关，即报复她的离家出走。

“好吧，”她勉强同意道，“我去跟他谈谈，但是现在他肯不肯认账我可没有把握。”

84

朱青天很高兴兰婷主动来找他。

这位文化局长兼“扫黄办”副主任连忙关上办公室的门，亲自为妻子倒了一杯开水，一扫接见下属的领导架子，亲切友好地陪坐在兰婷身边。朱青天一脸诚恳地检讨说："婷，我要向你检讨，那天晚上是我不对，因为工作压力大，火气也就大了些，苦苦妹住进家里来，我原来思想上没有完全通，今后嘛，我向你保证，我一定要好好对待她。"

兰婷不听他检讨，直截了当地说："你告诉我，这次'扫黄办'为什么拿知青梦娱乐城开刀？是不是你的主意？"

朱青天连忙叫苦不迭说："上面明令严打，举报信都告到市里去了，我一个小小的副主任，说话能起什么作用？这么严重的事，上面都惊动了，谁敢怠慢半拍？落个打击不力的罪名，连区里的头头都担待不起啊。"

兰婷冷笑道："本区几乎家家夜总会都有三陪，还有几家更大的涉外夜总会，不仅三陪，恐怕四陪五陪都有，我想你不会不知道吧？为什么单单拿知青梦娱乐城开刀？"

朱青天一副左右为难的样子悄声说："不是拿谁开刀的问题，是大气候要抓精神文明呀……再说邱建国在娱乐城搞的那些，呃，有很坏的影响嘛，所以不知怎么就被上面抓了典型。"

兰婷明知朱青天没有跟她说实话，但是事情已经明摆着，就是说了实话又怎么样？她忍住气说道："朱青天，你别跟我绕圈子。你说说，你们把人也抓了，娱乐城也封了，下一步究竟打算怎么处理？"

朱青天心里暗暗得意。他知道自己这一招已经击中兰婷的要害，如今娱乐城的命运已经捏在他这位"扫黄办"负责人手里，要杀要剐还不是一句话？可是他不能让自己的愉快心情从脸上流露出来，因此他还是愁眉苦脸地说："这次突击行动，因为是市里挂了号的目标，所以连市委都很重视。昨天夜里人证物证俱获，至少可以确定'色情服务'、'聚众赌博'和'使用不正当手段获取暴利'三条罪状。至于是否列为本区'扫黄办'今年第一号大案要案，还要看继续清查和对当事人审讯的结果。"

兰婷的怒气一下子爆发出来，她尖利地盯着朱青天的脸大声说道：“好你个朱青天！你这个‘扫黄办’副主任总不能把责任推得干干净净吧？你难道与娱乐城没有关系？好吧，我手里也有一批材料，其中有你这位身居要职的扫黄官员到知青梦娱乐城享受三陪服务的证据。我完全可以把这些材料分送到省、市纪委和监察部门去，看看能不能列为今年本区乃至本市反腐倡廉的第一号大案要案？”

朱青天一愣，马上做出毫不在意的轻松样子说：“这是威胁，你不可能拿出证据。告诉你，这样对你们的案子一点好处也没有，反而只会把事情弄糟。”

兰婷对朱青天了如指掌，她知道这个男人最害怕的就是影响仕途，他把当官往上爬看得比生命还重要。她端起茶杯来喝了一口水，口气平静地说：“咱们来做笔交易怎么样？……井水不犯河水，各走各的道，你把人放了，案子撤销，我这里保证你过去的事没人知道。”

朱青天试探说：“婷，你别相信谣言，我过去什么事也没有啊。”

兰婷觉得恶心，她点点头道：“是吗？朱副主任真是好记性。我这里有几张消费签单的复印件，你要不要过过目？那上面可是你本人的亲笔签名，我们不妨请公安局专家做个笔迹鉴定好吗？”

朱青天背心里出汗了。他没有想到，或者说疏忽了过去是否有过签单这回事，当然不排除曾经签过，那样他就有把柄被他们捏着。他在心里飞快地权衡利弊得失：答应他们的条件，求得两安；不答应他们的条件，可能两毁。显然前者利大于弊。可是他又觉得不甘心，事情已经到了这个地步，眼看成绩到手又不得不退回去，有种被逼无奈的感觉。

更重要的是，如果把柄老被他们捏着，那么他的前途就始终置于某种威胁之下，这是他决不能答应的。

“婷，你得理解我。”朱青天打定主意，不能让这些知青战友影响自己的前途。他换了一种诚恳表情，好像下了很大决心似的说，“我怎么会跟你过不去，跟老同学过不去？你放心，娱乐城的事，我会想办法帮忙解决的……你们那些道听途说的事，请不要扩散，以免产生不良影响好不好?”

将兰婷送出门以后，朱青天燃起一支烟，在座位上把过去的事情反复想了几遍，还是记不起究竟是不是签过单。最后他下了狠心，妈的，量小非君子，无毒不丈夫。管他什么人，只要敢挡我朱青天的道，就置之死地绝不留情!

第二十七章

85

知青梦娱乐城遭查封和知青天堂集团公司将要宣布破产的消息不胫而走。

投资银行鉴于知青天堂公司的经营状况，请求政府主管部门对其资产进行资产保护清理，除现存知青梦娱乐城和知青天堂乐园两处固定资产和不动产外，公司的其他产业经营情况几乎均为负数。银行为了强制性清欠还贷，宣布对知青天堂公司及法人的所有财产实行冻结。

这一消息经新闻传媒曝光后在社会上引起强烈反响。各家报纸电视台纷纷派人进行追踪报道，连省市体改委都把这家声名赫赫的民营公司破产的经验教训作为市场经济发展的一个典型事例进行解剖分析。但是受震动更大的还是那些以感情经历为纽带向公司集资的老知青们：他们既是公司的投资者、股东、债权人，同时又是公司破产的直接受害者。他们信任知青天堂公司，对公司抱有美好的期待。公司赚钱他们受益，公司发展大家发展，邱建国许诺将使他们过上幸福生活，就像进天堂一样。但是公司却破产了，公司破产的消息使他们猝不及防。他们大都是普通劳动者：工人、教师、服务员、市民和个体劳动者，境况好的可以算得上小康之家，境遇差的是被工厂裁员的下岗工人，一个月只有一百多元的生活费。这些人到中年的老知青将一辈子辛辛苦苦省吃俭用积攒的一笔钱从银行里取出来，踊跃地投入到知青天堂公司的集资洪流中，一是上了高息诱惑的当，二是上了自己感情的当。

谁不想让自己的钱多生出一些钱来呢？趋利而为是人的本性呀。再说谁又能相信，这个一心为知青谋福利，解救知青后代回城，专为知青做好事建设天堂乐园的知青天堂公司，和那些高举起知青旗帜的知青领袖们，怎么一转眼就把他们的血汗钱吞进肚子里，连骨头都没有吐出来呢？

老知青们愤怒了，这些曾经当过红卫兵，造过反，又下过乡的中年人，因为他们的幼稚和轻信再一次付出了代价。于是他们三五成群成排成连地串联起来，像当年大罢工大返城一样，浩浩荡荡地开到知青天堂公司去讨债。

公司已经人去楼空，所有值钱的东西都被先来的人搬走，连茶杯暖瓶和办公桌椅都不能幸免。只有一间办公室门敞开着，里面的沙发桌椅样样齐全纹丝不动，有个男人坐在椅子上平静地等待人群的到来。

他就是那个罪魁祸首的总经理邱建国。

领头讨债的人也是个勐岗农场的知青，曾经在副业连杀过猪，外号叫“牛卵”。他瞪着一对鼓鼓的金鱼眼恶狠狠地嚷道：“邱建国，你还老子的钱！不然老子今天就把你狗日的剐了！”

后面有人故意说：“把他的牛卵骟了。”立刻引来一片哄笑。

“牛卵”涨红脸着急地说：“你们不要乱开玩笑嘛——邱建国，你说，你还不还老子的钱来？”

邱建国站起身来，大声招呼后面的人：“你们都来了，前面的请坐下来，后面的不要挤，都请进来——我是专门在这里等候大家的。”

一个女知青说：“邱建国，你不要耍滑头，你说说怎么还我们的钱?”

邱建国一点也不惊慌，他和蔼地说：“各位知青战友，你们应该相信我邱建国的为人，我什么时候骗过大家?我向大家集资做生意，借大家的钱办公司，这是事实，我邱建国永远也不会赖账。做生意，没有人想做亏，赚了钱还给大家，连本带息，人人都得好处，皆大欢喜，这当然是再好不过的事。可是商场如战场，胜败乃兵家常事，打了败仗怎么办?没有人主观上愿意打败仗啊。可是事实上有胜利者就有失败者，有赢家就有输家，今天我邱建国不幸做了输家，辜负了大家的期望，对不起各位战友。”

“牛卵”抢着说：“你倒轻松，说声对不起就算了?——我们的钱怎么办?”

邱建国摊开双手，诚恳地说：“各位战友，公司的情况你们都看到了，这是不得已的事。我邱建国个人好办，欠债还钱是天经地义的事，我巴不得马上把大家的钱全都还给大家。”

女知青们紧紧围住他，丝毫没有被他说动的意思，她们嚷道：“你还呀，还钱来，拿了钱我们马上就走。”

邱建国被围在人群中，他望着这些昔日的兵团战友，心想人到危难时自私的本性就暴露无遗，为了收回钱来，这些战友个个恨不得把他吞进肚子里。可是话说回来，这不是你自作自受么?你先损害了他们的利益，然后才有这样的下场。他无可奈何，走到保险柜前，把空空如也的保险柜打开说：“银行已经把公司所有资产冻结了，我没有一分钱还给大家，这是事实，我不想骗你们——如果我不想对大家负责的话，我早几个星期就携款跑掉了。”

“牛卵”绝望地冲上前去打了他一个耳光，揪住他吼道：“不行!我不听这些，我要我的钱!——你还老子钱来!”

另外有几个知青制止“牛卵”说：“你别动手!快让他讲讲怎么办?”

邱建国挨了打的脸热辣辣地发烧，但是他早已心如枯井，不在乎别人的态度。对付讨债他已经有丰富的经验，这个经验就是把自己连同债务一起抵押给对方。他面不改色地说："大家听我说一句话，你们无论怎样冲动都不能解决问题。现在我面前只有两条路可走，由你们来决定：一条是以命谢罪，自杀或者别人动手都行。我邱某决不是怕死鬼，如果我皱皱眉头就不是好汉。"

他从抽屉里取出一把大号猎刀，一条尼龙绳扔在桌子上，然后也不说话，转过身去背对众人。

知青们面面相觑，没有人敢动手，也没有人出声，连"牛卵"也被镇住了。屋子里空气被冻住了。终于有人小声说话，他结结巴巴说："邱、邱总，你再说说，另一条呢?"

邱建国转过身来，他面对大家一字一句地说："如果各位战友还相信我，给我邱某一个机会，我发誓只要我还活着，今生今世要做的第一件大事就是东山再起，还清大家的债。"

有人在后面问："你怎么让我们相信你能够东山再起呢?"

邱建国回答道："无论大家相不相信，这是我唯一的选择。如果各位不愿意给我这个机会，就请马上处决了我。"

事实上杀了邱建国就等于将债务一笔勾销，没有任何一个人会愚蠢到这样的地步，何况杀人者还会犯法，会坐牢判刑，因此就连"牛卵"也跟泄了气的皮球一样瘫坐在沙发上。如果说从前的老知青用双手托起知青天堂公司是因为公司是他们走向幸福的希望的话，那么现在负债累累的邱建国就成了他们名副其实的大救星，他们不能离开他，不能让他消失，更不能让他死掉或者进牢房，因为只有让他活着，他的存在才是老知青们找回集资款的最后希望。邱建国像一根稻草，被许多溺水之人的双手牢牢攥着，人们失去他就等于失去财产乃至生命。

邱建国见众人不语，再次诚恳地对大家说道："各位战友，我邱建国决不是孬种，请你们相信我。人有失误，马有失蹄，如果你们同意给我一次机会，让我亲手把欠下各位的债务补回来，后半辈子好轻轻松松做人，你们就是我邱建国的再生父母。我邱某此生已无他愿，只唯愿身后不要留着债务到天堂去还债——我在这里给各位下跪，拜托各位了。”

他果然跪在地上恭恭敬敬给众人磕了三个头。老知青无奈，钱是要不回了，只好陆陆续续走人。邱建国站起身来，面对空荡荡的楼房，形单影只，不由精神更加沮丧神情黯然。想当初知青天堂公司是何等风光彩旗如云，如何转眼间就落得“忽喇喇大厦将倾，昏惨惨油灯将尽”的破败景象？难道这是他邱建国命定的劫数？他能走得出这个大劫吗？他抱住头，只想嚎啕大哭一场，让满心的悲痛和绝望随眼泪汹涌而去。

这时走廊里又响起脚步声，原来是张省身王从军金红卫等人闻讯赶来了。大家见讨债的人已经散去，就好言安慰邱建国一番。张省身已经从报社调到作家协会从事专业创作，正是笔下生花春风得意的时候，他很久没有到公司来，却眼见得公司一副凄风苦雨树倒猢狲散的模样，邱建国脸色蜡黄萎靡不振，心里不由得大有感触。大家坐了一阵，心情都很沮丧，见邱建国精神恍惚，就纷纷告辞出来。剩下邱建国在办公室里枯坐良久，脑子里纷纷扬扬尽是怪念头，却又理不清楚。突然电话铃声大作，吓他一跳，原来是兰婷从律师事务所打来的。

兰婷告诉他，银行方面根据国家有关法律决定对公司冻结资产进行拍卖，拍卖资金全部用作抵押贷款。她在那头顿了好一会儿才说，你知道申请购买公司地产的买主是谁吗？

邱建国回答不知道。

兰婷在那头突然哭出声来，她大声说道你真该死！就是那家一直想用推土机铲平红卫兵公墓的游乐园公司！

张省身兴冲冲地回到家中，他抑制不住满心高兴对文晓红大声说道：“晓红，你知道我险些错过一个多好的题材？真是不识庐山真面目，只缘身在此山中啊。”

文晓红停薪留职以后，费了不少周折才重新回到原单位上班。她见丈夫跟捡了个金元宝似的，就故意撇撇嘴不屑地说：“什么好事？又找到什么好题材，不会发现外星人吧？得了，不就三十块一千字稿费，看把你喜得。”

张省身就连忙把从王从军金红卫那里听来的关于知青天堂公司新近发生的一系列重大变故，以及濒临破产、知青上门讨债、邱建国挨打的故事一股脑儿讲给文晓红听。文晓红听得目瞪口呆，连连感慨道：“真没有想到，竟落到这样地步！还有兰婷姐，往后可怎么办呀？”

张省身完全沉浸在自己的小说构思中，他手舞足蹈地说：“你看，我原先怎么就没有想到，这些故事本身就是一部引人入胜的长篇小说呀。我把它写出来，历史风云，人生际遇，盛衰起落，悲欢离合，准能引起轰动！现在经商题材小说太多太滥，倒了读者胃口，我将从红卫兵和知青文化的角度切入，剖析一个老红卫兵和知青领袖怎样走向失败，进而演变为一个遭人唾弃的商场骗子的。”

文晓红担心地说：“你这样做会不会太刺激……邱大哥了？他毕竟曾经帮过你，是你的知青大哥呀？”

张省身摇摇头反驳道：“文学是人学，是关于人类的作品，邱建国的典型性在于他是一代人的代表，他的性格悲剧注定他必然走向失败。我怎么可以因为碍于情面而放弃这个直面人生的机会呢？再说如果我不写，别人知道了也会写，那样的话还不如由我自己来写，因为我最有资格写他们，或者干脆说我就是他们中间的一分子对不对？”

文晓红觉得丈夫的话也有道理，只是觉得良心上不大安稳，总也摆不掉落井下石的感觉。张省身就启发开导妻子说：“咱们并没有侵犯谁的利益或者隐私权呀，当然也说不上恩将仇报。‘国家不幸诗家幸’，悲剧是作家的摇篮，你总不好说作家发国难财嘛。卢梭写《忏悔录》，曹雪芹写《红楼梦》都是要有勇气的。这里面也有一个直面现实和战胜自己的问题。”

文晓红很快被丈夫说服了，毕竟作品成功关系整个家庭的利益：荣誉、社会地位和经济收入，妻子当然不会拒绝丈夫成功。她抬起头来问张省身：“这本书你打算起个什么名字？”

张省身信心十足地回答道：“我早想好了，书名就叫作《知青部落的最后一个酋长》。”

86

邱建国悄悄上了凤凰山天主教堂去忏悔。

忏悔者的到来使那个惨淡经营的神职人员皮神父大喜过望，连忙在胸前划着十字把他领进一间忏悔室里。忏悔室是个黑黢黢的小房间，有种久远的灰尘的霉味，像个不开窗户的大木箱，只从木头的裂缝中透进少许光线来。神父在隔壁坐下来，两人隔着一层薄薄的木板，中间开了一个小孔。黑暗和宁静使现实变得遥远起来，喧嚣浮躁的尘世生活渐渐退远，于是一个声音在暗夜的空气中响起来：“我的孩子，我们生来都是有罪的人，是迷途的羔羊。我们只有不停地忏悔，才能减轻心灵的罪恶，请跟我一起祈祷吧……愿上帝宽恕我们，阿门！”

不知为什么，邱建国突然被冥冥中来自上天的召唤感动了，他觉得那个无所不知无所不在的上帝其实离自己很近，就在身边注视自己，倾听自己的心声。他本来自认为是个无神论者，从不相信教堂和那位高高在上的上帝，但是近来一连串挫折使他心灰意冷，极度悲观之中不得不怀疑天上有种神秘力量在主宰自己的命运。他精疲力尽，无法战胜恐惧，他祈求命运赐予他一线光亮，正是这种绝望无助的心境使他渴望走近仁慈的上帝。是啊，我们都是有罪的人，迷途的羔羊，说得多好啊！从前的无神论者邱建国虔诚地敞开心扉，将上帝请进心中，在黑暗里一心一意地检讨起自己的人生来。

都说出来吧孩子，把罪恶告诉上帝，你才能请求宽恕。上帝的声音说。

不，我不是孩子，我们正在……打碎一个旧世界。他的心里抗拒道。

我们每个人在上帝眼里都是婴儿，我们是赤裸的，不需要伪饰。

我不是婴儿，但是我们的行为不是跟婴儿一样幼稚可笑么？哦，请告诉我，人为什么长不大呢？……

因为我们迷失了方向，有罪的人是永远长不大的。祈祷吧孩子……

忏悔者终于屈服了，他开始痛哭流涕，变成了上帝的婴儿。

兰婷找朱青天做过疏通工作后，“扫黄办”决定不查封知青梦娱乐城，原定十万元人民币罚款也减少到五万，但是工商局方面却坚决地吊销了娱乐城的营业执照。公安局宣布将胡司令正式收审，罪名是胁迫妇女从事色情卖淫活动、非法组织地下黑社会和参与流氓斗殴等。如果上述罪名成立，胡司令将被判处十年以上有期徒刑。

商贸分公司在火车站市场的欺行霸市行为也受到追究，许大毛不得不到处东躲西藏，商贸分公司的业务活动实际上已经名存实亡。

邱建国内心充斥着一种大势已去的落魄感。如果说从前他还没有完全死心，还企图东山再起的话，胡司令的锒铛入狱和娱乐城商贸公司的瘫痪就彻底断绝了他的最后一线希望。

邱姗姗还是没有下落。公安干警抓到一批人贩子，从中找到一些零星线索，据说西都被拐骗的女孩最有可能被卖到山西和内蒙古一带。公安部门已经组织了“解拐”小分队奔赴北方有关省区，邱建国是在一种完全不敢抱有希望的等待中战战兢兢地等候女儿的消息的。

人生是什么？是战斗？斗来斗去，“落得一片白茫茫大地真干净”。人活着为什么呢？为消灭别人，消灭地球，直至消灭自己？为钱活着？为欲望活着？为他人活着？如果人只为活着而活着，又为什么有那么多苦恼和悲哀？……

仁慈的上帝走进婴儿的心中，那双至善至睿的眼睛同罪人混沌的思想交流着。人生是一种苦难，人活着就是为了受苦，我的孩子……上帝说。由于光线的原因，上帝的表情像是安慰，又像是训诫，那双慈祥的眼睛也随之变得严厉起来。

邱建国突然想到三十年前也有一双眼睛。

那是红卫兵第一次闯到别人家里去抄家，那家人据说是剥削阶级资本家，虽然解放后公私合营没收了财产，但是那家人奢侈的生活习惯和有钱人的气派仍处处可见。红卫兵当然都是贫民区长大的孩子，他们的阶级仇恨除了来自口号，还来源于自身的贫困和对富有者的羡慕。邱建国压抑住自己内心半是忌妒半是好奇的冲动，他楼上楼下到处都看过来，仔细地欣赏了资产阶级的沙发床，各种精致的化妆品、古玩和国外进口的奢侈品，甚至还亲手在高级留声机里放上唱片欣赏音乐，然后才命令那家人站成一排，让他们亲眼看着革命怎样降临到他们头上。

在玻璃器皿尖锐的破裂声中，在一片翻箱倒柜的破坏和歇斯底里的发泄中，旧世界开始崩溃了。这家人全都像影子一样无声无息地站着，看着他们幸福的家园怎样在一瞬间，在一片纷纷扬扬的灰雾和玻璃碎片中变成废墟。

邱建国背着手走来走去，怀着满足和冷酷的快感欣赏这幅打碎旧世界的灿烂图景。他忽然看见这家人里面一个大约只有十岁的小男孩正瞪大眼睛目不转睛地注视着他。这种注视的目光让他很不舒服，有种被剥光衣服照镜子的感觉。小男孩穿一件小水兵服，像个油画上的小天使，纯洁而美丽，目光宁静友好。他对于一切人都没有敌意，和平的脸上笼罩着一片近于神圣的光芒。红卫兵领袖邱建国被这种来自人性的光芒深深刺伤了，他感到不自在，心里生出一丝惭愧，有种很慌张急于为自己野蛮行为掩饰的心虚。他想躲开那双眼睛，但是总躲不开，无论他走到哪里，小天使总是友善地望着他。于是他大感恼怒和愤慨，像个暴君一样冲到小男孩面前恶狠狠地朝他咆哮，直到他畏惧地垂下头来为止。突然楼上的红卫兵欢呼起来，他们从床底下俘虏了一个资产阶级的小狗。小狗显然是那种所谓名贵品种的小动物，雪白的长毛，粉红的鼻子，在胜利者的手中无能为力地挣扎，邱建国让他们将小狗和一根铁棍扔在地上，命令小男孩用铁棍打死自己的爱物。

小男孩浑身颤抖，放声大哭起来，那是一种汹涌澎湃的绝望和痛苦，是一种心灵和生命被虐待被屠杀的软弱抗议。但是红卫兵们不肯饶过他，他们强迫他拾起铁棍，举起来然后去击碎小狗的脑袋。

小狗惨叫不已，空气里腾起一片粉红色的血雾，小男孩一下子跪在地上，把那个由他亲手打碎的血淋淋的小狗脑袋紧紧地抱在怀里。他用眼泪清洗它的血迹，亲吻它的脸，呼唤它的名字。那家大人都闭上眼睛瑟瑟发抖，一家人淹没在悲痛的泪水里。邱建国由此感到满足，感到有趣。生活就是弱肉强食，他的奶奶饿死在木床上，他的父亲身体弯得像张弓，身后拖着一架移动的小山，资产阶级为什么要过好日子呢？他们为什么不该尝尝痛苦的滋味呢？这就是造反的理由。虐待使人产生快感，嗜血和残忍如同烈酒刺激人的心脏，令人兴奋不已。他和蔼地蹲下身来，看见小天使被痛苦、鲜血和眼泪淹没的眼睛里，那种神圣的光芒已经熄灭，于是他心满意足地站起身来，带领红卫兵们扬长而去……

许多年过去了，他在人生旅途上大起大落大荣大辱，他早已经忘却了那双天使般神圣的目光。但是小男孩似乎很有耐心，他一直藏在他的心里，直到有一天他终于发现了他。他感到惊骇，不明白这双眼睛同自己的事业有什么关系，或者说这双眼睛同自己的人生道路有什么神秘联系，但是他确确实实没法躲避这双长在心灵里的眼睛。

上帝啊，你能饶恕有罪的人么？

孩子，上帝绝不会饶恕一个邪恶的异教徒的。

我不是异教徒，我请求上帝帮助我。

那你就忏悔吧，用祈祷拯救自己的灵魂……请仁慈的上帝宽恕迷途的羔羊，阿门！

……问题是，他并不是恶人，也不为自己谋私利，他是个理想主义者，也是个世俗的商人和不成功的实业家，商人只完善事业，不完善道德。当他从商场上伤痕累累地败下阵来，金钱的躯壳脱尽，道德和人性的潮水便淹没了他。大道如天，大德如归。当一个人一无所有时，他反倒诚实起来，变成婴儿，只用一双刚刚睁开的诚实眼睛看世界。

你忏悔么？你蜕尽躯壳了么？他回答不了那双眼睛的诘问，或者说他不相信自己有足够的信心归顺上帝，做一只上帝的顺从羔羊。人之初，性本善，也许当为人之初，性本恶，你邱建国不正是为了解脱自己的罪恶感才到教堂来的么？你能完善自己么？人为什么要完善自己呢？大恶如善，大伪如真，大丑如美，说明你邱建国远远没有坏够，没有到达大恶大伪大丑的境地。你是个很不高明的道德家和很不彻底的唯物主义者。他听见自己内心总有两个人的声音在打架，而且占上风的总是那个恶人……

过了很久，神父听见隔壁没有了声音，以为那个寻找上帝的迷途羔羊睡着了，就连忙敲敲壁板，提醒他时间不早该下山了。那人钻出忏悔室什么表示也没有，连十字也没有划就像个梦游病人一样，跌跌撞撞地下山去了。

87

兰婷在办公室找到邱建国，见他一脸的疲惫表情，她简单汇报了银行债务和拍卖会的准备情况，以及其他债务和资产清理事宜。邱建国闭着眼睛，面无表情地听着，要不是他的手指头偶尔动动，兰婷还以为他已经睡着了。

他听完后睁开眼睛告诉兰婷，请她马上为自己起草一份离婚申请书。兰婷看他一眼，什么也没有问就写好了，邱建国用钢笔在后面重重地签上自己的名字。兰婷过了好一会儿才深深地叹了口气说："也好，这真是树倒猢狲散，飞鸟各投林，好一片白茫茫大地真干净。看来你我在一起的日子也不长了。"

邱建国苦笑了一下说："这也是命，眼前我能为蔺小英娘俩做的事只有这一件了。"

兰婷点点头说："好吧，我现在就拿去让小英姐签字，正式手续大概两三天内能够办好。"

邱建国又嘱咐道："这件事我不希望保密，知道我们离婚消息的人越多越好，你明白我的意思吗？"

兰婷凄凉地答道："我知道你是好心，为了不在财产债务清理上牵连小英姐。我想小英姐会理解你的。可是我又感到悲哀，这样已经有霸王别姬的意思了。"

邱建国说：“什么霸王别姬？我可不想当西楚霸王。如果可能的话，我倒是想再看一回《白毛女》，因为连我自己都弄不清楚我该算是杨白劳还是黄世仁。”

兰婷出门后，邱建国将门关上，把墙壁上一幅挂历掀起来，露出一个隐蔽的微型保险箱。他拨了一串号码，打开保险箱取出一张私人存折，打开看看，上面的一串阿拉伯数字表明户主存有现款人民币十万元整。这是他从前为宝贝女儿邱姗姗存的一笔私房钱，打算用作女儿上大学或者出国留学的费用。

现在他改变了主意。

也许他今后永远用不上这笔钱啦，或者等不及这笔钱为女儿派上人生大事的用场，那些都变成很遥远的奢望，女儿至今还没有下落，她不知道今生今世能不能回到父亲身边。眼下他已经没有任何可供支配的资金，所以他不得不把这最后一笔钱用在必须使用的地方。

他悄悄拨打了一个预先约定的传呼号，不一会儿许大毛就像条影子一样悄无声息地闪进门来见他。许大毛看上去更瘦了，脸色发灰，马瘦毛长，无精打采的样子。他见到邱建国还是那样一脸卑微恭顺的表情，就像仆人站在主人面前一样。

邱建国沉默不语，拿审视的眼光在许大毛脸上打量许久。过了好一会儿，他才用一种低沉的语调开口问道：“大毛，过去的事，你还记恨我吗?”

许大毛像挨了一鞭子，惊慌地回答：“建国，不不，邱总，我怎么敢记恨您呢？您是我许大毛的再生父母，没有您就没有我许大毛的今天。”

邱建国身子往后一仰，叹口气说：“大毛，如果过去有什么事让你受了委屈，你不要记恨大哥我，如今我俩都是一根绳上的蚂蚱，我只能信你。”

许大毛连连点头称是。邱建国又说：“有件事，别人去不合适，我考虑再三，还是你去做比较好。但是这件事人命关天，必须保密，不能让任何人知道。”

许大毛发誓道："邱总您只管吩咐，我许大毛这辈子是您的人，为您赴汤蹈火绝无二心。"

邱建国很感动，觉得这才是危难之际见人心，他甚至暗暗有些后悔从前对他太严厉了一些。邱建国将存折交给他，又写了一封信，郑重地嘱咐道："这是从前我为女儿准备的上学费用，现在也顾不得了，你替我悄悄带到勐岗县，交给万向东。就说我邱建国从前对不起他，害他断送了前途。这笔钱，是个补偿，交给政府也可，分给那些在边疆参加了集资的农场老知青也可，或者他个人办公司做生意也可，总之由他处置。"

许大毛仔细将存折和信藏在身上，对邱建国信誓旦旦地保证一番，然后又像幽灵一样消失在门外。邱建国做完这件事，觉得整个身心彻底松弛下来，他把自己像一个破口袋一样扔在沙发上，有种赤条条来去无牵挂的感觉。现在他已经变成了真正意义上的穷光蛋，完全彻底地不名一文，他已经没有一笔钱，一件财产，甚至连老婆孩子也没有，像一个光荣的无产阶级那样，除了一无所有，只剩下长长的债务的锁链。

窗外，春天正在蓬蓬勃勃地来临，一只小鸟飞到窗台上，好奇地张望着这个一动不动的人。它在玻璃上啄了一阵，发现那个人并不是木头，眼珠还在间或地一转，于是感到威胁，就张开翅膀噗地飞走了。

第二十八章

88

“五一”国际劳动节，万向东同县委其他机关干部一样获准放假一天，他暂时无处可去，又不想独自呆在宿舍里，就决定上街去逛逛，理发洗澡，处理一些个人私事。

他走出机关大院，先逛了商店，给上初中的儿子选了一个书包，又给读小学的女儿买了一个文具盒，拿塑料袋拎了，然后到东街上常去的一家私人理发店理发。县城的人都已经知道书记停职的事，但还是有不少熟人同他打招呼，理发师傅依然很殷勤周到地为他服务，一口一个“万书记”。他理完发，看看时间尚早，又去温泉浴池泡澡。勐岗县地热资源很丰富，已经发现了十几处硫磺泉，当地单位各自为战，就地建起许多大大小小的温泉浴池对外开放营业。浴池大都很简陋，围一个池子，用砖石砌起来，连屋顶也不盖，男人女人都露天里同池泡着。万向东进了一家人少的浴池，穿条短裤摸下去，将人整个地泡在热气腾腾的温泉里，只留一个脑袋露出水面想问题。

十多天前，省地联合工作组已经打道回府，他被宣布继续停职反省，听候处理。有知道内情的人悄悄向他透露，他的问题已经作为地委班子抓领导干部廉政建设的典型材料汇报到省里：一条是挪用扶贫贷款经商，参与走私违法活动，另一条是生活作风腐化变质，脱离群众，追求个人享受。

本来前面一条是错误的主要事实，挪用扶贫贷款违反党纪，参与走私触犯国法，但是后面一条却无中生有地成为了犯错误的思想根源。因为思想变质导致了工作犯错误，而思想变质的一个主要事实，就是跟从前的结发妻子闹离婚。

万向东久居官场，深知要将上述两条错误抹平也不是不可能的事，领导干部犯错误，可以有出发点是好心还是坏心之分，虽然结果都是办坏事，处理却大不一样，其中最重要的关键要看上面有没有人保你。有人保你，再大的错误也只是走弯路和交学费的问题。学习走路怎么能不摔跤呢？但是动机和出发点却是好的，是为了搞好工作。于是错误便被原谅，你可以继续在原单位或者调一个新的岗位继续工作。如果没有人保你，你便失去一切申辩的权利，其下场当然可想而知。

硫磺泉的热能很快渗进皮肤和血液里，皮肤表面毛孔张大，血液循环加速，于是大自然的力量就沿着网状经络慢慢向周身蔓延开来。万向东闭上眼睛，他觉得沉重的身体在渐渐变轻，头脑微晕，有种轻微触电的麻醉感觉。

万向东的政治靠山是从前的老地委书记，老书记曾经提名让他担任地委副书记，上面考虑他的资历尚浅所以决定让他到勐岗县任职锻炼。问题出在老书记由于一次不幸的车祸受伤提前离职，于是省里从外面调来一位新书记。新书记是科班出身，年龄比万向东还要小一岁，同龄人似乎并不欣赏万向东，而是果断提拔了另一个更年轻的县委书记到地委任副书记。万向东一下子由仕途得意变成官场失意。

老书记的人自然不会甘心大权旁落，万向东自恃背后有老书记撑腰，而老书记同省里有千丝万缕的联系，所以不是委曲求全地谋求缓和同新书记的关系，而是把自己的位置不明智地摆在新书记的对立面上。

官场的一个要义，就是谋求中庸之道。你可以把所有人当成对手，但是你自己切忌成为别人的对手，这样你就把自己藏在了暗处，别人在明处。你明看比别人矮，实际比别人高，你就多了别人所没有的政治空间和回旋余地……

他把头靠在池壁上，开始感到血液上涌，心脏出现压力。硫磺泉水温很高，泉眼中心约有六七十度，即使池边上也有五六十度，一般人泡了一二十分钟就得坐起身体来透气。万向东感到浑身每个毛孔都变成热能通道，脸上大汗淋漓，他想人体就是一个网络，条条大路通罗马，最后通往心脏。他想这个感觉真是奇妙，权力场上何尝不是这样呢？

他还是坚持在热水池里泡着。

官场的另一个大忌是家庭不和。家庭不和的含义，可以让人联想到许多同生活作风道德原则有关的东西，即使西方竞选议员总统，公众和选民也要求竞选人在家庭方面做出和睦幸福的榜样来，哪怕装出正人君子的模样来也成。因为人民需要榜样，政治家就得带头做出榜样来。但是万向东恰恰愚蠢地动了一次真情，做了一回性情中人。他在西都与兰婷旧情重燃之后，竟然提出要与知青时代的山寨发妻金阿果离婚，阿果的父母领着寨子里的父老乡亲大闹县委，到地委大院告状，让负心汉万向东实实在在尝到一回众叛亲离后院起火的苦涩滋味。

万向东彻底陷入了困境。他是官场中人，明白自己具备了当反面典型的一切条件。这不能怪别人落井下石或者见死不救墙倒众人推，既然进了官场就得服从官场的铁律，无论胜利或者失败，你都得坦然地接受它的后果，无所谓冤或者不冤。

他终于昏头涨脑地坐起来，将身体靠在冰凉的石壁上，空气中一阵凉风拂面而来，人的大脑立刻清醒了许多。兰婷说得对，政治家从来都是盖棺定论，不能轻易言输。他相信自己是有意志力的，不论撤职受处分都要顶住，相信人生无绝路，条条大路通罗马。至于今后是否如兰婷所言，下海经商回西都谋发展，这要视形势发展而定。

89

万向东起了浴池，坐在一张椅子上，披条干毛巾，泡了一碗绿叶清茶慢慢喝着。直等到身上汗气收尽才穿上衣服，感到浑身很放松很舒畅，有种卸掉包袱的跃跃欲试。他出了浴池，回家的路上拐进路旁的邮电局，在公用电话亭给省里组织部门一个老熟人打了一个长途电话。

不料那人语调很惊慌，连连问他从什么地方打的电话？等弄明白他打的是邮电局公用电话时，那人才支支吾吾地说了些不着边际的话。万向东本能地感觉到那人在回避他，这说明情况不妙，于是他直截了当要那人告诉他真实情况。那人过好一阵才说，省纪委已经决定，将他的案子移交检察院作为大案要案处理。

万向东脑袋"嗡"地一炸。

移交检察院，就是说他的问题已经不被当作党内错误处理，而是要依照刑事责任起诉。党内处分，大不了是个降级撤职，最多开除党籍，留党察看等，要是以刑事责任起诉的话，他最轻也得定个挪用扶贫贷款和渎职罪，判十年二十年直至无期徒刑都有可能。

他马上给老书记家里挂了一个电话。他心里存在一种侥幸，就是老书记也许不知道这事，如果老书记知道有人要置他于死地，怎么会不闻不问置若罔闻呢？

对方有个男人接了电话，问明是万向东，对他说老书记不在，到外地疗养去了。可是他明明听见话筒一旁有老书记的声音在说话。他又拨通一次，那人很不耐烦，大声说老书记说了，不接你的电话！便把电话挂断了。

他呆呆地握着听筒，听着那一头传出一连串嘟嘟的忙音，头大如斗，生平头一次有种如坠深渊的绝望感。他明白，他已经无路可走，他终于被出卖了。

其实也不是"出卖"，没有人出卖他，是他自己出卖了自己。他主动把自己抛出来，做了这场政治斗争和权力场上的牺牲品。他为什么不能谨慎再谨慎，偏偏要授人以柄呢？他千错万错，不该头脑发热，不该贪功冒进，不该权力欲太盛。一想到从此锒铛入狱，与那些丑恶的形形色色的罪犯人渣为伍，他不由得感到一阵恐惧袭来，身体起了一阵战栗。

当他拖着蹒跚的脚步走出邮局时，他发现大街上的行人都扭歪了脸变得奇形怪状，太阳不是红球而是成了一个黑洞，天空晦暗无光。对于曾经身为一方父母官的大权在握的县委书记万向东来说，这一天无疑是他人生中最黑暗的日子，他已经站在了悬崖边沿，他面临一个无法选择的下场，那就是纵身一跳身败名裂。

由于是假日，机关没有人，收发室的李老头冲他恭敬地点点头，还大声嚷了一句什么他没有听清。在下面的人看来，只要万书记没有调走，人还在院子里走动，他就仍然是万书记。

万向东拎着那个塑料袋进了自己的办公室，掏出钥匙将门打开，然后从里面将门反锁上。他虽然在党内被宣布停职反省，工作组并没有没收他的钥匙，他仍然行动自由，还是这间办公室的主人。

他在办公桌前坐下来。在这间代表了一方天地里最高统治权的办公室，他曾经呕心沥血地度过了一千多个日日夜夜。他是这间屋子的主人，是本县权力的中心，他欣赏并运用权力，用他的意志为边疆几十万人民指引方向。他决定着他们的命运和幸福生活。

但是现在他却要同这间屋子，准确说是同权力分手了，要从这间办公室里被不光彩地赶出去，或者简直可以说是被扔出去，像扔垃圾袋一样被扔到垃圾箱里。他觉得命运真是种不可捉摸的东西，把人变来变去，谁能想到县委书记同铁窗生涯竟然只有一墙之隔呢？

办公室里静悄悄的，他习惯地拿起电话机，听筒里发出表示线路畅通的清晰长音。但是他不知道这个电话该往哪里打。打给妻子，告诉她自己将要进监狱？这显然是自讨没趣，她会向自己表示祝贺的。给弟弟万小东，向他通报噩耗？弟弟从来以自己为榜样，他为什么一定要打碎自己并让亲人感到悲痛呢？

打给兰婷？邱建国？向他们报告什么？老战友在那一头会说些什

么？他突然刻毒地笑起来，他想此刻他们的日子一定也不好过吧？彼此彼此，患难与共嘛。没准大家都会到法庭上殊途同归。不知道为什么，他觉得事到如今，无论同谁的恩恩怨怨都寡淡了味道，让人提不起兴趣，没有激情。对邱建国的怨恨没有意义，包括同兰婷的爱情都像夏天里放陈了的饭菜，即使回锅也不再新鲜。当人生即将被黑暗笼罩的时候，一切大荣大辱都没有了意义，你便悟出生命的本意原来即是一个“空”字。

事实上如果看破红尘又何必来世上走一遭呢？他是个共产党员，信奉哲学唯物主义，他相信看破红尘的人大多是生活的失意者，如果生活有意义，他们又何必出家去苦守青灯呢？万向东明白自己永远也没法看破红尘，他把个人名节和官场利益看得高于一切，同所有陷入尘网的凡夫俗子一样，他是个不可救药的入世者。

他的桌子上有一方小小的镜框，那里面嵌着他的一对小儿女边疆边月的照片。他放下电话，把照片拿在手中端详了许久，一泓温暖如水的亲情包围了他。儿子边疆初中快毕业了，女儿边月读高小，世界上有儿女多好啊！他们是他生命的延续，是他留给这个世界最好的纪念和作品。他突然觉得自己应该同他们说说话，最后听听他们的声音，就拿起电话拨了一串号码。电话铃嘟嘟地空响了一阵，没有人来接，他只好失望地放下听筒。妻子金阿果像个竖起羽毛的老母鸡把孩子严严实实地藏在身后，她不许他见他们，也不许孩子同父亲通话，当然这是一个不忠实的丈夫背叛家庭婚姻的必然苦果。

那么他是否应该给孩子们留几句什么话呢？他提起笔一时不知道写什么好。写自己对不起孩子们，犯了见不得人的错误，让孩子们蒙受耻辱？解释自己动机是好的，是政治斗争牺牲了自己？写官场凶险勿入仕途？他握着钢笔却无法写下一个字。因为他满心都是内疚和痛苦，他是一个对不起孩子们的不称职的父亲。

也许他应该留给这个世界的唯一遗言就是死亡。死亡是对自己和所有别人的惩罚，是对一切出卖、背叛、欺骗、谎言和堕落的高傲的蔑视，也是对自己人格和灵魂的最终解释。直到此时他才突然理解了过去年代那些著名的自杀者，理解了他们高尚和清醒的行为。他们自杀是因为生命中不能承受失败的痛苦，或者因生命远离理想而失去价值，所以将生命破碎了以发出一声微弱的抗议。他慢慢掏出钥匙打开抽屉，在空空的抽屉底部躺着一个冷冰冰的东西，那是一支闪烁着钢铁幽光的手枪，他的合法的自卫武器，也是县委书记在这个世界上拥有的最后发言权。

他从台历上撕下一张纸，草草写下一行小字："请允许一颗负罪的灵魂以老知青的身份回到他的故乡。他期待在天堂乐园找到归宿。"

手枪黑洞洞的枪口散发着死亡气息，他仿佛已经看见死神在向他和蔼地微笑。他再次恋恋不舍地看一眼孩子们的照片，边疆边月天真无邪地注视着他们的父亲。他叹了一口气，在这个世界上，他什么都能够舍弃，唯有对孩子们的爱无法割舍。但是他所做的一切当真都是为了孩子么？他回答不了，觉得自己很虚伪。他突然想起那个叫苦苦妹的女孩子，这个知青的后代现在怎么样？她应该生活得很幸福，因为她没有理由不幸福。

于是他心中有了一丝安慰。他闭上眼睛，毅然举起手枪，将枪口对准自己的太阳穴。冰冷的枪口使他的心头一颤。死亡的滋味好受吗？在另一个世界里人有知觉吗？天堂里有上帝吗？不过他不担心自己孤独，因为在那个无法窥见的世界里，一定会有好多先行的同学和战友迎接他。他的手微微发抖，他害怕自己失去勇气，就命令自己扣动扳机。他清楚地感觉到枪膛里那根细细的钢针撞击到子弹尾部时发出"咔嗒"一响，如同华彩乐章结尾处一个急促而响亮的休止符号，接着枪管轻轻震动一下，他几乎什么也没有感觉到，一个巨大的黑色空洞迎面扑来，他飞升起来，气流吞没了他的思想。

死亡，多好啊！他低低叹息一声，身体往后一栽，跌进这个巨大的死亡漩涡中。温暖的潮水涨起来，他的灵魂继续向着天堂飞升，黑暗迅速淹没了整个世界……

90

立夏刚过，骄阳整日悬在头顶上，逼人的暑气就一天天蔓延开来。这天下午，参加了银行拍卖仪式的兰婷拖着疲惫的脚步回到家里，她想趁朱青天没有下班之前收拾和清理一些自己的衣物带走。她和苦苦妹已经搬出公司办公室，在外面租了一间房子暂住。

她掏出钥匙开门时，钥匙插不进去，再仔细看看，发现房门已经换了锁。这个发现使她一时很愤慨，人还没有走，怎么茶就已经凉了？但是转念一想，你住在外面，又不回家，别人为什么不可以换锁呢？

她敲了一阵门，里面有人出来开门，露出一张慵懒和浮肿的女人脸来。多日不见，小保姆变得又邋遢又难看，头发乱蓬蓬的，跟个鸡婆似的。小保姆开了门，却没有如从前那般殷勤地叫兰阿姨，而是一屁股坐在沙发上，大模大样地看着兰婷。

兰婷不理她，径直去收拾自己的东西，等她拎着一包衣物出来，曲小花开口对她说："喂，兰婷，你等一等，我有话要对你说。"

兰婷头次听她对自己直呼其名，不禁吃了一惊，心想这小东西真是越发有模有样了，我这个女主人还没有在法律上脱离这个家，她就翻脸不认人了，没准还要检查我拿了什么东西呢？她不想同这个忘恩负义的小东西说话，就冷着脸不理睬她。

曲小花又说："兰婷，你不要缠着朱叔叔，朱叔叔要同我结婚呢。"

兰婷又吓了一跳，她不禁直起身子看着这个昔日的小保姆，怀疑自己耳朵是不是听错了？朱青天同她……结婚，这可能吗？再怎么说，朱青天也是个局处级干部，大小是个官，如果传出去他同自己家里的小保姆有染，他不是自毁前途么？

曲小花见兰婷站着发愣，以为她不相信，就得意地拍拍肚子证明说："实话告诉你，我这里已经有了，是朱叔叔的，三个多月了。"她又刻薄地补充一句："朱叔叔不爱你，谁叫你不会生孩子呢？"

兰婷不由得再次目瞪口呆。

她不再怀疑作为女人而不仅仅是小保姆的曲小花的话，只是她为这个突如其来撕下遮羞布的事实感到惊讶和羞耻。一切真相大白，他们当然已经瞒了她很久，然而她竟然对此一无所知！

曲小花见兰婷不言语，以为她已经认输了，就宽容大度地说："你的东西你可以都拿走，我们不要你的，这里有张离婚协议书，你签个字就行了，其余的事不要你操心，我们自己去办。"

兰婷悲哀地看着这个自鸣得意的小保姆，她心里有种想打她一耳光，再狠狠教育她一顿的冲动，但是她实在提不起精神打人。何况她从来不是悍妇。一个有身份的人，哪好意思跟人打架呢？兰婷拿起笔来，飞快地在协议书上签了字，然后把笔一扔，用不屑的表情捍卫了自己的尊严。临出门突然回过头来问小保姆："你今年多大了？"

曲小花一时没有反应过来，随口回答："虚岁十八了。"

兰婷冷冷地抛下一句："那就等两年再生吧，别委屈了孩子。"

没想到小保姆用胜利者的语调骄傲地向她宣布："你错了兰阿姨，我的真实年龄有二十一岁，我当时骗了你的。"

兰婷只好再次败下阵来。她不得不彻底佩服这个农村小保姆的精明和工于心计，只后悔自己没有早些识破她的庐山真面目。当然等到识破也已经晚了，她有种很窝囊很痛心的感觉，她并不想跟谁争这个朱青天，可是小保姆反客为主毕竟是个令人难堪的事实，叫人灰溜溜的。

早知如此，何必当初呢？可是当初你怎么会知道呢？就是知道了又能怎么样？"人非圣贤，孰能无过。"你干吗跟一个农村来的小保姆斗气？罢罢，把这个小害人精留给朱叔叔去享受吧，谁也说不准他们酿下的是苦酒还是甜酒哩。这样一想，兰婷觉得已经报复了他们，就坦然地离开这个家门，心里很快恢复了平静。

朱青天下班回家，见门大开着，心里很诧异，进屋才看见到处乱糟糟的，曲小花倒在沙发上哭得跟泪人似的，不觉心烦，就说："怎么又哭哭啼啼的？还有完没完？"

曲小花看看他的脸色，翻身坐起来说：“兰婷回来了，她骂我。”

朱青天愣了愣，问她：“她为什么不等我回来？她有什么事吗？”

曲小花将那张离婚协议书扔给他，幸灾乐祸地说道：“她要跟你离婚！你看，她已经在这上面签了字，是我要她签的。”

朱青天一看大怒，扬手打了她一巴掌，咬牙骂道：“小贱人！关你什么事？你捣的什么鬼？”

曲小花挨了打，一反从前低眉顺眼逆来顺受的态度，从沙发上跳起来，直着脖子嚷道：“我已经对她讲了，把我们的事情都对她讲了怎么样？你打呀！我肚子里有你的种，三个月了你打呀？朝这里打！……告诉你，我才不怕你，我要跟你结婚！你要再敢打我我就到单位告你去！”

朱青天被小保姆突如其来的反击搞懵了，他结结巴巴地问道：“你说……什么？你怀了……谁的孩子？我怎么不知道？”

小保姆骄傲地扬眉吐气地向昔日的男主人朱叔叔宣布道：“是的，我怀孕了，我怀的是你朱青天的孩子！他就在我肚子里，你别想抵赖！我要把他生下来，给你朱家留个种，这难道有什么不对么？……朱叔叔，你得娶我，同我结婚！你们城里人太坏，自私，不讲信用，把我们农村女孩子玩了以后就跟扔破烂一样地扔掉，我才不干呢！我要你堂堂正正地娶我，同我结婚，我做梦想的都是做这里的女主人。”

朱青天抱着头在地上干呕了一阵，什么也没有吐出来，精神先自萎靡了许多。身为“扫黄办”副主任兼文化局长的朱青天在单位上不消说是很有威风的人物，现在面对这个曾经与他同床偷欢翻云覆雨的小保姆却一筹莫展，脸上的表情有如害了牙疼病，抽搐着腮帮子咝咝地倒吸冷气，又很像一个因为偷嘴被夹住脚的老鼠或者被钓饵勾歪了嘴巴的大头鲶鱼。他蹲在地上好半天才缓过气来，流着眼泪可怜巴巴问小保姆：“小花，你不会真的去告朱叔叔，叫朱叔叔出丑是么？”

曲小花在朱青天面前跪下来，一边替他揩去眼泪，一边听话地连连点头。

朱青天感动地哭出声来，小保姆一把抱住朱叔叔的头，把他的脸贴在自己的肚子上，快乐地流出了眼泪。她连声说道："朱叔叔，小花是你的人，今后我会一心一意对你好，服侍你，给你生下一个大白胖小子……你听，你的儿子在这里动呢，再过几个月他就要出世了，就要叫你爸爸……哦朱叔叔，快娶我吧，小花已经等不得了……"

91

身负重任的许大毛星夜兼程赶到勐岗县城时万向东已经自杀身亡，他呆呆地站在县委机关大门外，看着里面的干部忙进忙出，汽车开进开出，自己只好装得跟个毫不相干的陌生人一样挤在人群中看热闹。邱建国交代的任务是注定完不成了，但是这怪不得他，要怪万向东自己。不管怎么说，他许大毛是尽力了，对得起天下所有人。万向东自己不争气，眼看十万元巨款就要从天而降，他却无福消受，偏偏要去自杀。这个蠢人，什么事不好说，非要跟自己过不去？他许大毛穷困潦倒吃了上顿没下顿的时候，也决没有活不下去的念头，到底还不是混出个人模人样来？"好死不如赖活"么！做人第一要紧的就是不能亏待自己。"人不为己，天诛地灭"，干吗非把自己给枪毙了？

许大毛一边愤愤不平地想着，一边转动眼睛飞快地替自己打主意。十万元现款在自己手里拎着，沉甸甸像块砖头，仿佛提醒他这是一笔很大的数目。回去交差显然于事无补，邱建国已经跌入债务的深渊里，他为什么要拿钱去填别人的无底洞呢？更重要的是他不愿意把钱交回去，钱在他手里，就等于是他的，交回去他就有种吃亏的感觉。他不是存心要贪污这笔巨款，辜负邱总的信任，而是万向东确确实实死了，人死不能复生，所以他就有充足的理由带着钱远走高飞。

一想到远走高飞，他首先想到的就是外国洋人街。反正他已经无牵无挂，姘妇已经离开他不知去向，儿子在少管所劳动教养，他愿意怎么干都是他的事情，与别人无关。出国去做生意，当华侨，那日子还不过得跟天堂一样？看那些回国来的华侨，个个养尊处优钱多得足以让人垂涎三尺，人生一世，不就“吃”、“喝”二字么？而界河对面那座五光十色的不夜城立刻就像近在咫尺一样向他招手。主意打定，他就不再关心万向东的后事，也不跟西都打电话汇报，转身毫不犹豫地离开了勐岗县城，登上一辆开往南畹口岸的短途汽车。

第二十九章

92

夜深了，天空下起淅淅沥沥的小雨来，这纷纷扬扬的雨丝好像一张柔软的网被暗夜的手撒开去，罩住城市，罩住大地。知青天堂集团公司偌大的办公楼沉入黑暗中，寂静得好像没有生命喧哗的海底世界一样。

邱建国独自躺在办公室的沙发上浑浑噩噩地睁着眼，这些天来他一直都是这样，不分白天黑夜地折磨自己，有时睡着了好像醒着，做的梦却又是真事。于是更多时候连他自己也弄不清楚究竟是在现实还是在梦中。

他的思绪好像一头怪兽驮着他在无边无际的太空遨游。他明明看见一群黑蝴蝶在面前飞舞，但是这些飞扬的黑蝴蝶忽然像大雾一样笼罩他，他极力张开双臂说你们把我带去吧，让我也变成一只蝴蝶。于是他果然就变成一只蝴蝶。他认出蝴蝶中有许多熟人，有李红军、姜解放、佟大全，还有万向东、兰婷、胡司令，他高兴道好了好了，想不到你们都在呢。这时有个声音在耳边嚷道，我们不要你，你是知青的败类。他回头一看，原来“牛卵”拎着猎刀和绳子要杀他。他扭头就跑，却有一群恶狗紧追不舍，只听见“砰”的一响，自己的头掉下来，像个陀螺在地上打转，他怎么也没法把头放回脖子上去。于是一吓就惊醒过来，是个噩梦。

他叹口气闭上眼睛想，真是噩梦缠身啊，也许只有死才能解脱。一想到死，他的心里竟漾起一道愉悦的涟漪，上帝说，天堂之门永远为受苦受难的灵魂敞开着。那是一个幸福的彼岸，天地玄黄，洪水滔滔，一艘树皮方舟载着他的思想渐漂渐远。人为什么不回到山洞里，回到树上去住呢？那真是一种美好的社会……他在迷糊中被一种轻微的响动惊动了一下，接着他听见门被轻轻地拧开了，一个没有形状的东西闪进来，像一阵清风悄无声息地飘落在他面前。

他嗅到一股来自菜花地上的淡淡的幽香。

不是做梦，而是黑暗中有个女人凄凄惨惨的哭声像蛇一样弯弯曲曲地钻进他的耳朵里，让他浑身凉嗖嗖的，皮肤上起了许多鸡皮疙瘩。他忍不住壮起胆子叫了一声是谁？没有人回答，还是风声、雨声和幽怨的啼哭声。

邱建国顿时感到一种置身阴曹地府般的恐怖。从前他自认为是个唯物主义者，天不怕地不怕，只相信人定胜天，但是近些日子有所动摇，对命运和未知世界多了一些悲观的想象力，这就使他常常生活在时空倒错的幻觉之中。他再次战战兢兢地发问道："喂，请你说话呀，你是谁？……鬼还是人？"

哭泣终于停止了，屋子里立刻陷入死一般的寂静中。过一会儿有人开口说话了，是个女人。她说："邱建国，你还不知道吗？……万向东死了。"

93

万向东……死了？

邱建国好像挨了一锤子，脑袋嗡的一响，记忆立刻恢复过来。他翻身坐起来，拉亮电灯，眯起眼睛才看清沙发上的女人原来是兰婷。

邱建国吃惊地问她："你说什么？……万向东死了？怎么会死呢？"

兰婷眼睛红肿，伤心地回答道："是自杀的。他朝自己头上开了一枪，就在‘五一’节那天。”

邱建国直直地瞪着兰婷，好像不认识她似的。他喃喃自语道：“奇怪，‘五一’节那天，他该收到款子，不该自杀啊！……你有许大毛的消息吗？”

兰婷摇头不语，邱建国自己跌足道：“坏了，我让他带了十万元人民币给万向东的。这狗杂种！坏了我的大事。”

兰婷抬起头来怨恨地说道：“你以为十万元就可以赎回自己的良心吗？万向东是被你害死的。”

邱建国沉默许久，用一种冷漠的声调说道：“我想不通的是，他为什么不可以换一种活法，世上的路千条万条，偏偏要去走……那条绝路？我叫许大毛带钱给他的意思，就是要他重新活一回而不仅仅是赎回谁的良心，如今我早已经是没有知觉的人了，还拿良心来做什么？”

兰婷努力将眼泪揩干，冷笑着说：“你倒说得轻松，以为谁愿意都可以把良心拿去喂狗，向东就是因为不愿意那样活着才自杀的，他把自己的社会角色看得比生命更重要。你别装得比谁都堕落，其实你要是真堕落反倒解脱了许多无辜的人。”

兰婷的话像钢刀一样剜在邱建国心上，他的心情突然因为疼痛而暴躁起来，不是恨别人，而是恨自己，或者说恨这个让人无所适从光怪陆离的世界。他起身想找支烟抽，却什么也没有找到，他就像头发狂的野兽一样在屋子里走来走去。

兰婷害怕起来，她央求道：“建国，你可别动自杀的念头，我已经受够了。”

邱建国在兰婷面前站住，脸上的表情扭歪了，眼睛里射出绿幽幽的光来。他从牙缝里迸出字来：“你说什么？再说一遍我听听？”

兰婷从来没有见过邱建国如此这般狰狞和疯狂的样子，她连连摆手说：“别说了建国，你的神经不大正常……求求你别学向东那样走绝路，你要挺住呀。”

邱建国哈哈大笑起来，他抓住兰婷的肩膀说：“你说你从前爱过我，有这样的事吗?”

兰婷害怕极了，甩掉他的手想逃出去，但是邱建国更加用力地抓住兰婷，将她摔倒在沙发上，歇斯底里地嚷道：“你怎么不说还爱我呢？……我来告诉你，我从来就不是万向东那样的正人君子！我是个小人、恶棍、流氓！你们怎么都不知道?”

他一把拉熄电灯，抓住兰婷的衣领撕开来，女人无力地挣扎着，纽扣哗啦啦掉在地上。他骑在女人身上战斗，浑身被欲望燃烧着，那种痛快淋漓一泻千里的感觉，就像战士向城堡发起冲锋，像农夫剥离果实表层的嫩皮，更像屠夫用刀子一层层剥下牲口的皮毛，强盗一把撕下罩在欲望表面的道德伪装。总之他亢奋无比，浑身的血液像地火奔涌，毁灭的冲动要将他烧为灰烬。他发疯地剥离女人，撕碎那些棉布织品和小玩艺儿，就像剥离自己的灵魂。他要将女人剥得像个光溜溜的玉米芯，然后像对付妓女一样猛揍她，虐待她，掐她的脖子，强奸她。他觉得自己的身体像根通红的炭棒，渴望被魔鬼的火焰烧成雪白的灰烬。但是那火焰绝不是激情，不是正义，不是创造，而是要毁灭世界，毁灭一切，包括毁灭自己。他感到自己身上从来没有像现在这样轻松，无所顾忌，没有负担，没有约束……

天快亮了，一缕晨曦从天上隐隐约约地透进窗户来，大街上有了车辆人声的喧闹。黑暗和梦境都像阳光下面的冰凌一样开始消融，半明半暗的屋子好像不真实的画面一样被光明之手击出许多破碎的裂痕。兰婷终于轻轻呻吟了一声，邱建国不敢看她，也不敢动弹，他听见她摸索着坐起来，窸窸窣窣地穿好衣服。邱建国埋着头说：“小兰，随你怎么处置都行，我准备去坐牢。”

兰婷没有回答，她慢慢走到窗户边拉开窗帘，将玻璃窗推开，雨已经停了，一股清晨湿漉漉的空气像潮水一样涌进屋子来，晨曦的光亮洒满地板。兰婷望着窗外，她的轮廓像幅美丽的剪影，她嘴唇微微翕动着，好像在独自呓语，又像在同清晨，同风、鸟儿和花儿说话。朝霞升起来，屋子里更明亮了，他看见剪影终于动了动，朝他转过身来。彩霞在她身后燃烧，她身披五彩云霞，好像仙女下凡一样圣洁和光彩照人。兰婷的脸上有种湖水般的平静，她的眼睛好像被朝露洗净一般，闪耀着一种近乎神圣的光辉。邱建国蜷起身体，他努力想把自己缩小，最好缩进地下去。但是他没有成功。

兰婷开口说话了。她站在他的面前，声音好像音乐，从远远的天上飘落下来："请穿上衣服，你没法把自己变成野兽……我只是为了告诉你，向东的骨灰下星期运回西都，我将亲手把他安葬在知青公墓里。"

邱建国赶紧拉过一件衣服将身体遮住。他嗫嚅着，无言以对。

门悄然关上，兰婷消失了，屋子的光线暗淡下来，邱建国的心才真正寂寞地不可挽回地沉落下去，像坠进了黑洞洞的深渊。他突然揪住自己的头发，发狠地打自己耳光，然后像个孩子一样跌坐在地板上，歇斯底里地大哭起来。

94

邱建国到底没有勇气走近万向东的身旁。

他只是远远地躲在一片树丛后面目睹了送葬的全过程，看着送葬的人们怎样缓缓地走进知青天堂乐园，怎样将一方蒙了红布的骨灰盒送入墓穴，将鲜花、花环、哀思和悼念留在公墓里。他甚至能够分辨出兰婷、万小东、华璐、张省身、文晓红、王从军、金红卫、马立新、赵国庆、苦苦妹等许多昔日亲密无间的知青战友和同龄人熟悉的身影，但是他始终没有勇气加入他们的行列。

他木木地站着，跟变傻一样，连蚂蚁叮咬都没有知觉。

这时空气中突然有了一种轻微的波浪般的悸动，还没等他明白过来，便有一股更大的潮水涌来，他听见一阵低沉而恢弘的钟声在教堂上空敲响起来。嗡嗡的钟声像无数沉重的翅膀拍击空气，凝固的空气松动了，像冰山那样坍塌下来，海水震颤着向四周扩散，把教堂的召唤传播到很远很远的山脚下。

邱建国惊醒过来，他仰起头来张望天空，看见一群雪白的鸽子在天空自由飞翔。钟声继续敲响着，他知道教堂的大钟是以知青公司的名义捐赠制造的，这个想法使他感到一丝安慰。他不等墓地上的人群散去，就趴在地上磕了三个头，然后悄悄离开公墓下山去了。

路过东方世界乐园的扩建工地，他看见大批声势雄壮的机械化施工队伍正在山下集结，推土机拖拉机发出震耳欲聋的吼声。他驻足观看了几分钟，然后漠然地转身离去。

邱建国很清楚，他已经在一份具有法律效力的拍卖产权的文本上签了字，这是他最后一次行使知青天堂集团公司法人代表的权力。昨天的一切已经不复存在，公司宣告瓦解，知青天堂乐园成了别人的财产。竞标成功的买主在最后一刻露出庐山真面目，他们以高出标底十倍的天价购买了知青天堂乐园的全部产权。他们表现出了志在必得的实力和决心。他们就是几年前在老知青众志成城面前败下阵去的那个虎视眈眈的老对手：外资企业东方世界乐园。

文本规定产权转移将在二十四小时内生效，也就是说再过几小时，这些潮水般的钢铁队伍：拖拉机、推土机、吊车、铲车和民工队伍就将浩浩荡荡开上山去，轰鸣的钢铁巨铲和履带将把那座埋葬着一代人天堂梦想的圣地和乐园无情地碾得粉碎，夷为平地。

他想起万向东曾经说过的那神秘的箴言。万向东说：这是我们一代人的迷宫，我们注定走不出这片归宿之地。

如今归宿安在？

李红军、姜解放、佟大全、万向东们将魂归何处？

哦，我的知青，我的同龄人啊！……

……

教堂的钟声继续敲响，邱建国像罪犯一样几乎奔跑着逃离了凤凰山。他觉得自己很像一条丧家之犬，无处可去，无路可逃，也不知道该往何方去。他的心里始终缠绕着一个无法排遣的自杀念头，这是一种来自天国的暗示，如同那个钟声一样不断地在他心中响起，引诱他，向他指示最终获得心灵解脱的道路。

但是他的本能却抗拒着，呼喊着，抗议着，这是来自生的欲望，来自不肯低头的向命运抗争的意志力量。两个声音在他内心搏斗着，使他无法平静下来，他久久在大街上徘徊，不知所往，也不知所终。正彷徨中他腰间的寻呼机收到一个传呼，是公司看门的大老韩呼他。大老韩自从出了那场车祸腿成了残废，就留在公司看大门。他报告昔日的总经理，门房有两封急件要他马上去取，否则他自己也要离开了。邱建国想起自己有辆旧自行车还在公司，就决定最后回去一趟取了来。

知青天堂集团公司的醒目招牌已经被人取下来，代之以另一家陌生的什么广告公司的巨型霓虹灯广告，很闪亮很气派。大老韩将两封信件交给他，又告诉他刚才曾经有两个穿黑衣服的男人来找过他，他觉得那两人面相不善，其中一个留着长头发，眼光很凶，就推说邱建国已经不在这里。他一边嘱咐邱建国自己多当心，一边一瘸一瘸地替他把自行车推出来擦干净，打足了气。邱建国先撕开一封盖有“法院急件”蓝色方印的特快件，是法院传票，通知他三天以后到区人民法院接受传讯。另一封信没有地址，大老韩说是个没有看清的女人匆匆放在收发室里的。

邱建国打开一看，一颗心顿时狂跳不已。

信是蔺小英写的，简要告之他们的女儿邱姗姗已经有了下落，公安干警在山西的一个偏僻山村解救了她，目前正在返回西都的火车上。信中说，女儿打了一个电话回家，她说她很想念从前的家，想念父亲。

邱建国眼睛模糊了，泪流满面，他把信捂在心口上，大口抽气呜咽不已。

哦，我的女儿，爸爸爱你。爸爸对不起你。爸爸再也不离开你。哦女儿，爸爸向你保证，今生今世再不分离……

……

天色已晚，大老韩也用自行车推上行李，锁了门房，他跟邱建国一道在大街上分了手，互道再见。邱建国身无分文，且没有去处，但是此时他心里突然被一种涌出来的爱的潮水涨满了，孤独和绝望如漂木那样远去，死亡和自杀的诱惑也暂时消失了，因为他又有了希望，他要马上回家去同昔日的亲人团聚。她们在等待他，她们需要丈夫和父亲。回家，多好啊，一个人有了家，有爱你和被你爱的人，那真是世界上最最幸福和美好的事情，他为什么从前恰恰忽略和忘记了这一点呢？为了这个家，他要从今天起重新学习做丈夫，做父亲，做一个普普通通的人，这才是人生的支点，事业的起点。一个不珍惜家庭和不懂得怎样做男人的人是没有资格到社会上去干一番事业的。他心里渐渐感到一种踏实，他相信只要有了这个支点，今后无论发生什么，或者他要去承担什么，不管上法庭还是坐牢，他都会充满勇气而不是心如死灰地去面对现实。

最重要的是，他暂时战胜了死亡，他会珍惜活着的每一分钟，每一个机会，珍惜每一天早上冉冉升起的太阳……

他蹬着旧自行车不紧不慢地走着，华灯初放，给城市街道和行人身上投下许多斑斑点点的树影。经过新建成的西都市体育中心时，中心的绿茵场上正在举行一场全国甲 A 足球比赛，数以万计的年轻球迷疯狂地跺着脚，大地震颤着，巨大的环形看台沸腾着，一波波迭起的声浪像钱塘江大潮一样涌出来，在城市夜空中汹涌翻滚，成千上万个年轻的喉咙汇成一条河流，仿佛整个世界都在一齐高喊：

雄起！——雄起！！……雄——起！！！

邱建国突然受了感染，他愣愣地站在外面听了一阵，结果什么也没有听出来。于是他又蹬上旧自行车，像条单薄的小舟慢吞吞地穿行在都市夜色喧嚣和斑驳的海洋中。不久就看见了自家楼房的灯光，这种橘黄色灯光从前也曾千百次地看见过，但是从来没有像今天这样使他感动，心里充满一种久别的渴望和温暖。他在楼道里停下自行车，抬腿就要往楼上走，不料从黑暗中窜出两个人影拦住他的去路，其中一个不由分说朝他扬起手臂，只见一道尖锐的亮光一闪，他觉得脸上一阵钻心的刺痛，就跌倒在地上。那人又扑上来，猛击他的脸和眼睛，他只来得及看见那人手里紧攥着尖刀，左脸颊上光秃秃的，缺少一只耳朵，一个久远的记忆刚刚从黑暗深处浮起来，就大叫一声失去知觉……

第三十章　尾声

95

经过几番春风春雨的洗涤，天府盆地更加生机盎然，农民开始建起了自家的砖瓦小楼，高速公路把希望和信心延伸到了盆地外面的世界。西都市的各条大街小巷、积尘的楼房、树木和街道都因为春天而变得亮丽起来，穿梭的车辆和行人都沐浴在新世纪即将到来的大好阳光中。

西都人的生活悄悄发生着变化。

在一条并不起眼的小街上，一间低矮简陋的平房跟前，一块方方正正的木制招牌出现在门外的砖墙上方，招牌上写着“万家福劳动就业社会服务中心第九分部”几个油漆未干的整齐红字。路人偶有回头一瞥的，更多人视而不见飞驰而过，因为在纷繁躁动的都市河流里，每天都有许多家各种各样形形色色的公司宣布诞生或者倒闭，开张或者破产，所以这家连仪式都没有的小公司的诞生实在是寒碜得丝毫没有引人注目的理由。

中心经理兰婷里里外外地忙碌着。

在这个春光融融万物复苏的日子里，在一派临近世纪末的中国人前所未有走向新生活的浪潮中，历经了大起大落峰回路转的她，心境已经趋于宁静和淡泊，像一潭清澈见底波澜不兴的秋水。她穿一件短袖印花衬衣，深色斜纹布裤，脚上穿一双灯芯绒布鞋，头发上挽了一个髻，看上去像个朴素大方的街道干部。她刚刚送走几个从前勐岗农场的老知青，也就是如今的下岗工人，又迎来一群上门求职的顾客。

"兰姐，你看分部刚开张岗位就供不应求啊。"一个梳披肩长发的年轻女孩子，也就是分部经理宣月兴高采烈地对她说道，"今天一早来登记的超过了一百人，这真是没有想到的事。"

兰婷笑笑说："这正好说明社会的供求关系吧。宣月，你领大家去登记，让他们把表格填好，再给中心副经理万小东打个电话，东井区就业局新到一批用工单位名单，让他马上用传真发过来。"

宣月答应着去了。兰婷的目光突然从门外求职人员的身影中认出一个熟人，那人身体瘦弱，脸上明显缺少血色，一副病恹恹的样子，竟是从前的知青公墓主任王从军。

"老王，王从军，你怎么也来了?"兰婷叫道，连忙拉他进里屋坐下，又替他倒了一杯开水，"金红卫呢？如今在哪里上班?"

王从军显然比从前苍老了许多，穿件布汗衫，像个退休老工人。他摇摇头道："一言难尽哩。小金回单位没几天就赶上单位精简人员提前退休，后来马老板找她去傣家楼做领班。老马那人你知道的，是个唯利是图的小人，处处小心眼，工资也给得低，不像邱总对人宽大，尤其对老知青那更是没得说。可是老天不长眼，好人没好报……后来小金就离开傣家楼，去守公用电话亭卖报纸。我这里你知道的，公司垮台，工厂破产，工人都散了伙。我本来身体不好，女儿上学也得花钱，所以出来转转，看看能不能找份看大门的工作。"

兰婷听得心酸，就连忙说："这样吧老王，往后你就到我这里来吧，分部正需要一个收发信件管管办公室的人，工资不高，但是工作不累，对你身体也合适。"

王从军很感动，说了许多感谢的话，坐一会儿就告辞了。

中午顾客便稀疏了，宣月去买了盒饭来几个人围坐在一起吃。一辆小汽车"吱儿"一声在门口刹住，车门打开，钻出一个衣冠楚楚戴眼镜的中年男人来。兰婷隔着窗户一看，认出是作家张省身，不由得“呀”了一声，连忙放下饭盒迎上去说：“什么风竟把你这个大作家大名人吹到我们这里来了？”

张省身自从出版了《知青部落的最后一个酋长》，在全国读者中引起轰动，声名大噪，获得省市文学大奖，从此频频在报纸和电视上露面，最近又当上西都市作家协会主席。他看上去比过去发福多了，面色红润，心情像天气一样好。他笑着回答道：“啊呀兰婷，你这里真难找，问了一路人。晓红昨晚说你这里开张，叫我一定来关心一下，我这不就来了？你这里还不错，简单务实，服务方向也对头，回头我跟报社说说，叫他们来采访一下，写篇报道。”

他们站着聊了几句，张省身突然想起一件事说：“哎兰婷，今年可是老人家上山下乡最高指示发表三十周年，要不要搞个什么纪念活动？”

兰婷摆摆手说：“许多人吃饭都成问题，谁还有心思搞什么纪念活动？去年工厂搞优化组合，行业间搞破产兼并，下岗职工一多半都是老三届知青，他们文化低，重新学习困难，但是他们不能不吃饭，你让他们来纪念什么？”

张省身想想也是，便感叹道：“自从邱建国的事情曝光以后，咱们兵团知青在社会上声誉大跌，弄得人人抬不起头来，好像当过知青的人都是骗子一样。其实事情本不该如此，好好的一个人，最后落到这样下场，真是可悲可叹！”

兰婷不愿谈这个话题，就岔开说：“省身，你与市里郝市长熟，能不能请他多关心下岗职工的培训问题。我们与市工会联合办了几期培训班，效果不错，但是场地经费都有困难，你能替我们……”

张省身看看表，连忙打断她的话道：“哎对了，我还有点急事……你放心，我找个时机替你反映反映。我要去参加市里一个外事活动，是接待一个东南亚华人投资观光考察团的冷餐会，市里许多领导也要出席的。”

张省身的汽车开走了，街道上扬起一股淡淡的灰尘。兰婷回到屋子里坐下来，刚吃了几口饭，又有个男人在门口探头探脑。兰婷抬起眼睛看清时，不由得一愣，那人居然是朱青天。

朱青天看见兰婷，立刻恢复了神气，大模大样地走进来，好像他也是这里的主人一样。兰婷很久没有见到这位前夫，她看见朱青天比从前瘦了许多，衣服邋里邋遢的，头发稀稀拉拉剩了几根，但是气色却好，手里拎着一大堆婴幼儿食品。不由得就笑起来，问他来干什么，是不是来找个职业？

朱青天连忙说自己只是下班路过，在报纸上看见开业启事，就顺便进来看看，关心一下。兰婷问他吃过饭没有，他说还没有吃饭，兰婷就叫宣月再去买了盒饭来。朱青天津津有味地吃着盒饭，喝着白开水，很受用的样子。朱青天与兰婷离婚后别无选择，只好同曲小花结了婚，种种与小保姆的绯闻果然断送了他的政治前程，他不仅没能当上宣传部长，最终连文化局长的位置也没能保住，被调到本区一家摇摇欲坠的什么社会学院当办公室主任。但是东边日出西边雨，他的仕途走到尽头，家庭生活却蒸蒸日上。小保姆不仅给朱叔叔生了一个大胖小子，了却他一桩心病，还把他当成救命恩人极尽关怀体贴，使一个官场失意的中年男人充分享受到家庭的幸福温暖和天伦之乐。

兰婷看那堆食品里有许多补钙奶营养液之类，就关心地对他说："你那宝贝儿子，补品吃多了没有好处的，物极必反嘛，又花钱又没有好处。"

朱青天道："都是孩子他妈，见别人家的孩子吃什么，就一定要买什么，好像跟人比赛似的，我说她也不听。"

兰婷笑起来，说："你倒是个模范丈夫了？看来男人还是做老百姓好。"

朱青天看看别人都忙着，就悄悄对兰婷说："我是来求你一件事。你知道，孩子妈，原先我替她找了一份工作的，后来那家公司倒闭了，唉唉，一家三口要吃饭，全靠我一个人工资哪能成呢？从前当局长时不时有些好处，再不济使使眼色也有人跑腿，现在跟教书匠混在一起，青菜大锅汤一样，一点油水也没有。"

兰婷讥讽他道："你还在怀念当局长的日子，指望有人给你跑腿喽？"

朱青天连忙道："不不，我不是那个意思。我想请你不看僧面看佛面，看在咱们从前的情分上，替我那孩子妈，唉，就是曲小花找个像样的工作。我知道你心肠好，不会跟她一般见识的。"

兰婷见他已经吃完了饭，就把那堆食品推到他的面前说："你快回家吧，对你那孩子妈讲讲科学知识，不要老给孩子吃补品……你不用给我戴高帽子，就是不认识的人我们也会尽力替他找到职业的，这是我们的工作。"

下班时候，兰婷看完最后一名顾客表格，她不知为什么突然想起许多人，许多从前的人和事，想起张省身朱青天的种种变化，觉得人这种动物真是很奇怪的，就坐在椅子上发了一会儿愣。

苦苦妹一阵风似的从外面奔进来。她留着一条粗粗的马尾巴辫子，个子明显长高了，身材也丰满起来，显出青春少女亭亭玉立的模样。这个财会职高的女学生喜滋滋地对兰婷叫道："妈妈，妈妈，我的中考电脑得了全班最高分呢，总分第三名。"

兰婷看见女儿，心里立刻漾起一片母爱的温情，她替她理理被风拂乱的头发，佯做生气地说："怎么这么晚才放学，又上球场疯去了？"

女儿撒娇道："人家来那个了，上不得体育课嘛。"她突然又压低声音神秘地对母亲说："你知道我们全班女生现在最崇拜的明星是谁？"

兰婷茫然地摇头说："没准又是什么刘德华张学友的，你们干吗不崇拜崇拜那些实实在在干事的人呢？"

女儿格格地笑起来宣布说："是乔丹！"

母亲把女儿搂过来，轻轻在她背上打了一下说："什么乔单乔双的！好好学习，自己不努力，崇拜什么明星也没用。"

兰婷抚摸苦苦妹的头发，心想生活还是公平的，她曾经失去一个没有见过面的儿子，生活又给她送来一个女儿。不管怎么说，生活并没有亏待谁，那么谁也没有理由对生活悲观失望。

她嗅着女儿头发里青春四溢的气息，心情豁然开朗起来。她想，活着，多好啊，像阳光，像空气，像这个健康红润的女孩子，像所有已经站在新世纪大门口的信心百倍的人们。今天比昨天好，未来必定比今天更美好！

她站起来拉着女儿的手说："走，孩子，我们回家吧。妈妈今晚亲手给你做顿好吃的慰劳你。"

96

冷餐会在欢快的乐曲声中井然有序地进行。

作为西都市作家协会主席和社会名流的张省身出入这种场合已经很习惯，很如鱼得水，他与市里现领导、老领导、各种各样同是名人的男人和女人互相举杯，不断重复着各种亲切友好的废话，然后把兰婷拜托的事早忘到九霄云外。

不久他发现一个奇怪的现象，一位观光团的华侨老是有意无意地注视着他，他走到哪里华侨就悄悄跟到哪里。那华侨是个胖子，戴一副变色眼镜，大约五六十岁年纪，头发花白，但是梳理得很整齐。他觉得这人似乎有一点点像谁，但是想了一遍又摇头否认了。他在东南亚华侨中不认识谁，但是这人的目光却一直跟随他，这就使他心里感到疑惑。后来冷餐会进入喝茶和自由交谈的阶段，老华侨再次像影子一样出现在他面前，操一口很夹生的普通话说道："我机（知）道您系（是）作家张先生啦，久闻大名的啦。对不起，我向您打听一个人，您机（知）不机（知）道他现在在哪里的啦？"

张省身很客气地回答道："哪里哪里，不用客气。您想打听谁？如果我不知道，还可以通过别的途径替您寻找。"

老华侨稍稍踌躇了一下，说："他叫……邱建国啦。"

张省身吃了一惊，他再仔细看看那个老华侨的脸，发现他的一只眼睛是瞎的，眼眶里嵌着不会动的假眼珠。他说："请教先生大名？您认识邱建国吗？先生能不能告诉我找他有什么事？"

老华侨连忙掏出一张名片递给张省身说："我几(只)系(是)问一问，从前做生意时认识的，没有别的细(事)情，您放心的啦。"

张省身看看名片上的头衔，是M国一家什么玉器珠宝行的董事长，叫什么查理·W，这才放下心来。他想要是这种场合钻出一个讨债的人，还是个外国华侨，那该多让人扫兴。他简略地告诉老华侨，邱建国的公司几年前已经破产倒闭，邱建国本人无力偿还巨额债务，依法入狱服刑。末了他又补充一句，邱建国已经双眼失明，是遭歹徒袭击所致，现在监外执行。

老华侨显得很失望，他什么话也没有说，发了一会儿呆就默默地走开了。因为他戴着墨镜，张省身也没法看清他的面部表情。回到家他把这件事对文晓红讲了，文晓红想想说也许是邱建国的什么国外亲戚，早几年没准会帮他投资呢。过几天他们也就把这件事忘掉了。

一天深夜兰婷接到一个电话，对方是个外国华侨，自称叫查理·W，要向西都的老知青慈善机构捐一笔巨款，用以进行救济穷人的慈善事业。兰婷感到莫名其妙，就连忙说西都没有老知青慈善机构，她也不是这种机构的人。对方过了许久才喃喃地说，那么请您几(指)点一下，我该把钱往哪里捐呢？

兰婷觉得这真是个怪人，连怎么捐钱都不知道，也许是老外们钱太多太糊涂的缘故。她就直截了当地开导他把巨款捐给"希望工程"。放下电话机，她觉得这个查理·W的声音好像在哪里听到过，想来想去也没有头绪，就怪自己疑神疑鬼白操心，翻过身去又睡着了。

一周之后，兰婷在报纸上看见一条本地消息。消息称，M国爱国华侨查理·W先生向本市"希望工程"捐款十万元人民币，同时向凤凰山天主教堂捐款十万元。有关部门已经决定，将查理先生这片爱心用于在山区修建一所农村"希望小学"……